2,50

L'OMBRE DU VENT

CARLOS RUIZ ZAFÓN

L'Ombre du vent

ROMAN TRADUIT DE L'ESPAGNOL PAR FRANÇOIS MASPERO

Traduit avec le concours du Centre National du Livre

GRASSET

Titre original :

LA SOMBRA DEL VIENTO
Editorial Planeta S.A., Barcelone, 2001.

ISBN : 978-2-253-13426-8.

Pour Joan Ramon Planas,
qui mériterait mieux.

Le Cimetière des Livres Oubliés

Je me souviens encore de ce petit matin où mon père m'emmena pour la première fois visiter le Cimetière des Livres Oubliés. Nous étions aux premiers jours de l'été 1945, et nous marchions dans les rues d'une Barcelone écrasée sous un ciel de cendre et un soleil fuligineux qui se répandait sur la ville comme une coulée de cuivre liquide.

— Daniel, me prévint mon père, ce que tu vas voir aujourd'hui, tu ne dois en parler à personne. Pas même à ton ami Tomás. A personne.

— Pas même à maman ? demandai-je à mi-voix.

Mon père soupira, en se réfugiant derrière ce sourire triste qui accompagnait toute sa vie comme une ombre.

— Si, bien sûr, répondit-il en baissant la tête. Pour elle, nous n'avons pas de secrets. Elle, on peut tout lui dire.

Peu après la fin de la guerre civile, ma mère avait été emportée par un début de choléra. Nous l'avions enterrée à Montjuïc le jour de mon quatrième anniversaire. Je me rappelle seulement qu'il avait plu toute la journée et toute la nuit, et que, lorsque j'avais demandé à mon père si le ciel pleurait, la voix lui avait manqué pour me répondre. Six ans après, l'absence de ma mère était toujours pour moi un mirage, un silence hurlant que je n'avais pas encore appris à faire taire à coups de mots. Nous vivions, mon père et moi, dans un petit appartement de la rue Santa Ana, près de la place de l'église. L'appartement était situé juste au-dessus de la boutique de livres rares et d'occasion héritée de mon grand-père, un bazar enchanté que mon père comptait bien me transmettre un jour. J'ai grandi entre les livres, en me faisant des amis invisibles dans les pages qui tombaient en poussière et dont je porte encore l'odeur sur les mains. J'ai appris à m'endormir en expliquant à ma mère, dans l'ombre de ma chambre, les événements de la journée, ce que j'avais fait au collège, ce que j'avais appris ce jour-là… Je ne pouvais entendre sa voix ni sentir son contact, mais sa lumière et sa chaleur rayonnaient dans chaque recoin de notre logis, et moi, avec la confiance d'un enfant qui peut encore compter ses années sur les doigts, je croyais qu'il me suffisait de fermer les yeux et de lui parler pour qu'elle m'écoute, d'où qu'elle fût. Parfois, mon père m'entendait de la salle à manger et pleurait en silence.

Je me souviens qu'en cette aube de juin je m'étais réveillé en criant. Mon cœur battait dans ma poitrine comme si mon âme voulait s'y frayer un chemin et dévaler l'escalier. Mon père effrayé était accouru dans ma chambre et m'avait pris dans ses bras pour me calmer.

— Je n'arrive pas à me rappeler son visage. Je n'arrive pas à me rappeler le visage de maman, murmurais-je, le souffle coupé.

Mon père me serrait avec force.

— Ne t'inquiète pas, Daniel. Je me rappellerai pour deux.

Nous nous regardions dans la pénombre, cherchant des mots qui n'existaient pas. Pour la première fois, je me rendais compte que mon père vieillissait et que ses yeux, des yeux de brume et d'absence, regardaient toujours en arrière. Il s'était relevé et avait tiré les rideaux pour laisser entrer la douce lumière de l'aube.

— Debout, Daniel, habille-toi. Je veux te montrer quelque chose.

— Maintenant, à cinq heures du matin ?

— Il y a des choses que l'on ne peut voir que dans le noir, avait soufflé mon père en arborant un sourire énigmatique qu'il avait probablement emprunté à un roman d'Alexandre Dumas.

Quand nous avions passé le porche, les rues sommeillaient encore dans la brume et la rosée nocturne. Les réverbères des Ramblas dessinaient en tremblotant une avenue noyée de buée, le temps que la ville s'éveille et quitte son masque d'aquarelle. En arrivant dans la rue Arco del Teatro, nous nous aventurâmes dans la direction du Raval, sous l'arcade qui précédait une voûte de brouillard bleu. Je suivis mon père sur ce chemin étroit, plus cicatrice que rue, jusqu'à ce que le rayonnement des Ramblas disparaisse derrière nous. La clarté du petit jour s'infiltrait entre les balcons et les corniches en touches délicates de lumière oblique, sans parvenir jusqu'au sol. Mon père s'arrêta devant un portail en bois sculpté, noirci par le temps et l'humidité. Devant nous se dressait ce qui me parut être le squelette abandonné d'un hôtel particulier, ou d'un musée d'échos et d'ombres.

— Daniel, ce que tu vas voir aujourd'hui, tu ne dois en parler à personne. Pas même à ton ami Tomás. A personne.

Un petit homme au visage d'oiseau de proie et aux cheveux argentés ouvrit le portail. Son regard d'aigle se posa sur moi, impénétrable.

— Bonjour, Isaac. Voici mon fils Daniel, annonça mon père. Il va sur ses onze ans et prendra un jour ma succession à la librairie. Il a l'âge de connaître ce lieu.

Le nommé Isaac eut un léger geste d'assentiment pour nous inviter à entrer. Une pénombre bleutée régnait à l'intérieur, laissant tout juste entrevoir les formes d'un escalier de marbre et d'une galerie ornée de fresques représentant des anges et des créatures fantastiques. Nous suivîmes le gardien dans le couloir du palais et débouchâmes dans une grande salle circulaire où une véritable basilique de ténèbres s'étendait sous une coupole percée de rais de lumière qui descendaient des hauteurs. Un labyrinthe de corridors et d'étagères pleines de livres montait de la base au faîte, en dessinant une succession compliquée de tunnels, d'escaliers, de plates-formes et de passerelles qui laissaient deviner la géométrie impossible d'une gigantesque bibliothèque. Je regardai mon père, interloqué. Il me sourit en clignant de l'œil.

— Bienvenue, Daniel, dans le Cimetière des Livres Oubliés.

Çà et là, le long des passages et sur les plates-formes de la bibliothèque, se profilaient une douzaine de silhouettes. Quelques-unes se retournèrent pour nous saluer de loin, et je reconnus les visages de plusieurs collègues de mon père dans la confrérie des libraires d'ancien. A mes yeux de dix ans, ces personnages se présentaient comme une société secrète d'alchimistes conspirant à l'insu du monde. Mon père s'agenouilla près de moi et, me regardant dans les yeux, me parla de cette voix douce des promesses et des confidences.

— Ce lieu est un mystère, Daniel, un sanctuaire. Chaque livre, chaque volume que tu vois, a une âme.

L'âme de celui qui l'a écrit, et l'âme de ceux qui l'ont lu, ont vécu et rêvé avec lui. Chaque fois qu'un livre change de mains, que quelqu'un promène son regard sur ses pages, son esprit grandit et devient plus fort. Quand mon père m'a amené ici pour la première fois, il y a de cela bien des années, ce lieu existait déjà depuis longtemps. Aussi longtemps, peut-être, que la ville elle-même. Personne ne sait exactement depuis quand il existe, ou qui l'a créé. Je te répéterai ce que mon père m'a dit. Quand une bibliothèque disparaît, quand un livre se perd dans l'oubli, nous qui connaissons cet endroit et en sommes les gardiens, nous faisons en sorte qu'il arrive ici. Dans ce lieu, les livres dont personne ne se souvient, qui se sont évanouis avec le temps, continuent de vivre en attendant de parvenir un jour entre les mains d'un nouveau lecteur, d'atteindre un nouvel esprit. Dans la boutique, nous vendons et achetons les livres, mais en réalité ils n'ont pas de maîtres. Chaque ouvrage que tu vois ici a été le meilleur ami de quelqu'un. Aujourd'hui, ils n'ont plus que nous, Daniel. Tu crois que tu vas pouvoir garder ce secret ?

Mon regard balaya l'immensité du lieu, sa lumière enchantée. J'acquiesçai et mon père sourit.

— Et tu sais le meilleur ? demanda-t-il.

Silencieusement, je fis signe que non.

— La coutume veut que la personne qui vient ici pour la première fois choisisse un livre, celui qu'elle préfère, et l'adopte, pour faire en sorte qu'il ne disparaisse jamais, qu'il reste toujours vivant. C'est un serment très important. Pour la vie. Aujourd'hui, c'est ton tour.

Durant presque une demi-heure, je déambulai dans les mystères de ce labyrinthe qui sentait le vieux papier, la poussière et la magie. Je laissai ma main frôler les rangées de reliures exposées, en essayant d'en choisir une. J'hésitai parmi les titres à demi effacés par le temps, les mots dans des langues que je reconnaissais et des dizaines d'autres que j'étais incapable de cataloguer. Je parcourus des corridors et des galeries en spirale, peuplés de milliers de volumes qui semblaient en savoir davantage sur moi que je n'en savais sur eux. Bientôt, l'idée s'empara de moi qu'un univers infini à explorer s'ouvrait derrière chaque couverture tandis qu'au-delà de ces murs le monde laissait s'écouler la vie en après-midi de football et en feuilletons de radio, satisfait de n'avoir pas à regarder beaucoup plus loin que son nombril. Est-ce à cause de cette pensée, ou bien du hasard ou de son proche parent qui se pavane sous le nom de destin, toujours est-il que, tout d'un coup, je sus que j'avais déjà choisi le livre que je devais adopter. Ou peut-être devrais-je dire le livre qui m'avait adopté. Il se tenait timidement à l'extrémité d'un rayon, relié en cuir lie-de-vin, chuchotant son titre en caractères dorés qui luisaient à la lumière distillée du haut de la coupole. Je m'approchai de lui et caressai les mots du bout des doigts, en lisant en silence :

L'Ombre du Vent
Julián Carax

Je n'avais jamais entendu mentionner ce titre ni son auteur, mais cela n'avait pas d'importance. La décision était prise. Des deux côtés. Je pris le livre avec les plus grandes précautions et le feuilletai, en faisant voleter les pages. Libéré de sa geôle, il laissa échapper un nuage de poussière dorée. Satisfait de mon choix, je rebroussai chemin dans le labyrinthe, le volume sous le bras, le sourire aux lèvres. Peut-être avais-je été ensorcelé par l'atmosphère magique du lieu, mais j'avais la certitude que ce livre m'avait attendu pendant des années, probablement bien avant ma naissance.

Cette après-midi-là, de retour dans l'appartement de la rue Santa Ana, je me réfugiai dans ma chambre et lus les premières lignes de mon nouvel ami. Avant même d'avoir pu m'en rendre compte, je me retrouvai dedans, sans espoir de retour. Le roman contait l'histoire d'un homme à la recherche de son véritable père, qu'il n'avait jamais connu et dont il n'apprenait l'existence que grâce aux dernières paroles de sa mère sur son lit de mort. Cette recherche se transformait en une odyssée fantastique où le héros luttait pour retrouver une enfance et une jeunesse perdues, et où, lentement, nous découvrions l'ombre d'un amour maudit dont le souvenir le poursuivrait jusqu'à la fin de ses jours. A mesure que j'avançais, la structure du récit commença de me rappeler une de ces poupées russes qui contiennent, quand on les ouvre, d'innombrables répliques d'elles-mêmes, de plus en plus petites. Pas à pas, le récit se démultipliait en mille histoires, comme s'il était entré dans une galerie des glaces où son identité se scindait en des douzaines de reflets différents qui, pourtant, étaient toujours le même. Les minutes et les heures glissèrent comme un mirage. Pris par le récit, c'est à peine si j'entendis au loin les cloches de la cathédrale sonner minuit. Cerné par la lumière cuivrée que projetait la lampe de bureau, je m'étais immergé dans un univers d'images et de sensations tel que je n'en avais jamais connu. Page après page, je me laissai envelopper par le sortilège de l'histoire et de son univers, jusqu'au moment où la brise de l'aube vint caresser ma fenêtre et où mes yeux fatigués glissèrent sur la dernière ligne. Je m'allongeai dans la pénombre bleutée du petit jour, le livre sur la poitrine, et j'écoutai les rumeurs de la ville endormie couler goutte à goutte sur les toits tachetés de pourpre. Le sommeil et l'épuisement frappaient à ma porte, mais je refusai de me rendre. Je ne voulais pas perdre la magie du récit ni dire tout de suite adieu à ses personnages.

Un jour, j'ai entendu un habitué de la librairie de mon père dire que rien ne marque autant un lecteur que le premier livre qui s'ouvre vraiment un chemin jusqu'à son cœur. Ces premières images, l'écho de ces premiers mots que nous croyons avoir laissés derrière nous, nous accompagnent toute notre vie et sculptent dans notre mémoire un palais auquel, tôt ou tard – et peu importe le nombre de livres que nous lisons, combien d'univers nous découvrons –, nous reviendrons un jour. Pour moi, ces pages ensorcelées seront toujours celles que j'ai rencontrées dans les galeries du Cimetière des Livres Oubliés.

1945-1949

Jours de cendre

1

Un secret vaut ce que valent les personnes qui doivent le garder. Au réveil, je n'eus rien de plus pressé que de vouloir faire partager l'existence du Cimetière des Livres Oubliés à mon meilleur ami. Tomás Aguilar était un camarade de classe qui consacrait ses loisirs et son talent à l'invention d'engins géniaux mais d'application pratique improbable, tels que la flèche aérostatique et la toupie dynamo. Nul n'était plus digne que Tomás de partager ce secret. Rêvant éveillé, je nous imaginais, lui et moi, équipés de lanternes et de boussoles, partant dévoiler les secrets de cette catacombe bibliographique. Puis, me souvenant de ma promesse, je décidai que les circonstances conseillaient ce que les romans policiers appelaient un autre modus operandi. A midi, j'abordai mon père pour le questionner sur ce livre et sur ce Julián Carax que, dans mon enthousiasme, j'avais imaginés célèbres dans le monde entier. Mon plan était de mettre la main sur toute l'œuvre et de la lire de bout en bout en moins d'une semaine. Quelle ne fut pas ma surprise de découvrir que mon père, bon libraire s'il en fut et connaissant par cœur tous les catalogues d'éditeurs, n'avait jamais entendu parler ni de *L'Ombre du Vent* ni de Julián Carax. Intrigué, il inspecta l'achevé d'imprimer.

— D'après ce que je lis, ce volume fait partie d'une édition à deux mille cinq cents exemplaires publiée à Barcelone par la maison Cabestany en décembre 1935.

— Tu connais cet éditeur ?

— Il a fermé il y a des années. Mais ce n'est pas la première édition, qui est de novembre de la même année, et imprimée à Paris… Publiée aux éditions Galliano & Neuval. Ça ne me dit rien.

— Alors ce livre est une traduction ? demandai-je, déconcerté.

— Ce n'est pas indiqué. Pour autant qu'on puisse en juger, le texte est original.

— Un livre en espagnol, publié d'abord en France ?

— Ce ne serait pas la première fois, par les temps qui courent, fit observer mon père. Barceló pourra peut-être nous aider.

Gustavo Barceló était un vieux collègue de mon père, propriétaire d'une librairie caverneuse dans la rue Fernando. La fleur de la corporation des libraires d'ancien le considérait comme son maître. Il vivait perpétuellement collé à une pipe éteinte qui répandait des effluves de marché persan, et se décrivait lui-même comme le dernier romantique. Bien que natif de la localité de Caldas de Montbuy, Barceló excipait d'une lointaine parenté avec lord Byron. Peut-être dans le but de faire ressortir ce lien, il était toujours habillé à la manière d'un dandy du XIXe siècle, portant foulard, souliers vernis blancs et un monocle parfaitement inutile dont les mauvaises langues disaient qu'il ne le quittait jamais, même dans l'intimité des cabinets. En réalité, la seule parenté dont il pouvait se targuer était celle de son géniteur, un industriel qui s'était enrichi par des procédés plus ou moins douteux à la fin du siècle précédent. D'après mon père, Gustavo vivait, sur le plan matériel, à l'abri du besoin, et la librairie était pour lui plus une passion qu'un commerce. Il aimait les livres à la folie et, bien qu'il le niât catégoriquement, quand quelqu'un entrait dans sa boutique et tombait amoureux d'un ouvrage dont il ne pouvait payer le prix, il baissait celui-ci autant qu'il le fallait, ou en faisait cadeau, s'il estimait que l'acheteur était un authentique lecteur et non un éphémère dilettante. Ces particularités mises à part, Barceló possédait une mémoire d'éléphant, et était d'une pédanterie qui éclatait dans toute sa personne ; mais si quelqu'un s'y connaissait en livres bizarres, c'était bien lui. Cette après-midi-là, après avoir fermé la librairie, mon père suggéra de faire quelques pas en direction du café Els Quatre Gats – Les Quatre Chats –, rue Montsió, où Barceló et ses compères se réunissaient pour discuter poètes maudits, langues mortes et chefs-d'œuvre abandonnés à la merci des mites.

Els Quatre Gats, à une portée de lance-pierres de chez nous, était un des endroits de Barcelone que je préférais. C'était là que mes parents s'étaient connus en 1932, et j'attribuais en partie mon billet de passage en ce monde au charme de ce vieux café. Des dragons de pierre gardaient l'entrée rencognée dans un carrefour sombre, et ses becs de gaz figeaient le temps et les souvenirs. A l'intérieur, les gens se diluaient dans les échos d'autres époques. Des comptables, des rêveurs et des génies en herbe partageaient leur table avec les fantômes de Pablo Picasso, Isaac Albeniz, Federico García Lorca ou Salvador Dali. Là, le premier venu pouvait se sentir pendant quelques instants une figure historique pour le prix d'un panaché.

— Tiens, voilà Sempere, s'exclama Barceló en voyant entrer mon père, l'enfant prodigue. Qu'est-ce qui nous vaut cet honneur ?

— Vous le devez à mon fils Daniel, qui vient de faire une découverte, monsieur Gustavo.

— Dans ce cas, venez vous asseoir avec nous, il faut fêter ce jour de gloire, clama Barceló.

— Ce jour de gloire ? chuchotai-je à mon père.

— Barceló ne peut jamais s'exprimer simplement, répondit mon père à mi-voix. Ne dis rien, sinon tu vas l'encourager.

Les confrères attablés nous ménagèrent une place dans leur cercle et Barceló, qui aimait jouer les grands seigneurs en public, insista pour que nous soyons ses invités.

— Quel âge a ce jouvenceau ? s'enquit-il en me dévisageant avec intérêt.

— Presque onze ans, déclarai-je.

Barceló m'adressa un sourire farceur.

— C'est-à-dire dix. Ne te rajoute pas des années, vaurien, la vie s'en chargera bien assez tôt.

Un murmure d'approbation parcourut l'assistance. Barceló fit signe qu'il voulait passer commande à un serveur qui semblait sur le point d'être déclaré monument historique.

— Un cognac pour mon ami Sempere, et du bon. Et pour le rejeton, une meringue à la crème, il a besoin de grandir. Ah, et apportez-nous un peu de jambon, mais pas comme l'autre, hein ? Parce que pour les pneus, on a déjà la maison Pirelli, rugit le libraire.

Le garçon acquiesça et partit en traînant les pieds, et son âme avec.

— Vous vous rendez compte ? commenta le libraire. Ce n'est pas étonnant qu'on ne trouve pas de travail, dans un pays où les gens ne prennent jamais leur retraite, même après la mort ? Voyez le Cid. C'est sans espoir.

Barceló tira sur sa pipe éteinte, scrutant de son regard perçant le livre que j'avais dans les mains. Malgré ses manières de cabotin et tout son verbiage, il pouvait flairer une bonne prise comme le loup flaire le sang.

— Voyons, dit Barceló en feignant l'indifférence. Qu'est-ce que vous m'apportez ?

J'adressai un regard à mon père. Celui-ci fit un signe affirmatif. Sans plus hésiter, je tendis le livre à Barceló. Le libraire le prit d'une main experte. Ses doigts de pianiste explorèrent rapidement sa texture, sa consistance, son état. Un sourire florentin aux lèvres, il repéra la page des références éditoriales et l'inspecta pendant une longue minute. Les autres l'observaient en silence, comme s'ils attendaient un miracle ou la permission de reprendre leur respiration.

— Carax. Intéressant, murmura-t-il, d'un air impénétrable.

Je tendis la main pour récupérer le livre. Barceló haussa les sourcils, mais me le rendit avec un rictus glacial.

— Où l'as-tu trouvé, gamin ?

— C'est un secret, répliquai-je, en sachant que mon père devait sourire en son for intérieur.

Barceló se renfrogna et reporta son regard sur mon père.

— Mon cher Sempere, parce que c'est vous, en raison de toute l'estime que je vous porte et en l'honneur de la longue et profonde amitié qui nous unit comme des frères, disons deux cents pesetas et n'en parlons plus.

— C'est avec mon fils que vous devez discuter, fit remarquer mon père. Le livre est à lui.

Barceló me gratifia d'un sourire de loup.

— Qu'en dis-tu, mon mignon ? Deux cents pesetas, ce n'est pas mal pour une première vente… Sempere, ce garçon fera son chemin dans le métier.

L'assistance eut un rire complaisant. Barceló me regarda d'un air affable en sortant son portefeuille en cuir. Il compta les deux cents pesetas qui, à l'époque, représentaient une fortune, et me les tendit. Je me bornai à refuser sans rien dire. Barceló fronça les sourcils.

— Sais-tu bien que la cupidité est un péché mortel ? Bon, trois cents pesetas, et tu t'ouvres un livret de caisse d'épargne, vu qu'à ton âge il est bon de penser à l'avenir.

Je refusai de nouveau. Barceló lança un regard courroucé à mon père à travers son monocle.

— Inutile de me demander, dit ce dernier. Je ne suis ici que pour l'accompagner.

Barceló soupira et m'observa avec attention.

— Alors, qu'est-ce que tu veux, mon enfant ?

— Ce que je veux, c'est savoir qui est Julián Carax et où je peux trouver d'autres livres de lui.

Barceló rit tout bas et remit son portefeuille dans sa poche, en reconsidérant son adversaire.

— Voyez-vous ça, un érudit ! Mais dites-moi, Sempere, qu'est-ce que vous lui donnez à bouffer, à ce garçon ? blagua-t-il.

Le libraire se pencha vers moi et, un instant, je crus

distinguer dans son regard un respect qui n'y était pas un moment plus tôt.

— Nous allons passer un accord, me dit-il sur le ton de la confidence. Demain dimanche, dans l'après-midi, tu viendras à la bibliothèque de l'Ateneo et tu demanderas à me voir. Tu apporteras le livre pour que je puisse l'examiner à loisir, et moi je te raconterai ce que je sais sur Julián Carax. *Quid pro quo*.

— Quid pro quoi ?

— C'est du latin, petit. Il n'y a pas de langues mortes, il n'y a que des cerveaux engourdis. En paraphrasant, ça veut dire que les affaires sont les affaires, mais que tu me plais et que je vais t'accorder une faveur.

Cet homme possédait des dons oratoires capables d'anéantir les mouches en plein vol, mais je sentais bien que, si je voulais en savoir plus sur Julián Carax, mieux valait rester en bons termes avec lui. Je lui adressai un sourire béat, en affichant le plaisir que me causaient les citations latines et son verbe fleuri.

— Souviens-toi, demain, à l'Ateneo, répéta le libraire. Mais tu apportes le livre, ou foin de notre accord.

— Très bien.

La conversation se délita lentement dans le brouhaha des autres consommateurs et dériva vers certains documents trouvés dans les souterrains de l'Escurial qui donnaient à penser que Miguel de Cervantès n'était que le pseudonyme littéraire d'une femme à barbe de Tolède. Barceló, absorbé dans ses pensées, ne participa pas à ce débat byzantin et se borna à m'observer derrière son monocle avec un vague sourire. Ou peut-être regardait-il seulement le livre que je tenais dans mes mains.

2

Ce dimanche-là, le ciel s'était nettoyé de ses nuages et les rues se retrouvèrent noyées dans une buée brûlante qui faisait transpirer les thermomètres sur les murs. Au milieu de l'après-midi, alors que la température frôlait déjà les trente degrés, je partis vers la rue Canuda pour me rendre à mon rendez-vous avec Barceló, le livre sous le bras et le visage couvert de sueur. L'Ateneo était – et est toujours – un des nombreux endroits de Barcelone où le XIXe siècle n'a pas encore été avisé de sa mise à la retraite. De la cour solennelle, un escalier de pierre conduisait à un entrelacs fantastique de galeries et de salons de lecture, où des inventions comme le téléphone, le stress ou la montre-bracelet semblaient autant d'anachronismes futuristes. Le portier – mais peut-être n'était-ce qu'une statue en uniforme – m'accorda à peine un regard. Je me faufilai jusqu'au premier étage, en bénissant les ailes du ventilateur qui bourdonnait au milieu des lecteurs endormis en passe de fondre comme des cubes de glace au-dessus de leurs livres et leurs journaux.

La silhouette de Gustavo Barceló se découpait près des baies vitrées d'une galerie donnant sur le jardin intérieur. Malgré l'atmosphère tropicale, le libraire n'en était pas moins habillé comme une gravure de mode, et son monocle brillait dans la pénombre comme une pièce de monnaie au fond d'un puits. A côté de lui, je distinguai une forme vêtue d'alpaga blanc qui me parut être un ange sculpté dans un nuage. A l'écho de mes pas, Barceló se retourna et, de la main, me fit signe d'approcher.

— C'est toi, Daniel ? demanda-t-il. Tu as apporté le livre ?

J'acquiesçai aux deux questions et acceptai la chaise qu'il m'offrait près de lui et de sa mystérieuse compagne. Pendant plusieurs minutes, le libraire se contenta d'arborer un sourire placide, sans tenir compte de ma présence. J'abandonnai bientôt tout espoir qu'il me présente à l'inconnue en blanc. Barceló se comportait comme si elle n'était pas là, comme si ni lui ni moi ne pouvions la voir. Je l'observai à la dérobée, craignant de rencontrer son regard perdu dans le vide. Son visage et ses bras étaient pâles, la peau presque translucide. Elle avait des traits fins, fermement dessinés sous une chevelure noire qui brillait comme un galet humide. Je lui attribuai vingt ans au plus, mais quelque chose dans sa manière de se tenir, une sorte d'abandon de tout son être, comme les branches d'un saule pleureur, me faisait penser qu'elle n'avait pas d'âge. Elle semblait figée dans cet état de perpétuelle jeunesse réservé aux mannequins dans les vitrines des magasins chics. J'essayais de lire le battement de son sang sur ce cou de cygne quand je m'aperçus que Barceló me fixait du regard.

— Alors, vas-tu me dire où tu as trouvé ce livre ? questionna-t-il.

— Je voudrais bien, mais j'ai promis à mon père de garder le secret.

— Je vois. Sempere et ses mystères, dit Barceló. Mais je crois savoir où. Tu as eu une sacrée veine, gamin. J'appelle ça trouver une aiguille dans une botte de foin. Bien : tu me le montres ?

Je lui tendis le livre, qu'il saisit avec une infinie délicatesse.

— Je suppose que tu l'as lu.

— Oui, monsieur.

— Je t'envie. J'ai toujours pensé que le bon moment pour lire Carax est quand on a encore le cœur jeune et l'esprit limpide. Tu savais que c'est le dernier roman qu'il a écrit ?

Je fis signe que non.

— Sais-tu combien il y a d'exemplaires comme celui-là sur le marché, Daniel ?

— Des milliers, j'imagine.

— Aucun, rectifia Barceló. A part le tien. Les autres ont été brûlés.

— Brûlés ?

Barceló se borna à m'offrir son sourire hermétique, en tournant les pages du livre dont il caressait le papier comme s'il s'agissait d'une soie unique au monde. La dame en blanc se tourna lentement. Ses lèvres esquissèrent un sourire timide. Ses yeux exploraient le vide, leur iris était blanc comme le marbre. J'avalai ma salive. Elle était aveugle.

— Tu ne connais pas ma nièce Clara, n'est-ce pas ? demanda Barceló.

Je fis simplement signe que non, incapable de détacher mon regard de cet être au teint de poupée en porcelaine et aux yeux blancs, les yeux les plus tristes que j'aie jamais vus.

— En réalité, la spécialiste de Julián Carax, c'est Clara, et c'est pour ça que je l'ai amenée, dit Barceló. Et d'ailleurs, ajouta-t-il, je crois que le mieux est que vous me permettiez de me retirer dans une autre salle pour étudier ce volume pendant que vous bavarderez. D'accord ?

Je l'observai, interloqué. Mais sans se soucier de mon

embarras, le libraire, en pirate consommé, me donna une tape dans le dos et s'en alla, mon livre sous le bras.

— Tu sais que tu l'as impressionné ? dit une voix derrière moi.

Je me retournai pour découvrir le sourire léger de la nièce du libraire, qui s'adressait au vide. Elle avait une voix de cristal, transparente et si fragile qu'il me sembla que ses paroles se briseraient si je l'interrompais au milieu d'une phrase.

— Mon oncle m'a dit qu'il t'a proposé un bon prix pour le livre de Carax et que tu as refusé, ajouta Clara. Tu as gagné son estime.

— C'est bien possible, soupirai-je.

Je remarquai que Clara penchait la tête de côté en souriant et que ses doigts jouaient avec une bague qui me parut être une guirlande de saphirs.

— Quel âge as-tu ? demanda-t-elle.

— Presque onze ans. Et vous ?

Clara rit de ma naïve insolence.

— Presque le double, mais ce n'est pas une raison pour me vouvoyer.

— Vous paraissez plus jeune, précisai-je, en espérant corriger ainsi mon indiscrétion.

— Je te fais confiance, puisque j'ignore à quoi je ressemble, répondit-elle sans se départir de son demi-sourire. Mais si je te parais plus jeune, raison de plus pour me dire tu.

— Comme vous voudrez, mademoiselle Clara.

J'observai avec attention ses mains ouvertes comme des ailes sur ses genoux, sa taille fragile sous les plis de l'alpaga, le dessin de ses épaules, l'extrême pâleur de sa gorge et les commissures de ses lèvres, que j'aurais voulu caresser du bout des doigts. Jamais auparavant je n'avais eu l'occasion d'examiner une femme de si près et avec une telle précision, sans avoir à craindre de rencontrer son regard.

— Qu'est-ce qui t'intéresse tant ? questionna Clara, non sans une certaine malice.

— Votre oncle dit que vous êtes une spécialiste de Julián Carax, improvisai-je, la bouche sèche.

— Mon oncle serait capable d'inventer n'importe quoi quand il s'agit de passer un moment seul avec un livre qui le fascine, expliqua Clara. Mais tu dois te demander comment une aveugle peut être un expert, si elle ne peut pas lire les livres qu'on lui présente.

— Je n'y avais pas pensé, je vous jure.

— Pour un garçon qui a presque onze ans, tu ne mens pas mal. Fais attention, ou tu finiras comme mon oncle.

Craignant de commettre une nouvelle gaffe, je me bornai à rester assis en silence, en la contemplant, stupide.

— Allons, approche, dit-elle.

— Pardon ?

— Approche, n'aie pas peur. Je ne vais pas te manger.

Quittant ma chaise, je m'approchai de celle de Clara. La nièce du libraire leva la main droite pour me chercher à tâtons. Sans bien savoir comment procéder, j'en fis autant en lui tendant la mienne. Elle la prit dans sa main gauche et me tendit à nouveau la main droite. Instinctivement, je compris ce qu'elle me demandait et la guidai jusqu'à mon visage. Son toucher était à la fois ferme et délicat. Ses doigts parcoururent mes joues et mes pommettes. Je demeurai immobile, osant à peine respirer. Pendant que Clara lisait mes traits avec ses mains, elle se souriait à elle-même et je pus voir que ses lèvres s'entrouvraient, comme pour un murmure muet. Je sentis ses mains frôler mon front, mes cheveux, mes paupières. Elle s'arrêta à mes lèvres, pour les dessiner, toujours en silence, avec l'index et l'annulaire. Ses doigts sentaient la cannelle. Je ravalai ma salive, tandis que mon cœur battait la chamade, et je remerciai la divine providence qu'il n'y eût pas de témoins pour me voir rougir si fort que j'aurais pu allumer un havane à un mètre de distance.

3

Cette après-midi de brume et de crachin, Clara Barceló me vola le cœur, la respiration et le sommeil. Profitant de la lumière ensorcelée de l'Ateneo, ses mains écrivirent sur ma peau une malédiction qui devait me poursuivre pendant des années. Tandis que je la contemplais, fasciné, la nièce du libraire me raconta son histoire et comment elle était tombée, elle aussi par hasard, sur les pages de Julián Carax. L'accident avait eu lieu dans un village de Provence. Au début de la guerre civile, son père, avocat de renom lié au cabinet du président de la Généralité de Catalogne, Lluis Companys, avait eu la clairvoyance d'envoyer sa fille et sa femme vivre avec sa sœur de l'autre côté de la frontière. Il ne manquait pas de gens pour affirmer que c'était exagéré, qu'il ne se passerait rien à Barcelone et qu'en Espagne, berceau et parangon de la civilisation chrétienne, la barbarie était le fait des anarchistes qui, avec leurs bicyclettes et leurs chaussettes trouées, ne pouvaient pas aller bien loin. Les peuples ne se regardent jamais dans un miroir, disait toujours le père de Clara, et encore moins quand il y a de la guerre dans l'air. L'avocat était un bon lecteur de l'Histoire et savait que l'avenir se déchiffre plus clairement dans les rues, les usines et les casernes que dans la presse du matin. Pendant des mois, il écrivit toutes les semaines. Au début, de son cabinet de la rue Diputación, puis sans adresse d'expéditeur, et finalement en cachette, d'une cellule du fort de Montjuïc où, comme tant d'autres, personne ne l'avait vu entrer et d'où personne ne le vit jamais ressortir.

La mère de Clara lisait les lettres à haute voix, en cachant mal ses pleurs et en sautant des passages dont sa fille devinait qu'elle les jugeait inutiles. Plus tard, à minuit, Clara convainquait sa cousine Claudette de lui relire les lettres de son père dans leur intégralité. C'était comme si Clara les parcourait elle-même, en empruntant les yeux d'une autre. Personne ne la vit jamais verser une larme, pas même quand elles cessèrent de recevoir du courrier de l'avocat, puis quand les nouvelles de la guerre firent supposer le pire.

— Mon père savait depuis le début ce qui allait se passer, m'expliqua Clara. Il est resté auprès de ses amis, jugeant que c'était son devoir. Il est mort de sa loyauté envers des gens qui, l'heure venue, l'ont trahi. Ne fais jamais confiance à personne, Daniel, et surtout pas à ceux que tu admires. Ce sont eux qui te porteront les coups les plus terribles.

Clara disait cela avec une dureté qu'elle semblait avoir forgée au cours d'années de secret et d'ombre. Je me perdais dans son regard de porcelaine, ses yeux sans larmes ni pièges, en l'écoutant parler de choses qu'alors je ne comprenais pas. Clara décrivait des personnes, des scènes, des objets qu'elle n'avait jamais vus de ses propres yeux, avec un soin du détail et une précision de maître de l'école flamande. Son langage s'attachait aux textures et aux échos, à la couleur des voix, au rythme des pas. Elle m'expliqua comment, pendant ses années d'exil en France, elle et sa cousine Claudette avaient partagé un précepteur, un quinquagénaire alcoolique qui jouait à l'homme de lettres et se vantait de pouvoir réciter l'*Énéide* de Virgile en latin et sans accent. Elles l'avaient surnommé Monsieur Roquefort à cause de l'odeur *sui generis* distillée par sa personne en dépit des bains romains à l'eau de Cologne et au parfum dont il aspergeait son corps pantagruélique. Monsieur Roquefort, malgré quelques particularités remarquables (parmi lesquelles la ferme et militante conviction que la charcuterie, et spécialement le saucisson que Clara et sa mère recevaient d'Espagne, était un remède divin pour les troubles circulatoires et la goutte), était un homme aux goûts raffinés. Depuis sa jeunesse, il se rendait à Paris une fois par mois pour enrichir son bagage culturel des dernières nouveautés littéraires, visiter des musées et, disait la rumeur, passer une nuit de détente entre les bras d'une nymphe qu'il avait baptisée Madame Bovary bien qu'elle s'appelât Hortense et eût une certaine propension à la pilosité faciale. Au cours de ses excursions culturelles, Monsieur Roquefort avait coutume de fréquenter un bouquiniste des quais situé face à Notre-Dame, et c'est là que, par une après-midi de 1929, il était tombé par hasard sur un roman d'un auteur inconnu, un certain Julián Carax. Toujours ouvert aux nouveautés, Monsieur Roquefort avait acheté le livre, avant tout parce qu'il avait trouvé son titre suggestif et qu'il aimait lire quelque chose de léger dans le train du retour. Au dos de la couverture de *La Maison rouge* figurait un portrait de l'auteur, assez flou pour que l'on ne sache pas s'il s'agissait d'une photo ou d'un dessin au fusain. La notice biographique indiquait que Julián Carax était un jeune homme de vingt-sept ans, né avec le siècle à Barcelone, vivant pour l'heure à Paris, qui écrivait en français et exerçait la profession de pianiste dans un établissement nocturne. Le texte de présentation, pompeux et ronflant comme le voulait l'époque, proclamait sur un ton péremptoire que cette première œuvre révélait une force éblouissante, un talent protéiforme et inouï, lui promettant un avenir littéraire sans égal dans le monde des vivants. Pour couronner le tout, le résumé qui suivait laissait entendre que l'histoire contenait des éléments plutôt sinistres, relevant du roman-feuilleton, ce qui était toujours un bon point aux yeux de Monsieur Roquefort car, après les classiques, il n'appréciait rien tant que les intrigues pleines de crimes et de coucheries.

La Maison rouge relatait la vie tourmentée d'un mystérieux individu qui cambriolait les magasins de jouets et les musées pour y voler des poupées et des pantins, auxquels il arrachait les yeux après les avoir emportés dans son antre, une serre fantomatique abandonnée sur une berge de la Seine. Une nuit qu'il s'était introduit dans un somptueux hôtel particulier de la rue du Général-Foy pour décimer la collection privée d'un magnat qui devait sa fortune à de louches combines durant la révolution industrielle, la fille de ce dernier, une demoiselle de la bonne société parisienne, fort cultivée et très distinguée, tombait amoureuse du cambrioleur. A mesure qu'avançait leur romance tortueuse, truffée de péripéties scabreuses et d'épisodes troubles, l'héroïne pénétrait le mystère qui poussait l'énigmatique personnage, lequel ne révélait jamais son nom, à énucléer les poupées, pour découvrir un horrible secret sur son père et sa collection de figurines en porcelaine, et sombrer inévitablement dans un final digne d'une tragédie gothique.

Monsieur Roquefort, qui était un coureur de fond en matière de performances littéraires et s'enorgueillissait de posséder une vaste collection de lettres signées de tous les éditeurs de Paris lui refusant les volumes de vers et de prose qu'il leur adressait sans trêve, avait identifié l'établissement qui avait publié le roman, une maison d'édition de quatre sous, connue seulement pour ses livres de cuisine, de couture et autres arts domestiques. Le bouquiniste lui avait confié que le livre venait à peine de sortir et qu'il avait réussi à décrocher des notules dans deux journaux de province, à côté des annonces nécrologiques. Les critiques avaient expédié le débutant Carax en quelques lignes, en lui recommandant de ne pas laisser tomber son emploi de pianiste, car il était clair qu'il n'avait aucun avenir dans la littérature. Monsieur Roquefort, dont le cœur et le porte-monnaie s'attendrissaient à l'évocation des causes perdues, avait décidé d'investir cinquante centimes et emporté le roman du dénommé Carax en même temps qu'une exquise édition du grand maître dont il se sentait l'héritier spirituel, Gustave Flaubert.

Le train de Lyon était bondé jusque dans les soufflets et Monsieur Roquefort dut partager son compartiment avec un groupe de bonnes sœurs qui, sitôt quittée la gare d'Austerlitz, n'avaient cessé de chuchoter en lui lançant des regards réprobateurs. Ainsi pris pour cible, le précepteur, tirant le roman de sa serviette, s'était retranché derrière ses pages. Quelle n'avait pas été sa surprise, des centaines de kilomètres plus loin, de découvrir qu'il avait oublié les bonnes sœurs, les cahots du train et le paysage qui défilait derrière les vitres comme un mauvais rêve des frères Lumière. Il avait lu toute la nuit, sans prêter attention aux ronflements des religieuses et aux gares qui se succédaient dans le brouillard. Au petit matin, en tournant la dernière page, Monsieur Roquefort s'était aperçu qu'il avait les larmes aux yeux et le cœur partagé entre le poison de l'envie et l'étonnement.

Dès le lundi, toutes affaires cessantes, Monsieur Roquefort avait appelé la maison d'édition parisienne pour demander des renseignements sur le dénommé Julián Carax. Il lui avait fallu beaucoup insister avant qu'une standardiste asthmatique et virulente ne lui réponde que M. Carax n'avait pas d'adresse connue, que, de toute manière, il n'entretenait pas de relations avec la maison d'édition en question, et que les ventes de *La Maison rouge* depuis la date de sa publication se montaient très exactement à soixante-dix-sept exemplaires, probablement achetés par les demoiselles de petite vertu et autres habitués de l'établissement où l'auteur égrenait nocturnes et polonaises pour quelques sous. Les autres exemplaires avaient été retournés et transformés en pâte à papier pour imprimer des missels, des contraventions et des billets de loterie. Le sort lamentable du mystérieux auteur finit de lui gagner la sympathie de Monsieur Roquefort. Au cours des dix années qui suivirent, à chacune de ses visites à Paris, il sillonna les libraires d'occasion à la recherche d'autres œuvres de Julián Carax. Il n'en trouva aucune. Presque personne n'avait entendu parler de l'auteur, et le peu de gens à qui son nom disait quelque chose ne savaient pratiquement rien de lui. Certains affirmaient qu'il avait publié d'autres livres chez des éditeurs de bas étage à des tirages dérisoires. A supposer que ces livres existent réellement, ils étaient introuvables. Un libraire affirma un jour avoir eu entre les mains un roman de Julián Carax intitulé *Le Voleur de cathédrales*, mais cela faisait longtemps et il n'en était pas tout à fait sûr. A la fin de 1935, il apprit qu'un nouveau roman de Julián Carax, *L'Ombre du Vent*, avait été publié par une petite maison d'édition parisienne. Il écrivit à l'éditeur pour commander plusieurs exemplaires. Il n'eut jamais de réponse. L'année suivante, au printemps 1936, son vieil ami le bouquiniste des quais de Seine lui demanda s'il s'intéressait toujours à Carax. Monsieur Roquefort répondit qu'il n'était pas homme à se décourager. Il savait être opiniâtre : si le monde s'acharnait à enterrer Carax dans l'oubli, lui n'avait aucune envie de jouer les fossoyeurs. Son ami lui expliqua que, quelques semaines plus tôt, une rumeur avait circulé. Carax était sur le point d'épouser une dame qui possédait du bien et, après des années de silence, il avait publié un nouveau roman qui, pour la première fois, avait fait l'objet d'un article favorable dans *Le Temps*. Mais juste au moment où la chance semblait tourner, poursuivit le bouquiniste, Carax s'était vu impliqué dans un duel au cimetière du Père-Lachaise. Les circonstances entourant cette affaire n'étaient pas claires. On savait seulement que le duel avait eu lieu à l'aube du jour où

Carax devait convoler en justes noces et que le fiancé ne s'était pas présenté à l'église.

Chacun y allait de son opinion : pour les uns, il était mort dans ce duel et son cadavre avait été abandonné dans une tombe anonyme ; d'autres, plus optimistes, préféraient croire que Carax, impliqué dans quelque sombre affaire, avait dû renoncer à conduire sa fiancée à l'autel et fuir Paris pour regagner Barcelone. La tombe sans nom ne fut jamais identifiée et, peu après, une autre nouvelle circula : Julián Carax, poursuivi par le destin, était mort dans sa ville natale, dans la misère la plus absolue. Les filles du bordel où il jouait du piano avaient fait une collecte pour lui payer un enterrement décent. Le temps que le virement parvienne à destination, le cadavre était enterré dans une fosse commune avec les mendiants et les inconnus dont on découvrait le corps flottant dans le port ou qui mouraient de froid sur l'escalier du métro.

Ne serait-ce que par esprit de contradiction, Monsieur Roquefort n'oublia pas Carax. Onze ans après avoir découvert *La Maison rouge,* il décida de prêter le roman à ses deux élèves, espérant peut-être que ce livre étrange leur donnerait le goût de la lecture. Clara et Claudette avaient alors quinze ans, leurs veines brûlantes débordaient d'hormones, et le monde leur clignait de l'œil derrière les fenêtres de la salle d'étude. Jusque-là, malgré les efforts de leur professeur, elles étaient restées insensibles aux charmes des classiques, des fables d'Ésope et des vers immortels de Dante Alighieri. Monsieur Roquefort, craignant que son contrat ne soit résilié si la mère de Clara découvrait que ses efforts pédagogiques ne réussissaient qu'à former deux analphabètes écervelées, leur donna le livre en prétextant qu'il s'agissait d'une de ces histoires d'amour qui tireraient des larmes à une pierre – il ne mentait qu'à demi.

4

— Jamais je ne m'étais sentie prise, séduite et emportée par une histoire comme celle que racontait ce livre, expliqua Clara. Pour moi, la lecture était une obligation, une sorte de tribut à payer aux professeurs et aux précepteurs sans bien savoir pourquoi. Je ne connaissais pas encore le plaisir de lire, d'ouvrir des portes et d'explorer son âme, de s'abandonner à l'imagination, à la beauté et au mystère de la fiction et du langage. Tout cela est né en moi avec ce roman. As-tu déjà embrassé une fille, Daniel ?

Mon cervelet s'étrangla et ma salive se transforma en sciure de bois.

— Bien sûr, tu es très jeune. Mais c'est la même sensation, cette étincelle de l'inoubliable première fois. Ce monde est un monde de ténèbres, Daniel, et la magie une chose rare. Ce livre m'a appris que lire pouvait me faire vivre plus intensément, me rendre la vue que j'avais perdue. Rien que pour ça, ce roman dont personne n'avait cure a changé ma vie.

Arrivé à ce point, je me trouvais réduit à l'état d'idiot, à la merci de cet être dont les paroles et le charme ne me laissaient ni le moyen ni l'envie de résister. Je souhaitai qu'elle ne s'arrête jamais de parler, que sa voix m'enveloppe pour toujours et que son oncle ne revienne jamais mettre fin à cet instant qui n'appartenait qu'à moi.

— Pendant des années j'ai cherché d'autres livres de Julián Carax, poursuivit Clara. Je me suis renseignée dans des bibliothèques, des librairies, des écoles… en vain. Personne n'avait entendu parler de lui ni de ses livres. Je ne pouvais le comprendre. Plus tard, l'écho d'une étrange histoire revint aux oreilles de Monsieur Roquefort : un individu passait son temps à courir les librairies et les bibliothèques à la recherche d'œuvres de Julián Carax et, s'il en trouvait, les achetait, les volait ou les obtenait par n'importe quel moyen ; après quoi, il les brûlait. Nul ne savait qui il était, ni pourquoi il faisait cela. Un mystère de plus à ajouter à l'énigme Carax. Le temps passant, ma mère décida de retourner à Barcelone. Elle était malade, et son foyer, son univers avaient toujours été ici. Secrètement, je nourrissais l'espoir de pouvoir y apprendre quelque chose sur Carax, puisque, en fin de compte, Barcelone était la ville où il était né et où il avait disparu au début de la guerre. Tout ce que j'y trouvai ne me conduisit qu'à des impasses, et cela malgré l'aide de mon oncle. Quant à ma mère, la Barcelone dans laquelle elle débarqua n'était plus celle qu'elle avait quittée. Elle découvrit une ville de ténèbres, où mon père ne vivait plus, mais dont chaque coin de rue restait hanté par son souvenir et sa mémoire. Comme si cette désolation ne suffisait pas, elle décida d'engager un individu pour enquêter sur ce qu'il était exactement advenu de mon père. Après des mois de recherches, tout ce que le détective réussit à retrouver fut une montre-bracelet cassée et le nom de l'homme qui l'avait tué dans les fossés du fort de Montjuïc. Il s'appelait Fumero,

Javier Fumero. On nous dit que ce personnage – et il était loin d'être un cas isolé – avait débuté comme pistolero à la solde des anarchistes de la FAI, puis flirté avec les communistes comme avec les fascistes, les roulant tous, vendant ses services au plus offrant, pour passer enfin, après la chute de Barcelone, au camp des vainqueurs en s'engageant dans la police. C'est aujourd'hui un inspecteur célèbre et décoré. Personne, en revanche, ne se souvenait de mon père. Comme tu peux l'imaginer, ma mère s'éteignit au bout de quelques mois à peine. Les médecins dirent que c'était le cœur, et je crois que, pour une fois, ils avaient raison. A sa mort, j'allai vivre chez mon oncle Gustavo, le seul parent qui lui restait à Barcelone. J'adorais Gustavo, parce qu'il m'offrait toujours des livres quand il venait nous rendre visite. Toutes ces années, il a été mon unique famille, et mon meilleur ami. Tel que tu le vois, un peu arrogant, il a en réalité un cœur d'or. Chaque soir, sans exception, même s'il tombe de sommeil, il me fait la lecture.

— Si vous voulez, je pourrais vous faire la lecture, moi aussi, m'empressai-je de dire, en me repentant à l'instant même de mon audace, convaincu que, pour Clara, ma compagnie ne pouvait constituer qu'un embarras, ou une plaisanterie.

— Merci, Daniel, répondit-elle. J'en serais ravie.

— Ce sera quand vous voudrez.

Elle acquiesça, en me cherchant de son sourire.

— Malheureusement, je n'ai pas gardé cet exemplaire de *La Maison rouge*, dit-elle. Monsieur Roquefort a refusé de s'en séparer. Je pourrais essayer de te raconter l'histoire, mais ce serait comme décrire une cathédrale en disant que c'est un tas de pierres qui se termine en pointe.

—Je suis sûr que vous la raconteriez beaucoup mieux que ça, murmurai-je.

Les femmes possèdent un instinct infaillible pour savoir quand un homme est tombé éperdument amoureux d'elles, surtout si le mâle en question est d'esprit faible et d'âge tendre. Je réunissais toutes les conditions pour que Clara Barceló me fasse marcher, mais je préférai croire que sa condition de non-voyante me garantissait une certaine marge de sécurité et que mon crime, ma totale et pathétique dévotion pour une femme qui avait le double de mon âge, de mon intelligence et de ma taille, resterait dans l'ombre. Je me demandais ce qu'elle pouvait trouver chez moi pour m'offrir ainsi son amitié, sinon un pâle reflet d'elle-même, un écho de sa solitude et de son désarroi. Dans mes rêves de collégien, nous serions toujours deux fugitifs chevauchant à dos de livre, prêts à nous échapper dans un monde imaginaire de seconde main.

Lorsque Barceló revint avec un sourire de chat, deux heures s'étaient écoulées, qui m'avaient paru deux minutes. Le libraire me tendit le livre et me fit un clin d'œil.

—Regarde-le bien, mon mignon : je ne veux pas que tu viennes ensuite m'accuser d'entourloupe, hein ?

—J'ai confiance en vous, affirmai-je.

—Ne dis pas de bêtises. Le dernier quidam qui m'a dit ça (un touriste américain, convaincu que la *fabada* asturienne avait été inventée par Hemingway lors des San Fermines), je lui ai vendu un *Font-aux-Cabres* avec une dédicace au stylo de Lope de Vega, tu te rends compte ? Alors tu ferais mieux d'ouvrir l'œil, parce que dans le commerce des livres on doit se méfier de tout, même d'une table des matières.

Quand nous sortîmes dans la rue Canuda, il faisait nuit. Une brise fraîche balayait la ville, et Barceló ôta son pardessus pour le poser sur les épaules de Clara. Aucune inspiration plus appropriée ne me venant à l'esprit, je laissai tomber, comme une idée qui n'avait d'intérêt que s'ils la trouvaient bonne, que je pouvais passer le lendemain chez eux pour faire lecture à Clara de quelques chapitres de *L'Ombre du Vent.* Barceló me lança un coup d'œil en coin et éclata d'un rire moqueur.

— Eh, mon garçon, tu t'emballes, s'écria-t-il – mais son ton trahissait sa satisfaction.

— Eh bien, si ça ne vous convient pas, peut-être un autre jour, ou…

— La parole est à Clara, dit le libraire. Nous avons déjà sept chats et deux cacatoès dans l'appartement. Alors une bestiole de plus ou de moins…

— Je t'attends demain soir vers sept heures, conclut Clara. Tu connais l'adresse ?

5

Il y eut une époque de mon enfance où, peut-être pour avoir grandi au milieu des livres et des libraires, j'avais décidé que je voulais être romancier et mener une vie de mélodrame. A l'origine de ce rêve littéraire se trouvait, en plus de la simplicité merveilleuse avec laquelle on regarde le monde quand on a cinq ans, un chef-d'œuvre de fabrication et de précision exposé dans un magasin de stylos de la rue Anselmo Clavé, juste derrière le Gouvernement Militaire. L'objet de ma dévotion, un somptueux stylo noir orné d'innombrables torsades et arabesques, trônait dans la vitrine comme s'il s'agissait d'un joyau de la couronne. La plume, un prodige à elle seule, était un délire baroque d'argent, d'or, avec mille stries, qui étincelait comme le phare d'Alexandrie. Lorsque mon père m'emmenait en promenade, je n'arrêtais pas de parler jusqu'au moment où nous arrivions devant la vitrine où était exposé le stylo. Mon père disait que ce devait être pour le moins le stylo d'un empereur. Moi, j'étais secrètement convaincu qu'avec semblable merveille on pouvait écrire n'importe quoi, depuis des romans jusqu'à des encyclopédies, et même des lettres qui auraient le pouvoir de franchir toutes les limites imposées par la poste. Dans ma naïveté, je croyais que ce que je pourrais écrire avec ce stylo arriverait toujours à bon port, y compris en ce lieu incompréhensible pour lequel mon père disait que ma mère était partie sans espoir de retour.

Un jour, nous nous décidâmes à entrer dans le magasin pour nous renseigner sur cet extraordinaire ustensile. Il en résulta que celui-ci était le roi des stylographes, un Montblanc Meisterstück, série numérotée, qui avait appartenu – c'est du moins ce qu'assurait solennellement le vendeur –, à Victor Hugo en personne. Nous fûmes informés que c'était de cette plume en or qu'avait jailli le manuscrit des *Misérables*.

— Aussi vrai que le Vichy Catalan jaillit de la source de Caldas, nous certifia le vendeur.

D'après ce qu'il nous dit, il l'avait acheté lui-même à un collectionneur venu de Paris et s'était assuré de l'authenticité de l'objet.

— Et, si ce n'est pas indiscret, à quel prix vendez-vous cet Himalaya de prodiges ? s'enquit mon père.

La seule mention de la somme fit fuir toute couleur de son visage, mais moi, j'en fus définitivement ébloui. Le vendeur, nous prenant peut-être pour des agrégés de physique, nous gratifia d'un galimatias incompréhensible où il était question d'alliages de métaux précieux, d'émaux de l'Extrême-Orient et d'une théorie révolutionnaire sur les pistons et les vases communicants, le tout relevant de la science teutonne méconnue qui présidait à la glorieuse création de ce champion de la technologie graphique. Je dois reconnaître cependant, et c'est tout à l'honneur du vendeur, que malgré notre allure de fauchés il nous laissa manipuler le stylo autant que nous le voulions, le remplit d'encre pour nous, et nous donna un parchemin afin que je puisse y inscrire mon nom et entamer ainsi ma carrière littéraire dans le sillage de Victor Hugo. Puis, après l'avoir soigneusement nettoyé et astiqué, il le replaça sur son trône, à la place d'honneur.

— Nous repasserons, murmura mon père.

Une fois dans la rue, il me dit d'une voix douce que nous ne pouvions nous permettre un achat pareil. La librairie nous permettait tout juste de vivre et de m'envoyer dans un bon collège. Le stylo Montblanc de l'auguste Victor Hugo devrait attendre. Je ne dis rien, mais mon père dut lire la déception sur mon visage.

— Voilà ce que nous allons faire, proposa-t-il. Quand tu auras l'âge de commencer à écrire, nous reviendrons et nous l'achèterons.

— Et s'il est vendu avant ?

— Personne ne l'achètera, crois-moi. Et sinon, nous

demanderons à M. Federico de nous en faire un, cet homme a des mains en or.

M. Federico était l'horloger du quartier, client occasionnel de la librairie et probablement l'homme le plus poli et le plus distingué de tout l'hémisphère occidental. Sa réputation d'habileté s'étendait du quartier de la Ribera jusqu'au marché du Ninot. Une autre réputation moins brillante le poursuivait, relative à sa prédilection érotique pour les éphèbes musclés de la pègre la plus virile et une certaine tendance à s'habiller en Estrellita Castro.

— Tu es sûr que M. Federico aime les plumes ? demandai-je avec une divine innocence.

Mon père haussa un sourcil, craignant que quelque rumeur malintentionnée ne soit venue troubler mon âme pure.

— M. Federico s'y connaît mieux que personne pour tout ce qui est allemand, et il serait capable de fabriquer une Volkswagen si on le lui demandait. Et puis il faudrait vérifier s'il existait déjà des stylos à l'époque de Victor Hugo. Tout ça n'est pas très clair.

Le scepticisme historiciste de mon père ne m'atteignait pas. Je gobais la légende les yeux fermés, même si je ne voyais pas d'un mauvais œil que M. Federico fabrique un succédané. J'avais encore du temps devant moi pour me hisser à la hauteur de Victor Hugo. Pour ma consolation, et comme l'avait prédit mon père, le stylo Montblanc resta des années dans sa vitrine que nous allions contempler religieusement tous les samedis matin.

— Il est toujours là, disais-je, émerveillé.

— Il t'attend, disait mon père. Il sait qu'un jour il sera à toi et que tu écriras un chef-d'œuvre avec.

— Je veux écrire une lettre. A maman. Pour qu'elle ne se sente pas seule.

Mon père m'observa, impassible.

— Ta mère n'est pas seule, Daniel. Elle est avec Dieu. Et avec nous, même si nous ne pouvons la voir.

— Et Dieu, pourquoi veut-il l'avoir avec lui ?

— Je ne sais pas. Si un jour nous le rencontrons, nous lui poserons la question.

Avec le temps, j'abandonnai l'idée de la lettre et décidai que, tout compte fait, il serait plus pratique de commencer par le chef-d'œuvre. A défaut de stylo, mon père me prêta un crayon Staedtler numéro deux avec lequel je griffonnais dans un cahier. Mon histoire, comme par hasard, tournait autour d'un stylo prodigieux qui ressemblait à s'y méprendre à celui du magasin, et qui, de plus, était ensorcelé. Plus concrètement, le stylo était possédé par l'âme torturée d'un romancier qui avait été son propriétaire avant de mourir de faim et de froid. Tombé entre les mains d'un débutant, le stylo se mettait à coucher sur le papier la dernière œuvre de l'auteur, celle qu'il n'avait pu terminer quand il était en vie. Je ne sais où j'avais pris cette idée ni d'où elle m'était venue, mais ce qui est sûr, c'est que, par la suite, je n'en ai jamais eu de pareille. Mes tentatives pour la mettre par écrit, cependant, se révélèrent désastreuses. Une anémie de l'inventivité affectait ma syntaxe, et mes envols métaphoriques me rappelaient les réclames de bains effervescents pour les pieds que j'avais l'habitude de lire dans le tramway. J'en accusais le crayon, et regrettais amèrement le stylo qui eût fait de moi un maître. Mon père suivait mes progrès chaotiques avec un mélange de fierté et d'inquiétude.

— Comment va ton histoire, Daniel ?

— Je ne sais pas. Je suppose que tout serait différent si j'avais le stylo.

Selon mon père, c'était le raisonnement d'un littérateur néophyte.

— Continue d'y travailler, et dès que tu auras terminé ta première œuvre, je te l'achèterai.

— Tu me le promets ?

Il répondait toujours par un sourire. Heureusement pour lui, mes aspirations littéraires s'évanouirent vite et furent reléguées sur le terrain oratoire. La découverte au marché de Los Encantes de jouets mécaniques et de toutes sortes de machines en fer-blanc à des prix plus compatibles avec notre budget familial y contribua fortement. La ferveur enfantine est une maîtresse infidèle et capricieuse, et bientôt je n'eus plus d'yeux que pour les meccanos et les bateaux à ressort. Je cessai de demander à mon père de m'emmener voir le stylo de Victor Hugo, et lui n'en parla plus. Ce monde-là semblait avoir disparu de mes pensées, mais aujourd'hui encore je conserve de mon père cette image que j'ai eue de lui : un homme trop maigre dans un vieux costume trop large, avec un chapeau acheté d'occasion sept pesetas rue Condal, un homme qui ne pouvait se permettre de donner à son fils un stylo merveilleux, inutile, mais qui semblait tout signifier. Ce soir-là, quand je rentrai de l'Ateneo, je le trouvai qui m'attendait dans la salle à manger, avec ce visage où se lisaient à la fois la défaite et l'espoir.

— Je pensais que tu t'étais perdu, dit-il. Tomás Aguilar a appelé. Il a dit que vous aviez rendez-vous. Tu as oublié ?

— Barceló est bavard comme une pie, dis-je en confirmant. Je ne savais plus comment m'en débarrasser.

— C'est un brave homme, mais un peu assommant. Tu dois avoir faim. Merceditas nous a descendu de la soupe qu'elle avait faite pour sa mère. Cette fille a un cœur d'or.

Nous nous mîmes à table pour déguster l'aumône de Merceditas, la fille de la voisine du troisième, que tout le monde considérait comme un modèle de vertu mais que j'avais vue plus d'une fois en train d'asphyxier de baisers un marin aux mains fureteuses qui l'accompagnait certains jours jusqu'à la porte de l'immeuble.

— Tu as l'air bien méditatif, ce soir, dit mon père, pour tenter de faire la conversation.

— Ça doit être l'humidité, elle dilate le cerveau. C'est Barceló qui le dit.

— Ou peut-être autre chose. Tu es préoccupé, Daniel ?

— Non. Je réfléchissais, c'est tout.

— A quoi ?

— A la guerre.

Mon père hocha la tête d'un air sombre et avala sa soupe en silence. C'était un homme réservé qui, même s'il n'en parlait jamais, vivait dans le passé. J'avais grandi dans la conviction que ce long ralenti de l'après-guerre, un monde de monotonie, de misère et de rancœurs cachées, était aussi naturel que l'eau du robinet, et que cette tristesse muette qui suintait des murs de la ville blessée était le véritable visage de son âme. L'un des pièges de l'enfance est qu'il n'est pas nécessaire de comprendre quelque chose pour le sentir. Et quand la raison devient capable de saisir ce qui se passe autour d'elle, les blessures du cœur sont déjà trop profondes. En cette soirée de l'été commençant, tandis que je marchais dans le crépuscule obscur et traître de Barcelone, je n'avais pu chasser de mes pensées le récit que Clara m'avait fait de la disparition de son père. Dans mon univers, la mort était une main anonyme et incompréhensible, un démarcheur à domicile qui emportait les mères, les clochards ou les voisins nonagénaires comme s'il s'agissait d'une loterie infernale. L'idée ne m'était pas venue à l'esprit que la mort pouvait marcher à mes côtés avec un visage humain et un cœur empoisonné par la haine, porter un uniforme ou une gabardine, faire la queue au cinéma, rire dans les cafés, mener le matin les enfants se promener dans le parc de la Citadelle et faire disparaître le soir un malheureux dans les cachots du fort de Montjuïc ou dans une fosse commune sans nom et sans cérémonie. A force d'y repenser, je me dis que cet univers de carton-pâte que je croyais vrai ne constituait peut-être qu'un décor. En ces années volées, la fin de l'enfance était comme les chemins de fer espagnols : elle arrivait quand elle le pouvait.

Nous avalâmes le bouillon où nageaient des restes et du pain, cernés par le murmure insistant des feuilletons radiophoniques qui se glissaient à travers les fenêtres ouvertes sur la place de l'église.

— Et alors, comment ça s'est passé avec M. Gustavo ?

— J'ai fait la connaissance de sa nièce Clara.

— L'aveugle ? On dit que c'est une beauté.

— Je ne sais pas. Je n'ai pas fait attention.

— Ça vaut mieux.

— Je leur ai dit que je passerais probablement demain chez eux, en sortant du collège, pour faire la lecture à cette pauvre fille qui est très seule. Si tu m'en donnes la permission.

Mon père me regarda d'un air dubitatif, comme s'il se demandait si c'était lui qui avait vieilli prématurément ou moi qui avais grandi trop vite. Je décidai de changer de sujet, et le seul que je pus trouver était celui qui me dévorait de l'intérieur.

— Est-ce vrai que, pendant la guerre, on menait les gens au fort de Montjuïc et qu'on ne les revoyait plus ?

Mon père avala sa cuillerée sans broncher et me regarda attentivement. Il ne souriait plus.

— Qui t'a dit ça ? Barceló ?

— Non. C'est Tomás Aguilar, qui me raconte quelquefois des histoires, au collège.

Mon père acquiesça avec gravité.

— En temps de guerre, il se passe des choses qui sont très difficiles à expliquer. Moi-même, souvent, j'ignore ce qu'elles signifient vraiment. Parfois, il vaut mieux laisser les choses comme elles sont.

Il soupira et termina sa soupe d'un air résigné. Je l'observais, muet.

— Avant de mourir, ta mère m'a fait promettre de ne jamais te parler de la guerre, de faire en sorte que tu n'aies aucun souvenir de ce qui s'est passé.

Je ne sus que répondre. Mon père détourna les yeux, comme s'il cherchait quelque chose au plafond : un regard, un silence, ou peut-être ma mère, pour qu'elle confirme ses paroles.

— Il m'arrive de me dire que j'ai eu tort de respecter sa volonté. Je ne sais pas.

— Ça n'est pas important, papa…

— Si, ça l'est. Tout est important, après une guerre. Et oui, c'est vrai que beaucoup de gens sont entrés dans le fort et n'en sont jamais ressortis.

Nos regards se croisèrent brièvement. Peu après, mon

père se leva et se réfugia dans sa chambre, meurtri de devoir se taire. Je desservis la table et posai la vaisselle dans le petit évier de marbre de la cuisine pour la laver. Revenant dans la grande pièce, j'éteignis la lumière et m'assis dans le vieux fauteuil de mon père. L'haleine de la rue agitait les rideaux. Je n'avais pas sommeil, ni envie d'aller me coucher. J'allai au balcon et regardai la clarté diffuse qui tombait des réverbères, sur la Puerta del Angel. La silhouette se découpait en formant une tache d'ombre sur les pavés de la chaussée, immobile. Le rougeoiement ténu de la braise d'une cigarette se reflétait dans ses yeux. Elle était vêtue de noir, une main dans la poche de sa veste, l'autre tenant la cigarette dont la fumée bleutée tissait une toile d'araignée autour d'elle. Elle m'observait en silence, le visage masqué par le contre-jour de l'éclairage de la rue. Elle resta là pendant presque une minute, fumant avec nonchalance, son regard rivé au mien. Puis, au moment où les cloches de la cathédrale sonnaient minuit, la silhouette fit, de la tête, un léger signe d'acquiescement, un salut derrière lequel je devinai un sourire que je ne pouvais voir. Je voulus répondre, mais j'étais paralysé. L'ombre fit demi-tour et je la vis s'éloigner en boitillant. Toute autre nuit que celle-là, je me serais à peine aperçu de la présence de cet inconnu ; mais dès que je l'eus perdu de vue dans le brouillard, je sentis mon front se couvrir d'une sueur froide, et la respiration me manqua. J'avais lu une description identique à cette scène dans *L'Ombre du Vent.* Dans le récit, le héros se mettait toutes les nuits au balcon, à minuit, et découvrait qu'un inconnu l'observait dans la pénombre, en fumant nonchalamment. Son visage restait masqué par l'obscurité, et seuls ses yeux étaient perceptibles dans la nuit, pareils à des braises. L'inconnu restait là, la main droite dans la poche d'une veste noire, puis s'en allait en boitant. Dans la scène à laquelle je venais d'assister, cet inconnu aurait pu être n'importe quel noctambule, une silhouette sans visage ni identité. Dans le roman de Carax, il était le diable.

6

Un sommeil lourd d'oubli et la perspective de voir Clara dans l'après-midi me persuadèrent que cette apparition était due au hasard. Peut-être cette manifestation inattendue de mon esprit fébrile n'était-elle qu'un signe parmi d'autres de la poussée de croissance promise et espérée qui, selon toutes les voisines d'escalier, devait faire de moi un homme, sinon de bien, du moins bien fait. A sept heures tapantes, vêtu de mes plus beaux habits et répandant des effluves d'eau de Cologne Dandy pour Homme empruntée à mon père, je me présentai au domicile de M. Gustavo Barceló, prêt à faire mes débuts de lecteur mondain et d'habitué des salons. Le libraire et sa nièce partageaient un vaste appartement sur la Plaza Real. Une domestique en uniforme, portant coiffe et arborant une vague expression de légionnaire, m'ouvrit la porte avec une révérence, comme au théâtre.

— Vous devez être le jeune monsieur Daniel, dit-elle. Je suis Bernarda, pour vous servir.

Bernarda affectait un ton cérémonieux, avec un accent de Cáceres à couper au couteau. En grande pompe, elle me guida à travers la résidence des Barceló. L'appartement, au premier étage, faisait le tour de l'immeuble, décrivant un cercle de galeries, de salons et de couloirs qui m'apparurent, à moi qui étais habitué à notre modeste domicile familial de la rue Santa Ana, comme un petit Escurial. On pouvait constater que M. Gustavo, outre les livres, les incunables et toutes les sortes possibles de curiosités bibliophiliques, collectionnait également statues, tableaux et retables, ainsi qu'une faune et une flore abondantes. Je suivis Bernarda à travers une galerie où une végétation foisonnante et des spécimens des tropiques composaient un véritable jardin d'hiver. La verrière de la galerie diffusait une lumière dorée et vaporeuse. Les échos languides d'un piano flottaient dans l'air, égrenant les notes avec indolence. Bernarda s'ouvrait un passage dans la végétation en agitant ses bras de docker en guise de machette. Je marchais sur ses talons, étudiant les alentours, et je découvris la présence d'une demi-douzaine de félins et d'un couple de cacatoès aux couleurs criardes et au format encyclopédique que Barceló avait baptisés respectivement *Ortega* et *Gasset*, m'expliqua la domestique. Clara m'attendait dans le salon, de l'autre côté de cette forêt qui donnait sur la place. Vêtue d'une robe diaphane de coton bleu turquoise, l'objet de mes troubles désirs jouait du piano, nimbée de la lumière que diffusait la rosace. Clara jouait mal, à contretemps et en tapant une fausse note sur deux, mais sa sérénade me parut magnifique et son allure, toute droite devant le clavier, la tête penchée de côté avec un demi-sourire, céleste. J'allais toussoter pour annoncer ma présence, mais les effluves de Dandy pour Homme me dénoncèrent. Clara interrompit son concert, et un sourire gêné se dessina sur son visage.

— J'ai cru un instant que c'était mon oncle, dit-elle. Il m'interdit de jouer Mompou, parce qu'il dit que ce que j'en fais est un sacrilège.

Le seul Mompou que je connaissais était un prêtre décharné et prodigue en flatulences qui nous faisait la classe de physique et chimie, et l'idée qu'il pouvait s'agir de lui me parut encore plus grotesque qu'improbable.

— En tout cas, moi je trouve que tu joues merveilleusement, affirmai-je.

— Allons donc. Mon oncle, qui est un mélomane averti, a même engagé un professeur de musique pour que je joue moins mal. C'est un jeune compositeur plein d'avenir. Il se nomme Adrián Neri et a étudié à Paris et à Vienne. Je te le présenterai. Il est en train de composer une symphonie qui sera jouée par l'orchestre de la Ville de Barcelone, parce que son oncle fait partie du conseil d'administration. C'est un génie.

— Qui ? L'oncle ou le neveu ?

— Ne sois pas malicieux, Daniel. Je suis certaine qu'Adrián te plaira beaucoup.

Sûrement autant, pensai-je, qu'un piano à queue qui me tomberait dessus du septième étage.

— Tu veux goûter ? proposa Clara. Bernarda confectionne des biscuits à la cannelle à se damner.

Nous fîmes un goûter royal, en dévorant tout ce que la bonne nous apportait. J'ignorais le protocole en semblables circonstances, et ne savais pas bien comment procéder. Clara, qui semblait toujours deviner mes pensées, me dit que je pouvais lui lire *L'Ombre du Vent* quand il me plairait ; à tout prendre, le mieux était que je commence par le début. Donc, en m'efforçant de prendre le ton des speakers de Radio Nacional qui débitaient d'édifiantes histoires patriotiques peu après l'heure de l'angélus avec une diction exemplaire, je me lançai dans la relecture du roman. Ma voix, d'abord un peu crispée, se détendit petit à petit, et j'oubliai bientôt que je lisais, pour m'immerger dans le récit en découvrant des cadences et des tournures qui coulaient comme des motifs musicaux, des changements de tonalité et des pauses auxquels je n'avais pas prêté attention à la première lecture. Des détails nouveaux, des bribes d'images et des effets de miroir apparurent entre les lignes comme le dessin d'un édifice que l'on contemple sous des angles différents. Je lus une heure durant, parcourant cinq chapitres, jusqu'au moment où je me sentis la gorge sèche et où une demi-douzaine de pendules murales sonnèrent dans l'appartement en me rappelant qu'il se faisait tard. Je fermai le livre et observai Clara qui me souriait avec douceur.

— Ça me rappelle un peu *La Maison rouge*, dit-elle. Mais l'histoire me paraît moins sombre.

— Ne t'y fie pas, dis-je. Ce n'est que le début. Ensuite, les choses se compliquent.

— Tu dois vraiment partir maintenant ? demanda Clara.

— Je crains que oui. Ce n'est pas que j'en aie envie, mais…

— Si tu n'as pas autre chose à faire, tu peux revenir demain, suggéra Clara. Mais je ne veux pas abuser de…

— A six heures ? proposai-je. Je dis ça parce que nous aurons plus de temps.

Cette rencontre dans la salle de musique de l'appartement de la Plaza Real fut la première d'une longue série, qui se prolongea pendant l'été 1945 et les années qui suivirent. Bientôt, mes visites chez les Barceló furent presque quotidiennes, sauf le mardi et le jeudi, jours des cours de musique de Clara avec le dénommé Adrián Neri. Je passais là des heures et, avec le temps, je finis par connaître par cœur chaque pièce, chaque couloir et chaque plante de la forêt de M. Gustavo. *L'Ombre du Vent* dura quelques semaines, mais nous n'eûmes pas de peine à lui trouver des successeurs pour remplir nos séances de lecture. Barceló disposait d'une bibliothèque fabuleuse et, à défaut d'autres romans de Julián Carax, nous nous promenâmes dans des douzaines de classiques mineurs et de frivolités majeures. Certaines après-midi, nous lisions à peine et nous contentions de bavarder, ou même de sortir faire quelques pas sur la place, de nous promener jusqu'à la cathédrale. Clara aimait s'asseoir pour écouter les gens chuchoter dans le cloître, ou deviner l'écho des pas entre les façades de pierre des ruelles. Elle me demandait de lui décrire les façades, les passants, les voitures, les magasins, les lampadaires et les vitrines. Souvent, elle me prenait le bras et je la guidais dans notre Barcelone particulière, celle que seuls elle et moi pouvions voir. Nous terminions toujours dans une crémerie de la rue Petritxol, en partageant une assiette de crème ou une brioche avec des beignets au miel. Parfois les gens nous regardaient d'un drôle d'air, et plus d'un serveur narquois parlait de Clara comme de « ta grande sœur », mais je me moquais des plaisanteries et des insinuations. D'autres fois, malice ou penchant morbide, Clara me faisait des confidences extravagantes que je ne savais pas bien comment prendre. Un de ses sujets favoris était un étranger, un individu qui l'abordait parfois dans la rue quand elle était seule et lui parlait d'une voix cassée. Le mystérieux individu, qui ne disait jamais son nom, lui posait des questions sur M. Gustavo, et même sur moi. Un jour, il lui avait caressé la gorge. Ces histoires me faisaient souffrir le martyre. Une autre fois, Clara m'assura qu'elle avait demandé au prétendu étranger de la laisser lire son visage avec ses mains. Il avait gardé le silence, et elle avait interprété cela comme un assentiment. Quand elle avait tendu les mains vers la figure de l'inconnu, celui-ci l'avait arrêtée net. Clara avait cru palper du cuir.

— Comme s'il portait un masque en parchemin, disait-elle.

Clara jurait sur tout ce qu'elle avait de plus sacré qu'elle disait la vérité, et je cédais, torturé par l'image de cet inconnu à l'existence douteuse qui se permettait de caresser ce cou de cygne, et peut-être plus, allez savoir, alors que j'avais seulement le droit d'en rêver. Si j'avais pris le temps de réfléchir un peu, j'aurais compris que ma dévotion pour Clara n'était qu'une source de souffrance. Mais je ne l'en adorais que plus, à cause de cette éternelle stupidité qui nous pousse à nous accrocher à ceux qui nous font du mal. Tout au long de l'été, je n'eus peur que d'une chose : du jour de la rentrée des classes qui m'empêcherait de passer de longues heures avec Clara.

Bernarda, qui cachait un naturel de mère poule sous une apparence sévère, finit par me prendre en affection à force de me voir tout le temps, et, à sa façon, décida de m'adopter.

— On voit bien que ce garçon n'a pas de mère, disait-elle à Barceló. Il me fait de la peine, le pauvre petit.

Bernarda était arrivée à Barcelone peu après la guerre, fuyant la pauvreté et un père qui, dans ses bons jours, la battait comme plâtre et la traitait d'idiote, de laideron et de truie, et, dans ses mauvais jours, ceux où il avait trop bu, l'acculait dans la porcherie pour la tripoter jusqu'à ce qu'elle pleure de terreur et qu'il la laisse aller en lui disant qu'elle était une mijaurée et une imbécile, comme sa mère. Barceló l'avait rencontrée par hasard, alors qu'elle travaillait à un étal de légumes sur le marché du Borne et, se fiant à son intuition, il lui avait offert de la prendre à son service.

— Nous ferons comme dans *Pygmalion*, annonça-t-il. Vous serez mon Eliza et moi votre professeur Higgins.

Bernarda, dont l'appétit littéraire se satisfaisait de la lecture de la presse dominicale, le regarda d'un air soupçonneux.

— Dites donc, on a beau être pauvre et ignorante, on sait se tenir décemment.

Barceló n'était pas exactement George Bernard Shaw ; mais s'il n'avait pas pu doter sa pupille de la diction et du port majestueux de Manuel Azaña, premier président de la République espagnole, ses efforts avaient néanmoins fini par dégrossir Bernarda et lui enseigner les manières et les façons de parler d'une domestique de province. Elle avait vingt-huit ans, mais elle m'a toujours paru en avoir dix de plus, rien que par son regard. Elle était assidue à la messe, et sa dévotion envers la Vierge de Lourdes frisait le délire. Elle se rendait tous les jours à la basilique de Santa María del Mar pour entendre le service de huit heures, et se confessait trois fois par semaine au minimum. M. Gustavo, qui se déclarait agnostique (ce que Bernarda soupçonnait être une affection respiratoire comme l'asthme, mais chez les messieurs de la haute société), était d'avis qu'il était mathématiquement impossible que sa domestique commette assez de péchés pour maintenir un tel rythme de confession.

— Mais tu es bonne comme la romaine, Bernarda, disait-il, indigné. Ces gens qui voient le péché partout ont l'âme malade, et si tu veux vraiment savoir, les intestins aussi. La condition de base du bigot ibérique est la constipation chronique.

En entendant de tels blasphèmes, Bernarda se signait cinq fois de suite. Plus tard, dans la nuit, elle récitait une prière particulière pour l'âme polluée de M. Barceló qui, comme Sancho Pança, avait le cœur bon mais le cerveau pourri par toutes ses lectures. De Pâques aux Rameaux, Bernarda se trouvait des fiancés qui la battaient, lui soutiraient le peu de sous qu'elle plaçait à la caisse d'épargne et, tôt ou tard, la laissaient en plan. Chaquc fois qu'une de ces crises se produisait, elle s'enfermait dans sa chambre, au fond de l'appartement, pleurait des jours durant et jurait qu'elle allait se suicider avec de la mort-aux-rats ou avaler une bouteille d'eau de Javel. Barceló, après avoir dépensé des trésors de persuasion, s'affolait pour de bon et se résignait à appeler le serrurier de garde pour ouvrir la porte de la chambre et le médecin de famille pour administrer à Bernarda un somnifère de cheval. La pauvre se réveillait deux jours plus tard, et le libraire lui achetait des roses, des bonbons, une robe neuve et l'emmenait au cinéma voir un film de Cary Grant, qui selon elle était l'homme le plus beau de l'Histoire, après José Antonio, le fondateur de la Phalange.

— Vous savez qu'on dit que Cary Grant est de la jaquette ?… chuchotait-elle, en grignotant des chocolats. Comment est-ce possible ?

— Sottises, affirmait Barceló. Les croquants et les paltoquets passent leur vie à jalouser les autres.

— Comme Monsieur parle bien. On voit qu'il a été à cette université du Sorbet.

— De la Sorbonne, corrigeait Barceló, sans acrimonie.

Il était très difficile de ne pas aimer Bernarda. Sans que personne lui ait rien demandé, elle faisait pour moi de la couture et des petits plats. Elle reprisait mes habits, me peignait, me coupait les cheveux, m'achetait des vitamines et du dentifrice, et elle me fit même cadeau d'un flacon en cristal rempli d'eau bénite rapportée de Lourdes en autocar par sa sœur qui vivait à San Adrián del Besós. Parfois, tandis qu'elle explorait mes cheveux à la recherche de lentes ou autres parasites, elle m'entretenait à voix basse.

— Mademoiselle Clara est une des merveilles du monde, et que Dieu me fasse tomber morte si jamais je la critique, mais ce n'est pas bien que le petit monsieur s'obsessionne avec elle, si vous comprenez ce que je veux dire.

— Ne t'inquiète pas, Bernarda, nous sommes juste amis.

— C'est bien ça qui me tracasse.

Pour illustrer son propos, Bernarda se mettait alors à me raconter une histoire qu'elle avait entendue à la radio, où il était question d'un garçon qui était tombé amoureux de son institutrice et à qui un sortilège justicier avait fait perdre les cheveux et les dents, tandis que sa figure et ses mains se couvraient de champignons vengeurs, une sorte de lèpre du libidineux.

— La luxure est un vilain péché, concluait Bernarda. Croyez-moi.

M. Gustavo, malgré les plaisanteries dont il me gratifiait, voyait d'un bon œil ma dévotion pour Clara et mon enthousiasme à lui tenir lieu de chevalier servant. J'attribuais sa bienveillance au fait qu'il devait me trouver inoffensif. Soir après soir, il continuait à me faire des offres alléchantes pour s'approprier le roman de Carax. Il me disait qu'il en avait discuté avec des collègues de la confrérie des libraires d'ancien et que tous étaient d'accord : un Carax, aujourd'hui, pouvait valoir une fortune, spécialement en France. Je lui disais toujours non, et il se bornait à sourire d'un air matois. Il m'avait donné un double des clefs de l'appartement pour que je puisse entrer et sortir sans dépendre de sa présence ou de celle de Bernarda. Du côté de mon père, c'était une autre paire de manches. Avec les années, il avait surmonté ses réticences congénitales à aborder tous les sujets qui le préoccupaient vraiment. L'une des premières conséquences de ce progrès fut qu'il finit par manifester la réprobation que lui inspiraient mes relations avec Clara.

— Tu devrais fréquenter des amis de ton âge, comme Tomás Aguilar que tu oublies et qui est un garçon formidable, et non une femme qui est en âge de se marier.

— Quelle importance peut avoir notre âge, si nous sommes bons amis ?

Ce qui me chagrina le plus fut son allusion à Tomás, parce qu'elle était juste. Cela faisait des mois que je n'allais plus me promener avec lui, alors que nous avions été inséparables. Mon père m'observa d'un air réprobateur.

— Daniel, tu ne sais rien des femmes, et elle joue avec toi comme un chat avec un canari.

— C'est toi qui ne sais rien des femmes, répliquai-je, offensé. Et encore moins de Clara.

Nos discussions sur ce sujet allaient rarement plus loin qu'un échange de reproches et de regards. Quand je n'étais pas au collège ou avec Clara, je consacrais tout mon temps à aider mon père à la librairie. Je rangeais les réserves de l'arrière-boutique, j'allais livrer les commandes, je faisais les commissions ou m'occupais des habitués. Mon père se plaignait que je n'avais ni le cœur ni la tête à mon travail. Je rétorquais que je passais toute ma vie dans la boutique et que je ne voyais pas de quoi il pouvait se plaindre. Souvent, la nuit, quand je ne pouvais trouver le sommeil, je me rappelais cette intimité, ce petit monde que nous avions partagé tous les deux dans les années qui avaient suivi la mort de ma mère, les années du stylo de Victor Hugo et des locomotives en fer-blanc. Je me les rappelais comme des années de paix et de tristesse, celles d'un monde qui se défaisait, qui avait commencé à s'évaporer depuis cette matinée où mon père m'avait emmené visiter le Cimetière des Livres Oubliés. Le jour où il découvrit que j'avais offert le livre de Carax à Clara, il se mit en colère.

— Tu m'as déçu, Daniel. Quand je t'ai conduit dans ce lieu secret, je t'ai dit que le livre que tu choisissais était un objet unique, que tu devais l'adopter et en être responsable.

— J'avais dix ans, papa, et c'était juste un jeu.

Mon père me regarda comme si je l'avais poignardé.

— Et maintenant que tu en as quatorze, non seulement tu continues d'être un enfant, mais tu es un enfant qui croit être un homme. Tu vas t'attirer bien des déboires dans la vie, Daniel. Et très vite.

A cette époque-là, je voulais croire que mon père était malheureux de me voir passer tant de temps avec les

Barceló. Le libraire et sa nièce vivaient dans un monde de luxe qu'il ne pouvait connaître que de loin. Je pensais qu'il supportait mal que la bonne de M. Gustavo se comporte avec moi comme si elle était ma mère, et qu'il était blessé que j'accepte que quelqu'un puisse jouer ce rôle. Parfois, pendant que je vaquais dans l'arrière-boutique à faire des paquets ou à préparer un envoi, j'entendais un client plaisanter avec mon père.

— Sempere, il vous faut chercher une bonne épouse, ce ne sont pas les veuves en bonne santé et dans la fleur de l'âge qui manquent aujourd'hui, vous savez ce que je veux dire. Une femme gentille à la maison, ça vous change la vie, mon vieux, et ça vous rajeunit de vingt ans. C'est incroyable ce que peut faire une paire de nichons…

Mon père ne répondait jamais à ces insinuations, mais moi, elles me paraissaient de plus en plus sensées. Une fois, au cours d'un de ces dîners qui s'étaient transformés en combats de silences et de regards à la dérobée, je mis la question sur le tapis. Je croyais que si la suggestion venait de moi, cela faciliterait les choses. Mon père était bel homme, il était propre et soigné, et je voyais bien que plus d'une femme du quartier lui faisait les yeux doux.

— Tu n'as pas eu de mal à trouver un substitut à ta mère, répliqua-t-il avec amertume. Mais pour moi ce n'est pas le cas, et ça ne m'intéresse pas du tout d'en chercher un.

A mesure que le temps passait, les sous-entendus de mon père et de Bernarda, et même ceux de Barceló, commencèrent à faire leur chemin en moi. Quelque chose, dans mon for intérieur, me disait que je m'étais engagé dans une impasse, que je ne pouvais espérer que

Clara voie en moi autre chose qu'un garçon qui avait dix ans de moins qu'elle. Je sentais qu'il me devenait chaque jour plus difficile d'être à ses côtés, de supporter le frôlement de ses mains ou le contact de son bras quand nous nous promenions. Vint un moment où la simple proximité se traduisit par une souffrance quasi physique. La chose n'échappait à personne, et encore moins à Clara.

— Daniel, je crois que nous devons parler, me disait-elle. Je crois que je ne me suis pas bien comportée avec toi…

Je ne la laissais jamais terminer ses phrases. Je sortais de la pièce sous le premier prétexte venu et prenais la fuite. Ces jours-là, j'ai eu l'impression de disputer avec le calendrier une course de vitesse impossible. Je craignais que le monde de mirages que j'avais construit autour de Clara n'approche de sa fin. J'étais loin d'imaginer que mes ennuis ne faisaient que commencer.

1950-1952

Malheur & Compagnie

1

Pour fêter mes seize ans, j'eus l'une des idées les plus funestes de ma brève existence. A mes risques et périls, je décidai d'organiser un dîner d'anniversaire et d'inviter Barceló, Bernarda et Clara. Mon père fut d'avis que c'était une erreur.

— C'est mon anniversaire, répliquai-je cruellement. Je travaille pour toi tous les autres jours de l'année. Au moins, rien qu'une fois, laisse-moi ce plaisir.

— A ta guise.

Les mois précédents avaient été les plus troublés depuis le début de mon étrange amitié avec Clara. Je ne lui faisais presque plus la lecture. Clara fuyait toutes les occasions où elle aurait pu se trouver seule avec moi. Chaque fois que je lui rendais visite, son oncle était présent, feignant de lire le journal, ou Bernarda s'affairait aux alentours en me jetant des regards à la dérobée. Ou alors la compagnie prenait la forme d'une ou de plusieurs amies de Clara. Je les appelais les sœurs Anisette, elles affectaient une pudeur et des mines virginales, patrouillant aux abords de Clara un missel à la main, avec un regard inquisiteur qui signifiait sans ménagement que j'étais de trop, que ma présence faisait honte à Clara et à tout le monde. Le pire, cependant, c'était le maestro Neri, dont la malheureuse symphonie restait toujours inachevée. Ce personnage tiré à quatre épingles était un faux jeton qui se donnait des airs de Mozart, mais, dégoulinant de brillantine, il me faisait plutôt penser à Carlos Gardel. En fait de génie je ne lui trouvais que celui de la médiocrité. Il léchait honteusement les bottes de M. Gustavo, sans aucune retenue, et flirtait avec Bernarda dans la cuisine, et la faisait rire en lui offrant de ridicules sacs de dragées et en lui pinçant les fesses. Bref, je le haïssais à mort. L'antipathie était réciproque. Quand Neri arrivait avec ses partitions et son air arrogant, il me toisait comme si j'étais un garnement indésirable et faisait toutes sortes de réflexions en ma présence :

— *Petit*, pourquoi ne vas-tu pas faire tes devoirs ?

— Et vous, *maestro*, n'avez-vous pas une symphonie à terminer ?

A la fin, ils se liguaient tous contre moi et je m'en allais honteux et confus, en regrettant de ne pas avoir la jactance de M. Gustavo pour clouer le bec à ce poseur.

Le jour de mon anniversaire, mon père descendit à la boulangerie du coin et acheta le meilleur gâteau qu'il put trouver. Il mit le couvert en silence, avec la vaisselle des grandes occasions. Il alluma des bougies et prépara ce qu'il pensait être mes plats préférés. Nous n'échangeâmes pas un mot de toute l'après-midi. A la tombée de la nuit, mon père se retira dans sa chambre, mit son plus beau costume et revint avec un paquet qu'il posa sur la desserte de la salle à manger. Mon cadeau. Il s'assit à la table, se servit un verre de vin blanc et attendit. L'invitation disait que le dîner était à huit heures et demie. A neuf heures, nous attendions toujours. Mon père m'observait avec tristesse, sans rien dire. Mon cœur bouillait de rage.

— Tu dois être content, dis-je. C'est bien ce que tu voulais ?

— Non.

Bernarda se présenta une demi-heure plus tard. Elle arborait une tête d'enterrement et apportait un message de Mademoiselle Clara. Celle-ci me souhaitait tout le bonheur possible, mais s'excusait de ne pouvoir assister à mon dîner d'anniversaire. Monsieur Barceló avait dû s'absenter quelques jours pour affaires, et Clara avait été obligée de changer l'heure de son cours de musique avec le maestro Neri. Et elle, Bernarda, était venue parce que c'était sa soirée de liberté.

— Clara ne peut pas venir parce qu'elle a son cours de musique ? demandai-je, interloqué.

Bernarda baissa les yeux. Au bord des larmes, elle me tendit un petit paquet qui contenait son cadeau et m'embrassa sur les deux joues.

— S'il ne vous plaît pas, on peut l'échanger, dit-elle.

Je restai seul avec mon père, contemplant la vaisselle des fêtes, l'argenterie et les bougies qui se consumaient en silence.

— Je suis désolé, Daniel, dit mon père.

Je haussai les épaules sans mot dire.

— Tu n'ouvres pas ton cadeau ? demanda-t-il.

Ma seule réponse fut le claquement de porte dont j'accompagnai mon départ. Je descendis l'escalier quatre à quatre et, quand je fus dans la rue déserte, baignée de lumière bleue et de froid, je sentis mes larmes déborder. Mon cœur n'était plus que poison, et ma vue se brouillait. Je marchai sans but, ignorant l'inconnu qui m'observait, posté à la Puerta del Angel. Il portait le même costume noir, la main droite dans la poche de sa veste. La braise de sa cigarette faisait, par moments, scintiller ses yeux. En boitillant, il me suivit.

J'errai par les rues durant plus d'une heure jusqu'au moment où j'arrivai au pied du monument de Christophe Colomb. Je traversai la place en direction du port et m'assis sur les marches qui plongeaient dans l'eau noire, près du quai des vedettes. Quelqu'un avait affrété un bateau pour une sortie nocturne, et l'on entendait les rires et la musique qui flottaient sur les reflets de la darse. Je me souvins des jours où nous faisions, mon père et moi, la traversée en vedette jusqu'à la pointe de la jetée. De là, on pouvait voir le versant du cimetière, sur la montagne de Montjuïc, et la ville des morts, infinie. Parfois j'agitais la main, croyant que ma mère s'y trouvait et qu'elle nous voyait passer. Mon père répétait mon salut. Cela faisait des années que nous ne prenions plus la vedette, mais je savais qu'il lui arrivait de le faire seul.

— Bonne nuit pour le remords, Daniel, dit une voix derrière moi. Une cigarette ?

Je me levai d'un bond, le corps soudain glacé. Une main m'offrait une cigarette dans le noir.

— Qui êtes-vous ?

L'étranger s'avança jusqu'à la limite de la pénombre en laissant son visage dans l'obscurité. Un halo de fumée bleutée montait de sa cigarette. Je reconnus sur-le-champ ce costume noir et cette main cachée dans la poche de la veste. Les yeux brillaient comme des éclats de verre.

— Un ami, dit-il. Ou du moins quelqu'un qui aspire à l'être. Cigarette ?

— Je ne fume pas.

— Tu as raison. Malheureusement, je n'ai rien d'autre à t'offrir, Daniel.

Sa voix était rocailleuse, blessée. Elle faisait traîner les mots et le son en était amorti et lointain, comme celui des vieux soixante-dix-huit tours que collectionnait Barceló.

— Comment savez-vous mon nom ?

— Je sais beaucoup de choses de toi. Pas seulement le nom.

— Que savez-vous d'autre ?

— Je pourrais te faire honte, mais je n'en ai ni le temps ni l'envie. Je serai bref : je sais que tu possèdes quelque chose qui m'intéresse. Et je suis prêt à t'en donner un bon prix.

— Je crois que vous faites erreur sur la personne.

— Non, je ne fais jamais d'erreurs sur les personnes. Pour d'autres choses, oui, mais pas pour les personnes. Combien en veux-tu ?

— De quoi ?

— De *L'Ombre du Vent*.

— Qu'est-ce qui vous fait penser que je l'ai ?

— La question n'est pas là, Daniel. Tout ce que je veux savoir, c'est le prix. Je sais depuis longtemps que tu l'as. Les gens parlent. Moi, j'écoute.

— Alors vous avez dû mal entendre. Je n'ai pas ce livre. Et si je l'avais, je ne le vendrais pas.

— Ton intégrité est admirable, surtout en ces temps de jésuites et de lèche-cul, mais inutile de jouer la comédie avec moi. Donne ton prix. Cinq mille pesetas ? Pour moi, l'argent n'est pas un problème. Dis-moi ton prix.

— Je vous le répète : il n'est pas à vendre, et je ne l'ai pas. Vous voyez, vous avez commis une erreur.

L'étranger garda le silence, immobile, enveloppé dans la fumée de cette cigarette qui semblait ne jamais se terminer. Je remarquai que ça ne sentait pas le tabac, mais le papier brûlé. Du bon papier, du papier de livre.

— C'est peut-être toi qui commets une erreur, en ce moment, suggéra-t-il.

— Vous me menacez ?

— C'est possible.

Je ravalai ma salive. J'avais beau jouer les fiers, cet individu me terrorisait.

— Et je peux savoir pourquoi ce livre vous intéresse tant ?

— Ça, c'est mon affaire.

— La mienne aussi, puisque vous me menacez pour que je vous vende ce que je n'ai pas.

— Tu me plais, Daniel. Tu ne manques pas d'audace, et tu parais intelligent. Cinq mille pesetas ? Avec ça, tu pourras acheter un tas de livres. De bons livres, pas comme cette cochonnerie que tu gardes si jalousement. Allons, cinq mille pesetas, et nous restons bons amis.

— Vous et moi ne sommes pas amis.

— Si, nous le sommes, mais tu ne t'en es pas encore rendu compte. Je ne t'en tiens pas rigueur, avec tout ce qui se bouscule dans ta tête. Ton amie Clara, par exemple. Pour une femme comme elle, n'importe qui perdrait le sens commun.

La mention de Clara me glaça le sang.

— Que savez-vous de Clara ?

— J'oserai dire que j'en sais plus que toi et que tu

ferais mieux de l'oublier, même si je suis sûr que tu ne le feras pas. Moi aussi, j'ai eu seize ans…

Une certitude terrible vint soudain me frapper. Cet homme était l'étranger qui abordait Clara dans la rue, incognito. Il était réel. Clara n'avait pas menti. L'individu fit un pas en avant. Je reculai. Je n'avais jamais eu aussi peur de ma vie.

— Clara n'a pas le livre, mieux vaut que vous le sachiez. Je vous conseille de ne plus la toucher.

— Je me fiche bien de ton amie, Daniel, et un jour tu partageras mon sentiment. Ce que je veux, c'est le livre. Je préfère l'acquérir à l'amiable, et que personne n'en pâtisse. Me suis-je bien fait comprendre ?

Faute d'une meilleure idée, je décidai de mentir comme un arracheur de dents.

— C'est un dénommé Adrián Neri qui l'a. Un musicien. Ce nom est peut-être parvenu à vos oreilles ?

— Pas du tout, et, pour un musicien, c'est mauvais signe. Tu es sûr de ne pas l'avoir inventé, cet Adrián Neri ?

— Je voudrais bien.

— Dans ce cas, puisque vous êtes bons amis, à ce qu'il semble, tu réussiras peut-être à le persuader de te le rendre. Entre amis, ces choses-là se règlent sans problèmes. Ou préfères-tu que je le réclame à ton amie Clara ?

Je fis non de la tête.

— Je parlerai à Neri, mais je ne crois pas qu'il me le rendra, je ne sais même pas s'il l'a encore, improvisai-je. Et vous, pourquoi voulez-vous ce livre ? Ne me dites pas que c'est pour le lire.

— Non. Je le connais par cœur.

— Vous êtes un collectionneur ?

— Quelque chose dans ce genre.

— Vous avez d'autres livres de Carax ?

— J'en ai eu autrefois. Julián Carax est ma spécialité, Daniel. Je parcours le monde à la recherche de ses livres.

— Et qu'en faites-vous, si vous ne les lisez pas ?

L'inconnu émit un bruit sourd, une plainte d'agonisant. Je mis quelques secondes à comprendre qu'il riait.

— La seule chose que je dois en faire, Daniel.

Il tira alors une boîte d'allumettes de sa poche. Il en prit une et l'alluma. Pour la première fois, la flamme éclaira son visage. J'en fus glacé jusqu'à l'âme. Ce personnage n'avait ni nez, ni lèvres, ni paupières. Sa face était un masque de peau noire et couvert de cicatrices, dévoré par le feu. C'était bien cette figure de mort qu'avait frôlée Clara.

— Je les brûle, murmura-t-il, une haine venimeuse dans la voix et le regard.

Un souffle de brise éteignit l'allumette qu'il tenait entre ses doigts, et son visage fut de nouveau plongé dans l'obscurité.

— Nous nous reverrons, Daniel. Je n'oublie jamais un visage et je crois qu'à partir d'aujourd'hui toi non plus, dit-il lentement. Pour ton bien, et pour celui de ton amie Clara, je suis certain que tu prendras la bonne décision et que tu vas régler cette situation avec ce M. Neri qui a tout, pour sûr, d'un faux jeton. A ta place, je ne lui accorderais pas la moindre confiance.

Sur ce, l'étranger me tourna le dos et se dirigea vers les quais, se fondant dans l'obscurité, silhouette enveloppée de son rire sinistre.

2

De la mer arrivait au galop une chape de nuages chargés d'électricité. J'aurais dû me mettre à courir pour échapper à l'averse imminente, mais les paroles de cet individu commençaient à produire leur effet. J'avais les mains et les idées tremblantes. Je levai les yeux et vis l'orage se répandre comme des taches de sang noir entre les nuages, masquant la lune, étendant un manteau de ténèbres sur les toits et les façades de la ville. J'essayai de presser le pas, mais l'inquiétude me rongeait et je marchais, poursuivi par la pluie, avec des pieds et des jambes de plomb. Je m'abritai sous l'auvent d'un kiosque à journaux, tâchant de mettre mes pensées en ordre et de prendre une décision. Un coup de tonnerre éclata tout près, comme le rugissement d'un dragon passant l'entrée du port, et je sentis le sol vibrer sous moi. Quelques secondes plus tard, la mince et fragile lumière de l'éclairage électrique qui dessinait murs et fenêtres s'évanouit. Le long des trottoirs transformés en torrents, les réverbères clignotaient, s'éteignant comme des bougies sous le vent. On ne voyait pas une âme dans les rues, et l'obscurité de la panne de courant se répandit, accompagnée d'effluves fétides qui montaient des bouches d'égout. La nuit se fit opaque et impénétrable, la pluie devint un suaire de vapeur. « Pour une femme comme elle, n'importe qui perdrait le sens commun… » Je remontai les Ramblas en courant, avec une seule pensée en tête : Clara.

Bernarda avait dit que Barceló était absent pour affaires. Elle avait l'habitude d'aller passer sa nuit de congé chez sa tante Reme et ses cousines, à San Adrián del Besós. Cela signifiait que Clara était seule dans l'antre de la Plaza Real, et que cet individu sans visage rôdait dans la tourmente avec ses menaces et Dieu sait quelles idées en tête. Tandis que je me hâtais sous la pluie pour gagner la Plaza Real, je ne pouvais m'ôter de l'esprit le pressentiment d'avoir mis Clara en danger en lui faisant cadeau du livre de Carax. J'arrivai à l'entrée de la place trempé jusqu'aux os. Je courus me réfugier sous les arcades de la rue Fernando. Il me sembla voir des ombres ramper derrière moi. Des clochards. Le portail était fermé. Je cherchai sur mon trousseau de clefs celles que Barceló m'avait données. J'avais sur moi les clefs de la boutique, de l'appartement de la rue Santa Ana et de la demeure des Barceló. Un des vagabonds s'approcha, en me demandant à voix basse si je pouvais le laisser passer la nuit dans le vestibule. Je refermai la porte avant qu'il ait pu terminer sa phrase.

L'escalier semblait un puits d'ombre. La lueur des éclairs traversait les fentes du portail et balayait les marches. J'avançai à l'aveuglette et butai contre la première. Je me cramponnai à la rampe et montai lentement. Bientôt les marches firent place à une surface plane, et je compris que j'avais atteint le palier du premier étage. Je palpai les murs de marbre froid, hostile, et trouvai le relief de la porte en chêne et les poignées en aluminium. Je cherchai le trou de la serrure et y introduisis la clef à tâtons. La porte de l'appartement ouverte, un rai de lumière bleue m'aveugla un instant, et un souffle d'air chaud me caressa la peau. La chambre de Bernarda était située au fond, près de la cuisine. Je me dirigeai d'abord vers elle, convaincu que la bonne était absente. Je frappai à sa porte et, ne recevant pas de réponse, je m'autorisai à l'ouvrir. C'était une chambre simple, avec un grand lit, une armoire noire aux miroirs ternis, et une commode sur laquelle Bernarda avait disposé assez de saints, de vierges et d'images pieuses pour monter un sanctuaire. Je refermai la porte et, en me retournant, sentis que mon cœur s'arrêtait presque de battre, à la vue d'une douzaine d'yeux bleus et rouges avançant du fond du couloir. Les chats de Barceló me connaissaient bien et toléraient ma présence. Ils m'entourèrent en miaulant doucement et, dès qu'ils eurent constaté que mes vêtements trempés par la pluie ne dégageaient pas la chaleur souhaitée, me quittèrent avec indifférence.

La chambre de Clara se trouvait à l'autre extrémité de l'appartement, après la bibliothèque et la salle de musique. Les pas invisibles des chats, toujours vigilants, me suivaient dans le couloir. Dans la pénombre éclairée de manière fugace par l'orage, l'appartement de Barceló prenait l'aspect d'une caverne sinistre, qui n'avait plus rien à voir avec ce que j'avais l'habitude de considérer comme ma seconde maison. J'atteignis la partie qui donnait sur la rue. Le jardin d'hiver de Barceló s'ouvrit devant moi, dense et impénétrable. J'entrai dans le fouillis de feuilles et de branches. Un instant, l'idée me vint que si l'étranger sans visage s'était glissé dans l'appartement, il avait certainement choisi cet endroit-là pour s'y cacher. Pour m'y attendre. Je crus presque percevoir l'odeur de papier brûlé qu'il répandait dans l'air, mais compris que c'était seulement de la fumée de tabac. Une vague de panique m'envahit. Personne ne fumait dans la maison, et la pipe de Barceló, toujours éteinte, était un simple accessoire de théâtre.

J'arrivai dans la salle de musique, et la lueur d'un éclair illumina les volutes qui flottaient dans l'air telles des guirlandes de vapeur. Le clavier du piano s'étendait comme un sourire sans fin près de la galerie. Je traversai la salle et parvins à la porte de la bibliothèque. Elle était fermée. Je l'ouvris, et la clarté de la gloriette qui donnait accès à la collection personnelle du libraire me souhaita une chaleureuse bienvenue. Les murs couverts de rayons de livres formaient un ovale au centre duquel étaient disposés une table de lecture et deux fauteuils de jardin. Je savais que Clara rangeait le roman de Carax dans une vitrine située près de l'arc de la gloriette, et me dirigeai silencieusement vers elle. Mon plan – ou mon absence de plan – était de le reprendre, de le remettre à ce lunatique et de ne plus jamais le revoir. Personne, à part moi, ne s'apercevrait de la disparition du livre.

L'Ombre du Vent m'attendait, comme toujours, montrant son dos au fond d'une étagère. Je m'en emparai et le serrai contre ma poitrine comme si j'étreignais un vieil ami que j'avais été sur le point de trahir. Judas, pensai-je. Je m'apprêtais à partir sans que Clara s'aperçoive de ma présence. J'emportais le livre et disparaissais à jamais de la vie de Clara Barceló. Je quittai la bibliothèque sur la pointe des pieds. La porte de la chambre de Clara se dessinait au fond du couloir. Je l'imaginai dans son lit, endormie. J'imaginai mes doigts caressant sa gorge, explorant un corps dont le souvenir n'était que pure ignorance. Je rebroussai chemin, prêt à abandonner six années de chimères, mais quelque chose m'arrêta au moment où j'atteignais la salle de musique. Une voix derrière moi, de l'autre côté de la porte. Une voix grave, qui chuchotait et riait. Dans la chambre de Clara. Je marchai lentement vers la porte, mis la main sur la poignée. Mes doigts tremblaient. J'étais arrivé trop tard. J'avalai ma salive et ouvris.

3

Le corps nu de Clara était étendu sur les draps blancs qui brillaient comme de la soie. Les mains du maestro Neri se promenaient sur ses lèvres, son cou et sa poitrine. Les yeux blancs fixaient le plafond, frémissant sous les coups de boutoir que donnait le professeur de musique entre ses cuisses pâles et tremblantes. Ses mains, celles-là mêmes qui avaient lu mon visage six ans plus tôt dans l'obscurité de l'Ateneo, étaient cramponnées aux fesses du maestro, luisantes de sueur, y plantant leurs ongles et le guidant vers son ventre avec une avidité animale, désespérée. Je crus que j'allais suffoquer. Je dus rester sur place à les observer pendant presque une demi-minute, paralysé, jusqu'à ce que le regard de Neri, incrédule d'abord, brûlant de colère ensuite, repère ma présence. Encore haletant, stupéfait, il s'arrêta. Clara s'accrocha à lui de plus belle, sans comprendre, frottant son corps contre le sien et lui léchant le cou.

— Qu'est-ce qui se passe ? gémit-elle. Pourquoi t'arrêtes-tu ?

Les yeux d'Adrián Neri lançaient des éclairs de fureur.

— Rien, murmura-t-il. Je reviens tout de suite.

Neri se leva et arriva sur moi à la vitesse d'un obus, poings serrés. Je ne le vis même pas venir. Je ne pouvais détourner les yeux de Clara, trempée de sueur, hors d'haleine, les côtes se dessinant sous sa peau et les seins frémissant de désir. Le professeur de musique m'attrapa par le cou et me traîna hors de la chambre. Mes pieds touchaient à peine le sol, et j'eus beau me démener, je ne pus me défaire de l'étreinte de Neri qui me trimbalait à travers le jardin d'hiver.

— Je vais te réduire en bouillie, minable, grinçait-il entre ses dents.

Il me traîna jusqu'à la porte d'entrée, l'ouvrit et me propulsa violemment sur le palier. Le livre de Carax m'avait échappé des mains. Il le ramassa et me le lança rageusement à la figure.

— Si je te revois ici, ou si j'apprends que tu as abordé Clara dans la rue, je te jure que je te donne une correction qui t'enverra à l'hôpital, sans me soucier de ton âge de petit merdeux, dit-il froidement. Compris ?

Je me relevai avec difficulté et découvris que, dans la bagarre, Neri avait déchiré ma veste en même temps que mon amour-propre.

— Comment es-tu entré ?

Je ne répondis pas. Neri soupira, en hochant la tête.

— Allons, donne-moi les clefs, cracha-t-il, en contenant sa fureur.

— Quelles clefs ?

La gifle qu'il m'expédia me fit tomber par terre. Je me relevai, du sang dans la bouche et un tintement dans l'oreille gauche qui me traversait le crâne comme le sifflet d'un sergent de ville. Je me tâtai le visage, et sentis la coupure qui m'avait fendu les lèvres brûler sous mes doigts. Une chevalière ensanglantée brillait à l'annulaire du professeur de musique.

— Je t'ai dit : les clefs.

— Allez vous faire foutre, crachai-je.

Je ne vis pas venir le coup de poing. J'eus l'impression qu'un marteau-pilon me défonçait l'estomac. Plié en deux comme un pantin cassé, souffle coupé, je rebondis contre le mur. Neri m'attrapa par les cheveux et fouilla dans mes poches jusqu'à ce qu'il trouve les clefs. Je rampai en me tenant le ventre, pleurnichant de douleur, ou de rage.

— Dites à Clara que…

Il me claqua la porte au nez, et je restai dans le noir le plus total. Je cherchai le livre à tâtons. Je le récupérai et me laissai glisser de marche en marche, en me retenant aux murs et en gémissant. Je me retrouvai dans la rue, crachant du sang et respirant par la bouche à grosses goulées. Le froid et le vent mordants cinglèrent mes habits mouillés. Ma lèvre éclatée me cuisait.

— Ça va comme vous voulez ? demanda une voix dans l'ombre.

C'était le clochard à qui j'avais refusé mon aide, un moment plus tôt. Je fis signe que oui, en évitant son regard, honteux. Je voulus marcher.

— Attendez un peu, au moins le temps que la pluie se calme, suggéra le clochard.

Il me prit par le bras et me guida sous les arcades vers un coin où il avait déposé un ballot et un sac contenant quelques hardes.

— J'ai un peu de vin. Ça ne peut pas vous faire de mal. Buvez… Rien que pour vous réchauffer. Et pour désinfecter ça…

Je bus une gorgée à la bouteille qu'il m'offrait. Le vin

avait un goût de gasoil délayé dans du vinaigre, mais sa chaleur me calma le ventre et les nerfs. Quelques gouttes tombèrent sur la blessure et je vis des étoiles dans la nuit la plus noire de ma vie.

— Ça fait du bien, hein ? dit le mendiant en souriant. Allez, buvez encore un petit coup, ça réveillerait un mort.

— Non, merci. A votre tour, balbutiai-je.

Le clochard s'offrit une longue rasade. Je l'observai avec attention. Il ressemblait à un comptable de ministère, un être terne qui n'aurait pas changé de vêtements depuis quinze ans. Il me tendit la main et je la serrai.

— Fermín Romero de Torres, en disponibilité. Enchanté de faire votre connaissance.

— Daniel Sempere, crétin fini. Tout le plaisir est pour moi.

— Ne vous dépréciez pas, la nuit on voit toujours les choses pires qu'elles ne le sont. Tel que vous me voyez, je suis un optimiste né. Je ne doute pas un instant que les jours du régime sont comptés. Tous les indices concordent pour montrer que les Américains vont débarquer d'un jour à l'autre et qu'ils enverront Franco vendre des cacahuètes dans les rues de Melilla. Et moi je retrouverai mon poste, ma réputation et mon honneur perdus.

— Et que faisiez-vous ?

— Services secrets. Espionnage de haut vol, dit Fermín Romero de Torres. Sachez seulement que j'étais l'homme de confiance de Maciá à La Havane.

Je hochai la tête. Encore un fou. Les nuits de Barcelone les collectionnaient à la pelle. Ainsi que les idiots dans mon genre.

— Dites-moi, cette coupure a mauvaise allure. On vous a flanqué une raclée, hein ?

Je portai les doigts à ma bouche. Elle saignait toujours.

— Un affaire de jupons ? s'enquit-il. Vous auriez pu vous éviter ça. Les femmes de ce pays, et vous pouvez me croire, j'ai bourlingué, sont des hypocrites, et toutes frigides. C'est comme je vous le dis, je me souviens d'une petite mulâtresse que j'ai laissée à Cuba. Un autre monde, croyez-moi, un autre monde, hein ? La femme des Caraïbes, elle, vous prend tout le corps avec le rythme des îles, elle vous gazouille *« ay ! papito, dame plaser, dame plaser »*, vas-y mon chéri, donne-moi du plaisir, et un homme véritable, un qui a du sang dans les veines, eh bien, je vais vous dire…

Il m'apparut que Fermín Romero de Torres, ou quel que fût son vrai nom, était autant en manque de conversation anodine que de bain chaud, de plat de lentilles au chorizo et de linge propre. Je lui donnai la réplique un moment, en attendant que la douleur se calme. Cela ne me coûta pas de grands efforts, car ce petit homme avait juste besoin de quelques signes d'approbation et de quelqu'un qui fasse semblant de l'écouter. Le clochard en était au récit des détails techniques d'un plan secret pour enlever Mme Carmen Polo, épouse Franco, quand je me rendis compte qu'il pleuvait moins et que l'orage semblait s'éloigner lentement vers le nord.

— Il se fait tard, dis-je en me redressant.

Fermín Romero de Torres acquiesça avec une certaine tristesse et m'aida à me mettre debout, faisant mine d'épousseter mes vêtements mouillés.

— Ce sera pour une autre fois, alors, ajouta-t-il, résigné. Mon problème, c'est que je suis trop bavard.

Je commence à parler et... Dites donc, cette affaire d'enlèvement, ça reste entre vous et moi, hein ?

— Ne vous inquiétez pas. Je suis une tombe. Et merci pour le vin.

Je m'éloignai en direction des Ramblas. Je m'arrêtai en franchissant le seuil de la place et tournai la tête vers l'appartement des Barceló. Les fenêtres demeuraient obscures, ruisselantes de pluie. Je voulus haïr Clara, mais j'en fus incapable. Haïr pour de bon est un talent qui ne s'acquiert qu'avec l'âge.

Je me fis le serment de ne pas la revoir, de ne plus jamais prononcer son nom, de ne plus jamais penser au temps que j'avais perdu près d'elle. Pour quelque étrange raison, je me sentis apaisé. La colère qui m'avait fait sortir de chez moi s'était évanouie. J'eus peur qu'elle ne revienne le lendemain, et avec une force renouvelée. J'eus peur que la jalousie et la honte ne me consument lentement quand tout ce que j'avais vécu avec elle aurait disparu, entraîné par son propre poids, morceau après morceau. Il restait quelques heures avant l'arrivée de l'aube, et j'avais encore une chose à faire pour pouvoir rentrer à la maison avec la conscience tranquille.

La rue Arco del Teatro était toujours là, mince brèche dans la pénombre. Un ruisseau d'eau noire s'était formé au milieu de la chaussée et descendait comme une procession funéraire vers le cœur du Raval. Je reconnus le vieux portail et la façade baroque devant lesquels mon père m'avait conduit un matin, six ans plus tôt. Je gravis les marches et m'abritai de la pluie sous le porche qui sentait l'urine et le bois pourri. Le Cimetière des Livres Oubliés évoquait plus que jamais la mort. Je ne me souvenais pas que le heurtoir était une tête de diablotin. Je la saisis par les cornes et frappai trois coups. L'écho se répercuta à l'intérieur. Après un moment, je frappai de nouveau, six coups cette fois, plus forts, jusqu'à me faire mal à la main. Plusieurs minutes s'écoulèrent encore, et je commençai à croire qu'il n'y avait personne. Je me recroquevillai contre la porte et sortis le livre de Carax de sous ma veste. Je l'ouvris et relus la première phrase, qui m'avait captivé des années plus tôt :

Cet été, il a plu tous les jours, et beaucoup disaient que c'était le châtiment de Dieu parce qu'au village on avait ouvert un club à côté de l'église, mais moi je savais que c'était ma faute, et seulement ma faute, parce que j'avais appris à mentir et que je gardais encore sur les lèvres les dernières paroles de ma mère sur son lit de mort : « Je n'ai jamais aimé l'homme avec qui je me suis mariée, j'en aimais un autre dont on m'a dit qu'il était mort à la guerre ; cherche-le et dis-lui que je suis morte en pensant à lui, car c'est lui ton véritable père. »

Je souris, en me souvenant de cette première nuit de lecture fiévreuse, six ans plus tôt. Je refermai le livre et m'apprêtai à frapper pour la troisième et dernière fois. Avant que mes doigts atteignent le heurtoir, le battant s'entrouvrit juste assez pour que se profile le gardien, une lampe à huile à la main.

— Bonsoir, chuchotai-je. Vous êtes Isaac, n'est-ce pas ?

Le gardien m'observa sans sourciller. La lueur de la lampe teintait ses traits anguleux d'ambre et d'écarlate, et lui conférait une ressemblance sans équivoque avec le diablotin du heurtoir.

— Et vous le fils Sempere, murmura-t-il d'une voix traînante.

— Vous avez une excellente mémoire.

— Et vous un sens des convenances qui donne la nausée. Vous savez l'heure qu'il est ?

Son regard acéré avait déjà détecté le livre sous ma veste. De la tête, Isaac fit un mouvement inquisiteur. Je sortis le livre et le lui montrai.

— Carax, dit-il. Il ne doit pas y avoir plus de dix personnes dans cette ville qui connaissent son nom ou qui ont lu ce livre.

— Oui, mais l'une d'elles s'acharne à vouloir le brûler. Je n'ai pas trouvé de meilleure cachette qu'ici.

— Ici, c'est un cimetière, pas un coffre-fort.

— Justement. Ce dont ce livre a besoin, c'est qu'on l'enterre là où personne ne pourra le trouver.

Isaac jeta un regard soupçonneux en direction de la ruelle. Il ouvrit un peu plus la porte et me fit signe de me glisser à l'intérieur. Le vestibule obscur et insondable sentait la cire calcinée et l'humidité. On pouvait entendre des gouttes tomber une à une dans le noir. Isaac me tendit la lampe pour que je la tienne pendant qu'il tirait de son manteau un trousseau de clefs qui eût excité la jalousie d'un geôlier. En faisant appel à je ne sais quelle science inconnue, il trouva celle qu'il cherchait et l'introduisit dans une serrure protégée par une carcasse vitrée pleine de rouages complexes à base de roues dentées, qui faisait penser à une boîte à musique aux dimensions d'une machine industrielle. Après un tour, le mécanisme cliqueta comme les entrailles d'un automate, et je vis les poulies et les pignons se mettre en branle comme dans un prodigieux ballet mécanique, pour appliquer au portail une araignée de barres d'acier qui allèrent s'encastrer dans une multitude d'orifices ménagés dans les murs de pierre.

— Ça dépasse la Banque d'Espagne, dis-je, impressionné. On se croirait dans Jules Verne.

— Kafka, corrigea Isaac, en récupérant la lampe et en se dirigeant vers les profondeurs de l'édifice. Le jour où vous comprendrez que le commerce des livres c'est malheur et compagnie, et où vous déciderez d'apprendre comment on cambriole une banque ou, ce qui revient au même, comment on en fonde une, venez me voir et je vous expliquerai deux ou trois choses sur les serrures.

Je le suivis le long des couloirs dont je me rappelais qu'ils étaient décorés de fresques représentant des anges et des chimères. Isaac tenait la lampe à bout de bras, projetant par intervalles des bulles de lumière rougeâtre et évanescente. Il boitait vaguement, et son manteau de flanelle effiloché ressemblait à un linceul. L'idée me vint que ce personnage, à mi-chemin entre Charon et le bibliothécaire d'Alexandrie, se sentirait chez lui dans les pages de Julián Carax.

— Vous savez quelque chose de Carax ? lui demandai-je.

Isaac s'arrêta au bout d'une galerie et me jeta un regard indifférent.

— Pas grand-chose. Ce qu'on m'a raconté.

— Qui ça ?

— Quelqu'un qui l'avait bien connu, ou qui croyait bien le connaître.

Mon cœur battit plus fort.

— Ça remonte à quand ?

— A l'époque où j'avais des cheveux, dit-il. Vous

deviez encore porter des couches et, à vrai dire, je n'ai pas l'impression que vous ayez beaucoup évolué depuis. Voyez plutôt : vous tremblez.

— C'est à cause de mes vêtements mouillés, et du froid qu'il fait ici.

— La prochaine fois vous me préviendrez, et j'allumerai le chauffage central pour vous recevoir comme il se doit, petite fleur fragile. Venez, suivez-moi. Mon bureau est par là, avec un poêle et quelque chose à vous mettre sur le dos, le temps que nous fassions sécher vos vêtements. Un peu de mercurochrome et d'eau oxygénée ne seraient pas non plus de trop, car avec votre dégaine vous avez l'air de sortir du commissariat de la rue Layetana.

— Je ne veux pas vous déranger.

— Vous ne me dérangez pas. Je le fais pour moi, pas pour vous. Passé ces portes, c'est moi qui fixe les règles, et ici les seuls morts sont les livres. Il ne manquerait plus que vous attrapiez une pneumonie et que je doive appeler la morgue. Nous nous occuperons du livre plus tard. En trente-huit ans, je n'en ai encore jamais vu un prendre la poudre d'escampette.

— Je ne sais comment vous remercier…

— Trêve de politesses. Si je vous ai permis d'entrer, c'est par respect pour votre père, sinon je vous aurais laissé à la rue. Veuillez me suivre. Et si vous vous conduisez correctement, je vous raconterai peut-être ce que je sais de votre ami Julián Carax.

Il croyait que je ne pouvais le voir, mais j'avais remarqué en l'observant à la dérobée qu'il n'avait pu s'empêcher d'esquisser un sourire de vieux filou. Isaac jouissait, c'était évident, de son rôle de cerbère sinistre.

Moi aussi je souriais intérieurement. Je savais désormais à qui appartenait le visage du diablotin du heurtoir.

4

Isaac jeta deux minces couvertures sur mes épaules et me donna un bol d'une mixture fumante qui sentait le chocolat et le ratafia.

— Vous me disiez que Carax…

— Ça se résume à peu de chose. La première personne qui m'a parlé de Carax est Toni Cabestany, l'éditeur. Cela remonte à une vingtaine d'années, quand sa maison existait encore. Chaque fois qu'il revenait d'un de ses voyages à Londres, Paris ou Vienne, Cabestany passait ici et nous faisions un brin de causette. Nous étions tous deux veufs, et il se plaignait que nous soyons à présent mariés avec les livres, moi les livres anciens, lui les livres de comptes. Nous étions bons amis. Lors d'une de ses visites, il m'a raconté qu'il venait d'acquérir pour quatre sous les droits en langue espagnole des romans d'un certain Julián Carax, un Barcelonais vivant à Paris. Ce devait être en 1928 ou 1929. Apparemment, Carax était pianiste la nuit dans un lieu mal famé de Pigalle, et il écrivait le jour dans une mansarde misérable du quartier Saint-Germain. Paris est la seule ville du monde où mourir de faim est encore considéré comme un art. Carax avait publié en France quelques romans qui avaient été un fiasco total. Personne n'aurait misé un sou sur lui, et Cabestany a toujours aimé acheter à bas prix.

— Mais Carax écrivait-il en espagnol ou en français ?

— Allez savoir. Probablement les deux. Sa mère était française, professeur de musique, je crois, et il vivait à Paris depuis l'âge de dix-neuf ou vingt ans. Cabestany disait que les manuscrits qu'il recevait de Carax étaient en espagnol. Traduction ou texte original, il ne faisait pas la différence. La langue préférée de Cabestany était la peseta, le reste il s'en fichait. Il pensait qu'avec un peu de chance il arriverait peut-être à placer quelques milliers d'exemplaires sur le marché espagnol.

— Et il y est parvenu ?

Isaac fronça les sourcils et me reversa un peu de son breuvage réparateur.

— Il me semble bien que sa meilleure vente, *La Maison rouge,* a atteint quatre-vingt-dix exemplaires.

— Pourtant il a continué à publier Carax, en perdant de l'argent.

— C'est vrai. Je ne sais vraiment pas pourquoi. Cabestany n'était pas précisément un romantique. Mais tout homme a ses secrets… Entre 1928 et 1936, il a édité huit romans de Carax. En réalité, Cabestany faisait son beurre avec les catéchismes et une série de feuilletons à l'eau de rose où sévissait une héroïne de province, Violeta LaFleur, qui se vendait très bien dans les kiosques. Je suppose qu'il publiait Carax pour le plaisir, ou pour faire mentir Darwin.

— Qu'est devenu M. Cabestany ?

Isaac soupira et leva les yeux au plafond.

— L'âge finit toujours par nous présenter sa facture. Il est tombé malade et a eu des problèmes d'argent. En 1936, son fils aîné a pris la direction des éditions, mais il était du genre à ne pas savoir lire la taille de son caleçon. L'entreprise a sombré en moins d'un an. Heureusement, Cabestany n'a pas vu ce que ses successeurs faisaient des fruits de toute une vie de travail, ni ce que la guerre infligeait au pays. Il a été emporté par une embolie la nuit de la Toussaint, un havane à la bouche et une jeunette de vingt-cinq ans sur les genoux. Le fils n'était pas fait de la même étoffe. Arrogant comme seuls peuvent l'être les imbéciles. Sa première grande idée a été d'essayer de vendre tout le stock des livres figurant au catalogue de la maison d'édition, l'héritage de son père, pour le transformer en pâte à papier, ou quelque chose comme ça. Un ami, un autre benêt avec villa à Caldetas et Bugatti, l'avait convaincu que les romans-photos d'amour et *Mein Kampf* se vendraient comme des petits pains et qu'ils auraient besoin d'un énorme tas de cellulose pour satisfaire la demande.

— Il l'a fait ?

— Il n'en a pas eu le temps. Il venait juste de prendre la direction de la maison quand un individu s'est présenté avec une offre très généreuse. Il voulait acquérir tout le stock des romans de Julián Carax qui existaient encore et en offrait trois fois le prix du marché.

— Inutile de m'en dire plus. C'était pour les brûler ? murmurai-je.

— C'est bien ça. Et vous qui faisiez l'idiot, en posant des questions et en faisant semblant de ne rien savoir…

— Qui était cet individu ? demandai-je.

— Un certain Aubert, ou Coubert, je ne me souviens pas bien.

— Laín Coubert ?

— Ça vous rappelle quelque chose ?

— C'est le nom d'un personnage de *L'Ombre du Vent*, le dernier roman de Carax.

Isaac fronça de nouveau les sourcils.

— Un personnage de fiction ?

— Dans le roman, Laín Coubert est le nom qu'emprunte le diable.

— Un peu théâtral, à mon avis. En tout cas, il avait le sens de l'humour, estima Isaac.

Moi qui gardais encore tout frais le souvenir de ma rencontre avec ce personnage, je ne voyais là rien de plaisant, mais je gardai mon opinion pour plus tard.

— Cet individu, Coubert, ou quel que soit son nom, il avait le visage brûlé, il était défiguré ?

Isaac m'observa avec un sourire mi-ironique mi-inquiet.

— Je n'en ai pas la moindre idée. La personne qui m'a rapporté l'histoire ne l'a pas vu. Elle ne l'a apprise que parce que Cabestany fils a tout raconté le lendemain à sa secrétaire. Il n'a pas parlé de visage brûlé. Vous voulez dire que tout ça ne sort pas d'un roman-feuilleton ?

Je hochai la tête, comme si c'était sans importance.

— Comment cela s'est-il terminé ? Le fils de l'éditeur a vendu les livres à Coubert ? demandai-je.

— Ce crétin a voulu faire le malin. Il a demandé plus cher que ce que proposait Coubert, et celui-ci a retiré son offre. Quelques jours plus tard, l'entrepôt des éditions Cabestany à Pueblo Nuevo était réduit en cendres, un peu après minuit. Et gratuitement.

Je soupirai.

— Qu'est-il arrivé aux livres de Carax ? Ils ont disparu dans l'incendie ?

— Presque tous. Par chance, la secrétaire de Cabestany, en entendant la proposition, avait eu un pressentiment : à ses risques et périls, elle était allée à l'entrepôt et avait emporté chez elle un exemplaire de chaque roman de Carax. C'était elle qui s'occupait de toute la correspondance avec lui et, au fil des ans, une certaine amitié s'était développée entre eux. Elle s'appelait Nuria, et je crois que c'était la seule personne aux éditions et probablement dans tout Barcelone qui lisait les romans de Carax. Nuria a une faiblesse pour les causes perdues. Toute petite, déjà, elle recueillait des animaux égarés dans la rue et les ramenait à la maison. Avec le temps, elle s'est mise à adopter des romanciers maudits, peut-être parce que son père avait voulu en être un et n'y est jamais arrivé.

— On dirait que vous la connaissez bien.

Isaac adoucit son sourire de diable boiteux.

— Mieux qu'elle ne le croit elle-même. C'est ma fille.

Je restai silencieux et dubitatif. Plus j'en apprenais, plus je me sentais perdu.

— D'après ce que j'ai compris, Carax est revenu à Barcelone en 1936. Certains disent qu'il y est mort. Avait-il encore de la famille ? Quelqu'un qui saurait quelque chose à son sujet ?

Isaac soupira.

— Allez savoir. Les parents de Carax étaient séparés depuis longtemps, je crois. La mère avait émigré en Amérique du Sud, où elle s'était remariée. D'après mes informations, il ne parlait plus à son père depuis qu'il était parti pour Paris.

— Pourquoi ?

— Comment le saurais-je ? Les gens se compliquent la vie, comme si elle ne l'était pas déjà assez comme ça.

— Savez-vous s'il est toujours vivant ?

— Je l'espère. Il était plus jeune que moi. Mais je sors peu, et cela fait des années que je ne lis plus les notices nécrologiques, parce que les connaissances tombent comme des mouches et, pour tout dire, ça me donne le cafard. A propos, Carax était le nom de la mère. Le père s'appelait Fortuny. Il avait un magasin de chapeaux sur le boulevard San Antonio et, à ce que je sais, il ne s'entendait guère avec son fils.

— Il se pourrait donc que, de retour à Barcelone, Carax ait essayé de voir votre fille Nuria, puisqu'ils entretenaient une certaine amitié, alors qu'il n'était pas en bons termes avec son père ?

Isaac eut un rire amer.

— Je suis probablement la personne la moins bien placée pour le savoir. Après tout, je suis son père. Je sais qu'une fois, en 1932 ou 1933, Nuria est allée à Paris pour les affaires de Cabestany et qu'elle a logé une quinzaine de jours chez Julián Carax. C'est Cabestany qui me l'a dit, car elle m'avait raconté qu'elle était descendue à l'hôtel. A l'époque, ma fille était célibataire, et j'avais dans l'idée que Carax s'était un peu amouraché d'elle. Ma Nuria est de ces filles qui brisent les cœurs rien qu'en entrant dans un magasin.

— Vous voulez dire qu'ils étaient amants ?

— Toujours le roman-feuilleton, hein ? Écoutez, je ne me suis jamais mêlé de la vie privée de Nuria, parce que la mienne n'est pas non plus un modèle. Si un jour vous devez avoir une fille, bénédiction que je ne souhaite à personne car la loi de la vie veut qu'elle vous brise tôt ou tard le cœur… bref… qu'est-ce que je disais ? Ah oui : si un jour vous devez avoir une fille, vous commencerez, sans vous en rendre compte, à classer les hommes en deux catégories : ceux que vous soupçonnez de coucher avec elle et les autres. Quiconque prétend que ce n'est pas vrai est un fieffé menteur. Moi, j'avais dans l'idée que Carax faisait partie de la première catégorie, alors vous vous doutez bien que ça m'était égal qu'il soit un génie ou un minable, vu que je l'ai toujours considéré comme un vil suborneur.

— Mais peut-être vous trompiez-vous ?

— Sans vouloir vous offenser, vous êtes encore très jeune, et vous vous y connaissez autant en femmes que moi dans l'art de confectionner des choux à la crème.

— C'est vrai, admis-je. Et que sont devenus les livres rapportés de l'entrepôt par votre fille ?

— Ils sont ici.

— Ici ?

— D'où aurait pu provenir le livre que vous avez choisi le jour où votre père vous a amené ?

— Je ne comprends pas.

— C'est pourtant bien simple. Une nuit, quelques jours après l'incendie de l'entrepôt de Cabestany, Nuria s'est présentée ici. Elle semblait nerveuse. Elle m'a dit qu'elle était suivie et qu'elle craignait que le dénommé Coubert ne veuille s'emparer des livres pour les détruire. Puis elle m'a expliqué qu'elle venait cacher les livres de Carax. Elle est entrée dans la grande salle et les a déposés dans le labyrinthe des rayons comme on enterre des trésors. Je ne lui ai pas demandé où elle les avait mis, et elle ne me l'a pas dit. Avant de repartir, elle m'a assuré qu'elle viendrait les chercher dès qu'elle aurait retrouvé Carax. J'ai pensé qu'elle était encore amoureuse de lui, mais je n'ai rien dit. Je lui ai demandé si elle l'avait vu récemment, si elle avait des nouvelles de lui. Elle m'a répondu que ça faisait des mois qu'elle n'en avait pas : pratiquement depuis qu'il avait envoyé, de Paris, les ultimes corrections du manuscrit de son dernier livre. Elle mentait peut-être, impossible d'en être sûr. Je sais seulement que, depuis ce jour-là, Nuria n'a plus jamais eu de nouvelles de Carax et que les livres sont restés ici, à se couvrir de poussière.

— Croyez-vous que votre fille accepterait de me parler de tout ça ?

— Eh bien, quand il s'agit de parler, ma fille est toujours partante, mais j'ignore si elle pourra vous en raconter davantage. Rappelez-vous que cela s'est passé il y a très longtemps. Et, en fait, nous ne nous entendons pas aussi bien que je le voudrais. Nous nous voyons une fois par mois. Nous allons manger près d'ici, et elle repart comme elle est venue. Je sais qu'elle s'est mariée il y a des années avec un brave garçon. Un journaliste, un peu écervelé, il est vrai, toujours fourré dans des histoires politiques, mais bon cœur. Elle l'a épousé à la mairie, sans invitations. Je l'ai su un mois après. Elle ne m'a jamais présenté son mari. Il s'appelle Miquel ou quelque chose comme ça. Je suppose qu'elle n'est pas très fière de son père, et je ne le lui reproche pas. Aujourd'hui, c'est une autre femme. Elle a même appris à broder et on m'a dit qu'elle ne s'habille plus en Simone de Beauvoir. Un de ces jours, je découvrirai que je suis grand-père depuis longtemps. Cela fait des années qu'elle travaille chez elle, comme traductrice du français et de l'italien. J'ignore où elle a pris ce talent. En tout cas, pas chez son père. Je vais vous donner son adresse, mais je ne sais si c'est une bonne idée de dire que vous venez de ma part.

Isaac gribouilla quelques lignes sur le coin d'un vieux journal qu'il déchira pour me le tendre.

— Je vous remercie. On ne sait jamais, peut-être qu'elle se rappellera quelque chose…

Isaac sourit tristement.

— Quand elle était petite, elle se souvenait de tout.

Tout. Et puis les enfants grandissent, et on ne sait plus ce qu'ils pensent ni ce qu'ils éprouvent. Ainsi va la vie, je suppose. Vous ne répéterez pas à Nuria ce que je vous ai expliqué, hein ? Tout cela doit rester entre nous.

— Soyez sans crainte. Vous croyez qu'elle pense toujours à Carax ?

Isaac soupira en baissant les yeux.

— Qu'en sais-je, moi ? L'a-t-elle même vraiment aimé ? Ces choses-là restent dans le cœur de chacun, et elle est maintenant une femme mariée. Moi, à votre âge, j'avais une petite amie. Elle s'appelait Teresita Boadas, et elle cousait des tabliers aux ateliers des textiles Santamaría de la rue Comercio. Elle avait seize ans, deux de moins que moi, et c'était la première femme dont je tombais amoureux. Ne faites pas cette tête, je sais que vous, les jeunes, vous vous imaginez que les vieux n'ont jamais été amoureux. Le père de Teresita vendait de la glace sur une petite charrette au marché du Borne, et il était muet de naissance. Vous ne pouvez pas savoir la peur que j'ai eue le jour où je lui ai demandé la main de sa fille, quand il est resté cinq minutes à me dévisager fixement, sans détourner le regard, et le pic à glace à la main. J'économisais déjà depuis deux ans pour acheter une alliance, quand Teresita est tombée malade. On m'a dit que c'était quelque chose qu'elle avait attrapé à l'atelier. En six mois, la tuberculose me l'a emportée. Je me souviens encore des gémissements du muet, le jour où nous l'avons enterrée au cimetière de Pueblo Nuevo.

Isaac se réfugia dans un profond silence. Je n'osais même pas respirer. Après un temps, il releva les yeux et me sourit.

— Je vous parle de choses qui remontent à cinquante-cinq ans, et ça ne devrait plus rien me faire. Mais pour être sincère, je me souviens d'elle chaque jour, des promenades que nous faisions jusqu'aux vestiges de l'Exposition universelle de 1888, et de la manière dont elle se moquait de moi quand je lui lisais les poèmes écrits dans l'arrière-boutique de la charcuterie-épicerie de mon oncle Leopoldo. Je me rappelle même le visage d'une gitane qui nous a lu les lignes de la main sur la plage du Bogatell et nous a annoncé que nous resterions ensemble toute notre vie. A sa manière, elle ne mentait pas. Que puis-je vous dire ? Eh bien oui, je crois que Nuria se souvient de cet homme, même si elle ne l'avoue pas. Et la vérité, c'est que je ne le pardonnerai jamais à Carax. Vous, vous êtes encore jeune, mais je sais, moi, combien ces choses font souffrir. Si vous voulez mon opinion, Carax était un voleur de cœurs, et il a emporté celui de ma fille dans la tombe ou en enfer. Je vous demande seulement une faveur, si vous la rencontrez et si vous parlez avec elle : vous me direz comment elle va. Voyez si elle est heureuse. Et si elle a pardonné à son père.

Peu avant l'aube, à la seule lumière d'une lampe à huile, je pénétrai de nouveau dans le Cimetière des Livres Oubliés. Ce faisant, j'imaginais la fille d'Isaac parcourant ces mêmes couloirs obscurs et interminables avec une détermination pareille à celle qui me guidait : sauver le livre. Au début, je crus que je me souvenais de la route que j'avais suivie lors de ma première visite, ma main dans celle de mon père, mais je compris vite que les détours du labyrinthe se perdaient en volutes qui défiaient toute mémoire. Trois fois je tentai de suivre un trajet que je croyais me rappeler, et trois fois le labyrinthe me ramena à mon point de départ. Isaac m'y attendait, un sourire aux lèvres.

— Vous pensez venir le reprendre un jour ? questionna-t-il.

— Bien sûr.

— Dans ce cas, vous devriez peut-être employer une petite ruse.

— Une ruse ?

— Jeune homme, vous êtes un peu dur de la comprenette, non ? Souvenez-vous du Minotaure.

Je mis quelques secondes à comprendre sa suggestion. Isaac sortit un vieux canif de sa poche et me le tendit.

— Gravez une petite marque à chaque tournant, une encoche que vous serez seul à connaître. La boiserie est ancienne, et elle a tant de griffures et de stries que personne ne s'en apercevra, à moins de savoir ce qu'il cherche…

Je suivis son conseil et entrai derechef dans le cœur de la structure. Chaque fois que mon chemin tournait, je m'arrêtais pour marquer d'un C et d'un X les rayons du corridor que j'empruntais. Vingt minutes plus tard, j'étais complètement perdu dans les entrailles de la tour, et l'endroit où j'allais enfouir le roman se révéla à moi par hasard. J'aperçus sur ma droite une rangée de volumes traitant des biens inaliénables, dus à la plume du célèbre Jovellanos. A mes yeux d'adolescent, semblable camouflage devait dissuader les esprits les plus retors. J'en sortis plusieurs et inspectai la seconde rangée cachée derrière ces remparts de prose granitique. Dans des nuages de poussière, diverses comédies de Moratín et un superbe *Curial & Güelfa* alternaient avec le *Tractatus theologico-politicus* de Spinoza. En guise d'ultime pied de nez, je choisis de faire reposer le Carax entre un annuaire de 1901 des jugements des tribunaux civils de Gerona et une collection de romans de Juan Valera. Pour gagner de l'espace, je décidai d'emporter le livre de poésies du Siècle d'or qui les séparait, et glissai *L'Ombre du Vent* à sa place. J'adressai un clin d'œil d'adieu au roman et remis devant lui l'anthologie de Jovellanos, formant rempart.

Sans plus de cérémonie, je repartis en me fiant aux repères laissés à l'aller. Tandis que je traversais des tunnels entiers de livres dans l'obscurité, je ne pus éviter une sensation de tristesse et de découragement. Je pensais que si j'avais découvert tout un univers dans un seul livre inconnu au sein de cette nécropole infinie, des dizaines de milliers resteraient inexplorés, à jamais oubliés. Je me sentis entouré de millions de pages abandonnées, d'univers et d'âmes sans maître, qui restaient plongés dans un océan de ténèbres pendant que le monde qui palpitait au-dehors perdait la mémoire sans s'en rendre compte, jour après jour, se croyant plus sage à mesure qu'il oubliait.

Les premières lueurs du matin pointaient quand je revins à l'appartement de la rue Santa Ana. J'ouvris la porte en silence et me faufilai sans allumer de lampe. De l'entrée, je pouvais voir la salle à manger au fond du couloir, la table encore mise pour la fête. Le gâteau était là, intact, et la vaisselle attendait le dîner. La silhouette de mon père se découpait, immobile, dans le gros fauteuil tourné vers la fenêtre. Il était éveillé et portait toujours son costume du dimanche. Des volutes de fumée montaient lentement de la cigarette qu'il tenait entre l'index et le majeur, comme un stylo. Cela faisait des années que je n'avais pas vu mon père fumer.

— Bonjour, murmura-t-il en éteignant sa cigarette dans un cendrier débordant de mégots à demi consumés.

Je le contemplai sans savoir que dire. A contre-jour, son regard était invisible.

— Clara a appelé plusieurs fois cette nuit, deux heures après ton départ, dit-il. Elle avait l'air très inquiète. Elle a demandé que tu la rappelles, à n'importe quelle heure.

— Je n'ai pas l'intention de revoir Clara, ni de lui parler, dis-je.

Mon père se borna à acquiescer en silence. Je me laissai choir sur une chaise de la salle à manger. Je fixai le sol.

— Vas-tu me dire où tu es allé ?

— Je me suis promené.

— Tu m'as causé une peur affreuse.

Il n'y avait pas de colère dans sa voix, presque pas, même, de reproche, seulement de la fatigue.

— Je sais. Et je te demande pardon, répondis-je.

— Qu'est-ce que tu t'es fait à la figure ?

— J'ai glissé à cause de la pluie et je suis tombé.

— Cette pluie devait avoir un sacré direct du droit. Tu devrais mettre quelque chose.

Je mentis :

— Ce n'est rien. Je ne le sens même pas. J'ai surtout besoin de dormir. Je ne tiens plus debout.

— Ouvre au moins ton cadeau avant d'aller au lit, dit mon père.

Il désigna le paquet enveloppé de cellophane qu'il avait posé la veille sur la table de la salle à manger. J'hésitai un instant. Il m'encouragea d'un signe de tête.

Je pris le paquet et le soupesai. Je le tendis à mon père sans l'ouvrir.

— Il vaut mieux que tu le rendes. Je ne mérite aucun cadeau.

— Les cadeaux sont donnés pour le plaisir de celui qui les offre, pas pour les mérites de celui qui les reçoit, répondit-il. Et puis, on ne peut plus le rendre. Ouvre-le.

Je défis l'emballage soigné, dans la pénombre de l'aube. Le paquet contenait une boîte en bois ouvragé, luisante, aux coins dorés. Un sourire m'éclaira avant même que je l'ouvre. La serrure fit un bruit délicieux, comme un mécanisme d'horlogerie. L'intérieur de l'étui était garni de velours bleu sombre. Le fabuleux Montblanc Meisterstück de Victor Hugo reposait au centre, étincelant. Je le pris et le contemplai à la lumière provenant du balcon. Sur l'agrafe en or du capuchon était gravé :

Daniel Sempere, 1953

Je regardai mon père, bouche bée. Je ne crois pas l'avoir jamais vu aussi heureux qu'en cet instant. Sans rien dire, il se leva du fauteuil et me prit dans ses bras avec force. Je sentis ma gorge se serrer, et je ne pus prononcer un mot.

1953

Trompeuses apparences

1

Cette année-là, l'automne couvrit Barcelone d'un manteau de feuilles mortes qui voltigeaient dans les rues telle une peau de serpent. Le souvenir de cette lointaine nuit d'anniversaire m'avait congelé les sens, ou peut-être la vie avait-elle décidé d'accorder une année sabbatique à mes peines de cœur pour me permettre de mûrir. Je fus moi-même surpris de ne presque plus penser à Clara Barceló, ni à Julián Carax, ni même à ce fantôme sans visage échappé des pages d'un livre. Le mois de novembre s'était passé sous le signe de l'abstinence : pas une seule fois je ne m'étais approché de la Plaza Real pour mendier une brève vision de Clara à sa fenêtre. Je dois avouer que je n'y avais guère eu de mérite. La librairie était sortie de sa léthargie, et mon père et moi n'arrivions plus à suffire à la tâche.

— Au train où vont les choses, il va falloir engager quelqu'un pour nous aider dans la recherche des livres qu'on nous commande, constata mon père. Ce qu'il nous faudrait, ce serait un oiseau rare, mi-détective, mi-poète, qui se contenterait d'un salaire modeste et que n'effraieraient pas les missions impossibles.

— Je crois connaître le candidat idéal, dis-je.

Je dénichai Fermín Romero de Torres dans son repaire habituel, sous les arcades de la rue Fernando. Le clochard reconstituait la première page de *La Hoja del Lunes* à partir de morceaux ramassés dans une poubelle. L'illustration du jour était consacrée aux travaux publics et au développement.

— Bon Dieu, encore un barrage ! l'entendis-je s'exclamer. Ces fascistes vont finir par nous transformer tous en une race de batraciens, du genre grenouilles de bénitier.

— Bonjour, lui dis-je doucement. Vous vous souvenez de moi ?

Le clochard leva les yeux, et un sourire éclatant illumina aussitôt son visage.

— Ô heureuse vision ! Mais pour qui me prenez-vous donc, cher ami ? Vous accepterez bien un coup de rouge, non ?

— Aujourd'hui, c'est moi qui vous invite. Vous n'avez pas faim ?

— Ça, je ne dirais pas non à une bonne portion de fruits de mer, mais je suis rétamé.

Sur le chemin de la librairie, Fermín Romero de Torres me raconta tous les tours et détours qu'il avait dû faire au cours des dernières semaines pour échapper aux forces de sécurité de l'État et plus particulièrement à sa Némésis, un certain inspecteur Fumero avec qui, semblait-il, il était en conflit depuis des temps immémoriaux.

— Fumero ? demandai-je, me rappelant qu'il s'agissait du nom du militaire qui avait assassiné le père de Clara au fort de Montjuïc, au début de la guerre.

Le petit homme, blême et accablé, hocha la tête. Sale et famélique, il portait sur lui l'odeur de longs mois de vie dans la rue. Le pauvre n'avait pas la moindre idée de l'endroit où je le conduisais, et je lus dans son regard comme de la peur, une anxiété grandissante qu'il s'efforçait de masquer sous un bavardage incessant. Quand nous fûmes arrivés à la librairie, il me lança un regard inquiet.

— Allons, entrez donc. C'est la boutique de mon père, à qui je veux vous présenter.

Le clochard n'était plus qu'un paquet de nerfs et de crasse. Il protesta :

— Non, non, certainement pas, je ne suis pas présentable et ce magasin est trop distingué. Je vous embarrasserais…

Mon père apparut sur le seuil, inspecta le clochard, puis m'interrogea du regard.

— Papa, voici Fermín Romero de Torres.

— Pour vous servir, dit le clochard, qui tremblait presque.

Mon père eut un sourire serein et lui tendit la main. Le clochard n'osait pas la serrer, honteux de son aspect et des loques qui le recouvraient.

— Écoutez, je crois qu'il vaut mieux que je vous laisse, balbutia-t-il.

Mon père lui prit le bras avec délicatesse.

— Pas question, mon fils m'a dit que vous déjeuneriez avec nous.

Le clochard nous observa, interdit, atterré.

— Pourquoi ne monteriez-vous pas prendre un bon

bain chaud ? proposa mon père. Et ensuite, si vous êtes d'accord, nous redescendrons pour aller à Can Solé.

Fermín Romero de Torres bafouilla quelques mots inintelligibles. Mon père, toujours souriant, le mena vers la porte de l'immeuble et dut pratiquement le traîner dans l'escalier jusqu'à notre étage pendant que je fermais la boutique. A force de prières et en employant toutes sortes de tactiques subreptices, nous réussîmes à le dépouiller de ses haillons et à le fourrer dans la baignoire. Nu, il évoquait une photo de guerre et grelottait comme un poulet plumé. Il portait des marques profondes aux poignets et aux chevilles, son torse et ses épaules étaient couverts d'atroces cicatrices qui nous faisaient mal rien qu'à les regarder. Nous échangeâmes, mon père et moi, un coup d'œil horrifié, mais sans rien dire.

Le clochard se laissa laver comme un enfant, apeuré et tremblant. Tandis que je cherchais des vêtements propres dans le placard, j'entendais mon père qui lui parlait sans arrêt. Je trouvai un costume qu'il ne mettait jamais, une vieille chemise et des sous-vêtements. Même ses chaussures étaient irrécupérables. J'en choisis qui étaient trop petites pour mon père et roulai les haillons dans du papier journal, y compris un caleçon qui avait l'odeur et la consistance du jambon fumé, pour les jeter à la poubelle. Quand je revins dans la salle de bain, mon père rasait Fermín Romero de Torres dans la baignoire. Pâle et sentant le savon, celui-ci paraissait avoir vingt ans de moins. Je constatai qu'ils étaient déjà amis. Fermín Romero de Torres, peut-être sous l'effet des sels de bain, s'était ressaisi.

— Voyez-vous, monsieur Sempere, je n'avais jamais pensé faire carrière dans le monde des intrigues internationales, parce que moi, mon cœur me portait vers les humanités. Dès l'enfance j'ai senti l'appel de la poésie et j'ai voulu être Sophocle ou Virgile, car les tragédies en langues mortes me donnent la chair de poule. Mais mon père, qu'il repose en paix, était un butor qui ne voyait pas plus loin que le bout de son nez et voulait à tout prix qu'un de ses enfants entre dans la Garde Civile. Or aucune de mes sept sœurs n'a réussi à entrer dans la Maréchaussée, malgré la pilosité faciale exubérante qui a toujours affecté les femmes de ma famille du côté de ma mère. Sur son lit de mort, mon géniteur m'a fait jurer que si je ne parvenais pas à coiffer le tricorne, je me ferais au moins fonctionnaire et abandonnerais toute prétention à suivre ma vocation pour la lyre. Je suis de la vieille école, vous comprenez, et obéir à son père, même s'il est un âne, c'est sacré. Mais ne croyez pas que j'aie négligé de me cultiver l'esprit dans mes années d'aventure. J'ai beaucoup lu, et je pourrais vous réciter de mémoire des morceaux choisis de *La vie est un songe*.

— Allez, chef, faites-moi le plaisir de mettre ces vêtements, car nous ne doutons pas un instant de votre érudition, dis-je pour venir au secours de mon père.

Le regard de Fermín Romero de Torres débordait de gratitude. Il sortit de la baignoire, rayonnant. Mon père l'enveloppa dans une serviette. Le clochard riait aux anges de sentir le linge propre sur sa peau. Je l'aidai à passer les vêtements deux fois trop grands. Mon père ôta sa ceinture et me la tendit pour que je l'ajuste sur le mendiant.

— Vous voilà beau comme une image, disait mon père. N'est-ce pas, Daniel ?

— On le prendrait pour un acteur de cinéma.

— Taisez-vous donc, je ne suis plus ce que j'étais. J'ai perdu ma musculature herculéenne en prison, et depuis…

— Eh bien, moi, je trouve que vous avez l'allure de Charles Boyer, objecta mon père. Ce qui me fait penser que je voulais vous faire une proposition.

— Pour vous, monsieur Sempere, je suis prêt à tuer s'il le faut. Il suffit que vous me disiez un nom, et j'expédie le quidam sans douleur.

— Je ne vous en demande pas tant. Ce que je voulais vous proposer, c'est un emploi à la librairie. Il s'agit de rechercher des livres rares pour nos clients. C'est une sorte de travail d'archéologie littéraire, il faut connaître aussi bien les classiques que les techniques de base du marché noir. Je ne peux pas vous payer beaucoup pour le moment, mais vous mangerez à notre table et, si cela vous va, vous logerez chez nous jusqu'à ce que nous vous trouvions une bonne pension.

Le clochard nous regarda tous les deux, muet.

— Qu'en dites-vous ? demanda mon père. Vous entrez dans l'équipe ?

Je crus que Fermín Romero de Torres allait dire quelque chose, mais au lieu de cela, il éclata en sanglots.

Avec sa première paye, Fermín Romero de Torres s'acheta un chapeau d'artiste, des chaussures pour la pluie, et décida de nous inviter, mon père et moi, à manger du filet de taureau que l'on servait tous les lundis dans un restaurant situé à deux rues de la Plaza Monumental. Mon père lui avait trouvé une chambre dans une pension de la rue Joaquín Costa où, grâce à l'amitié qui liait notre voisine Merceditas à la patronne, on put éviter d'avoir à remplir la fiche de police, et garder ainsi Fermín Romero de Torres à l'abri du flair de l'inspecteur Fumero et de ses acolytes. Parfois me revenait en mémoire l'image des terribles cicatrices dont son corps était couvert. J'avais envie de lui poser des questions, appréhendant peut-être que l'inspecteur Fumero n'y fût pas étranger, mais quelque chose dans le regard du pauvre homme suggérait qu'il valait mieux ne pas aborder ce sujet. Un jour ou l'autre, quand il jugerait le moment venu, il nous le dirait de lui-même. Tous les matins à sept heures tapantes, Fermín nous attendait devant la porte de la librairie, impeccable et le sourire aux lèvres, prêt à travailler douze heures ou plus sans faire de pause. Il s'était découvert une passion pour le chocolat et les gâteaux à la crème dits « bras de gitan », au moins égale à son enthousiasme pour les grands de la tragédie grecque, moyennant quoi il avait repris un peu de poids. Il se rasait avec un soin de dandy, se coiffait en arrière avec de la brillantine et se laissait pousser une petite moustache pour être à la mode. Un mois après avoir émergé de la baignoire, le clochard était méconnaissable. Mais le plus spectaculaire dans cette stupéfiante transformation de Fermín Romero de Torres était sa conduite sur le champ de bataille. Son instinct de détective, que j'avais attribué à des affabulations enfiévrées, était d'une précision chirurgicale. Entre ses mains, les commandes les plus insolites étaient satisfaites en quelques jours, voire quelques heures. Aucun titre ne lui était inconnu, et il n'y avait pas de ruse qu'il ne sût employer pour l'acquérir à bon prix. Grâce à son bagout, il se glissait dans les bibliothèques particulières des duchesses de l'avenue Pearson et des dilettantes du cercle hippique, toujours sous de fausses identités, et obtenait qu'on lui fasse cadeau des livres ou qu'on les lui vende pour quatre sous.

La métamorphose du clochard en citadin exemplaire semblait miraculeuse : une histoire du genre de celles que les curés se plaisaient à narrer pour illustrer l'infinie miséricorde du Seigneur, mais qui sont trop belles pour être vraies, comme les réclames de lotions pour faire repousser les cheveux affichées dans les tramways. Trois mois et demi après les débuts de Fermín à la librairie, je fus réveillé un dimanche à deux heures du matin par la sonnerie du téléphone. La patronne de la pension où il logeait nous appelait pour expliquer d'une voix entrecoupée que M. Fermín Romero de Torres s'était enfermé à clef dans sa chambre, qu'il criait comme un fou, cognait aux murs et jurait que si quelqu'un entrait, il se trancherait la gorge avec un tesson de bouteille.

— S'il vous plaît, n'appelez pas la police. Nous arrivons tout de suite.

Nous nous précipitâmes rue Joaquín Costa. La nuit était froide, le vent cinglant et le ciel de poix. Nous passâmes au galop devant la Maison de la Miséricorde et la Maison de la Pitié, sans nous soucier des regards et des murmures qui nous suivaient depuis les porches obscurs puant les ordures et le charbon. Nous arrivâmes au coin de la rue Ferlandina. La rue Joaquín Costa formait comme une brèche ouverte dans les alvéoles d'une ruche noire, s'enfonçant dans les ténèbres du Raval. Le fils aîné de la patronne nous attendait dans la rue.

— Vous avez appelé la police ? demanda mon père.

— Pas encore, répondit le fils.

Nous grimpâmes les escaliers quatre à quatre. La pension était au deuxième étage, et l'escalier formait une spirale noire de crasse, à peine éclairée par la lueur ocre d'ampoules qui pendaient d'un fil dénudé. Mme Encarna, veuve d'un caporal de la Garde Civile et propriétaire de la pension, nous accueillit sur le seuil de l'appartement drapée dans un peignoir bleu ciel et la tête hérissée de bigoudis.

— Écoutez, monsieur Sempere, ici c'est une maison comme il faut. Ce ne sont pas les offres qui me manquent, et je n'ai aucune raison de tolérer ce genre de scandales, dit-elle en nous guidant le long d'un couloir obscur qui empestait le moisi et l'ammoniaque.

— Bien sûr, bien sûr, marmonnait mon père.

Venant du fond du couloir, les cris de Fermín Romero de Torres faisaient trembler les cloisons. Aux portes entrouvertes apparaissaient des visages hâves et affolés, marqués par des années de pension et de soupe claire.

— Retournez dans vos lits, bon Dieu, ce n'est pas un cirque, ici ! s'exclama Mme Encarna, furieuse.

Nous nous arrêtâmes devant la porte de la chambre de Fermín. Mon père frappa doucement.

— Fermín ? Vous êtes là ? C'est moi, Sempere.

Le hurlement qui traversa la porte me glaça le sang. Même Mme Encarna perdit soudain sa superbe d'impératrice et porta les mains à son cœur, caché sous les plis abondants de son opulente poitrine.

Mon père appela encore une fois.

— Fermín ? Allons, ouvrez-moi.

Fermín hurla derechef, en se jetant contre les murs et en criant des obscénités à s'en rompre les cordes vocales. Mon père soupira.

— Vous avez la clef de la chambre ?

— Naturellement.

— Donnez-la-moi.

Mme Encarna hésita. Les voisins avaient de nouveau passé la tête dans le couloir, blêmes de terreur. Les cris devaient s'entendre à l'autre bout de la ville.

— Et toi, Daniel, cours chercher le docteur Baró, il habite à côté, au 12 de la rue Riera Alta.

— Dites-moi, ne vaudrait-il pas mieux appeler un prêtre ? proposa Mme Encarna. Parce que, pour moi, il serait plutôt possédé par le démon.

— Non, c'est du ressort d'un médecin. Va, Daniel, cours. Et vous, s'il vous plaît, donnez-moi la clef.

Le docteur Baró était un célibataire insomniaque qui, pour combattre l'ennui, passait ses nuits à lire Zola et à contempler des images stéréoscopiques de demoiselles court-vêtues. C'était un habitué de la boutique de mon père, et lui-même se qualifiait de morticole de second rang, mais la moitié des docteurs chic tenant cabinet dans la rue Muntaner n'avaient pas son coup d'œil quand il s'agissait de donner un diagnostic. Une grande partie de sa clientèle consistait en vieilles prostituées du quartier et en malheureux à peine capables de le payer, mais il ne faisait pas la différence avec les autres. Je l'avais souvent entendu dire que le monde était un pot de chambre et qu'il attendait seulement, pour mourir en paix, que le Barcelona gagne enfin la coupe de la ligue. Il m'ouvrit en robe de chambre, empestant le vin, un mégot éteint aux lèvres.

— Daniel ?

— C'est mon père qui m'envoie. Pour une urgence.

A notre arrivée à la pension, nous trouvâmes Mme Encarna en sanglots, terrorisée, les voisins couleur de cire fondue et mon père soutenant Fermín Romero de Torres à bout de bras dans un coin de la chambre. Fermín était nu, pleurait et tremblait de peur. La chambre était dévastée, les murs tachés de quelque chose dont je ne saurais dire si c'était du sang ou des excréments. Un rapide coup d'œil suffit au docteur Baró pour prendre la mesure de la situation et, d'un geste, il indiqua à mon père qu'ils devaient étendre Fermín sur le lit. Le fils de Mme Encarna, qui voulait devenir boxeur, les y aida. Fermín gémissait et se contorsionnait comme si un fauve lui dévorait les entrailles.

—Mon Dieu, mais qu'est-ce qu'il a, le pauvre homme ? Qu'est-ce qu'il a ? se lamentait Mme Encarna sur le seuil de la chambre, en hochant la tête.

Le docteur lui prit le pouls. Il observa ses pupilles avec une lampe et, sans prononcer un mot, prit un flacon dans la mallette et s'apprêta à lui faire une piqûre.

—Tenez-le fermement. Ça l'aidera à dormir. Daniel, donne-nous un coup de main.

A quatre nous immobilisâmes Fermín, qui sursauta avec violence quand il sentit l'aiguille s'enfoncer dans sa fesse. Ses muscles se tendirent comme des câbles d'acier, mais au bout de quelques secondes ses yeux se voilèrent et son corps retomba, inerte.

—Eh là, faites attention. Cet homme est tellement mal en point qu'un rien peut le tuer, dit Mme Encarna.

—Ne vous inquiétez pas. Il est seulement endormi, la rassura le docteur, tout en examinant les cicatrices qui couvraient le corps famélique de Fermín.

Je le vis soupirer en silence.

—*Fills de puta*, murmura-t-il.

—D'où viennent ces cicatrices ? demandai-je. De coupures ?

Le docteur fit signe que non, sans lever les yeux. Il

trouva une couverture dans le fouillis et la mit sur son patient.

— De brûlures. Cet homme a été torturé, expliqua-t-il. Ces marques-là sont celles d'une lampe à souder.

Fermín dormit deux jours. Quand il ouvrit les yeux, il ne se souvenait de rien, sauf qu'il avait cru se réveiller dans un cachot obscur, puis le vide total. Il eut tellement honte de sa conduite qu'il implora à genoux le pardon de Mme Encarna. Il lui promit de repeindre toute la pension et, comme il la savait très pieuse, de faire dire dix messes pour elle à l'église de Belén.

— La seule chose que vous avez à faire, c'est de vous rétablir et de ne plus me causer de frayeurs pareilles, je suis trop vieille pour ce genre d'émotions.

Mon père paya les dégâts et demanda à Mme Encarna de donner une seconde chance à Fermín. Elle accepta de bonne grâce. Le plupart de ses pensionnaires étaient de pauvres gens seuls au monde, comme elle. Une fois passée sa peur, elle fut prise d'un regain d'affection pour Fermín et lui fit promettre de prendre les pilules prescrites par le docteur.

— Pour vous, madame Encarna, je suis prêt à avaler une brique s'il le faut.

Avec le temps, nous affectâmes d'avoir oublié l'incident, mais je n'eus plus envie de me moquer des histoires de l'inspecteur Fumero. Pour ne pas le laisser seul, nous emmenions Fermín Romero de Torres presque chaque dimanche casser la croûte au café Novedades. Nous remontions ensuite jusqu'au cinéma Fémina, au coin de la rue Diputación et du Paseo de Gracia. L'un des contrôleurs était un ami de mon père, et il nous laissait nous faufiler par l'issue de secours, au milieu des Actualités, toujours au moment où le Généralissime coupait le cordon inaugural d'un nouveau barrage, ce qui mettait les nerfs de Fermín Romero de Torres en pelote.

— Quelle honte ! disait-il, indigné.

— Vous n'aimez pas le cinéma, Fermín ?

— Si vous voulez le fond de ma pensée, le cinéma, ça n'est que des fariboles. Pour moi, il s'agit seulement d'un moyen d'abrutir la plèbe, pire encore que le football ou les taureaux. Le cinématographe a été inventé pour amuser les masses analphabètes, et cinquante ans après sa naissance il n'a pas beaucoup évolué.

Toutes les réticences de Fermín Romero de Torres tombèrent d'un coup le jour où il découvrit Carole Lombard.

— Quel buste, Jésus, Marie, Joseph, quel buste ! s'exclama-t-il fasciné, en pleine projection. C'est pas une paire de nichons, c'est deux caravelles !

— Fermez-la, espèce de cochon, où j'appelle le contrôleur, protesta, deux rangées derrière nous, une voix qui semblait sortir tout droit d'un confessionnal. C'est honteux. Quel pays de porcs !

— Il vaudrait mieux parler moins fort, conseillai-je à Fermín.

Fermín Romero de Torres ne m'écoutait pas. Il était perdu dans le doux balancement de cette poitrine miraculeuse, un sourire ravi aux lèvres, les yeux saturés de Technicolor. Plus tard, en remontant le Paseo de Gracia, j'observai que notre détective bibliographique n'était pas sorti de sa transe.

— Je crois que nous allons devoir vous chercher une compagne, dis-je. Vous verrez qu'une femme mettra de la gaieté dans votre vie.

Fermín Romero de Torres soupira, son esprit continuant de rembobiner les merveilles de la loi de la gravité.

— Vous parlez d'après votre expérience, Daniel ? questionna-t-il innocemment.

Je me bornai à sourire, sachant que mon père m'observait du coin de l'œil.

A partir de ce jour, Fermín Romero de Torres devint un habitué du cinéma dominical. Mon père préférait rester lire à la maison, mais Fermín Romero de Torres ne manquait pas une séance. Il achetait un gros sac de chocolats et s'asseyait à la rangée numéro dix-sept pour les dévorer en attendant l'apparition stellaire de la diva de service. Il se moquait complètement de l'histoire et n'arrêtait de parler qu'au moment où une dame venait remplir l'écran de ses attributs considérables.

— J'ai réfléchi à ce que vous m'avez dit l'autre jour : qu'il fallait me chercher une femme, dit Fermín Romero de Torres. Vous devez avoir raison. A la pension, il y a un nouveau locataire, un ex-séminariste de Séville plutôt déluré, et il amène de temps en temps des filles dotées d'un châssis du tonnerre. C'est fou ce que la race s'est améliorée. Je ne sais pas comment s'y prend ce garçon, car il n'a rien d'un Adonis. Peut-être qu'il les étourdit à force d'*Ave* et de *Pater*. Comme ma chambre est contiguë à la sienne, je n'en perds pas une miette, et à en juger par ce qu'on entend, le cureton doit être un virtuose. Ou alors c'est le prestige de l'uniforme. Et vous, les femmes, vous les aimez comment, Daniel ?

— A vrai dire, je n'y connais pas grand-chose.

— Personne n'y connaît rien, ni Freud ni elles-mêmes, mais c'est comme l'électricité, pas besoin de savoir comment ça fonctionne pour recevoir une secousse. Allez, racontez-moi. Comment les aimez-vous ? Moi, excusez-moi, je pense qu'une femme doit avoir tout ce qu'il faut là où il faut, pour qu'on ait par où la prendre, mais vous, vous avez une tête à préférer les maigres, point de vue que je respecte parfaitement, ne vous méprenez surtout pas, hein ?

— Pour être tout à fait sincère, je n'ai pas beaucoup d'expérience. Je n'en ai même aucune.

Fermín Romero de Torres me regarda attentivement, intrigué par cette manifestation d'ascétisme.

— Je croyais que cette fameuse nuit… vous savez, celle où vous avez reçu ce gnon…

— Ce n'est pas une simple gifle qui m'aurait fait tant souffrir…

Il sembla lire dans mes pensées et eut un sourire de solidarité.

— Eh bien, ce n'est pas plus mal, parce que le meilleur, avec les femmes, c'est de les découvrir. Il n'y a rien qui vaille la première fois. On ne sait pas ce qu'est la vie avant d'en avoir déshabillé une pour la première fois. Bouton après bouton, comme si vous peliez une patate bien chaude par une nuit d'hiver. Aaaaah… !

Quelques secondes plus tard, Veronica Lake faisait son entrée en scène, et Fermín avait sauté d'une dimension dans une autre. Profitant d'une séquence où l'actrice se reposait, Fermín m'annonça qu'il allait rendre visite au stand de confiseries du hall pour se réapprovisionner. Après tant de mois à crever de faim, mon ami avait perdu le sens de la mesure, mais, grâce à son métabolisme d'ampoule électrique, il n'arrivait jamais à se défaire de son air affamé et de ses traits émaciés de victime de guerre. Je demeurai seul, suivant distraitement ce qui se passait sur l'écran. Je mentirais si je disais que je pensais à Clara. Je pensais seulement à son corps, frémissant sous les coups de boutoir du professeur de musique, luisant de sueur et de plaisir. Je quittai l'écran des yeux et avisai à cet instant le spectateur qui venait d'entrer. Je vis sa silhouette s'avancer jusqu'au milieu des fauteuils d'orchestre, six rangées devant moi, et prendre place. Les cinémas regorgent de gens seuls, pensai-je. Comme moi.

J'essayai de me concentrer en reprenant le fil de l'action. Le jeune premier, un détective cynique mais au cœur tendre, expliquait à un personnage secondaire que les femmes comme Veronica Lake étaient la perdition de tout homme digne de ce nom, et que, même en sachant cela, on ne pouvait que les aimer désespérément et mourir trahi par leur perfidie. Fermín Romero de Torres, devenu un critique averti, appelait ce genre d'histoires « *le conte de la mante religieuse* ». Selon lui, ce n'était là que fantasmes misogynes pour bureaucrates constipés et vieilles filles rêvant de se précipiter dans le vice afin de mener une vie de stupre et de luxure. Je souris en imaginant les commentaires de bas de page auxquels se serait livré mon ami s'il avait manqué son rendez-vous au stand des confiseries. Mon sourire se figea en moins d'une seconde. Le spectateur assis six rangées devant moi s'était retourné et me regardait fixement. Le faisceau nébuleux du projecteur traversait les ténèbres de la salle, rai de lumière changeante qui dessinait des lignes et des taches de couleur indécises. Je reconnus immédiatement l'homme sans visage, Coubert. Son regard sans paupières brillait, acéré. Son sourire sans lèvres se pourléchait dans l'obscurité. Je sentis des doigts froids serrer mon cœur comme des tenailles. Deux cents violons éclatèrent sur l'écran, il y eut des coups de feu, des cris, et la scène vira au noir. Un instant, le parterre fut plongé dans l'obscurité totale, et je pus entendre les battements qui martelaient mes tempes. Lentement, une nouvelle scène vint éclairer la salle, répandant des halos de bleu et de pourpre. Je me retournai et pus voir une silhouette remonter l'allée centrale et croiser Fermín Romero de Torres revenant de son safari gastronomique. Il se faufila dans sa rangée pour reprendre sa place. Il me tendit un chocolat praliné et m'observa d'un air circonspect.

— Daniel, vous êtes blanc comme une cuisse de bonne sœur. Tout va bien ?

Un souffle invisible balayait les rangées de fauteuils.

— Drôle d'odeur, commenta Fermín Romero de Torres. Ça sent le pet rance, de notaire ou de procureur.

— Non, ça sent le papier brûlé.

— Allez, prenez un Sugus au citron, ça guérit tout.

— Je n'en ai pas envie.

— Alors gardez-le, on ne sait jamais, un Sugus est toujours bienvenu en cas de coup dur.

Je mis le bonbon dans la poche de ma veste et supportai la suite du film sans prêter attention ni à Veronica Lake ni aux victimes de ses fatals appas. Fermín Romero de Torres s'était laissé emporter par le spectacle et les chocolats. Quand, la séance terminée, la lumière se fit dans la salle, j'eus l'impression de m'éveiller d'un mauvais rêve et fus tenté de prendre la présence de cet individu aux fauteuils d'orchestre pour une illusion, un sale tour de ma mémoire, mais son bref regard dans l'obscurité avait suffi à me faire parvenir le message. Il ne m'avait pas oublié, pas plus que notre pacte.

2

Les premiers effets de l'arrivée de Fermín se firent vite sentir : je découvris que j'avais beaucoup plus de temps libre. Quand Fermín n'était pas sur le sentier de la guerre pour capturer quelque volume exotique afin de satisfaire les commandes des clients, il rangeait les réserves de la librairie, concevait des stratagèmes de promotion commerciale dans le quartier, astiquait l'enseigne et les glaces de la vitrine ou lustrait les reliures avec un chiffon et de l'alcool. Profitant de cette situation, je décidai de consacrer mes loisirs à deux activités que j'avais précédemment négligées : continuer mes recherches sur l'énigme Carax et, surtout, essayer de passer plus de temps avec mon ami Tomás Aguilar qui me manquait.

Tomás était un garçon méditatif et réservé que les gens craignaient à cause de ses allures de dur, de son air sérieux et menaçant. Il était bâti en lutteur de foire, avec des épaules de gladiateur, un regard farouche et pénétrant. Nous nous étions connus bien des années auparavant, à l'occasion d'une bagarre, pendant ma première semaine chez les jésuites de Caspe. Son père était venu le chercher à la sortie des cours, accompagné d'une enfant qui devait être sa fille et dont il se confirma qu'elle était effectivement la sœur de Tomás. Ayant eu l'idée malencontreuse de faire une plaisanterie stupide sur celle-ci, je n'avais pas eu le temps de cligner de l'œil que Tomás m'était déjà tombé dessus avec une dégelée de coups de poing qui m'avait laissé en compote pendant plusieurs semaines. Tomás était deux fois plus grand, plus fort et plus féroce que moi. Dans ce duel qui avait eu lieu dans la cour, au milieu d'un chœur de gamins assoiffés de combats sanguinaires, j'avais perdu une dent et gagné un sens nouveau des proportions. Je n'avais pas voulu dénoncer à mon père ni aux jésuites l'individu qui m'avait arrangé de la sorte, ni leur expliquer que son géniteur avait contemplé cette rossée avec un plaisir évident en mêlant ses vociférations à celles des collégiens.

— C'était ma faute, avais-je dit, désireux de tourner la page.

Trois semaines plus tard, Tomás était venu me voir pendant la récréation. Mort de peur, j'étais resté paralysé et avais commencé à bafouiller, avant de comprendre qu'il voulait seulement s'excuser, parce qu'il savait que c'était un combat inégal et injuste.

— C'est moi qui dois te demander pardon d'avoir parlé comme ça de ta sœur, avais-je dit. Je l'aurais fait l'autre jour, mais tu m'as écrasé la bouche avant que j'aie pu dire un mot.

Honteux, Tomás regardait par terre. J'avais observé ce géant timide et silencieux qui errait dans les cours et les couloirs du collège comme une âme en peine. Tous les élèves – moi le premier – avaient peur de lui, et personne n'osait lui parler ni même le regarder. Yeux baissés et presque en tremblant, il m'avait demandé si je voulais bien être son ami. Je lui avais répondu que oui. Il m'avait tendu la main et je l'avais serrée. Sa poignée de main faisait mal, mais je l'avais supportée stoïquement. L'après-midi même, Tomás m'invitait à goûter chez lui et me montrait dans sa chambre la collection d'étranges engins qu'il fabriquait à partir de pièces de quincaillerie.

— C'est moi qui les ai faits, m'avait-il expliqué avec fierté.

J'étais incapable de comprendre ce que c'était ou prétendait être, et j'avais manifesté mon admiration. Il me semblait que ce garçon solitaire et grandi trop vite s'était construit ses propres amis en fer-blanc, et que j'étais le premier à qui il les présentait. C'était son secret. Je lui avais parlé de ma mère et confié combien elle me manquait. Quand ma voix s'était étranglée, Tomás m'avait étreint en silence. Nous avions dix ans. Depuis ce jour, Tomás était devenu mon meilleur – et moi son unique – ami.

Malgré ses airs belliqueux, Tomás était une âme pacifique et pleine de bonté à laquelle son aspect évitait toute confrontation. Il bégayait facilement, surtout quand il devait s'adresser à quelqu'un qui n'était ni sa mère, ni sa sœur, ni moi, ce qu'il ne faisait presque jamais. Les inventions extravagantes et les engins mécaniques le fascinaient, et j'avais vite découvert qu'il désossait toutes sortes d'ustensiles, des phonographes aux machines à calculer, afin d'en percer les secrets. Quand il ne jouait pas avec moi ou ne travaillait pas avec son père, Tomás passait la plus grande partie de son temps enfermé dans sa chambre, à construire des vistemboirs incompréhensibles. Il débordait d'intelligence autant qu'il manquait de sens pratique. Son intérêt pour le monde réel se cristallisait sur la synchronie des feux de croisement de la Gran Vía, les mystères des fontaines lumineuses de Montjuïc ou les automates du parc d'attractions du Tibidabo.

Tomás travaillait tous les soirs dans le bureau paternel et, parfois, en sortant, il passait à la librairie. Mon père s'intéressait toujours à ses inventions et lui faisait cadeau de manuels de mécanique ou de biographies d'ingénieurs comme Eiffel et Edison, que Tomás idolâtrait. Au fil des ans, Tomás s'était pris d'une grande affection pour lui, et cherchait à inventer un système d'archivage automatique des fiches bibliographiques à partir des pièces d'un vieux ventilateur. Il travaillait depuis quatre ans sur ce projet, et mon père continuait d'afficher son enthousiasme pour ses progrès, afin de ne pas le décourager. Au début, je m'étais inquiété de la réaction de Fermín face à mon ami.

— Vous devez être l'ami inventeur de Daniel. Je suis très honoré de faire votre connaissance. Fermín Romero de Torres, assistant bibliographique de la librairie Sempere, pour vous servir.

— Tomás Aguilar, balbutia mon ami en souriant et en serrant la main de Fermín.

— Attention, ce n'est pas une main que vous avez là, c'est une presse hydraulique, et j'ai besoin de conserver des doigts de violoniste pour travailler dans cette maison.

Tomás lâcha prise en s'excusant.

— A propos, quelle est votre position vis-à-vis du théorème de Fermat ? s'enquit Fermín en se massant les doigts.

Là-dessus, ils se lancèrent dans une discussion incompréhensible sur les arcanes de la science mathématique qui, pour moi, était du chinois. Fermín le vouvoyait ou l'appelait professeur, et faisait semblant de ne pas remarquer son bégaiement. Tomás, pour répondre à la patience infinie dont Fermín faisait preuve à son égard, lui apportait des boîtes de chocolats suisses enveloppés dans des photos de lacs d'un bleu impossible, de vaches sur des pâturages vert Technicolor, et de pendules à coucou.

— Votre ami Tomás a du talent, mais il ne sait pas diriger sa vie, il manque un peu du culot indispensable pour faire carrière, jugeait Fermín Romero de Torres. L'esprit scientifique en a besoin. Voyez Albert Einstein. Il a découvert un tas de choses prodigieuses et puis, la première à laquelle on trouve une application pratique, c'est la bombe atomique. En plus, avec son allure de boxeur, il aura beaucoup de difficultés dans les cercles académiques, parce que, sur cette terre, le préjugé domine tout.

Voulant sauver Tomás d'une vie de privations et d'incompréhension, Fermín avait décidé qu'il fallait absolument lui faire cultiver son élocution et sa sociabilité.

— L'homme, en bon simien, est un animal social, et ce qui prime en lui c'est le copinage, le népotisme, le piston et le commérage comme mesure intrinsèque du comportement éthique, argumentait-il. C'est purement biologique.

— C'est méprisable.

— Quel plouc vous faites parfois, Daniel.

Tomás avait la tête dure comme son père, un prospère administrateur de biens qui avait installé ses bureaux dans la rue Pelayo, près des grands magasins El Siglo. M. Aguilar appartenait à cette race des esprits privilégiés qui ont toujours raison. Homme de convictions profondes, il affirmait, entre autres choses, que son fils était un être pusillanime et un débile mental. Pour compenser ces tares honteuses, il avait engagé toutes sortes de professeurs particuliers dans le but de faire de son rejeton une personne normale. « Je veux que vous vous occupiez de mon fils comme s'il était un imbécile, nous sommes bien d'accord ? » l'avais-je entendu dire en de nombreuses occasions. Les professeurs usaient de toutes les méthodes, y compris les supplications, mais Tomás avait l'habitude de ne s'adresser à eux qu'en latin, langue qu'il maîtrisait avec une fluidité papale et dans laquelle il ne bégayait pas. Tôt ou tard, les répétiteurs à domicile donnaient leur démission, par découragement et par peur que leur pupille ne soit possédé et ne leur transmette des consignes démoniaques en araméen. L'unique espoir de M. Aguilar était que le service militaire fasse de son fils un homme présentable.

Beatriz, la sœur de Tomás, avait un an de plus que nous. Nous lui devions notre amitié. Bea Aguilar était le portrait vivant de sa mère et le trésor chéri de son père. Rousse et très pâle, elle exhibait toujours de luxueux vêtements de soie ou de laine. Dotée d'une taille de mannequin, elle marchait droite comme un piquet, imbue de sa personne et se croyant la princesse du conte qu'elle s'était elle-même forgé. Elle avait les yeux d'un bleu-vert qu'elle qualifiait d'« émeraude et saphir ». Malgré de longues années passées chez les bonnes sœurs, ou peut-être à cause de cela, Bea buvait de l'anis dans de grands verres en cachette de son père, mettait des bas de soie de la marque Perla Gris, et se maquillait comme les vampiresses cinématographiques qui troublaient le sommeil de mon ami Fermín. Je ne pouvais pas la voir en peinture, et elle répondait à ma franche hostilité par des regards languides de dédain ou d'indifférence. Bea avait un fiancé qui faisait son service militaire en Murcie en qualité d'aspirant, un phalangiste gominé nommé Pablo Cascos Buendía, appartenant à une vieille famille propriétaire de nombreux chantiers navals dans les Rías. L'aspirant Cascos Buendía, qui passait la moitié de son temps en permission grâce à un oncle bien placé au Gouvernement Militaire, pérorait sans fin sur la supériorité génétique et spirituelle de la race espagnole et le déclin imminent de l'Empire bolchevique.

— Marx est mort, disait-il sur un ton solennel.

— En 1883, concrètement, répondais-je.

— Toi, tu la fermes, pauvre type, sinon je te fous un pain qui t'expédiera jusqu'à la Rioja.

J'avais plus d'une fois surpris Bea souriant intérieurement aux âneries que débitait son fiancé l'aspirant. Alors, elle levait les yeux et m'observait, impénétrable. Je lui souriais, avec cette vague sympathie qui s'instaure entre des ennemis ayant conclu une trêve indéterminée, mais elle fuyait aussitôt mon regard. Je me serais fait tuer plutôt que de l'avouer : au fond, j'avais peur d'elle.

3

Au début de cette année-là, Tomás et Fermín Romero de Torres décidèrent d'unir leurs génies respectifs pour un nouveau projet qui, selon eux, devait nous libérer du service militaire, mon ami et moi. Fermín, tout particulièrement, ne partageait pas l'enthousiasme de M. Aguilar pour cette expérience virile.

— Le service militaire ne sert qu'à découvrir le pourcentage de lèche-bottes qui sévissent ici-bas, expliquait-il. Et cela ne demande pas plus de deux semaines, pas besoin de deux ans. Armée, Mariage, Église et Banque :

les quatre cavaliers de l'Apocalypse. Oui, oui, vous pouvez rire.

Les théories anarcho-libertaires de Fermín Romero de Torres devaient en prendre un coup certaine après-midi d'octobre où, par un de ces hasards que nous réserve le destin, nous reçûmes la visite d'une vieille amie. Mon père procédait à l'estimation d'une bibliothèque à Argentona et ne devait pas revenir avant le soir. Je m'occupais de la vitrine pendant que Fermín se livrait à ses habituelles manœuvres d'équilibriste en grimpant à l'échelle pour ranger le rayonnage supérieur, à quelques centimètres du plafond. Peu avant la fermeture, alors que déjà le soleil se couchait, la silhouette de Bernarda se découpa derrière la vitrine. Elle était vêtue de ses habits du jeudi, son jour libre, et me salua de la main. A sa seule vue, je me sentis le cœur en fête et lui fis signe d'entrer.

— Mon Dieu, comme vous avez grandi ! dit-elle en passant le seuil. J'ai failli ne pas vous reconnaître… vous voici un homme, maintenant !

Elle me serra dans ses bras en versant quelques larmes et en me tâtant le crâne, les épaules et la figure pour voir si je ne m'étais rien cassé pendant son absence.

— Vous manquez beaucoup à la maison, mon petit monsieur, dit-elle en baissant les yeux.

— C'est toi qui m'as manqué, Bernarda. Allons, embrasse-moi.

Elle me donna un baiser timide et je lui en plaquais deux, sonores, sur chaque joue. Elle rit. Je lus dans ses yeux qu'elle attendait que je lui pose des questions sur Clara, mais je n'en avais pas l'intention.

— Je te vois en pleine forme et très élégante. Qu'est-ce qui t'a décidée à nous rendre visite ?

— Eh bien, la vérité c'est que je voulais venir depuis longtemps, mais vous savez comment va la vie, je suis très occupée, parce que M. Barceló a beau être un grand savant, il est comme un enfant, et je suis bien forcée de faire contre mauvaise fortune bon cœur. Ce qui m'amène aujourd'hui, voyez-vous, c'est qu'on fête demain l'anniversaire de ma nièce, celle de San Adrián, et j'aimerais lui apporter un cadeau. J'ai pensé à un bon livre, avec plein de choses écrites et pas beaucoup d'images, mais comme je suis empotée et que je ne comprends pas…

Avant que j'aie pu répondre, la boutique fut ébranlée par un tintamarre balistique dû à la chute des œuvres complètes de Blasco Ibañez reliées plein cuir. Nous sursautâmes, Bernarda et moi, et levâmes les yeux. Fermín se laissa glisser le long de l'échelle comme un trapéziste, un sourire florentin aux lèvres, les yeux chargés de concupiscence et d'extase.

— Bernarda, voici…

— Fermín Romero de Torres, assistant bibliographique de Sempere & fils, à vos pieds, madame, proclama Fermín en saisissant la main de Bernarda et en la baisant avec cérémonie.

En quelques secondes, Bernarda était devenue rouge comme un piment.

— Mon Dieu, vous faites erreur, je ne suis pas une dame…

— Vous êtes au moins une marquise, trancha Fermín. On ne me trompe pas, moi qui fréquente le gratin de l'avenue Pearson. Accordez-moi l'honneur de vous conduire à notre section des classiques pour la jeunesse et l'enfance où je vois que nous avons, providentiellement, une compilation des meilleures histoires d'Emilio Salgari avec les aventures épiques de Sandokan.

— Mon Dieu, je ne sais pas, je me méfie des vies de saints, parce que, vous comprenez, le père de la petite fille est très CNT *.

– Soyez sans crainte, j'ai ici rien de moins que *L'Ile mystérieuse* de Jules Verne, récit d'aventures palpitantes au contenu hautement éducatif pour tout ce qui concerne les progrès de la technique...

— Si ça vous semble convenir...

Je les suivais en silence, observant Fermín qui n'épargnait pas sa salive et Bernarda ahurie par les prévenances de ce petit homme aux gestes de camelot et au discours de bonimenteur de foire, qui la couvait des yeux avec un enthousiasme réservé d'habitude aux chocolats Nestlé.

— Et vous, monsieur Daniel, qu'en pensez-vous ?

— Ici, l'expert est M. Romero de Torres. Tu peux lui faire confiance.

— Alors je prends celui de l'île, si vous me faites un paquet. Qu'est-ce que je vous dois ?

— C'est la maison qui vous l'offre, dis-je.

— Ah non, certainement pas...

— Madame, si vous m'y autorisez, vous ferez de moi l'homme le plus heureux de Barcelone en acceptant ce cadeau de Fermín Romero de Torres.

Bernarda nous regarda, interdite.

— Écoutez, moi je paye toujours ce que j'achète, et c'est un cadeau que je veux faire à ma nièce...

— Alors vous me permettrez, en manière de troc, de

* Confédération nationale du travail, syndicat (clandestin à l'époque) de tendance anarchiste.

vous inviter à goûter, lança Fermín en se lissant les cheveux.

— Accepte, Bernarda, dis-je pour l'encourager. Tu verras que ça te plaira. Je te fais le paquet pendant que Fermín va prendre sa veste.

Fermín se précipita dans l'arrière-boutique et en profita pour se donner un coup de peigne et se parfumer. Je lui remis quelques billets pris dans la caisse afin qu'il puisse inviter Bernarda.

— Où puis-je l'emmener ? me chuchota-t-il, nerveux comme un gosse.

— Moi, j'irais au café d'Els Quatre Gats. Je sais qu'il porte bonheur dans les affaires de cœur.

Je tendis le livre empaqueté à Bernarda et lui fis un clin d'œil.

— Qu'est-ce que je vous dois, monsieur Daniel ?

Je mentis :

— Je ne sais pas. Je te le dirai plus tard. Il n'y avait pas de prix sur le livre et il faut que je demande à mon père.

Je les vis s'éloigner bras dessus, bras dessous et disparaître dans la rue Santa Ana, et me dis qu'il se trouvait peut-être au ciel un être de garde qui avait décidé d'accorder à ces deux-là trois ou quatre gouttes de bonheur. J'accrochai le panneau FERMÉ sur la vitrine. Je passai un moment dans l'arrière-boutique à consulter le livre où mon père notait les commandes, et j'entendis la clochette de la porte. Je pensai que Fermín avait oublié quelque chose, ou que mon père était peut-être déjà de retour d'Argentona.

— Qui est là ?

Plusieurs secondes s'écoulèrent sans réponse. Je continuai de feuilleter le registre.

J'entendis des pas lents dans la boutique.

— Fermín ? Papa ?

Toujours pas de réponse. Je crus percevoir un rire étouffé et posai le livre. Probablement un client, qui n'avait pas tenu compte de l'écriteau FERMÉ. Je me disposais à aller m'occuper de lui quand me parvint le bruit de plusieurs volumes tombant par terre. J'avalai ma salive. J'attrapai un coupe-papier et me dirigeai avec précaution vers la porte de l'arrière-boutique. Je n'osai pas appeler encore une fois. Puis j'entendis les pas s'éloigner. La clochette retentit de nouveau, et je sentis le courant d'air venant de la rue. J'entrai dans la boutique. Il n'y avait personne. Je respirai profondément, en me sentant ridicule et lâche. J'allais retourner dans l'arrière-boutique quand j'aperçus le bout de papier laissé sur le comptoir. En m'approchant, je constatai qu'il s'agissait d'une photographie, une vieille épreuve de studio, de celles qu'on avait l'habitude d'imprimer sur du carton épais. Les bords étaient brûlés et l'image, enfumée, semblait labourée par des traces de doigts salis de cendres. Je l'examinai sous une lampe. On y voyait un jeune couple, souriant pour l'objectif. Lui ne semblait pas avoir plus de dix-sept ou dix-huit ans, ses cheveux étaient clairs et ses traits aristocratiques, fragiles. Elle paraissait un peu plus jeune que lui, d'un ou deux ans au plus. Elle avait le teint pâle et un visage ciselé, cerné par une chevelure noire, courte, qui accentuait son regard ravi et rayonnant de joie. Il avait passé le bras autour de sa taille, et elle semblait lui chuchoter quelque chose d'un air moqueur. Il se dégageait de l'image une chaleur qui m'arracha un sourire, comme si, dans ces deux inconnus, j'avais reconnu de vieux amis. Derrière eux s'étalait la devanture d'un magasin, pleine de chapeaux démodés. Je me concentrai sur le couple. Leur habillement semblait indiquer que la photo datait d'au moins vingt-cinq ou trente ans. C'était une image de lumière et d'espoir, qui promettait des choses qui n'existent que dans les regards tout neufs. Les flammes avaient dévoré presque tout le bord de la photo, mais on devinait un visage sévère derrière le présentoir vétuste, une silhouette fantomatique à travers les lettres gravées sur la devanture :

ANTONI FORTUNY & FILS
Maison fondée en 1888

La nuit où j'étais retourné au Cimetière des Livres Oubliés, Isaac m'avait raconté que Carax utilisait le nom de sa mère, jamais celui de son père, Fortuny, et que celui-ci tenait une chapellerie sur le boulevard San Antonio. Je scrutai de nouveau le portrait du couple et j'eus la certitude que le jeune homme était Julián Carax, qui me souriait des profondeurs du passé, incapable de voir les flammes qui se refermaient sur lui.

1954

Ville d'ombres

1

Le lendemain matin, Fermín arriva au travail porté par les ailes de Cupidon, tout sourire et sifflotant des airs de boléro. En d'autres circonstances, je me serais informé du goûter avec Bernarda, mais, ce jour-là, je n'avais pas l'esprit au lyrisme. Mon père s'était engagé à livrer une commande à onze heures chez le professeur Javier Velázquez dans son bureau de la faculté, place de l'Université. Comme la seule mention d'un titre universitaire provoquait chez Fermín une crise d'urticaire, je proposai de m'y rendre.

— Cet individu est un cuistre, une crapule et un lèche-cul fasciste, proclama Fermín en levant le poing d'une manière qui ne laissait pas d'équivoque, comme chaque fois qu'il était pris du prurit justicier. Avec le pouvoir que lui donnent sa chaire et les examens de fin d'année, ce type aurait même pu se taper la Pasionaria, si elle avait fait partie de ses élèves.

— N'exagérez pas, Fermín. Velázquez nous règle toujours rubis sur l'ongle et même d'avance, et il fait notre éloge à qui veut l'entendre, lui rappela mon père.

— Cet argent est souillé du sang de vierges innocentes, protesta Fermín. Grâce à Dieu, je n'ai jamais couché avec une mineure, et ce n'est pas faute d'en avoir eu l'envie et l'occasion. Tel que vous me voyez aujourd'hui je ne suis pas dans ma meilleure forme, mais il y eut un temps où, question présentation et vigueur, je me posais là : eh bien ! ça ne m'empêchait pas, si je flairais en elles le moindre dévergondage précoce, d'exiger, pour ne pas manquer à l'éthique, la carte d'identité ou, à défaut, l'autorisation paternelle.

Mon père leva les yeux au ciel.

— Il est impossible de discuter avec vous, Fermín.

— C'est que quand j'ai raison, j'ai raison.

Je pris le paquet que j'avais moi-même préparé la veille au soir, quelques Rilke et un essai apocryphe attribué à Ortega y Gasset sur les manifestations et la profondeur du sentiment national, et laissai Fermín et mon père débattre des bonnes et mauvaises mœurs.

La journée était splendide, avec un ciel bleu vif et une brise pure et fraîche qui sentait l'automne et la mer. Ma Barcelone préférée a toujours été celle d'octobre, lorsque nous prennent des envies de promenades et que nous nous sentons mieux rien que d'avoir bu l'eau de la fontaine des Canaletas qui, ces jours-là, miracle, n'a même plus le goût de chlore. Je marchais d'un pas rapide, évitant les cireurs de chaussures, les gratte-papier qui revenaient de leur pause-café, les vendeurs de billets de loterie et un ballet de balayeurs qui semblaient nettoyer la ville au pinceau, sans hâte et par petites touches pointillistes. A l'époque, Barcelone commençait à se remplir de voitures, et à la hauteur du feu de la rue Balmes j'observai sur les deux trottoirs des quadrilles de bureaucrates en gabardine grise couver de leurs yeux faméliques une Studebaker comme s'il s'agissait d'une diva au saut du lit. Je remontai la rue Balmes jusqu'à la Gran Vía, en affrontant les feux de croisement, les tramways, les voitures et même des side-cars. Dans une vitrine, je vis un placard publicitaire de la maison Philips qui annonçait la venue d'un nouveau messie, la télévision, dont il était dit qu'elle changerait notre vie et nous transformerait tous en créatures du futur, à l'image des Américains. Fermín Romero de Torres, toujours au courant des inventions, avait déjà prophétisé la suite.

— La télévision est l'Antéchrist, mon cher Daniel, et je vous dis, moi, qu'il suffira de trois ou quatre générations pour que les gens ne sachent même plus lâcher un pet pour leur compte et que l'être humain retourne à la caverne, à la barbarie médiévale et à l'état d'imbécillité que la limace avait déjà dépassé au Pléistocène. Ce monde ne mourra pas d'une bombe atomique, comme le disent les journaux, il mourra de rire, de banalité, en transformant tout en farce et, de plus, en mauvaise farce.

Le bureau du professeur Velázquez se situait au deuxième étage de la Faculté des Lettres, au fond d'une galerie au carrelage noir et blanc, éclairée par des baies vitrées poussiéreuses donnant sur le côté sud de la cour. Je trouvai le professeur à la porte d'une salle, faisant semblant d'écouter une étudiante aux formes spectaculaires moulées dans un tailleur grenat qui lui enserrait la taille et laissait dépasser une paire de mollets hellènes dans des bas de fine soie. Le professeur Velázquez avait une réputation de don Juan, et beaucoup prétendaient que l'éducation sentimentale d'une jeune fille à la page ne pouvait être complète sans un de ces week-ends légendaires passés dans un hôtel discret de la promenade de Sitges, à réciter des alexandrins en *tête à tête* avec l'éminent enseignant. Mû par mon instinct du commerce, je me gardai bien d'interrompre leur entretien, et décidai de tuer le temps en me livrant à une radiographie de l'heureuse élue. Je ne sais si ma balade primesautière m'avait excité, ou si c'était le fait d'avoir dix-huit ans et de passer plus de temps en compagnie des muses surprises dans de vieux volumes qu'en celle de jeunes filles en chair et en os qui me semblaient toujours à des années-lumière du fantôme de Clara Barceló, toujours est-il qu'à force de lire chaque pli de l'anatomie de cette étudiante que je voyais seulement de dos mais que j'imaginais en trois dimensions et en perspective cavalière, je me mis à saliver comme devant un baba au rhum.

— Tiens, mais c'est Daniel, s'exclama le professeur Velázquez. Eh bien, je préfère que ce soit toi et non pas cet olibrius qui est venu la dernière fois, celui qui porte un nom de toréador, parce que j'ai eu la nette impression qu'il avait bu ou qu'il était bon pour le cabanon. Figure-toi qu'il a eu le culot de me demander l'étymologie du mot gland, sur un ton ironique parfaitement déplacé.

— C'est que son docteur lui a prescrit un traitement très fort. Il souffre du foie.

— Il peut bien prendre ce qu'il veut, grogna le professeur. Moi, à votre place, j'appellerais la police. Il doit être fiché. Et il pue des pieds, bon Dieu. Encore un de ces salauds de rouges qui ne se sont pas lavés depuis la fin de la République.

Je m'apprêtais à inventer une excuse acceptable pour disculper Fermín, quand l'étudiante qui s'était entretenue avec le professeur se tourna vers moi. La stupéfaction me foudroya sur place.

En la voyant me sourire, je rougis jusqu'aux oreilles.

— Bonjour, Daniel, dit Beatriz Aguilar.

Je la saluai de la tête, muet à l'idée d'avoir bavé de concupiscence sans savoir qu'elle était la sœur de Tomás, la Bea qui me faisait si peur.

— Ah ! ça, mais vous vous connaissez ? s'enquit le professeur Velázquez, intrigué.

— Daniel est un vieil ami de la famille, expliqua Bea. Et il est le seul qui ait eu le courage de me dire un jour que je suis snob et prétentieuse.

Velázquez me regarda, perplexe.

— Ça remonte à dix ans, nuançai-je. Et je ne parlais pas sérieusement.

— En tout cas, j'attends encore que tu me fasses des excuses.

Le professeur Velázquez rit de bon cœur et me prit le paquet des mains.

— Je crois bien que je suis de trop, dit-il en l'ouvrant. Ah, magnifique ! Dis-moi, Daniel, préviens ton père que je cherche un livre intitulé : *Saint Jacques le Tueur de Maures, lettres de jeunesse de Ceuta*, de Francisco Franco Bahamonde, avec préface et notes de Pemán.

— C'est comme si c'était fait. Nous vous donnerons des nouvelles dans une quinzaine.

— Je te prends au mot et je file, car j'ai trente-deux esprits en friche qui m'attendent.

Le professeur m'adressa un clin d'œil et disparut à l'intérieur de la salle de cours, me laissant seul avec Bea. Je ne savais où me mettre.

— Écoute, Bea, pour l'insulte, c'est vrai que…

— Je te faisais marcher, Daniel. Je sais bien que c'était

une histoire de gamins, et Tomás t'a suffisamment tapé dessus pour ça.

— J'en ai encore mal.

Bea me souriait d'un air qui semblait annoncer la paix, ou du moins une trêve.

— D'ailleurs tu avais raison, je suis un peu snob, et parfois un peu prétentieuse, dit-elle. Tu ne m'aimes pas beaucoup, n'est-ce pas, Daniel ?

La question me prit au dépourvu, désarmé, ahuri de constater avec quelle facilité l'antipathie que l'on ressent pour son ennemi peut disparaître dès que celui-ci cesse de se comporter comme tel.

— Non, ce n'est pas vrai.

— Tomás dit qu'en réalité ce n'est pas moi que tu n'aimes pas. Tu ne peux pas supporter mon père, et c'est à moi que tu le fais payer, parce qu'avec lui tu n'oses pas. Je ne t'en veux pas. Personne n'ose, avec mon père.

Je restai d'abord interloqué, mais, en quelques secondes, je me retrouvai à sourire et acquiescer.

— Si je comprends bien, Tomás me connaît mieux que moi-même.

— Ne t'en étonne pas. Mon frère sait juger son monde, seulement il ne dit jamais rien. Mais le jour où il ouvrira la bouche, ça fera tomber les murs. Il t'apprécie énormément.

Je haussai les épaules en baissant les yeux.

— Il parle tout le temps de toi, de ton père, de la librairie, et de cet ami qui travaille avec vous et dont il dit que c'est un génie méconnu. On dirait parfois qu'il vous considère plus comme sa vraie famille que celle qu'il a à la maison.

Je croisai son regard, dur, ouvert, sans crainte. Je ne

sus que lui répondre et me bornai à sourire. Je me sentis acculé par sa sincérité et détournai les yeux vers la cour.

— Je ne savais pas que tu étais étudiante ici.

— C'est ma première année.

— En lettres ?

— Mon père trouve que les sciences ne sont pas faites pour le sexe faible.

— C'est vrai. Il y a trop de chiffres.

— Ça m'est égal, parce que moi, ce que j'aime, c'est lire, et puis ici on rencontre des gens intéressants.

— Comme le professeur Velázquez ?

Bea eut un sourire en coin.

— J'ai beau n'être qu'en première année, j'en sais déjà assez pour les voir venir de loin, Daniel. Et surtout ceux dans son genre.

Je me demandai dans quel genre elle me classait, moi.

— Et puis le professeur Velázquez est un ami de mon père. Ils sont tous les deux au conseil de l'Association pour la protection et la promotion de l'opérette et de l'art lyrique espagnols.

Je fis mine d'être impressionné.

— Et comment va ton fiancé, l'aspirant Cascos Buendía ?

Son sourire s'effaça.

— Pablo vient en permission dans trois semaines.

— Tu dois être contente.

— Oui. C'est un garçon formidable, même si j'imagine ce que tu dois penser de lui.

J'en doute, me dis-je. Bea m'observait, vaguement tendue. J'allais changer de sujet, mais ma langue fut plus rapide.

— Tomás dit que vous allez vous marier et partir vivre à El Ferrol.

Elle acquiesça sans sourciller.

— Dès que Pablo aura terminé son service militaire.

— Tu dois être impatiente, dis-je en sentant le relent d'amertume de ma propre voix, une agressivité dont je ne savais d'où elle venait.

— A vrai dire, ça m'est égal. Sa famille possède des propriétés là-bas, plusieurs chantiers navals, et Pablo va en diriger un. Il est très doué pour commander.

— Ça se voit.

Bea eut un sourire pincé.

— D'ailleurs, je n'ai plus rien à faire à Barcelone après tant d'années…

Je vis que son regard était las, triste.

— J'ai entendu dire qu'El Ferrol était une ville fascinante. Pleine de vie. Et les fruits de mer, il paraît qu'ils sont sublimes. Surtout les araignées.

Bea soupira en hochant la tête. Je crus qu'elle allait pleurer de rage, mais elle était trop fière. Elle rit tranquillement.

— Au bout de dix ans, tu n'as toujours pas perdu l'envie de m'insulter, n'est-ce pas, Daniel ? Eh bien vas-y, vide ton sac. C'est ma faute, j'ai cru que nous pourrions peut-être devenir amis, ou faire semblant de l'être, mais je suppose que je ne vaux pas mon frère. Pardonne-moi de t'avoir fait perdre ton temps.

Elle me tourna le dos et partit dans le couloir qui conduisait à la bibliothèque. Je la vis s'éloigner, marchant sur les carreaux noirs et blancs, son ombre fendant le rideau de lumière qui tombait des baies vitrées.

— Bea, attends.

Je me traitai de tous les noms et me lançai à sa poursuite. Je l'arrêtai au milieu du couloir en l'attrapant par le bras. Elle me jeta un regard incendiaire.

— Excuse-moi. Mais tu te trompes. Ce n'est pas ta faute, c'est la mienne. C'est moi qui ne vous vaux pas, ton frère et toi. Et si je me suis montré désagréable, c'est parce que j'étais jaloux de cet imbécile que tu as pour fiancé, et que j'enrage à l'idée que quelqu'un comme toi puisse s'exiler à El Ferrol ou au Congo, juste pour le suivre.

— Daniel…

— Tu te trompes sur mon compte : nous pouvons vraiment être amis si tu me laisses ma chance. Et tu te trompes aussi sur Barcelone, parce que, même si tu crois que tu n'as plus rien à y faire, moi je te garantis que ce n'est pas vrai et que, si tu me laisses te guider, je te le prouverai.

Je vis son visage s'éclairer et une larme silencieuse glisser lentement sur sa joue.

— Tu as intérêt à être sincère, répondit-elle. Sinon, je le dirai à mon frère et il t'arrachera la tête sans avoir besoin de tire-bouchon.

Je lui tendis la main.

— Ça ne serait que justice. Amis ?

Elle me donna la sienne.

— A quelle heure finissent les cours, le vendredi ? demandai-je.

Elle hésita un instant.

— A cinq heures.

— Je t'attendrai dans la cour à cinq heures précises. Et avant la tombée de la nuit, je te démontrerai que tu as encore des choses à découvrir à Barcelone et que tu ne peux pas t'en aller à El Ferrol avec cet idiot dont je ne puis croire que tu l'aimes, parce que, si tu fais ça, la ville te poursuivra et tu en mourras de chagrin.

— Tu parais très sûr de toi, Daniel.

Moi qui n'étais jamais sûr de rien, même de l'heure, j'acquiesçai avec la conviction de l'ignorant. Je la regardai s'éloigner dans cette galerie infinie, jusqu'à ce que sa silhouette se fonde dans la pénombre, et je me demandai ce que je venais de faire.

2

La chapellerie Fortuny, ou ce qui en restait, languissait au bas d'un étroit immeuble noirci par la suie, d'aspect misérable sur le boulevard San Antonio, tout près de la place Goya. On pouvait encore lire les lettres gravées sur les vitres encrassées, et une enseigne en forme de chapeau melon continuait de se balancer, accrochée à la façade, promettant des couvre-chefs sur mesure et les dernières nouveautés de Paris. La porte était bouclée par un cadenas qui semblait être là depuis au moins dix ans. Je collai mon front à la vitrine en essayant de percer les ténèbres.

— Si vous venez pour louer, vous arrivez trop tard, dit une voix dans mon dos. L'administrateur est parti.

La femme qui m'adressait la parole devait avoir la soixantaine et portait l'uniforme national des veuves éplorées. Des bigoudis dépassaient d'un foulard rose qui lui couvrait les cheveux, et ses pantoufles ouatinées s'accordaient à des mi-bas couleur chair. Je compris tout de suite qu'il s'agissait de la concierge.

— Donc le magasin est à louer ?

— Vous ne veniez pas pour ça ?

— En principe, non, mais on ne sait jamais, je serais peut-être intéressé.

La concierge fronça les sourcils, ne sachant si elle devait me classer dans la catégorie des fumistes ou m'accorder le bénéfice du doute. J'adoptai mon sourire le plus angélique.

— Ça fait longtemps que le magasin est fermé ?

— Au moins douze ans. Depuis la mort du vieux.

— M. Fortuny ? Vous l'avez connu ?

— Je tiens cet immeuble depuis quarante-huit ans, jeune homme.

— Dans ce cas, vous avez probablement aussi connu le fils de M. Fortuny.

— Julián ? Bien sûr.

Je tirai la photo brûlée de ma poche et la lui montrai.

— Peut-être pourrez-vous me dire si le garçon qui figure sur la photographie est Julián Carax ?

Je lus de la méfiance dans son regard. Elle prit la photo et la scruta.

— Vous le reconnaissez ?

— Carax était le nom de jeune fille de sa mère, corrigea la concierge, sur un ton où perçait la réprobation. Oui, c'est bien Julián. Je me souviens qu'il était très blond, même si, là-dessus, ses cheveux semblent plus foncés.

— Pourriez-vous me dire qui est la jeune fille à côté de lui ?

— Et vous, pourriez-vous me dire qui vous êtes ?

— Excusez-moi, mon nom est Daniel Sempere, et j'essaie de recueillir des informations sur M. Carax, sur Julián.

— Julián est parti pour Paris, en 1918 ou 1919. Son père voulait qu'il s'engage dans l'armée. Je crois que la mère l'a emmené pour le libérer, le pauvre garçon. Et donc M. Fortuny est resté seul, au dernier étage.

— Savez-vous si Julián est revenu à Barcelone ?

La concierge me jeta un long regard avant de répondre.

— Vous n'êtes pas au courant ? Julián est décédé la même année, à Paris.

— Pardon ?

— Je dis que Julián est mort. A Paris. Peu après son arrivée. Il aurait mieux valu qu'il fasse l'armée.

— Puis-je vous demander comment vous savez cela ?

— C'est bien simple. Parce que son père me l'a dit.

Je hochai lentement la tête.

— Je comprends. Il vous a dit de quoi il est mort ?

— A vrai dire, le vieux ne donnait pas beaucoup de détails. Un jour, quelque temps après son départ, une lettre est arrivée pour son fils, et, quand je l'ai questionné, il m'a dit que celui-ci était mort et que s'il en arrivait d'autres je n'avais qu'à les jeter. Pourquoi faites-vous cette tête ?

— M. Fortuny vous a menti. Julián n'est pas mort en 1919.

— Quoi ?

— Julián a vécu à Paris, au moins jusqu'en 1935, puis il est revenu à Barcelone.

Le visage de la concierge s'éclaira.

— Alors Julián est ici, à Barcelone ? Où ça ? Sainte Vierge… Eh bien, vous pouvez dire que vous m'apportez une sacrée bonne nouvelle, parce que c'était un enfant très affectueux, un peu bizarre et fantaisiste, c'est vrai, mais avec un je ne sais quoi qui vous allait droit au cœur. Il était incapable d'être soldat, ça se voyait de loin. Mon Isabelita était folle de lui. Figurez-vous que j'ai même cru, un temps, qu'ils finiraient par se marier et tout ça, des histoires de gosses, quoi… Vous me montrez encore une fois la photo ?

Ce que je fis. Elle la contempla comme si c'était un talisman, un billet de retour pour sa jeunesse.

— C'est incroyable, vous savez, c'est comme si je le voyais maintenant… Et ce vilain bonhomme qui le disait mort ! C'est quand même vrai qu'on voit de tout, dans ce monde. Et qu'est-ce qu'il est devenu, Julián, à Paris ? Je suis sûr qu'il a fait fortune. J'ai toujours eu l'idée que Julián serait riche.

— Pas exactement. Il est devenu écrivain.

— Il écrivait des histoires ?

— C'est à peu près ça. Des romans.

— Pour la radio ? C'est merveilleux. Mais je ne suis pas du tout étonnée, vous savez. Tout petit, il passait son temps à raconter des histoires aux enfants du quartier. Parfois, les soirs d'été, mon Isabelita et ses cousines montaient sur la terrasse pour l'écouter. Elles disaient qu'il nc racontait jamais deux fois la même chose. Et c'était toujours des histoires de morts et de fantômes. Je vous l'ai dit, c'était un enfant un peu bizarre. Il faut dire qu'il a eu de la chance de nc pas devenir maboul, avec le père qu'il avait. Ça ne m'étonne pas que sa femme l'ait quitté, car c'était vraiment un vilain bonhomme. Remarquez que je ne me mêle jamais de ce qui ne me regarde pas. Moi, je laisse les gens vivre comme ils l'entendent. Mais cet homme-là, il était méchant. Il la battait, vous savez. On entendait tout le temps des cris dans l'escalier, et à plusieurs reprises j'ai dû appeler la police. Je comprends bien qu'il y a des fois où un mari doit battre sa femme pour se faire respecter, parce qu'il y a beaucoup de dévergondées et que les filles d'aujourd'hui ne sont plus comme dans le temps, mais lui, il aimait vraiment cogner sur elle, vous comprenez ? La seule amie qu'elle avait, la pauvre, c'était une jeunesse, Viçenteta, qui habitait au deuxième. La malheureuse se réfugiait parfois chez Viçenteta pour que son mari arrête de la dérouiller. Et elle lui racontait des choses…

— Par exemple ?

La concierge prit un air confidentiel. Elle haussa un sourcil et jeta autour d'elle des regards soupçonneux.

— Par exemple, que l'enfant n'était pas du chapelier.

— Julián ? Vous voulez dire que Julián n'était pas le fils de M. Fortuny ?

— C'est ce que la Française a confié à Viçenteta, mais peut-être juste par dépit, allez savoir. La fille me l'a raconté des années plus tard, quand ils n'habitaient plus ici.

— Et qui était le véritable père de Julián ?

— La Française n'a jamais voulu le dire. Peut-être qu'elle ne le savait pas elle-même. Ces étrangers…

— Et vous croyez que c'est pour ça que son mari la battait ?

— Allez savoir. Trois fois, il a fallu l'emmener à l'hôpital, vous m'entendez, trois fois. Et ce porc avait le culot de dire que c'était une pocharde et qu'elle se cognait toute seule dans l'appartement à force de picoler. Vous vous rendez compte ? Il faisait tout le temps des procès aux voisins. Mon défunt mari, que Dieu le garde, il l'a dénoncé en prétendant qu'il lui avait volé des choses dans le magasin, parce que selon lui tous les Murciens étaient des bons à rien et des voleurs, et comme nous étions d'Úbeda, vous comprenez…

— Vous m'avez dit que vous reconnaissiez la jeune fille qui est avec Julián sur la photo ?

— Je ne l'avais jamais vue. Elle est très mignonne.

— D'après la photo, il semble qu'ils étaient fiancés, suggérai-je, pour tenter de lui rafraîchir la mémoire.

Elle me la rendit en hochant la tête.

— Moi, les photos, c'est pas mon truc. Et, à ce que je sais, Julián n'avait pas de fiancée. Mais j'imagine que s'il en avait eu une, il ne me l'aurait pas dit. J'ai déjà eu assez de mal à m'apercevoir que mon Isabelita avait le béguin pour lui… Vous les jeunes, vous ne racontez jamais rien. C'est nous, les vieux, qui ne savons pas nous arrêter de parler.

— Vous vous souvenez de ses amis, de quelqu'un de particulier qui venait le voir ?

La concierge haussa les épaules.

— Mon Dieu, ça fait si longtemps. Et puis, les derniers temps, Julián ne restait plus beaucoup ici, vous savez. Il s'était fait un ami au collège, un garçon d'une bonne famille, les Aldaya, je ne vous dis pas. Aujourd'hui on ne parle plus d'eux, mais à l'époque c'était comme qui dirait la famille royale. Une montagne de fric. Je le sais, parce qu'ils envoyaient parfois une voiture chercher Julián. Vous auriez dû la voir, cette bagnole. Même Franco n'en a pas de pareille, je vous jure. Avec un chauffeur, et des chromes partout. Mon Paco, qui s'y connaissait, m'a dit que c'était une *rolsroi*, ou quelque chose comme ça. C'était pas du toc.

— Vous rappelez-vous le prénom de cet ami ?

— Oh ! avec un nom de famille comme Aldaya, on n'a pas besoin de prénom, si vous voyez ce que je veux dire. Je me souviens aussi d'un autre garçon, un peu écervelé, un certain Miquel. Je crois que c'était également un camarade de classe. Je ne me rappelle pas la tête qu'il avait ni son nom de famille.

J'eus l'impression que nous avions épuisé le sujet et, craignant de perdre tout intérêt au yeux de la concierge, je décidai de donner un nouvel élan à la conversation.

— Quelqu'un habite aujourd'hui l'appartement des Fortuny ?

— Non. Le vieux est mort sans testament, et sa femme, si je suis bien informée, vit toujours à Buenos Aires et elle n'est pas venue à l'enterrement.

— Pourquoi Buenos Aires ?

— A mon avis, c'est parce qu'elle n'a pas pu trouver plus loin. Remarquez, c'est pas moi qui le lui reprocherais. Elle a tout laissé entre les mains d'un avocat, un type plutôt étrange. Je ne l'ai jamais vu, mais ma fille Isabelita, qui habite au cinquième étage, juste au-dessous, dit qu'il vient des fois la nuit, vu qu'il a la clef, et qu'il passe des heures à déambuler dans l'appartement, après quoi il s'en va. Un jour, elle m'a même dit qu'on entendait comme des talons de femme. Vous vous rendez compte !

— C'étaient peut-être des échasses, suggérai-je.

Elle me regarda sans comprendre. De toute évidence il n'y avait pas là matière à plaisanterie.

— Et personne d'autre n'a visité l'appartement pendant toutes ces années ?

— Un jour, un individu sinistre s'est présenté, du genre qui sourit tout le temps… Ça vous fait des risettes, mais on les voit venir de loin. Il a dit qu'il était de la Brigade Criminelle. Il voulait voir l'appartement.

— Il vous en a donné la raison ?

La concierge fit non de la tête.

— Et vous vous souvenez de son nom ?

— Inspecteur Machinchose. Je ne suis même pas sûre qu'il était de la police. Son histoire ne paraissait pas claire, si vous voyez ce que je veux dire. Comme une affaire personnelle. Je l'ai envoyé balader en lui disant que je n'avais pas les clefs, mais qu'il n'avait qu'à appeler l'avocat. Il m'a assuré qu'il reviendrait, mais je ne l'ai pas revu. Et c'est tant mieux.

— Vous n'auriez pas, par hasard, le nom et l'adresse de cet avocat ?

— Vous devrez demander ça à l'administrateur, M. Molins. Son bureau est tout près, 28 rue Floridablanca, à l'entresol. Dites-lui que vous venez de la part de Mme Aurora : c'est moi.

— Je vous remercie beaucoup. Et dites-moi, madame Aurora, l'appartement des Fortuny est donc vide ?

— Vide, non, parce que personne n'a rien enlevé depuis la mort du vieux. Même que, parfois, ça pue. Pour moi, ça m'étonnerait pas qu'il y ait des rats et un tas de vermine.

— Croyez-vous qu'il serait possible d'y jeter un coup d'œil ? Peut-être y trouverons-nous quelque chose qui nous indiquera ce qu'est devenu Julián…

— Mon Dieu, je ne peux pas faire ça. Il faut que vous parliez avec M. Molins, c'est lui qui a les clefs.

Je lui adressai un sourire malicieux.

— Mais vous avez un passe-partout, je suppose. Même si vous avez dit le contraire à cet individu… Ne prétendez pas que vous ne mourez pas d'envie de savoir ce qu'il y a là-dedans.

Mme Aurora m'adressa un regard en coulisse.

— Vous êtes un démon.

La porte céda comme la dalle d'un tombeau, avec un brusque grincement, en libérant l'haleine fétide et viciée de l'intérieur. Je poussai le battant, qui révéla un couloir s'enfonçant dans l'obscurité. L'air sentait le renfermé et l'humidité. Des amas de saleté et de poussière couronnaient les angles des corniches et pendaient comme des cheveux blancs. Je remarquai ce qui me parut être des traces de pas.

— Sainte Vierge, murmura la concierge. Il y a plus de merde ici que sous le perchoir d'un poulailler.

— Si vous préférez, je peux entrer seul, proposai-je.

— Vous aimeriez bien, pas vrai ? Allez, en avant ! Je vous suis.

Nous refermâmes la porte derrière nous. Nous restâmes un instant dans l'entrée, pour laisser nos yeux s'accoutumer à la pénombre. J'entendis la respiration angoissée de la concierge et perçus l'odeur âcre de sueur qu'elle dégageait. Je me sentis comme un pilleur de tombes, l'âme empoisonnée de désir et de convoitise.

— Eh là, c'est quoi ce bruit ? s'inquiéta la concierge.

Quelque chose voletait dans l'obscurité, dérangé par notre intrusion. Il me sembla voir une forme pâle s'agiter au fond du couloir.

— Des pigeons. Ils ont dû se glisser par un carreau cassé et faire leur nid ici.

— C'est que, voyez-vous, ces sales oiseaux me donnent envie de vomir, dit la concierge. C'est pas croyable, la quantité de crottes qu'ils peuvent faire.

— N'ayez pas peur, madame Aurora, ils n'attaquent que quand ils ont faim.

Nous avançâmes de quelques pas pour atteindre le

bout du couloir et déboucher dans une salle à manger qui donnait sur le balcon. On devinait le contour d'une table déglinguée couverte d'une nappe effilochée semblable à un linceul. Elle était flanquée de quatre chaises et de deux vitrines voilées par la crasse, qui contenaient la vaisselle, une collection de verres et un service à thé. Dans un coin, le vieux piano de la mère de Carax restait fidèle au poste. Les touches avaient noirci et les jointures étaient à peine visibles sous la couche de poussière. Devant le balcon languissait un fauteuil aux jupes raides. A côté se dressait une table à café sur laquelle reposaient des lunettes de lecture et une bible reliée en cuir blafard avec des filets dorés, le genre cadeau de première communion. Le signet, un ruban écarlate, marquait encore une page.

— Vous voyez ce fauteuil ? C'est là que le vieux a été retrouvé mort. Le docteur a dit qu'il y était depuis deux jours. C'est triste de mourir comme ça, seul comme un chien. Il est vrai qu'il l'avait bien cherché, mais ça me fait quand même de la peine.

Je m'approchai du fauteuil mortuaire de M. Fortuny. Près de la bible, une petite boîte contenait des photos en noir et blanc, de vieux portraits de studio. Je m'agenouillai pour les examiner, hésitant un peu à les toucher. Je me dis que j'étais en train de profaner les souvenirs d'un pauvre homme, mais la curiosité l'emporta. La première image représentait un jeune couple avec un enfant qui n'avait pas plus de quatre ans. Je le reconnus à ses yeux.

— Ah ! les voilà : M. Fortuny quand il était jeune, et sa femme…

— Julián était enfant unique ?

La concierge haussa les épaules en soupirant.

— On racontait qu'elle avait fait une fausse couche

après avoir été battue par son mari, mais je ne sais pas. Les gens sont tellement médisants. Une fois, Julián a raconté aux gosses de l'escalier qu'il avait une sœur que lui seul pouvait voir, qu'elle sortait des miroirs comme si elle était un nuage et qu'elle habitait avec Satan en personne dans un palais au fond d'un lac. Mon Isabelita a eu des cauchemars pendant un mois entier. Faut avouer que, des fois, ce gamin avait de drôles d'idées.

Je jetai un coup d'œil dans la cuisine. La vitre d'une petite fenêtre qui donnait sur une courette était cassée, et on entendait de l'autre côté les battements d'ailes nerveux et hostiles des pigeons.

— Tous les étages ont la même distribution ? demandai-je.

— Ceux qui donnent sur la rue, c'est-à-dire ceux de la deuxième porte, oui, mais celui-là, vu que c'est le dernier, est un peu différent, expliqua la concierge. Là, c'est la cuisine et une buanderie qui donnent sur la courette. Dans ce couloir, il y a trois chambres et, au fond, une salle de bain. Bien arrangé, c'est très confortable, je vous assure. Cet appartement-là est pareil à celui de mon Isabelita, mais bien sûr, tel qu'il est maintenant, il ressemble à une tombe.

— Vous savez où était la chambre de Julián ?

— La première porte est celle de la grande chambre à coucher. La deuxième est celle d'une chambre plus petite. Je crois que ça devait être celle-là.

Je pénétrai dans le couloir. La peinture des cloisons s'écaillait. Au fond du corridor, la porte de la salle de bain était entrouverte. Un visage m'observait dans le miroir. Ce pouvait être le mien, comme ce pouvait être celui de la sœur qui vivait dans les miroirs. J'essayai d'ouvrir la deuxième porte.

— Elle est fermée à clef.

La concierge me regarda, stupéfaite.

— Ces portes n'ont pas de serrure, dit-elle.

— Celle-là, si.

— Alors c'est le vieux qui a dû la poser, parce qu'aux autres étages…

Je baissai les yeux et remarquai que les traces de pas dans la poussière arrivaient jusqu'à la porte fermée.

— Quelqu'un est entré dans cette chambre, dis-je. Récemment.

— Ne me faites pas peur, protesta la concierge.

J'allai à l'autre porte, qui n'avait pas de serrure. Elle s'ouvrit dès que je la touchai et pivota avec un grincement rouillé. Au centre de la pièce s'étendait un vieux lit à baldaquin, défait. Les draps étaient jaunis comme des suaires. Un crucifix trônait au-dessus. Il y avait une petite glace sur une commode, une cuvette ainsi qu'un pot à eau. Contre le mur, une armoire entrouverte. Je contournai le lit pour atteindre la table de nuit, couverte d'une plaque de verre qui emprisonnait des portraits de famille, des faire-part d'enterrement et des billets de loterie. Sur cette table de nuit étaient placées une boîte à musique en bois ouvragé et une pendule de voyage arrêtée pour toujours sur cinq heures vingt. J'essayai de remonter la boîte à musique, mais la mélodie s'interrompit net après six notes. J'ouvris le tiroir et trouvai un étui à lunettes vide, des ciseaux à ongles, une blague à tabac et une médaille de la Vierge de Lourdes. Rien d'autre.

— La clef de l'autre chambre doit bien être quelque part, dis-je.

— C'est l'administrateur qui doit l'avoir. Écoutez, je crois qu'on ferait mieux de partir et…

Mon regard revint sur la boîte à musique. Je soulevai le couvercle et aperçus une clef dorée qui bloquait le mécanisme. Je la pris, et la boîte à musique se remit à égrener les notes. Je reconnus une mélodie de Ravel.

— Ça doit être la clef, dis-je à la concierge en souriant.

— Écoutez, si on a fermé la chambre, il doit bien y avoir une raison… Ne serait-ce que par respect pour la mémoire de…

— Si vous préférez, vous pouvez m'attendre dans votre loge, madame Aurora.

— Vous êtes un démon. Allez, ouvrez-la, et qu'on en finisse.

3

Un souffle d'air glacé s'échappa en sifflant par le trou de la serrure et vint me lécher les doigts pendant que j'introduisais la clef. M. Fortuny avait fait poser un verrou sur la porte de la chambre abandonnée par son fils, au-dessus de la poignée. Mme Aurora me regardait avec appréhension, comme si nous étions sur le point d'ouvrir la boîte de Pandore.

— Est-ce que cette chambre donne sur la rue ? demandai-je.

La concierge fit signe que non.

— Elle a une petite fenêtre qui donne sur la courette.

Je poussai la porte. Une obscurité profonde, impénétrable, se présenta à nous. La mince clarté venant du couloir nous précéda comme un halo qui ne faisait qu'effleurer les ombres. La fenêtre était masquée par des pages de journal jaunies. J'arrachai le papier et un rai de lumière trouble traversa les ténèbres.

— Doux Jésus ! murmura la concierge près de moi.

La chambre était infestée de crucifix. Ils pendaient du plafond, se balançant au bout de ficelles, ou étaient cloués aux murs. Il y en avait des dizaines. On pouvait en deviner dans tous les coins, gravés sur le bois des meubles, griffonnés sur les dalles, peints en rouge sur les miroirs. Les marques de pas qui allaient jusqu'au seuil traçaient un sentier dans la poussière autour du lit où ne restait que le sommier, à peine une carcasse de fer et de bois vermoulu. D'un côté de la chambre, sous la fenêtre, un secrétaire fermé était surmonté de trois crucifix en métal. Je l'ouvris avec mille précautions. Il n'y avait pas de poussière dans les jointures de l'abattant en bois, ce qui laissait supposer que quelqu'un l'avait ouvert récemment. Les serrures des six tiroirs avaient été forcées. J'inspectai ceux-ci un à un. Vides.

Je m'accroupis devant le secrétaire. Je passai les doigts sur les éraflures du bois. J'imaginai les mains de Julián Carax traçant ces griffonnages, hiéroglyphes dont le temps avait emporté le sens. Au fond, on devinait une pile de cahiers et un petit pot avec des crayons et des porte-plume. Je pris un cahier pour le feuilleter. Des dessins, des mots sans suite. Des exercices de calcul. Des phrases isolées, des citations de livres. Des vers inachevés. Tous les cahiers semblaient identiques. Certains dessins se répétaient de page en page, avec différentes variantes. Mon attention fut attirée par le croquis d'un homme qui semblait être fait de flammes. Un autre décrivait ce qui aurait pu être un ange, ou encore un reptile lové sur une croix. Il y avait des esquisses d'une demeure extravagante, une accumulation de donjons et d'arcs de cathédrales. Le trait était ferme et témoignait d'un instinct sûr. Le jeune Carax semblait avoir été un apprenti dessinateur non dénué de talent, mais tous ses dessins restaient à l'état d'ébauches.

J'allais remettre le dernier cahier à sa place sans l'inspecter, quand quelque chose s'échappa de ses pages et tomba à mes pieds. C'était une photographie de la jeune fille qui avait posé avec Julián Carax devant l'immeuble. Là, elle était dans un somptueux jardin et, entre les cimes des arbres, on apercevait les contours de la maison qu'avait esquissée Carax. Je la reconnus tout de suite. La tour du *Frare Blanc* dans l'avenue du Tibidabo. Au dos de la photographie, il y avait ces simples mots :

Elle t'aime, Penélope

Je la glissai dans ma poche, fermai le secrétaire et souris à la concierge.

— Ça y est ? demanda-t-elle, impatiente de quitter les lieux.

— Presque. Vous m'avez dit tout à l'heure que, peu après le départ de Julián pour Paris, une lettre était arrivée pour lui, mais que son père vous avait dit de la jeter…

La concierge hésita un instant, puis hocha la tête.

— J'ai mis la lettre dans le tiroir de la commode de l'entrée, au cas où la Française reviendrait. Elle doit encore y être…

Nous allâmes à la commode et ouvrîmes le tiroir du haut. Une enveloppe brune languissait au milieu d'une collection de montres arrêtées, de boutons et de pièces de monnaie qui n'avaient plus cours depuis vingt ans. Je pris l'enveloppe et l'examinai.

— Vous l'avez lue ?

— Dites donc ! Pour qui me prenez-vous ?

— Ne vous offusquez pas. Ç'aurait été normal étant donné les circonstances, puisque vous croyiez que le pauvre Julián était mort…

La concierge haussa les épaules, baissa les yeux et battit en retraite vers la porte d'entrée. J'en profitai pour mettre la lettre dans la poche intérieure de ma veste et fermer le tiroir.

— Écoutez, je ne voudrais pas que vous vous fassiez de fausses idées sur mon compte, dit la concierge.

— Mais non, voyons. Qu'y avait-il dans la lettre ?

— C'était une lettre d'amour. Comme celles qu'on entend à la radio mais en plus triste, ça oui, parce qu'on voyait bien qu'elle disait la vérité. Même qu'en la lisant, j'ai eu envie de pleurer.

— Vous avez un cœur d'or, madame Aurora.

— Et vous, vous êtes un démon.

Cette même après-midi, après avoir pris congé de Mme Aurora en lui promettant de la tenir informée de mes recherches sur Julián Carax, je me rendis au bureau de l'administrateur. M. Molins avait connu des temps meilleurs et végétait maintenant dans un local crasseux, au fond d'un entresol de la rue Floridablanca. C'était un personnage souriant et ventru collé à un cigare à demi fumé qui semblait avoir pris racine dans sa moustache. J'eus du mal à déterminer s'il était endormi ou éveillé, car il respirait comme d'autres ronflent. Avec ses cheveux gras collés sur le front, il avait un air porcin et rusé.

Il portait un costume dont on ne lui aurait pas donné dix pesetas au marché aux puces, mais le compensait par une cravate flamboyante aux coloris tropicaux. A en juger par l'aspect du bureau, on n'y administrait guère que des nids à rats et les catacombes d'une Barcelone d'avant la Restauration.

— Nous sommes en travaux, dit Molins, en guise d'excuse.

Pour briser la glace, je laissai tomber le nom de Mme Aurora comme s'il s'agissait d'une vieille amie de la famille.

— Vous savez, quand elle était jeune, elle n'avait pas un pouce de graisse, commenta Molins. Évidemment, avec les années, elle a pris du poids, mais c'est vrai que moi non plus je ne suis plus celui que j'étais. Tel que vous me voyez, à votre âge j'étais un Adonis. Les filles se mettaient à genoux pour que je leur fasse une faveur, quand ce n'était pas un enfant. Le XXe siècle est une merde. Enfin, en quoi puis-je vous aider, jeune homme ?

Je lui servis une histoire plus ou moins plausible sur une lointaine parenté avec les Fortuny. Après cinq minutes de bavardage, Molins se traîna jusqu'à son classeur et me donna l'adresse de l'avocat chargé des affaires de Sophie Carax, la mère de Julián.

— Voyons… José María Requejo. Rue Léon-XIII, n° 59. Nous lui envoyons le courrier tous les semestres à une boîte postale de la rue Layetana.

— Vous connaissez Me Requejo ?

— J'ai dû parler une ou deux fois au téléphone à sa secrétaire. A vrai dire, toutes nos relations avec lui se font par correspondance, et c'est ma secrétaire qui s'en occupe, mais là, elle est chez le coiffeur. Les avocats d'aujourd'hui n'ont plus de temps à perdre avec les formes, comme jadis. Il n'y a plus de gentlemen dans la profession.

Apparemment, pas d'adresses fiables non plus. Un simple coup d'œil à l'annuaire des rues qui se trouvait sur le bureau de l'administrateur confirma mes soupçons : l'adresse du supposé Me Requejo n'existait pas. J'en fis aussitôt part à M. Molins, qui reçut la nouvelle comme une bonne blague.

— Vous voyez ? s'esclaffa-t-il. Qu'est-ce que je vous disais. Tous des coquins.

— Auriez-vous le numéro de la boîte postale ?

— D'après la fiche, c'est le 2837, mais je ne suis pas sûr de bien lire les chiffres de ma secrétaire, parce que, vous savez, les femmes ne sont pas faites pour les mathématiques, elles sont surtout faites pour…

— Vous me permettez de regarder la fiche ?

— Mais comment donc. Voyez vous-même.

Il me la tendit pour que je l'examine. Les chiffres étaient parfaitement lisibles : 2321. Je fus consterné en pensant à la fiabilité de la comptabilité dans ce bureau.

— Vous avez bien connu M. Fortuny, de son vivant ? demandai-je.

— Assez bien, oui. Un homme très austère. Je me souviens que, lorsque j'ai appris que la Française l'avait quitté, je lui ai proposé d'aller visiter les putes avec quelques copains, dans un endroit fabuleux que je connais du côté de la Paloma. Juste histoire de se changer un peu les idées, vous comprenez ? Eh bien, rendez-vous compte, il a cessé de m'adresser la parole et de me saluer dans la rue, comme si j'étais devenu invisible. Qu'est-ce que vous en dites ?

— Sidérant ! Que pouvez-vous me raconter encore de la famille Fortuny ? Vous vous en souvenez bien ?

— C'était une autre époque, soupira-t-il, nostalgique. En tout cas, j'ai connu le grand-père Fortuny, celui qui a fondé la chapellerie. Du fils, que puis-je vous dire ? Elle, ça oui, elle était fantastique. Quelle femme ! Et honnête, hein ? Malgré toutes les rumeurs et les médisances qui ont couru sur son compte…

— Comme celle selon laquelle Julián ne serait pas l'enfant légitime de M. Fortuny ?

— Et où avez-vous entendu ça ?

— Je vous l'ai dit, je suis de la famille. Tout se sait.

— On n'a jamais rien pu prouver.

— Mais on en a parlé, insistai-je.

— Les gens caquettent à qui mieux mieux. L'homme ne descend pas du singe, il descend de la poule.

— Et que disaient les gens ?

— Vous prendrez bien un petit verre de rhum ? Il est d'Igualada, mais il a un petit goût antillais… je ne vous dis que ça !

— Non merci, mais je vous tiendrai compagnie. Et pendant ce temps-là, vous me raconterez…

Antoni Fortuny, que tout le monde appelait le chapelier, avait rencontré Sophie Carax en 1899 sur le parvis de la cathédrale de Barcelone. Il venait de faire un vœu à saint Eustache, lequel, parmi tous les saints jouissant d'une chapelle particulière, avait la réputation d'être le plus diligent et le moins exigeant quand il s'agissait d'accomplir des miracles en matière d'amour. Antoni Fortuny, qui avait déjà trente ans passés et n'en pouvait plus de solitude, voulait une épouse et l'aimait déjà. Sophie était une Française qui vivait dans un foyer de jeunes filles de la rue Riera Alta et donnait des cours particuliers de solfège et de piano aux rejetons des familles les plus huppées de Barcelone. Elle n'avait ni patrimoine ni parents, juste sa jeunesse et la formation musicale que son père, pianiste dans un théâtre de Nîmes, avait pu lui donner avant de mourir de tuberculose en 1886. Antoni Fortuny, en revanche, était un homme à qui l'avenir souriait. Il avait hérité récemment du commerce de son père, une chapellerie réputée sur le boulevard San Antonio où il avait appris le métier qu'il rêvait d'enseigner un jour à son propre fils. Sophie Carax lui parut fragile, belle, jeune, docile et fertile. En exauçant son vœu, saint Eustache avait été à la hauteur de sa réputation. Après quatre mois de cour pressante, Sophie accepta la demande en mariage. M. Molins, qui avait été l'ami du grand-père Fortuny, fit remarquer à Antoni qu'il se mariait avec une inconnue, que Sophie avait l'air d'une brave fille, mais qu'un tel hymen arrangeait peut-être un peu trop ses affaires et qu'il ferait mieux d'attendre au moins un an... Antoni Fortuny répliqua qu'il en savait suffisamment sur sa future épouse. Le reste ne l'intéressait pas. Ils se marièrent à la basilique d'El Pino et allèrent passer les trois jours de leur lune de miel dans un hôtel sur la plage de Mongat. La veille de leur départ, le chapelier demanda en toute confidence à M. Molins comment procéder dans les mystères de l'alcôve. Molins, sarcastique, lui répondit de demander à sa femme. Le ménage Fortuny rentra à Barcelone deux jours après. Les voisins dirent que Sophie pleurait en montant l'escalier. Des années plus tard, Viçenteta devait jurer que Sophie lui avait confié que le chapelier ne l'avait même pas touchée et que, quand elle avait tenté de lui faire les premières avances, il l'avait traitée de roulure en exprimant son dégoût pour l'obscénité de ses propositions. Au bout de six mois, Sophie annonça à son mari qu'elle portait un enfant dans ses entrailles. L'enfant d'un autre homme.

Antoni Fortuny, qui avait vu son propre père battre sa mère un nombre infini de fois, fit ce qu'il pensait correspondre à la situation. Il ne s'arrêta que lorsqu'il lui sembla que la frapper encore ou même seulement l'effleurer la tuerait. Même alors, Sophie refusa de révéler l'identité du père du bébé. Antoni Fortuny, appliquant sa logique particulière, décida qu'il s'agissait du démon, puisqu'il ne pouvait être que l'enfant du péché et que le péché n'a qu'un père : le Malin. Ainsi convaincu que le diable s'était glissé dans son foyer et entre les cuisses de sa femme, le chapelier n'eut de cesse d'accrocher des crucifix partout : sur les murs, aux portes des chambres et au plafond. Lorsque Sophie le vit semer des croix dans la chambre où il l'avait confinée, elle prit peur et lui demanda, des larmes dans la voix, s'il était devenu fou. Aveuglé par la rage, il se retourna et la gifla. « Une catin, comme les autres », cracha-t-il en la jetant sur le palier après l'avoir consciencieusement étrillée avec sa ceinture. Le lendemain, quand Antoni Fortuny ouvrit sa porte pour descendre à la chapellerie, Sophie n'avait pas bougé, couverte de sang séché et grelottant de froid. Les médecins ne purent réparer tout à fait les fractures de sa main droite. Sophie Carax ne devait plus jamais jouer du piano, mais elle donna le jour à un garçon qu'elle appela Julián en souvenir du père qu'elle avait perdu trop tôt, comme tout le reste. Fortuny pensa la chasser de la maison, mais il se dit que le scandale serait mauvais pour son commerce. Personne n'achèterait un chapeau à un homme qui portait des cornes : ç'aurait été un contresens. Sophie avait dû s'installer dans la chambre du fond, obscure et froide. C'est là qu'elle mit son enfant au monde avec l'aide de deux voisines. Antoni ne revint que trois jours plus tard. « Voici le fils que Dieu t'a donné, lui annonça Sophie. Si tu veux punir quelqu'un, punis-moi, mais pas cette créature innocente. L'enfant a besoin d'un foyer et d'un père. Il n'est pas responsable de mes péchés. Je te supplie d'avoir pitié de nous. »

Les premiers mois furent difficiles pour tous deux. Antoni avait décidé de rabaisser sa femme au rang de boniche. Ils ne partageaient plus ni le lit ni la table, et échangeaient rarement une parole, sauf pour régler des questions d'ordre domestique. Une fois par mois, le plus souvent à la pleine lune, Antoni Fortuny faisait, au petit matin, acte de présence sous les draps de Sophie et, sans prononcer un mot, se ruait sur celle qui avait été son épouse avec autant d'impétuosité que d'incompétence. Profitant de l'intimité de ces rares moments de paix armée, Sophie tentait de se réconcilier en lui murmurant des mots d'amour et en lui prodiguant des caresses expertes. Le chapelier n'était pas homme à céder aux futilités, et les égarements du désir s'évaporaient en quelques minutes, voire quelques secondes. Ces assauts en chemise retroussée ne produisirent aucun enfant. Après quelques années, Antoni Fortuny cessa de visiter le lit de Sophie et prit l'habitude de lire les Saintes Écritures jusqu'à l'aube, en y cherchant la consolation de ses tourments.

Avec l'aide des Évangiles, le chapelier faisait des efforts pour susciter dans son cœur un amour pour cet enfant au regard profond qui aimait se moquer de tout et inventer des ombres là où il n'y en avait pas. Il avait beau se forcer, il n'arrivait pas à considérer le petit

Julián comme le fils de son sang, et ne se reconnaissait pas en lui. De son côté, l'enfant ne semblait guère s'intéresser aux chapeaux, et pas davantage aux enseignements du catéchisme. Quand venait Noël, Julián s'amusait à composer les personnages de la crèche et à imaginer des aventures au cours desquelles l'Enfant Jésus était enlevé par les Rois mages à des fins scabreuses. Il prit vite la manie de dessiner des anges avec des dents de loup, et inventait des histoires d'esprits cagoulés qui sortaient des murs pour manger les idées des gens pendant leur sommeil. Avec le temps, le chapelier perdit tout espoir de conduire ce garçon dans le droit chemin. L'enfant n'était pas un Fortuny et ne le serait jamais. Il prétendait qu'il s'ennuyait au collège et revenait avec tous ses cahiers couverts de griffonnages représentant des êtres monstrueux, des serpents ailés et des maisons vivantes qui marchaient et dévoraient les imprudents. Il était déjà clair que la fantaisie et l'invention l'intéressaient infiniment plus que la réalité quotidienne qui l'entourait. De toutes les déceptions qu'Antoni Fortuny accumula dans sa vie, aucune ne le fit davantage souffrir que cet enfant envoyé par le démon pour se moquer de lui.

A dix ans, Julián annonça qu'il voulait devenir peintre, comme Vélasquez, car, argumentait-il, il rêvait de réaliser les toiles que le maître n'avait pas eu le temps de peindre au cours de sa vie parce qu'on l'avait obligé à faire le portrait des débiles mentaux de la famille royale. En plus, Sophie, peut-être pour tuer le temps et entretenir la mémoire de son père, eut l'idée de lui donner des leçons de piano. Julián, qui adorait la musique, la peinture et toutes les matières dépourvues d'utilité et de profit dans la société des hommes, apprit vite les rudiments de l'harmonie et décida qu'il préférait inventer ses propres compositions plutôt que de continuer à jouer les partitions du livre de solfège, ce qui était contre nature. Antoni Fortuny croyait encore qu'une partie des déficiences du garçon venait de son régime, trop marqué par les habitudes culinaires françaises de sa mère. Il était bien connu que l'excès de beurre conduisait à la ruine morale et abrutissait l'entendement. Sophie se vit interdire à tout jamais de cuisiner au beurre. Les résultats ne furent pas exactement ceux qu'il espérait.

A douze ans, Julián commença de perdre son intérêt fébrile pour la peinture et pour Vélasquez, mais les espoirs qu'en conçut le chapelier furent de courte durée. Julián abandonnait ses rêves de Prado pour un autre vice, bien plus pernicieux. Il avait découvert la bibliothèque de la rue du Carmel et consacrait chaque trêve que son père lui accordait dans la chapellerie pour se précipiter dans ce sanctuaire des livres et dévorer des volumes de romans, de poésie et d'histoire. La veille de ses treize ans, il annonça qu'il voulait devenir quelqu'un nommé Robert Louis Stevenson, de toute évidence un étranger. Fortuny annonça qu'il aurait du mal à devenir balayeur. Il eut alors la certitude que son fils n'était qu'un incapable.

Souvent, Antoni Fortuny se retournait dans son lit sans pouvoir trouver le sommeil, en proie à la rage et à la frustration. Dans le fond de son cœur, se disait-il, il aimait cet enfant. Et même si elle ne le méritait pas, il aimait aussi cette femme trop légère qui l'avait trahi dès le premier jour. Il l'aimait de toute son âme, mais à sa manière, qu'il estimait la bonne. Il demandait seulement à Dieu de lui montrer le chemin pour qu'ils soient heureux tous les trois, de préférence aussi à sa manière. Il implorait le Seigneur de lui envoyer un signe, une minuscule manifestation de sa présence. Dieu, dans son infinie sagesse, et peut-être débordé par l'avalanche de suppliques de tant d'âmes tourmentées, ne répondait pas. Tandis qu'Antoni Fortuny se perdait en remords et en cuisants regrets, Sophie, de l'autre côté du mur, s'éteignait lentement, voyant sa vie faire naufrage dans les flots de ses erreurs, de sa solitude et de sa faute. Elle n'aimait pas cet homme qu'elle servait, mais elle restait son épouse, et elle ne concevait pas de le quitter et d'emmener son fils ailleurs. Elle se souvenait avec amertume du véritable père de Julián et, avec le temps, apprit à le haïr et à détester tout ce qu'il représentait, qui était aussi tout ce qu'elle désirait ardemment. A défaut de conversation, le ménage commença d'échanger des hurlements. Insultes et récriminations volaient dans l'appartement comme des couteaux, atteignant quiconque osait se mettre sur leur trajectoire, le plus souvent Julián. Après, le chapelier ne se rappelait plus exactement pourquoi il avait battu sa femme. Il se souvenait seulement de la colère et de la honte. Alors il se jurait que cela n'arriverait plus, qu'il se livrerait si nécessaire aux autorités pour qu'elles l'enferment derrière des barreaux.

Antoni Fortuny avait la certitude de pouvoir parvenir, avec l'aide de Dieu, à être un homme meilleur que ne l'avait été son propre père. Tôt ou tard, cependant, ses poings rencontraient la chair tendre de Sophie et, avec le temps, Fortuny comprit que s'il ne pouvait être convenablement son mari, il serait au moins son bourreau. C'est ainsi que, dans le secret, la famille Fortuny laissa passer les années, imposant le silence aux cœurs et aux âmes, à tel point que, à force de tant se taire, ils oublièrent les mots capables d'exprimer leurs véritables sentiments et devinrent des étrangers qui vivaient sous le même toit, un parmi d'autres dans la ville infinie.

Il était deux heures et demie passées quand je revins à la librairie. En me voyant entrer, Fermín me lança un regard sarcastique du haut de l'échelle où il astiquait une collection des *Épisodes nationaux* de l'illustre Benito.

— Ô heureuse vision ! Je vous croyais parti pour les Amériques, Daniel.

— Je me suis amusé en route. Et mon père ?

— Comme vous ne reveniez pas, il est allé faire les autres livraisons. Il m'a chargé de vous dire qu'il irait cette après-midi à Tiana pour estimer la bibliothèque privée d'une veuve. Votre père n'a pas l'habitude de faire des discours. Il a juste dit que vous ne l'attendiez pas pour fermer.

— Il était fâché ?

Fermín fit signe que non en descendant de l'échelle avec l'agilité d'un chat.

— Allons donc. Votre père est un saint. Et puis il était très content de voir que vous vous êtes trouvé une petite amie.

— Quoi ?

Fermín me fit un clin d'œil, tout réjoui.

— Ah ! garnement, on peut dire que vous êtes un petit cachottier. Et quelle fille, dites donc. Pas du genre à passer inaperçue dans la rue. Et bien élevée, avec ça. On voit tout de suite qu'elle est allée dans les bons collèges. Mais quand même, elle avait quelque chose de coquin dans le regard… Vous savez, si mon cœur n'était pas pris par Bernarda… Parce que je ne vous ai pas raconté notre goûter… Ça a fait des étincelles, oui, des étincelles, comme dans la nuit de la Saint-Jean…

Je l'interrompis :

— Fermín, de quoi diable êtes-vous en train de me parler ?

— De votre petite amie.

— Je n'ai pas de petite amie, Fermín.

— D'accord. Aujourd'hui, vous les jeunes, vous appelez ça autrement, « gueurlifrend » ou…

— Fermín, on rembobine le film. De quoi parlez-vous ?

Fermín Romero de Torres me regarda, déconcerté, et leva une main, doigts joints, pour gesticuler à la mode sicilienne.

— Eh bien, cette après-midi, entre une heure et une heure et demie, une demoiselle du tonnerre est passée par ici et a demandé si vous étiez là. Votre père et votre serviteur étaient présents, sains de corps et d'esprit, et je puis vous assurer que la jeune personne n'avait rien d'un fantôme. Je pourrais même vous décrire son parfum. Lavande, mais en plus doux. Comme un petit pain tout frais sorti du four.

— Et cette chose qui sortait tout juste du four a dit qu'elle était ma petite amie ?

— Comme ça, en toutes lettres, non, mais elle a eu un de ces sourires en coin, vous voyez ce que je veux dire, pour annoncer qu'elle vous attendait vendredi après-midi. Nous, on s'est bornés à additionner deux et deux.

— Bea… murmurai-je.

— *Ergo*, elle existe, triompha Fermín.

— Oui, mais ce n'est pas ma petite amie.

— Alors je ne sais pas ce que vous attendez pour qu'elle le devienne.

— C'est la sœur de Tomás Aguilar.

— Votre ami l'inventeur ?

Je fis signe que oui.

— Raison de plus. Même si elle était l'amie de Gil Robles, qu'est-ce que ça peut faire ? Elle est formidable. Moi, à votre place, je n'hésiterais pas.

— Bea est fiancée. Avec un aspirant qui fait son service militaire.

Fermín soupira, contrarié.

— Ah ! l'armée, fléau et refuge tribal du corporatisme simiesque. Tant mieux : vous pourrez lui poser des cornes sans remords, à cet individu.

— Vous délirez, Fermín. Bea se mariera dès que l'aspirant aura terminé son service.

Fermín eut un sourire rusé.

— Eh bien, pensez-en ce que vous voulez, moi j'ai comme l'impression qu'elle ne l'épousera pas.

— Qu'est-ce que vous en savez ?

— J'en sais plus que vous sur les femmes et sur le monde. Comme nous l'enseigne Freud, la femme désire l'opposé de ce qu'elle pense ou déclare, ce qui, à bien y regarder, n'est pas si terrible, car l'homme, comme nous l'enseigne monsieur de La Palice, obéit, au contraire, aux injonctions de son appareil génital ou digestif.

— Laissez tomber les discours, Fermín, vos ficelles sont trop grosses. Si vous avez quelque chose à dire, synthétisez.

— Eh bien, pour aller à l'essentiel : elle n'avait pas une tête à se marier avec le troufion.

— Ah non ? Et quelle tête elle avait, alors ?

Fermín se pencha vers moi d'un air confidentiel.

— La tête de quelqu'un qui est gravement atteint,

asséna-t-il, mystérieux. Et notez bien que je le dis comme un compliment.

Comme toujours, Fermín était dans le vrai. Vaincu, je décidai de lui renvoyer la balle.

— A propos de personnes gravement atteintes, parlez-moi donc de Bernarda. Vous l'avez embrassée, ou non ?

— Ne m'offensez pas, Daniel. Je vous rappelle que vous vous adressez à un professionnel de la séduction, et le baiser c'est bon pour les amateurs et les dilettantes en pantoufles. La femme se conquiert petit à petit. Tout est affaire de psychologie, comme dans une bonne passe de torero.

— Dites plutôt qu'elle vous a envoyé promener.

— On n'envoie pas promener Fermín Romero de Torres. Le problème, c'est que l'homme, pour en revenir à Freud et utiliser une métaphore, fonctionne comme une ampoule électrique : il s'allume d'un coup et refroidit aussi vite. La femme, elle, c'est scientifiquement prouvé, s'échauffe comme une casserole, vous comprenez ? Peu à peu, à feu lent, comme la bonne fricassée. Mais quand elle est enfin chaude, personne ne peut plus l'arrêter. Comme les hauts-fourneaux de Biscaye.

Je soupesai les théories thermodynamiques de Fermín.

— Et c'est ce que vous faites avec Bernarda ? Vous mettez la casserole sur le feu ?

Fermín me fit un clin d'œil.

— Cette femme est un volcan au bord de l'éruption, avec une libido de magma en fusion et un cœur de sainte – dit-il en se passant la langue sur les lèvres. Pour établir un parallèle crédible, elle me rappelle ma petite mulâtresse de La Havane, qui pratiquait fort dévotement les rites afro-cubains. Mais vu qu'au fond je suis un gentleman comme on n'en fait plus, je n'en ai pas profité et me suis contenté d'un baiser sur la joue. Je ne suis pas pressé, vous comprenez ? Les bonnes choses se font toujours attendre. Il y a des rustres qui s'imaginent que s'ils mettent la main au cul d'une femme et qu'elle ne proteste pas, l'affaire est dans le sac. Ce sont des ignares. Le cœur de la femme est un labyrinthe de subtilités qui défie l'esprit grossier du mâle à l'affût. Si vous voulez vraiment posséder une femme, il faut d'abord penser comme elle, et la première chose à faire est de conquérir son âme. Le reste, le réduit douillet et chaud qui vous fait perdre les sens et la vertu, vous est donné de surcroît.

J'applaudis solennellement cette harangue.

— Fermín, vous êtes un poète.

— Non, je suis comme Ortega y Gasset, un pragmatique, car la poésie ment, même si elle le fait joliment, et ce que j'affirme est plus vrai que le pain à la tomate. Comme disait le maître, montrez-moi un don Juan et je vous prouverai que c'est un pédé déguisé. Ce qui compte pour moi, c'est la permanence, la pérennité. Je vous prends à témoin : je ferai de Bernarda une femme, sinon honnête, car elle l'est déjà, du moins heureuse.

Je lui adressai un sourire approbateur. Son enthousiasme était contagieux et sa prosodie invincible.

— Prenez bien soin d'elle, Fermín. Bernarda a trop de cœur et elle a connu trop de déceptions.

— Vous croyez que je ne m'en rends pas compte ? Allons donc, c'est comme si elle portait sur le front la médaille des veuves de guerre. Puisque je vous dis que j'en connais un bout, sur les vacheries de la vie : et cette femme, je la comblerai de bonheur, même si ça doit être la dernière chose que je ferai en ce monde.

— Promis ?

Il me tendit la main avec la superbe d'un chevalier du Temple. Je la serrai.

— Parole de Fermín Romero de Torres.

Le temps dans la boutique passa lentement, avec juste quelques flâneurs. Au vu de la situation, je suggérai à Fermín de prendre son après-midi.

— Allez donc chercher Bernarda et emmenez-la au cinéma ou faire du lèche-vitrines rue Puertaferrisa bras dessus, bras dessous, elle adore ça.

Fermín s'empressa de me prendre au mot et courut se faire beau dans l'arrière-boutique, où il gardait toujours un costume de rechange impeccable et toutes sortes d'eaux de Cologne et de pommades dans un nécessaire que lui eût envié la célèbre cantatrice Concha Piquer. Quand il en ressortit, il ressemblait à un jeune premier de films de série B, avec trente kilos de moins. Il portait un complet qui avait appartenu à mon père et un feutre trop grand de deux tailles, problème qu'il résolvait en y fourrant du papier journal.

— Parfait, Fermín. Avant que vous partiez… je voudrais vous demander un service.

— C'est comme si c'était fait. Commandez, je suis ici pour obéir.

— Mais je veux que tout ceci reste entre nous. Pas un mot à mon père, d'accord ?

Il sourit d'une oreille à l'autre.

— Ah ! garnement. Ça concerne cette fille époustouflante, pas vrai ?

— Non. Il s'agit d'une enquête et d'une affaire compliquée. C'est dans vos cordes, non ?

— Ah ! bon, mais les histoire de filles aussi, c'est

dans mes cordes. Je vous dis cela au cas où vous auriez besoin un jour d'un conseil technique, vous comprenez. Vous pouvez me faire confiance, comme au médecin. Sans faire de manières.

— Je m'en souviendrai. Pour l'heure, j'ai besoin de savoir à qui appartient une boîte postale de la Poste centrale de la rue Layetana. Numéro 2321. Et si possible, qui prend le courrier adressé là. Vous croyez que vous pourrez m'aider ?

Fermín nota le numéro sur son cou-de-pied, sous la chaussette, au stylo.

— C'est du gâteau. Il n'y a pas d'organisme officiel qui me résiste. Donnez-moi quelques jours, et je vous livrerai un rapport détaillé.

— Et pas un mot à mon père, hein ?

— Soyez sans crainte. Rappelez-vous que je suis le Sphinx de Gizeh.

— Je vous en remercie. Et maintenant, allez-y, et prenez du bon temps.

Je lui fis le salut militaire et le regardai s'en aller, gaillard comme un coq qui se rend au poulailler. Cinq minutes ne s'étaient pas écoulées quand j'entendis la clochette de la porte et levai les yeux des colonnes de chiffres. Un individu engoncé dans une gabardine grise et coiffé d'un feutre de même couleur venait d'entrer. Il arborait un sourire de camelot, faux et forcé. Je regrettai que Fermín ne soit plus là, car il était expert dans l'art de se débarrasser des vendeurs de camphre, naphtaline et autres articles de ménage qui s'introduisaient de temps en temps dans la librairie. Le visiteur m'adressa son rictus gras et fourbe, et prit un volume sur une pile près de l'entrée, en attente d'estimation. Tout en lui respirait le mépris. Tu ne me vendras rien, pas même un bonsoir, pensai-je.

— Ça en fait des pages, hein ? dit-il.

— C'est un livre : ordinairement, les livres ont un certain nombre de pages. En quoi puis-je vous aider, monsieur ?

L'individu remit le volume à sa place et acquiesça d'un air écœuré, en ignorant ma question.

— C'est bien ce que je dis. Lire, c'est pour les gens qui ont beaucoup de loisirs et rien à faire. Comme les femmes. Quand on doit travailler, on n'a pas de temps pour la faribole. Dans la vie, faut trimer. Vous n'êtes pas d'accord ?

— C'est une opinion. Vous cherchiez quelque chose ?

— Non, c'est pas une opinion, c'est un fait. Le problème, dans ce pays, c'est que les gens ne veulent pas travailler. C'est plein de branleurs partout, pas vrai ?

— Je ne sais pas, monsieur. Ici, comme vous voyez, nous vendons seulement des livres.

L'individu s'approcha du comptoir, son regard continuant de balayer la boutique et rencontrant parfois le mien. Son aspect et ses gestes me semblaient vaguement familiers, sans pour autant savoir où je les avais vus. Quelque chose en lui me faisait penser à ces figures que l'on voit sur les cartes à jouer, chez les antiquaires ou les extralucides, un personnage échappé des illustrations d'un incunable. Son allure avait quelque chose de funèbre et de dangereux, comme une malédiction en costume du dimanche.

— Si vous me dites en quoi je peux vous être utile…

— C'est plutôt moi qui suis venu vous rendre un service. Êtes-vous le propriétaire de cet établissement ?

— Non. C'est mon père.

— Prénom ?

— Lequel, le mien ou celui de mon père ?

L'individu m'adressa un sourire narquois. Le voilà qui me fait des risettes, pensai-je.

— J'en déduis que l'enseigne Sempere & fils vous désigne tous les deux.

— Vous êtes très perspicace. Puis-je vous demander le motif de votre visite, si vous ne cherchez pas un livre ?

— Le motif de ma visite, qui est une visite de politesse, est de vous prévenir que mon attention a été attirée par les rapports que vous entretenez avec des gens de mauvais aloi, et en particulier des invertis et des voyous.

Je l'observai, ahuri.

— Pardon ?

L'individu me fusilla du regard.

— Je parle de pédés et de voleurs. Ne me dites pas que vous ne savez pas de quoi il s'agit.

— Je crains de ne pas en avoir la moindre idée, ni aucun intérêt à continuer de vous écouter.

Il hocha la tête d'un air hostile et méprisant.

— Alors va falloir vous mettre les points sur les i. Je suppose que vous êtes au courant des activités du citoyen Federico Flaviá.

— M. Federico est l'horloger du quartier, une excellente personne, et je doute qu'il soit un voyou.

— Je vous parlais de pédés. J'ai été averti que cette vieille guenon fréquentait votre établissement, sans doute pour acheter des bouquins libertins et pornographiques.

— Et puis-je savoir en quoi cela vous regarde ?

Pour toute réponse, il sortit son portefeuille et le posa ouvert sur le comptoir. Je reconnus une carte de la police, crasseuse, portant la photo de l'individu, nettement plus jeune. Je lus au-dessous : « Inspecteur-chef Francisco Javier Fumero Almuñiz ».

— Jeune homme, parlez-moi avec respect, ou je vous mets au trou, vous et votre père, pour vente de cochonneries bolcheviques. Compris ?

Je voulus répliquer, mais les paroles gelèrent sur mes lèvres.

— Mais bon, c'est pas pour le pédé que je viens aujourd'hui. Tôt ou tard, il finira au commissariat, comme tous ses congénères, et je le moucherai. Présentement, l'objet de ma préoccupation, ce sont les rapports que j'ai reçus : vous employez un vulgaire filou, un indésirable de la pire espèce.

— Je ne vois pas de qui vous parlez, inspecteur.

Fumero émit son petit rire servile et gluant, d'un air entendu et complice.

— Dieu sait sous quel nom il vit aujourd'hui. Il y a des années, il se faisait appeler Wilfredo Camagüey, le roi du mambo, et disait être expert en vaudou, professeur de danse de don Juan de Bourbon et amant de Mata Hari. D'autres fois, il adopte des noms d'ambassadeurs, d'artistes de variétés ou de toreros. Nous en avons perdu le compte exact.

— Je regrette de ne pouvoir vous aider, mais je ne connais personne du nom de Wilfredo Camagüey.

— Bien sûr que non, mais vous savez de qui je veux parler. Pas vrai ?

— Non.

Fumero s'esclaffa de nouveau. Ce rire forcé et maniéré le définissait et le résumait comme un doigt accusateur.

— Vous voulez faire le malin, c'est ça ? Écoutez, je

suis venu ici en ami, vous mettre en garde et vous prévenir que toute personne qui installe un indésirable à son domicile finit par se faire échauder, et vous me traitez de menteur !

— Absolument. Je vous remercie de votre visite et de votre avertissement, mais je vous assure qu'il n'y a pas…

— Ne me racontez pas de conneries, parce que si vous me cassez les couilles, je vous fous une paire de baffes et je ferme votre taule, compris ? Vous avez de la chance que je sois de bonne humeur aujourd'hui, donc ce n'est qu'un avertissement. A vous de choisir votre camp. Si vous aimez les pédés et les voleurs, c'est que vous êtes un peu les deux. Les choses sont claires. Ou vous êtes avec moi, ou vous êtes contre moi. C'est ça, la vie. Alors ?

Je ne dis rien. Fumero hocha encore la tête et émit un autre petit rire.

— Très bien, Sempere. Vous l'aurez voulu. Ça commence mal, vous et moi. Si vous cherchez les ennuis, vous les aurez. La vie, c'est pas comme dans les romans, sachez-le. Dans la vie, faut choisir de quel côté on est. Et il est clair que vous avez choisi : celui de ceux qui perdent par bêtise.

— Je vous prierai de sortir, s'il vous plaît.

— On se reverra sûrement. Et dites à votre ami que l'inspecteur Fumero le tient à l'œil et qu'il lui envoie son meilleur souvenir.

La visite du sordide inspecteur et l'écho de ses paroles me gâchèrent la fin de l'après-midi. Après m'être agité une quinzaine de minutes derrière le comptoir, les tripes nouées, je décidai de fermer la librairie avant l'heure et d'aller me promener au hasard. Je ne pouvais m'ôter de l'esprit les insinuations et les menaces de ce sbire de bas étage. Je me demandais si je devais parler de cette visite à mon père et à Fermín, mais je supposai que l'intention de Fumero était justement de semer le doute, l'inquiétude, la peur et l'incertitude parmi nous. J'en conclus que je n'avais pas à entrer dans son jeu. D'un autre côté, ses insinuations sur le passé de Fermín m'inquiétaient. Quand je me rendis compte que, pendant un instant, j'avais accordé du crédit aux propos du policier, j'eus honte de moi. Après avoir retourné le problème en tous sens, j'optai pour enterrer l'épisode dans un coin de ma mémoire et en ignorer les implications. En revenant à la maison, je passai devant l'horlogerie du quartier. Derrière la vitrine, M. Federico me fit signe d'entrer. L'horloger était une personne affable et souriante qui n'oubliait jamais de vous souhaiter votre anniversaire et à qui l'on pouvait s'adresser quand on s'estimait dans l'embarras, sûr qu'il trouverait la solution. Je ne pus éviter de frissonner à l'idée qu'il figurait sur la liste noire de l'inspecteur Fumero et me demandai si je devais l'en avertir, tout en ne sachant pas comment le faire sans m'immiscer dans des questions qui n'étaient guère de ma compétence. Plus troublé que jamais, je pénétrai dans l'horlogerie et lui souris.

— Comment vas-tu, Daniel ? Tu en fais, une tête !

— Je suis dans un mauvais jour, dis-je. Et vous, monsieur Federico, comment allez-vous ?

— A merveille. Les montres sont de plus en plus mal fabriquées, et je suis débordé de travail. Si ça continue, je serai forcé d'engager un aide. Ton ami l'inventeur serait peut-être intéressé ? Il a sûrement une bonne main pour ça.

Je n'eus aucun mal à imaginer comment réagirait le père de Tomás Aguilar à la perspective de voir son fils accepter un emploi dans la boutique de M. Federico, homosexuel officiel du quartier.

— Je lui en parlerai.

— C'est ça, Daniel. A propos, j'ai dans mon atelier le réveil que ton père m'a confié il y a quinze jours. Je ne sais pas ce qu'il lui a fait, mais ça lui coûtera moins cher d'en acheter un neuf que de le réparer.

Je me rappelai que parfois, les nuits où l'on étouffait, mon père dormait sur le balcon.

— Il est tombé dans la rue, dis-je.

— C'est ce qu'il me semblait. Demande-lui quel modèle il préfère. Je peux lui fournir un Radiant à très bon prix. Tiens, prends-le, il pourra l'essayer. S'il lui plaît, il me le paiera, sinon, tu me le rendras.

— Merci beaucoup, monsieur Federico.

L'horloger commença d'empaqueter l'ustensile en question.

— Haute technologie, disait-il, tout content. A propos, j'ai été ravi du livre que Fermín m'a vendu l'autre jour. Un roman de Graham Greene. Ce Fermín est une remarquable recrue.

J'acquiesçai.

— Oui, il vaut de l'or.

— Je me suis aperçu qu'il ne portait jamais de montre. Qu'il passe me voir, et nous arrangerons ça.

— Comptez sur moi. Merci, monsieur Federico.

En me remettant le réveil, l'horloger m'observa attentivement et fronça les sourcils.

— Tu es sûr que tout va bien, Daniel ? Juste un mauvais jour ?

— Tout va bien, monsieur Federico. Prenez soin de vous.

— Toi aussi, Daniel.

De retour à la maison, je trouvai mon père endormi sur le canapé, le journal lui couvrant la poitrine. Je posai le réveil bien en vue avec un mot : « De la part de M. Federico, le vieux est bon pour la casse. » Je gagnai ma chambre en silence, me couchai sans allumer et sombrai dans le sommeil en pensant à l'inspecteur, à Fermín et à l'horloger. Quand je rouvris les yeux, il était deux heures du matin. Je sortis dans le couloir et vis que mon père s'était retiré dans sa chambre avec le nouveau réveil. L'appartement était plongé dans le noir, et le monde me semblait plus obscur et plus sinistre qu'il ne m'était jamais apparu jusque-là. Je compris qu'au fond je n'avais jamais cru que l'inspecteur Fumero fût réel. Désormais, je le voyais comme un homme parmi des milliers. J'allai dans la cuisine et me servis un verre de lait froid. Je me demandai si Fermín était sain et sauf dans sa pension.

Une fois dans ma chambre, je tentai de chasser l'image du policier de mon esprit et de retrouver le sommeil, mais j'avais loupé le coche. J'allumai et décidai d'examiner l'enveloppe adressée à Julián Carax que j'avais dérobée le matin à Mme Aurora et qui était restée dans la poche de ma veste. Je la posai sur mon bureau, sous la lumière de la lampe. C'était une enveloppe en papier parcheminé, rugueuse, aux bords froissés et jaunis. Le tampon, presque effacé, indiquait : « 18 octobre 1919 ». Le cachet en cire était décollé, probablement par les bons offices de Mme Aurora. A la place s'étalait une tache carmin, comme si du rouge à lèvres avait effleuré le dos de l'enveloppe sur lequel on pouvait lire :

Penélope Aldaya
Avenue du Tibidabo, n° 32, Barcelone

J'ouvris l'enveloppe pour en extraire la lettre, une feuille de couleur ocre pliée en deux. L'écriture à l'encre bleue courait avec nervosité, pâlissant par moments pour recouvrer son intensité au bout de quelques mots. Tout, sur cette feuille, évoquait des temps révolus : le trait esclave de l'encrier, la plume qui égratignait le papier épais en traçant les mots, la texture rugueuse du papier lui-même. Je lissai la lettre sur le bureau et la lus en retenant ma respiration :

Cher Julián,

J'ai appris ce matin par Jorge que tu as réellement quitté Barcelone et que tu es parti à la recherche de tes rêves. J'ai toujours craint que ces rêves ne t'empêchent d'être jamais à moi, ni à personne. J'aurais aimé te voir une dernière fois, pouvoir te regarder dans les yeux et te dire ce que je me sens incapable de confier à une lettre. Rien ne s'est passé comme nous l'avions espéré. Je te connais trop bien et je sais que tu ne m'écriras pas, que tu ne m'enverras même pas ton adresse, que tu voudras être un autre. Je sais que tu me haïras pour ne pas avoir été au rendez-vous comme je te l'avais promis. Que tu croiras que j'ai manqué à ma parole. Que je n'ai pas eu le courage.

Je t'ai si souvent imaginé seul dans ce train, convaincu que je t'avais trahi. J'ai bien des fois essayé de te joindre à travers Miquel, mais il m'a dit que tu ne voulais plus rien savoir de moi. Quels mensonges t'ont-ils racontés, Julián ? Que t'ont-ils dit de moi ? Pourquoi les as-tu crus ?

Maintenant je sais que je t'ai perdu, que j'ai tout perdu. Et même ainsi, je ne peux admettre que tu t'en ailles pour toujours et que tu m'oublies, sans que tu saches que je ne t'en veux pas, que je le savais depuis le début, que je savais que je te perdrais et que tu ne verrais jamais en moi ce que je voyais en toi. Je veux que tu saches que je t'ai aimé depuis le premier jour et que je continue de t'aimer, plus que jamais, que cela te plaise ou non.

Je t'écris en cachette, à l'insu de tout le monde. Jorge a juré que s'il vient à te revoir il te tuera. On ne me laisse pas sortir de la maison, ni même me montrer à la fenêtre. Je crois qu'ils ne me pardonneront jamais. Une personne de confiance m'a promis de t'envoyer cette lettre. Je ne mentionne pas son nom pour ne pas la compromettre. Je ne sais si ces lignes te parviendront. Mais s'il en était ainsi et si tu décidais de revenir me chercher, tu trouveras ici le moyen de le faire. Tandis que j'écris, je t'imagine dans ce train, plein de rêves et l'âme brisée par la trahison, nous fuyant tous et te fuyant toi-même. Il y a tant de choses que je ne puis te dire, Julián. Des choses que nous ne savions pas et qu'il vaut mieux que tu ne saches jamais.

Je ne désire rien d'autre en ce monde que te savoir heureux, Julián, que tout ce à quoi tu aspires devienne réalité et que, même si tu m'oublies avec le temps, tu puisses comprendre un jour combien je t'ai aimé.

Pour toujours,
Penélope.

4

Les mots de Penélope Aldaya, que je lus et relus cette nuit-là jusqu'à les connaître par cœur, effacèrent d'un trait de plume le goût âcre que m'avait laissé la visite de l'inspecteur Fumero. Après avoir passé le reste de la nuit sans pouvoir me rendormir, obsédé par cette lettre et par la voix que j'y devinais, je sortis très tôt. Je m'étais habillé en silence et avais laissé un mot à mon père sur la commode de l'entrée, pour le prévenir que j'allais faire quelques courses et serais de retour à la librairie vers neuf heures et demie. Quand je passai le porche de l'immeuble, les rues sommeillaient encore dans l'obscurité, recouvertes d'un manteau bleuté qui flottait sur les ombres et les flaques laissées par la bruine de la nuit. Je boutonnai ma veste jusqu'au col et me dirigeai d'un pas rapide vers la place de Catalogne. Les escaliers du métro exhalaient des volutes de vapeur chaude, lumineuse et cuivrée. Au guichet des chemins de fer catalans, j'achetai un billet de troisième classe pour la station de Tibidabo. Je fis le trajet dans un wagon plein de sous-fifres de l'armée, de femmes de ménage et d'ouvriers, tous nantis de sandwiches de la taille d'une brique enveloppés dans du papier journal. Je me réfugiai dans la noirceur des tunnels et appuyai ma tête contre la fenêtre, fermant à demi les yeux pendant que le train parcourait les entrailles de la ville jusqu'au pied du Tibidabo. Quand j'émergeai dans la rue, j'eus l'impression de découvrir une autre Barcelone. Le jour se levait, un filet pourpre griffait les nuages et effleurait les façades des villas et des maisons de maître qui flanquaient l'avenue du Tibidabo. Le tramway bleu rampait paresseusement à travers des lambeaux de brume. Je courus derrière et réussis à me hisser sur la plate-forme, sous le regard sévère du contrôleur. Le wagon en bois était pratiquement désert. Un duo de moines et une dame en deuil au teint cendreux somnolaient en dodelinant de la tête au rythme de l'attelage de chevaux invisibles.

— Je vais seulement au numéro 32, dis-je au contrôleur, en lui offrant mon meilleur sourire.

— Vous iriez jusqu'au cap Finisterre que ce serait la même chose. Même les soldats du Christ ont payé leur ticket. Ou vous casquez, ou vous débarquez. Et je vous fais pas payer la rime.

Les frères, qui portaient des sandales et une robe de bure marron d'une austérité toute franciscaine, approuvèrent en exhibant leurs tickets roses à titre de preuve.

— Dans ce cas, je descends, dis-je. Je n'ai pas de monnaie sur moi.

— Comme vous voulez. Mais attendez l'arrêt, je ne veux pas d'accidents.

Le tramway montait presque au pas, en frôlant les frondaisons des arbres et en longeant les murs et les jardins de demeures aux ambitions de châteaux que j'imaginais peuplées de statues, de fontaines, d'écuries et de chapelles secrètes. Je me postai sur un bord de la plate-forme et distinguai la silhouette de la tour du *Frare Blanc* qui se découpait entre les arbres. En arrivant au coin de la rue Román Macaya, le tramway ralentit encore et finit par s'arrêter tout à fait. Le conducteur fit sonner sa clochette et le contrôleur me lança un regard comminatoire.

— Allez-y, petit malin. Grouillez-vous. Le numéro 32 est tout près.

Je descendis et écoutai le ferraillement du tramway bleu se perdre dans la brume. La résidence de la famille Aldaya se trouvait au carrefour, gardée par un portail en fer forgé, envahi de lierre et de ronces. On devinait, découpée entre les barreaux, une petite porte fermée par un cadenas. Sur la grille, des chiffres tarabiscotés en fer noir annonçaient le numéro 32. J'essayai d'apercevoir l'intérieur de la propriété, mais on distinguait tout juste les arêtes et les arcs d'une grosse tour noire. Une traînée de rouille saignait du trou de la serrure de la petite porte. Je m'accroupis et tentai d'avoir une vue de la cour. J'entrevis un fouillis d'herbes folles et le contour de ce qui me parut être une fontaine ou un bassin d'où émergeait une main tendue vers le ciel. Je mis quelques instants à comprendre qu'il s'agissait d'une main de pierre, et qu'il y avait d'autres membres et d'autres formes invisibles immergés dans la fontaine. Plus loin, derrière le rideau de broussailles, s'amorçait un escalier de marbre brisé, couvert de décombres et de feuilles mortes. La fortune et la gloire des Aldaya avaient tourné depuis longtemps. Cet endroit était un tombeau.

Je revins sur mes pas pour jeter un coup d'œil sur l'aile sud de la maison. De là, je pouvais obtenir une vision plus claire d'une des tours de la villa. A cet instant, j'avisai la silhouette d'un individu à l'air famélique affublé d'une blouse bleue, qui brandissait un balai avec lequel il martyrisait les feuilles mortes du trottoir. Il m'observait d'un œil méfiant, et je supposai qu'il s'agissait du concierge d'une des propriétés avoisinantes. Je lui souris comme seul sait le faire quelqu'un qui a passé d'innombrables heures derrière le comptoir d'une boutique.

— Bonjour cher monsieur, commençai-je cordialement. Savez-vous si la maison des Aldaya est fermée depuis longtemps ?

Le petit homme me regarda comme si je l'avais interrogé sur la quadrature du cercle. Il porta à son menton deux doigts dont la couleur jaune laissait supposer une faiblesse pour les Celtas sans filtre. Je regrettai de ne pas en avoir un paquet sur moi pour me ménager ses bons offices. Je fouillai mes poches à la recherche d'une offrande propitiatoire.

— Depuis au moins vingt ou vingt-cinq ans, et pourvu que ça continue, dit le concierge du ton neutre et docile des gens condamnés à servir en courbant l'échine.

— Vous êtes ici depuis longtemps ?

Le petit homme hocha la tête affirmativement.

— Je suis au service des Miravell depuis 1920.

— Vous n'auriez pas une idée de ce qu'est devenue la famille Aldaya ?

— Eh bien, comme vous devez le savoir, ils ont eu plein de problèmes sous la République. Qui sème le vent… Moi, je sais seulement ce que j'ai entendu dire chez les Miravell qui, avant, étaient des amis de la famille. Je crois que le fils aîné, Jorge, est parti à l'étranger, en Argentine. On dit qu'ils avaient des usines, là-bas. Des gens pleins de fric. Ceux-là retombent toujours sur leurs pattes. Vous auriez pas une sèche, par hasard ?

— Malheureusement non, mais je peux vous offrir un Sugus, dont il est prouvé qu'il contient autant de nicotine qu'un Montecristo, et en plus un tas de vitamines.

Le concierge fronça les sourcils, quelque peu incrédule, mais accepta. Je lui tendis le Sugus au citron que m'avait donné Fermín une éternité plus tôt et que je venais de découvrir dans la doublure de ma veste. J'espérai qu'il n'avait pas ranci.

— C'est bon, apprécia le concierge en savourant le caramel caoutchouteux.

— Vous mastiquez l'orgueil de l'industrie nationale de la confiserie. Le Généralissime en mange toute la journée. Et dites-moi, avez-vous entendu parler de la fille des Aldaya, Penélope ?

Le concierge s'appuya sur son balai pour prendre la posture du penseur de Rodin debout.

— Vous devez faire erreur. Les Aldaya n'avaient pas de filles. Seulement des garçons.

— Vous en êtes sûr ? On m'a dit que vers 1919 vivait dans cette maison une jeune fille nommée Penélope Aldaya, probablement la sœur de ce Jorge.

— C'est possible, mais comme je vous l'ai dit, moi je ne suis ici que depuis 1920.

— Et à qui appartient la maison, aujourd'hui ?

— D'après ce que je sais, elle est toujours à vendre. On a bien parlé de la démolir pour construire un collège… A mon avis, c'est la meilleure solution. La raser jusqu'aux fondations.

— Pourquoi dites-vous ça ?

Le concierge prit un air confidentiel. Son sourire révéla qu'il lui manquait au moins quatre dents du haut.

— Ces gens, les Aldaya… Ils étaient pas clairs. Vous êtes sûrement au courant.

— Je crains que non. Au courant de quoi ?

— Bah, des ragots, et tout ça. Moi, je ne crois pas à ce genre d'histoires, bien sûr, mais paraît que là-dedans, y'en a plus d'un qui a fait dans son froc.

— Ne me dites pas que la maison est hantée, rétorquai-je en réprimant un sourire.

— Vous pouvez rigoler. Seulement il n'y a pas de fumée sans feu.

— Vous avez vu quelque chose ?

— Ce qu'on appelle vu, non. Mais j'ai entendu.

— Vous avez entendu ? Quoi ?

— Eh bien, il y a longtemps, une nuit que j'accompagnais Joanet à l'intérieur, parce qu'il avait insisté, bien sûr, vu que moi j'avais rien à y faire… j'ai entendu, comme je vous ai dit, quelque chose d'étrange. Des espèces de gémissements.

Le concierge m'offrit une imitation du bruit en question, qui me parut ressembler au halètement d'un phtisique tentant de chanter une tyrolienne.

— Ça devait être le vent, suggérai-je.

— Que vous dites ! Mais moi, ça m'a donné la chair de poule, j'vous jure. Dites donc, vous auriez pas un autre caramel ?

— Acceptez une pastille Juanola. C'est très tonifiant, après un bonbon.

— Donnez toujours, se résigna le concierge en ouvrant la main.

Je lui donnai toute la boîte. Le coup de fouet du réglisse vint à point pour lui humecter la langue et faciliter le récit de cette rocambolesque histoire de la villa Aldaya.

— De vous à moi, c'est une drôle d'affaire. Un jour, Joanet, le fils aîné des Miravell, un malabar deux fois grand comme vous (il est dans la sélection nationale de handball, c'est tout dire)… enfin, des copains à lui avaient entendu parler de la maison des Aldaya, et ils lui ont monté le bourrichon. Et lui, à son tour, il m'a embobiné et m'a persuadé de l'accompagner, parce qu'il avait beau causer et causer, il osait pas y entrer seul. Vous les connaissez, ces gosses de riches. Il voulait absolument aller là-dedans la nuit pour faire le faraud devant sa petite amie, mais c'est tout juste s'il m'a pas fait pipi dessus. Parce que vous voyez la maison de jour, mais la nuit c'est une autre paire de manches. Toujours est-il que Joanet dit qu'il est monté au deuxième étage (vu que moi, j'avais refusé d'entrer, vous comprenez, ça n'était pas légal, même si la maison était abandonnée depuis au moins dix ans) et qu'il y avait quelque chose là-haut. Il lui a semblé entendre comme une voix dans une chambre, mais quand il a voulu y entrer, la porte lui a claqué au nez. Vous imaginez ?

— C'était peut-être un courant d'air ?

— Ou autre chose, assura le concierge, en baissant la voix. Ils l'ont dit l'autre jour à la radio : le monde est plein de mystères. Figurez-vous qu'ils ont découvert le vrai saint suaire en plein centre de Sardanyola. Il était cousu derrière un écran de cinéma, pour le cacher aux musulmans qui veulent s'en servir pour prouver que Jésus-Christ était un nègre. Vous vous rendez compte ?

— Ça me laisse sans voix.

— C'est bien ce que je disais. Un tas de mystères. On devrait démolir cette maison et répandre de la chaux sur le terrain.

Je remerciai M. Remigio pour tous ces renseignements et m'apprêtai à redescendre l'avenue jusqu'à San Gervasio. Je levai les yeux et vis que la colline du Tibidabo émergeait de la nuit au milieu de nuages noirs. J'eus soudain envie de prendre le funiculaire pour monter jusqu'au parc d'attractions qui se trouve au sommet et me perdre au milieu de ses manèges et de ses stands d'automates, mais j'avais promis d'être à l'heure à la librairie. En retournant à la station de métro, j'imaginai Julián Carax descendant le même trottoir, contemplant les mêmes façades solennelles à peine changées par le temps, avec leurs escaliers et leurs jardins ornés de statues, attendant peut-être le même tramway bleu qui se hissait vers le ciel. Parvenu au bas de l'avenue, je sortis la photographie de Penélope Aldaya souriant dans la cour de la demeure familiale. Dans ses yeux on pouvait lire une âme pure. Ils annonçaient déjà l'époque où elle écrirait : « Elle t'aime, Penélope. »

J'imaginai Julián Carax à mon âge, tenant cette photo dans ses mains, peut-être à l'ombre de l'arbre qui m'abritait en ce moment. Je crus presque le voir, contemplant un avenir aussi vaste et clair que cette avenue, et je pensai un instant que les seuls fantômes qui rôdaient en ce lieu étaient ceux de l'absence et de la disparition, que cette clarté qui me souriait était factice et ne durerait que le temps de mon regard, quelques secondes à peine.

5

A mon retour, je constatai que Fermín ou mon père avait déjà ouvert la librairie. Je montai à l'appartement pour manger rapidement un morceau. Mon père avait laissé du pain grillé, de la confiture et un thermos de café sur la table de la salle à manger. Je me servis largement et redescendis au bout de dix minutes. J'entrai dans la librairie par la porte de l'arrière-boutique qui donnait dans le vestibule de l'immeuble et pris dans mon placard la blouse que je portais pendant mes heures de travail pour protéger mes vêtements de la poussière des cartons et des étagères. Dans le fond du placard, je conservais une boîte de fer-blanc qui sentait encore les biscuits de Camprodón. J'y rangeais toutes sortes de bricoles inutiles mais dont j'étais incapable de me séparer : montres et porte-plume hors d'usage, monnaies sans valeur, figurines de plomb, billes, douilles de balles ramassées dans le parc du Labyrinthe et vieilles cartes postales de la Barcelone du début du siècle. Au milieu de tout ce fatras surnageait le coin de journal sur lequel Isaac Monfort m'avait noté l'adresse de sa fille Nuria, la nuit où je m'étais rendu au Cimetière des Livres Oubliés pour y cacher *L'Ombre du Vent.* Je l'étudiai à la lumière poussiéreuse qui passait entre les étagères et les cartons empilés. Je refermai le couvercle et glissai l'adresse dans la poche de mon porte-monnaie. J'entrai dans la boutique, décidé à m'occuper l'esprit et les mains au premier travail banal qui se présenterait.

— Bonjour, annonçai-je.

Fermín classait le contenu de plusieurs cartons envoyés par un collectionneur de Salamanque, et mon père se décarcassait à déchiffrer le catalogue allemand d'une apocryphe luthérienne qui portait un nom de charcuterie fine.

— Et meilleure après-midi encore, fredonna en écho Fermín, allusion voilée à mon rendez-vous avec Bea.

Je ne lui donnai pas le plaisir d'une réponse et résolus d'affronter l'inévitable corvée mensuelle qui consistait à mettre à jour le livre de comptes, en comparant reçus et bordereaux d'expédition, recettes et dépenses. La radio berçait notre paisible monotonie en nous gratifiant d'une sélection des meilleures chansons qui avaient marqué la carrière d'Antonio Machín, très en vogue à l'époque. Les rythmes des Caraïbes énervaient passablement mon père, mais il les supportait parce que Fermín y retrouvait sa Cuba tant regrettée. La scène se répétait chaque semaine : mon père faisait la sourde oreille, et Fermín se dandinait au rythme du *danzón,* ponctuant les intermèdes publicitaires d'anecdotes sur ses aventures à La Havane. La porte de la boutique était ouverte et laissait entrer une suave odeur de pain frais et de café qui invitait à l'optimisme. Un moment passa, et notre voisine Merceditas, qui revenait du marché de la Boquería, s'arrêta devant la vitrine et passa la tête.

— Bonjour, monsieur Sempere, chantonna-t-elle.

Mon père lui sourit en rougissant. J'avais l'impression que la Merceditas lui plaisait, mais que son éthique d'ermite l'obligeait à garder un silence inébranlable. Fermín l'observait à la dérobée, visage réjoui, continuant à se trémousser en douceur, comme si un chou à la crème venait d'apparaître à la porte. Merceditas ouvrit un sac en papier et nous offrit trois pommes luisantes. Je me dis qu'elle devait avoir en tête l'idée de travailler, elle aussi, à la librairie, et qu'elle ne faisait pas beaucoup d'efforts pour cacher l'antipathie que Fermín, l'usurpateur, semblait lui inspirer.

— Regardez comme elles sont belles. En les voyant, je me suis dit : ça, c'est pour les messieurs Sempere, minauda-t-elle. Parce que je sais que vous autres intellectuels, vous adorez les pommes, comme Isaac Poirier.

— Isaac Newton, petit bouton de giroflée, s'empressa de rectifier Fermín.

Merceditas lui lança un coup d'œil assassin.

— Celui-là, faut toujours qu'il fasse l'intéressant. Vous devriez plutôt me remercier d'en avoir aussi apporté une pour vous, parce que tout ce que vous mériteriez, c'est un citron…

— Ah ! l'offrande du fruit du péché originel que me font vos mains pures m'enflamme comme de l'étoupe…

— Fermín, je vous en prie, coupa mon père.

— Oui, monsieur Sempere, obéit Fermín en battant en retraite.

Merceditas allait répliquer à Fermín quand un grand remue-ménage se fit entendre dehors. Aussitôt en alerte, nous nous tûmes. Des cris d'indignation s'élevaient, et un flot de protestations confuses se répandait dans la rue. Merceditas regarda prudemment à l'extérieur. Nous vîmes courir plusieurs commerçants effrayés, blêmes. Ils furent bientôt suivis de M. Anacleto Olmo, locataire de l'immeuble et porte-parole officieux de l'Académie Royale de la Langue à tous les étages. M. Anacleto était professeur de lycée, licencié en littérature espagnole et humanités, et partageait le premier appartement du deuxième étage avec sept chats. Dans les moments de liberté que lui laissait son enseignement, il rédigeait des textes de couverture pour une prestigieuse maison d'édition, et la rumeur disait qu'il composait des vers érotiques décadents publiés sous le pseudonyme de Rodolfo Pitón. Dans les rapports personnels M. Anacleto était un homme affable et charmant, mais en public il se sentait obligé d'assumer le rôle du rhapsode et affectait d'employer un langage tout droit venu du Siècle d'or, qui lui avait valu le sobriquet de *Gongorino*.

Ce matin-là, le professeur était écarlate d'émotion,

et ses mains tremblaient presque en étreignant sa canne d'ivoire. Nous le regardâmes tous les quatre, intrigués.

— Que se passe-t-il, monsieur Anacleto ? questionna mon père.

— Dites-nous que Franco est mort ! lança Fermín, plein d'espoir.

— Taisez-vous, animal, lui intima Merceditas. Et laissez causer monsieur le professeur.

M. Anacleto inspira profondément, puis, recouvrant ses esprits, se mit en devoir de nous relater les événements avec sa majesté coutumière.

— Mes amis, la vie est un drame, et même les plus nobles créatures du Seigneur doivent goûter au fiel d'un destin capricieux et obstiné. Hier, aux petites heures de la nuit, alors que la ville dormait de ce sommeil si mérité des populations laborieuses, M. Federico Flaviá i Pujades, cet honorable citoyen qui a tant contribué à la prospérité et au bien-être de ce quartier dans son rôle d'horloger et dont l'établissement se trouve à trois portes de celui-ci, votre librairie, a été arrêté par les forces de sécurité de l'État.

Je sentis mon cœur se glacer.

— Jésus Marie Joseph ! s'exclama Merceditas.

Fermín soupira, déçu, puisque à l'évidence le chef de l'État continuait de jouir d'une excellente santé. M. Anacleto, désormais tout à son sujet, emplit ses poumons et s'apprêta à poursuivre.

— A ce qu'il semble, et si j'en crois le récit digne de foi qui m'a été fait par des sources proches de la Direction générale de la police, deux membres de la Brigade Criminelle de haut rang et en civil ont surpris M. Federico peu après minuit déguisé en femme et en train de chanter des chansons paillardes sur la scène d'un lieu mal famé de la rue Escudillers, pour le plus grand bénéfice d'une audience composée de débiles mentaux. Ces créatures oubliées de Dieu, qui s'étaient enfuies le même soir de l'hospice d'un ordre religieux, avaient baissé leurs pantalons et, emportées par la frénésie du spectacle, se livraient à des danses obscènes, la bave aux lèvres et les parties intimes à l'air dans un état de turgescence que la décence m'interdit de décrire.

Merceditas se signa, bouleversée par la tournure scabreuse que prenait l'affaire.

— Les mères de certains de ces pauvres innocents, informées du forfait, ont porté plainte pour scandale public et attentat à la pudeur la plus élémentaire. La presse, qui se repaît du malheur et de l'opprobre, n'a pas tardé à flairer la charogne et, grâce aux procédés d'un indicateur professionnel, quarante minutes ne s'étaient pas écoulées depuis l'entrée en scène des représentants de l'autorité que Kiko Calabuig, reporter au journal *El Caso* et plus connu sous le nom de *Fouillemerde*, s'est présenté dans lesdits lieux afin de réunir le maximum de détails pour sa chronique avant le bouclage de l'édition de ce matin, chronique dans laquelle, dois-je le préciser, il qualific, avec la plus grossière goujaterie et en titres de corps vingt-quatre, le spectacle ainsi offert de dantesque et de répugnant.

— C'est incroyable, dit mon père. Il semblait pourtant que M. Federico s'était amendé.

Don Anacleto acquiesça avec une véhémence pastorale.

— C'est vrai, mais n'oubliez pas le proverbe, patrimoine et porte-parole de nos sentiments les plus profonds : la caque sent toujours le hareng et l'homme ne vit pas seulement de bromure. Mais vous n'avez pas encore entendu le pire.

— Abrégez, je vous en prie, protesta Fermín, parce qu'avec tous vos envols métaphoriques vous allez finir par me donner la colique.

— Ne faites pas attention à cet animal, monsieur le professeur, s'interposa Merceditas, moi j'aime beaucoup comme vous causez. On dirait les Actualités du cinéma.

— Merci, ma fille, mais je ne suis qu'un humble enseignant. Donc je vais au fait, sans détour, préambule ni fioritures. Il semble que l'horloger, qui au moment de son arrestation se produisait sous le nom de scène de *La Niña de los Peines*, a déjà été arrêté dans des circonstances similaires en plusieurs occasions qui figurent dans les annales criminelles des gardiens de la paix.

— Dites plutôt des malfrats galonnés, cracha Fermín.

— Je ne me mêle pas de politique. Mais je puis vous dire qu'après l'avoir descendu de scène à coups de bottes bien ajustés, ils l'ont conduit au commissariat de la rue Layetana. En d'autres circonstances et la chance aidant, les choses ne seraient probablement pas allées plus loin que quelques claques et/ou vexations sans gravité, mais un funeste coup du sort a fait que, hier soir, le célèbre inspecteur Fumero se trouvait là.

— Fumero, murmura Fermín, qui, à la seule mention de sa Némésis, fut pris d'un tremblement nerveux.

— Lui-même. Comme je le disais, le champion de la sécurité de cette cité, revenant tout juste d'une rafle triomphale dans un tripot illégal de paris sur les courses de cafards sis rue Vigatans, a été mis au courant des faits par la mère éplorée d'un des dévoyés de l'hospice, cerveau présumé de leur fugue, Pepet Guardiola. Là-dessus, le célèbre inspecteur, qui, semble-t-il, s'était envoyé derrière la cravate douze cafés arrosés d'anis depuis le dîner, a décidé de prendre l'affaire en main. Après avoir étudié les circonstances aggravantes du délit, Fumero a notifié au sergent de garde qu'une telle (et malgré la présence d'une demoiselle, je cite le *vocable* dans sa plus stricte littéralité à cause de sa valeur documentaire dans mon exposé des faits) *tantouzerie* méritait un châtiment exemplaire et que l'horloger (entendez M. Federico Flaviá i Pujades, célibataire et natif de la localité de Ripollet) devait, pour son bien et celui de l'âme immortelle des garnements mongoloïdes dont la présence dans l'affaire était accessoire mais déterminante, passer la nuit dans la cellule commune des sous-sols de l'institution en compagnie d'une assemblée choisie de voyous. Comme vous le savez probablement, ladite cellule est célèbre dans l'élément criminel pour ses conditions sanitaires inhospitalières et précaires, et l'intrusion d'un citoyen respectable au milieu de ses hôtes habituels y est toujours un motif d'allégresse par ce qu'elle comporte de ludique et d'inédit dans la monotonie de la vie carcérale.

Arrivé à cet endroit de son récit, M. Anacleto procéda à une brève mais saisissante description du caractère de la victime, par ailleurs bien connu de tous.

—Point n'est nécessaire de vous le rappeler, M. Flaviá i Pujades est doté d'une personnalité fragile et délicate, pétrie de bonté et de charité chrétienne. Si une mouche vient à se glisser dans l'horlogerie, il ne la tue pas à coups de tapette, mais ouvre grandes les fenêtres pour que l'insecte, créature du Seigneur, soit restitué par le courant d'air à l'écosystème. M. Federico, je l'atteste, est un homme de foi, pieux et très présent dans les activités de la paroisse, mais qui, hélas, a dû affronter toute sa vie un ténébreux appel du vice qui l'a jeté plus d'une fois dans la rue déguisé en femme. Son habileté à réparer aussi bien les montres que les machines à coudre a toujours été proverbiale, et sa personne était appréciée de tous ceux qui le connaissaient, même si certains ne voyaient pas d'un bon œil ses occasionnelles escapades nocturnes avec perruque, peignes et robes à pois.

— Vous parlez de lui comme s'il était mort, risqua Fermín, consterné.

— Mort, non, grâce à Dieu.

Je respirai, soulagé. M. Federico vivait avec une mère octogénaire et sourde comme un pot, connue dans le quartier sous le nom de *La Pepita* et célèbre pour ses flatuosités qui faisaient chuter de son balcon les moineaux étourdis par leur force cyclonique.

— La Pepita, poursuivit le professeur, était loin d'imaginer que son Federico avait passé la nuit dans une cellule immonde, où un orphéon de maquereaux et de virtuoses du couteau lui avait arraché un à un ses falbalas de cocotte pour lui faire subir les derniers outrages pendant que les autres prisonniers chantaient joyeusement en chœur : « Pédé, pédé, bouffe ta merde de pédé. »

Un silence sépulcral s'installa entre nous. Merceditas sanglotait. Fermín voulut la consoler en la prenant dans ses bras, mais elle se cabra sauvagement.

6

— Imaginez le tableau, conclut M. Anacleto à la consternation générale.

L'épilogue n'était pas plus réconfortant. A la mi-journée, un fourgon gris de la préfecture avait jeté M. Federico devant la porte de son domicile. Ensanglanté, les vêtements en loques, il avait perdu sa perruque et tous ses bijoux fantaisie. On lui avait uriné dessus, et son visage était couvert d'hématomes et de plaies. Le fils de la boulangère l'avait trouvé recroquevillé contre le portail, tremblant et pleurant comme un enfant.

— On n'a pas le droit de faire ça, non monsieur ! commenta Merceditas plantée sur le seuil de la librairie, loin des mains de Fermín. Le pauvret, lui qui est bon comme le pain blanc et qui ne se mêle jamais des affaires des autres. Et si ça lui plaît de s'habiller en pharaone et d'aller pousser la chansonnette ? Qui ça gêne ? Les gens sont vraiment méchants.

M. Anacleto se taisait, les yeux baissés.

— Méchants, non, rectifia Fermín. Imbéciles, ce qui n'est pas la même chose. La méchanceté suppose une détermination morale, une intention et une certaine réflexion. L'imbécile, ou la brute, ne s'attarde pas à réfléchir ou à raisonner. Il agit par instinct, comme un bœuf de labour, convaincu qu'il fait le bien, qu'il a toujours raison, et fier d'emmerder, sauf votre respect, tout ce qu'il voit différer de lui, que ce soit par la couleur, la croyance, la langue, la nationalité ou, comme dans le cas de M. Federico, la manière de se distraire.

En fait, le monde aurait besoin de plus de gens vraiment méchants et de moins de simples crétins…

— Ne dites pas de sottises, l'interrompit Merceditas. Le monde, il a surtout besoin d'un peu plus de charité chrétienne et de moins d'hypocrites. On dirait que ce pays est peuplé de cafards. C'est tout le temps fourré à la messe, mais ça se fiche bien de Notre-Seigneur Jésus.

— Merceditas, laissons de côté l'industrie du missel, elle est une partie du problème, pas sa solution.

— Dites voir, monsieur l'athée, vous qui êtes si savant : qui c'est donc qui vous a fait, hein ?

— Allons, ne vous battez pas, intervint mon père. Et vous, Fermín, allez plutôt faire un tour chez M. Federico, pour voir s'il a besoin de quelque chose, s'il veut qu'on aille à la pharmacie ou qu'on lui fasse des courses.

— Oui, monsieur Sempere. J'y vole. Vous me connaissez, argumenter a toujours été mon point faible.

— Votre point faible, c'est votre absence de vergogne et votre grossièreté, rétorqua Merceditas. Blasphémateur. Faudrait qu'on vous nettoie l'âme à l'eau de Javel.

— Écoutez, Merceditas, c'est bien parce que je vous considère comme une bonne personne (même si vous êtes un peu limitée côté intelligence et d'une ignorance crasse) et parce que nous devons mobiliser tous nos efforts face à une urgence sociale prioritaire dans le quartier, sinon je vous aurais éclairée sur quelques points importants.

— Fermín ! clama mon père.

Fermín se tut et sortit en courant. Merceditas le suivit des yeux d'un air réprobateur.

— Un jour ou l'autre, cet homme vous causera des

ennuis, croyez-moi. Il doit être au moins anarchiste, franc-maçon et même juif. Avec le pif qu'il a…

— Ne le prenez pas au sérieux. Il a seulement l'esprit de contradiction.

Merceditas, butée, hocha négativement la tête.

— C'est pas tout ça, faut que je vous quitte, je suis débordée, moi, et j'ai pas de temps à perdre. A la prochaine.

Nous acquiesçâmes avec déférence et la regardâmes s'éloigner, martelant la rue de ses talons vengeurs. Mon père respira profondément, comme s'il voulait s'imprégner de la paix retrouvée. Près de lui, M. Anacleto était blême et défait, le regard triste et automnal.

— Ce pays est foutu, dit-il, abandonnant d'un coup toute faconde oratoire.

— Allons, reprenez-vous, monsieur Anacleto. Les choses ont toujours été comme ça, ici et partout. Il y a des hauts et des bas, et quand on est en bas on voit tout en noir. Mais M. Federico va se remettre, il est bien plus solide qu'on ne le croit.

Le professeur refusait de se rendre.

— C'est comme la marée, disait-il, effondré. Je parle de la barbarie. Elle s'en va et on se croit sauvé, mais elle revient toujours, oui, toujours… Et elle vous submerge. Je constate cela sans arrêt au lycée. Grand Dieu ! Des singes, oui, voilà ce que j'ai dans mes cours. Darwin était un rêveur, je vous assure. Ni évolution, ni extinction. Pour un qui raisonne, je dois me taper neuf orangs-outangs.

Nous nous contentâmes d'approuver docilement. Le professeur nous adressa un salut et partit, tête basse et de cinq ans plus vieux que quand il était entré. Mon père soupira. Nous nous regardâmes un instant, sans savoir que dire. Je me demandai si je devais lui parler de la visite de l'inspecteur Fumero. Ce devait être un avertissement, un coup de semonce. Fumero s'était servi du pauvre M. Federico comme d'un télégramme.

— Quelque chose ne va pas, Daniel ? Tu es blanc comme un linge.

Je soupirai et, les yeux au sol, j'entrepris de lui conter l'incident de la veille et les insinuations de l'inspecteur Fumero. Mon père m'écoutait en refoulant la colère qui brûlait dans son regard.

— C'est ma faute, dis-je. J'aurais dû en parler avant…

— Non. Tu ne pouvais pas savoir, Daniel.

— Pourtant…

— Sors-toi ça de la tête. Et pas un mot à Fermín. Dieu sait comment il réagirait, s'il savait que cet individu est de nouveau sur sa trace.

— Mais nous devons agir.

— Nous devons faire en sorte qu'il ne se jette pas dans la gueule du loup.

J'acquiesçai, guère convaincu, et me disposai à poursuivre la tâche commencée par Fermín, tandis que mon père retournait à sa correspondance. Entre deux paraphes, il me lançait des regards à la dérobée. Je fis semblant de ne pas m'en apercevoir.

— Comment ça s'est passé hier, avec le professeur Velázquez ? Bien ? questionna-t-il, soucieux de changer de sujet.

— Oui. Il a été satisfait des livres. Il m'a dit qu'il cherchait un recueil de lettres de Franco.

— Le *Tueur de Maures*. Mais il est apocryphe… Une farce de Madariaga. Qu'est-ce que tu lui as dit ?

— Que nous nous en occupions et lui donnerions des nouvelles avant quinze jours.

— Tu as bien fait. Nous mettrons Fermín sur l'affaire et le lui vendrons à prix d'or.

J'approuvai. Nous poursuivîmes notre apparente routine. Mon père continuait de me regarder. Nous y voilà, pensai-je.

— Hier, une jeune fille très sympathique est passée. Fermín dit que c'est la sœur de Tomás Aguilar ?

— Oui.

Mon père hocha la tête d'un air entendu. Il m'accorda une minute de répit avant de revenir à l'attaque, en semblant, cette fois, se rappeler soudain quelque chose.

— Écoute, Daniel, la journée s'annonce calme, et tu as peut-être envie de te libérer pour t'occuper de toi et de tes affaires. D'ailleurs, je trouve que, depuis quelque temps, tu travailles trop.

— Ne t'inquiète pas pour moi, merci.

— Je pensais même laisser la boutique à Fermín et aller au Liceo avec Barceló. Cette après-midi on joue *Tannhäuser,* et il m'a invité, parce qu'il a plusieurs fauteuils d'orchestre.

Il affectait de lire le courrier. C'était un très mauvais acteur.

— Et depuis quand aimes-tu Wagner ?

Il haussa les épaules.

— A cheval donné… Et puis, avec Barceló, l'opéra qu'on joue n'a pas d'importance, vu qu'il passe toute la représentation à commenter le jeu des acteurs et à critiquer les costumes et le tempo. Il me parle souvent de toi. Tu devrais passer le voir à son magasin.

— J'irai un de ces jours.

— Alors, si tu es d'accord, nous laisserons Fermín à la

barre, et nous irons nous distraire un peu, ça ne nous fera pas de mal. Et si tu as besoin d'un peu d'argent…

— Papa, Bea n'est pas ma petite amie.

— Et qui parle de petite amie ? Personne à part toi. Donc, si tu en as besoin, puise dans la caisse, mais laisse une note pour que Fermín n'ait pas de mauvaise surprise à la fin de la journée.

Sur ces mots, feignant de s'intéresser à autre chose, il disparut dans l'arrière-boutique en souriant d'une oreille à l'autre. Je consultai la pendule. Il était dix heures et demie du matin. J'avais rendez-vous avec Bea dans la cour de l'Université à cinq heures, et, bien malgré moi, la journée menaçait d'être aussi longue que *Les Frères Karamazov*.

Peu de temps après, Fermín revint de chez l'horloger. Il nous informa qu'un commando de voisines avait organisé une garde permanente pour s'occuper du pauvre M. Federico, à qui le docteur avait trouvé trois côtes cassées, des contusions multiples et une déchirure rectale digne de figurer dans un manuel de médecine.

— Il a fallu acheter quelque chose ? s'enquit mon père.

— Elles avaient déjà assez de médicaments et de pommades pour ouvrir une boutique, aussi me suis-je permis d'apporter des fleurs, un flacon d'eau de Cologne Nenuco et trois bouteilles de jus d'abricot, dont M. Federico est particulièrement friand.

— Vous avez bien fait, approuva mon père. Vous me direz ce que je vous dois. Et lui, comment l'avez-vous trouvé ?

— Réduit à un petit tas de caca, pour ne rien vous cacher. Sachez que, rien qu'à le voir recroquevillé sur son lit en gémissant qu'il voulait mourir, j'ai été pris d'une envie de tuer. Je voulais me précipiter, armé jusqu'aux dents, à la Brigade Criminelle et nettoyer à coups de tromblon une demi-douzaine de poulets, en commençant par cette pustule suppurante de Fumero.

— Fermín, l'heure n'est pas à faire des bêtises. Je vous interdis catégoriquement de bouger.

— C'est vous qui commandez, monsieur Sempere.

— Et la Pepita, comment prend-elle ça ?

— Avec une présence d'esprit exemplaire. Les voisines l'ont dopée à coups de brandy et, quand je l'ai vue, elle gisait inerte sur le canapé, où elle ronflait comme un marteau-piqueur et expulsait des vents qui trouaient la tapisserie.

— Les apparences sont parfois trompeuses. Fermín, je vais vous demander de garder la boutique aujourd'hui, car je veux rendre visite à M. Federico, et j'ai rendez-vous ensuite avec Barceló. Et Daniel a à faire de son côté.

Je levai les yeux à temps pour surprendre le regard complice qu'échangeaient Fermín et mon père.

— Jolie paire de mères maquerelles, dis-je.

Ils riaient encore quand je sortis en crachant du feu par les naseaux.

Une brise froide et mordante balayait la rue en soulevant des traînées de vapeur. Un soleil éclatant arrachait des reflets cuivrés à l'horizon de toits et de clochers du quartier gothique. Plusieurs heures me séparaient encore du rendez-vous avec Bea, et je décidai de tenter ma chance en rendant visite à Nuria Monfort, à supposer qu'elle soit encore vivante et habite toujours à l'adresse indiquée par son père.

La place San Felipe Neri, cachée derrière les antiques

murailles romaines, n'est qu'un simple répit dans le labyrinthe de rues dont est tissé le quartier gothique. Les impacts de balles de mitrailleuses datant de la guerre criblaient les murs de l'église. Ce matin-là, une bande de gamins jouaient aux soldats, insouciants de la mémoire des pierres. Une jeune femme à la chevelure marquée de mèches argentées, assise sur un banc, un livre entrouvert dans les mains, les contemplait avec un sourire absent. L'adresse de Nuria Monfort correspondait à un immeuble situé à l'entrée de la place. On pouvait encore lire la date de sa construction sur l'arc de pierre noircie qui couronnait le porche : 1801. L'ombre dans laquelle était plongé le vestibule laissait deviner un escalier en colimaçon. Je consultai les boîtes aux lettres en fer-blanc alignées comme des alvéoles dans une ruche. Les noms des habitants figuraient sur des bouts de carton jaunâtres insérés dans des rainures.

Miquel Moliner/Nuria Monfort
3e ét. Apt. a

Je montai lentement, craignant presque que tout l'immeuble ne s'écroule si je posais trop fermement les pieds sur ces marches minuscules de maison de poupée. Il y avait deux portes à chaque palier, sans numéro ni indication. Arrivé au troisième, j'en choisis une au hasard et frappai. L'escalier sentait le moisi, la pierre en décomposition et la terre. Je frappai plusieurs fois sans obtenir de réponse. Je décidai d'essayer l'autre porte, que je heurtai trois fois du poing. A l'intérieur, on pouvait entendre une radio réglée à plein volume sur l'émission « Moments de Réflexion avec le père Martín Calzado ».

La porte me fut ouverte par une dame en robe de chambre rembourrée à carreaux turquoise, des pantoufles aux pieds et un casque de bigoudis sur la tête. Dans la pénombre, j'eus l'impression de voir un scaphandrier. Derrière elle, la voix de velours du père Martín Calzado consacrait quelques commentaires aux produits de beauté Aurorín qui parrainaient l'émission, produits particulièrement appréciés des pèlerins de Lourdes et souverains contre les boutons et autres bourgeonnements disgracieux.

— Bonjour. Je cherche Mme Monfort.

— Nurieta ? Vous vous trompez de porte, jeune homme. C'est en face.

— Excusez-moi. J'ai frappé, mais personne n'a répondu.

— Vous n'êtes pas un créancier ? demanda abruptement la voisine, avec la méfiance due à une longue expérience.

— Non. Je viens de la part du père de Mme Monfort.

— Ah bon ! Nurieta est en bas, elle lit. Vous ne l'avez pas aperçue en montant ?

Redescendu dans la rue, je vis que la femme aux cheveux argentés qui avait un livre dans les mains était toujours à la même place, sur le banc. Je l'observai avec attention. Nuria Monfort était une femme plus que séduisante, dont les formes semblaient modelées pour des gravures de mode et des photos artistiques, et dont les yeux restaient pleins de jeunesse. Je lui donnai la quarantaine, en me fondant sur les mèches de cheveux argentées et les lignes altérant un visage qui, dans la pénombre, aurait pu passer pour avoir dix ans de moins.

— Madame Monfort ?

Elle me regarda comme si elle se réveillait d'une transe, sans me voir.

— Mon nom est Daniel Sempere. Votre père m'a donné votre adresse il y a quelques jours et m'a dit que vous pourriez peut-être me parler de Julián Carax.

En entendant ces mots, toute expression de rêverie disparut de son visage. Je devinai qu'il eût été plus habile de ne pas mentionner son père.

— Qu'est-ce que vous voulez ? demanda-t-elle d'un air soupçonneux.

Je sentis que si je ne gagnais pas sa confiance sur-le-champ, je perdrais toutes mes chances. La seule carte que je pouvais jouer était de dire la vérité.

— Permettez-moi de m'expliquer. Il y a huit ans, presque par hasard, j'ai trouvé dans le Cimetière des Livres Oubliés un roman de Julián Carax que vous y aviez caché dans le but d'éviter qu'un homme qui se fait appeler Laín Coubert ne le détruise.

Elle me regarda fixement, immobile, comme si elle craignait que le monde ne s'écroule autour d'elle.

— Je ne vous prendrai que quelques minutes, ajoutai-je. Je vous le promets.

Elle acquiesça, résignée.

— Comment va mon père ? demanda-t-elle, en fuyant mon regard.

— Bien. Il vieillit. Vous lui manquez beaucoup.

Nuria Monfort laissa échapper un soupir que je ne sus pas déchiffrer.

— Il vaut mieux que vous montiez chez moi. Je ne veux pas parler de ça dans la rue.

7

Nuria Monfort vivait dans l'ombre. Un étroit couloir menait à une salle de séjour qui servait à la fois de cuisine, de bibliothèque et de bureau. Au passage, je pus entrevoir une chambre à coucher modeste, sans fenêtres. C'était tout. Le reste du logis se limitait à un cabinet de toilette minuscule, sans douche ni robinet, par lequel pénétraient toutes sortes d'odeurs, de celles des cuisines du bar situé sous l'appartement aux relents de tuyauteries et de canalisations vieilles d'environ un siècle. Ce logement demeurait dans une perpétuelle pénombre, îlot d'obscurité entre des murs dont la peinture s'était effacée. Il sentait le tabac brun, le froid et l'absence. Nuria Monfort m'observait tandis que je feignais de ne pas prêter attention à l'état d'abandon de son gîte.

— Je descends lire dehors parce qu'il n'y a presque pas de lumière ici. Mon mari m'a promis de m'offrir une lampe quand il rentrera.

— Votre mari est en voyage ?

— Miquel est en prison.

— Pardonnez-moi, je ne savais pas…

— Vous n'aviez aucune raison de savoir. Je n'ai pas honte de le dire, parce que mon mari n'est pas un criminel. La dernière fois qu'ils l'ont emmené, c'était pour avoir imprimé des tracts du syndicat de la métallurgie. Ça fait maintenant deux ans. Les voisins le croient en Amérique. Mon père ne sait rien non plus, et je n'aimerais pas qu'il soit au courant.

— Soyez tranquille. Ce n'est pas de moi qu'il l'apprendra, la rassurai-je.

Un silence tendu s'installa, et je pensai qu'elle voyait en moi un espion d'Isaac.

— Ce doit être dur de tenir le coup toute seule, dis-je bêtement, pour remplir ce vide.

— Ce n'est pas facile. Je m'en sors comme je peux grâce aux traductions, mais avec un mari en prison, ça ne suffit pas. Les avocats m'ont saignée à blanc et je suis endettée jusqu'au cou. Traduire rapporte presque aussi peu qu'écrire.

Elle m'observa comme si elle attendait une réponse. Je me bornai à sourire docilement.

— Vous traduisez des livres ?

— Non, plus maintenant. Je traduis des formulaires, des contrats et des documents de douane, c'est beaucoup mieux payé. Traduire de la littérature rapporte des clopinettes, même si c'est un peu plus rémunérateur que d'en écrire. Les voisins ont tenté de me faire partir à plusieurs reprises. Sous prétexte que je suis en retard pour payer les charges. Pensez donc, je parle plusieurs langues et je porte un pantalon. Il y en a qui m'accusent de tenir ici une maison de rendez-vous. Si au moins c'était vrai…

J'espérai que, dans l'ombre, elle ne me verrait pas rougir.

— Excusez-moi. Je ne sais pas pourquoi je vous raconte tout ça. Je vous choque.

— C'est ma faute. C'est moi qui vous ai questionnée.

Elle éclata d'un rire nerveux. La solitude qui se dégageait de cette femme était dévorante.

— Vous ressemblez un peu à Julián, dit-elle soudain. Dans la manière de regarder et de se tenir. Il faisait comme vous. Il se taisait, en vous regardant sans qu'on puisse savoir ce qu'il pensait, et moi, comme une idiote, je lui racontais des choses que j'aurais mieux fait de garder pour moi… Je peux vous offrir quelque chose ? Un café au lait ?

— Non, merci. Je ne veux pas vous déranger.

— Vous ne me dérangez pas. J'allais en faire un pour moi.

Quelque chose me fit subodorer que ce café au lait constituait tout son repas de midi. Je déclinai de nouveau l'invite, et je la vis se diriger vers un coin de la pièce où se trouvait un petit réchaud électrique.

— Installez-vous confortablement, dit-elle, dos tourné.

Je regardai autour de moi et me demandai comment procéder. Nuria Monfort travaillait sur un bureau qui occupait l'angle de la pièce près du balcon. Une machine à écrire Underwood était posée à côté d'une petite applique et d'une étagère pleine de dictionnaires et de manuels. On ne voyait aucune photo de famille, mais le mur faisant face au bureau était tapissé de cartes postales, représentant toutes un pont que je me rappelais avoir vu quelque part, mais sans pouvoir l'identifier, peut-être à Paris ou à Rome. Devant ce mur, le bureau respirait une propreté et une méticulosité quasi obsessionnelles. Les crayons étaient taillés et alignés à la perfection. Les feuilles de papier et les dossiers étaient disposés en trois rangées symétriques. Quand je me retournai, je me rendis compte que Nuria Monfort m'observait depuis le seuil du couloir. Elle me contemplait en silence, comme on regarde des étrangers dans la rue ou le métro. Elle alluma une cigarette et resta immobile, le visage voilé par les volutes de fumée bleue. Je pensai que Nuria Monfort distillait, bien malgré elle, des effluves de femme fatale, du genre de celles qui enflammaient Fermín quand elles lui apparaissaient dans le brouillard d'une gare de Berlin, nimbées des halos d'une lumière impossible ; et que, peut-être, cette allure la déprimait.

— Il n'y a pas grand-chose à raconter, commença-t-elle. J'ai connu Julián à Paris, il y a plus de vingt ans. Je travaillais alors pour les éditions Cabestany. M. Cabestany avait acquis les droits des romans de Julián pour quatre sous. J'avais d'abord été affectée au service administratif, mais quand M. Cabestany a appris que je parlais français, italien et un peu allemand, il m'a chargée des contrats et a fait de moi sa secrétaire particulière. Mes fonctions incluaient la correspondance des auteurs et des éditeurs étrangers avec lesquels la maison entretenait des relations, et c'est ainsi que je suis entrée en contact avec Julián Carax.

— Votre père m'a dit que vous étiez bons amis.

— Mon père a dû vous dire que nous avons eu une aventure, ou quelque chose comme ça, non ? D'après lui, je cours après le premier pantalon venu comme une chienne en chaleur.

La sincérité et la désinvolture de cette femme me laissèrent sans voix. Je perdis trop de temps à composer une réponse acceptable. Pendant ce temps, Nuria Monfort souriait pour elle-même en hochant la tête.

— N'y accordez pas d'importance. Mon père s'est mis cette idée dans le crâne à cause d'un voyage que j'ai dû faire à Paris en 1933 pour régler diverses affaires de M. Cabestany avec Gallimard. J'y ai passé une semaine durant laquelle j'ai logé dans l'appartement de Julián, pour la simple raison que M. Cabestany préférait économiser l'hôtel. Vous voyez comme c'est romantique. Jusque-là, mes relations avec Julián Carax avaient été strictement épistolaires, le plus souvent pour régler les questions de droits d'auteur, d'épreuves, et autres problèmes éditoriaux. Ce que je savais ou imaginais de lui, je l'avais tiré de la lecture des manuscrits qu'il nous envoyait.

— Il vous parlait de sa vie à Paris ?

— Non. Julián n'aimait parler ni de ses livres, ni de lui-même. Je n'ai pas eu le sentiment qu'il était heureux dans cette ville, mais il faut dire aussi qu'il m'a fait l'effet d'être de ces personnes qui ne peuvent être heureuses nulle part. A dire vrai, je ne suis jamais parvenue à le connaître à fond. Il ne se laissait pas faire. C'était un garçon très réservé, et j'avais parfois l'impression que le monde et les gens ne l'intéressaient plus. M. Cabestany pensait qu'il était très timide et un peu lunatique, mais moi je me disais que Julián se consacrait au passé, enfermé dans ses souvenirs. Julián vivait toutes portes fermées, pour et dans ses livres, comme un prisonnier de luxe.

— Vous en parlez comme si vous le jalousiez.

— Il y a des prisons pires que les mots, Daniel !

Je me bornai à acquiescer, sans bien comprendre le sens de cette réflexion.

— Est-ce que Julián évoquait quelquefois ses souvenirs, ses années à Barcelone ?

— Très peu. Au cours de la semaine que j'ai passée chez lui à Paris, il m'a dit deux ou trois choses de sa famille. Sa mère était française, professeur de musique. Son père tenait une chapellerie ou quelque chose comme ça. Je sais que c'était un homme très religieux, très strict.

— Julián vous a-t-il expliqué quel genre de relations il entretenait avec lui ?

— Je sais qu'elles étaient très mauvaises. Ça remontait loin. En fait, si Julián était parti pour Paris, c'était afin d'éviter que son père ne le mette à l'armée. Sa mère lui avait promis de l'emmener loin de cet homme avant que ce projet ne se concrétise.

— Mais cet homme était quand même son père.

Nuria Monfort sourit. Un léger pli aux commissures des lèvres, accompagné d'une lueur triste et lasse dans le regard.

— Même s'il l'était, il ne s'est jamais comporté comme tel, et Julián ne l'a jamais considéré ainsi. Une fois, il m'a confessé que sa mère, avant son mariage, avait eu une relation avec un inconnu dont elle n'avait jamais voulu révéler le nom. Cet homme était le vrai père de Julián.

— Cela ressemble au début de *L'Ombre du Vent*. Vous croyez qu'il vous a dit la vérité ?

Nuria Monfort hocha la tête.

— Julián m'a expliqué que, toute son enfance, il a vu le chapelier, car c'est ainsi qu'il l'appelait, insulter et battre sa mère. Après quoi il entrait dans la chambre de Julián pour lui dire qu'il était l'enfant du péché, qu'il avait hérité du caractère faible et misérable de sa mère et qu'il serait toute sa vie un minable, un raté, quoi qu'il entreprenne…

— Julián éprouvait-il de la rancœur envers son père ?

— Le temps permet de relativiser. Je n'ai jamais eu l'impression que Julián le haïssait. Ça aurait peut-être mieux valu. Mon sentiment est qu'il avait perdu tout respect pour le chapelier, après tant d'avanies. Julián en parlait comme s'il ne lui accordait aucune importance, comme s'il faisait partie d'un passé qu'il avait laissé derrière lui, mais ces choses-là ne s'oublient jamais.

Les mots avec lesquels on empoisonne le cœur d'un enfant, par petitesse ou ignorance, restent enkystés dans sa mémoire et, tôt ou tard, lui brûlent l'âme.

Je me demandai si elle parlait en se référant à sa propre expérience, et l'image de mon ami Tomás Aguilar écoutant stoïquement les exhortations de son auguste géniteur me revint à l'esprit.

— Quel âge avait alors Julián ?

— Huit ou dix ans, j'imagine.

Je soupirai.

— Et quand il a eu l'âge d'entrer dans l'armée, sa mère l'a emmené à Paris. Je crois qu'ils n'ont même pas pris la peine de dire adieu au chapelier. Celui-ci n'a jamais compris que sa famille ait pu l'abandonner.

— Avez-vous entendu Julián mentionner une jeune fille prénommée Penélope ?

— Penélope ? Non, je ne crois pas. Je m'en souviendrais.

— C'était une amie intime, quand il vivait encore à Barcelone.

Je sortis la photographie de Carax et de Penélope Aldaya, et la lui tendis. Je vis son sourire s'éclairer à la vue de Julián Carax adolescent. La malheureuse était rongée par la nostalgie.

— Comme il est jeune, sur cette photo… c'est elle, la dénommée Penélope ?

Je fis un signe affirmatif.

— Elle est charmante. Julián s'arrangeait toujours pour être entouré de jolies femmes.

Dans votre genre, pensai-je.

— Savez-vous s'il avait beaucoup de…

Ce sourire, de nouveau, se moquant de moi.

— … d'amies, de femmes ? Je ne sais pas. A vrai

dire, je ne l'ai jamais entendu parler d'une femme quelconque dans sa vie. Un jour, pour le taquiner, je lui ai posé la question. Vous devez savoir qu'il gagnait son pain en jouant du piano dans une maison close. Je lui ai demandé s'il n'éprouvait pas de tentations, à être ainsi entouré de beautés à la vertu facile. La plaisanterie ne lui a pas plu. Il m'a répondu qu'il n'avait pas le droit d'aimer, qu'il méritait de rester seul.

— Il vous a expliqué pourquoi ?

— Julián n'expliquait jamais rien.

— Et pourtant, à la fin, peu avant de revenir à Barcelone en 1936, Julián Carax était sur le point de se marier.

— Ça, c'est ce qu'on a raconté.

— Vous en doutez ?

Elle haussa les épaules, sceptique.

— Je vous l'ai dit, durant toutes les années où nous nous sommes connus, Julián ne m'avait jamais parlé d'aucune femme en particulier, et encore moins d'une avec laquelle il aurait pu se marier. Cette histoire de mariage m'est revenue aux oreilles bien plus tard. Neuval, le dernier éditeur de Carax, a raconté à Cabestany que la fiancée était une femme de vingt ans plus âgée que Julián, une veuve riche et malade. Selon Neuval, cette femme l'avait plus ou moins entretenu pendant une longue période. Les médecins lui donnaient six mois à vivre, tout au plus un an. D'après Neuval, elle voulait épouser Julián pour qu'il devienne son héritier.

— Mais la cérémonie n'a jamais eu lieu.

— Si tant est qu'un tel projet ait jamais existé – et que cette veuve ait été réelle.

— D'après ce que j'ai compris, Carax s'est vu forcé de se battre en duel, le matin même du jour où il allait se marier. Savez-vous avec qui et pourquoi ?

— Neuval supposait qu'il s'agissait d'une personne liée à la veuve. Un parent éloigné et jaloux qui craignait de voir l'héritage tomber dans les mains d'un aventurier. Neuval publiait surtout des romans-feuilletons, et je crois que le genre lui était monté à la tête.

— Je vois que vous n'accordez pas beaucoup de crédit à cette histoire.

— C'est vrai. Je n'y ai jamais cru.

— Que pensez-vous qu'il se soit passé, alors ? Pourquoi Carax est-il revenu à Barcelone ?

Nuria Monfort sourit tristement.

— Ça fait dix-sept ans que je me pose la question.

Elle alluma une cigarette et m'en offrit une. Je fus tenté d'accepter, mais refusai.

— Vous devez bien avoir quelques soupçons, suggérai-je.

— Tout ce que je sais, c'est que durant l'été 1936, alors que la guerre venait juste d'éclater, un employé de la morgue municipale a appelé la maison d'édition pour dire qu'ils avaient reçu le cadavre de Julián Carax trois jours plus tôt. On l'avait trouvé mort dans une ruelle du Raval, les vêtements en loques et une balle dans le cœur. Il avait sur lui un livre, un exemplaire de *L'Ombre du Vent*, et son passeport. Le tampon indiquait qu'il avait passé la frontière française un mois auparavant. Où avait-il été pendant ce temps, nul ne le sait. La police a contacté son père, mais celui-ci a refusé de prendre le corps en charge, en prétendant qu'il n'avait pas d'enfant. Au bout de deux jours, personne n'étant venu réclamer le cadavre, il a été inhumé dans une fosse commune du cimetière de Montjuïc. Je n'ai pu y déposer des fleurs, car nul n'a su me dire où il était enterré. L'employé de la morgue qui avait gardé le livre trouvé dans la veste de Julián a eu, après coup, l'idée d'appeler les éditions Cabestany. C'est ainsi que j'ai appris ce qui s'était passé. Sans rien y comprendre. S'il y avait, à Barcelone, quelqu'un à qui Julián pouvait faire appel, c'était moi, ou, bien sûr, M. Cabestany. Nous étions ses seuls amis, mais il ne nous avait pas annoncé son retour. Nous n'avons su qu'il était à Barcelone qu'après sa mort…

— Vous avez pu apprendre autre chose, après avoir reçu cette nouvelle ?

— Non. Cela se passait au tout début de la guerre, et Julián n'était pas le seul à avoir disparu sans laisser de traces. Personne ne parle plus de ça, mais il y a beaucoup de tombes anonymes comme celle de Julián. Poser des questions, c'était se cogner à un mur. Avec l'aide de M. Cabestany, déjà très malade, j'ai porté plainte à la police et tiré tous les fils que j'ai pu. Le seul résultat a été la visite d'un jeune inspecteur, un type sinistre et arrogant, qui m'a dit que je ferais mieux d'arrêter de poser des questions et de concentrer mes efforts sur un comportement plus positif, car le pays était en pleine croisade. Ce sont ses paroles. Je me rappelle seulement qu'il se nommait Fumero. Il paraît que c'est devenu un personnage important. On le cite tout le temps dans les journaux. Peut-être avez-vous entendu parler de lui.

J'avalai ma salive.

— Vaguement.

— Je n'ai plus rien su de Julián jusqu'au jour où un individu s'est mis en contact avec la maison d'édition et s'est dit intéressé par l'acquisition du stock entier des romans de Carax.

— Laín Coubert.

Nuria Monfort acquiesça.

— Avez-vous une idée de l'identité de cet homme ?

— J'ai un soupçon, mais sans être tout à fait sûre. En mars 1936 – je me souviens de la date, parce que nous préparions alors l'édition de *L'Ombre du Vent* – quelqu'un avait appelé les éditions pour demander l'adresse de Julián. Il s'était présenté comme un vieil ami qui voulait lui rendre visite à Paris. Lui faire une surprise. On me l'avait passé, et je lui avais dit que je n'étais pas autorisée à lui communiquer ce renseignement.

— A-t-il dit qui il était ?

— Un certain Jorge.

— Jorge Aldaya ?

— C'est possible. Julián l'avait mentionné à diverses reprises. Je crois qu'ils avaient été camarades de classe au collège San Gabriel et qu'il en parlait parfois comme de son meilleur ami à l'époque.

— Saviez-vous que Jorge Aldaya était le frère de Penélope ?

Nuria Monfort fronça les sourcils, déconcertée.

— Avez-vous donné l'adresse de Julián à Aldaya ? demandai-je.

— Non. Il m'avait fait mauvaise impression.

— Qu'est-ce qu'il a dit ?

— Il s'est moqué de moi, m'a dit qu'il la trouverait par une autre voie et a raccroché.

— Mais vous avez eu de nouveau l'occasion de lui parler, n'est-ce pas ?

Elle confirma, nerveuse.

— Comme je vous le disais, peu de temps après la disparition de Julián, un homme s'est présenté aux éditions Cabestany. M. Cabestany n'était déjà plus en état de travailler et c'était son fils aîné qui avait pris la direction de la maison. Le visiteur, Laín Coubert, a proposé d'acheter tout ce qui pouvait rester des romans de Julián. J'ai d'abord cru à une plaisanterie de mauvais goût. Laín Coubert est un personnage de *L'Ombre du Vent*.

— Le diable.

Nuria Monfort acquiesça.

— Avez-vous pu voir ce Laín Coubert ?

Elle fit signe que non et alluma sa troisième cigarette.

— Mais j'ai entendu une partie de la conversation avec le fils dans le bureau de M. Cabestany…

Elle laissa la phrase en suspens, comme si elle avait peur de la compléter ou ne savait comment poursuivre. La cigarette tremblait entre ses doigts.

— Sa voix, dit-elle. C'était la voix de l'homme qui avait téléphoné en disant être Jorge Aldaya. Le fils Cabestany, un crétin arrogant, a voulu lui demander plus d'argent. Le soi-disant Coubert lui a répondu qu'il devait réfléchir à sa proposition. La nuit même, l'entrepôt des éditions à Pueblo Nuevo a brûlé, et les livres de Julián avec.

— Moins ceux que vous aviez sauvés et cachés dans le Cimetière des Livres Oubliés.

— C'est cela.

— Avez-vous une idée de la raison pour laquelle quelqu'un voulait brûler tous les livres de Julián Carax ?

— Pourquoi brûle-t-on les livres ? Par stupidité, par ignorance, par haine… allez savoir.

— Mais vous, que croyez-vous ? insistai-je.

— Julián vivait dans ses romans. Ce corps qui a fini à la morgue n'était qu'une partie de lui. Son âme est dans ses histoires. Une fois, je lui ai demandé de qui il s'inspirait pour créer ses personnages, et il m'a répondu : de personne. Tous ses personnages étaient lui.

— Donc, si quelqu'un voulait le détruire, il devait détruire ses histoires et ses personnages, c'est cela ?

Encore une fois, je vis affleurer ce sourire las où se lisaient défaite et fatigue.

— Vous me rappelez Julián, dit-elle. Avant qu'il ne perde la foi.

— La foi en quoi ?

— En tout.

Elle s'approcha dans la pénombre et me prit la main. Elle me caressa la paume en silence, comme si elle voulait en déchiffrer les lignes. Ma main tremblait sous son contact. Je me surpris à dessiner mentalement les formes de son corps sous les vêtements usés, achetés en solde. J'avais envie de la toucher et de sentir son sang brûlant battre sous sa peau. Nos regards s'étaient rencontrés et j'eus la certitude qu'elle savait à quoi je pensais. Je la sentis plus seule que jamais. Je levai les yeux et retrouvai son regard serein, confiant.

— Julián est mort seul, convaincu que personne ne se souviendrait de lui ni de ses livres et que sa vie n'avait eu aucun sens, dit-elle. Ça lui aurait fait plaisir de savoir que quelqu'un voulait le garder vivant, conserver sa mémoire. Il disait souvent que nous existons tant que quelqu'un se souvient de nous.

Je fus envahi du désir presque douloureux d'embrasser cette femme, une pulsion comme je n'en avais jamais ressenti, même en évoquant le fantôme de Clara Barceló. Elle lut dans mon regard.

— Vous allez vous mettre en retard, Daniel, murmura-t-elle.

Une partie de moi voulait rester, se perdre dans cette étrange intimité pleine d'ombre et écouter cette inconnue me dire combien mes gestes et mes silences lui rappelaient Julián Carax.

— Oui, balbutiai-je.

Elle acquiesça sans dire mot et m'accompagna à la porte. Le couloir me sembla interminable. Elle ouvrit et je sortis sur le palier.

— Si vous voyez mon père, dites-lui que je vais bien. Mentez-lui.

Je lui fis mes adieux à mi-voix, en la remerciant de m'avoir consacré son temps, et lui tendis cordialement la main. Nuria Monfort ignora ce geste formel. Elle posa ses mains sur mes bras, se pencha et me donna un baiser sur la joue. Nous nous regardâmes en silence et, cette fois, je m'aventurai à chercher ses lèvres, en tremblant presque. Il me sembla qu'elles s'entrouvraient et que ses doigts cherchaient mon visage. Au dernier instant, Nuria Monfort recula et baissa les yeux.

— Je pense qu'il vaut mieux que vous partiez, Daniel, murmura-t-elle.

Je crus qu'elle allait pleurer et, sans attendre ma réponse, elle referma la porte. Je restai sur le palier en m'interrogeant sur ce qui venait de se passer, et je sentis sa présence de l'autre côté, immobile. A l'extrémité du palier, le judas de la voisine clignotait. Je lui adressai un salut et me précipitai dans l'escalier. En arrivant dans la rue, j'avais encore, cloués dans l'âme, le visage, la voix, l'odeur de Nuria Monfort. Je traînai la douceur de ses lèvres humides et de son haleine sur ma peau par des rues envahies de gens sans visage qui sortaient des bureaux et des magasins. En enfilant la rue Canuda, un vent glacial qui cinglait la foule vint m'accueillir. Je rendis grâces à l'air froid qui balayait ma figure et me dirigeai vers l'Université. Traversant les Ramblas, je me frayai un passage vers la rue Tallers et me perdis dans son goulet étroit et obscur, en pensant que je restais prisonnier de cette salle à manger sombre où j'imaginais maintenant Nuria Monfort assise seule dans le noir, en train de ranger silencieusement ses crayons, ses dossiers et ses souvenirs, les yeux remplis de larmes.

8

L'après-midi touchait à sa fin et s'éclipsait presque en traître, avec une haleine glacée et un manteau de pourpre qui s'insinuait dans les recoins les plus infimes des rues. Je pressai le pas et, vingt minutes plus tard, la façade de l'Université émergea comme un navire ocre échoué dans la nuit. Dans sa loge, le concierge de la Faculté des Lettres lisait les plumes les plus prestigieuses d'Espagne dans l'édition du soir du *Monde sportif*. Il ne restait plus guère d'étudiants dans l'enceinte. L'écho de mes pas m'accompagna à travers les couloirs et les galeries qui conduisaient à la cour, où la lueur de deux lampes jaunâtres perçait à peine l'obscurité. L'idée me vint soudain que Bea s'était moquée de moi, qu'elle m'avait posé un lapin en ce lieu désert et à cette heure tardive pour se venger de ma prétention. Les feuilles des orangers luisaient comme des larmes d'argent, et le chant de la fontaine serpentait sous les arcades. Je scrutai la cour d'un regard déjà chargé de déception et peut-être aussi d'un lâche soulagement. Elle était là. Sa silhouette se découpait devant la fontaine, assise sur un banc, les yeux tournés vers les arcades du cloître. Je m'arrêtai à l'entrée pour la contempler et, un instant, je crus voir en elle le reflet de Nuria Monfort rêvant éveillée sur le banc de la place. Je remarquai qu'elle n'avait pas sa serviette ni ses livres, et la soupçonnai de ne pas avoir eu cours cette après-midi-là. Elle n'était peut-être venue que pour me retrouver. J'avalai ma salive et pénétrai dans la cour. Le bruit de mes pas sur les dalles me trahit, et Bea leva les yeux, souriante et surprise, comme si ma présence était due à un hasard.

— Je croyais que tu ne viendrais pas, dit-elle.

— Je pensais la même chose de toi, répliquai-je.

Elle resta assise, très droite, genoux serrés et mains jointes au creux de son ventre. Je me demandai comment on pouvait sentir quelqu'un si loin de soi et, en même temps, lire chaque plissement de ses lèvres.

— Je suis venue parce que je veux te démontrer que tu te trompais l'autre jour, Daniel. Te prouver que je vais me marier avec Pablo, que tout ce que tu pourras me montrer ce soir n'y changera rien, que je partirai quand même avec lui à El Ferrol dès qu'il aura fini son service militaire.

Je la regardai comme on regarde un train qui s'en va. Je me rendis compte que j'avais passé deux jours à marcher sur des nuages, et le monde s'écroula sous mes pieds. Je parvins à esquisser un sourire :

— Et moi qui pensais que tu étais venue parce que tu avais envie de me voir.

Je remarquai que son visage s'enflamma aussitôt.

— Je plaisantais, mentis-je. Mais ma promesse de te montrer une facette de la ville que tu ne connais pas était sérieuse, elle. Comme ça, où que tu t'en ailles, tu auras au moins un bon motif de te souvenir de moi, ou de Barcelone.

Bea sourit avec une certaine tristesse et évita mon regard.

— J'ai bien failli aller au cinéma, tu sais ? Pour ne pas te voir, dit-elle.

— Pourquoi ?

Bea m'observait en silence. Elle haussa les épaules et leva les yeux comme si elle voulait capturer au vol des mots qui lui échappaient.

— Parce que j'avais peur que tu n'aies raison, lâcha-t-elle.

Je soupirai. La nuit et ce silence complice qui unit deux êtres étrangers l'un à l'autre nous enveloppaient, et je me sentis le courage de tout lui dire, quand bien même ce serait pour la dernière fois.

— Tu l'aimes, oui ou non ?

Elle m'offrit un sourire tremblant.

— Ça ne te regarde pas.

— C'est vrai, dis-je. Ça ne regarde que toi.

Son regard se figea.

— Et qu'est-ce que ça peut te faire ?

— Ça ne te regarde pas, lui renvoyai-je.

Son sourire s'effaça de ses lèvres frémissantes.

— Les gens qui me connaissent savent que j'aime beaucoup Pablo. Ma famille et…

— Mais moi je suis presque un étranger. Et j'aimerais l'entendre de ta propre bouche.

— Entendre quoi ?

— Que tu l'aimes vraiment. Que tu ne te maries pas avec lui pour partir de chez toi, ou pour quitter Barcelone et ta famille, aller loin, là où ils ne pourront pas te faire du mal. Que tu t'en vas, et non que tu t'enfuis.

Des larmes de rage brillaient dans ses yeux.

— Tu n'as pas le droit de me parler ainsi, Daniel. Tu ne me connais pas.

— Dis-moi que je me trompe, et je m'en irai. Tu l'aimes ?

Nous nous dévisageâmes un long moment en silence.

— Je ne sais pas, murmura-t-elle enfin. Je ne sais pas.

— Quelqu'un a dit un jour que se demander simplement si on aime est déjà la preuve qu'on a cessé d'aimer, dis-je.

Bea chercha à lire l'ironie sur mon visage.

— Qui a dit ça ?

— Un certain Julián Carax.

— Un de tes amis ?

Je me surpris moi-même en acquiesçant.

— Quelque chose comme ça.

— Il faudra que tu me le présentes.

— Ce soir, si tu veux.

Nous quittâmes l'Université sous un ciel de poix en flammes. Nous marchions sans but, plus pour nous habituer au pas de l'autre que pour nous rendre quelque part. Nous trouvâmes refuge dans l'unique sujet que nous avions en commun, son frère Tomás. Bea en parlait comme d'un étranger que l'on aime mais que l'on connaît à peine. Elle fuyait mon regard et souriait nerveusement. Je sentis qu'elle se repentait de ce qu'elle m'avait dit dans la cour, que les mots la faisaient encore souffrir en la rongeant intérieurement.

— Écoute, à propos de ce que je t'ai dit tout à l'heure, dit-elle soudain, tu me promets de ne pas en parler à Tomás ?

— Bien sûr que non. A personne.

Elle eut un rire gêné.

— Je ne sais pas ce qui m'a prise. Ne sois pas vexé, mais on se sent parfois plus libre de parler à un étranger qu'aux gens qu'on connaît. Je me demande pourquoi.

Je haussai les épaules.

— Probablement parce qu'un étranger nous voit tels que nous sommes et non tels qu'il veut croire que nous sommes.

— C'est encore de ton ami Carax ?

— Non ; je viens de l'inventer pour t'impressionner.

— Et comment me vois-tu ?

— Comme un mystère.

— C'est le compliment le plus étonnant que j'aie jamais reçu.

— Ce n'est pas un compliment. C'est une menace.

— C'est-à-dire ?

— Les mystères, il faut les percer, découvrir ce qu'ils cachent.

— Tu serais peut-être déçu en voyant l'intérieur.

— Je serais peut-être surpris. Et toi aussi.

— Tomás ne m'avait pas dit que tu avais la tête aussi dure.

– C'est que le peu que j'en ai, je le garde pour toi.

— Pourquoi ?

Parce que tu me fais peur, pensai-je.

Nous nous réfugiâmes dans un vieux café jouxtant le théâtre Poliorama. Nous nous installâmes à une table près de la fenêtre et commandâmes des sandwiches au jambon fumé et deux cafés au lait pour nous réchauffer. Peu après, le gérant, un individu sec et grimaçant comme un diable boiteux, vint à notre table d'un air empressé.

— C'est vous qui avez commandé les chandwiches au chambon ?

Nous confirmâmes.

— Che regrette de vous informer, au nom de la direction, qu'il ne rechte pas une miette de chambon. Che peux vous proposer de la chaussiche noire, blanche, michte, des boulettes ou de la *chitarra*. Plats de choix et de première fraîcheur. J'ai auchi de la chardine à l'escabèche, si vous préférez faire maigre pour raîchon de conchience relichieuse, vu que ch'est vendredi…

— Moi, le café au lait me suffira, répondit Bea.

Je mourais de faim.

— Et si vous nous donniez deux steaks ? dis-je. Avec du pain, s'il vous plaît.

— Tout de chuite, cheune homme. Et echcusez les manques au menu. Normalement ch'ai de tout, même du caviar borchevique. Mais che choir, ch'est la demi-finale de la Coupe d'Europe, et nous avons eu beaucoup de monde.

Le gérant s'éloigna en faisant des courbettes. Bea l'observait avec amusement.

— D'où tient-il cet accent ? De Jaén ?

— De Santa Coloma de Gramanet, précisai-je. On dirait que tu ne prends pas beaucoup le métro ?

— Mon père dit que le métro est rempli de gens vulgaires et que, si on le prend seule, on se fait manquer de respect par les gitans.

J'allais objecter, mais je préférai me taire. Bea rit. Dès que les cafés et les plats furent arrivés, je me jetai dessus sans plus de manières. Bea ne toucha pas à sa portion. Entourant des deux mains sa tasse fumante, elle m'observa avec un demi-sourire à la fois curieux et étonné.

— Et maintenant, que vas-tu me dévoiler que je n'aie pas encore vu ?

— Plusieurs choses. En fait, ce que je veux te montrer appartient à une histoire. Ne m'as-tu pas dit l'autre jour que tu aimais beaucoup la lecture ?

Bea acquiesça en arquant les sourcils.

— Eh bien, il s'agit d'une histoire de livres.

— De livres ?

— De livres maudits, de l'homme qui les a écrits, d'un personnage qui s'est échappé des pages d'un roman pour le brûler, d'une trahison et d'une amitié perdue. Une histoire d'amour, de haine et de rêves qui vivent dans l'ombre du vent.

— Tu parles comme la couverture d'un roman de gare, Daniel.

— Ça doit être parce que je travaille dans une librairie et que j'en ai trop vu défiler. Mais cette histoire-là est réelle. Aussi vraie que le pain qu'on nous a servi a au moins trois jours. Et comme toutes les histoires réelles, elle commence et finit dans un cimetière, encore qu'il ne s'agisse pas du genre de cimetière que tu imagines.

Elle me sourit comme un enfant à qui on annonce une devinette ou un tour de magie.

— Je suis tout ouïe.

J'avalai ma dernière gorgée de café et contemplai Bea en silence. Je pensai à mon envie de me réfugier dans son regard insaisissable, dont je craignais qu'il ne fût transparent, vide. Je pensai à la solitude qui allait m'assaillir, cette nuit, quand je l'aurais quittée, quand je n'aurais plus de stratagèmes ni d'histoires pour me concilier sa compagnie. Je pensai au peu que j'avais à lui offrir et à tout ce que je voulais recevoir d'elle.

— Ton cerveau fume, Daniel, dit-elle. Qu'est-ce que tu mijotes ?

J'entamai mon récit par cette aube lointaine où je m'étais réveillé sans pouvoir me rappeler le visage de ma mère, et je ne m'arrêtai que lorsque j'en fus à l'évocation du monde d'ombre que j'avais deviné le matin même dans le logis de Nuria Monfort. Bea m'écoutait avec une attention qui ne laissait transparaître ni prévention ni jugement. Je lui révélai ma première visite au Cimetière des Livres Oubliés et la nuit passée à lire *L'Ombre du Vent*. Je lui parlai de ma rencontre avec l'homme sans visage et de cette lettre signée Penélope Aldaya que je portais toujours sur moi sans savoir pourquoi. Je lui racontai comment je n'avais jamais réussi à embrasser Clara Barceló ni aucune autre, comment mes mains avaient tremblé en sentant le frôlement des lèvres de Nuria Monfort sur ma peau quelques heures plus tôt. Je lui dis comment, jusqu'à ce moment-là, je n'avais pas compris que cette histoire était une histoire de gens seuls, d'absences et de disparitions, et comment, pour cette raison, je m'étais réfugié en elle au point de la confondre avec ma propre vie, comme quelqu'un qui s'échappe d'une page de roman parce que ceux qu'il a besoin d'aimer sont seulement des ombres qui vivent dans l'âme d'un étranger.

— N'ajoute rien, murmura Bea. Mène-moi là-bas.

Il faisait nuit noire quand nous nous arrêtâmes devant le porche du Cimetière des Livres Oubliés, dans l'ombre de la rue Arco del Teatro. Je levai le heurtoir à tête de diablotin et frappai à trois reprises. Le vent froid était imprégné d'une odeur de charbon. Nous nous rencognâmes sous la voûte pour attendre. Je rencontrai le regard de Bea à quelques centimètres à peine du mien.

Elle souriait. Des pas légers se firent entendre, et la voix traînante du gardien nous parvint.

— Qui est là ?

— C'est Daniel Sempere, Isaac.

Il me sembla l'entendre jurer tout bas. Suivirent les mille grincements et gémissements de la serrure kafkaïenne. Finalement, la porte s'entrouvrit pour révéler le profil aquilin d'Isaac Monfort à la lueur d'une lampe à huile. En me voyant, le gardien soupira et leva les yeux au ciel.

— Je ne sais pas pourquoi j'ai posé la question, dit-il. Qui d'autre cela pouvait-il être, à cette heure de la nuit ?

Isaac était emmitouflé dans ce qui me sembla être un étrange croisement de blouse, de burnous et de capote de l'armée russe. Les pantoufles molletonnées se mariaient à la perfection avec un bonnet de laine à carreaux surmonté d'un pompon.

— J'espère que je ne vous ai pas tiré du lit, dis-je.

— Allons donc. Je commençais juste à faire ma prière.

Il lança un regard à Bea, comme s'il venait de découvrir à ses pieds un paquet de cartouches de dynamite, mèche allumée.

— J'espère pour vous que ce n'est pas ce que ça semble être, menaça-t-il.

— Isaac, jc vous présente mon amie Beatriz, et, avec votre permission, j'aimerais lui faire visiter les lieux. Ne vous inquiétez pas, on peut lui faire toute confiance.

— Sempere, j'ai connu des bébés à la mamelle qui avaient plus de sens commun que vous.

— C'est juste pour un moment.

Isaac laissa échapper un soupir accablé et examina Bea avec une attention et une méfiance de policier.

— Vous savez que vous accompagnez un débile mental ? questionna-t-il.

Bea sourit poliment.

— Je commence à m'en rendre compte.

— Divine innocence. Vous connaissez les règles ?

Bea fit signe que oui. Isaac hocha la tête et nous fit entrer, en scrutant comme toujours les ombres de la rue.

— J'ai vu votre fille Nuria, laissai-je tomber d'un ton négligent. Elle va bien. Avec beaucoup de travail, mais bien. Elle vous envoie son salut.

— Oui, et des flèches empoisonnées. Vous n'êtes pas doué pour le mensonge, Sempere. Mais merci pour cet effort. Allons, passez.

Une fois à l'intérieur, il me tendit la lampe et se consacra à la fermeture de la serrure sans nous prêter davantage attention.

— Quand vous aurez terminé, vous savez où me trouver.

Des angles fantasmagoriques qui émergeaient du manteau de ténèbres laissaient deviner le labyrinthe des livres. La lampe à huile projetait devant nous une lumière mouvante et vaporeuse. Bea s'arrêta, interdite, sur le seuil du labyrinthe. Je souris en reconnaissant sur son visage l'expression que mon père avait dû lire sur le mien des années plus tôt. Nous nous engageâmes dans les tunnels et les galeries qui grinçaient à notre passage. Les marques laissées lors de ma dernière incursion s'y trouvaient toujours.

— Viens, je vais te montrer quelque chose, dis-je.

A plusieurs reprises, je m'égarai, et nous dûmes rebrousser chemin à la recherche du dernier repère. Bea m'observait avec un mélange d'inquiétude et de fascination. Ma boussole mentale me suggérait que nous avions perdu notre route dans un entrelacs de spirales qui montaient lentement vers les entrailles du labyrinthe. Je finis par me débrouiller de l'écheveau de couloirs et de tunnels pour enfiler un étroit corridor qui ressemblait à une passerelle jetée dans le noir. Je m'agenouillai près de la dernière étagère et cherchai mon vieil ami caché derrière les rangées de volumes ensevelis sous une couche de poussière brillant comme du givre à la lueur de la lampe. Je pris le livre et le tendis à Bea.

— Je te présente Julián Carax.

— *L'Ombre du Vent*, lut Bea en caressant les lettres à demi effacées de la couverture. Je peux l'emporter ?

— Tu peux prendre tous ceux que tu veux, sauf celui-là.

— Mais ce n'est pas juste. Après ce que tu m'as raconté, c'est précisément lui que je veux.

— Un jour, peut-être. Mais pas maintenant.

Je le lui pris des mains et le remis à sa place.

— Je reviendrai sans toi et le prendrai sans que tu le saches, dit-elle d'un ton moqueur.

— Tu ne le trouverais pas en mille ans.

— Tu crois ça ? J'ai bien vu tes marques, et moi aussi je connais la légende du Minotaure.

— Isaac ne te laisserait pas entrer.

Tu te trompes Je lui plais plus que toi.

— Qu'en sais-tu ?

— Je sais lire dans les regards.

Malgré moi, je la crus et lui dissimulai le mien.

— Choisis-en un autre. Regarde, celui-là est prometteur. *Le Cochon des Mesetas, cet inconnu. A la recherche des origines du porc ibérique*, par Anselmo Torquemada. Il s'en est sûrement vendu plus d'exemplaires que de n'importe quel livre de Julián Carax. Dans le cochon, tout est bon.

— En voici un qui me plaît davantage.

— *Tess d'Urberville.* C'est la version originale. Tu auras la force de lire Thomas Hardy en anglais ?

Elle me regarda d'un air entendu.

— Dans ce cas, adjugé.

— Tu ne vois pas ? On dirait qu'il m'attendait. Comme s'il avait été caché là pour moi bien avant ma naissance.

Je la regardai, stupéfait. Bea eut un sourire pincé.

— Qu'est-ce que j'ai dit ?

Alors, sans réfléchir, j'effleurai ses lèvres pour y poser un baiser.

Il était presque minuit quand nous arrivâmes devant le porche de la maison de Bea. Nous avions fait la quasi-totalité du chemin en silence, sans nous risquer à nous révéler nos pensées. Nous avancions séparés, en nous évitant l'un l'autre. Bea marchait bien droite, son *Tess* sous le bras, et je la suivais un pas en arrière, le goût de ses lèvres sur les miennes. Je ne pouvais me débarrasser du regard scrutateur que m'avait adressé Isaac alors que nous quittions le Cimetière des Livres Oubliés. C'était un regard que je connaissais bien et que j'avais souvent vu chez mon père, un regard qui me demandait si j'avais la moindre idée de ce que je faisais. Les dernières heures s'étaient écoulées dans un autre monde, un univers de frôlements, de regards que je ne comprenais pas, et qui me faisaient oublier toute raison et toute honte. Maintenant, revenant à la réalité constamment à l'affût dans les ombres de la ville, l'enchantement se dissipait, et ne me restaient qu'un désir douloureux et une inquiétude sans nom. Un simple coup d'œil à Bea me fit comprendre que mes alarmes constituaient à peine un souffle dans la tornade qui, de son côté, la dévorait de l'intérieur. Nous nous arrêtâmes devant le porche et nous dévisageâmes sans prendre la peine de feindre. Un vigile s'approchait sans hâte en chantonnant des boléros et en s'accompagnant du joyeux tintement de ses trousseaux de clefs.

— Peut-être préfères-tu que nous ne nous revoyions pas, proposai-je sans conviction.

— Je ne sais pas, Daniel. Je ne sais rien. C'est ce que tu veux ?

— Non. Bien sûr que non. Et toi ?

Elle haussa les épaules, en esquissant un faible sourire.

— Qu'est-ce que tu crois ? dit-elle. Tout à l'heure, je t'ai menti, tu sais ? Dans la cour de l'Université.

— En disant quoi ?

— Que je ne voulais pas te voir aujourd'hui.

Le vigile était parvenu à notre hauteur en arborant un petit sourire narquois, apparemment indifférent à ce qui était ma première scène d'adieux et aux chuchotements que lui, en bon vétéran, devait trouver banals et éculés.

— Ne vous dérangez pas pour moi, dit-il. Je vais aller fumer une cigarette au coin de la rue et vous me préviendrez.

J'attendis que le vigile se soit éloigné.

— Quand te reverrai-je ?

— Je ne sais pas, Daniel.

— Demain ?

— Je t'en prie, Daniel. Je ne sais pas.

Elle me caressa le visage.

— Il vaut mieux que tu t'en ailles.

— En tout cas, tu sais où me trouver.

Elle acquiesça.

— Je t'attendrai.

— Moi aussi.

Je m'éloignai sans détacher mon regard du sien. Le vigile, expert en ce genre de scènes, revenait déjà pour lui ouvrir la porte.

— Sacripant, murmura-t-il en passant près de moi, non sans une certaine admiration. Et avec ça, jolie comme un cœur.

J'attendis que Bea soit entrée dans l'immeuble pour m'éloigner d'un pas rapide, en me retournant à chaque enjambée. Lentement, je fus pris de la certitude absurde que tout était possible, et il me sembla que même ces rues désertes et ce vent hostile respiraient l'espoir. En arrivant place de Catalogne, je vis qu'une volée de pigeons s'était rassemblée en son centre. Ils recouvraient la place comme un manteau d'ailes blanches ondulant en silence. Je m'apprêtai à les contourner, mais je m'aperçus que l'attroupement m'ouvrait un chemin sans s'envoler. J'avançai avec hésitation, en voyant les pigeons s'écarter sur mon passage, puis resserrer les rangs derrière moi. Parvenu au milieu de la place, j'entendis les cloches de la cathédrale sonner minuit. Je m'arrêtai un instant, échoué dans un océan d'oiseaux argentés, et je pensai que ce jour avait été le plus extraordinaire et le plus merveilleux de ma vie.

9

On voyait encore de la lumière dans la librairie quand je passai devant la vitrine. Je me dis que mon père était peut-être resté mettre son courrier à jour ou s'était donné une excuse quelconque pour m'attendre et me tirer les vers du nez. J'observai une silhouette occupée à empiler des livres et reconnus le profil maigre et nerveux de Fermín en pleine concentration. Je frappai à la vitre. Fermín leva la tête, surpris et heureux, et me fit signe d'entrer par l'arrière-boutique.

— Encore au travail, Fermín ? Mais il est très tard.

— A vrai dire, je meublais le temps avant d'aller veiller le pauvre M. Federico. Nous avons organisé des tours de garde avec Eloy, l'opticien. Résultat, je ne dormirai pas beaucoup. Deux ou trois heures au plus. D'ailleurs vous n'êtes pas en reste, Daniel. Il est minuit passé, et j'en déduis que votre rendez-vous avec la demoiselle a été un brillant succès.

Je haussai les épaules.

— En vérité, je n'en sais rien, dis-je.

— Vous lui avez mis la main aux fesses ?

— Non.

— C'est bon signe. Ne vous fiez jamais à celles qui se laissent faire dès la première fois. Moins encore à celles qui ont besoin de l'approbation du curé. Le bon bifteck, si vous me permettez cette métaphore bouchère, se situe entre les deux. Bien sûr, si l'occasion se présente, inutile de faire la fine bouche, profitez-en. Mais si vos intentions sont sérieuses, comme moi avec Bernarda, rappelez-vous cette règle d'or.

— Parce que vos intentions sont sérieuses ?

— Plus que sérieuses. C'est spirituel. En ce qui concerne cette jeune personne, Beatriz, qu'en est-il ? Ça saute aux yeux qu'elle figure tout en haut du barème, viande tendre de premier choix, mais la vraie question est : fait-elle partie de celles dont on tombe amoureux, ou de celles qui vous remuent les tripes et le reste ?

— Je n'en ai pas la moindre idée, déclarai-je. Les deux, je crois.

— Voyez-vous, Daniel, c'est comme une indigestion. Sentez-vous quelque chose là, en haut de l'estomac ? Comme si vous aviez avalé une brique ? Ou est-ce seulement une chaleur générale ?

— Ce serait plutôt la brique, dis-je, sans écarter tout à fait la chaleur.

— Alors l'affaire est grave. Que Dieu vous vienne en aide ! Allons, asseyez-vous, je vais vous préparer du tilleul.

Nous nous installâmes à la table de l'arrière-boutique, cernés par les livres et le silence. Fermín me tendit une tasse fumante et me sourit, l'air quelque peu embarrassé. Quelque chose lui trottait dans la tête.

— Puis-je vous poser une question d'ordre personnel, Daniel ?

— Naturellement.

— Je vous prie de me répondre en toute sincérité, ajouta Fermín, et il se racla la gorge. Croyez-vous que je pourrais arriver à être père ?

Il dut lire la perplexité sur ma figure, car il s'empressa d'ajouter :

— Je ne veux pas dire père biologique. Certes, vous devez me trouver un peu chétif mais, grâce à Dieu, la providence a bien voulu me doter de la fougue et de la puissance virile d'un taureau d'Andalousie. Je parle d'un autre genre de père. Un bon père, vous comprenez.

— Un bon père ?

— Oui. Comme le vôtre. Un homme possédant une tête, un cœur et une âme. Un homme capable d'écouter, de guider et de respecter un enfant, et non de l'étouffer sous ses propres défauts. Quelqu'un que l'enfant n'aimerait pas seulement parce que c'est son père, mais qu'il admirerait pour ce qu'il est réellement. Quelqu'un à qui son enfant voudrait ressembler.

— Pourquoi me demandez-vous ça, Fermín ? Je pensais que vous ne croyiez pas au mariage et à la famille. Le joug et tout le reste, vous vous souvenez ?

— Écoutez, tout ça, c'est affaire d'appréciation. Mariage et famille ne sont que ce que nous en faisons. Sinon, ils ne constituent qu'un tas d'hypocrisies. Du toc et des bavardages. Mais s'il y a vraiment de l'amour, un amour dont on ne parle pas et qu'on ne clame pas aux quatre vents, qu'on n'affiche pas et qui n'a pas besoin de démonstrations…

— On dirait que vous êtes devenu un autre homme, Fermín.

— C'est que je le suis. Bernarda m'a fait désirer devenir meilleur.

— Et comment ?

— Parce que je veux la mériter. Vous, pour le moment, vous ne comprenez pas, vous êtes trop jeune. Avec le temps, vous verrez que parfois, ce qui compte, ce n'est pas ce qu'on a, mais ce à quoi on renonce. Bernarda et moi, nous avons eu une discussion. C'est une vraie mère poule, vous le savez. Elle ne le dit pas, mais je crois que le plus grand bonheur pour elle en ce monde serait d'avoir des enfants. Moi, cette femme, je l'aime plus que les abricots au sirop. Tout ça pour vous dire que je suis capable de passer par l'église après trente-deux ans d'abstinence cléricale et de réciter les psaumes de saint Séraphin, bref de faire le nécessaire.

— Je trouve que vous vous emballez vite, Fermín. Vous venez à peine de faire sa connaissance…

— C'est que, voyez-vous Daniel, à mon âge, on commence à voir clairement les choses, ou alors on reste définitivement idiot. Cette vie vaut la peine d'être vécue pour trois ou quatre raisons, sinon autant aller planter les choux. J'ai fait beaucoup de bêtises, et je sais désormais que tout ce que je veux, c'est rendre Bernarda heureuse et mourir un jour dans ses bras. Je veux redevenir un homme respectable, vous comprenez ? Pas pour moi, parce qu'en ce qui me concerne ce chœur de guenons que nous appelons l'humanité me donne le cafard, mais pour elle. Parce que Bernarda croit à ce genre de choses, les feuilletons à la radio, les curés, la respectabilité et la Vierge de Lourdes. Elle est comme ça et je l'aime ainsi, sans que cela change d'un iota mes convictions. Et c'est pour ça que je veux qu'elle puisse se sentir fière de moi. Je veux qu'elle pense : mon Fermín est un homme qui en a, comme Cary Grant, Hemingway ou Manolete.

Je croisai les bras, en prenant toute la mesure de l'affaire.

— Avez-vous parlé de tout ça avec elle ? D'avoir des enfants ensemble ?

— Non, grand Dieu. Pour qui me prenez-vous ? Vous croyez que je me promène dans le monde en annonçant aux femmes que j'ai envie de les mettre enceintes ? Cela ne signifie pas pour autant que je n'en suis pas capable, hein ? Parce que si je voulais, je pourrais faire sur-le-champ des triplés à cette idiote de Merceditas, et les doigts dans le nez, mais…

— Avez-vous dit à Bernarda que vous vouliez fonder une famille ?

— Pas besoin de dire ces choses-là, Daniel. Elles se lisent sur le visage.

J'approuvai.

— Eh bien, en ce cas, et dans la mesure où mon opinion peut avoir quelque valeur, je suis sûr que vous ferez un bon père et un mari formidable. Même si vous ne croyez en rien, car au moins vous resterez toujours lucide.

La joie éclaira son visage.

— Vous êtes sincère ?

— Bien sûr.

— Alors vous m'ôtez un poids énorme. Parce que, rien que de penser à mon géniteur et de me dire que je pourrais être pour quelqu'un ce qu'il a été pour moi, je suis tenté de me faire stériliser.

— Soyez sans crainte, Fermín. D'ailleurs, il n'existe probablement pas de traitement qui puisse venir à bout de votre vigueur inséminatrice.

— Ça, c'est vrai aussi, réfléchit-il. Bon, allez vous reposer, je ne veux pas vous embêter davantage.

— Vous ne m'embêtez pas, Fermín. Et j'ai l'impression que je ne fermerai pas l'œil de la nuit.

— Ça fait du bien là où ça gratte… A propos, je ne vous ai pas parlé de cette boîte postale, vous vous souvenez ?

— Vous avez trouvé quelque chose ?

— Je vous avais bien dit de me faire confiance. Ce matin, à l'heure du déjeuner, je me suis rendu à la grande poste et j'ai taillé une bavette avec une vieille connaissance qui y travaille. La boîte postale numéro 2321 est au nom d'un certain José María Requejo, un avocat dont le cabinet est situé rue Léon-XIII. Je me suis permis d'aller vérifier l'adresse de l'intéressé et je n'ai pas été surpris de découvrir qu'elle n'existe pas, mais je suppose que vous étiez déjà au courant. Le courrier qui arrive à cette boîte est ramassé depuis des années par la même personne. Je le sais parce que certaines lettres provenant d'un administrateur de biens sont envoyées en recommandé, ce qui implique de signer un reçu en présentant sa carte d'identité.

— Qui est-ce ? Un employé de Me Requejo ? demandai-je.

— Je ne le sais pas encore, mais j'ai ma petite idée. Soit je me trompe complètement, soit le dénommé Requejo existe autant que la Vierge de Fatima. Je peux seulement vous donner le nom de la personne qui vient chercher le courrier : Nuria Monfort.

J'en restai pantois.

— Nuria Monfort ? Vous en êtes sûr, Fermín ?

— J'ai vu plusieurs reçus de mes propres yeux. Tous portaient ce nom et le numéro de la carte d'identité. A voir vos yeux de merlan frit, je constate que cette révélation vous surprend.

— Plutôt.

— Puis-je vous demander qui est cette Nuria Monfort ? L'employé m'a dit qu'il s'en souvenait à la perfection, vu qu'elle est venue retirer le courrier il y a une quinzaine de jours et que, à son jugement impartial, elle était mieux roulée que la Vénus de Milo, avec des nichons de marbre. Et je fais confiance à son coup d'œil, car, avant la guerre, il était professeur d'esthétique à l'Université, mais comme c'était un lointain cousin de Largo Caballero, aujourd'hui il lèche les timbres…

— J'ai vu cette femme aujourd'hui même, chez elle, murmurai-je.

Fermín m'observa, stupéfait.

— Nuria Monfort ? Je commence à croire que je me suis trompé sur votre compte, Daniel. Vous êtes devenu un authentique Casanova.

— Ce n'est pas ce que vous pensez, Fermín.

— Alors vous êtes idiot. Moi, à votre âge, j'étais toujours d'attaque, matin, midi et soir.

Je contemplai ce petit homme maigre et osseux, avec son nez proéminent et son teint citron, et me rendis compte qu'il était devenu mon meilleur ami.

— Je peux vous raconter quelque chose, Fermín ? Quelque chose qui me trotte dans la tête depuis un bon bout de temps.

— Bien sûr. Surtout si c'est scabreux et si ça concerne cette péronnelle.

Pour la seconde fois de la soirée je relatai pour Fermín l'histoire de Julián Carax et l'énigme de sa mort. Fermín écoutait avec la plus grande attention, prenant des notes et m'interrompant de temps à autre pour se faire préciser un détail dont l'importance m'échappait. En m'entendant moi-même, les lacunes de cette histoire m'apparaissaient de plus en plus évidentes. A plusieurs reprises, je dus hésiter, car je m'égarais en essayant de comprendre pour quelle raison Nuria Monfort m'avait abusé. Que signifiait le fait qu'elle soit allée prendre, des années durant, le courrier adressé à un cabinet d'avocats inexistant, censé gérer l'appartement de la famille Fortuny-

Carax ? Je ne m'aperçus pas que je formulais mes doutes à haute voix.

— Nous ignorons encore pourquoi cette femme vous a menti, dit Fermín. Mais nous pouvons supposer que si elle l'a fait sur ce point, elle a pu le faire – et ne s'en est pas privée – sur beaucoup d'autres.

Je soupirai, consterné.

— Que suggérez-vous, Fermín ?

A son tour, Fermín Romero de Torres soupira en prenant un air hautement philosophique.

— Je vais vous le dire. Dimanche, si vous êtes d'accord, nous irons faire un petit tour, mine de rien, au collège San Gabriel, et nous nous livrerons à quelques investigations sur les origines de l'amitié entre ce Carax et l'autre gars, le richard…

— Aldaya.

— Vous verrez, je sais très bien m'y prendre avec les curés, malgré ma gueule de moine débauché ou peut-être à cause d'elle. Quatre flatteries, et je les mets dans ma poche.

— Ce qui veut dire ?

— Ce qui veut dire, mon garçon, qu'ils vont chanter comme la Chorale de Montserrat.

10

Je passai le samedi dans les transes, derrière le comptoir de la librairie, en espérant à chaque instant voir Bea apparaître à la porte comme par enchantement. Dès que le téléphone sonnait, je me précipitais pour répondre, arrachant le combiné des mains de mon père ou de Fermín. Au milieu de l'après-midi, après une vingtaine d'appels de clients et toujours sans nouvelles de Bea, je commençai à accepter que le monde et ma misérable existence soient proches de leur fin. Mon père estimait une bibliothèque à San Gervasio, et Fermín en profita pour m'administrer une autre de ses leçons magistrales sur les mystères des intrigues amoureuses.

— Reprenez-vous, ou vous allez vous retrouver avec un ulcère, me conseilla-t-il. Faire sa cour, c'est comme danser le tango : absurde et tout en fioritures. Mais vous êtes l'homme, et l'initiative vous revient.

Les choses commençaient à prendre une tournure funeste.

— L'initiative ? Moi ?

— Que voulez-vous ? Il faut bien payer le privilège de pisser debout.

— Mais puisque Bea m'a fait comprendre qu'elle me ferait signe.

— Vous ne connaissez guère les femmes, Daniel. Je parie tout ce que vous voudrez que la donzelle est en ce moment chez elle, en train de guetter langoureusement par la fenêtre, style Dame aux Camélias, dans l'espoir de vous voir arriver pour la sauver de la barbarie de monsieur son père et l'entraîner dans une spirale irrésistible de stupre et de luxure.

— Vous en êtes sûr ?

— C'est scientifique.

— Et si elle avait décidé de ne plus jamais me revoir ?

— Écoutez, Daniel. Les femmes, à part quelques exceptions qui confirment la règle comme votre voisine Merceditas, sont plus intelligentes que nous, ou en tout cas plus sincères avec elles-mêmes quand il s'agit de savoir ce qu'elles veulent. Ça n'a rien à voir avec ce qu'elles vous disent, à vous ou au reste du monde. Vous affrontez une énigme de la nature, Daniel. La femme, c'est Babel et labyrinthe. Si vous la laissez réfléchir, vous êtes perdu. Souvenez-vous-en : cœur chaud, tête froide. L'a b c du séducteur.

Fermín s'employait à me détailler les particularités et les techniques de l'art de la séduction quand la clochette de la porte retentit et nous vîmes entrer mon ami Tomás Aguilar. Mon cœur fit un bond dans ma poitrine. La providence me refusait Bea mais m'envoyait son frère. Tomás avait le visage sombre et un air abattu.

— Eh bien, en voilà une mine funèbre, monsieur Tomás, commenta Fermín. Vous accepterez bien quand même un petit café ?

— Je ne dirai pas non, dit Tomás, avec sa réserve habituelle.

Fermín s'affaira à lui servir une tasse de la mixture qu'il conservait dans un thermos et qui répandait un arôme suspect de xérès.

— Tu as des soucis ? demandai-je.

Tomás haussa les épaules.

— Rien de nouveau. Mon père est dans ses mauvais jours, et j'ai préféré sortir un moment prendre l'air.

Je déglutis.

— Et pourquoi ?

— Va savoir. Cette nuit, ma sœur Bea est rentrée très tard. Mon père l'attendait, dans tous ses états, comme toujours. Elle a refusé de dire d'où elle venait et avec qui elle était sortie, et mon père s'est mis dans une colère folle. Il a hurlé jusqu'à quatre heures du matin en la traitant de traînée, jurant qu'il allait l'envoyer dans un couvent et que, si elle se faisait mettre enceinte, il la jetterait à coups de pied dans la rue comme une putain.

Fermín me lança un coup d'œil d'avertissement. Je sentis la température des gouttes de sueur qui me coulaient dans le dos baisser de plusieurs degrés.

— Ce matin, poursuivit Tomás, Bea s'est enfermée dans sa chambre et ne l'a pas quittée de toute la journée. Mon père s'est planté dans le salon en lisant des magazines et en écoutant des opérettes à la radio, poussée à son maximum. A l'entracte de *Luisa Fernanda,* j'ai dû sortir parce que je devenais fou.

— Bah, votre sœur était sûrement avec son petit ami, non ? plaisanta Fermín. Rien de plus naturel.

Je lui expédiai derrière le comptoir un coup de pied qu'il évita avec une agilité de chat.

— Son fiancé fait son service militaire, précisa Tomás. Il n'aura pas de permission avant quinze jours. D'ailleurs, quand elle sort avec lui, elle est de retour à huit heures au plus tard.

— Et vous n'avez pas une idée de l'endroit où elle est allée et en quelle compagnie ?

— Il vous a déjà dit que non, Fermín, m'interposai-je, pressé de changer de sujet.

— Et votre père non plus ? insista Fermín, manifestement aux anges.

— Non. Mais il a juré de tirer ça au clair, et de casser les jambes et la figure au coupable dès qu'il saura qui il est.

Je devins livide. Fermín me servit une tasse de son breuvage sans poser d'autres questions. J'avalai d'un trait le liquide au goût de gasoil tiède. Tomás m'observait en silence, impénétrable.

— Vous avez entendu ? dit soudain Fermín. Ça ressemble au roulement de tambour avant le saut de la mort.

— Non.

— C'est le ventre de votre serviteur qui gargouille. Écoutez, j'ai une de ces faims… Ça ne vous gêne pas si je vous laisse seuls un moment ? Je voudrais faire un tour à la crémerie voir si je peux avoir quelque chose pour casser la croûte. Sans compter qu'il y a une nouvelle vendeuse qui vient de Reus et qui a tout ce qu'il faut pour donner du goût au pain. Elle s'appelle María Virtudes, mais en fait de vertus, elle a du vice, la garce… Comme ça vous pourrez parler tranquillement, pas vrai ?

Dix secondes plus tard, comme par magie, Fermín avait disparu en direction de son casse-croûte et à la rencontre de la nymphe. Tomás et moi nous retrouvâmes seuls dans un silence qui promettait d'être plus solide que le franc suisse.

— Tomás, commençai-je, la bouche sèche. Hier soir, ta sœur était avec moi.

Il me dévisagea, presque sans sourciller. J'avalai ma salive.

— Dis quelque chose, l'implorai-je.

— Tu dérailles.

Une minute s'écoula, durant laquelle on n'entendit que les rumeurs de la rue. Tomás gardait sa tasse toujours pleine dans la main.

— Tu es sérieux ? demanda-t-il.

— Je ne l'ai vue qu'une fois.

— Ça n'est pas une réponse.

— Tu es fâché ?

Il haussa les épaules.

— Je suppose que tu sais ce que tu fais. Tu cesserais de la voir, si je te le demandais ?

— Oui, mentis-je. Mais ne me le demande pas.

Tomás baissa la tête.

— Tu ne connais pas Bea, murmura-t-il.

Je me tus. Nous laissâmes passer plusieurs minutes sans prononcer un mot, absorbés dans la contemplation des formes grises qui examinaient la vitrine, priant pour que l'une d'elles se décide à entrer et nous tire de ce silence empoisonné. Enfin, Tomás posa la tasse sur le comptoir et se dirigea vers la porte.

— Tu t'en vas déjà ?

Il fit signe que oui.

— On se verra demain ? dis-je. On pourrait aller au cinéma, avec Fermín, comme avant.

Il s'arrêta sur le seuil.

— Je ne te le dirai qu'une fois, Daniel : ne fais pas de mal à ma sœur.

En sortant, il croisa Fermín qui revenait avec un sac de pâtes fumantes. Fermín le regarda disparaître dans la nuit et hocha la tête. Il posa ses provisions sur le comptoir et m'offrit un gâteau tout frais. Je déclinai l'offre. Je n'aurais pas été capable d'avaler une aspirine.

— Ça lui passera, Daniel. Vous verrez. Entre amis, ces choses-là sont normales.

— Je ne sais pas, soufflai-je.

11

Le dimanche, nous nous retrouvâmes à sept heures et demie du matin au café Canaletas, où Fermín me régala d'un café au lait et de brioches dont la texture, même adoucie de beurre, offrait une certaine similitude avec celle de la pierre ponce. Nous fûmes servis par un garçon arborant une fine moustache et un insigne de la Phalange à la boutonnière. Il ne cessait de chantonner et, interrogé sur la cause de sa bonne humeur, il nous expliqua qu'il venait tout juste d'être père. Nous le félicitâmes, et il insista pour nous faire cadeau à chacun d'un Faria que nous devions fumer dans la journée à la santé de son premier-né. Nous l'assurâmes que nous n'y manquerions pas. Fermín le regardait en dessous, les sourcils froncés, et je le suspectai de manigancer quelque chose.

Pendant le petit déjeuner, Fermín tint à inaugurer nos travaux de détective par un exposé général de l'énigme.

— Au début, nous avons l'amitié sincère entre deux garçons, Julián Carax et Jorge Aldaya, camarades de classe depuis leur enfance, comme monsieur Tomás et vous. Pendant des années, tout va bien. Des amis inséparables qui ont la vie devant eux. Un jour, pourtant, se produit un conflit qui brise cette amitié. Pour paraphraser les dramaturges de salon, le conflit porte un nom de femme et s'appelle Penélope. Carrément homérique. Vous me suivez ?

Seuls me vinrent à l'esprit les derniers mots de Tomás Aguilar, la veille au soir, dans la librairie : « Ne fais pas de mal à ma sœur. » Je fus pris de nausées.

— En 1919, Julián Carax s'embarque pour Paris comme un vulgaire Ulysse, poursuivit Fermín. La lettre signée de Penélope, qu'il n'a jamais reçue, établit qu'à ce moment-là la jeune fille vit enfermée chez elle, prisonnière de sa famille pour des raisons encore obscures, et que l'amitié entre Aldaya et Carax est morte.

Pis, d'après ce qu'écrit Penélope, son frère Jorge a juré que s'il revoit son ancien ami Julián, il le tuera. Paroles définitives qui scellent la fin d'une amitié. Pas besoin d'être un grand savant pour en déduire que le conflit est la conséquence directe de la relation qui unit Penélope et Carax.

Une sueur froide m'inondait le front. Je sentis le café au lait et les quatre bouchées que j'avais avalés me remonter dans la gorge.

— Dans ces conditions, nous devons supposer que Carax n'a jamais su ce qui était arrivé à Penélope, parce que la lettre ne lui est jamais parvenue. Sa vie se perd dans les brouillards parisiens, où il mène une existence de fantôme entre son emploi de pianiste dans une maison de plaisir et une carrière désastreuse de romancier. Ces années à Paris sont un mystère. Tout ce qui en reste, c'est une œuvre littéraire oubliée et virtuellement disparue. Nous savons qu'à un moment donné il décide de se marier avec une femme énigmatique et fortunée qui a le double de son âge. La nature de ce mariage, si nous devons nous en tenir aux témoignages, ressemble davantage à un acte de charité ou d'amitié de la part d'une dame malade qu'à une aventure romantique. Selon toutes les apparences, la mécène, craignant pour l'avenir de son protégé, décide de lui léguer sa fortune et de quitter ce monde avec une glorieuse auréole de protectrice des arts. Les Parisiens sont comme ça.

— Ce fut peut-être un amour sincère, protestai-je dans un filet de voix.

— Dites-moi, Daniel, vous vous sentez bien ? Vous êtes blanc comme un linge et vous suez à grosses gouttes.

— Je vais très bien, mentis-je.

— Où en étais-je ? L'amour, c'est comme le saucisson : pur porc et mortadelle. Tout y a sa place et sa fonction. Carax avait déclaré qu'il ne s'estimait digne d'aucun amour et, de fait, nous ne lui connaissons aucune idylle durant son séjour à Paris. Certes, il travaillait dans une maison close, et peut-être les ardeurs primitives de l'instinct étaient-elles satisfaites par la fraternisation entre employés de la même entreprise, comme s'il s'agissait d'une prime ou, en termes plus élégants, d'un cadeau de Noël. Mais ce ne sont là que spéculations. Revenons au moment où le mariage de Carax et de sa protectrice est annoncé… Jorge Aldaya fait alors sa réapparition sur la scène de cette ténébreuse affaire. Nous savons qu'il prend contact avec l'éditeur de Carax à Barcelone pour obtenir l'adresse du romancier. Peu après, le matin même de son mariage, Julián Carax se bat en duel avec un inconnu dans le cimetière du Père-Lachaise et disparaît. Le mariage n'aura jamais lieu. A partir de là, tout devient flou.

Fermín se ménagea une pause dramatique, en m'adressant son regard le plus machiavélique.

— Il semble donc que Carax, faisant une fois de plus la preuve de son remarquable esprit d'à-propos, repasse la frontière et revient à Barcelone en 1936, juste au moment où éclate la guerre civile. Ses activités et son domicile à Barcelone au cours de ces semaines sont inconnus. Nous supposons qu'il reste un mois dans la ville sans joindre aucune de ses connaissances. Ni son père, ni son amie Nuria Monfort. Un peu plus tard, on le trouve mort dans la rue, assassiné d'un coup de feu. Peu après, on voit se présenter le sinistre personnage qui se fait appeler Laín Coubert, nom qu'il a emprunté à un personnage du dernier roman de Carax, et qui, n'en jetez plus, n'est autre que le prince des enfers. Ce prétendu diable déclare son intention d'effacer de la carte le peu qui demeure de Carax en détruisant à jamais ses livres. Pour finir de porter le mélodrame à son comble, il apparaît sous la forme d'un homme sans visage, défiguré par les flammes. Un affreux échappé d'un opéra romantique, en qui, pour embrouiller encore un peu les choses, Nuria Monfort croit reconnaître la voix de Jorge Aldaya.

— Je vous rappelle que Nuria Monfort m'a menti, fis-je remarquer.

— C'est vrai, mais on ne peut écarter le fait que si Nuria Monfort vous a menti, c'est surtout par omission, ou peut-être pour ne pas trop s'impliquer dans l'affaire. Les raisons de dire la vérité sont limitées, mais le nombre de celles qui poussent à mentir est infini. Dites-moi, vous êtes sûr que vous vous sentez bien ? Votre visage a la pâleur d'un téton de Galicienne.

Je fis non de la tête et me précipitai vers les toilettes. Je rendis le petit déjeuner, le dîner et, avec, une bonne partie de la colère que je portais en moi. Je mis ma tête sous le robinet, fis couler l'eau glacée et contemplai mon visage dans la glace lépreuse sur laquelle quelqu'un avait griffonné au crayon gras l'inscription : « Girón, salopards. » En revenant à notre table, je trouvai Fermín au comptoir, payant l'addition et discutant football avec le garçon qui nous avait servis.

— Ça va mieux ? me demanda-t-il.

Je fis signe que oui.

— Baisse de tension, dit Fermín. Prenez un Sugus, ça guérit de tout.

En sortant du café, Fermín insista pour que nous

empruntions un taxi jusqu'au collège San Gabriel plutôt que le métro, arguant qu'il y avait une semaine de fresques murales commémoratives et que les tunnels étaient faits pour les rats.

— Un taxi jusqu'à Sarriá coûtera une fortune, objectai-je.

— C'est aux frais de la bêtise humaine, trancha Fermín. Le patriote s'est trompé en me rendant la monnaie, et à mon avantage. D'ailleurs vous n'êtes pas en état de voyager sous terre.

Nantis ainsi de fonds illicites, nous nous postâmes au bas de la Rambla de Cataluña et attendîmes la venue d'un taxi. Nous dûmes en laisser passer un certain nombre, Fermín ayant déclaré que, pour une fois qu'il montait dans une automobile, il lui fallait au moins une Studebaker. Le véhicule qui trouva grâce à ses yeux et se rendit à ses gesticulations désordonnées nous fit faire le trajet en un quart d'heure. Fermín insista pour monter à l'avant, ce qui lui donna l'occasion de se lancer avec le chauffeur dans une discussion sur l'or de Moscou et Joseph Staline, lequel était l'idole et le guide spirituel à distance dudit chauffeur.

— Trois grandes figures dominent ce siècle : Dolores Ibárruri, Manolete et Staline, proclama notre automédon, prêt à nous gratifier d'une hagiographie détaillée de l'illustre camarade.

J'étais confortablement installé sur la banquette arrière, indifférent à leurs échanges oratoires, profitant de l'air froid qui entrait par la vitre baissée. Enchanté de rouler en Studebaker, Fermín donnait la réplique, ponctuant de temps à autre de questions passablement oiseuses le curriculum intime du leader soviétique dont se gargarisait le chauffeur.

— Pourtant, je me suis laissé dire qu'il souffre beaucoup de la prostate depuis qu'il a avalé un noyau de nèfle, et qu'il ne peut plus uriner si on ne lui joue pas *L'Internationale*, laissa tomber Fermín.

— Propagande fasciste, affirma le chauffeur, plus dévot que jamais. Le camarade pisse comme un taureau. La Volga aimerait bien avoir un débit comme le sien.

Cette discussion d'un haut niveau politique nous accompagna tout au long de la Vía Augusta, tandis que nous gagnions les hauteurs de la ville. Le jour se levait et une brise fraîche revêtait le ciel d'un bleu ardent. Arrivé rue Ganduxer, le chauffeur tourna à droite et nous entreprîmes la lente ascension vers la promenade de la Bonanova.

Le collège San Gabriel s'élevait au milieu des arbres au bout de la rue étroite et sinueuse qui montait de la Bonanova. La façade, criblée de fenêtres minces comme des lames de couteau, dessinait les formes d'un palais gothique en briques rouges, dont les arcs et les tourelles s'élevaient telles des flèches de cathédrale au-dessus d'un bouquet de platanes. Nous congédiâmes le taxi et pénétrâmes dans le jardin ombragé, parsemé de fontaines d'où émergeaient des chérubins couverts de mousse, et de sentiers dallés qui serpentaient parmi les arbres. Fermín me résuma le passé de l'institution en m'administrant une de ses habituelles leçons magistrales d'histoire sociale.

— Même si, aujourd'hui, vous trouvez qu'il ressemble au mausolée de Raspoutine, le collège San Gabriel a été en son temps l'une des institutions les plus prestigieuses et les plus chic de Barcelone. Son déclin a commencé à l'époque de la République, parce que les nouveaux riches du moment, industriels et banquiers aux noms trop neufs dont il avait refusé de recevoir les rejetons, ont décidé de créer leurs propres écoles où ils seraient traités avec respect et pourraient à leur tour refuser la place aux autres. L'argent agit comme n'importe quel virus : après avoir pourri l'âme de celui qui l'héberge, il part à la recherche de sang frais. Dans ce monde, un nom dure moins qu'une dragée. A ses heures fastes, disons entre 1880 et 1930, le collège San Gabriel accueillait la crème des enfants des vieilles familles nanties de solides coffres-forts. Les Aldaya et compagnie venaient en ce lieu sinistre fraterniser avec leurs pairs, entendre la messe et apprendre l'histoire pour pouvoir la reproduire *ad nauseam*.

— Mais Julián Carax n'en faisait pas précisément partie, fis-je observer.

— Parfois, ces nobles institutions offrent une ou deux bourses au fils du jardinier ou d'un cireur de chaussures afin de démontrer leur grandeur d'âme et leur générosité chrétienne, avança Fermín. Le moyen le plus efficace de rendre les pauvres inoffensifs est de leur apprendre à vouloir imiter les riches. C'est là le poison qui permet au capitalisme d'aveugler les…

— Ne vous embarquez pas dans des théories sociales, Fermín, car si l'un de ces bons pères nous entend, on nous jettera dehors à coups de pied, l'arrêtai-je, en remarquant que deux prêtres nous observaient avec curiosité et circonspection du haut des marches qui menaient à l'entrée du collège, et en me demandant s'ils avaient distingué quelque chose de notre conversation.

L'un d'eux s'avança en arborant un sourire poli, mains croisées sur la poitrine dans un geste épiscopal.

Il devait avoir la cinquantaine, et sa maigreur et son crâne dégarni lui donnaient l'allure d'un oiseau de proie. Son regard était pénétrant, et il répandait une odeur d'eau de Cologne fraîche et de naphtaline.

— Bonjour. Je suis le père Fernando Ramos, annonça-t-il. En quoi puis-je vous être utile ?

Fermín lui tendit une main que le prêtre étudia brièvement avant de la serrer, toujours retranché derrière son sourire glacial.

— Fermín Romero de Torres, conseiller bibliographique de Sempere & fils, qui a l'immense plaisir de saluer respectueusement Votre Très Sainte Excellence. Permettez-moi de vous présenter mon collaborateur et ami, Daniel, jeune homme de grand avenir et de haute ferveur chrétienne.

Le père Fernando nous observa sans sourciller. J'aurais voulu rentrer sous terre.

— Tout le plaisir est pour moi, monsieur Romero de Torres, répliqua-t-il cordialement. Puis-je vous demander ce qui amène une si remarquable association dans notre humble institution ?

— Très révérend père, nous essayons de retrouver deux anciens élèves du collège San Gabriel : Jorge Aldaya et Julián Carax.

Le père Fernando pinça les lèvres et haussa un sourcil.

— Julián est mort depuis plus de quinze ans, et Aldaya est parti en Argentine, dit-il sèchement.

— Vous les connaissiez ? s'enquit Fermín.

Le regard aigu du prêtre s'arrêta sur chacun de nous avant de répondre.

— Nous avons été camarades de classe. Puis-je connaître la raison de votre intérêt ?

J'en étais encore à me demander comment répondre quand Fermín me devança.

— Il se trouve que nous sommes en possession d'une série d'objets qui appartiennent ou ont appartenu, car la jurisprudence dans ces cas-là n'est pas claire, aux deux susnommés.

— Et quelle est la nature de ces objets, si je ne suis pas indiscret ?

— Je vous supplie, très révérend père, de respecter notre silence, car Dieu m'est témoin qu'abondent en la matière des motifs de conscience et de secret qui n'ont rien à voir avec la confiance aveugle que nous vouons à Votre Excellence et à l'ordre qu'elle représente avec tant de distinction et de dévotion, débita Fermín à toute allure.

Le père Fernando le regardait avec ahurissement. Je décidai de prendre le contrôle de la conversation avant que Fermín ait pu récupérer son souffle.

— Les objets auxquels fait référence M. Romero de Torres sont de nature privée, souvenirs et bibelots dont la valeur est purement sentimentale. Ce que nous voudrions vous demander, mon père, si ce n'est pas trop vous importuner, c'est de nous parler du souvenir que vous avez de Julián et d'Aldaya, du temps où vous étiez condisciples.

Le père Fernando nous observait sans se départir de sa méfiance. Je me rendais compte que nos explications ne suffisaient pas à justifier notre intérêt et à obtenir sa collaboration. Je lançai un coup d'œil suppliant à Fermín, espérant qu'il allait trouver une argutie quelconque susceptible de nous gagner la confiance du prêtre.

— Savez-vous que vous ressemblez un peu à Julián,

quand il était jeune ? s'exclama soudain le père Fernando.

Je vis le visage de Fermín s'éclairer. Nous y voilà, pensai-je. Il faut tout jouer sur cette carte.

— Vous êtes un lynx, mon révérend père, proclama Fermín en feignant la stupéfaction. Votre perspicacité nous a impitoyablement démasqués. Vous serez au moins cardinal, ou pape.

— De quoi parlez-vous ?

— N'est-ce pas d'une évidence criante ?

— A vrai dire, non.

— Pouvons-nous compter sur le secret de la confession ?

— Nous sommes dans un jardin, pas dans un confessionnal.

— Nous nous contenterons de votre discrétion ecclésiastique.

— Vous l'avez.

Fermín poussa un profond soupir et me regarda d'un air mélancolique.

— Daniel, nous ne pouvons continuer plus longtemps de mentir à ce saint soldat du Christ.

— Non, bien sûr… confirmai-je, tout à fait perdu.

Fermín se rapprocha du prêtre et lui chuchota sur un ton confidentiel :

— Mon père, nous avons des raisons solides comme le roc de soupçonner que notre ami Daniel ici présent n'est autre que le fils de feu Julián Carax. D'où notre intérêt à reconstituer le passé de ce dernier et à faire revivre la mémoire d'un illustre absent que la Parque voulut arracher trop tôt à un innocent enfant.

Le père Fernando, interdit, planta ses yeux dans les miens.

— Est-ce vrai ?

Je fis signe que oui. Fermín, prenant un air affligé, me donna une tape sur l'épaule.

— Regardez-le, pauvre petit, qui cherche un géniteur perdu dans les brumes de la mémoire. Qu'y a-t-il de plus triste que cela, dites-moi, très révérend père ?

— Vous avez des preuves de ce que vous affirmez ?

Fermín m'attrapa par le menton et offrit mon visage en garantie.

— Quelle meilleure preuve pouvez-vous souhaiter, monsieur l'abbé, que cette figure, témoin muet et aveuglant de la paternité en question ?

Le prêtre parut hésiter.

— M'aiderez-vous, mon père ? implorai-je bassement. Je vous en prie…

Le père Fernando soupira, mal à l'aise.

— Je ne vois rien de mal à cela, dit-il finalement. Que voulez-vous savoir ?

— Tout, répondit Fermín.

12

Le père Fernando récapitula ses souvenirs sur un ton proche de l'homélie. Il construisait ses phrases avec une clarté et une sobriété magistrales, en les arrangeant de telle sorte qu'elles semblaient contenir une moralité sous-jacente, jamais exprimée ouvertement. Des années d'enseignement lui avaient donné le ton ferme et didactique de celui qui est habitué à être entendu mais se demande s'il est écouté.

— Si ma mémoire ne me trompe pas, Julián Carax est entré au collège San Gabriel en 1914. J'ai tout de suite sympathisé avec lui, car nous faisions partie du petit groupe d'élèves qui ne venaient pas de familles fortunées. On nous surnommait le « commando des *Mordenvie* ». Chacun de nous avait son histoire. J'avais obtenu une bourse grâce à mon père qui, pendant vingt-cinq ans, a travaillé aux cuisines de cette maison. Julián avait été accepté grâce à l'intercession de M. Aldaya, client de la chapellerie Fortuny, propriété de son père. C'était une autre époque, évidemment, et, en ce temps-là, le pouvoir était concentré dans quelques familles et dynasties. Ce monde a disparu, ses derniers vestiges ont été emportés par la République, je suppose que c'est un bien. Tout ce qui en reste, ce sont ces noms sur les en-têtes des entreprises, des banques et des sociétés anonymes. Comme toutes les villes anciennes, Barcelone est une superposition de ruines. Les grandes gloires dont tant d'entre nous s'enorgueillissaient, palais, usines et monuments, toutes ces choses auxquelles nous avions l'habitude de nous identifier, ne sont plus que cadavres et reliques d'une civilisation éteinte.

Arrivé à ce point, le père Fernando se ménagea une pause solennelle, comme s'il attendait une réponse de la congrégation sous forme de citations latines ou d'une réplique de son missel.

— Je ne peux que dire amen, car vous venez d'énoncer une grande vérité, approuva Fermín pour nous sauver de ce silence gênant.

— Vous nous parliez de la première année de mon père au collège, ajoutai-je sur un ton suave.

Le père Fernando acquiesça.

— Il se faisait déjà appeler Carax, bien que son

véritable nom fût Fortuny. Au début, quelques garçons se moquaient de lui pour cette raison et aussi, je suppose, parce qu'il était un *Mordenvie*. Ils se moquaient aussi de moi parce que j'étais le fils du cuisinier. Vous savez comment sont les enfants. Au fond de leur cœur Dieu les a remplis de bonté, mais ils répètent ce qu'ils entendent chez eux.

— De petits anges, ponctua Fermín.

— Quel souvenir avez-vous de mon père ?

— Mon Dieu, c'est si loin, tout ça… A l'époque, le meilleur ami de votre père n'était pas Jorge Aldaya, mais un garçon qui s'appelait Miquel Moliner. Miquel venait d'une famille presque aussi riche que les Aldaya, et j'oserai dire que c'était l'élève le plus extravagant que j'aie jamais vu dans cette école. Le père supérieur le croyait possédé du démon parce qu'il récitait Marx en allemand pendant la messe.

— Signe indubitable de possession, confirma Fermín.

— Miquel et Julián s'entendaient très bien. Nous nous réunissions parfois pendant la récréation de midi, et Julián nous racontait des histoires. Ou alors il nous parlait de sa famille et des Aldaya…

Le prêtre sembla hésiter.

— Même après avoir quitté l'école, Miquel et moi restâmes quelque temps en contact. Julián était déjà parti pour Paris. Je sais que Miquel le regrettait, il parlait souvent de lui et se rappelait les confidences qu'il avait jadis reçues. Plus tard, quand je suis entré au séminaire, Miquel a dit que j'étais passé à l'ennemi : il plaisantait, mais nous nous sommes tout de même éloignés l'un de l'autre.

— Avez-vous été informé du mariage de Miquel avec une dénommée Nuria Monfort ?

— Miquel, marié ?

— Ça vous étonne ?

— Je suppose que je devrais être étonné, mais… Je ne sais pas. A vrai dire, cela fait des années je n'ai plus de ses nouvelles. Depuis avant la guerre.

— Lui est-il arrivé de prononcer devant vous le nom de Nuria Monfort ?

— Non, jamais. Il n'a jamais parlé de se marier, ni fait état d'une fiancée… Vous savez, je ne suis pas vraiment sûr de bien faire en vous racontant tout cela. Ce sont des choses que Julián et Miquel m'ont confiées à titre personnel, étant entendu qu'elles resteraient entre nous…

— Vous refuseriez à un fils l'unique possibilité de récupérer la mémoire de son père ? s'exclama Fermín.

Le père Fernando se débattait entre le doute et, me sembla-t-il, l'envie de se souvenir, de retrouver ces jours disparus.

— Je suppose qu'après tant d'années cela n'a plus d'importance. Je me souviens encore du jour où Julián nous a expliqué comment il avait connu les Aldaya et combien, sans qu'il s'en rende compte, sa vie en avait été changée…

... Par une après-midi d'octobre 1914, une machine que beaucoup prirent pour un catafalque monté sur roues s'arrêta devant la chapellerie Fortuny. Il en émergea la figure altière, majestueuse et arrogante de M. Ricardo Aldaya, déjà à l'époque un des hommes les plus riches non seulement de Barcelone, mais de toute l'Espagne, dont l'empire d'industries textiles formait une chaîne de citadelles et de colonies tout au long

des rivières et des fleuves de la Catalogne. De sa main droite il tenait les rênes des banques et des propriétés foncières de la moitié de la province. De la gauche, toujours en action, il tirait les ficelles de la députation, de la municipalité, de divers ministères, de l'évêché et des autorités douanières du port.

Cette après-midi-là, ce visage aux moustaches exubérantes, ces favoris royaux et cette tête dégarnie qui intimidaient tout le monde avaient besoin d'un chapeau. M. Aldaya entra dans le magasin d'Antoni Fortuny et, après s'être livré à une inspection sommaire des installations, laissa tomber un regard sévère sur le chapelier et son aide, le jeune Julián, avant de prononcer ces mots : « On m'a dit que c'est d'ici que, malgré les apparences, sortent les meilleurs chapeaux de Barcelone. L'automne s'annonce maussade et je vais avoir besoin de six hauts-de-forme, d'une douzaine de chapeaux melon, de casquettes de chasseur et de quelque chose à porter aux Cortes à Madrid. Vous notez, ou vous attendez que je vous le répète ? » Tel fut le début d'une active et lucrative relation qui vit le père et le fils unir leurs efforts pour satisfaire la commande de M. Ricardo Aldaya. Julián, qui lisait les journaux et à qui la position d'Aldaya n'avait pas échappé, se dit qu'il ne pouvait faire défaut à son père en ce moment crucial et décisif pour son commerce. Dès l'instant où le potentat avait franchi le seuil de son magasin, le chapelier s'était mis à léviter de joie. Aldaya lui avait promis que, s'il était content, il recommanderait son établissement à ses amis. Cela signifiait que la chapellerie Fortuny bondirait, du niveau d'un commerce digne mais modeste, à celui des plus hautes sphères, coiffant les têtes petites et grosses des députés, cardi-

naux et ministres. Les jours qui suivirent passèrent comme par enchantement. Julián n'alla pas en classe et consacra des journées de dix-huit et vingt heures à travailler dans l'atelier de la boutique. Son père, vaincu par l'enthousiasme, l'embrassait même de temps en temps sans s'en rendre compte. Il alla jusqu'à offrir, pour la première fois depuis quatorze ans, une robe et une paire de chaussures à sa femme Sophie. Il était méconnaissable. Un dimanche, il oublia d'aller à la messe, et l'après-midi, gonflé d'orgueil, prit Julián dans ses bras et lui dit, les larmes aux yeux : « Grand-père serait fier de nous. »

L'une des opérations les plus complexes d'un point de vue technique et politique, dans la science désormais disparue de la chapellerie, consistait à prendre les mesures. M. Ricardo Aldaya avait, selon Julián, un crâne dont la forme tenait à la fois du melon et du rocher. Dès qu'il avait aperçu la tête du grand homme, le chapelier avait été conscient des difficultés, et le soir même, quand Julián lui dit qu'elle lui rappelait certains sommets désolés du massif de Montserrat, Fortuny ne put qu'être d'accord.

« Père, avec tout le respect que je vous dois, vous savez que j'ai la main plus sûre que vous pour prendre les mesures, car ça vous rend nerveux. Laissez-moi faire. » Le chapelier accepta de bonne grâce et, le lendemain, quand Aldaya arriva dans sa Mercedes Benz, ce fut Julián qui le reçut et le conduisit dans l'atelier. En découvrant que ses mesures allaient être prises par un garçon de quatorze ans, Aldaya se mit en colère.

« Quoi ? Un gamin ? Vous vous payez ma tête ? » Julián, qui était conscient de la signification publique du personnage mais ne se sentait pas pour autant inti-

midé, répliqua : « Monsieur Aldaya, pour se payer votre tête, il faudrait qu'il y ait des cheveux dessus, car vous avez le caillou aussi nu que la place des Arènes, et si nous ne vous faisons pas rapidement un jeu de chapeaux, les gens vont confondre votre crâne avec l'esplanade de Cerdá. » En entendant ces mots, Fortuny faillit tomber raide. Aldaya, impavide, planta son regard dans celui de Julián. Puis, à la surprise générale, il éclata de rire comme il ne l'avait pas fait depuis des années.

« Ce lascar ira loin, Fortuné », prédit Aldaya, qui ne parvenait pas à retenir le nom du chapelier.

C'est ainsi qu'ils purent constater que M. Ricardo Aldaya en avait par-dessus la tête – cette tête à la calvitie galopante – de tous les gens qui le craignaient, l'adulaient et se transformaient en carpettes sur son passage. Il méprisait les lèche-cul, les pleutres et quiconque faisait preuve de faiblesse physique, mentale ou morale. Face à ce garçon, tout juste un apprenti, qui avait eu assez d'audace et d'esprit pour se moquer de lui, il décida qu'il avait trouvé la chapellerie idéale et doubla sa commande. Toute la semaine, il vint de bonne grâce à ses rendez-vous pour que Julián prenne ses mesures et lui fasse essayer des modèles. Antoni Fortuny était émerveillé de voir le chef de file de la société catalane se tordre de rire aux plaisanteries et aux histoires que lui racontait ce fils qui lui était inconnu, avec qui il ne parlait jamais et qui, depuis des années, ne donnait aucun signe d'un quelconque sens de l'humour. A la fin de la semaine, Aldaya prit le chapelier à part pour une conversation confidentielle.

— Dites-moi, Fortuné, votre fils est doué. Vous n'avez

pas honte de le garder dans cette boutique de quatre sous à peigner la girafe et mourir d'ennui ?

— C'est un bon commerce, monsieur Ricardo, et le garçon fait preuve d'habileté, même s'il ne sait pas se tenir.

— Ne dites pas de bêtises. A quel collège l'envoyez-vous ?

— Eh bien, il va à l'école de...

— Ça, c'est bon pour le peuple. Chez la jeunesse, le talent, l'esprit, si on ne s'en occupe pas, se gâchent et dépérissent. Il faut lui donner sa chance. L'aider. Comprenez-vous, Fortuné ?

— Vous vous trompez sur mon fils. Pour ce qui est d'avoir de l'esprit, rien de rien. A part la géographie, et encore... Ses maîtres disent qu'il est perpétuellement distrait et que sa conduite est très mauvaise : tout le portrait de sa mère. Ici, au moins, il aura un métier honorable et...

— Fortuné, vous me cassez les pieds. Je vais de ce pas voir le conseil d'administration du collège San Gabriel pour lui dire d'accepter votre fils dans la même classe que mon aîné, Jorge. Faire moins serait indigne.

Le chapelier ouvrit des yeux grands comme des soucoupes. Le collège San Gabriel était la pépinière du gratin de la haute société.

— Mais, monsieur Ricardo, je ne pourrai même pas payer...

— Personne ne vous a dit que vous auriez un sou à verser. Je me charge de l'éducation de ce garçon. Vous, le père, vous avez seulement à dire oui.

— Dans ce cas c'est oui, bien sûr, il ne manquerait plus que ça, mais...

— Inutile d'en dire plus, alors. A condition que Julián soit d'accord, naturellement.

— Ça serait le comble, s'il ne faisait pas ce qu'on lui ordonne.

A ce point de la conversation, Julián apparut à la porte de l'arrière-boutique, une forme à chapeau dans les mains.

— Monsieur Ricardo, quand vous voudrez…

— Dis-moi, Julián, que fais-tu cette après-midi ? demanda Aldaya.

Julián regarda son père et l'industriel.

— Eh bien, je dois aider mon père au magasin.

— Et à part ça ?

— Je pensais aller à la bibliothèque de…

— Tu aimes les livres, hein ?

— Oui, monsieur.

— As-tu lu Conrad ? Au cœur des ténèbres *?*

— Trois fois.

Le chapelier fronça les sourcils, totalement perdu.

— Et c'est qui ce Conrad ? Peut-on savoir ?

Aldaya le fit taire d'un geste qui semblait avoir été forgé pour dompter une assemblée d'actionnaires.

— J'ai chez moi une bibliothèque de quatorze mille volumes, Julián. Dans ma jeunesse, j'ai beaucoup lu, mais aujourd'hui je n'ai plus le temps. Maintenant que j'y pense, j'ai trois livres qui portent la signature autographe de Conrad. Impossible de faire entrer mon fils Jorge dans la bibliothèque, même de force. Chez nous, la seule personne qui lit et réfléchit est ma fille Penélope, donc tous ces livres sont voués à la disparition. Tu aimerais les voir ?

Julián acquiesça en silence. Le chapelier assistait à la scène avec une inquiétude qu'il ne parvenait pas à définir. Tous ces noms lui étaient inconnus. Les romans, chacun le savait, c'était bon pour les femmes et les oisifs. Ce titre, Au cœur des ténèbres, *évoquait, pour le moins, le péché mortel.*

— Fortuné, votre fils vient avec moi, je veux le présenter à Jorge. Soyez tranquille, nous vous le rendrons. Dis-moi, mon garçon, es-tu déjà monté dans une Mercedes Benz ?

Julián en déduisit que l'industriel désignait le monument impérial dans lequel il se déplaçait. Il fit non de la tête.

— Eh bien, tu vas le faire. C'est comme aller au ciel, mais sans avoir besoin de mourir.

Antoni Fortuny les vit partir dans cet équipage de luxe délirant et, en interrogeant son cœur, il n'y trouva que tristesse. Ce soir-là, en dînant avec Sophie (qui portait sa robe et ses souliers neufs, et n'avait presque pas de marques de coups), il se demanda en quoi, cette fois, il s'était trompé. Juste au moment où Dieu lui rendait un fils, Aldaya le lui enlevait.

— Ôte-moi cette robe, tu as l'air d'une grue. Et je ne veux plus voir ce vin sur la table. La piquette coupée d'eau suffit. On a déjà assez de frais comme ça.

Julián n'était jamais allé de l'autre côté de la Diagonale. Cette enfilade d'arbres, d'immeubles et d'hôtels particuliers ancrés à l'orée d'une ville était une frontière interdite. Par-delà la Diagonale s'étendaient des collines, des contrées et des villages aux richesses et aux légendes mystérieuses. Dans la voiture, Aldaya lui parlait du collège San Gabriel, de nouveaux amis inconnus, d'un avenir qu'il n'avait pas cru possible.

— Et que comptes-tu faire, Julián ? Je veux dire, dans la vie.

— Je ne sais pas. Je pense parfois que j'aimerais être écrivain. Romancier.

— Comme Conrad, hein ? Tu es bien jeune, évidemment. Et, dis-moi, la banque ne te tente pas ?

— Je ne sais pas, monsieur. A vrai dire, ça ne m'est jamais venu à l'idée. Je n'ai jamais vu plus de trois pesetas à la fois. La haute finance est pour moi une énigme.

Aldaya rit.

— Ce n'est pourtant pas compliqué, Julián. Le truc, c'est qu'au lieu d'additionner trois pesetas et trois pesetas, on additionne trois millions et trois millions. Ça n'est pas le mystère de la Sainte Trinité.

Cette après-midi-là, en montant l'avenue du Tibidabo, Julián crut franchir les portes du paradis. Des résidences aux allures de cathédrales bordaient le chemin. A mi-parcours, le chauffeur prit un virage et ils franchirent une grille. Immédiatement, une armée de domestiques se mit en branle pour recevoir le maître. Tout ce que Julián pouvait voir, c'était une bâtisse majestueuse de trois étages. Il ne lui était jamais venu à l'esprit que des personnes faites de chair et d'os puissent vivre dans un lieu pareil. Il se laissa entraîner dans le hall, traversa une salle voûtée d'où partait un escalier de marbre recouvert d'une moquette de velours, et pénétra dans une grande pièce dont les murs étaient tapissés de livres du sol à l'infini.

— Qu'est-ce que tu en dis ? demanda Aldaya.

Julián l'entendait à peine.

— Damián, demandez à Jorge de descendre tout de suite à la bibliothèque.

Les domestiques, sans visage ni présence audible,

filaient au moindre ordre de leur maître avec l'efficacité et la docilité d'une troupe d'insectes bien entraînés.

— Tu vas avoir besoin d'une garde-robe, Julián. Il y a trop d'imbéciles qui ne remarquent que l'apparence... Je dirai à Jacinta de s'en charger, tu n'auras pas à t'en soucier. D'ailleurs, mieux vaut que tu ne mentionnes pas ton père, pour qu'on ne t'embête pas. Regarde, voici Jorge. Jorge, je veux que tu fasses la connaissance d'un garçon formidable qui sera ton nouveau camarade de classe. Julián Fortu...

— Julián Carax, précisa celui-ci.

— Julián Carax, répéta Aldaya, satisfait. Ce nom sonne bien. Je te présente mon fils Jorge.

Julián tendit la main et Jorge Aldaya la serra. Son contact était tiède, sans enthousiasme. Son visage avait les traits bien dessinés et la pâleur auxquels on pouvait s'attendre de la part d'un garçon qui avait grandi dans ce monde de poupées géantes. Les vêtements et les souliers qu'il portait semblèrent à Julián sortir tout droit d'un roman. Dans son regard se lisaient la suffisance et l'arrogance, le mépris et une politesse sucrée. Julián lui sourit franchement, devinant l'incertitude, la crainte et le vide derrière cette carapace pompeuse, empruntée pour la circonstance.

— Est-ce vrai que tu n'as lu aucun de ces livres ?

— Les livres sont assommants.

— Les livres sont des miroirs, et l'on n'y voit que ce qu'on porte en soi-même, répliqua Julián.

M. Ricardo Aldaya rit de nouveau.

— Eh bien, je vous laisse faire connaissance. Julián, tu verras que Jorge, sous ses dehors d'enfant gâté, n'est pas aussi bête qu'il le paraît. Il tient quelque chose de son père.

Les paroles d'Aldaya semblèrent tomber comme des poignards sur le garçon, mais son sourire ne faiblit pas d'un millimètre. Julián se repentit de sa réplique et eut de la peine pour lui.

— Tu dois être le fils du chapelier, dit Jorge, sans malice. Mon père parle beaucoup de toi, dernièrement.

— C'est l'effet de la nouveauté. J'espère que tu ne m'en veux pas. Sous des dehors de monsieur je-sais-tout, je ne suis pas aussi idiot que je le parais.

Jorge sourit. Julián trouva qu'il souriait comme les personnes qui n'ont pas d'amis, avec gratitude.

— Suis-moi, je vais te montrer le reste de la maison.

Ils quittèrent la bibliothèque pour se diriger vers la porte principale et les jardins. En traversant la salle d'où partait l'escalier, Julián leva les yeux et aperçut le contour d'une silhouette qui montait, la main sur la rampe. Il eut le sentiment de rêver. La fillette devait avoir douze ou treize ans et était accompagnée d'une femme d'âge mûr, petite et rougeaude, qui avait toutes les apparences d'une gouvernante. Elle portait une robe de satin bleu. Ses cheveux étaient couleur amande, et la peau de ses épaules et de sa gorge délicate semblait translucide. Elle s'arrêta en haut des marches et se retourna un instant. Pendant une seconde, leurs regards se rencontrèrent, et elle lui accorda l'ébauche d'un sourire. Puis la gouvernante passa les bras autour des épaules de la petite fille et la guida vers le seuil d'un couloir où elles disparurent toutes deux. Julián baissa les yeux et se retrouva avec Jorge.

— C'est Penélope, ma sœur. Tu la verras plus tard. Elle est un peu timbrée. Elle passe ses journées à lire. Allons, viens, je veux que tu voies la chapelle du souterrain. Les cuisinières disent qu'elle est hantée.

Julián le suivit docilement, mais son monde vacillait. Pour la première fois depuis qu'il était monté dans la Mercedes Benz de M. Ricardo Aldaya, il comprit ce qui lui arrivait. Il avait rêvé d'elle tant de fois, sur ce même escalier, avec cette même robe bleue et ce même éclair dans son regard de cendre, sans savoir qui elle était ni pourquoi elle lui souriait. Dans le jardin, il se laissa entraîner par Jorge jusqu'aux remises et aux courts de tennis. Alors seulement il se retourna et la vit, à la fenêtre du deuxième étage. Il distinguait à peine sa silhouette, mais il sut qu'elle souriait encore et que, d'une manière ou d'une autre, elle aussi l'avait reconnu.

Cette apparition fugace de Penélope Aldaya accompagna Julián pendant les premières semaines au collège San Gabriel. Ce monde nouveau recélait beaucoup d'hypocrisies, et il ne les supportait pas toutes. Les élèves se comportaient en princes hautains et arrogants, et leurs professeurs en domestiques dociles et cultivés. Le premier ami que se fit Julián, après Jorge Aldaya, fut un garçon nommé Fernando Ramos, fils d'un cuisinier du collège, qui ne pouvait imaginer qu'il finirait un jour en soutane et enseignerait dans les salles de classe où il avait grandi. Fernando, que les autres appelaient « Marmiton » et qu'ils traitaient en valet, était vif et éveillé, mais n'avait pratiquement pas d'amis. Son unique camarade était un garçon extravagant nommé Miquel Moliner qui devait devenir, avec le temps, le meilleur ami que Julián eut jamais dans cette école. Miquel Moliner, qui débordait d'intelligence et manquait de patience, aimait faire enrager ses maîtres en mettant en doute leurs affirmations par des jeux dialectiques où il faisait preuve d'autant d'esprit que d'acharnement vipérin. Les autres craignaient sa langue effilée et le tenaient pour un spécimen d'une espèce différente, ce qui, en un certain sens, n'était pas tout à fait faux. Malgré ses allures bohèmes et le ton peu aristocratique qu'il affectait, Miquel était le fils d'un industriel qui s'était enrichi jusqu'à l'absurde dans le commerce des armes.

— C'est vrai ce qu'on m'a dit, Carax ? Que ton père fabrique des chapeaux ? demanda-t-il quand Fernando Ramos les présenta l'un à l'autre.

— Julián pour les amis. Et moi on m'a dit que le tien fabrique des canons.

— Il les vend seulement. La seule chose qu'il sait fabriquer, c'est de l'argent. Mes amis, qui se limitent en fait à Nietzsche et, ici, au camarade Fernando, m'appellent Miquel.

Miquel Moliner était un garçon triste. Il souffrait d'une obsession malsaine de la mort et de tout ce qui pouvait comporter une résonance funèbre, et il y consacrait une bonne part de son temps. Sa mère était morte trois années auparavant dans un étrange accident qu'un médecin inepte avait osé qualifier de suicide. C'était Miquel qui avait découvert le cadavre flottant entre deux eaux dans le puits de la villa d'été que la famille possédait à Argentona. Quand on avait hissé la morte avec des cordes, on avait trouvé les poches de son manteau pleines de pierres. Il y avait aussi une lettre en allemand, langue maternelle de sa mère, mais M. Moliner, qui ne s'était jamais donné la peine d'apprendre cet idiome, l'avait brûlée l'après-midi même sans permettre à quiconque de la lire. Miquel Moliner voyait la mort partout, dans les feuilles sèches, les oiseaux tombés du nid, les vieillards et la pluie qui emportait tout. Il avait un don exceptionnel pour le des-

sin et passait des heures à dessiner au fusain des scènes où l'on voyait une dame perdue dans la brume et sur des plages désertes, dont Julián imagina qu'elle était sa mère.

— Que veux-tu faire quand tu seras grand, Miquel ?

— Je ne serai jamais grand, répondait-il, énigmatique.

Sa principale passion, outre dessiner et contredire toute créature vivante, était la lecture des œuvres d'un mystérieux médecin autrichien qui, les années passant, devait se rendre célèbre, un certain Sigmund Freud. Grâce à sa défunte mère Miquel Moliner lisait et écrivait l'allemand à la perfection, et il possédait plusieurs livres du docteur viennois. Son terrain de prédilection était l'interprétation des rêves. Il avait l'habitude de demander aux gens de quoi ils avaient rêvé, pour établir ensuite un diagnostic. Il disait toujours qu'il mourrait jeune et que cela lui était égal. Julián croyait que, à force de tant penser à la mort, il avait fini par lui trouver plus de sens qu'à la vie.

— Le jour où je disparaîtrai, tout ce que je possède sera à toi, Julián, disait-il souvent. Sauf les rêves.

Outre Fernando Ramos, Miquel Moliner et Jorge Aldaya, Julián se lia bientôt avec un garçon timide et un peu sauvage, nommé Javier, fils unique des concierges de San Gabriel qui habitaient un modeste logis situé à l'entrée des jardins du collège. Javier, que les autres garçons considéraient plus ou moins comme un laquais, comme Fernando, rôdait seul dans les jardins et les cours de l'enceinte, sans nouer de relations avec personne. A force de vaguer dans le collège, il avait fini par en connaître les moindres recoins, les tunnels des souterrains, les passages qui conduisaient aux tours et toutes sortes de cachettes dans des labyrinthes dont nul ne se souvenait plus. Il portait toujours sur lui un canif qu'il avait subtilisé dans les tiroirs de son père, et il aimait tailler dans le bois des figurines qu'il conservait à l'intérieur du pigeonnier. Son père, Ramón, le concierge, était un vétéran de la guerre de Cuba où il avait perdu une main et (chuchotait-on avec une certaine malice) le testicule droit, emporté par une balle tirée par Theodore Roosevelt en personne dans la charge de Los Cochinos. Convaincu que l'oisiveté était mère de tous les vices, Ramón « l'Unicouille » (comme le surnommaient les élèves) chargeait son fils de ramasser dans un sac les aiguilles de pin du bosquet et les feuilles mortes de la cour aux fontaines. Ramón était un brave homme, un peu fruste et condamné par la fatalité à se choisir de mauvaises compagnies. La pire était sa femme.

« L'Unicouille » avait épousé une maritorne à l'esprit borné et aux délires de princesse avec des allures de souillon, qui aimait s'exhiber en tenue légère devant son fils et les élèves du collège, motif hebdomadaire de réjouissance et d'horreur. Son nom de baptême était María Craponcia, mais elle se faisait appeler Yvonne parce qu'elle trouvait cela plus distingué. Yvonne avait l'habitude d'interroger son fils sur les possibilités d'ascension sociale que pourraient lui procurer les amitiés que, croyait-elle, il nouait avec la crème de la société barcelonaise. Elle le questionnait sur la fortune de tel ou tel, en s'imaginant déjà attifée de soie et reçue dans les salons du grand monde pour y prendre le thé.

Javier essayait de passer le moins de temps possible chez lui et était heureux des tâches que lui imposait son père, pour dures qu'elles fussent. N'importe quelle excuse lui était bonne pour rester seul, s'échapper dans son monde secret et sculpter ses figurines en bois. Du plus loin qu'ils l'apercevaient, certains élèves du collège se moquaient de lui et lui lançaient des pierres. Un jour, Julián fut si peiné de voir un caillou lui ouvrir le front et le faire choir sur le gravier, qu'il décida de lui venir en aide et de lui proposer son amitié. Javier pensa d'abord que Julián venait l'achever, sous les quolibets des autres.

— Mon nom est Julián, dit-il en lui tendant la main. Mes amis et moi, nous allions faire une partie d'échecs sous les pins, et je me demandais si tu aurais envie de te joindre à nous.

— Je ne sais pas jouer aux échecs.

— Il y a encore quinze jours, moi non plus je ne savais pas. Mais Miquel est un bon professeur…

Le garçon le regarda avec méfiance, s'attendant d'un moment à l'autre aux moqueries, à l'attaque sournoise.

— Je ne sais pas si tes amis voudront de moi…

— Ce sont eux qui ont eu l'idée. Qu'en dis-tu ?

Dès lors, Javier rejoignait le groupe quand il avait fini ses corvées. Il restait sans parler, écoutant et observant les autres. Aldaya en avait un peu peur. Fernando, qui avait subi dans sa chair le mépris des autres du fait de ses humbles origines, se dépensait en amabilités envers le garçon énigmatique. Miquel Moliner, qui lui enseignait les rudiments des échecs et l'observait d'un œil clinique, était le moins convaincu de tous.

— C'est un cinglé. Il chasse les chats et les pigeons, et il les martyrise pendant des heures avec son couteau. Après, il les enterre sous les pins. Charmant !

— Qui t'a dit ça ?

— C'est lui-même qui me l'a raconté l'autre jour,

pendant que je lui enseignais le gambit du cavalier. Il m'a dit aussi que sa mère le prend parfois dans son lit, la nuit, et le tripote.

— Il t'a dit ça pour te faire marcher.

— Je ne crois pas. Ce type est maboul, Julián, et ce n'est probablement pas sa faute.

Julián faisait un effort pour ignorer les avertissements et les prophéties de Miquel, mais c'était vrai que nouer une relation amicale avec le fils du concierge n'était pas facile. Yvonne, en particulier, ne voyait pas Julián ni Fernando Ramos d'un bon œil. De toute cette troupe de jeunes messieurs, ils étaient les seuls sans le sou. On disait que le père de Julián était un humble boutiquier et que sa mère n'avait jamais réussi à être plus qu'une répétitrice de musique.

« Ces gens n'ont pas de classe, ils ne sont ni riches ni élégants, mon chéri, le chapitrait-elle. Celui qui te convient c'est Aldaya, qui vient d'une famille bien. – Oui, mère, répondait-il, c'est comme vous voudrez. » Avec le temps, Javier parut faire un peu plus confiance à ses nouveaux amis. Il lui arrivait de desserrer les dents, et il sculpta un jeu d'échecs pour Miquel Moliner, en guise de remerciement pour ses leçons. Un beau jour, alors que personne ne croyait plus que c'était possible, ils découvrirent que Javier savait sourire et qu'il avait un joli rire clair, un rire d'enfant.

— Tu vois, c'est un garçon tout à fait normal, faisait valoir Julián.

Pourtant Miquel Moliner ne se le tenait pas pour dit et continuait d'observer le garçon avec une méfiance et une distance quasi scientifiques.

— Javier est fasciné par toi, Julián, dit-il un jour. Tout ce qu'il fait, il le fait pour obtenir ton approbation.

— Quelle bêtise ! Il a un père et une mère pour ça ; moi, je ne suis qu'un ami.

— Tu es un inconscient, oui ! Son père est un pauvre type tout juste capable de trouver ses fesses quand il va aux cabinets, et Mme Yvonne est une harpie avec une cervelle de puce qui passe ses journées à poil en faisant semblant de rien, convaincue d'être Sarah Bernhardt ou quelque chose de pire encore que je préfère ne pas mentionner. Le gosse, comme il se doit, se cherche un substitut, et toi, ange sauveur, tu tombes du ciel et lui tends la main. Saint Julián de la Fontaine, patron des déshérités.

— Ton docteur Freud te pourrit le cerveau, Miquel. Nous avons tous besoin d'amis. Y compris toi.

— Ce garçon n'a et n'aura jamais aucun ami. Il a une âme d'araignée. L'avenir nous dira si j'ai tort. J'aimerais bien connaître ses rêves...

Miquel Moliner ne soupçonnait guère que les rêves de Javier étaient plus semblables à ceux de son ami Julián qu'il ne l'aurait cru possible. Un jour, plusieurs mois avant l'entrée de Julián au collège, alors que le fils du concierge était en train de ramasser les feuilles mortes dans la cour aux fontaines, le fastueux engin automobile de M. Ricardo Aldaya était arrivé. Cette après-midi-là, l'industriel n'était pas seul. Il était accompagné d'une apparition, un ange de lumière vêtu de soie qui semblait flotter dans l'air. L'ange n'était autre que sa fille Penélope. Elle était descendue de la Mercedes, s'était dirigée vers la fontaine en faisant valser son ombrelle et s'y était arrêtée pour tremper une main dans l'eau du bassin. Comme toujours, Jacinta, sa gouvernante, ne la lâchait pas d'une semelle. Mais la petite fille aurait pu aussi bien être escortée d'une armée de domestiques : Javier n'avait d'yeux que pour elle. Il avait peur qu'un seul battement de paupières ne fasse s'évanouir la vision. Il était resté là, paralysé, souffle coupé, à épier l'apparition féerique. Peu après, comme si elle avait deviné sa présence et son regard furtif, Penélope avait levé les yeux vers lui. La beauté de ce visage avait produit sur lui une sensation douloureuse, insoutenable. Il avait cru entrevoir sur ses lèvres le début d'un sourire. Hors de lui, il avait couru se cacher en haut de la tour des citernes, à côté du pigeonnier installé dans les combles du collège, son refuge préféré. Ses mains tremblaient encore quand il avait pris ses outils et commencé une nouvelle statuette qu'il voulait sculpter à la ressemblance du visage aperçu un instant plus tôt. Ce soir-là, quand il était rentré à la maison du concierge, bien après l'heure habituelle, sa mère l'attendait, à demi nue et furieuse. Le garçon avait baissé les yeux en craignant que sa mère ne lise dedans, n'y voie se dessiner la fille du bassin et ne devine ses pensées.

— Où es-tu allé te fourrer, petit morveux ?

— Pardonnez-moi, mère. Je me suis perdu.

— Tu es perdu depuis le jour de ta naissance.

Des années plus tard, chaque fois qu'il introduirait le canon de son revolver dans la bouche d'un prisonnier et appuierait sur la détente, Javier Fumero évoquerait ce jour où il avait vu le crâne de sa mère éclater comme une pastèque mûre dans les parages d'une guinguette de Las Planas. Ce jour où il n'avait rien ressenti, à part la légère répugnance qu'inspirent les choses mortes. La Garde Civile, alertée par le gérant qui avait entendu le coup de feu, avait trouvé le garçon assis sur un rocher et tenant contre son ventre le fusil encore tiède. En voyant s'approcher les gardes il s'était borné à hausser les épaules, la figure éclaboussée de gouttes de sang comme s'il avait la petite vérole. En se guidant au bruit des sanglots, les gardes avaient découvert Ramón, « l'Unicouille », recroquevillé contre un arbre, à trente mètres de là, dans les fourrés. Il tremblait comme un enfant et avait été incapable de se faire comprendre. Le lieutenant de la Garde Civile, après avoir beaucoup réfléchi, avait décidé que cette affaire était un tragique accident et l'avait qualifiée de tel dans son procès-verbal, sinon dans sa conscience. Quand il avait demandé au garçon si l'on pouvait faire quelque chose pour lui, Francisco Javier Fumero avait répondu qu'il aimerait bien garder le fusil, car il voulait être soldat quand il serait grand...

— Quelque chose ne va pas, monsieur Romero de Torres ?

La subite apparition de Fumero dans le récit du père Fernando Ramos m'avait laissé de glace, mais l'effet sur Fermín avait été foudroyant. Il était tout jaune et ses mains tremblaient.

— Une baisse de tension, improvisa-t-il dans un filet de voix. Ce climat catalan s'avère parfois néfaste pour ceux qui, comme moi, viennent du Midi.

— Puis-je vous offrir un verre d'eau ? demanda le prêtre, désolé.

— Si vous n'y voyez pas d'inconvénient, mon révérend père. Ou peut-être un chocolat, pour le glucose...

Le prêtre remplit un verre d'eau, que Fermín vida avec avidité.

— Tout ce que j'ai, ce sont des bonbons à l'eucalyptus. Vous en voulez ?

— Que Dieu vous le rende.

Fermín engloutit une poignée de sucreries et, au bout d'un moment, il parut recouvrer une pâleur plus naturelle.

— Ce garçon, le fils du concierge qui avait perdu héroïquement son scrotum en défendant nos colonies, êtes-vous sûr qu'il s'appelait bien Fumero, Francisco Javier Fumero ?

— Mais oui. Vous le connaissez sûrement.

— Non, répondîmes-nous en chœur.

Le père Fernando fronça les sourcils.

— Cela m'étonne. Francisco Javier est devenu un personnage tristement célèbre.

— Nous ne sommes pas certains de vous comprendre…

— Vous me comprenez parfaitement. Francisco Javier Fumero est inspecteur-chef de la Brigade Criminelle de Barcelone et sa réputation est largement répandue, y compris chez nous qui ne sortons pas de cette enceinte. J'ajoute qu'à l'énoncé de son nom j'ai eu l'impression que vous rapetissiez de plusieurs centimètres.

— Maintenant que vous nous le dites, monsieur l'abbé, ce nom me rappelle bien quelque chose…

Le père Fernando nous lança un regard en coulisse.

— Ce jeune homme n'est pas le fils de Julián Carax. Je me trompe ?

— Fils spirituel, Votre Eminence, ce qui pèse moralement davantage.

— Dans quel genre de manigances êtes-vous fourrés ? Qui vous envoie ?

J'eus alors la certitude que nous étions sur le point d'être expulsés du bureau du prêtre à grands coups de pied. Je décidai de faire taire Fermín et, pour une fois, de jouer la carte de l'honnêteté.

— Vous avez raison, mon père. Je ne suis pas le fils de Julián Carax. Mais nous ne sommes envoyés par personne. Il y a des années, je suis tombé par hasard sur un livre de Julián Carax, un livre que l'on croyait disparu. Depuis, j'essaie d'en savoir davantage sur lui et d'éclaircir les circonstances de sa mort. M. Romero de Torres m'a apporté son aide…

— Quel livre ?

— *L'Ombre du Vent.* Vous l'avez lu ?

— J'ai lu tous les romans de Julián Carax.

— Vous les avez gardés ?

Le prêtre fit non de la tête.

— Est-ce que je peux vous demander ce que vous en avez fait ?

— Il y a de cela bien longtemps, quelqu'un a pénétré dans ma chambre et les a brûlés.

— Vous soupçonnez une personne en particulier ?

— Naturellement : Fumero. N'est-ce pas pour cela que vous êtes ici ?

J'échangeai avec Fermín un regard perplexe.

— L'inspecteur Fumero ? Pourquoi aurait-il voulu brûler ces livres ?

— Et qui d'autre, sinon ? Durant la dernière année que nous avons passée ensemble au collège, Francisco Javier a tenté de tuer Julián avec le fusil de son père. Si Miquel ne l'avait pas arrêté…

— Pourquoi a-t-il tenté de le tuer ? Julián avait été son unique ami.

— Francisco Javier était obsédé par Penélope Aldaya. Personne ne le savait. Je pense que Penélope elle-même ne s'est jamais aperçue de l'existence du garçon. Il a gardé le secret pendant des années. Apparemment, il suivait Julián sans que celui-ci s'en aperçoive. Je crois qu'un jour il l'a vu l'embrasser. Je ne sais pas. Toujours est-il qu'il a essayé de le tuer en pleine lumière du jour. Miquel Moliner, qui n'avait jamais eu confiance en Fumero, s'est jeté sur lui et l'a arrêté au dernier moment. On peut encore voir le trou qu'a fait la balle près de l'entrée. Chaque fois que j'y passe, je me souviens de cette journée.

— Qu'est-il arrivé à Fumero ?

— Lui et sa famille ont été expulsés. Je crois que Francisco Javier a été placé un certain temps dans un internat. Nous avons eu de ses nouvelles quelques années plus tard, quand sa mère est morte dans un accident de chasse. Mais ce n'était pas un accident. Miquel avait eu raison depuis le début. Francisco Javier Fumero est un assassin.

— Si je vous racontais… murmura Fermín.

— Eh bien ! il ne serait pas trop tôt que vous me racontiez… et si possible quelque chose de véridique, pour changer.

— En tout cas, nous pouvons vous affirmer que ce n'est pas Fumero qui a brûlé vos livres.

— Qui donc, alors ?

— En toute certitude, c'est un homme défiguré par le feu qui se fait appeler Laín Coubert.

— N'est-ce pas le… ?

— Si. C'est le nom d'un personnage de Carax. C'est le diable.

Le père Fernando se laissa aller contre le dossier de son fauteuil, presque aussi déboussolé que nous.

— Ce qui semble de plus en plus clair, c'est que Penélope Aldaya est au centre de toute l'affaire, et c'est sur elle que nous en savons le moins… précisa Fermín.

— Je ne crois pas pouvoir vous aider sur ce point. Je

l'ai vue à peine deux ou trois fois, et de loin. Tout ce que je sais d'elle m'a été raconté par Julián, et c'est très peu. La seule personne que j'ai entendue quelquefois mentionner le nom de Penélope est Jacinta Coronado.

— Jacinta Coronado ?

— La gouvernante de Penélope. Elle a élevé Jorge et Penélope. Elle les aimait à la folie, surtout Penélope. Elle venait parfois chercher Jorge au collège, car M. Aldaya n'aimait pas que ses enfants restent une seconde sans être surveillés par quelqu'un de la maison. Jacinta était un ange. Elle avait entendu dire que nous étions, Julián et moi, d'origine modeste, et elle nous apportait toujours un goûter, convaincue que nous mourions de faim. Je lui disais que mon père était cuisinier, qu'elle n'avait pas à s'inquiéter, que ce n'était pas la nourriture qui me faisait défaut. Mais elle insistait. Je l'attendais parfois, et je parlais avec elle. Je n'ai jamais connu de femme aussi généreuse. Elle n'avait pas d'enfant, on ne lui a jamais connu aucun homme. Elle était seule au monde et avait voué son existence à élever les enfants Aldaya. Elle aimait Penélope de toute son âme. Elle en parle encore…

— Vous êtes encore en relation avec Jacinta ?

— Je vais parfois lui rendre visite à l'asile de Santa Lucía. Elle n'a personne. Le Seigneur, pour des raisons qui restent voilées à notre entendement, ne nous récompense pas toujours dans cette vie. Jacinta est aujourd'hui une très vieille femme, et elle continue d'être ce qu'elle a toujours été.

Fermín et moi échangeâmes un coup d'œil.

— Et Penélope ? Elle n'est jamais allée la voir ?

Le regard du père Fernando devint un puits de noirceur.

— Nul ne sait ce qui est arrivé à Penélope. Pour

Jacinta, cette enfant était toute sa vie. Lorsque les Aldaya sont partis en Amérique et qu'elle l'a perdue, elle a tout perdu.

— Pourquoi n'ont-ils pas emmené aussi Jacinta ? Penélope est-elle partie en Argentine, avec le reste de la famille ? demandai-je.

Le prêtre haussa les épaules.

— Je l'ignore. Personne n'a jamais revu Penélope ni entendu parler d'elle après 1919.

— L'année où Carax est parti pour Paris, observa Fermín.

— Vous devez me garantir que vous n'irez pas embêter cette pauvre vieille pour déterrer des souvenirs douloureux.

— Pour qui nous prenez-vous, monsieur l'abbé ? protesta Fermín, très digne.

Se rendant compte qu'il ne tirerait rien d'autre de nous, le père Fernando nous fit promettre de le tenir au courant de nos recherches. Pour le rassurer, Fermín s'entêta à vouloir jurer sur un Nouveau Testament qui était posé sur le bureau du prêtre.

— Laissez les Évangiles tranquilles. Votre parole me suffit.

— Vous ne laissez rien passer, n'est-ce pas, mon père ? Vous êtes terrible !

— Venez, je vous raccompagne au portail.

Il nous conduisit à travers le jardin jusqu'à la grille dont les barreaux avaient la forme de piques, s'arrêta à distance prudente de la sortie et contempla la rue qui descendait, serpentine, vers le monde réel, comme s'il craignait de s'évaporer en risquant quelques pas de plus. Je me demandai depuis combien de temps le père

Fernando n'avait pas franchi l'enceinte du collège San Gabriel.

—J'ai eu beaucoup de peine quand j'ai appris que Julián était mort, dit-il en baissant la voix. Nous avons été de vrais amis, Miquel, Aldaya, Julián et moi, et même Fumero : ce qui s'est passé ensuite, le fait que nous nous soyons perdus de vue, n'y change rien. J'avais toujours cru que nous resterions inséparables, mais la vie est un mystère. Je n'ai plus jamais eu d'amis comme ceux-là, et je ne crois pas que j'en retrouverai. J'espère que vous découvrirez ce que vous cherchez, Daniel.

13

La matinée était déjà avancée quand nous arrivâmes sur la promenade de la Bonanova, plongés tous deux dans nos réflexions. J'étais sûr que celles de Fermín étaient concentrées sur la sinistre apparition de l'inspecteur Fumero dans notre histoire. Je le regardai à la dérobée et vis son visage consterné, dévoré d'inquiétude. Un voile de nuages noirs s'étendait comme une flaque de sang et répandait des rais de lumière couleur de feuille morte.

—Si nous ne nous pressons pas, nous allons recevoir l'averse, dis-je.

—Pas encore. Ces nuages sont sournois, ils attendent la nuit.

—Ne me dites pas que vous vous y connaissez aussi en nuages.

— Vivre dans la rue vous enseigne plus de choses qu'on ne souhaiterait. La seule pensée de Fumero m'a donné une faim épouvantable. Que diriez-vous d'aller dans un café de la place de Sarriá pour y commander deux sandwiches à la tortilla avec beaucoup d'oignon ?

Nous nous dirigeâmes vers la place, où une horde de petits vieux courtisaient les pigeons du cru, réduisant la vie à des miettes et à une attente sans but. Nous trouvâmes une table près de la porte du café, et Fermín se mit en devoir de régler leur compte aux deux sandwiches, le sien et le mien, à un demi de bière, deux tablettes de chocolat et un triple rhum. Pour dessert, il s'envoya un Sugus. A la table voisine, un homme observait discrètement Fermín par-dessus son journal, en se posant probablement la même question que moi.

— Je me demande où vous casez tout ça, Fermín.

— Dans ma famille, on a toujours eu le métabolisme rapide. Ma sœur Jesusa, qu'elle repose en paix, était capable d'engloutir pour son goûter une omelette de six œufs au boudin et à l'ail doux, et de se conduire ensuite au dîner comme un cosaque. On l'appelait « Pâté de Foie » parce qu'elle avait l'haleine fétide. Elle était comme moi, vous savez ? Même figure et même corps secs, en plus maigre. Un docteur de Cáceres a dit un jour à ma mère que les Romero de Torres étaient le chaînon manquant entre l'homme et le requin-marteau, parce que notre organisme est constitué à quatre-vingt-dix pour cent de cartilage, concentré majoritairement dans le nez et le pavillon auditif. Au village, on nous confondait souvent, Jesusa et moi, parce que la pauvre n'a jamais réussi à avoir de la poitrine et a commencé à se raser avant moi. Elle est morte de phtisie à vingt-deux ans, vierge jusqu'à sa dernière heure et amoureuse en secret d'un faux jeton de curé qui, quand il la croisait dans la rue, lui disait toujours : « Bonjour, Fermín, te voilà devenu un vrai petit homme. » Ironies de la vie.

— Est-ce qu'ils vous manquent ?

— Qui ? Ma famille ?

Fermín haussa les épaules en se perdant dans un sourire nostalgique.

— Est-ce que je sais ? Peu de choses sont aussi trompeuses que les souvenirs. Voyez le bon père… Et vous ? Est-ce que votre mère vous manque ?

Je baissai les yeux.

— Beaucoup.

— Savez-vous le souvenir le plus fort que je garde de la mienne ? demanda Fermín. Son odeur. Elle sentait toujours le propre, le pain doux. Elle avait beau passer la journée à travailler aux champs et porter les mêmes hardes toute la semaine… elle sentait tout ce qu'il y a de bon en ce monde. Et pourtant, quelle brute ! Elle jurait comme un charretier, mais elle embaumait comme la princesse des contes. Du moins, je la voyais ainsi. Et vous ? Quel est le souvenir le plus fort que vous gardez de votre mère, Daniel ?

J'hésitai un instant, pour rassembler les mots qui s'étranglaient dans ma gorge.

— Aucun. Cela fait des années que je ne peux plus me souvenir de ma mère. Ni de son visage, ni de sa voix, ni de son odeur. Ils ont disparu le matin du jour où j'ai découvert Julián Carax et ne sont pas revenus.

Fermín m'observait en pesant prudemment sa réponse.

— Vous n'avez pas de portraits d'elle ?

— Je n'ai jamais voulu les regarder, dis-je.

— Pourquoi ?

Je n'avais raconté cela à personne, pas même à mon père ni à mon ami Tomás.

— Parce que ça me fait peur. Ça me fait peur de chercher un portrait de ma mère et de découvrir une étrangère. Cela va vous sembler idiot.

Fermín fit signe que non.

— Et vous pensez que si vous réussissez à percer le mystère de Julián Carax et à le sauver de l'oubli, le visage de votre mère vous reviendra ?

Je le contemplai en silence. Il n'y avait ni ironie ni jugement dans son regard. En cet instant, Fermín Romero de Torres me parut l'homme le plus sage de l'univers.

— Peut-être, répondis-je, sans réfléchir.

Sur le coup de midi, nous montâmes dans un autobus pour revenir dans le centre. Nous nous assîmes à l'avant, juste à côté du conducteur, circonstance que Fermín mit à profit pour entamer un débat sur les nombreux progrès, tant techniques qu'esthétiques, qu'il remarquait dans les transports publics de surface par rapport à la dernière fois où il les avait utilisés, aux alentours de 1940, en particulier dans le domaine de la signalisation, comme le démontrait un panneau qui annonçait : « Il est interdit de cracher et de parler grossièrement. » Fermín l'examina d'un œil torve et décida de lui rendre hommage par un superbe crachat, ce qui nous attira aussitôt les regards sulfuriques d'un commando de trois vieilles bigotes assises à l'arrière, retranchées chacune derrière son missel.

— Sauvage ! murmura la dévote du flanc est, qui offrait une étonnante ressemblance avec le général Yagüe.

—Elles font le compte, dit Fermín. Mon Espagne a trois saintes. Sainte Pimbêche, sainte Cafarde et sainte Nitouche. Nous avons transformé ce pays en cirque.

—Et comment ! confirma le conducteur. On était mieux avec Azaña. Et ne parlons pas de la circulation. Y a de quoi être dégoûté.

Un passager installé à l'arrière rit, amusé par cet échange d'opinions. Je reconnus l'homme qui s'était assis à côté de nous dans le café. Son expression laissait supposer qu'il était du même bord que Fermín, et qu'il aurait aimé le voir continuer d'asticoter les bigotes. Je croisai brièvement son regard. Il m'adressa un sourire cordial et se replongea dans son journal. Arrivés rue Ganduxer, je vis que Fermín, pelotonné en boule sous sa gabardine, se payait un petit somme, bouche ouverte et visage béat. Quand il se réveilla en sursaut, l'autobus filait au milieu des promeneurs élégants du cours San Gervasio.

—Je rêvais du père Fernando, me dit-il. Seulement, dans mon rêve, il portait un maillot d'avant-centre du Real Madrid et se tenait à côté de la coupe de la ligue, qui brillait comme de l'or pur.

—Et alors ?

—Et alors, si Freud dit juste, ça signifie que le curé a probablement marqué un but dans notre camp.

—Il m'a pourtant paru honnête.

—Oui, c'est vrai. Trop même, peut-être. Parce que, d'habitude, les prêtres qui ont l'étoffe de saints, on les envoie tous comme missionnaires se faire bouffer par les moustiques ou les piranhas.

—Vous exagérez.

—Bienheureuse innocence que la vôtre, Daniel. Vous gobez tout ce qu'on vous raconte. Tenez, par exemple : le boniment que vous a fait avaler Nuria Monfort à propos de Miquel Moliner. Pour moi, cette dame vous a servi plus de mensonges qu'un éditorial de *L'Osservatore Romano.* Ne découvrons-nous pas maintenant qu'elle est mariée à un ami d'enfance d'Aldaya et de Carax ? Vous vous rendez compte ? Et là-dessus, voilà que nous avons droit à l'histoire de Jacinta la bonne nounou : elle est peut-être véridique, mais elle rappelle quand même trop un roman d'Hector Malot. Pour ne pas parler de la spectaculaire entrée en scène de Fumero dans le rôle du méchant tueur.

— Donc vous croyez que le père Fernando nous a menti ?

— Non, je suis comme vous, je le crois honnête, mais il ne porte pas son uniforme pour rien, et il s'est gardé quelques grains de son chapelet sous la soutane, si j'ose dire. A mon avis, s'il nous a menti, c'est par omission et par discrétion, pas par méchanceté ou pour nous embrouiller. De plus, je ne le vois pas capable d'inventer une histoire aussi compliquée. S'il savait mieux mentir, il ne donnerait pas de cours de latin et d'algèbre ; il serait déjà à l'archevêché avec le titre de cardinal et des petits gâteaux pour accompagner son café.

— Que suggérez-vous, alors ?

— Tôt ou tard, nous devrons aller déterrer la momie de la petite vieille angélique et la secouer par les talons pour savoir ce qui en tombera. Pour le moment, je vais faire quelques recherches, histoire de voir ce que je peux dégoter sur le dénommé Miquel Moliner. Et ça vaudrait aussi la peine de se pencher sur le cas de cette Nuria Monfort, qui me semble bien être ce que ma défunte mère appelait une faiseuse d'embrouilles.

— Vous vous trompez sur son compte, protestai-je.

— Oh, vous, il suffit qu'on vous montre une paire de nichons bien balancés, et vous croyez aussitôt avoir vu sainte Thérèse de l'Enfant Jésus, ce qui, à votre âge, est bien excusable. Laissez-moi m'en occuper, Daniel, les suaves effluves de l'éternel féminin ne me font pas tourner la tête comme à vous. A mon âge, le sang irrigue plus facilement la tête qu'il ne descend dans les parties molles.

— Quel langage choisi !

Fermín sortit son porte-monnaie et procéda à son inspection.

— Vous avez là une fortune, dis-je. Et tout ça vient de la monnaie de ce matin ?

— En partie. Le reste est légitime. C'est qu'aujourd'hui je sors ma Bernarda. Je ne peux rien refuser à cette femme-là. S'il le faut, je donnerai l'assaut à la Banque d'Espagne pour satisfaire tous ses caprices. Et vous, quels sont vos plans pour la suite de la journée ?

— Rien de particulier.

— Et cette petite ?

— Quelle petite ?

— Ne faites pas l'idiot. Quelle petite ça pourrait être ? Je vous parle de la sœur d'Aguilar.

— Je ne sais pas.

— Vous savez très bien. Ce qui vous manque, si vous voulez que je vous dise, c'est des couilles pour prendre le taureau par les cornes.

Nous en étions là quand le contrôleur s'approcha de nous, le regard éteint, en se curant les dents avec une dextérité digne d'un artiste de cirque.

— Excusez-moi, mais les dames qui sont là

demandent si vous pouvez employer un langage plus décent.

— Je les emmerde, répliqua Fermín d'une voix forte.

Le contrôleur se retourna vers les trois dames et haussa les épaules, geste signifiant qu'il avait fait ce qu'il pouvait, et qu'il n'avait pas l'intention d'en venir aux mains pour une question de pudeur sémantique.

— Il faut toujours que les gens qui n'ont pas de vie se mêlent de celle des autres, grommela Fermín. De quoi parlions-nous ?

— De mon absence de détermination.

— Effectivement. Un cas chronique. Croyez-moi. Allez chercher votre petite amie, la vie passe trop vite, et surtout la partie qui vaut la peine d'être vécue. Vous avez entendu ce qu'a dit le curé. Sitôt venue, sitôt partie !

— Mais ce n'est pas *ma* petite amie.

— Alors gagnez-la avant qu'un autre ne la prenne, et spécialement un petit soldat de plomb.

— Vous parlez de Bea comme s'il s'agissait d'un trophée.

— Non. J'en parle comme d'une bénédiction, corrigea Fermín. Écoutez, Daniel. Le destin attend toujours au coin de la rue. Comme un voyou, une pute ou un vendeur de loterie : ses trois incarnations favorites. Mais il ne vient pas vous démarcher à domicile. Il faut aller à sa rencontre.

Je consacrai le reste du trajet à méditer cette perle philosophique, tandis que Fermín entreprenait un autre petit somme, occupation pour laquelle il possédait un talent napoléonien. Nous descendîmes de l'autobus au coin de la Gran Vía et du Paseo de Gracia sous un ciel de cendre qui dévorait la lumière. Fermín boutonna sa gabardine jusqu'au cou et annonça qu'il partait sans tarder pour sa pension, dans l'intention de se faire beau avant son rendez-vous avec Bernarda.

— Sachez que pour une personne d'allure aussi modeste que moi, la toilette doit prendre au moins quatre-vingt-dix minutes. L'esprit n'est rien sans l'apparence ; telle est la triste réalité de cette époque de cabotins. *Vanitas peccata mundi.*

Je le vis s'éloigner dans la Gran Vía, petit bout d'homme drapé dans sa gabardine grise flottant au vent comme une bannière râpée. Je me dirigeai vers la maison, où je projetais de trouver un bon livre et de me retirer du monde. En tournant le coin de la Puerta del Angel et de la rue Santa Ana, mon cœur bondit. Fermín, comme toujours, avait dit vrai. Le destin m'attendait devant la librairie, en tailleur de flanelle grise, chaussures neuves et bas de soie, étudiant son reflet dans la vitrine.

— Mon père croit que je suis à la messe de midi, dit Bea sans lever les yeux de sa propre image.

— C'est presque comme si tu y étais. Ici, à moins de vingt mètres, dans l'église de Santa Ana, il y a séance permanente depuis neuf heures du matin.

Nous parlions comme deux inconnus qui se sont arrêtés par hasard devant un magasin, en cherchant nos regards dans la glace de la vitrine.

— Il n'y a pas de quoi plaisanter. J'ai dû me procurer le bulletin paroissial pour savoir sur quoi portait le sermon. Il va me réclamer un synopsis détaillé.

— Ton père ne te lâche pas.

— Il a juré de te briser les jambes.

— Il faudrait d'abord qu'il trouve qui je suis. En

attendant, mes jambes sont intactes et je cours plus vite que lui.

Bea m'observait, tendue, en épiant les passants qui glissaient derrière nous, formes grises dans le vent.

— Je ne vois pas ce qui te fait rire, dit-elle. Je parle sérieusement.

— Je ne ris pas. Je suis mort de trouille. Mais je suis si heureux de te voir.

Un mince sourire, nerveux, fugace.

— Moi aussi, admit-elle.

— Tu dis ça comme s'il s'agissait d'une maladie.

— C'est pire que ça. Je me suis dit que si je te revoyais à la lumière du jour, je recouvrerais peut-être la raison.

Je me demandai si c'était un compliment ou une condamnation.

— Il ne faut pas qu'on nous aperçoive ensemble, Daniel. Pas ainsi, en pleine rue.

— Si tu veux, nous pouvons entrer dans la librairie. Il y a une cafetière dans l'arrière-boutique et…

— Non. Je ne veux pas qu'on me voie entrer ou sortir d'ici. Si quelqu'un me surprend à parler avec toi, je pourrai toujours dire que je suis tombée par hasard sur le meilleur ami de mon frère. Mais si nous sommes vus deux fois ensemble, nous attirerons les soupçons.

Je soupirai.

— Et qui va nous voir ? Qui s'intéresse à nos faits et gestes ?

— Les gens ont toujours des yeux pour voir ce qui ne les regarde pas, et mon père connaît la moitié de Barcelone.

— Alors pourquoi es-tu venue m'attendre ici ?

— Je ne suis pas venue t'attendre. Je suis venue à la messe, tu te souviens ? C'est toi-même qui l'as dit.

— Tu me fais peur, Bea. Tu mens encore mieux que moi.

— Tu ne me connais pas, Daniel.

— C'est ce que dit ton frère.

Nos regards se rencontrèrent dans le reflet de la vitrine.

— Tu m'as montré l'autre nuit quelque chose que je n'avais jamais vu, murmura Bea. Maintenant, c'est mon tour.

Je fronçai les sourcils, intrigué. Bea ouvrit son sac, en tira un carton plié en deux et me le tendit.

— Tu n'es pas le seul à connaître des secrets dans Barcelone, Daniel. J'ai une surprise pour toi. Je t'attends à cette adresse aujourd'hui à quatre heures. Personne ne doit être mis au courant de notre rendez-vous.

— Comment saurai-je que je suis au bon endroit ?

— Tu le sauras.

Je la regardai, intrigué, en me demandant si elle ne se moquait pas de moi.

— Si tu ne viens pas, je comprendrai, dit Bea. Je comprendrai que tu ne veux plus me revoir.

Sans me laisser le temps de répondre, Bea fit demi-tour et s'éloigna d'un pas rapide vers les Ramblas. Je restai là, le carton à la main et les mots sur les lèvres, à la suivre du regard jusqu'à ce que sa silhouette se fonde dans la pénombre grise qui annonçait l'orage. Je dépliai le carton. A l'intérieur, en caractères bleus, je pus lire une adresse que je connaissais bien :

32, avenue du Tibidabo

14

L'orage n'attendit pas la nuit pour montrer les crocs. Les premiers éclairs me surprirent au moment où j'allais prendre un autobus de la ligne 22. Le temps de faire le tour de la place Molina et de commencer à remonter la rue Balmes, la ville s'effaçait déjà sous des nappes de velours liquide en me rappelant que je n'avais même pas pris la précaution élémentaire de me munir d'un parapluie.

— Faut être courageux, murmura le conducteur quand je lui demandai de s'arrêter à la prochaine.

Il était déjà quatre heures dix quand l'autobus me déposa à un arrêt perdu au bout de la rue Balmes, livré à la tourmente. Devant moi, je devinais à peine l'avenue du Tibidabo, fantomatique sous la pluie et le ciel de plomb. Je comptai jusqu'à trois et me mis à courir sous l'averse. Quelques minutes plus tard, transpercé jusqu'aux os et grelottant de froid, je m'arrêtai sous un porche pour reprendre haleine. J'observai le trajet qui me restait à faire. Le souffle glacé de la bourrasque charriait un voile gris qui masquait le contour spectral des villas et des hôtels particuliers noyés dans la brume. Au centre se dressait le donjon noir et solitaire de la villa Aldaya, échouée dans son bouquet d'arbres ployés sous le vent. Je relevai les mèches mouillées qui me rentraient dans les yeux et courus le long de l'avenue déserte.

Le vent faisait battre la petite porte de la grille. Au-delà s'ouvrait un sentier qui serpentait jusqu'à la villa. Je me glissai dans la propriété. Çà et là parmi les broussailles, on devinait des socles de statues impitoyablement jetées à bas. En approchant de la villa, je vis que l'une d'elles, l'effigie d'un ange purificateur, avait été abandonnée dans le bassin d'une fontaine qui dominait le jardin. La silhouette de marbre noirci luisait comme un spectre sous la surface de l'eau qui débordait du bassin. La main de l'ange de feu émergeait ; un doigt accusateur, effilé comme une baïonnette, indiquait la porte principale. Le battant de chêne sculpté était entrouvert. Je le poussai et fis quelque pas dans un hall caverneux dont les murs oscillaient sous la caresse de la flamme d'une bougie.

— J'ai cru que tu ne viendrais pas, dit Bea.

Sa silhouette se profilait dans un couloir obscur, découpée par la clarté blafarde d'une galerie qui s'ouvrait au fond. Elle était assise sur une chaise, contre le mur, la bougie à ses pieds.

— Ferme la porte, dit-elle sans se lever. La clef est dans la serrure.

J'obéis. La serrure grinça et un écho sépulcral lui répondit. J'entendis les pas de Bea derrière moi et la sentis frôler mes vêtements mouillés.

— Tu trembles. C'est de peur ou de froid ?

— Je n'ai pas encore décidé. Pourquoi sommes-nous ici ?

Elle sourit dans l'ombre et me prit la main.

— Tu ne sais pas ? Je croyais que tu aurais deviné…

— C'est la maison Aldaya, voilà tout ce que je sais. Comment as-tu fait pour y entrer et comment savais-tu… ?

— Viens, nous allons allumer du feu pour te réchauffer.

Elle me guida le long du couloir jusqu'à la galerie qui

donnait sur la cour intérieure. Dans le salon s'élevaient des colonnes de marbre et des murs nus du sol aux lambris du plafond crevassé. On devinait les marques de tableaux et de miroirs qui avaient jadis décoré les murs, de même que les traces de meubles sur le dallage de marbre. A un bout du salon, des bûches avaient été préparées dans la cheminée. Une pile de vieux journaux s'entassait à côté du tisonnier. L'air qui venait de la cheminée sentait le feu récent et le bois brûlé. Bea s'accroupit devant le foyer et plaça des journaux sous les bûches. Elle gratta une allumette, et une couronne de flammes jaillit rapidement. Les mains de Bea disposaient les bûches avec habileté et expérience. J'imaginais qu'elle me jugeait mort de curiosité et d'impatience, mais je décidai de me composer un air flegmatique destiné à montrer que, si elle voulait faire la mystérieuse avec moi, elle en serait pour ses frais. Elle arborait un sourire triomphant. Peut-être le tremblement de mes mains ne me rendait-il pas vraiment crédible.

— Tu viens souvent ici ? demandai-je.

— C'est la première fois. Ça t'intrigue ?

— Vaguement.

Elle s'agenouilla devant le feu et étala une couverture propre qu'elle sortit d'un sac en toile. La couverture sentait la lavande.

— Allons, viens t'asseoir devant le feu, je ne veux pas que tu attrapes une pneumonie par ma faute.

La chaleur du foyer me rendit à la vie. Bea contemplait les flammes en silence, fascinée.

— Tu vas me dire le secret ? demandai-je enfin.

Bea soupira et alla s'asseoir sur une chaise. Je restai tout près du feu, regardant la vapeur s'échapper de mes vêtements comme une âme qui monte au ciel.

— Cette maison que tu appelles la villa Aldaya a en réalité un autre nom. Elle s'appelle « L'Ange de brume », mais presque personne ne le sait. Cela fait quinze ans que le bureau de mon père essaie de vendre cette propriété sans y parvenir. L'autre jour, pendant que tu m'expliquais l'histoire de Julián Carax et de Penélope Aldaya, je n'ai pas fait le rapprochement. Puis le soir, à la maison, j'y ai repensé, et je me suis souvenue d'avoir entendu mon père parler de la famille Aldaya, et en particulier de cette maison. Hier, je suis allée à son bureau, et son secrétaire, Casasús, m'a raconté l'histoire de la villa. Savais-tu que ce n'était pas, au départ, le domicile principal des Aldaya, mais une de leurs maisons d'été ?

Je fis signe que non.

— La vraie maison des Aldaya était un hôtel particulier qui a été démoli en 1925 pour faire place à un immeuble sis au coin des actuelles rues Bruch et Mallorca. Cet hôtel avait été dessiné par Puig i Cadafalch à la demande du grand-père de Penélope et de Jorge, Simón Aldaya, en 1896, alors qu'il n'y avait à cet endroit que des champs et des ruisseaux. Le fils aîné du patriarche Simón, Ricardo Aldaya, a acheté la villa dans les dernières années du XIXe siècle à un personnage extravagant et pour un prix dérisoire parce qu'elle avait mauvaise réputation. Casasús m'a dit qu'elle était maudite et que les vendeurs eux-mêmes n'osaient pas la faire visiter et prenaient le premier prétexte venu pour se défiler…

15

Cette après-midi-là, tandis que je me réchauffais, Bea me raconta comment « L'Ange de brume » était devenu la propriété des Aldaya. Le récit composait un mélodrame scabreux qui aurait très bien pu naître sous la plume de Julián Carax. La villa avait été construite en 1899 par l'atelier d'architecture Naulí, Martorell i Bergadà sous les auspices d'un financier prospère et extravagant nommé Salvador Jausà, qui n'y avait vécu qu'un an. Le magnat, orphelin à six ans et d'humble origine, avait amassé la plus grande partie de son argent à Cuba et à Porto Rico. On disait qu'il avait, comme bien d'autres, profité de la perte de Cuba et de la guerre contre les États-Unis qui nous a privés de nos dernières colonies. Du Nouveau Monde, il n'avait pas seulement ramené une fortune : il était flanqué d'une épouse nord-américaine, une jeune femme pâle et fragile de la bonne société de Philadelphie ne parlant pas un mot d'espagnol, et d'une domestique mulâtre qui le servait depuis ses premières années à Cuba et qu'accompagnaient sept malles et un singe en cage habillé en Arlequin. Ils s'installèrent provisoirement à l'hôtel Colón, sur la place de Catalogne, dans l'attente d'acquérir une résidence qui réponde aux goûts et aux envies de Jausà.

Nul n'avait le moindre doute que la servante – une beauté d'ébène dont les yeux et les formes, au dire des chroniqueurs mondains, déclenchaient des tachycardies – était en réalité sa maîtresse et son guide dans des plaisirs illicites et innombrables. Qu'elle fût en outre sorcière et jeteuse de sorts allait de soi. Son nom était Marisela, ou du moins était-ce ainsi que l'appelait Jausà, et son allure, ses airs énigmatiques ne tardèrent pas à constituer le scandale favori des dames de la société dans les réunions qu'elles organisaient pour déguster des petits fours en tuant le temps et les suffocations automnales. Au cours de ces cinq-à-sept, la rumeur, bien entendu non confirmée, ne tarda pas à circuler que cette femelle africaine, par l'inspiration directe des enfers, forniquait debout sur le mâle, c'est-à-dire en le chevauchant comme une furie en rut, ce qui ne représentait pas moins de cinq ou six péchés capitaux. Il s'en trouva même pour écrire à l'évêque en sollicitant une bénédiction spéciale aux fins de protéger de pareille influence l'âme pure et immaculée des bonnes familles de Barcelone. Pour comble, Jausà poussait l'impudence jusqu'à se promener en calèche le dimanche matin avec sa femme et Marisela, offrant ainsi le spectacle babylonien de la dépravation à toute la jeunesse innocente qui déambulait sur le Paseo de Gracia pour se rendre à la messe de onze heures. Même les journaux se faisaient les échos du regard hautain et orgueilleux de la négresse, qui toisait le public barcelonais « comme une reine de la jungle regarderait une bande de Pygmées ».

A cette époque, la fièvre moderniste s'était déjà emparée de Barcelone, mais Jausà fit clairement savoir aux architectes engagés pour construire sa maison qu'il attendait quelque chose de différent. Dans son vocabulaire, l'adjectif « différent » avait valeur de superlatif. Pendant des années, Jausà était passé devant la file de demeures néogothiques que les magnats de l'ère industrielle américaine s'étaient fait édifier dans la partie de la Cinquième Avenue située entre les cinquante-huitième et soixante-douzième rues, face à la lisière est de Central Park. Pris dans ses rêves américains, le financier refusa d'écouter tout argument en faveur d'une construction à la mode du jour, de la même manière qu'il avait refusé d'avoir sa loge au Liceo comme l'imposaient les convenances, en le qualifiant de Babel de sourds et de ramassis d'indésirables. Il désirait une maison à l'écart de la ville, dans les parages encore passablement désolés de l'avenue du Tibidabo. Il disait vouloir contempler Barcelone d'en haut. Pour seul voisinage, il ne souhaitait qu'un jardin peuplé de statues d'anges qui, selon ses instructions (transmises par Marisela), devaient être disposées à chaque pointe du tracé d'une étoile à sept branches, pas une de plus ni de moins. Bien décidé à réaliser son projet, et les coffres assez remplis pour satisfaire son caprice, Salvador Jausà expédia ses architectes passer trois mois à New York afin d'étudier les structures métalliques délirantes qui hébergeaient le commodore Vanderbilt, John Jacob Astor, Andrew Carnegie et le reste des cinquante familles en or. Il leur donna pour instructions d'assimiler le style et les techniques architecturales de l'école de Stanford, White & McKim, et prévint qu'il n'accepterait jamais un projet du genre de ceux qui faisaient les délices de ceux qu'il appelait « les charcutiers et les marchands de boutons ».

Un an plus tard, les trois architectes se présentèrent dans la suite somptueuse de l'hôtel Colón pour lui soumettre leur projet. Jausà, en compagnie de la mulâtre Marisela, les écouta en silence et, au terme de leur exposé, demanda quel serait le prix à payer pour effectuer les travaux en six mois. Frederic Martorell, l'associé principal de l'atelier d'architecture, toussota et, pour ne pas perdre la face, nota un chiffre sur un bout de papier qu'il tendit au potentat. Celui-ci, sans sourciller, signa sur-le-champ un chèque représentant le montant total et congédia le trio d'un geste absent. Sept mois plus tard, en juillet 1900, Jausà, son épouse et la servante Marisela s'installaient dans la maison. En août de la même année, la police trouvait les deux femmes mortes et Salvador Jausà agonisant, nu et ligoté au fauteuil de son bureau. Le rapport du sergent chargé de l'affaire indiquait que les murs de toute la maison étaient couverts de sang, que les statues des anges qui entouraient le jardin avaient été mutilées – leurs visages peints à la manière de masques tribaux – et qu'on avait découvert des traces de cierges noirs sur les piédestaux. L'enquête dura huit mois. Pendant tout ce temps, Jausà ne prononça pas un mot.

Les recherches de la police aboutirent aux conclusions suivantes : tout semblait indiquer que Jausà et son épouse avaient été empoisonnés avec un extrait végétal administré par Marisela, dans les affaires de qui l'on découvrit plusieurs flacons de cette substance. Pour une raison inconnue, Jausà avait survécu au poison, mais les séquelles étaient terribles : ayant perdu momentanément l'usage de la parole et de l'ouïe, en partie paralysé, il était condamné à vivre le reste de ses jours dans une perpétuelle agonie. Mme Jausà avait été trouvée dans sa chambre, étendue sur le lit sans autre vêtement que ses bijoux et un bracelet en diamants. La police supposait que Marisela, une fois le crime accompli, s'était ouvert les veines avec un couteau et avait parcouru la maison en répandant son sang sur les murs des couloirs et des pièces, jusqu'au moment où elle était tombée morte dans sa chambre du dernier étage. Le mobile, selon la police, était la jalousie. Au moment de sa mort, la femme du potentat était enceinte. On disait que Marisela avait dessiné un crâne sur le ventre nu de celle-ci avec de la cire rouge fondue. Quelques mois plus tard, le dossier fut clos, comme l'avaient été les lèvres de Salvador Jausà. Le commentaire de la bonne société de Barcelone fut que jamais, dans l'histoire de la ville, il ne s'était produit chose pareille, et que cette racaille de sauvages et de gens venus d'Amérique était en train de ruiner la solide fibre morale du pays. Beaucoup, dans l'intimité de leur foyer, se réjouirent de la fin des excentricités de Salvador Jausà. Comme toujours, ils se trompaient : elles ne faisaient que commencer.

La police et les avocats de Jausà avaient classé le dossier, mais Jausà, l'émigré, était décidé à continuer. C'est alors qu'il rencontra M. Ricardo Aldaya, qui était déjà un industriel prospère, jouissant d'une réputation de don Juan et d'un tempérament léonin. Celui-ci lui proposa d'acheter la maison dans l'intention de la démolir et de la revendre à prix d'or, car la valeur du terrain dans cette zone montait à la vitesse du lait en ébullition. Jausà n'accepta pas de vendre, mais invita Aldaya à visiter les lieux pour lui montrer ce qu'il appelait une expérience scientifique et spirituelle. Ce que vit Aldaya à l'intérieur le glaça. Jausà avait complètement perdu la raison. Personne n'était entré dans la propriété depuis la fin de l'enquête. L'ombre noire du sang de Marisela couvrait toujours les murs. Jausà avait fait appel à un inventeur et pionnier de la curiosité technologique de l'époque, le cinématographe. Son nom était Fructúos Gelabert, et il avait accédé aux demandes de Jausà en échange de fonds pour construire des studios de cinéma dans le Vallès, certain que le XXe siècle verrait les images animées se substituer à la religion et à ses rites. Il semble que Jausà était convaincu que l'esprit de la négresse Marisela demeurait encore dans la maison. Il affirmait percevoir sa présence, sa voix, son odeur et même sentir son contact dans l'obscurité. La domesticité, en entendant ces histoires, s'était enfuie au galop pour chercher des emplois exigeant moins de tension nerveuse dans la localité voisine de Sarriá, où ne manquaient ni les villas ni les familles incapables de remplir une cuvette d'eau ou de raccommoder des chaussettes.

Jausà était donc resté seul avec son obsession et ses fantômes invisibles. Il avait bientôt décidé que la solution consistait à surmonter cette invisibilité. L'émigré avait eu l'occasion de voir à New York certains résultats de l'invention du cinématographe, et il partageait avec la défunte Marisela cette idée que la caméra vampirisait les âmes, celle du sujet filmé comme celle du spectateur. En suivant ce raisonnement, il avait chargé Fructúos Gelabert de tourner des centaines de mètres de pellicule dans les couloirs de « L'Ange de brume » à la recherche de signes et de visions de l'au-delà. Longtemps ces tentatives, malgré le prénom de l'opérateur, étaient restées infructueuses.

Tout avait changé quand Gelabert avait annoncé qu'il avait reçu de la fabrique de Thomas Edison à Menlo Park, New Jersey, un nouveau modèle de support sensible qui permettait de filmer des scènes avec un éclairage précaire, chose impossible jusque-là. Le procédé n'a jamais été élucidé, et l'on sait seulement qu'un aide du laboratoire de Gelabert avait répandu un vin mousseux de la famille des xérès originaire de Penedés dans le bac du révélateur, et que la réaction chimique avait fait apparaître des formes étranges sur la pellicule impressionnée. C'était cette pellicule que Jausà voulait projeter à M. Ricardo Aldaya, le soir où il l'invita dans la sinistre villa du 32 de l'avenue du Tibidabo.

En entendant cela, Aldaya supposa que Gelabert, craignant de voir disparaître les fonds que lui prodiguait Jausà, avait recouru à cette ruse byzantine pour entretenir l'intérêt de son patron. Cependant Jausà ne doutait pas de la véracité de ses dires. Mieux, là où d'autres voyaient des formes et des ombres, il apercevait des âmes. Il jurait qu'il distinguait la silhouette de Marisela matérialisée sur un suaire, et qu'elle se transformait en loup et marchait debout. A la projection, Ricardo Aldaya ne vit que de grosses taches, affirmant en outre que tant la pellicule que l'opérateur empestaient le vin et divers spiritueux. Ce qui n'empêcha pas l'industriel, en bon homme d'affaires, de deviner tout le parti qu'il pourrait tirer de la situation. Un millionnaire fou, seul et obsédé par la capture d'ectoplasmes constituait une proie idéale. Il lui donna donc raison et l'encouragea à poursuivre son entreprise. Durant des semaines, Gelabert et ses hommes tournèrent des kilomètres de pellicule qui étaient ensuite révélés dans différents bacs avec des solutions chimiques additionnées d'Aromas de Montserrat, un vin rouge religieusement élevé dans la paroisse du Ninot et toutes sortes de caves de la région de Tarracón. Entre les projections, Jausà donnait des pouvoirs, signait des autorisations et confiait le contrôle de ses réserves financières à Ricardo Aldaya.

Jausà disparut au cours d'un orage, une nuit de novembre de la même année. Personne ne sut ce qu'il était devenu. Il semble qu'un accident se soit produit pendant la projection d'une bobine de la pellicule spéciale de Gelabert. M. Ricardo Aldaya chargea ce dernier de récupérer ladite bobine et, après l'avoir visionnée, y mit personnellement le feu et suggéra au technicien de tout oublier en appuyant sa demande d'un chèque d'une indiscutable générosité. A ce moment-là, Aldaya était déjà propriétaire de la plupart des biens du disparu. Certains dirent que la défunte Marisela était revenue emporter celui-ci en enfer. D'autres prétendirent qu'un mendiant qui ressemblait beaucoup au millionnaire défunt avait été aperçu pendant plusieurs mois aux abords de la citadelle jusqu'à ce qu'une voiture noire, rideaux baissés, l'écrase en plein jour sans s'arrêter. Mais il était trop tard : la légende noire de la villa était établie et l'invasion de la musique nègre dans les salles de bal de la ville déjà irréversible.

Quelques mois plus tard, M. Ricardo Aldaya installa sa famille dans la maison de l'avenue du Tibidabo où, au bout de deux semaines, naquit la cadette du couple, Penélope. En l'honneur de cet événement, Aldaya rebaptisa la maison « Villa Penélope ». Mais cette nouvelle appellation n'eut pas de succès. La maison avait son caractère et restait imperméable à l'influence de ses nouveaux maîtres. Les occupants se plaignaient de bruits et de coups sur les murs, la nuit, de subites odeurs de putréfaction et de courants d'air glacés qui semblaient circuler dans la maison comme des sentinelles errantes. La villa était un concentré de mystères. Elle avait un double sous-sol, avec une sorte de crypte au niveau inférieur et une chapelle au niveau supérieur, dominée par un grand christ en croix polychrome auquel les domestiques trouvaient une ressemblance inquiétante avec Raspoutine, personnage très en vogue à l'époque. Les livres de la bibliothèque étaient constamment dérangés, ou retournés. Au troisième étage, une chambre à coucher restait inhabitée à cause des taches d'humidité qui sourdaient des murs et semblaient composer des visages brouillés ; les fleurs y fanaient en quelques minutes et l'on y entendait constamment des mouches bourdonner sans qu'on puisse jamais les voir.

Les cuisinières assuraient que certaines denrées, le sucre par exemple, disparaissaient comme par magie de la réserve et que le lait se teintait de rouge à la première lune de chaque mois. On rencontrait des oiseaux morts devant la porte de certaines chambres, ou des petits rongeurs. D'autres fois, des objets disparaissaient, en particulier des parures et des boutons de vêtements rangés dans les armoires et les tiroirs. Il arrivait que les objets perdus se matérialisent comme par enchantement quelques mois plus tard dans un coin quelconque de la maison, ou enterrés dans le jardin. Mais en général on ne les retrouvait pas. Pour M. Ricardo, tout cela n'était qu'attrape-nigauds et enfantillages de gens trop riches. Il était convaincu qu'une bonne semaine de jeûne aurait guéri la famille de ses peurs. Cependant, il ne prenait pas les vols des bijoux de son épouse avec autant de philosophie. Plus de cinq bonnes furent renvoyées après la disparition de plusieurs joyaux du coffret de leur maîtresse, bien que toutes aient clamé leur innocence en pleurant à chaudes larmes. Les plus perspicaces pensaient plutôt que, sans chercher tant de mystère, cette situation était due à la déplorable habitude qu'avait M. Ricardo de se glisser à minuit dans les chambres des jeunes servantes à des fins ludiques et extraconjugales. Sur ce chapitre, sa réputation semblait aussi impressionnante que sa fortune, et beaucoup affirmaient que les bâtards qu'il semait derrière lui pourraient bientôt former un syndicat. Il est certain, en tout cas, que tout ne se limitait pas à la disparition de bijoux. Avec le temps, ce fut la joie de vivre de la famille qui s'évanouit.

La famille Aldaya ne fut jamais heureuse dans cette maison acquise grâce aux talents d'homme d'affaires peu scrupuleux de M. Ricardo. Mme Aldaya ne cessait de supplier son mari de vendre la propriété et de s'installer en ville, ou même de retourner dans l'hôtel particulier construit par Puig i Cadafalch pour le grand-père Simón, patriarche du clan. Ricardo Aldaya refusait catégoriquement. Il passait le plus clair de son temps en voyage ou dans les usines de la famille, et la maison ne lui posait aucun problème. Une fois, le petit Jorge disparut pendant huit heures à l'intérieur même de la villa. Sa mère et les domestiques le cherchèrent désespérément, sans succès. Quand l'enfant fit sa réapparition, pâle et hébété, il dit qu'il avait passé tout ce temps dans la bibliothèque en compagnie de la mystérieuse dame noire qui lui avait montré de vieilles photos et lui avait dit que toutes les femmes de la famille devaient mourir dans cette maison pour expier les péchés des mâles. La mystérieuse dame avait même dévoilé au petit Jorge la date à laquelle mourrait sa mère : le 12 avril 1921. Inutile de préciser que l'on ne retrouva jamais la prétendue dame noire, même si, des années plus tard, à l'aube du 12 avril 1921, Mme Aldaya fut découverte sans vie sur le lit de sa chambre. Tous ses bijoux avaient disparu. En curant le puits de la cour, un domestique les y repêcha, avec une poupée qui avait appartenu à Penélope.

Une semaine après cet événement, M. Ricardo Aldaya décida de se débarrasser de la maison. A ce moment-là, son empire financier était déjà blessé à mort, et plus d'un insinuait que cette demeure maudite portait malheur à ses habitants. D'autres, plus prudents, se bornaient à prétendre qu'Aldaya n'avait jamais rien compris aux transformations du marché et qu'il n'avait réussi qu'une chose dans sa vie : ruiner l'entreprise érigée par le patriarche Simón. Ricardo Aldaya annonça qu'il quittait Barcelone pour s'installer avec sa famille en Argentine, où ses industries textiles étaient florissantes. Nombreux furent ceux qui assurèrent qu'il fuyait la faillite et le déshonneur.

En 1922, « L'Ange de brume » fut mis en vente à un prix dérisoire. Au début, beaucoup se montrèrent intéressés, mus autant par le goût du morbide que par la valeur croissante du quartier, mais aucun des acheteurs potentiels ne maintint son offre après avoir visité la maison. En 1923, la villa fut fermée. Le titre de propriété fut transféré à une société de gérance à laquelle Aldaya devait de l'argent, pour qu'elle s'occupe de sa vente, de sa démolition ou de toute autre solution qui se présenterait. Elle resta en vente durant des années, sans que la société parvienne à trouver un acheteur. Celle-ci, Botell i Llofré SARL, fit faillite en 1939 du fait de l'emprisonnement des deux titulaires sous des charges jamais tirées au clair et de leur décès tragique dans un accident au pénitencier de San Viçens en 1940. La société fut absorbée par un consortium financier de Madrid qui comptait parmi ses associés trois généraux, un banquier suisse et le président-directeur général, M. Aguilar, père de mon ami Tomás et de Bea. Malgré tous les efforts promotionnels, aucun des vendeurs de M. Aguilar ne réussit à placer la maison, même en l'offrant à un prix très au-dessous de sa valeur. Pendant plus de dix ans, personne n'entra dans la propriété.

— Jusqu'à aujourd'hui, dit Bea, avant de s'enfermer à nouveau dans un de ses silences.

Je devais avec le temps m'habituer à ceux-ci, à la voir se réfugier très loin, le regard perdu et la voix en retrait.

— Je voulais te montrer cet endroit, tu comprends ? Je voulais te faire une surprise. En écoutant Casasús, je me suis dit que je devais t'y mener, parce que ça fait partie de ton histoire, celle de Carax et de Penélope. J'avais la clef du bureau de mon père. Personne ne sait que nous sommes ici. C'est notre secret. Je souhaitais que nous le partagions. Et je me demandais si tu viendrais.

— Tu savais que oui.

Elle sourit en manière d'assentiment.

— Tu vois, je crois que rien n'arrive par hasard. Qu'au fond les choses suivent un plan caché, même si nous ne le comprenons pas. De la même façon que tu as trouvé ce roman de Julián Carax dans le Cimetière des Livres Oubliés, ou que nous sommes ici, dans cette maison qui a appartenu aux Aldaya, tout fait partie de quelque chose que nous ne pouvons deviner, mais qui nous tient à sa merci.

Pendant que Bea parlait, ma main s'était déplacée maladroitement le long de sa cheville et remontait vers son genou. Elle l'observa comme s'il s'agissait d'un insecte. Je me demandai ce qu'aurait fait Fermín en cet instant. Où était sa science quand j'en avais le plus besoin ?

— Tomás dit que tu n'as jamais eu d'amie, dit Bea, comme si cela expliquait tout.

Je retirai ma main et baissai les yeux, interdit. J'eus l'impression que Bea souriait, mais je préférai ne pas m'en assurer.

— Pour un taciturne, ton frère semble être un sacré bavard. Que disent encore de moi les Actualités ?

— Elles disent que tu as été amoureux d'une fille plus

âgée que toi pendant des années et que cette expérience t'a blessé au cœur.

— Tout ce qui a été blessé dans cette histoire, ce sont mes lèvres et mon amour-propre.

— Tomás m'a dit que tu n'es plus sorti avec aucune fille parce que tu les compares toutes à elle.

Le bon Tomás et ses coups en douce !

— Son nom est Clara, précisai-je.

— Je sais. Clara Barceló.

— Tu la connais ?

— Tout le monde connaît une Clara Barceló. Le nom ne compte pas.

Nous restâmes un moment silencieux, en regardant le feu crépiter.

— Hier soir, après t'avoir quitté, j'ai écrit une lettre à Pablo, dit Bea.

J'avalai ma salive.

— A ton fiancé l'aspirant ? Pourquoi ?

Bea sortit une lettre de son chemisier et me la montra. L'enveloppe était fermée et timbrée.

— Je lui dis que je veux qu'on se marie très vite, dans un mois si possible, et qu'on quitte Barcelone pour toujours.

J'affrontai son regard impénétrable, presque en tremblant.

— Pourquoi me racontes-tu ça ?

— Parce que je veux que tu me dises si je dois ou non l'envoyer. C'est pour ça que je t'ai fait venir, Daniel.

J'observai la lettre qu'elle agitait comme un cornet à dés.

— Regarde-moi, dit Bea.

Je levai les yeux et soutins son regard. Elle baissa le sien et partit à l'autre bout de la galerie. Une porte conduisait à la balustrade de marbre donnant sur la cour. Je vis sa silhouette prête à se fondre dans la pluie. Je la rejoignis, l'arrêtai et lui arrachai la lettre des mains. La pluie lui fouettait le visage, balayant ses larmes et sa rage. Je lui fis regagner l'intérieur de la villa et l'entraînai devant la chaleur du foyer. Elle fuyait mon regard. Je pris l'enveloppe et la jetai dans les flammes. Nous contemplâmes la lettre qui se fendillait dans les braises, et les pages qui s'évaporaient en volutes de fumée bleue, une à une. Bea s'agenouilla près de moi, des larmes dans les yeux. Je la serrai dans mes bras et sentis son haleine dans mon cou.

— Ne m'abandonne pas, Daniel, murmura-t-elle.

L'homme le plus sage que j'aie jamais connu, Fermín Romero de Torres, m'avait expliqué un jour qu'il n'existait pas dans la vie d'expérience comparable à celle de la première fois où l'on déshabille une femme. Dans sa sagesse, il ne m'avait pas menti, mais il ne m'avait pas dit non plus toute la vérité. Il ne m'avait rien dit de cet étrange tremblement des mains qui transformait chaque bouton, chaque fermeture, en travail de titan. Il ne m'avait rien dit de la magie de la chair pâle et frémissante, du premier frôlement des lèvres, ni du mirage qui semblait flamber dans chaque pore de la peau. Il ne m'avait rien mentionné de tout cela, parce qu'il savait qu'en le faisant il parlerait un langage de secrets qui, à peine dévoilés, s'enfuiraient à tout jamais. Mille fois j'ai voulu retrouver cette première après-midi avec Bea dans la villa de l'avenue du Tibidabo où la rumeur de la pluie effaçait le monde. Mille fois j'ai voulu revenir en arrière et me perdre dans un souvenir dont je peux tout juste sauver une image dérobée à la chaleur des flammes. Bea, nue et luisante de pluie, allongée devant le feu, m'offrant un regard qui m'a poursuivi toute ma vie. Je me penchai sur elle et parcourus son ventre du bout des doigts. Bea ferma les yeux et me sourit, sûre et forte.

— Fais-moi ce que tu veux, Daniel, murmura-t-elle.

J'avais dix-sept ans et la vie à fleur de lèvres.

16

La nuit était tombée quand nous quittâmes la villa enveloppés d'ombres bleues. L'orage avait laissé un souffle de bruine froide. Je voulus rendre la clef à Bea mais, d'un regard, elle me signifia de la garder. Nous descendîmes jusqu'au cours San Gervasio dans l'espoir de trouver un taxi ou un autobus. Nous marchions en silence, nous tenant par la main sans nous regarder.

— Je ne pourrai pas te revoir avant mardi, dit Bea d'une voix mal assurée, comme si, soudain, elle doutait de mon désir d'être de nouveau près d'elle.

— Je t'attendrai au même endroit, dis-je.

Je tins pour acquis que toutes mes rencontres avec Bea auraient lieu entre les murs de cette vieille demeure, que le reste de la ville ne nous appartenait pas. Il me sembla même que sa main dans la mienne devenait moins ferme, que sa force et sa chaleur diminuaient à chaque pas. En arrivant sur le cours, nous constatâmes que les rues étaient pratiquement désertes.

— Nous ne trouverons rien ici, dit Bea. Il vaut mieux descendre la rue Balmes.

Nous prîmes la rue Balmes en marchant sous les

arbres pour éviter la pluie fine et, peut-être, ne pas avoir à nous regarder. Il me sembla que Bea hâtait par moments le pas et qu'elle se détachait presque de moi. Je crus même un instant que, si je lâchais sa main, elle allait se mettre à courir. Mon imagination, pleine encore du contact et du goût de son corps, brûlait du désir de la faire asseoir sur un banc, de l'embrasser, de lui réciter la litanie des fadaises qui auraient fait mourir de rire n'importe qui d'autre que moi. Mais Bea était absente. Quelque chose la rongeait, et tout en elle criait silencieusement.

— Qu'est-ce qu'il y a ? murmurai-je.

Elle m'adressa un sourire las où se lisaient la peur et la solitude. Je me vis alors dans ses yeux : un garçon transparent qui croyait avoir conquis le monde en une heure et qui ne savait pas encore qu'il pouvait le perdre en une minute. Je continuai de marcher, sans attendre de réponse. Me réveillant enfin. Bientôt, on entendit le grondement de la circulation et l'air sembla s'embraser comme une bulle de gaz à la chaleur des réverbères et des feux de croisement qui me firent penser à une muraille invisible.

— Il vaut mieux que nous nous quittions ici, dit Bea, en libérant sa main.

On apercevait les lumières d'une station de taxis au coin de la rue, comme une file de vers luisants.

— Comme tu voudras.

Bea se pencha et posa un baiser léger sur ma joue. Ses cheveux sentaient la cire.

— Bea, commençai-je, presque sans voix, je t'aime…

D'un signe elle me fit taire, scellant mes lèvres de la main, comme si mes paroles la blessaient.

— Mardi à six heures, d'accord ? demanda-t-elle.

J'acquiesçai de nouveau. Je la vis partir et s'engouffrer dans un taxi, presque une inconnue. Un des chauffeurs, qui avait suivi notre échange d'un œil de juge de ligne, m'observait avec curiosité.

— Alors ? On rentre à la maison, chef ?

Je montai dans le taxi sans réfléchir. Les yeux du chauffeur m'examinaient dans le rétroviseur. Les miens perdaient de vue la voiture qui emportait Bea, deux points lumineux s'enfonçant dans un gouffre obscur.

Je ne parvins pas à trouver le sommeil jusqu'à ce que l'aube répande cent tonalités de gris sur la fenêtre de ma chambre. Je fus réveillé par Fermín qui, posté sur la place de l'église, lançait des petits cailloux sur mes volets. Fermín affichait son insupportable enthousiasme des lundis matin. Nous enlevâmes les grilles et accrochâmes l'écriteau OUVERT.

— Vous avez de sacrés cernes sous les yeux, Daniel. On pourrait y construire une maison. Sûr que vous avez décroché la timbale.

J'allai dans l'arrière-boutique, endossai ma blouse bleue et lui tendis la sienne, ou plutôt la lui lançai rageusement. Fermín l'attrapa au vol avec un large sourire moqueur.

— C'est plutôt la timbale qui m'a décroché, rectifiai-je.

— Laissez les aphorismes au sieur Ramón Gómez de la Serna, les vôtres souffrent d'anémie. Racontez-moi plutôt.

— Que voulez-vous que je vous raconte ?

— Je vous laisse le choix. Le nombre d'estocades ou les tours triomphaux dans l'arène.

— Je ne suis pas d'humeur, Fermín.

— Ah, jeunesse, crème de la jobardise ! En tout cas, vous ne vous formaliserez pas si je vous donne des nouvelles fraîches de notre enquête sur votre ami Julián Carax.

— Je suis tout ouïe.

Il me lança son regard d'espion international : un sourcil levé, l'autre froncé.

— Eh bien, hier, après avoir laissé Bernarda rentrer chez elle, sa vertu intacte mais avec quelques bleus aux fesses, je fus victime d'une crise d'insomnie du fait des perturbations atmosphériques qui ont affecté la soirée, circonstance que je mis à profit pour me transporter dans l'un des centres d'information des bas-fonds barcelonais, à savoir la taverne d'Eliodoro Salfumán, alias « Bitefroide », sis en un local insalubre mais haut en couleur de la rue Sant Jeroni, orgueil et âme du quartier du Raval.

— Abrégez, Fermín, pour l'amour de Dieu.

— J'y venais. Donc, une fois là, après avoir dûment célébré mes retrouvailles avec quelques habitués, vieux compagnons de temps moins fastes, je me mis en devoir d'enquêter sur le dénommé Miquel Moliner, époux de votre Mata Hari, Nuria Monfort, et hôte supposé des établissements pénitentiaires de la municipalité.

— Supposé ?

— C'est bien le mot qui convient, car il faut dire qu'en l'occurrence les faits ne correspondent pas du tout. Je sais d'expérience que, s'agissant du recensement et du décompte de la population carcérale, les informateurs du boui-boui de Bitefroide sont autrement crédibles que les vampires assoiffés de sang du Palais de Justice, or je puis vous le certifier, mon cher Daniel, personne n'a entendu parler depuis au moins dix ans d'un Miquel Moliner dans les geôles de Barcelone, que ce soit en qualité de prisonnier, de visiteur ou de tout autre être vivant.

—Il est peut-être dans une autre prison.

—Alcatraz, Sing Sing ou la Bastille. Daniel, cette femme vous a menti.

—Je suppose que oui.

—Ne supposez pas. Admettez.

—Et alors, que faire ? La piste de Miquel Moliner ne conduit nulle part.

—C'est plutôt cette Nuria qui nous mène en bateau.

—Que suggérez-vous ?

—D'explorer d'autres voies. Il ne serait pas malvenu de rendre visite à cette petite vieille, la bonne nounou de l'histoire que nous a servie le révérend père d'hier matin.

—Ne me dites pas que vous soupçonnez aussi la gouvernante d'être un fantôme.

—Non, mais je crois que l'heure n'est plus à faire des politesses et à frapper à la grande porte comme si nous demandions l'aumône. Dans cette affaire, il faut entrer par la porte de service. Vous êtes d'accord ?

—Fermín, vous parlez d'or.

—Dans ce cas, sortez de l'armoire votre costume d'enfant de chœur car, cette après-midi, nous fermerons et nous irons rendre une visite charitable à la vieille dans son asile de Santa Lucía. Et maintenant, racontez-moi comment ça s'est passé avec votre pouliche. Ne restez pas hermétique, sinon ce que vous ne voulez pas me raconter vous ressortira sous forme de pustules.

Je soupirai, vaincu, et me confessai de A à Z. Au terme de mon récit et du décompte de mes angoisses existentielles de collégien attardé, Fermín me fit la surprise d'une soudaine et puissante accolade.

— Vous êtes amoureux, murmura-t-il, ému, en me tapant dans le dos. Pauvre petit.

L'après-midi, nous quittâmes la librairie à l'heure de la plus grande affluence, ce qui nous valut un regard assassin de mon père qui commençait à soupçonner que nous tramions quelque chose de louche. Fermín bafouilla une excuse incohérente à propos de rendez-vous urgents, et nous nous éclipsâmes. Je me dis que, tôt ou tard, il faudrait révéler à mon père une partie au moins de ce sac d'embrouilles : laquelle exactement, c'était une autre affaire.

En chemin, avec son habituelle prédilection pour le folklore feuilletonesque, Fermín me mit au fait des antécédents du lieu où nous nous rendions. L'asile de Santa Lucía était une institution mythique qui survivait dans les entrailles d'un ancien palais en ruine de la rue Moncada. La légende qui l'entourait le situait à mi-chemin entre un purgatoire et une morgue aux conditions sanitaires abyssales. Son histoire était pour le moins singulière. Depuis le XIe siècle, il avait hébergé, entre autres, plusieurs familles de noble extraction, une prison, un salon de courtisanes, une bibliothèque de livres mis à l'index, un atelier de sculpture, un hospice pour pestiférés et un couvent. Au milieu du XIXe siècle, alors qu'il tombait pratiquement en ruine, le palais avait été transformé en musée des difformités et des phénomènes de foire par un imprésario extravagant qui se faisait appeler Laszlo de Vicherny, duc de Parme et alchimiste privé de la maison de Bourbon, mais dont le vrai nom était Baltasar Deulofeu i Carallot, natif d'Esparraguera, gigolo et aigrefin professionnel.

Le susdit s'enorgueillissait de posséder la collection la plus exhaustive de fœtus humanoïdes aux différents stades de malformation conservés dans des bocaux de formol, pour ne pas parler de sa collection plus complète encore de mandats d'amener délivrés par les polices de la moitié de l'Europe et de l'Amérique. Le *Tenebrarium* (car c'est ainsi que Deulofeu l'avait rebaptisé à sa création) offrait, entre autres attractions, séances de spiritisme, nécromancie, combats de coqs, de rats, de chiens, de femmes à barbe, de culs-de-jatte, ensemble ou séparément, où il n'était pas interdit de parier, un bordel spécialisé en infirmes et en monstres, un casino, un cabinet de conseils juridiques et financiers, une fabrique de philtres d'amour, une salle de spectacle de folklore régional, de marionnettes et de danseuses exotiques. A Noël, on y mettait en scène, en faisant appel au personnel du musée et du lupanar, une crèche vivante, les *Pastorets*, dont la renommée avait atteint les confins les plus reculés de la province.

Durant quinze ans, le *Tenebrarium* avait connu un succès mérité, jusqu'au jour où l'on avait découvert que Deulofeu avait séduit en une seule semaine la femme, la fille et la belle-mère du gouverneur militaire de la province. Du coup, la plus noire ignominie s'était abattue sur le centre récréatif et son fondateur. Avant que Deulofeu ait pu s'enfuir de la ville et revêtir une autre de ses multiples identités, une bande de justiciers masqués lui avait donné la chasse dans les ruelles du quartier de Santa María et avait fini par le pendre et le brûler dans la Citadelle, abandonnant ensuite ses restes aux chiens sauvages qui rôdaient dans les parages. Après être resté inoccupé pendant deux décennies sans que personne se soucie d'enlever la collection d'horreurs de l'infortuné

Laszlo, le *Tenebrarium* avait été transformé en institution de charité publique et confié à un ordre de religieuses.

— Les Dames du Dernier Supplice, ou une incongruité morbide de ce genre, dit Fermín. L'ennui, c'est qu'elles veillent jalousement sur le secret de leurs activités (par mauvaise conscience, j'imagine), ce qui nous oblige à inventer un subterfuge pour nous glisser à l'intérieur.

De nos jours, les pensionnaires de l'asile étaient recrutés dans les rangs des vieillards moribonds abandonnés, déments, indigents, voire déséquilibrés qui hantaient les bas-fonds pléthoriques de Barcelone. Fort heureusement pour eux, une fois admis, la plupart ne faisaient pas de vieux os : l'état des locaux et l'environnement n'invitaient pas à la longévité. Selon Fermín, les défunts étaient enlevés peu avant l'aube et accomplissaient leur dernier voyage à la fosse commune dans un chariot, don d'une entreprise d'Hospitalet de Llobregat spécialisée dans les produits de boucherie-charcuterie de réputation douteuse qui, quelques années plus tard, devait être impliquée dans un sombre scandale.

— Tout cela sort de votre imagination, protestai-je, accablé par ce tableau dantesque.

— Mes facultés inventives ne vont pas jusque-là, Daniel. Attendez et vous verrez. J'ai visité la maison en de tristes circonstances il y a une dizaine d'années, et je peux vous dire qu'elle paraissait avoir eu votre ami Julián Carax pour décorateur. Dommage que nous ne nous soyons pas munis de feuilles de laurier pour atténuer les parfums qui s'en dégagent. Mais nous allons avoir assez de travail comme ça pour obtenir qu'on nous laisse entrer.

Méditant ces inquiétantes perspectives, nous abordâmes la rue Moncada qui, à cette heure-là, n'était déjà plus qu'un passage ténébreux bordé d'antiques demeures transformées en entrepôts et en ateliers. La litanie des cloches de Santa María del Mar scandait l'écho de nos pas. Bientôt, des effluves amers et pénétrants s'infiltrèrent dans le vent froid de l'hiver.

— Quelle est cette odeur ?

— Nous sommes arrivés, annonça Fermín.

17

Nous franchîmes un portail en bois pourri et débouchâmes dans une cour éclairée de lampes à gaz qui projetaient des taches sur des gargouilles et des anges de pierre rongée aux traits décomposés. Des marches conduisaient au premier étage, où un rectangle de clarté vaporeuse dessinait l'entrée principale de l'asile. La lumière qui émanait de cette ouverture teintait d'ocre le brouillard de miasmes qui s'échappait de l'intérieur. Une silhouette anguleuse et rapace nous observait de sous le porche. On pouvait distinguer dans la pénombre son regard perçant, de la même couleur que l'habit. Elle portait un seau en bois qui fumait et répandait une puanteur indescriptible.

— Je-vous-salue-Marie-pleine-de-grâce-le-Seigneur-est-avec-vous ! clama Fermín avec enthousiasme et sans reprendre son souffle.

— Et la caisse, où est-elle ? répliqua d'en haut une voix de rogomme.

— Quelle caisse ? répondîmes-nous à l'unisson.

— Vous n'êtes pas des pompes funèbres ? s'enquit la bonne sœur d'un ton las.

Je me demandai si c'était un commentaire sur notre aspect ou s'il s'agissait seulement d'une question innocente. Le visage de Fermín s'illumina devant cette chance providentielle.

— La caisse est dans la fourgonnette. Nous voudrions d'abord reconnaître le client. Simple problème technique.

Je sentis monter une nausée.

— Je croyais que M. Collbató viendrait lui-même, dit la sœur.

— M. Collbató vous prie de l'excuser, mais il a dû exécuter un embaumement de dernière minute très compliqué : un hercule de foire.

— Vous travaillez avec M. Collbató aux pompes funèbres ?

— Nous sommes respectivement son bras droit et son bras gauche. Wilfredo Velludo pour vous servir, et je vous présente mon apprenti, le jeune Sansón Carrasco.

— Enchanté, complétai-je.

La bonne sœur procéda à une inspection sommaire de nos personnes et acquiesça, indifférente à la paire d'épouvantails à moineaux qui se reflétait dans ses yeux.

— Bienvenue à Santa Lucía. Je suis sœur Hortensia, c'est moi qui ai appelé. Suivez-moi.

Nous suivîmes sœur Hortensia sans desserrer les dents le long d'un corridor caverneux dont l'odeur me rappela les tunnels du métro. Il était flanqué de cadres sans portes par lesquels on devinait des salles éclairées de bougies, occupées par des rangées de lits disposés contre les murs et surmontés de moustiquaires qui ondulaient comme des suaires. On entendait des gémissements venant de formes allongées derrière les rideaux.

— Par ici, indiqua sœur Hortensia qui nous précédait de quelques mètres.

Nous pénétrâmes sous une large voûte, et je n'eus pas de grands efforts à faire pour admettre que le décor du *Tenebrarium* était bien tel que me l'avait décrit Fermín. La pénombre voilait ce qui, à première vue, me parut être une collection de figures de cire, assises ou abandonnées dans des coins, avec des yeux morts et vitreux qui luisaient comme des monnaies de cuivre à la lueur des bougies. Je pensai qu'il s'agissait peut-être de mannequins ou de débris du vieux musée. Puis je m'aperçus qu'elles bougeaient, mais très lentement et en silence. Elles n'avaient ni âge ni sexe discernables. Leurs loques étaient couleur de cendre.

— M. Collbató nous a dit de ne toucher à rien et de ne pas nettoyer, précisa sœur Hortensia, comme si elle tenait à s'excuser. Nous nous sommes bornées à mettre le pauvre dans une caisse, parce qu'il commençait à couler, mais c'est tout.

— Vous avez bien fait. On ne prend jamais assez de précautions, la rassura Fermín.

Je lui lançai un regard désespéré. Il l'ignora sereinement, en me faisant comprendre que je devais le laisser maître de la situation. Sœur Hortensia nous conduisit dans ce qui semblait être une cellule sans ventilation ni lumière au fond d'un étroit couloir. Elle prit une lampe à gaz accrochée au mur et nous la tendit.

— Vous en avez pour longtemps ? J'ai à faire.

— Ne vous mettez pas en retard à cause de nous. Allez-y, nous nous en occupons. Soyez sans inquiétude.

— Bien. Au cas où vous auriez besoin de moi, je serai au sous-sol, dans la galerie des grabataires. Si ce n'est pas trop vous demander, sortez-le par-derrière. Que les autres pensionnaires ne le voient pas. C'est mauvais pour leur moral.

— Nous nous chargeons de tout, dis-je d'une voix éteinte.

Un instant, sœur Hortensia me dévisagea avec une vague curiosité. En l'observant de près, je me rendis compte que c'était une femme âgée, presque une vieillarde. Peu d'années la séparaient de ses locataires.

— Dites-moi, il n'est pas un peu jeune pour ce travail, votre apprenti ?

— Les réalités de la vie ne connaissent pas d'âge, ma sœur, assura Fermín.

La sœur hocha la tête avec un doux sourire. Il n'y avait pas de méfiance dans ce regard, seulement de la tristesse.

— Tout de même… murmura-t-elle.

Elle s'éloigna dans l'obscurité, portant toujours son seau et traînant son ombre comme un voile nuptial. Fermín me poussa à l'intérieur de la cellule. C'était un réduit misérable, une grotte aux murs suintants d'humidité. Des chaînes terminées par des crochets pendaient du plafond, et un trou d'écoulement grillagé s'ouvrait dans le sol disjoint. Au centre, une caisse d'emballage industriel en contreplaqué reposait sur une table de marbre grisâtre. Fermín leva la lampe et nous discernâmes la silhouette du défunt enfouie dans la paille de la garniture. Une figure de parchemin, impassible, burinée et sans vie. La peau boursouflée était cramoisie. Les yeux, blancs comme des coquilles d'œuf cassées, étaient ouverts.

Mon estomac se souleva et je détournai la vue.

— Et maintenant, au travail, décréta Fermín.

— Vous êtes fou ?

— Je veux dire que nous devons trouver la dénommée Jacinta avant que notre ruse ne soit mise au jour.

— Et comment ?

— Comment ? En posant des questions.

Nous inspectâmes le corridor pour nous assurer que sœur Hortensia avait disparu. Puis, sans bruit, nous nous faufilâmes jusqu'à la salle par où nous étions venus. Les formes misérables nous observaient, avec des regards qui allaient de la curiosité à la peur et, parfois, l'envie.

— Faites attention car certains, s'ils pouvaient sucer votre sang pour retrouver leur jeunesse, se jetteraient sur votre cou, dit Fermín. L'âge fait qu'ils ont tous l'air doux comme des agneaux, mais les salopards sont aussi nombreux ici que dehors, voire plus. Parce que ceux-là font partie du lot qui a duré et enterré les autres. Ne vous apitoyez pas. Allez, commencez par ceux du bout, ils n'ont pas l'air d'avoir de dents pour mordre.

Si ces paroles avaient pour objet de me donner du courage, elles échouèrent lamentablement. J'observai le groupe de déchets humains qui gisaient là et leur souris. Leur simple vue me suggéra que l'on pourrait s'en servir pour faire la propagande du vide moral de l'univers et de la brutalité mécanique avec laquelle celui-ci détruisait les pièces devenues inutiles. Fermín parut lire ces pensées profondes, car il hocha gravement la tête.

— Mère Nature est une grande putain, voilà la triste vérité, dit-il. Hardi, et sus au taureau !

Ma première tournée d'interrogatoires ne m'apporta que regards vides, gémissements, éructations et jurons de la part de tous ceux que je questionnai sur l'endroit où se trouvait Jacinta Coronado. Quinze minutes plus tard, je baissai pavillon et allai retrouver Fermín pour vérifier s'il avait eu plus de chance. Le découragement s'était emparé de lui.

— Comment allons-nous trouver Jacinta Coronado dans cette tanière ?

— Je ne sais pas. Ils sont complètement gâteux. J'ai essayé le coup des Sugus, mais ils les prennent pour des suppositoires.

— Et si nous demandions à sœur Hortensia ? Nous lui dirons la vérité, voilà tout.

— La vérité, on ne la dit qu'en dernier recours, Daniel, et encore moins quand on s'adresse à une bonne sœur. Nous n'avons pas tiré nos dernières cartouches. Regardez ceux-là, ils ont l'air très éveillés. Ça doit être des malins. Allez les interroger.

— Et vous, pendant ce temps ?

— Moi, je surveillerai l'arrière-garde, au cas où le pingouin reviendrait. Exécution !

Sans guère d'espoir de réussite, je me dirigeai vers le groupe de pensionnaires qui occupait le coin de la salle.

— Bonsoir, leur dis-je, en comprenant l'absurdité de mon salut, car il n'y avait chez eux ni matin ni soir, ni jour ni nuit. Je cherche Mme Jacinta Coronado. Co-ro-na-do. Est-ce que l'un de vous la connaît ou peut me dire où la trouver ?

Face à moi, quatre regards avides. Ils donnent encore signe de vie, pensai-je. Tout n'est peut-être pas perdu. J'insistai :

— Jacinta Coronado ?

Les quatre pensionnaires échangèrent des coups d'œil. L'un d'eux, bouffi et sans un poil visible sur le corps, semblait être le chef. Son visage et sa corpulence, à la lumière de ce terrarium scatologique, me firent penser à un Néron heureux jouant de la harpe pendant que Rome s'effondrait à ses pieds. Pétri de majesté, l'empereur me sourit d'un air farceur. Je lui rendis son sourire, rempli d'espoir.

L'intéressé me fit signe d'approcher, comme s'il voulait me parler à l'oreille. J'hésitai, mais obtempérai.

— Pouvez-vous me dire où trouver Mme Jacinta Coronado ? demandai-je une dernière fois.

Je collai mon oreille contre les lèvres du pensionnaire, et je pus sentir son odeur fétide et chaude sur ma peau. Je crus qu'il allait me mordre mais, sans crier gare, il lâcha un vent d'une puissance formidable. Ses compagnons éclatèrent de rire et battirent des mains. Je reculai de quelques pas, mais l'odeur de la flatulence m'avait déjà atteint sans remède. C'est alors que j'avisai près de moi un vieillard ratatiné sur lui-même, doté d'une barbe de prophète, d'un crâne dégarni et d'un regard de feu, qui s'appuyait sur un bâton et les contemplait avec mépris.

— Vous perdez votre temps, jeune homme. Juanito ne sait que lâcher des pets, et eux, tout ce qu'ils savent faire, c'est en rire et les inhaler. Comme vous voyez, ici, la structure sociale n'est pas très différente de celle du monde extérieur.

Le vieux philosophe parlait d'une voix grave avec une diction parfaite. Il me regarda de bas en haut, en me jaugeant.

— J'ai cru entendre que vous cherchiez Jacinta ?

J'acquiesçai, interloqué par cette apparition d'une vie intelligente au milieu d'un tel antre d'horreurs.

— Et pourquoi la cherchez-vous ?

— Je suis son petit-fils.

— Et moi le marquis de Matoimel. Un fichu menteur, voilà ce que vous êtes. Dites-moi pourquoi, ou je fais l'idiot. Ici, c'est facile. Et si vous pensez continuer à interroger un à un ces misérables, vous ne tarderez pas à en être convaincu.

Juanito et sa cour d'amateurs d'odeurs suaves riaient toujours comme des bossus. Le soliste exécuta alors un bis, plus amorti et plus prolongé que le morceau précédent, en forme de sifflement qui évoquait un pneu qui se dégonfle et démontrait clairement que Juanito possédait un contrôle de son sphincter proche de la virtuosité. Je me rendis à l'évidence.

— Vous avez raison. Je ne suis pas de la famille de Mme Jacinta Coronado, mais j'ai besoin de lui parler. Il s'agit d'une affaire d'une extrême importance.

Le vieillard se rapprocha de moi. Il avait un sourire félin d'enfant gâté, et la ruse brillait dans ses yeux.

— Vous pouvez m'aider ? le suppliai-je.

— Oui, mais à condition que vous m'aidiez, vous aussi.

— Si c'est dans mes possibilités, j'en serai heureux. Voulez-vous que je fasse parvenir un message à votre famille ?

Le vieil homme éclata d'un rire amer.

— Ma famille ? C'est elle qui m'a relégué dans ce trou. Un sacré nid de sangsues, capables de vous voler jusqu'à vos chaussettes avant même qu'elles aient refroidi. Ceux-là, que l'enfer ou la mairie s'en chargent. Je les ai suffisamment supportés et entretenus pendant des années. Non, ce que je veux, c'est une femme.

— Pardon ?

Le vieillard me regarda avec impatience.

— Votre âge tendre n'excuse pas votre lenteur

d'esprit, jeune homme. Une femme, une femelle, une pouliche de bonne race. Jeune, bien sûr, moins de cinquante-cinq ans, et saine, sans escarres ni rien de bousillé.

— Je ne suis pas sûr de comprendre…

— Vous comprenez parfaitement. Avant de partir pour l'autre monde, je veux m'envoyer une femme qui ait toutes ses dents et ne se pisse pas dessus. Ça m'est égal qu'elle ne soit pas une beauté ; je suis à demi aveugle et, à mon âge, n'importe quelle garce est une Vénus, pourvu qu'elle ait ce qu'il faut là où il faut. Me suis-je bien expliqué ?

— Comme un livre ouvert. Mais je ne vois pas comment je vais vous trouver une femme…

— Quand j'avais votre âge, il existait une institution, dans le secteur des services, qui s'appelait les dames de petite vertu. Je sais que le monde change, mais jamais pour les choses essentielles. Trouvez-m'en une, bien gironde et bien chaude, et nous ferons affaire. Et si vous vous posez des questions sur ma capacité à honorer une dame, sachez que je me contente de lui caresser l'arrière-train et de lui soupeser les protubérances. Ce sont les avantages de l'expérience.

— Le côté technique ne me regarde pas, mais je ne peux pas vous amener une femme comme ça, tout de go.

— Je suis peut-être un vieux cochon, mais je ne suis pas un imbécile. Je le sais très bien, et il me suffit d'avoir votre promesse.

— Et si je vous répondais oui uniquement pour que vous me disiez où est Jacinta Coronado ?

Le petit vieux eut un sourire roublard.

— Donnez-moi votre parole, et laissez les problèmes de conscience pour moi.

Je regardai autour de moi. Juanito enchaînait la deuxième partie de son récital. Chez tous, la vie était en train de s'éteindre.

Dans ce purgatoire, la requête de ce grand-père libidineux était l'unique recours qui me parut avoir un sens.

— Je vous donne ma parole de faire mon possible.

Un sourire fendit d'une oreille à l'autre le visage du vieillard. Je comptai trois dents.

— Blonde, même si elle est oxygénée. Avec une bonne paire de nichons et une voix bien salope, si vous pouvez, vu que de tous les sens, c'est l'ouïe que j'ai le mieux conservée.

— Je verrai ce que je peux faire. En attendant, dites-moi où trouver Jacinta Coronado.

18

— Qu'avez-vous promis à ce Mathusalem ?

— Vous avez entendu.

— J'espère que vous n'étiez pas sérieux.

— Je ne mens pas à un grand-père sur son lit de mort, même s'il frétille encore comme un gardon.

— C'est tout à votre honneur, Daniel, mais comment pensez-vous introduire une femme dans cette sainte demeure ?

— En payant le triple, je suppose. Pour ces détails-là, vous êtes plus compétent que moi.

Résigné, Fermín haussa les épaules.

— Enfin, un pacte est un pacte. Nous trouverons bien un moyen. En tout cas, la prochaine fois que vous aurez à mener une négociation de cette nature, laissez-moi m'en occuper.

— Accordé.

Exactement comme me l'avait indiqué le vieux paillard, nous trouvâmes Jacinta Coronado dans une mansarde à laquelle on ne pouvait accéder que par un escalier partant du troisième étage. Selon le grand-père luxurieux, le dernier étage était le refuge des rares pensionnaires que la Parque n'avait pas eu la décence de priver de raison, état qui, d'ailleurs, ne se prolongeait guère. On disait que cette aile secrète avait hébergé en son temps les appartements de Baltasar Deulofeu, alias Laszlo de Vicherny, et qu'il présidait de là aux activités du *Tenebrarium* tout en cultivant les arts amoureux récemment importés d'Orient, dans les vapeurs et les huiles parfumées. De toute cette douteuse splendeur ne subsistaient que les vapeurs et les parfums, encore que d'un autre genre. Jacinta Coronado, enveloppée dans une couverture, était prostrée sur une chaise en osier.

— Madame Coronado ? demandai-je en haussant la voix, craignant que la pauvre ne soit sourde, gâteuse, ou les deux à la fois.

La vieille m'examina posément et sans sortir de sa réserve. Son regard était brouillé, et seules quelques mèches de cheveux blanchâtres lui couvraient le crâne. Je vis qu'elle m'observait avec étonnement, comme si elle m'avait déjà vu et ne se rappelait pas où. J'eus peur que Fermín ne s'empresse de me présenter comme le fils de Carax ou ne se livre à quelque autre incongruité du même genre, mais il se borna à s'agenouiller devant elle et à prendre sa main fanée qui tremblait.

— Jacinta, je suis Fermín, et ce gentil garçon qui est avec moi est mon ami Daniel. Nous sommes envoyés par votre ami le père Fernando qui n'a pu venir parce qu'il a douze messes à dire, et vous savez le temps que ça prend de lire le commun des saints, mais il vous envoie tous ses meilleurs souvenirs. Comment allez-vous ?

La vieille sourit doucement à Fermín. Mon ami lui caressa la figure et le front. La vieille goûtait la caresse comme un chat de salon. Je sentis ma gorge se serrer.

— Quelle question idiote, n'est-ce pas ? poursuivit Fermín. Ce que vous aimeriez, c'est être dehors et danser le *chotis*. Parce que vous avez une taille de danseuse, tout le monde doit vous le répéter.

Je ne l'avais jamais vu traiter personne avec une telle délicatesse, pas même Bernarda. Ses paroles n'étaient que de simples flatteries, mais le ton et l'expression de son visage étaient sincères.

— Quelles jolies choses vous dites, murmura-t-elle d'une voix éteinte à force de n'avoir personne à qui parler ou de n'avoir rien à dire.

— Beaucoup moins jolies que vous, Jacinta. Vous croyez que nous pourrions vous poser quelques questions ? Vous savez, comme dans les concours de la radio ?

Pour toute réponse, la vieille battit des paupières.

— Je prends ça pour un oui. Vous vous souvenez de Penélope, Jacinta ? Penélope Aldaya ? C'est sur elle que nous aimerions vous interroger.

Le regard de Jacinta s'éclaira subitement.

— Ma petite fille, dit-elle, et nous crûmes qu'elle allait éclater en sanglots.

— Oui. Vous vous en souvenez, n'est-ce pas ? Nous sommes des amis de Julián. Julián Carax. Celui qui racontait des histoires de fantômes, vous vous en souvenez aussi ?

Les yeux de la vieille brillaient, comme si les paroles de Fermín et sa main sur sa peau lui rendaient la vie pour quelques instants.

— Le père Fernando du collège San Gabriel nous a dit que vous aimiez beaucoup Penélope. Lui aussi vous aime beaucoup, et il pense tous les jours à vous, vous savez ? S'il ne vient pas plus souvent, c'est parce que le nouvel évêque ne lui laisse pas une minute, il le bombarde de messes qui le laissent aphone.

— Vous mangez bien ? demanda soudain la vieille avec inquiétude.

— Je mange comme un ogre, Jacinta. Seulement j'ai un métabolisme très masculin et je brûle tout. Mais tel que vous me voyez, sous ces vêtements, je ne suis que muscles. Touchez, touchez. Comme Charles Atlas, mais en plus poilu.

Jacinta parut rassurée. Elle n'avait d'yeux que pour Fermín. Elle m'avait complètement oublié.

— Que pouvez-vous nous dire de Penélope et de Julián ?

— Ils me l'ont prise, dit-elle. Tous. Ma Penélope.

Je fis mine de prendre la parole, mais Fermín me jeta un regard qui signifiait : tais-toi.

— Qui vous a pris Penélope, Jacinta ? Vous vous rappelez ?

— Lui, dit-elle, en levant des yeux apeurés, comme si elle craignait que quelqu'un ne nous entende.

Fermín sembla mesurer la valeur dramatique de l'expression de la vieille et suivit son regard vers les hauteurs, en envisageant toutes les éventualités.

— Voulez-vous dire Dieu tout-puissant, empereur des cieux ? Ou bien le père de Mlle Penélope, M. Ricardo ?

— Comment va Fernando ? demanda la vieille.

— Le prêtre ? Comme un charme. Un jour ou l'autre, on le fera pape, et il vous installera dans la chapelle Sixtine. Il vous envoie ses meilleurs souvenirs.

— C'est le seul qui vient me voir, vous savez ? Il vient parce qu'il sait que je n'ai personne d'autre.

Fermín me lança un coup d'œil, comme s'il pensait la même chose que moi. Jacinta Coronado était bien plus lucide que ne le suggérait son apparence. Le corps s'éteignait, mais l'esprit et l'âme continuaient de brûler dans cet abîme de misère. Je me demandai combien d'autres comme elle et comme le petit vieux licencieux avaient été pris au piège de cette maison.

— Il vient parce qu'il vous aime beaucoup, Jacinta. Parce qu'il se rappelle comme vous vous êtes occupé de lui, comme vous l'avez bien nourri quand il était gamin. Il nous a tout raconté. Vous vous souvenez, Jacinta ? Vous vous souvenez du temps où vous alliez chercher Jorge au collège, de Fernando et de Julián ?

— Julián…

Sa voix se traînait dans un souffle, mais le sourire la trahissait.

— Vous vous souvenez de Julián Carax, Jacinta ?

— Je me souviens du jour où Penélope m'a dit qu'elle se marierait avec lui…

Nous nous regardâmes, Fermín et moi, interdits.

— Se marier ? Quand était-ce, Jacinta ?

— Le jour où elle l'a vu pour la première fois. Elle avait treize ans et ne savait ni qui il était, ni comment il s'appelait.

— Comment savait-elle, alors, qu'elle se marierait avec lui ?

— Parce qu'elle l'avait vu. En rêve.

Enfant, María Jacinta Coronado était convaincue que le monde s'arrêtait aux faubourgs de Tolède et qu'il n'y avait par-delà que ténèbres et océans de feu. Cette idée avait germé dans sa tête à la suite d'un rêve qu'elle avait fait lors d'une maladie où la fièvre avait failli l'emporter. Les rêves avaient commencé avec cette fièvre mystérieuse, dont certains attribuaient l'origine à un énorme scorpion rouge qui était apparu un jour dans la maison et qu'on n'avait jamais revu, et d'autres à une bonne sœur folle qui se glissait la nuit chez les gens pour empoisonner les enfants et qui, des années plus tard, devait mourir sur l'échafaud en récitant le Notre Père à l'envers, les yeux exorbités, tandis qu'un nuage pourpre se répandait sur la ville et faisait pleuvoir des scarabées morts. Dans ses rêves, Jacinta voyait le passé, l'avenir et, parfois, entr'apercevait les secrets et les mystères des vieilles rues de Tolède. L'un des personnages principaux en était Zacarías, un ange vêtu de noir, accompagné d'un chat de même couleur et aux yeux jaunes dont l'haleine sentait le soufre. Zacarías savait tout : il lui avait prédit le jour et l'heure de la mort de son oncle Benancio, le vendeur d'onguents et d'eau bénite. Il lui avait révélé l'endroit où sa mère, vraie punaise de sacristie, cachait une liasse de lettres d'un ardent étudiant en médecine aux ressources économiques limitées mais aux solides connaissances anatomiques, dans le lit duquel, du côté de Santa María, elle n'avait pas attendu l'heure fixée pour découvrir les portes du paradis. Il lui avait annoncé qu'elle portait, cloué dans son ventre, quelque chose de mauvais, un esprit mort qui lui voulait du mal, et qu'elle ne connaîtrait qu'un seul amour, un amour vide et égoïste qui briserait l'âme des deux amants. Il lui avait prophétisé qu'elle verrait, au cours de sa vie, périr tout ce qu'elle aimait et qu'avant d'arriver au ciel elle visiterait l'enfer. Le jour de ses premières règles, Zacarías et son chat sulfureux disparurent de ses rêves mais, des années plus tard, Jacinta devait se souvenir avec des larmes dans les yeux des visites de l'ange en noir, car toutes ses prédictions s'étaient accomplies.

Aussi, quand les médecins diagnostiquèrent qu'elle ne pourrait jamais avoir d'enfants, Jacinta ne fut-elle pas surprise. Elle ne le fut pas non plus, même si elle faillit en mourir de chagrin, quand l'homme qu'elle avait épousé trois ans plus tôt lui annonça qu'il la quittait pour une autre, parce qu'elle était comme un champ inculte et stérile qui ne donnait pas de fruit, parce qu'elle n'était pas une femme. En l'absence de Zacarías (qu'elle prenait pour un émissaire du ciel, car, vêtu de noir ou pas, il était un ange de lumière – et l'homme le plus beau qu'elle eût jamais vu ou rêvé), Jacinta parlait directement à Dieu, en cachette, sans le voir ni espérer qu'il se donne le mal de lui répondre car il y avait beaucoup de malheur dans le monde, et le sien, en fin de compte, était infime à côté. Ses monologues avec Dieu portaient tous sur le même thème : elle ne désirait qu'une chose dans la vie, être mère, être femme.

Un jour parmi tant d'autres où elle priait dans la cathédrale, elle vit venir à elle un homme en qui elle reconnut Zacarías. Il était habillé comme à son ordinaire et serrait contre lui le chat maléfique. Il n'avait pas pris une ride et possédait toujours les mêmes ongles magnifiques, des ongles de duchesse, longs et effilés. L'ange lui expliqua qu'il était venu parce que Dieu n'avait pas l'intention de répondre à ses prières. Il lui dit de ne pas s'en inquiéter car, d'une manière ou d'une autre, il lui enverrait un enfant. Il se pencha sur elle, chuchota le mot Tibidabo, *et l'embrassa très tendrement sur les lèvres. Au contact de ces lèvres fines au goût de caramel, Jacinta eut une vision : elle aurait une fille sans avoir besoin de connaître un homme (ce qui lui fut plutôt un soulagement, au souvenir de son expérience de trois ans de lit commun avec un mari qui ne pouvait la besogner qu'en lui mettant un oreiller sur la tête et en grognant : « Ne regarde pas, salope »). Cette enfant se présenterait à elle dans une ville très lointaine coincée entre une lune de montagnes et une mer de lumière, une ville où s'élevaient des édifices comme il en existe seulement dans les songes. Après coup, Jacinta ne put dire si la visite de Zacarías avait été encore un de ses rêves ou si l'ange était vraiment venu à elle dans la cathédrale de Tolède, avec son chat et ses ongles écarlates tout droit sortis de chez la manucure. Mais elle ne douta pas un instant de la véracité de ses prédictions. Le soir même, elle consulta le diacre de la paroisse, un homme cultivé qui avait vu le monde (on disait qu'il était allé jusqu'à Andorre et baragouinait le basque). Le diacre, qui prétendit ne pas avoir entendu parler d'un ange Zacarías parmi les légions ailées du ciel, écouta attentivement la vision de Jacinta. Après en avoir bien pesé les termes et s'être arrêté à la description d'une sorte de cathédrale qui, selon les mots de la visionnaire, ressemblait à un grand peigne de mantille en chocolat fondu, cet homme expérimenté lui dit : « Jacinta, ce que tu as vu est Barcelone, la grande magicienne, et le temple expiatoire de la Sagrada Familia… » Deux semaines plus tard, armée d'un ballot, d'un missel et de son premier sourire depuis cinq ans, Jacinta partit pour Barce-*

lone, convaincue que la description donnée par l'ange deviendrait réalité.

Des mois de dures vicissitudes devaient s'écouler avant que Jacinta trouve enfin un emploi stable dans un des ateliers d'Aldaya & fils, près de l'ancienne Exposition universelle de la Citadelle. La Barcelone de ses rêves s'était transformée en une ville hostile et ténébreuse, faite de riches demeures fermées et d'usines qui soufflaient une haleine de brume imprégnant la peau de charbon et de soufre. Jacinta sut dès le premier jour que cette ville était une femme, vaniteuse et cruelle ; elle apprit à la craindre et à ne jamais la regarder dans les yeux. Elle vivait seule dans une pension du quartier de la Ribera, où son salaire lui permettait à peine de payer une chambre misérable, sans fenêtre et sans autre lumière que celle des cierges qu'elle dérobait dans la cathédrale et laissait allumés toute la nuit pour tenir à distance les rats qui avaient grignoté les oreilles et les doigts du bébé de Ramoneta, une prostituée occupant la chambre voisine, seule amie qu'elle avait réussi à se faire en onze mois. Cet hiver-là, il plut presque tous les jours, une pluie noire, chargée de suie et d'arsenic. Bientôt, Jacinta commença de craindre que Zacarias ne l'ait trompée, qu'elle ne soit venue dans cette ville que pour y mourir de froid, de misère et d'oubli.

Décidée à survivre, Jacinta se rendait chaque matin à l'atelier avant le lever du soleil et n'en repartait qu'à la nuit tombée. C'est là qu'elle rencontra par hasard M. Ricardo Aldaya, qui s'occupait de la fille d'un contremaître frappée de consomption. En voyant le dévouement et la douceur dont cette jeune femme faisait preuve, il décida de l'emmener chez lui pour prendre soin de sa femme, laquelle était enceinte de l'enfant qui devait être leur premier-né. Ses prières avaient été entendues. Cette nuit-là, Jacinta vit de nouveau Zacarías en rêve. L'ange n'était plus vêtu de noir. Il était nu, et des écailles recouvraient sa peau. Il n'était plus accompagné de son chat, mais d'un serpent blanc enroulé autour de son torse. Ses cheveux avaient poussé et lui descendaient à la ceinture, et son sourire, le sourire de caramel qui lui avait donné un baiser dans la cathédrale de Tolède, laissait voir des dents triangulaires et serrées comme celles qu'elle avait vues chez certains poissons de haute mer battant de la queue dans la halle aux marées. Des années plus tard, la jeune femme devait décrire cette vision à un Julián Carax de dix-huit ans, en se souvenant que le soir même du jour où elle avait quitté la pension de la Ribera pour s'installer dans l'hôtel particulier des Aldaya, elle avait appris que son amie Ramoneta avait été assassinée à coups de couteau devant l'entrée et que son bébé était mort de froid dans les bras du cadavre. En apprenant la nouvelle, les locataires de la pension s'étaient précipités pour se disputer les quelques affaires laissées par la défunte, avec force cris, coups de poing et de griffes. La seule chose qu'ils négligèrent était ce qui avait constitué son trésor le plus précieux : un livre. Jacinta le reconnut, car souvent, la nuit, Ramoneta lui demandait de lui en lire une ou deux pages. Ramoneta n'avait jamais appris à lire.

Quatre mois plus tard naissait Jorge Aldaya, et bien que Jacinta lui donnât toute la tendresse que ne sut jamais lui accorder la mère, une dame éthérée qui lui semblait toujours prise au piège de sa propre image dans le miroir, la nounou comprit que ce n'était pas là l'enfant que Zacarías lui avait promis. Ces années-là, Jacinta dit adieu à sa jeunesse et se mua en une autre femme qui ne gardait de la précédente que le nom et le visage. La Jacinta d'autrefois était restée dans la pension du quartier de la Ribera, morte comme Ramoneta. Elle vivait désormais à l'ombre de la splendeur des Aldaya, loin de cette ville sinistre qu'elle avait appris à tant haïr et dans laquelle elle ne s'aventurait même pas lors de son jour libre, une fois par mois. Elle apprit à exister à travers les autres, à travers cette famille qui possédait une fortune dont elle pouvait à peine se faire une idée. Elle vivait dans l'attente de cet enfant, qui serait une fille, comme la ville, et à qui elle donnerait tout l'amour que Dieu avait insufflé dans son âme. Parfois Jacinta se demandait si cette paix somnolente qui dévorait ses jours, cette nuit de la conscience, étaient ce que certains appelaient le bonheur, et elle voulait croire que, dans son infini silence, Dieu avait à sa manière répondu à ses prières.

Penélope Aldaya vit le jour au printemps de 1903. A cette époque, M. Ricardo Aldaya avait déjà acquis la maison de l'avenue du Tibidabo, cette villa dont les autres domestiques étaient convaincus qu'elle se trouvait sous l'influence de quelque puissant maléfice, mais que Jacinta ne craignait pas, car elle savait que ce qu'ils prenaient pour un sortilège n'était rien d'autre qu'une présence qu'elle seule pouvait voir en rêve : l'ombre de Zacarías, qui ne ressemblait plus guère à l'homme dont elle se souvenait, car il se manifestait désormais sous les traits d'un loup dressé sur ses pattes de derrière.

Penélope était une enfant fragile, pâle et délicate. Jacinta la voyait grandir comme une fleur en plein hiver. Des années durant, elle la veilla toutes les nuits, prépara personnellement ses repas, cousit ses robes, resta à ses côtés quand elle attrapa mille et une maladies, quand elle prononça ses premiers mots, quand elle devint femme. Mme Aldaya n'était qu'un élément du décor, un personnage secondaire qui entrait et sortait selon les indications de la mise en scène. Avant d'aller se coucher, elle allait souhaiter bonne nuit à sa fille et lui assurait qu'elle l'aimait plus que tout au monde, qu'elle était ce qu'il y avait de plus important dans l'univers. Jacinta ne dit jamais à Penélope qu'elle l'aimait. La gouvernante savait qu'aimer vraiment c'est aimer en silence, avec des actes et non des mots. Secrètement, Jacinta méprisait Mme Aldaya, cette créature vaniteuse et vide qui vieillissait dans les couloirs de la villa sous le poids des bijoux avec lesquels son époux, qui courait la prétentaine depuis des années, la faisait taire. Elle la détestait parce que, entre toutes les femmes, Dieu l'avait choisie pour donner le jour à Penélope, tandis que son propre ventre, le ventre de la véritable mère, restait stérile. Avec le temps, comme si les paroles de son mari avaient été prophétiques, Jacinta perdit jusqu'aux apparences d'une vraie femme. Elle avait maigri et pris l'aspect que donne la peau flétrie sur les os. Ses seins avaient fondu pour devenir de simples plis, ses hanches ressemblaient à celles d'un garçon, et ses formes dures et anguleuses n'attiraient même plus le regard de M. Ricardo Aldaya, dont on savait pourtant qu'il lui suffisait de flairer un peu de chair fraîche pour se précipiter comme un taureau furieux, expérience dont toutes les servantes de la maisonnée et celles de ses connaissances avaient fait les frais. C'est mieux ainsi, se disait Jacinta. Elle n'avait pas de temps à perdre avec des bêtises.

Tout son temps, elle le réservait à Penélope. Elle lui faisait la lecture, l'accompagnait à chaque pas, lui donnait son bain, l'habillait, la déshabillait, la menait promener, la couchait et la réveillait. Tout le monde la prenait pour une nounou un peu maniaque, une vieille fille sans autre vie que son emploi, mais nul ne connaissait la vérité : Jacinta n'était pas seulement la mère de Penélope, elle était sa meilleure amie. Dès que la petite fille put parler et lier deux pensées entre elles, ce qui arriva beaucoup plus tôt que chez aucun bébé dont Jacinta se souvenait, toutes deux partagèrent leurs secrets, leurs rêves et leurs vies.

Cette union ne fit que croître avec le temps. Quand Penélope atteignit l'adolescence, elles étaient devenues inséparables. Jacinta vit Penélope s'épanouir pour devenir une femme dont la beauté et le rayonnement n'étaient pas seulement évidents à ses yeux amoureux. Penélope était la lumière. Dès le premier moment où ce garçon énigmatique prénommé Julián entra dans la maison, elle sentit qu'un courant s'établissait entre lui et Penélope. Un lien les unissait, semblable à celui qui l'unissait elle-même à Penélope, et pourtant différent. Plus intense. Dangereux. Au début, elle crut qu'elle parviendrait à haïr le jeune homme, mais très vite elle comprit qu'elle ne détestait pas Julián Carax et qu'elle ne pourrait jamais le détester. A mesure que Penélope cédait au charme de Julián, Jacinta se laissa également entraîner et, bientôt, elle ne désira plus que ce que désirait Penélope. Nul n'y avait prêté attention, mais, comme toujours, l'essentiel avait été décidé avant même que commence l'histoire, et désormais il était trop tard.

Bien des mois de regards et de vains soupirs devaient s'écouler avant que Julián Carax et Penélope puissent se retrouver seuls. Ils vivaient au gré des hasards. Ils se rencontraient dans les couloirs, s'observaient, chacun à une extrémité de la table, se frôlaient en silence, se devinaient dans l'absence. Ils échangèrent leurs premières paroles dans la bibliothèque de la maison de l'avenue du Tibidabo, un soir d'orage où la « Villa Penélope » baignait dans la lueur de bougies, à peine quelques secondes volées à la pénombre, durant lesquelles Julián crut lire dans les yeux de la jeune fille la certitude que tous deux ressentaient la même émotion, qu'ils étaient dévorés par le même secret. Personne ne semblait s'en apercevoir. Personne à part Jacinta, qui voyait avec une inquiétude grandissante le jeu des regards que Penélope et Julián tissaient à l'ombre des Aldaya. Elle craignait pour eux.

A cette époque, Julián passait déjà des nuits blanches à écrire de minuit au petit jour des récits où il épanchait son âme pour Penélope. Ensuite, sous un prétexte quelconque, il allait avenue du Tibidabo, où il attendait le moment propice pour se glisser en catimini dans la chambre de Jacinta et lui confier les feuilles afin qu'elle les remette à la jeune fille. Parfois Jacinta lui donnait à son tour un billet de Penélope qu'il lisait et relisait sans fin. Ce jeu devait durer des mois. Pendant ce temps dérobé au destin, Julián faisait l'impossible pour être près de Penélope. Jacinta l'aidait, elle voulait voir Penélope heureuse, maintenir cette lumière vivante. Julián, quant à lui, sentait que l'innocence sans gravité du début disparaissait et qu'il devenait nécessaire de céder du terrain. C'est ainsi qu'il mentit à M. Ricardo sur ses projets d'avenir, afficha un enthousiasme feint pour la banque et les finances, simula envers Jorge Aldaya une affection et un attachement qu'il ne ressentait pas afin de justifier sa présence quasi constante dans la maison, dit seulement ce que les autres souhaitaient lui entendre dire, lut dans leurs regards et leurs désirs, mit son honnêteté et sa sincérité à la merci de ses imprudences, comprit qu'il vendait son âme par morceaux, tout en craignant, s'il parvenait un jour à mériter Penélope, que plus rien ne reste du Julián qui l'avait vue pour la première fois. Il lui arrivait de se réveiller à l'aube, bouillant de rage, avec l'envie de déclarer au monde ses vrais sentiments, d'affronter M. Ricardo Aldaya et de lui avouer qu'il n'éprouvait aucun intérêt pour sa fortune, ses plans d'avenir et sa compagnie, qu'il ne voulait que Penélope et qu'il avait l'intention de l'emmener très loin de ce monde vide et fermé où son père la retenait prisonnière. La lumière du jour dissipait son courage.

Julián se confiait parfois à Jacinta, qui s'attachait à ce garçon plus qu'elle ne l'eût voulu. Souvent, Jacinta s'éloignait momentanément de Penélope et, sous prétexte d'aller chercher Jorge à la sortie du collège, elle rencontrait Julián et lui remettait des messages. C'est ainsi qu'elle connut Fernando qui, des années plus tard, quand elle attendrait dans l'enfer de Santa Lucía la mort que lui avait prophétisée l'ange Zacarías, devait rester son seul ami. D'autres fois, la gouvernante se débrouillait pour emmener Penélope avec elle et faciliter une brève rencontre entre les deux jeunes gens, voyant grandir un amour qu'elle n'avait pas connu, qui lui avait toujours été refusé. Ce fut aussi à cette époque que Jacinta prit conscience de la présence sombre et inquiétante de ce garçon silencieux que tout le monde appelait Francisco Javier. Elle le surprenait en train de les espionner de loin, de lire sur leurs visages et de dévorer Penélope des yeux. Jacinta conservait une photographie que le portraitiste officiel des Aldaya, Recasens, avait faite de Penélope et de Julián devant la porte de la chapellerie du boulevard San Antonio. C'était une image innocente, prise à midi en présence de M. Ricardo et de Sophie Carax. Jacinta la portait toujours sur elle.

Un jour, tandis qu'elle attendait Jorge à la sortie du collège, la gouvernante oublia son sac près de la fontaine et, en revenant le prendre, elle vit le jeune Fumero rôder dans les parages en l'observant avec nervosité. Ce soir-là, quand elle chercha la photo et ne la trouva pas, elle fut certaine que le garçon l'avait volée. Quelques semaines plus tard, Francisco Javier s'approcha de la gouvernante et lui demanda si elle pouvait faire parvenir à Penélope quelque chose de sa part. Jacinta demanda de quoi il s'agissait, et le garçon sortit un mouchoir dans lequel il avait enveloppé ce qui semblait être une statuette en bois de pin. Jacinta reconnut Penélope et eut un frisson. Avant qu'elle ait pu prononcer un mot, le garçon s'éloigna. En revenant à la maison de l'avenue du Tibidabo, Jacinta jeta la statuette par la fenêtre de la voiture, comme un morceau de viande avariée. Plus d'une fois, elle devait se réveiller à l'aube, couverte de sueur, poursuivie par des cauchemars où le garçon au regard trouble se jetait sur Penélope avec la brutalité froide et indifférente d'un insecte.

Certains soirs, quand Jacinta allait chercher Jorge et

que celui-ci était en retard, elle bavardait avec Julián. Lui aussi commençait à aimer cette femme à l'apparence dure, et à lui faire plus confiance qu'à soi-même. Bientôt, quand un problème ou une ombre quelconque venait assombrir sa vie, elle et Miquel Moliner furent les premiers, et parfois les seuls, à le savoir. Un jour, Julián raconta à Jacinta qu'il avait vu sa mère et M. Ricardo ensemble dans la cour des fontaines, en train d'attendre la sortie des élèves. M. Ricardo semblait prendre plaisir à la compagnie de Sophie, et Julián s'en était ému, car il connaissait la réputation de don Juan de l'industriel et son appétit vorace pour les délices de la gent féminine sans distinction de caste ou de condition, appétit auquel seule semblait échapper sa sainte épouse.

— J'expliquais à ta mère à quel point tu te sentais bien dans ton nouveau collège.

En prenant congé, M. Ricardo leur avait fait un clin d'œil et s'était éloigné avec un petit rire. Sa mère avait gardé le silence pendant tout le trajet de retour, manifestement choquée par les propos que lui avait tenus M. Ricardo Aldaya.

Sophie n'était pas seule à voir avec méfiance Julián s'attacher de plus en plus aux Aldaya et négliger ses anciens amis du quartier et sa famille. Là où sa mère exprimait silencieusement sa tristesse, le chapelier manifestait sa rancœur et son dépit. L'enthousiasme initial qui avait marqué l'extension de sa clientèle au gratin de la société barcelonaise s'était vite évaporé. Son fils n'était presque plus jamais là, et Antoni Fortuny dut engager Quimet, un garçon du quartier, ancien ami de Julián, comme aide et apprenti. Cet homme se sentait incapable de parler d'autre chose que de chapeaux. Il refoulait ses sentiments dans un coin de son âme pendant des mois, jusqu'au moment où ils explosaient. De jour en jour, il devenait plus hargneux et plus irritable. Tout lui semblait mal, que ce soient les efforts du pauvre Quimet, qui suait sang et eau pour apprendre son métier, ou les tentatives de sa femme pour relativiser l'oubli apparent auquel Julián les avait condamnés.

— Ton fils se croit quelqu'un parce que ces richards le traitent comme un singe de cirque, soupirait-il d'un air sombre, empoisonné par l'amertume.

Presque trois ans s'étaient déjà écoulés depuis que M. Ricardo Aldaya était entré pour la première fois dans la boutique de Fortuny & fils quand, un beau jour, le chapelier laissa Quimet seul au magasin en lui annonçant qu'il reviendrait à midi. Il se présenta sans crier gare dans les bureaux que le consortium Aldaya occupait sur le Paseo de Gracia et demanda à voir M. Ricardo.

— Qui dois-je annoncer ? demanda un larbin d'un air hautain.

— Son chapelier.

M. Ricardo le reçut, vaguement surpris mais dans d'excellentes dispositions, croyant que Fortuny lui apportait une facture. Les petits commerçants n'arrivaient jamais à apprendre les bonnes manières dans les questions d'argent.

— Que puis-je faire pour vous, mon cher Fortuné ?

Sans vains préambules, Antoni Fortuny se mit en devoir d'expliquer à M. Ricardo qu'il se trompait du tout au tout sur le compte de son fils Julián.

— Mon fils, monsieur Ricardo, n'est pas celui que vous croyez. Tout au contraire, c'est un garçon igno-

rant, un fainéant, sans autre talent que les sornettes dont sa mère lui a bourré le crâne. Croyez-moi, il n'arrivera jamais à rien. Il n'a ni ambition, ni caractère. Vous ne le connaissez pas, il peut être très habile quand il s'agit d'embobiner les étrangers, de faire croire qu'il est très savant, mais il ne sait rien de rien. C'est un médiocre. Moi qui le connais mieux que personne, j'ai jugé nécessaire de vous prévenir.

M. Ricardo avait écouté ce discours en silence et sans presque sourciller.

— C'est tout, Fortuné ?

L'industriel appuya sur un bouton posé sur son bureau et, presque aussitôt, le secrétaire qui avait reçu le chapelier se présenta à la porte du bureau.

— Mon ami Fortuné s'en va, Balcells, annonça-t-il. Ayez l'obligeance de le reconduire.

Le ton glacial de l'industriel ne fut pas au goût du chapelier.

— Permettez, monsieur Ricardo : Fortuny, pas Fortuné.

— Comme vous voudrez. Vous êtes un homme sinistre, Fortuny. Je vous serai reconnaissant de ne plus remettre les pieds ici.

Dans la rue, Fortuny se sentit plus seul que jamais, convaincu que le monde entier se liguait contre lui. Bientôt, les clients huppés que lui avaient valus ses relations avec Aldaya commencèrent à annuler leurs commandes et à solder leurs comptes. Quelques semaines s'étaient à peine écoulées qu'il dut renvoyer Quimet, parce qu'il n'y avait plus de travail pour deux au magasin. De toute manière, ce garçon était un incapable. Un médiocre, un fainéant, comme les autres.

C'est à cette époque que les habitants du quartier se

mirent à raconter que M. Fortuny paraissait plus vieux, plus seul, plus aigri. Il ne parlait à personne et restait de longues heures enfermé dans son magasin, sans rien faire, à regarder passer les gens de l'autre côté de sa vitrine avec un sentiment de mépris, et parfois de jalousie. Puis il se dit que les modes changeaient, que les jeunes ne portaient plus de chapeau et que ceux qui le faisaient préféraient s'adresser à d'autres maisons où on les vendait en prêt-à-porter, avec des formes plus actuelles et meilleur marché. La chapellerie Fortuny & fils s'enfonça lentement dans une léthargie d'ombre et de silence.

— Vous attendez que je meure, se disait-il. Ne vous inquiétez pas, je vous donnerai probablement bientôt cette satisfaction.

Il ignorait qu'il avait commencé à mourir depuis longtemps.

Après cet incident, Julián se tourna définitivement vers le monde des Aldaya, Penélope et l'unique avenir qu'il pouvait concevoir. Ainsi s'écoulèrent presque deux années de corde raide, vécues dans le secret. Zacarías, à sa façon, l'avait averti. Des ombres rôdaient autour de lui et resserraient le cercle. Le premier signe se manifesta un jour d'avril 1918. Jorge Aldaya atteignait l'âge de dix-huit ans, et M. Ricardo, jouant au grand patriarche, avait décidé d'organiser (ou plutôt de donner l'ordre qu'on organise) une fête monumentale que son fils ne désirait pas et d'où lui-même, arguant d'affaires importantes, serait absent, car il se trouverait dans la suite bleue de l'hôtel Colón en compagnie d'une délicieuse personne tout juste débarquée de Saint-Pétersbourg et opportunément disponible. La maison de l'avenue du Tibidabo fut transformée en pavillon de foire : on installa dans les jardins des centaines de lampions, des girandoles et des buffets pour accueillir les invités.

Presque tous les condisciples de Jorge au collège San Gabriel avaient été conviés. Sur la suggestion de Julián, Jorge avait inclus parmi eux Francisco Javier Fumero. Miquel Moliner les prévint que le fils du concierge de San Gabriel se sentirait mal à l'aise dans cette ambiance prétentieuse et guindée de jeunes gens de bonne famille. Francisco Javier reçut le carton mais, réagissant comme l'avait supposé Miquel Moliner, décida de s'abstenir. Lorsque Mme Yvonne, sa mère, apprit que son fils avait l'intention de refuser une invitation dans la fastueuse maison des Aldaya, elle faillit l'écorcher vif. N'était-ce pas le signe qu'elle-même allait bientôt faire son entrée dans la haute société ? Le pas suivant ne pouvait être qu'une invitation à prendre le thé et à se gaver de petits fours avec Mme Aldaya et d'autres dames d'une suprême distinction. Aussi Mme Yvonne réunit-elle les économies qu'elle avait réussi à gratter sur le salaire de son mari, afin d'acheter un costume marin à son fils.

Francisco Javier avait déjà dix-sept ans, et ce costume bleu avec des culottes courtes, s'il correspondait parfaitement à l'exquise sensibilité de Mme Yvonne, lui paraissait, à lui, grotesque et humiliant. Il céda devant l'insistance de sa mère et passa une semaine à sculpter un coupe-papier qu'il comptait offrir à Jorge. Le jour de la fête, Mme Yvonne tint à escorter son fils jusqu'au seuil de la maison des Aldaya. Elle voulait humer l'odeur princière et savourer la gloire de voir son fils franchir les portes qui s'ouvriraient bientôt pour elle. Au moment de revêtir l'épouvantable costume marin,

Francisco découvrit qu'il était trop petit. Yvonne décida de procéder à des rajustements de dernière minute. Ils arrivèrent tard. Entre-temps, profitant du tumulte de la fête et de l'absence de M. Ricardo parti honorer le nec plus ultra *de la race slave, Julián s'était éclipsé. Penélope et lui s'étaient donné rendez-vous dans la bibliothèque, où ils ne couraient aucun risque de se retrouver face à quelque membre de cette haute et distinguée société. Trop occupés à se dévorer mutuellement les lèvres, ni Julián ni Penélope ne virent le couple délirant qui s'approchait de la maison. Francisco Javier, cramoisi de honte dans son costume marin de premier communiant, marchait presque en rampant derrière Mme Yvonne qui, pour l'occasion, avait extrait de son armoire une capeline et une robe toute en plis et festons qui la faisait ressembler à un étalage de pâtisserie ou, selon l'expression de Miquel Moliner qui les repéra de loin, à un bison déguisé en Mme Récamier. Deux domestiques étaient postés à la porte. Ils ne parurent guère impressionnés par les visiteurs. Mme Yvonne annonça que son fils, M. Francisco Javier Fumero de Sotoceballos, faisait son entrée. Les deux larbins répliquèrent ironiquement que ce nom ne leur disait rien. Outrée, mais toujours grande dame, Mme Yvonne ordonna à son fils de montrer le carton d'invitation. Hélas, lors des rajustements de dernière minute, le carton était resté sur la table de couture.*

Francisco Javier tenta de s'expliquer, mais il bafouillait, et les ricanements des deux domestiques n'aidaient pas à dissiper le malentendu. Ils furent priés de prendre le large. Mme Yvonne, ivre de rage, leur annonça qu'ils ignoraient à qui ils avaient affaire. Les larbins répliquèrent qu'on n'avait besoin de personne à la cuisine pour la plonge. De sa fenêtre, Jacinta vit Francisco Javier s'éloigner, puis s'arrêter brusquement et se retourner. Par-delà le spectacle de sa mère s'époumonant contre les arrogants larbins, il aperçut, dans l'encadrement de la fenêtre de la bibliothèque, Julián qui embrassait Penélope. Ils s'étreignaient avec la fougue de ceux qui se donnent tout entiers, étrangers au reste du monde.

Le lendemain, pendant la récréation, Francisco Javier fit soudain son apparition. La nouvelle du scandale de la veille avait déjà circulé parmi les élèves, et les rires ne se firent pas attendre, ni les questions relatives à ce qu'il était advenu de son costume marin. Les rires se turent d'un coup quand les collégiens découvrirent que le garçon tenait à la main le fusil de son père. La plupart s'écartèrent en silence. Seul le groupe formé par Aldaya, Moliner, Fernando et Julián fit face, frappé de stupeur, pour contempler leur camarade. Sans hésiter, Francisco Javier leva le fusil et le pointa vers eux. Les témoins devaient raconter par la suite qu'il n'y avait sur son visage ni colère ni rage. Il exprimait la même froideur mécanique que quand il se livrait au nettoyage du jardin. La première balle frôla la tête de Julián. La seconde lui aurait traversé la gorge si Miquel Moliner ne s'était jeté sur le fils du concierge et ne lui avait arraché le fusil en le rouant de coups de poing. Julián Carax avait contemplé la scène avec stupéfaction, paralysé. Tous crurent que les coups de feu avaient visé Jorge Aldaya, comme une vengeance de l'humiliation subie la veille. Ce ne fut que plus tard, alors que la Garde Civile emmenait déjà Francisco Javier et que le couple de concierges était quasiment chassé à coups de pied, que Miquel Moliner s'approcha de Julián et lui dit, sans la moindre fierté, qu'il lui avait sauvé la vie. Il n'imaginait guère que cette vie, ou du moins la partie qu'il voulait en vivre, était déjà si proche de sa fin.

Cette année-là était la dernière que Julián et ses camarades devaient passer au collège San Gabriel. Chacun parlait de ses projets pour l'année suivante, ou des projets que sa famille avait formés pour lui. Jorge Aldaya savait déjà que son père l'enverrait étudier en Angleterre, et Miquel Moliner donnait pour acquise son inscription à l'Université de Barcelone. Fernando Ramos avait fait plus d'une fois état de son entrée probable au séminaire de la Compagnie de Jésus, perspective que ses maîtres considéraient comme la plus sage, compte tenu de sa situation particulière. Quant à Francisco Javier Fumero, on savait seulement que, sur l'intervention de M. Ricardo Aldaya, le garçon avait été placé dans une maison de redressement perdue dans le val d'Aran où l'attendait un long hiver. En voyant ses camarades prendre chacun une direction précise, Julián se demandait ce qu'il allait devenir. Ses rêves et ses ambitions littéraires lui semblaient plus lointains et plus irréalisables que jamais. Une seule chose comptait : rester près de Penélope.

Tandis qu'il s'interrogeait sur son avenir, d'autres le programmaient pour lui. M. Ricardo Aldaya lui préparait déjà un poste dans sa société pour l'initier aux affaires. Le chapelier, de son côté, avait décidé que si son fils ne voulait pas prendre sa suite dans le commerce familial, il n'était pas question de le laisser vivre à ses crochets. Il avait donc entrepris en secret des démarches pour expédier Julián à l'armée, où quelques années de vie militaire le guériraient de sa folie des grandeurs. Julián ignorait ces plans et, le jour où il se rendit compte de leur existence, il était déjà trop tard. Penélope seule occupait ses pensées, et la distance feinte, les rencontres furtives de jadis ne lui suffisaient plus. Il insistait pour la voir plus souvent, prenant de plus en plus le risque que sa relation avec la jeune fille soit découverte. Jacinta faisait son possible pour les protéger : elle mentait comme une arracheuse de dents, complotait des rencontres secrètes et ourdissait mille stratagèmes pour leur ménager quelques instants de tête-à-tête. Mais elle comprenait, elle aussi, que cela ne suffisait plus, que chaque minute passée ensemble soudait davantage Julián et Penélope. Depuis longtemps, la gouvernante avait appris à reconnaître dans leurs regards le défi et l'arrogance du désir : une volonté aveugle d'être découverts, de voir leur secret se terminer par un violent esclandre, de ne plus avoir à se cacher dans les coins et les cagibis pour s'aimer à tâtons. Parfois, quand Jacinta aidait Penélope à sa toilette, la jeune fille fondait en larmes et lui avouait son désir de s'échapper avec Julián, de prendre le premier train et de fuir là où personne ne les reconnaîtrait. Jacinta, se souvenant des vicissitudes du monde qui s'étendait au-delà des grilles de la villa Aldaya, s'affolait et la dissuadait. Penélope était un esprit docile, et la peur qu'elle lisait sur le visage de Jacinta suffisait à la calmer. Pour Julián, c'était une autre affaire.

Au cours de ce dernier printemps à San Gabriel, Julián découvrit avec inquiétude que M. Ricardo Aldaya et sa mère se retrouvaient régulièrement en cachette. Au début, il craignit que l'industriel n'eût décidé que Sophie était une conquête appétissante à ajouter à sa collection, mais il comprit bientôt que ces rencontres, qui avaient toujours lieu dans des cafés du centre et se déroulaient dans le respect le plus strict des bonnes manières, se limitaient à des conversations. Sophie gardait le silence sur ces rendez-vous. Quand Julián finit par se décider à aborder M. Ricardo pour lui demander ce qui se passait entre lui et sa mère, l'industriel rit.

— Rien ne t'échappe, hein, Julián ? D'ailleurs j'avais l'intention de t'en parler. Ta mère et moi, nous discutons de ton avenir. Elle est venue me trouver il y a quelques semaines : elle s'inquiétait du projet de ton père de t'envoyer l'an prochain à l'armée. Ta mère, c'est tout naturel, désire pour toi ce qu'il y a de mieux, et elle s'est adressée à moi afin de voir si, à nous deux, nous pouvions faire quelque chose. Ne te bile pas, parole de Ricardo Aldaya : tu ne serviras pas de chair à canon. Ta mère et moi, nous avons de grands projets. Fais-nous confiance.

Julián voulait bien faire confiance, mais M. Ricardo ne lui en inspirait guère. Il consulta Miquel Moliner, qui fut d'accord avec lui.

— Si ce que tu veux, c'est t'enfuir avec Penélope, que Dieu te protège, tu as besoin d'argent.

C'était bien ce dont Julián était le plus dépourvu.

— Cela peut s'arranger, lui expliqua Miquel : les amis riches sont là pour ça.

C'est ainsi que Miquel et Julián commencèrent à projeter la fuite des amants. La destination, sur la suggestion de Moliner, serait Paris. Quitte à devenir un artiste bohème crevant de faim, que cela se passe au moins avec la Ville lumière pour décor. Penélope parlait un peu français et, pour Julián, grâce à sa mère, c'était une seconde langue.

— Et puis Paris est assez grand pour y disparaître, mais assez petit pour y tenter sa chance, estimait Miquel.

Son ami réunit une petite fortune, en ajoutant à ses économies personnelles tout ce qu'il put tirer de son père sous les prétextes les plus fallacieux. Seul Miquel saurait où ils allaient.

— Et j'ai bien l'intention de devenir muet dès que vous serez montés dans le train.

Le soir même, après avoir fixé les derniers détails avec Moliner, Julián se rendit avenue du Tibidabo pour expliquer le plan à Penélope.

— Tu ne dois raconter à personne ce que je vais te dire, commença-t-il. A personne. Pas même à Jacinta.

La jeune fille l'écouta, interdite et fascinée. Le plan de Moliner était impeccable. Miquel achèterait les billets sous un faux nom en engageant un inconnu pour que celui-ci les prenne au guichet de la gare. Si, d'aventure, la police le repérait, tout ce qu'elle pourrait donner, c'était la description d'un individu qui ne ressemblait pas à Julián. Julián et Penélope se retrouveraient dans le train. Ils ne s'attendraient pas sur le quai, pour ne pas risquer d'être vus. La fugue aurait lieu un dimanche, à midi. Julián se rendrait seul à la gare de France. Là, Miquel l'attendrait avec les billets et l'argent.

La partie la plus délicate concernait Penélope. Elle devait tromper Jacinta et lui demander d'inventer un prétexte pour venir la chercher pendant la messe de onze heures et la ramener à la maison. En chemin, Penélope lui demanderait de la laisser aller au rendez-vous avec Julián, en lui promettant d'être rentrée avant le retour de la famille. Tous deux savaient que si elle disait la vérité, Jacinta ne les laisserait pas partir. Elle les aimait trop.

— Ton plan est parfait, Miquel, avait dit Julián après avoir écouté la stratégie imaginée par son ami.

Miquel avait acquiescé tristement.

— A un détail près. La peine que vous allez causer à de nombreuses personnes en partant pour ne plus revenir.

Julián avait hoché la tête, en pensant à sa mère et à Jacinta. Il ne lui vint pas à l'idée que Miquel Moliner parlait de lui-même.

Le plus ardu fut de convaincre Penélope de la nécessité de laisser Jacinta dans l'ignorance du projet. Seul Miquel savait la vérité. Le train partait à une heure de l'après-midi. Le temps que l'on se rende compte de l'absence de Penélope, ils auraient déjà passé la frontière. Une fois à Paris, ils s'installeraient dans un hôtel comme mari et femme, en usant d'un faux nom. Ils enverraient alors à Miquel Moliner une lettre destinée à leurs familles, en confessant leur amour, en disant qu'ils allaient bien, qu'ils les aimaient, en annonçant leur mariage à l'église et en implorant leur pardon et leur compréhension. Miquel Moliner glisserait la lettre dans une nouvelle enveloppe pour éliminer le tampon postal de Paris et se chargerait de la réexpédier d'une localité des environs.

— Quand ? s'enquit Penélope.

— Dans six jours, lui dit Julián. Dimanche.

Miquel estimait que, pour ne pas attirer les soupçons, le mieux serait que Julián ne rende plus visite à Penélope jusqu'au moment où ils se retrouveraient dans le train de Paris. Six jours sans la voir, sans la toucher, c'était interminable. Ils scellèrent le pacte, un mariage secret, avec leurs lèvres.

Ce fut alors que Julián conduisit Penélope dans la

chambre de Jacinta au troisième étage de la maison. Il n'y avait à cet étage que les chambres de bonnes, et Julián voulut croire que personne ne les y trouverait. Ils se déshabillèrent en silence, haletants, fiévreux, comme pris de rage, en se griffant la peau. Ils apprirent leurs corps par cœur et noyèrent ces six jours de séparation dans leur sueur et leur salive. Julián la pénétra furieusement, la clouant à même le parquet. Penélope le recevait les yeux ouverts, les jambes serrant sa taille et les lèvres entrouvertes de désir. Il n'y avait pas la moindre trace de fragilité ni d'enfance dans son regard, dans son corps brûlant qui réclamait toujours davantage. Puis, le visage encore collé à son ventre et les mains sur les seins blancs qui frémissaient, Julián sut qu'il devait partir. Juste au moment où il se relevait, la porte de la chambre s'ouvrit lentement et la silhouette d'une femme se profila dans l'encadrement. Une seconde, Julián crut que c'était Jacinta, mais il comprit qu'il s'agissait de Mme Aldaya qui les observait, pupilles dilatées, partagée entre la fascination et le dégoût. Lorsqu'elle réussit à parler, ce fut pour balbutier : « Où est Jacinta ? » Sur ce, elle fit demi-tour et s'éloigna sans ajouter un mot, tandis que Penélope se recroquevillait sur le parquet dans une agonie muette et que Julián sentait le monde s'effondrer autour d'eux.

— Pars tout de suite, Julián. Va-t'en avant que mon père ne vienne.

— Mais...

— Va-t'en.

Julián se résigna.

— Quoi qu'il arrive, je t'attends dimanche dans le train.

Penélope réussit à s'arracher un demi-sourire.

— J'y serai. Mais va-t'en. Je t'en prie...

Elle était encore nue quand il la laissa pour se glisser par l'escalier de service vers les remises et, de là, dans la nuit glacée.

Les jours qui suivirent furent atroces. Julián avait passé la nuit sans dormir, pensant à chaque instant voir arriver les hommes de main de M. Ricardo. Ils ne vinrent pas plus que le sommeil. Le lendemain, au collège San Gabriel, il ne remarqua aucun changement dans l'attitude de Jorge Aldaya. Dévoré par l'angoisse, Julián avoua tout à Miquel Moliner. Celui-ci, avec son flegme habituel, hocha la tête en silence.

— Tu es fou, Julián, mais ce n'est pas une nouveauté. Ce qui m'étonne le plus, c'est qu'il n'y ait pas eu de révolution chez les Aldaya. Encore qu'à bien y réfléchir ce ne soit pas tellement surprenant. Si, comme tu me le dis, Mme Aldaya vous a découverts, il reste l'éventualité qu'elle-même ne sache pas que faire. J'ai eu trois conversations avec elle dans ma vie, et j'en ai tiré deux conclusions : la première est que Mme Aldaya a un âge mental de douze ans ; la seconde, qu'elle souffre d'un narcissisme chronique qui l'empêche de comprendre tout ce qui n'est pas ce qu'elle veut voir ou croire, surtout quand il s'agit d'elle-même.

— Épargne-moi ton diagnostic, Miquel.

— Cela signifie qu'elle doit être encore en train de réfléchir à ce qu'il faut dire, et comment, quand et à qui le dire. Elle doit d'abord penser aux conséquences que cela implique pour elle-même : le scandale prévisible, la fureur de son mari... Le reste, j'oserai dire qu'elle s'en fiche.

— Alors tu crois qu'elle ne parlera pas ?

— Elle va peut-être attendre un jour ou deux. Mais je

ne crois pas non plus qu'elle soit capable de garder un secret de cette taille à l'insu de son mari. Où en sommes-nous de notre plan ? Il tient toujours ?

— Plus que jamais.

— Je suis heureux de te l'entendre dire. Parce que, maintenant, je crois qu'il n'y a plus de recul possible.

La semaine s'écoula dans une lente agonie. Julián allait tous les jours au collège San Gabriel, l'incertitude lui collant aux talons. Il passait son temps à faire semblant d'être là, tout juste capable d'échanger des regards avec Miquel Moliner, qui commençait à être aussi inquiet que lui, voire davantage. Jorge Aldaya ne soufflait mot. Il se montrait aussi aimable qu'à l'ordinaire. Jacinta avait réapparu pour venir chercher Jorge. Le chauffeur de M. Ricardo se présentait toutes les après-midi. Julián se sentait mourir, finissant par souhaiter que ce qui devait arriver arrive, pourvu que l'attente se termine. Le jeudi après-midi, à la fin des cours, Julián commença de penser que le sort était en sa faveur. Mme Aldaya n'avait rien dit, peut-être par honte, peut-être par bêtise, ou pour l'une ou l'autre des raisons imaginées par Miquel. Mais peu importait. Tout ce qui comptait, c'était qu'elle garde le secret jusqu'au dimanche. Cette nuit-là, pour la première fois depuis plusieurs jours, il parvint à trouver le sommeil.

Le vendredi matin, quand il se présenta au collège, le père Romanones l'attendait devant la grille.

— Julián, j'ai à te parler.

— A votre disposition, mon père.

— J'ai toujours su que ce jour viendrait et, je dois te l'avouer, je me réjouis d'avoir été choisi pour t'annoncer la nouvelle.

— Quelle nouvelle, mon père ?

Julián Carax ne faisait plus partie des élèves du collège San Gabriel. Il était interdit de séjour dans son enceinte, salles de classe ou jardins. Ses affaires, livres de classe et objets personnels, étaient confisquées et devenaient propriété de l'institution.

— Le terme technique est : expulsion immédiate, résuma le père Romanones.

— Puis-je vous en demander la raison ?

— J'en aurais une douzaine à te donner, mais je suis sûr que tu sauras choisir toi-même la plus appropriée. Bien le bonjour, Carax. Bonne chance dans la vie. Tu vas en avoir besoin.

A une trentaine de mètres de là, dans la cour des fontaines, un groupe d'élèves l'observait. Certains ricanaient, en faisant un geste d'adieu de la main. D'autres le regardaient avec étonnement et pitié. Un seul souriait tristement : son ami Miquel Moliner, qui se borna à hocher la tête et à murmurer des paroles inaudibles dans lesquelles Julián crut discerner : « A dimanche. »

En revenant à l'appartement du boulevard San Antonio, Julián vit que la Mercedes de M. Ricardo Aldaya stationnait devant la porte de la chapellerie. Il s'arrêta au coin de la rue et attendit. Peu après, M. Ricardo sortit du magasin de son père et monta dans la voiture. Julián se dissimula sous un porche jusqu'à ce qu'elle eût disparu en direction de la place de l'Université. Alors seulement, il se précipita dans l'escalier de son immeuble. Sa mère Sophie l'attendait en haut, ruisselante de larmes.

— Qu'as-tu fait, Julián ? murmura-t-elle, sans colère.

— Pardonnez-moi, mère...

Sophie étreignit son fils avec force. Elle avait maigri et vieilli, comme si le monde entier lui avait dérobé sa vie et sa jeunesse.

« Et moi plus que tous les autres », pensa Julián.

— Écoute-moi bien, Julián. Ton père et M. Ricardo Aldaya ont tout arrangé pour t'envoyer à l'armée dans les jours qui viennent. Aldaya a des relations... Il faut que tu partes, Julián. Il faut que tu partes là où ni l'un ni l'autre ne pourront te trouver...

Julián crut voir dans les yeux de sa mère une ombre qui la consumait de l'intérieur.

— Il y a autre chose, mère ? Autre chose que vous ne m'avez pas dit ?

Sophie le contempla, les lèvres tremblantes.

— Tu dois partir. Nous devons partir tous les deux d'ici pour toujours.

Julián la serra étroitement dans ses bras et lui chuchota à l'oreille :

— Ne vous inquiétez pas pour moi, mère. Ne vous inquiétez pas.

Julián passa le samedi enfermé dans sa chambre, entre ses livres et ses cahiers de dessin. Le chapelier était descendu dans sa boutique dès potron-minet et ne revint qu'à la fin de la matinée.

« Il n'a pas le courage de me l'annoncer en face », pensa Julián. Cette nuit-là, les yeux brouillés par les larmes, il fit ses adieux aux années qu'il avait passées dans cette chambre obscure et froide, perdu dans des rêves dont il savait désormais qu'il ne les réaliserait jamais. Le dimanche à l'aube, muni seulement d'un sac contenant un peu de linge et quelques livres, il baisa le front de Sophie qui dormait recroquevillée sous des couvertures dans la salle à manger, et partit.

Les rues étaient nimbées d'une brume bleutée, et des éclats cuivrés luisaient sur les terrasses de la vieille ville. Il chemina lentement en disant adieu à chaque porche, chaque coin de trottoir, et en se demandant si le temps qui guérit tout saurait faire son œuvre et s'il serait capable un jour de n'avoir que des bons souvenirs, d'oublier la solitude qui tant de fois l'avait poursuivi dans ces rues.

La gare de France était déserte, les quais incurvés tels des sabres étincelaient dans le petit jour et se perdaient dans la brume. Julián s'assit sur un banc sous la verrière et sortit son livre. Il laissa s'écouler deux heures, immergé dans la magie des mots, en se sentant devenir un autre, comme s'il changeait de peau et de nom. Entraîné par les rêves de personnages d'ombre, il avait l'impression qu'il ne lui restait plus d'autre sanctuaire, d'autre refuge, que celui-là. Il savait déjà que Penélope ne serait pas au rendez-vous. Quand, plus tard dans la matinée, Miquel Moliner apparut dans la gare et lui remit son billet et tout l'argent qu'il avait pu réunir, les deux amis s'étreignirent en silence. Julián n'avait jamais vu Miquel Moliner pleurer. L'horloge les traquait, égrenant la fuite des minutes.

— Il reste encore du temps, murmurait Miquel, le regard fixé sur l'entrée de la gare.

A une heure cinq, le chef de gare appela une dernière fois les voyageurs pour Paris. Le train glissait déjà le long du quai, quand Julián se retourna pour faire ses adieux à son ami. Sur le quai, Miquel Moliner le regardait, les mains enfoncées dans les poches.

— Écris, dit-il.

— Je t'écrirai dès mon arrivée.

— Non. Pas à moi. Écris des livres. Pas des lettres. Écris-les pour moi. Pour Penélope.

Julián fit signe que oui et, à cet instant seulement, se rendit compte de ce qu'allait représenter pour lui l'absence de son ami.

— Et garde tes rêves, cria Miquel. Tu ne peux jamais savoir à quel moment tu en auras besoin.

— Toujours, murmura Julián, mais le rugissement du train avait couvert ses paroles.

— Penélope m'a raconté ce qui s'était passé le soir même où Madame les avait surpris dans ma chambre. Le lendemain, Madame m'a fait appeler et m'a demandé ce que je savais de Julián. Je lui ai répondu que je ne savais rien, juste que c'était un brave garçon, ami de Jorge… Elle m'a donné l'ordre de consigner Penélope dans sa chambre jusqu'à ce qu'elle lui donne la permission d'en sortir. M. Ricardo était en voyage à Madrid et n'est rentré que le vendredi. Dès son retour, Madame lui a tout raconté. J'étais là. M. Ricardo a bondi de son fauteuil et donné à Madame une gifle qui l'a projetée par terre. Puis, en criant comme un fou, il lui a dit de répéter ce qu'elle venait de dire. Madame était terrorisée. Nous n'avions jamais vu Monsieur dans cet état. Jamais. C'était comme s'il était possédé de tous les démons. Rouge de fureur, il est monté dans la chambre de Penélope et l'a sortie du lit en la tirant par les cheveux. J'ai voulu m'interposer, et il m'a écartée à coups de pied. La nuit même, il a fait venir le médecin de la famille pour qu'il examine Penélope. Son examen terminé, le docteur a discuté avec Monsieur. Ils ont enfermé Penélope à clef dans sa chambre, et Madame m'a dit de rassembler mes affaires.

» Ils ne m'ont pas permis de revoir Penélope, pas même de lui dire adieu. M. Ricardo m'a menacée de me dénoncer à la police si je parlais à quelqu'un de ce qui s'était passé. Ils m'ont chassée à coups de pied la nuit même, sans que je sache où aller, après dix-huit ans de bons et loyaux services. Deux jours plus tard, dans une pension de la rue Muntaner, j'ai reçu la visite de Miquel Moliner qui m'a expliqué que Julián était parti pour Paris. Il voulait que je lui raconte ce qui était arrivé : pourquoi Penélope n'était-elle pas venue au rendez-vous de la gare ? Pendant des semaines je suis retournée à la villa, en les suppliant de me laisser voir Penélope, mais ils ne m'ont pas laissée franchir les grilles. Je me postais des jours entiers au coin de la rue, en espérant la voir sortir. Je ne l'ai jamais vue. Elle ne quittait pas la maison. Après ça, M. Aldaya a appelé la police et, avec l'aide de ses amis haut placés, il a obtenu qu'on m'interne à l'asile psychiatrique de Horta, en prétendant que personne ne me connaissait et que j'étais une folle qui poursuivait sa famille et ses enfants. J'y ai passé deux ans, enfermée comme un animal. La première chose que j'ai faite en sortant a été d'aller à la villa de l'avenue du Tibidabo pour voir Penélope.

— Vous avez réussi ? demanda Fermín.

— La maison était fermée et à vendre. Personne n'y habitait. On m'a dit que les Aldaya étaient partis en Argentine. J'ai écrit à l'adresse qu'on m'a donnée. Les lettres sont revenues sans avoir été ouvertes…

— Qu'est devenue Penélope ? Vous le savez ?

Jacinta fit signe que non, l'air désespérée.

— Je ne l'ai jamais revue.

La vieille femme gémissait, en pleurant à chaudes

larmes. Fermín la prit dans ses bras et la berça. Le corps de Jacinta Coronado s'était réduit à la taille d'une petite fille et, près d'elle, Fermín semblait un géant. Mille questions se bousculaient dans ma tête, mais mon ami fit un geste qui signifiait clairement la fin de l'entretien. Je le vis contempler le réduit sordide et glacial où Jacinta Coronado finissait ses dernières heures.

— Venez, Daniel. On s'en va. Partez devant.

Je fis ce qu'il me disait. En m'éloignant, je me retournai et vis que Fermín s'agenouillait devant la vieille femme et l'embrassait sur le front. Elle eut un sourire édenté. J'entendis Fermín dire :

— Dites-moi, Jacinta, vous aimez sûrement les Sugus ?

Dans notre périple pour gagner la sortie, nous croisâmes le fossoyeur légitime et deux aides à l'aspect simiesque chargés d'un cercueil en pin, d'une corde et de loques à la destination incertaine. Le cortège répandait une sinistre odeur de formol et d'eau de Cologne bon marché, et arborait, sur des faces blafardes, des rictus canins. Fermín se contenta d'indiquer la cellule où les attendait le défunt et procéda à la bénédiction du trio qui répondit à ce geste en se signant respectueusement.

— Allez en paix, murmura Fermín en m'entraînant vers la sortie, où une sœur qui portait une lampe à huile nous adressa un regard funèbre et réprobateur en guise d'adieu.

Une fois dehors, la sinistre tranchée de pierre et d'ombre de la rue Moncada m'apparut comme une vallée de gloire et d'espérance. A côté de moi, Fermín respirait profondément, libéré, et je sus que je n'étais pas le seul à me réjouir d'avoir laissé derrière nous ce capharnaüm de ténèbres. L'histoire que nous avait racontée Jacinta pesait plus sur nos consciences que nous n'aurions aimé l'admettre.

— Écoutez, Daniel : et si on se payait quelques croquettes au jambon bien arrosées, ici, au Xampañet, pour faire passer le mauvais goût qui nous reste dans la bouche.

— A vrai dire, je ne serais pas contre.

— Vous n'avez pas rendez-vous avec la demoiselle ?

— Non. C'est demain.

— Ah, petit garnement. Vous vous faites désirer, hein ? On apprend vite…

Nous n'avions pas fait dix pas en direction de la bruyante taverne, à peine quelques numéros plus bas dans la rue, que trois silhouettes obscures se détachèrent de l'ombre et nous emboîtèrent le pas. Deux sbires se collèrent derrière nous, si près que je pus sentir leur haleine sur ma nuque. Le troisième homme, plus petit mais infiniment plus sinistre, nous barra le passage. Il portait la même gabardine, et son sourire huileux semblait dégouliner aux commissures.

— Ça alors, qui vois-je là ? Mais c'est mon vieil ami, l'homme aux mille visages, dit l'inspecteur Fumero.

Je crus entendre tous les os de Fermín s'entrechoquer de terreur devant cette apparition. Sa loquacité coutumière se trouva réduite à un gémissement étouffé. Déjà, les deux durs, que je supposai être des agents de la Brigade Criminelle, nous avaient immobilisés par la nuque et le poignet droit, prêts à nous tordre le bras au moindre mouvement.

— Je vois, à ta tête d'ahuri, que tu pensais m'avoir semé depuis longtemps, hein ? Tu croyais peut-être qu'un étron comme toi pouvait sortir du ruisseau et se faire passer pour un respectable citoyen ? D'accord, tu es débile, mais pas à ce point. En plus, je me suis laissé dire que tu mets ton gros nez dans un tas d'affaires qui ne te regardent pas. Mauvais signe… Qu'est-ce que tu es allé fricoter chez les bonnes sœurs ? Tu t'en tapes une ? Combien elles prennent, maintenant ?

— Je respecte les culs que je ne connais pas, monsieur l'inspecteur, spécialement quand ils sont sous clôture. Si vous vous décidiez à faire comme moi, ça vous ferait faire des économies de pénicilline, et vous grossiriez moins.

Fumero émit un ricanement méchant et rageur.

— Ça c'est parler. Des couilles de taureau. Comme je te dis. Si toutes les canailles étaient comme toi, mon travail serait un plaisir. A propos, comment te fais-tu appeler en ce moment, crapule ? Gary Cooper ? Allez, tu me racontes pourquoi tu es allé fourrer ton groin dans l'asile de Santa Lucía, et peut-être que je te laisserai filer avec juste une paire de gnons. Vas-y, lâche le morceau. Qu'est-ce qui vous amène ici ?

— Une affaire privée. Nous sommes venus rendre visite à une personne de la famille.

— A ta putain de mère, oui. Écoute, tu as de la chance que je sois de bonne humeur, sinon je t'emmènerais sur-le-champ au commissariat et je te ferais de nouveau tâter du chalumeau. Allez, sois bon bougre, et dis la vérité à ton ami l'inspecteur Fumero : qu'est-ce que vous foutez ici, toi et ton copain ? Collabore un peu, merde, et tu m'éviteras de faire une tête toute neuve à ce gamin que tu as pris comme mécène.

— Touchez à un seul de ses cheveux et je vous garantis que…

— Tu me files la trouille, je te jure. J'en ai chié dans mon pantalon.

Fermín avala sa salive et parut faire appel au courage qui s'enfuyait par tous ses pores.

— Est-ce que ce ne serait pas le pantalon du costume marin que vous a fait mettre votre auguste mère, l'illustre souillon ? Ça serait dommage, parce qu'on m'a dit qu'il vous allait à ravir.

Le visage de l'inspecteur Fumero blêmit, et toute expression quitta son regard.

— Qu'est-ce que tu as dit, salopard ?

— J'ai dit que vous sembliez avoir hérité du goût et de la grâce de Mme Yvonne Sotoceballos, dame de la haute société…

Fermín n'était pas costaud, et le premier coup suffit à le balayer comme une plume. Il était encore roulé en boule dans la flaque où il avait atterri quand Fumero lui expédia une volée de coups de pied au ventre, aux reins et à la figure. A partir du cinquième, je cessai de les compter. Un instant plus tard, Fermín avait perdu le souffle et toute capacité de bouger un doigt ou de se protéger des coups. Les deux policiers qui me tenaient riaient par politesse ou par devoir, tout en m'immobilisant d'une main de fer.

— Toi, t'en mêle pas, me chuchota l'un d'eux. J'ai pas envie de te casser le bras.

J'essayai de me libérer de leur prise, mais en vain, et en me débattant, je vis dans un éclair le visage de celui qui m'avait parlé. Je le reconnus tout de suite. C'était l'homme à la gabardine et au journal du café de la place de Sarriá, celui qui nous avait suivis dans l'autobus en riant des plaisanteries de Fermín.

— Tu vois, moi, ce qui me fait le plus chier au monde,

c'est les gens qui fouillent dans la merde du passé, hurlait Fumero en tournant autour de Fermín. Le passé, faut le laisser là où il est, t'as compris ? Ça vaut pour toi et pour ton crétin d'ami. Et toi, moustique, ouvre bien l'œil et apprends, parce que tu ne perds rien pour attendre.

J'assistai à la manière dont l'inspecteur démolissait Fermín à coups de pied sous la lumière oblique d'un réverbère. Tout le temps que dura la séance, je fus incapable d'ouvrir la bouche. Je me souviens du choc sourd, terrible, des coups tombant sans pitié sur mon ami. Ils me font encore mal. Je ne pus que me réfugier dans la paralysie où me maintenaient opportunément les policiers, en pleurant de silencieuses larmes de lâcheté.

Lorsque Fumero fut fatigué de secouer un poids mort, il déboutonna sa gabardine, ouvrit sa braguette et urina sur Fermín. Mon ami ne bougeait plus, dessinant tout juste le contour d'un ballot de vieux vêtements dans une flaque. Tandis que Fumero déchargeait un torrent abondant et mousseux sur Fermín, je restai incapable d'émettre un son. Quand il eut terminé, l'inspecteur referma sa braguette et se dirigea vers moi, haletant et la face en sueur. Un des agents lui tendit un mouchoir avec lequel il s'essuya la figure et le cou. Il s'approcha jusqu'à ce que son visage soit à quelques centimètres à peine du mien et me fusilla du regard.

— Tu ne valais pas cette rossée, moustique. Ça ne concerne que ton ami : il joue toujours la mauvaise carte. La prochaine fois, je le baiserai à fond, comme jamais, et je suis sûr que ça sera ta faute.

Je crus qu'il allait me frapper, que mon tour était venu. Étrangement, j'en fus content. Je voulus croire que les coups me guériraient de ma honte d'avoir été incapable de bouger le petit doigt pour aider Fermín, de n'avoir rien fait d'autre qu'essayer de me protéger, comme toujours.

Mais aucun coup ne vint. Juste le fouet de ces yeux débordants de mépris. Fumero se borna à me tapoter la joue.

— T'inquiète pas, mon garçon. Je ne me salis pas la main sur des lâches.

Les deux policiers émirent un ricanement obséquieux, soulagés de voir que le spectacle était terminé. Leur envie de quitter la scène était tangible. Lorsque je pus me porter à son secours, Fermín luttait en vain pour se relever et retrouver les dents qu'il avait perdues dans l'eau sale de la flaque. Sa bouche, son nez, ses oreilles et ses paupières saignaient. En me voyant sain et sauf, il esquissa une sorte de sourire, et je crus qu'il allait mourir sur-le-champ. Je m'agenouillai et le pris dans mes bras. La première pensée qui me passa par la tête fut qu'il pesait moins que Bea.

— Oh mon Dieu, Fermín, il faut aller tout de suite à l'hôpital.

Fermín refusa énergiquement.

— Menez-moi chez elle.

— Chez qui, Fermín ?

— Chez Bernarda. Si je dois casser ma pipe, que ce soit au moins dans ses bras.

19

Ce soir-là, je revins donc à l'appartement de la Plaza Real dans lequel j'avais juré, des années auparavant, de ne plus jamais remettre les pieds. Deux clients du Xampañet qui, du seuil, avaient assisté au passage à tabac, me proposèrent leur aide pour transporter Fermín jusqu'à la station de taxis de la rue Princesa, pendant qu'un serveur de l'établissement appelait le numéro que je lui avais donné pour prévenir de notre venue. Le trajet en taxi me parut interminable. Fermín avait perdu connaissance avant même que nous démarrions. Je le tenais dans mes bras, en le serrant contre ma poitrine et en essayant de lui communiquer un peu de chaleur. Je pouvais sentir son sang mouiller mes vêtements. Je lui chuchotais à l'oreille que nous étions presque arrivés, que tout allait s'arranger. Ma voix tremblait. Le chauffeur me lançait des regards furtifs dans son rétroviseur.

— Dites donc, moi je ne veux pas d'histoires, hein ? Si ce type meurt, je vous fais descendre tous les deux.

— Foncez et taisez-vous.

Rue Fernando, Gustavo Barceló et Bernarda nous attendaient déjà à la porte de l'immeuble en compagnie du docteur Soldevila. Quand elle nous vit, couverts de sang et de boue, Bernarda se mit à pousser des cris hystériques. Le docteur prit en hâte le pouls de Fermín et assura que le patient était vivant. A nous quatre, nous parvînmes à hisser Fermín dans l'escalier et à le porter dans la chambre de Bernarda, où une infirmière amenée par le docteur avait déjà tout préparé. Une fois le patient déposé sur le lit, l'infirmière commença de le déshabiller. Le docteur Soldevila insista pour que nous sortions de la chambre. Il nous ferma la porte au nez avec un succinct : « Il s'en tirera. »

Dans le couloir, Bernarda pleurait, inconsolable, en gémissant que pour une fois qu'elle rencontrait un brave homme, Dieu le lui arrachait en le passant à tabac.

M. Gustavo Barceló la prit dans ses bras et l'emmena à la cuisine où il se mit en devoir de l'abreuver de brandy jusqu'à ce que la pauvre puisse à peine tenir debout. Quand les paroles de la bonne devinrent incompréhensibles, le libraire se servit un verre et le vida d'un trait.

— Je suis désolé. Je ne savais où aller… risquai-je.

— Ne t'inquiète pas. Tu as bien fait. Soldevila est le meilleur traumatologue de Barcelone, dit-il, sans s'adresser à personne en particulier.

— Merci, murmurai-je.

Barceló soupira et me versa une copieuse rasade. Je refusai le verre, qui passa de ses mains à celles de Bernarda puis à ses lèvres, entre lesquelles le brandy disparut instantanément.

— Fais-moi le plaisir de prendre une douche et de te mettre quelque chose de propre sur le dos, indiqua Barceló. Si tu reviens chez toi avec cette dégaine, ton père en mourra de peur.

— Ce n'est pas la peine… je me sens bien, dis-je.

— Alors arrête de trembler. Allons, vas-y, tu peux te servir de ma salle de bain, il y a un chauffe-eau. Tu connais le chemin. Pendant ce temps, j'appellerai ton père et je lui dirai… enfin bon, je ne sais pas ce que je lui dirai. Je trouverai bien quelque chose.

J'acquiesçai.

— Cette maison est toujours la tienne, dit Barceló, tandis que je m'éloignais dans le couloir. On t'a regretté.

Je fus capable de trouver la salle de bain de Gustavo Barceló, mais pas l'interrupteur. Je me dis que, tout compte fait, je préférais me doucher dans le noir. J'enlevai mes vêtements souillés de sang et de boue, et me hissai dans la baignoire impériale du maître des lieux. Une obscurité perlée filtrait par la fenêtre qui donnait sur la cour intérieure de l'immeuble, en dessinant vaguement les contours de la pièce et les carreaux de céramique du sol et des murs. Par comparaison avec notre modeste salle de bain de la rue Santa Ana, je trouvai l'eau brûlante et sa pression dignes d'hôtels de luxe où je n'avais jamais mis les pieds. Je restai plusieurs minutes immobile dans la vapeur, sous le jet de la douche.

L'écho des coups s'abattant sur Fermín continuait de me marteler les oreilles. Je ne pouvais m'ôter de la tête les paroles de Fumero, ni le visage du policier qui m'avait immobilisé, probablement pour me protéger. Au bout d'un moment, je sentis que l'eau refroidissait et supposai que la réserve du chauffe-eau de mon hôte tirait à sa fin. J'en laissai couler les dernières gouttes et fermai le robinet. La vapeur montait le long de ma peau comme des écheveaux de soie. A travers le rideau, je devinai une silhouette figée devant la porte. Son regard vide brillait comme celui d'un chat.

— Tu peux sortir sans crainte, Daniel. En dépit de toutes mes méchancetés, je ne peux toujours pas te voir.

— Bonjour, Clara.

Elle tendit une serviette propre dans ma direction. J'allongeai le bras et la saisis. Je m'en ceignis avec une pudeur de collégienne et, malgré la pénombre vaporeuse, je pus voir que Clara souriait en devinant mes mouvements.

— Je ne t'ai pas entendue entrer.

— Je n'ai pas frappé. Pourquoi te douches-tu dans le noir ?

— Et toi, comment sais-tu que je n'ai pas allumé ?

— Le bourdonnement de l'ampoule, dit-elle. Tu n'es jamais revenu me dire adieu.

Mais si, je suis revenu, pensai-je, mais tu étais trop occupée. Les mots moururent sur mes lèvres : leur rancœur et leur amertume étaient soudain ridicules.

— Je sais. Pardonne-moi.

Je sortis de la douche, sur le tapis de bain. Le halo de vapeur formait des nœuds argentés, la clarté de la lucarne posait un voile blanc sur la face de Clara. Elle était telle que dans mon souvenir. Quatre années d'absence ne m'avaient pour ainsi dire servi à rien.

— Ta voix a changé, dit-elle. Et toi aussi, Daniel ?

— Je suis toujours aussi bête, si c'est ce qui t'intrigue.

Et plus lâche, ajoutai-je en moi-même. Elle avait toujours le même sourire brisé qui me faisait mal, même dans la pénombre. Elle tendit la main, et comme huit ans plus tôt, le soir de la bibliothèque de l'Ateneo, je compris tout de suite. Je la guidai vers mon visage et sentis ses doigts me redécouvrir, tandis que ses lèvres dessinaient des paroles en silence.

— Je n'ai jamais voulu te faire de mal, Daniel. Pardonne-moi.

Je lui pris la main et la baisai dans l'obscurité.

— C'est moi qui te demande pardon.

Cette atmosphère mélodramatique fut réduite à néant par l'apparition de Bernarda dans l'encadrement de la porte. Bien qu'elle fût presque ivre, elle vit bien que j'étais tout nu, ruisselant, la lumière éteinte, et que je pressais la main de Clara contre mes lèvres.

— Pour l'amour de Dieu, monsieur Daniel, vous n'avez pas honte ? Jésus, Marie, Joseph ! Il y en a qui sont vraiment incorrigibles…

Outrée, Bernarda battit en retraite, et j'espérai que, les effets du brandy dissipés, le souvenir de cette vision s'évanouirait de son esprit comme un songe. Clara recula de quelques pas et me tendit les vêtements qu'elle tenait sous son bras gauche.

— Mon oncle m'a donné ces habits pour que tu les mettes. Ils datent de sa jeunesse. Il dit que tu as beaucoup grandi et qu'ils t'iront. Je n'aurais pas dû entrer sans frapper.

Je pris ce qu'elle m'avait apporté et passai le linge de corps, chaud et parfumé, la chemise de coton rose, les chaussettes, le gilet, le pantalon et la veste. Le miroir me renvoyait l'image d'un démarcheur à domicile, sourire en moins. Quand je revins à la cuisine, le docteur Soldevila venait juste de sortir de la chambre où il avait soigné Fermín, pour informer l'assistance de son état.

— Pour le moment, le pire est passé, annonça-t-il. Ces choses-là semblent toujours plus graves qu'elles ne le sont. Votre ami souffre d'une fracture au bras gauche et de deux côtes cassées, il a perdu trois dents et présente de multiples hématomes, plaies et contusions, mais il n'y a par chance ni hémorragie interne ni symptôme de lésion cérébrale. Les journaux pliés que le patient portait sous ses vêtements pour se protéger du froid et augmenter sa corpulence, comme il dit, lui ont servi d'armure pour amortir les coups. Il y a quelques instants, il a repris conscience pendant plusieurs minutes et m'a prié de vous faire savoir qu'il se sent comme un jeune homme de vingt ans, qu'il veut un sandwich au saucisson et à l'ail, des chocolats et des Sugus au citron. En principe, je n'y vois pas d'inconvénient, mais je crois qu'il serait préférable de commencer par des jus de fruits, du yoghourt et peut-être un peu de riz à l'eau. De plus, et comme preuve de sa vigueur et de sa lucidité d'esprit, il m'a prié de vous transmettre que, pendant que l'infirmière Amparito lui faisait quelques points de suture à la jambe, il a eu une érection aussi raide qu'un battant de cloche.

— C'est que c'est un homme, un vrai, a murmuré Bernarda en manière d'excuse.

— Quand pourrons-nous le voir ? demandai-je.

— Il vaut mieux éviter les visites pour l'instant. Demain matin, peut-être. Un peu de repos ne lui fera pas de mal et j'aimerais, dès la première heure, le mener à l'hôpital de la Mer pour qu'on lui fasse un encéphalogramme, ce qui nous rassurera, mais je crois que tout va bien et que M. Romero de Torres sera comme neuf dans quelques jours. A en juger par les cicatrices et les marques qu'il porte sur le corps, cet homme s'est tiré de pires épreuves et il a tout pour survivre. Si vous voulez une copie de mon ordonnance pour porter plainte à la police…

— Ce ne sera pas nécessaire, l'interrompis-je.

— Jeune homme, je vous préviens que ç'aurait pu être très sérieux. Il faut tout de suite avertir la police.

Barceló m'observait avec attention. Je lui rendis son regard, et il hocha la tête.

— Nous avons le temps, avant de faire ces démarches, docteur, ne vous inquiétez pas, dit-il. Pour l'heure, l'important est d'être sûr que le patient va bien. Je porterai plainte moi-même demain matin. D'ailleurs les autorités ont droit à un peu de paix et de repos nocturnes.

Manifestement, le docteur ne voyait pas d'un bon œil ma suggestion de cacher les faits à la police mais, en constatant que Barceló en prenait la responsabilité, il haussa les épaules et retourna dans la chambre afin de poursuivre ses soins. Dès qu'il eut disparu, Barceló me fit signe de le suivre dans son bureau. Bernarda soupirait sur son tabouret, cuvant son brandy et sa frayeur.

— Bernarda, remuez-vous. Faites-nous un peu de café. Bien fort.

— Oui, monsieur. Tout de suite.

Je suivis Barceló dans son bureau, une caverne noyée dans les brumes de tabac à pipe qui s'insinuaient entre les piles de livres et de papiers. Les échos du piano de Clara nous arrivaient par bouffées, à contretemps. A l'évidence, les leçons du professeur Neri n'avaient pas beaucoup servi, au moins sur le terrain musical. Le libraire me désigna un siège et bourra sa pipe.

— J'ai appelé ton père. Je lui ai dit que Fermín a eu un petit accident et que tu l'as amené ici.

— Il l'a avalé ?

— Je ne crois pas.

— Ah !

Le libraire alluma sa pipe et se carra dans son fauteuil, jouissant de son allure méphistophélique. A l'autre bout de l'appartement, Clara humiliait Debussy. Barceló leva les yeux au ciel.

— Qu'est devenu le professeur de musique ? demandai-je.

— Je l'ai renvoyé. Il a abusé de son autorité.

— Ah !

— Tu es sûr qu'ils ne t'ont pas tabassé, toi aussi ? Tu ne parles que par monosyllabes. Gamin, tu étais plus bavard.

La porte du bureau s'ouvrit, et Bernarda entra avec un plateau sur lequel étaient posés deux tasses fumantes et un sucrier. En voyant sa démarche, j'eus peur de me trouver sur la trajectoire d'une averse de café bouillant.

—Faites excuses. Monsieur veut-il une goutte de brandy dedans ?

—Je crois que la bouteille de Lepanto a bien gagné son repos pour cette nuit, Bernarda. Et vous aussi. Allez, partez vous coucher. Daniel et moi, nous resterons éveillés au cas où il se produirait quelque chose. Puisque Fermín est dans votre chambre, vous pouvez aller dans la mienne.

—Oh ! non, monsieur, certainement pas.

—C'est un ordre. Et ne discutez pas. Je veux que vous soyez endormie dans cinq minutes.

—Mais, monsieur…

—Vous comptez toujours sur vos étrennes, Bernarda ?

—Je ferai comme vous dites, monsieur Barceló. Mais je dormirai sur le couvre-lit. Manquerait plus que ça.

Barceló attendit cérémonieusement que Bernarda se soit retirée. Il se servit sept morceaux de sucre et remua la cuiller dans sa tasse avec un sourire félin, dans des nuages de tabac hollandais.

—Tu vois. Je dois mener la maison d'une main de fer.

—Oui, vous êtes devenu un ogre, monsieur Gustavo.

—Et toi un faiseur d'embrouilles. Dis-moi, Daniel, maintenant que personne ne nous entend : pourquoi n'est-ce pas une bonne idée d'avertir la police ?

—Parce qu'elle est déjà au courant.

—Tu veux dire que… ?

J'acquiesçai.

—Dans quel pétrin t'es-tu fourré, si ma question n'est pas indiscrète ?

Je soupirai.

—Je peux t'aider ?

Je relevai les yeux. Barceló me souriait sans malice. Pour une fois, son visage n'exprimait pas la moindre ironie.

— Est-ce que, par hasard, tout ça ne serait pas lié au livre de Carax que tu as refusé de me vendre quand tu aurais dû ?

Il ne me laissa pas le temps de revenir de ma surprise.

— Je pourrais vous aider, proposa-t-il. J'ai largement ce qui vous manque : l'argent et le bon sens.

— Croyez-moi, monsieur Gustavo, j'ai déjà compromis trop de monde dans cette histoire.

— Alors une personne de plus… Allons, fais-moi confiance. Dis-toi que je suis ton confesseur.

— Cela fait des années que je ne me confesse plus.

— Ça se lit sur ta figure.

20

Gustavo Barceló avait une écoute contemplative, digne d'un Salomon, d'un médecin ou d'un nonce apostolique. Il m'observait, coudes sur la table et mains jointes sous le menton comme pour une prière, sans presque battre des paupières, hochant de temps en temps la tête comme s'il repérait des symptômes ou de légers détails dans mon récit pour établir son propre diagnostic des faits, à mesure que je les lui servais à ma façon. A chacune de mes pauses, le libraire arquait les sourcils d'un air inquisiteur et faisait un geste de la main droite pour me signifier qu'il suivait toujours le galimatias de mon histoire, laquelle semblait l'amuser énormément. A certaines occasions, il prenait des notes à main levée ou portait son regard vers l'infini comme pour considérer toutes les implications. La plupart du temps, il arborait un sourire sardonique que je ne pouvais éviter d'attribuer à ma naïveté ou à la gaucherie de mes conjectures.

— Écoutez, si ça vous semble idiot, je me tais.

— Au contraire. Le sot parle, le lâche se tait, le sage écoute.

— Qui a dit ça ? Sénèque ?

— Non. M. Braulio Recolons, charcutier rue Aviñón, qui possède un don extraordinaire tant pour le boudin que pour l'aphorisme bien placé. Continue, s'il te plaît. Tu me parlais de cette délicieuse jeune fille…

— Bea ? Ça, c'est mon affaire : elle n'a rien à voir avec le reste.

Barceló riait tout bas. Je m'apprêtais donc à continuer la relation de mes aventures, quand le docteur Soldevila apparut à la porte du bureau, l'air épuisé, en poussant de gros soupirs.

— Excusez-moi. Je partais. Le patient va bien, et, si je peux employer cette métaphore, il déborde d'énergie. Cet homme nous enterrera tous. Il affirme à présent que les sédatifs lui sont montés à la tête, et il est surexcité. Il refuse de se reposer et prétend qu'il doit discuter avec M. Daniel d'affaires dont il n'a pas voulu préciser la nature en alléguant qu'il ne croit pas au serment d'Hippocrate, ou d'Hypocrite, comme il dit.

— Nous allons le voir tout de suite. Et pardonnez au pauvre Fermín. Ses paroles sont sans doute la conséquence du traumatisme.

— Peut-être, mais je pencherais plutôt pour de la goujaterie, car il n'y a pas moyen de l'empêcher de caresser l'arrière-train de l'infirmière et de débiter des vers de mirliton pour louer la fermeté de ses fesses et le galbe de ses cuisses.

Nous escortâmes le docteur et son assistante jusqu'à la porte et les remerciâmes avec effusion de leurs bons offices. En entrant dans la chambre, nous découvrîmes que Bernarda, envers et contre tout, avait enfreint les ordres de Barceló et avait rejoint Fermín sur le lit où le brandy et la fatigue avaient finalement réussi à lui faire trouver le sommeil. Fermín, couvert de bandes, de pansements et d'emplâtres, lui caressait tendrement les cheveux. Son visage n'était qu'un énorme hématome qui faisait peine à voir, d'où émergeaient le nez indemne, les oreilles comme des antennes de télévision, et des yeux de petite souris écrasée. Le sourire édenté et mâchuré était triomphal, et il nous reçut en levant la main droite en signe de victoire.

— Comment vous sentez-vous, Fermín ? demandai-je.

— Rajeuni de vingt ans, dit-il à voix basse pour ne pas réveiller Bernarda.

— A d'autres, Fermín ! Vous êtes dans un état épouvantable. Êtes-vous sûr que ça va ? La tête ne vous tourne pas ? Vous n'entendez pas des voix ?

— Maintenant que vous me le faites remarquer, j'ai par moments l'impression d'entendre un murmure dissonant et arythmique, comme si un macaque essayait de jouer du piano.

Barceló fronça les sourcils. Clara continuait de massacrer sa partition dans le lointain.

— Ne vous inquiétez pas, Daniel. J'ai encaissé des

raclées pires que celle-là. Ce Fumero ne sait même pas cogner correctement.

— Ce Fumero vous a quand même refait le visage, dit Barceló. Et je vois que vous fréquentez les hautes sphères.

— Je n'en étais pas encore arrivé à cette partie de l'histoire, dis-je.

Fermín me lança un regard alarmé.

— Soyez tranquille, Fermín. Daniel est en train de me mettre au courant de la pièce dans laquelle vous jouez tous deux. Je dois reconnaître que c'est très intéressant. Et vous, Fermín, que penseriez-vous de vous confesser ? Je vous signale que j'ai fait deux ans de séminaire.

— Je vous en donnais au moins trois, monsieur Gustavo.

— Tout se perd, à commencer par la décence. C'est la première fois que vous venez chez moi, et je vous retrouve au lit avec la bonne.

— Regardez-la, cette pauvre petite, mon ange. Sachez, monsieur Gustavo, que mes intentions sont honnêtes.

— Vos intentions sont votre affaire et celle de Bernarda, qui est majeure depuis belle lurette. Et maintenant, passons aux choses sérieuses. Dans quel bourbier vous êtes-vous fourvoyés tous les deux ?

— Qu'est-ce que vous lui avez raconté, Daniel ?

— Nous en étions au deuxième acte : entrée de la *femme fatale*, comme disent les Français, précisa Barceló.

— Nuria Monfort ? demanda Fermín.

Barceló se pourlécha les babines.

— Parce qu'il y en a d'autres ? Ça devrait s'appeler *L'Enlèvement au sérail*.

— Je vous prie de parler moins fort, vous oubliez ma fiancée.

— Ne vous en faites pas pour votre fiancée, elle a une demi-bouteille de Lepanto dans les veines. Nous tirerions au canon qu'elle ne se réveillerait pas. Allez, dites à Daniel de me raconter le reste. Trois têtes valent mieux que deux pour réfléchir, surtout quand la troisième est la mienne.

Fermín ébaucha un haussement d'épaules sous les bandages et les emplâtres.

— Je ne m'y oppose pas, Daniel. A vous de décider.

Résigné à accepter M. Gustavo à bord, je poursuivis mon récit jusqu'au moment où Fumero et ses hommes nous avaient surpris dans la rue Moncada, quelques heures plus tôt. Une fois finie ma narration, Barceló se leva et, pensif, arpenta la chambre. Fermín et moi l'observions d'un œil suspicieux. Bernarda ronflait comme une otarie.

— Ma toute petite, chuchotait Fermín extatique.

— Plusieurs choses retiennent mon attention, dit finalement le libraire. D'abord il est évident que l'inspecteur Fumero est impliqué là-dedans jusqu'au cou, même si le pourquoi et le comment m'échappent. D'un côté il y a cette femme…

— Nuria Monfort.

— Puis nous avons l'histoire du retour de Julián Carax à Barcelone et de son assassinat en pleine rue au bout d'un mois, durant lequel personne ne sait ce qu'il a fait. Manifestement, la femme ment comme une arracheuse de dents.

— C'est ce que je dis depuis le début, confirma Fermín. Mais voilà, la jeunesse s'échauffe vite et n'a guère de vision d'ensemble…

— Vous pouvez parler, saint Jean Bouche d'Or.

— La paix, dit Barceló. Ne nous énervons pas et tenons-nous-en aux faits. Quelque chose, dans ce que m'a raconté Daniel, m'a paru plus étrange encore que le reste, s'il se peut : non à cause du caractère rocambolesque de l'histoire, mais plutôt d'un détail essentiel et apparemment banal.

— Éclairez-nous, monsieur Gustavo.

— Eh bien voici : le père de Carax a refusé de reconnaître le cadavre de son fils en prétendant qu'il n'avait pas d'enfant. Je trouve ça très étonnant. Quasiment contre nature. Aucun père au monde ne peut faire ça. Peu importe la mésentente qui pouvait régner entre eux. La mort a toujours cet effet : elle ne laisse personne à l'abri de la sensiblerie. Face à un cercueil, tout le monde devient bon et ne voit plus que ce qu'il a envie de voir.

— Ah ! la belle phrase, monsieur Gustavo, s'exclama Fermín, flatteur. Ça ne vous gêne pas si je l'ajoute à mon répertoire ?

— Il y a toujours des exceptions, objectai-je. Nous savons que M. Fortuny était un peu spécial.

— Tout ce que nous savons de lui, ce sont des commérages de troisième main, trancha Barceló. Quand tout un chacun s'acharne à présenter un individu comme un monstre, de deux choses l'une : ou c'était un saint, ou on ne nous dit pas tout.

— On dirait que vous avez pris le chapelier en sympathie, dit Fermín.

— Avec tout le respect que je dois à la profession de concierge, quand la réputation du personnage en question tient à ce genre de témoignage, mon premier sentiment est la méfiance.

— Si nous appliquons ce principe, nous ne pouvons être sûrs de personne. Tout ce que nous savons est, et vous le dites bien, de troisième ou de quatrième main. Avec ou sans concierge.

— Méfie-toi de celui qui fait confiance à tout le monde, fit remarquer Barceló.

— Quel esprit vous avez, monsieur Gustavo, s'exclama Fermín. De vraies perles de culture. Si seulement j'avais votre clairvoyance !

— La seule chose qui soit réellement claire dans tout ça, c'est que vous avez besoin de mon aide, logistique et probablement pécuniaire, si vous prétendez résoudre cet embrouillamini avant que l'inspecteur Fumero ne vous réserve une suite dans le pénitencier de San Sebas. Fermín, je peux considérer que vous êtes avec moi ?

— J'obéis à Daniel. S'il l'ordonne, je ferai même l'Enfant Jésus dans la crèche.

— Et toi, Daniel, qu'en dis-tu ?

— Vous avez déjà tout dit. Que proposez-vous ?

— Voici mon plan : dès que Fermín sera rétabli, toi, Daniel, tu iras voir en toute innocence Mme Nuria Monfort, et tu abattras ton jeu. Tu lui feras comprendre que tu sais qu'elle a menti et qu'elle te cache quelque chose, que ce soit beaucoup ou peu, et on verra.

— On verra quoi ?

— On verra comment elle réagira. Elle ne te dira rien, naturellement. Ou elle te sortira un nouveau mensonge. L'important est de planter la banderille, et, pour prolonger la comparaison tauromachique, de voir où nous mènera le taureau – ou plutôt la génisse. Et c'est là que vous, Fermín, vous faites votre entrée. Pendant que Daniel pendra sonnette au chat, vous surveillerez discrètement la suspecte, et vous attendrez qu'elle morde à l'hameçon. Dès qu'elle l'aura fait, vous la suivrez.

— A condition qu'elle aille quelque part, protestai-je.

— Homme de peu de foi. Elle ira. Tôt ou tard. Et quelque chose me dit que ce sera plus tôt que tard. C'est la base de la psychologie féminine.

— Et vous, pendant ce temps, que comptez-vous faire, docteur Freud ? demandai-je.

— Ça, c'est mon affaire : vous le saurez en temps utile. Et vous me remercierez.

Je cherchai un soutien dans le regard de Fermín, mais le pauvre s'était endormi en tenant Bernarda enlacée, tandis que Barceló poursuivait son discours triomphal. Sa tête était tombée sur le côté et son sourire bienheureux laissait couler de la bave sur sa poitrine. Bernarda émettait des ronflements profonds et caverneux.

— Pourvu que celui-là ne lui fasse pas de mal, soupira Barceló.

— Fermín est un grand bonhomme, affirmai-je.

— Il doit l'être, parce qu'à mon avis ce n'est pas avec cette tronche qu'il a pu faire sa conquête. Bon, partons.

Nous éteignîmes la lumière et quittâmes la pièce sur la pointe des pieds, en fermant la porte pour laisser les deux tourtereaux à leur repos. Il me sembla que le premier souffle de l'aube filtrait par les fenêtres de la galerie, au fond du couloir.

— Supposons que je vous dise non, chuchotai-je. Que je vous demande d'oublier.

Barceló sourit.

— Trop tard, Daniel. Tu aurais dû me vendre ce livre il y a des années, quand l'occasion s'en est présentée.

J'arrivai à la maison au petit jour, après avoir traîné ce

ridicule costume prêté et le naufrage d'une nuit interminable dans les rues humides aux luisances pourpres. Je trouvai mon père endormi dans son fauteuil, une couverture sur les jambes et son livre préféré ouvert dans les mains, un exemplaire du *Candide* de Voltaire qu'il relisait deux fois par an, les deux seules où je l'entendais rire de tout son cœur. Je l'observai en silence. Il avait les cheveux gris et clairsemés, et la peau de son visage avait commencé à perdre de sa fermeté autour des pommettes. Je contemplai cet homme que j'avais imaginé autrefois fort, presque invincible, et je le vis fragile, vaincu sans le savoir. Vaincu, je l'étais peut-être moi-même. Je me penchai pour rajuster cette couverture qu'il promettait depuis des années de donner à une œuvre de bienfaisance, et l'embrassai sur le front comme si je voulais le protéger des fils invisibles qui l'éloignaient de moi, de cet appartement exigu et de mes souvenirs. Comme si je croyais que ce baiser pourrait tromper le temps et le convaincre de passer au large, de revenir un autre jour, dans une autre vie.

21

Je passai presque toute la matinée à rêver éveillé dans l'arrière-boutique en évoquant des images de Bea. Je modelais sa nudité sous mes mains et croyais respirer à nouveau son haleine de pain frais. Je me surprenais à me rappeler avec une précision photographique les plis de son corps, l'éclat de ma salive sur ses lèvres et cette ligne de duvet blond, presque transparent, qui descendait le long de son ventre jusqu'à cet endroit que mon ami Fermín, dans ses conférences improvisées sur la logique charnelle, dénommait « la sente du xérès ».

Je consultai ma montre pour la énième fois et vis avec horreur que plusieurs heures me séparaient encore du moment où je pourrais revoir – et toucher – Bea. J'essayai de mettre de l'ordre dans les reçus du mois, mais le bruit des liasses de papier me rappelait le froissement des dessous de Beatriz Aguilar, sœur de mon plus intime camarade d'enfance, glissant sur ses hanches et ses cuisses.

— Daniel, tu es dans les nuages. Quelque chose te tracasse ? C'est Fermín ? demanda mon père.

J'acquiesçai, honteux. Mon meilleur ami avait laissé plusieurs côtes pour me sauver la peau quelques heures plus tôt, et ma première pensée était pour l'agrafe d'un soutien-gorge.

— Quand on parle du loup…

Je levai les yeux : il était là. Fermín Romero de Torres en chair et en os, vêtu de son plus beau costume d'où il émergeait comme un vieux cigare noirâtre et tordu, franchissait le seuil, arborant un sourire triomphal et un pimpant œillet à la boutonnière.

— Mais que faites-vous ici, malheureux ? Ne deviez-vous pas garder le repos ?

— J'ai laissé le repos se garder tout seul. Je suis un homme d'action. Et quand je ne suis pas là, vous ne vendez rien, pas même un catéchisme.

Faisant la sourde oreille aux conseils du docteur, Fermín était décidé à reprendre son poste. Il avait le teint jaune et marbré de bleus, il boitait de vilaine façon et se déplaçait comme un pantin cassé.

— Pour l'amour de Dieu, allez vous coucher immédiatement, Fermín, dit mon père, horrifié.

— Pas question. Les statistiques le démontrent : il meurt plus de gens dans leur lit qu'au front.

Toutes nos protestations tombèrent dans l'oreille d'un sourd. Mon père céda vite, car quelque chose dans le regard de Fermín suggérait que si ses os le faisaient atrocement souffrir, la perspective de se retrouver seul dans la chambre de la pension le tourmentait encore davantage.

— Bon, mais si je vous vois porter autre chose qu'un crayon, vous allez m'entendre.

— A vos ordres. Vous avez ma parole que je ne soulèverai rien, pas même le soupçon.

Sans plus tergiverser, Fermín enfila sa blouse bleue et s'arma d'un chiffon et d'une bouteille d'alcool avec lesquels il s'installa derrière le comptoir dans l'intention de remettre à neuf les reliures des quinze exemplaires défraîchis, arrivés le matin même, d'un titre très recherché, *Le Tricorne : Histoire de la Garde Civile en vers alexandrins* par Fulgencio Capón, jeune auteur porté aux nues par la critique unanime. Tout en se livrant à cette tâche, Fermín lançait des regards furtifs et clignait de l'œil à l'instar du célèbre diable boiteux.

— Vous avez les oreilles rouges comme des piments, Daniel.

— Ça doit être à force de vous entendre dire des sottises.

— Ou la fièvre. Quand revoyez-vous la demoiselle ?

— Ça ne vous regarde pas.

— Vous avez tort. On ne peut plus plaisanter ? C'est vrai, la plaisanterie est un dangereux vasodilatateur.

— Allez vous faire voir.

Comme d'habitude depuis quelque temps, l'après-midi fut lente et morose. Un client à la voix aussi grise que sa gabardine entra pour demander un livre de Zorrilla, persuadé qu'il s'agissait d'une chronique des aventures polissonnes d'une fille légère dans le Madrid des empereurs d'Autriche. Mon père ne sut que lui répondre, mais Fermín vint à la rescousse, fort courtoisement pour une fois.

— Vous faites erreur, monsieur. Zorrilla est un dramaturge. Ce qui vous intéresse probablement, c'est son *Don Juan*. Il y a dedans beaucoup d'histoires de jupons et, en plus, le héros a une liaison avec une nonne.

— Je l'achète.

L'après-midi s'achevait quand je pris le métro qui me laissa au bas de l'avenue du Tibidabo. La silhouette du tramway bleu s'éloignait dans un brouillard violacé. Je décidai de ne pas attendre son retour et fis le chemin à pied dans la nuit tombante. J'aperçus bientôt les contours de « L'Ange de brume ». Je sortis la clef que m'avait donnée Bea et ouvris la petite porte découpée dans la grille. J'entrai dans le jardin et laissai la porte apparemment fermée mais en réalité entrouverte, pour permettre à Bea de s'y glisser. J'étais arrivé volontairement en avance. Je savais que Bea ne serait pas là avant une demi-heure, sinon plus. Je voulais être seul pour sentir l'atmosphère de la maison et l'explorer avant que Bea ne vienne la transfigurer par sa présence. Je m'arrêtai un instant pour contempler la fontaine et la main de l'ange qui émergeait de l'eau teintée de pourpre. L'index, accusateur, semblait effilé comme un poignard. Je m'approchai du bassin. Le visage sculpté, sans regard ni âme, frissonnait sous la surface.

Je gravis les marches qui menaient à l'entrée. La porte principale était entrebâillée. Je fus soudain inquiet, car je croyais l'avoir refermée derrière moi l'autre nuit. J'examinai la serrure, qui ne semblait pas avoir été forcée. Je poussai doucement la porte vers l'intérieur, et le souffle de la maison me caressa le visage, une exhalaison de bois brûlé, de moisissure et de fleurs fanées. Je sortis la boîte d'allumettes que j'avais prise avant de quitter la librairie et m'agenouillai pour allumer la première des bougies laissées par Bea. Une flammèche cuivrée jaillit d'entre mes mains et dévoila les formes dansantes des murs parcourus de larmes d'humidité, des plafonds effondrés et des portes délabrées.

J'allai à la suivante et l'allumai à son tour. Lentement, comme si j'observais un rituel, je remontai la file de bougies en créant au fur et à mesure un halo de lumière ambrée qui flottait dans l'air comme une toile d'araignée tendue entre des rideaux d'obscurité impénétrable. Mon parcours s'acheva devant la cheminée de la bibliothèque, près des couvertures qui étaient restées par terre, maculées de cendre. Je m'assis là, faisant face à la salle. Je m'étais attendu au silence, mais la maison respirait en produisant mille bruits. Grincements de la charpente, frôlements du vent dans les tuiles du toit, craquements dans les murs, sous le sol, se déplaçant dans les cloisons.

Trente minutes devaient s'être écoulées quand je me rendis compte que le froid et la pénombre commençaient à m'endormir. Je me levai et parcourus la salle pour me réchauffer. Il ne restait dans le foyer que les débris d'une bûche, et je me dis que, le temps que Bea arrive, la température à l'intérieur de la villa aurait suffisamment baissé pour m'inspirer pudeur et chasteté, en effaçant toutes les visions fiévreuses qui m'avaient habité des jours durant. Désireux de me livrer à une occupation plus concrète et moins poétique que la contemplation des ruines du temps, je décidai d'explorer la villa à la recherche d'une matière inflammable susceptible de redonner un peu de chaleur à la salle et à ces deux couvertures qui, pour le moment, grelottaient devant la cheminée éteinte, bien loin des brûlants souvenirs que je gardais d'elles.

Mes notions de littérature victorienne me suggéraient que le plus raisonnable était de débuter la visite par le sous-sol, où avaient dû se trouver les cuisines et, à coup sûr, un formidable fourneau. Fort de cette idée, je mis presque cinq minutes à trouver une porte ou un escalier qui m'y conduise. Je choisis une grosse porte en bois sculpté au bout d'un couloir. C'était un chef-d'œuvre d'ébénisterie, orné d'anges, de guirlandes et d'une grande croix au centre. La poignée était au milieu, sous la croix. J'essayai sans succès de la tourner. Le mécanisme devait être bloqué, ou simplement rongé par la rouille. Le seul moyen de vaincre cette porte était de la forcer avec un levier ou de l'enfoncer à coups de hache, solutions que j'écartai vite. Je l'examinai à la lueur des bougies, en me faisant la réflexion qu'elle évoquait davantage un sarcophage qu'une porte. Que pouvait-elle bien cacher ?

Un coup d'œil plus sérieux aux anges sculptés m'enleva l'envie de le découvrir, et je m'en éloignai. J'étais sur le point d'abandonner ma recherche quand, presque par hasard, je rencontrai, à l'autre extrémité du couloir, une petite porte que je pris d'abord pour un placard destiné aux balais et aux seaux. La poignée céda tout de suite. De l'autre côté, je devinai un escalier qui descendait à pic vers un puits obscur. Une intense odeur de terre mouillée me fouetta le visage. Cette odeur, si étrangement familière, et la vue de ce trou noir m'évoquèrent brutalement une image que je conservais depuis mon enfance, ensevelie sous d'épaisses couches de peur.

Une après-midi pluvieuse dans le quartier est du cimetière de Montjuïc, face à la mer parmi une forêt de mausolées insensés, de croix et de dalles sculptées de têtes de mort et d'enfants sans lèvres ni regard aux relents d'au-delà, les silhouettes d'une vingtaine d'adultes dont je ne pouvais me rappeler que les vêtements noirs trempés et la main de mon père tenant la mienne trop fort, comme s'il voulait ainsi arrêter ses larmes, tandis que les paroles creuses d'un prêtre tombaient dans cette fosse de marbre et que trois croque-morts poussaient un cercueil gris sur lequel la pluie glissait comme de la cire fondue, d'où je croyais entendre sortir la voix de ma mère me suppliant de la libérer de cette prison de pierre et de ténèbres, mais je ne pouvais que trembler et murmurer d'une voix éteinte à mon père de ne pas me serrer la main si fort, qu'il me faisait mal, et cette odeur de terre fraîche, terre de cendre et de pluie, dévorait tout, odeur de mort et de néant.

J'ouvris les yeux et descendis les marches presque en aveugle, car la clarté de la bougie parvenait tout juste à dérober quelques centimètres à l'obscurité. Une fois en bas, je levai la bougie et inspectai les alentours. Je ne découvris ni cuisine ni réserve de bois sec.

Devant moi s'ouvrait un étroit couloir qui allait mourir dans une salle en demi-cercle où se dressait une forme humaine au visage sillonné de larmes de sang, les yeux noirs sans fond, les bras déployés comme des ailes et un serpent hérissé de pointes lui labourant les tempes. Je sentis une vague de froid s'abattre sur ma nuque. Il me fallut un moment pour recouvrer mon sang-froid et comprendre que je contemplais l'effigie d'un Christ sculptée dans le bois, sur le mur d'une chapelle. Je fis quelques pas et crus voir des spectres. Une douzaine de torses féminins dénudés s'entassaient dans un coin de l'ancienne chapelle. Privés de bras et de tête, ils étaient fixés sur un trépied. Chacun avait une forme nettement différenciée, et je n'eus aucun mal à distinguer le contour de femmes de constitutions et d'âges très divers. A la hauteur du ventre, des mots étaient tracés au crayon gras. « Isabel, Eugenia, Penélope. » Pour une fois, mes lectures victoriennes vinrent à mon secours, et je compris que j'avais sous les yeux les vestiges d'une pratique révolue, un écho du temps où les familles fortunées disposaient de mannequins faits aux mesures de chacun de leurs membres féminins pour la confection des robes et des trousseaux. En dépit du regard sévère et menaçant du Christ, je ne pus résister à la tentation de tendre la main pour effleurer la poitrine qui portait le nom de Penélope Aldaya.

A ce moment, il me sembla entendre des pas au rez-de-chaussée. Je pensai que Bea venait d'arriver et parcourait la villa à ma recherche. Je quittai la chapelle avec soulagement et repris la direction de l'escalier. J'allais remonter, quand j'aperçus à l'autre bout du couloir une chaudière et une installation de chauffage apparemment en bon état qui semblaient incongrues dans ce sous-sol abandonné. Je me souvins des paroles de Bea : la société immobilière qui avait essayé en vain de vendre la villa Aldaya avait réalisé quelques travaux d'amélioration dans le but d'attirer les acheteurs potentiels. Je m'approchai pour examiner l'installation plus en détail et constatai qu'il s'agissait d'un système de radiateurs alimentés par une petite chaudière. Je trouvai plusieurs seaux de charbon, des morceaux de bois et quelques bidons que je supposai pleins de pétrole. J'ouvris la porte du foyer et inspectai l'intérieur. Tout paraissait en ordre. Je jugeai peu probable que cet engin puisse encore fonctionner après tant d'années, mais je remplis quand même le foyer de charbon et de bois, dûment arrosés de pétrole. Sur ces entrefaites, je crus percevoir un craquement de charpente et, un instant, je regardai derrière moi. Je fus assailli par la vision des pointes ensanglantées qui se détachaient de la croix et, face aux ténèbres, je tremblai à l'idée de distinguer, à quelques pas seulement de moi, la figure de ce Christ venant à ma rencontre en arborant un sourire de loup.

Au contact de la bougie, la chaudière s'alluma d'un coup, et la flamme jaillit dans un grand fracas métallique. Je refermai la porte du foyer et reculai, de moins en moins certain du bien-fondé de mes tentatives. Le tirage de la chaudière semblait difficultueux, et je décidai de remonter au rez-de-chaussée pour voir si mon initiative était suivie d'un effet quelconque. Je gravis l'escalier et retournai dans le grand salon en espérant y trouver Bea, mais il n'y avait aucune trace d'elle. J'estimai qu'une heure s'était écoulée depuis mon arrivée, et mes craintes que l'objet de mes troubles désirs ne vienne jamais prirent une tournure de douloureuse vraisemblance. Pour calmer mon inquiétude, je décidai de poursuivre mes exploits de spécialiste du chauffage central et partis à la recherche de radiateurs. Tous ceux que je trouvai confirmèrent surtout la vanité de mes efforts. Ils étaient aussi froids que des icebergs. Tous, sauf un. Dans une petite pièce de quatre ou cinq mètres carrés au plus, un cabinet de toilette situé, me sembla-t-il, juste au-dessus de la chaufferie, une certaine chaleur était perceptible. Je m'accroupis et constatai avec joie que le carrelage était tiède. C'est là que Bea me trouva, à genoux pour tâter le carrelage comme un imbécile, arborant le sourire stupide de l'âne qui voulait jouer de la flûte.

En examinant le passé et en tentant de reconstituer les événements de cette nuit-là, l'unique excuse qui me vient à l'esprit pour justifier mon comportement est de rappeler qu'à dix-huit ans, quand on manque de subtilité et d'expérience, un vieux cabinet de toilette peut parfois vous apparaître comme un paradis. Deux minutes me suffirent pour convaincre Bea que nous devions prendre les couvertures du salon et nous enfermer dans ce réduit avec pour seule compagnie deux bougies et des chandeliers dignes d'un musée. Mon principal argument, climatologique, fit rapidement son chemin chez Bea, et la faible chaleur qui émanait du carrelage dissipa sa crainte première que mon expédient ne mette le feu à la maison. Après, dans la pénombre que la flamme des bougies teintait de rouge, tandis que je la déshabillais de mes doigts tremblants, elle souriait en cherchant mon regard et en me démontrant bien que, désormais, quoi que je puisse imaginer, elle l'avait déjà imaginé avant moi.

Je me la remémore, assise, le dos contre la porte fermée, les bras ouverts, les mains tendues vers moi. Je me souviens de sa manière de garder la tête bien droite, avec un air de défi, pendant que je lui caressais la gorge du bout des doigts. Je me souviens du moment où elle a pris mes mains, les a posées sur ses seins, de son regard et de ses lèvres qui ont frémi quand j'en ai pris les pointes entre mes doigts pour les pincer doucement. Je me souviens du moment où elle s'est laissée glisser sur le sol tandis que je cherchais son ventre de mes lèvres, et je me souviens de ses cuisses blanches qui se sont ouvertes pour me recevoir.

— Tu avais déjà fait ça, Daniel ?

— En rêve.

— Et en vrai ?

— Non. Et toi ?

— Non. Même avec Clara Barceló ?

Je ris, probablement de moi-même.

— Qu'est-ce que tu sais de Clara Barceló ?

— Rien.

— Eh bien moi, encore moins, dis-je.

— Je ne te crois pas.

Je me penchai sur elle et la regardai dans les yeux.

— Je ne l'avais jamais fait avec personne.

Bea sourit. Ma main alla se perdre entre ses cuisses et je me lançai à la recherche de sa bouche, convaincu que le cannibalisme était l'incarnation suprême de la connaissance.

— Daniel ? demanda Bea dans un filet de voix.

— Quoi ?

La réponse n'atteignit jamais ses lèvres. Subitement, une langue d'air froid siffla sous la porte et, dans la seconde interminable qui s'écoula avant que le vent n'éteigne les bougies, nos regards se rencontrèrent :

nous sentîmes que la magie de ce moment se brisait en mille morceaux. Un instant nous suffit pour savoir que quelqu'un se tenait de l'autre côté de la porte. Je vis la peur se dessiner sur le visage de Bea, puis l'obscurité nous enveloppa. Le coup contre la porte vint ensuite. Brutal, comme si un poing d'acier s'était abattu en l'arrachant presque de ses gonds.

Je sentis le corps de Bea s'arquer dans le noir et la pris dans mes bras. Nous reculâmes dans le réduit, juste avant que le second coup n'enfonce la porte en l'envoyant battre le mur avec une force terrible. Bea cria et se serra contre moi. Un instant, je ne vis que les ténèbres bleues ramper depuis le corridor et les serpents de fumée des bougies éteintes monter en spirale. L'encadrement de la porte dessinait des bouches d'ombre, et je crus distinguer une silhouette anguleuse qui se découpait aux frontières de l'obscurité.

Je sortis dans le couloir, craignant ou peut-être souhaitant me trouver seul face à un étranger, un vagabond qui se serait aventuré dans la villa en ruine pour y chercher un abri contre une nuit inclémente. Mais je ne vis personne, juste les rais bleutés filtrant par les volets. Recroquevillée dans un coin de la salle de bain, tremblante, Bea murmura mon nom.

— Il n'y a personne, dis-je. C'était peut-être une rafale de vent.

— Le vent ne cogne pas aux portes, Daniel. Allons-nous-en.

Je regagnai le réduit et ramassai nos vêtements.

— Tiens, habille-toi. Nous allons jeter un coup d'œil.

— Il vaut mieux partir tout de suite.

— Je veux seulement vérifier quelque chose.

Nous nous rhabillâmes en hâte dans le noir. Pendant quelques secondes, nous pûmes voir notre haleine se dessiner dans l'air. Je saisis une des bougies tombées par terre et la rallumai. Un air glacial circulait dans la maison, comme si on avait ouvert des portes et des fenêtres.

— Tu vois ? C'est le vent.

Bea se borna à nier en silence. Nous nous dirigeâmes vers la salle. Je protégeais la flamme avec la main. Bea me suivait de près, retenant sa respiration.

— Qu'est-ce que nous cherchons, Daniel ?

— J'en ai juste pour une minute.

— Non, partons.

— D'accord.

Nous revînmes sur nos pas pour gagner la sortie, et ce fut alors que je la vis : la porte en bois sculpté, au bout du couloir, que j'avais essayé d'ouvrir une ou deux heures auparavant sans y parvenir, était entrebâillée.

— Que se passe-t-il ? demanda Bea.

— Attends-moi ici.

— Daniel, je t'en prie…

Je pénétrai dans le couloir, tenant la bougie dont la flamme vacillait dans le courant d'air glacé. Bea soupira et me suivit à contrecœur. Je m'arrêtai devant la porte. On devinait des marches de marbre qui descendaient dans l'obscurité. Je m'engageai dans l'escalier. Bea, pétrifiée sur le seuil, tenait la bougie levée.

— Je t'en prie, Daniel, allons-nous-en…

Je descendis marche après marche jusqu'au fond. Le halo spectral de la bougie dessina une salle rectangulaire aux murs de pierre nus couverts de crucifix. Le froid qui régnait en ce lieu coupait la respiration. Devant moi, je devinai une dalle de marbre sur laquelle je crus discerner deux formes blanches semblables, mais de tailles différentes, disposées côte à côte. Elles reflétaient le tremblement de la flamme avec plus d'intensité que le reste de la salle, et je pensai qu'elles étaient en bois poli. J'avançai encore d'un pas, et, à ce moment enfin, je compris. Les deux formes étaient des cercueils blancs. L'un d'eux mesurait à peine une trentaine de centimètres. Je sentis sur ma nuque une étreinte glacée. C'était le sarcophage d'un enfant. Je me trouvais dans une crypte.

Sans me rendre compte de mes actes, je m'approchai de la dalle de marbre, suffisamment près pour pouvoir la toucher. Je vis alors que les deux cercueils portaient, gravés, un nom et une croix. Un manteau de cendres les dissimulait. Je posai la main sur le plus grand. Lentement, comme en transe, sans plus réfléchir, je balayai le dessus du cercueil. J'eus du mal à lire dans l'obscurité que la flamme de la bougie faisait rougeoyer.

†

PENÉLOPE ALDAYA

1902-1919

Je restai paralysé. Quelque chose ou quelqu'un se déplaçait dans l'ombre. Je sentis l'air glacé glisser sur ma peau et alors, seulement, je reculai de quelques pas.

— Hors d'ici ! murmura la voix dans l'ombre.

Je la reconnus sur-le-champ. Laín Coubert. La voix du diable.

Je me précipitai dans l'escalier, saisis Bea par le bras et l'entraînai en hâte vers la sortie. Nous avions perdu la bougie, et nous courions en aveugles. Bea, terrifiée, ne comprenait pas mon subit affolement. Elle n'avait rien vu. Elle n'avait rien entendu. Je ne perdis pas de temps en explications. Je craignais à chaque instant que quelque chose ne bondisse de l'ombre pour nous barrer le chemin, mais la porte principale nous attendait au bout du couloir, ses fentes projetant un rectangle de lumière.

— Elle est fermée, chuchota Bea.

Je fouillai mes poches à la recherche de la clef. Je me retournai une fraction de seconde, et j'eus la certitude que deux points brillants avançaient lentement vers nous du fond du couloir : des yeux. Mes doigts trouvèrent la clef. Je l'introduisis dans la serrure avec l'énergie du désespoir et poussai violemment Bea dehors. Elle dut lire la peur dans ma voix, car elle courut vers la grille et ne s'arrêta que lorsque nous nous retrouvâmes tous deux sur le trottoir de l'avenue du Tibidabo, hors d'haleine et couverts de sueur froide.

— Que s'est-il passé dans la cave, Daniel ? Il y avait quelqu'un ?

— Non.

— Tu es tout pâle.

— Je suis tout pâle. Marchons.

— Et la clef ?

Je l'avais laissée à l'intérieur, dans la serrure. Je ne me sentais aucune envie de retourner là-bas.

— Je crois que je l'ai perdue en sortant. Nous reviendrons la chercher un autre jour.

Nous nous éloignâmes dans l'avenue au pas de gymnastique. Nous ne ralentîmes qu'à une centaine de mètres de la villa, dont la silhouette était à peine visible dans la nuit. Je m'aperçus alors que ma main était encore tachée de cendres, et rendis grâces au manteau d'ombre nocturne qui cachait à Bea les larmes de terreur le long de mes joues.

Nous descendîmes la rue Balmes jusqu'à la place Núñez de Arce, où nous trouvâmes un taxi solitaire. Nous ne prononçâmes pas un mot jusqu'à la rue Consejo de Ciento. Bea m'avait pris la main et, à plusieurs reprises, je la surpris qui m'observait avec des yeux vitreux, impénétrables. Je me penchai pour l'embrasser, mais elle ne desserra pas les lèvres.

— Quand pourrai-je te revoir ?

— Je t'appellerai demain ou après-demain.

— Tu me le promets ?

Elle fit oui de la tête.

— Tu peux appeler à la maison ou à la librairie. C'est le même numéro. Tu l'as, n'est-ce pas ?

Elle fit de nouveau signe que oui. Je demandai au chauffeur de s'arrêter un moment au coin des rues Muntaner et Diputación. Je proposai à Bea de l'accompagner jusqu'à sa porte, mais elle refusa et s'éloigna sans me laisser l'embrasser une dernière fois, ni même lui effleurer la main. Elle quitta le taxi en courant. Les fenêtres de l'appartement des Aguilar étaient allumées, et je pus voir distinctement mon ami Tomás qui me guettait de sa chambre où nous avions passé tant d'après-midi à bavarder ou à jouer aux échecs. Je le saluai de la main, avec un sourire forcé qu'il ne vit probablement pas. Il ne me rendit pas mon salut. Sa silhouette resta immobile, collée à la vitre. Quelques secondes plus tard, elle disparut, et les fenêtres s'obscurcirent. Il nous attendait, pensai-je.

22

A la maison, je trouvai sur la table les restes d'un dîner pour deux. Mon père n'était plus là, et je me demandai s'il ne s'était pas enfin décidé à inviter Merceditas. Je me glissai dans ma chambre sans allumer. A peine m'étais-je assis sur le bord du lit que je sentis qu'il y avait quelqu'un dessus, les mains croisées sur la poitrine comme un mort. Un coup de fouet glacé me cingla le ventre, mais, très vite, je reconnus les ronflements et le profil de ce nez incomparable. J'allumai la lampe de chevet et vis Fermín Romero de Torres, perdu dans un sourire radieux et émettant des petits gémissements de plaisir sur la courtepointe. Je poussai un soupir, et le dormeur ouvrit les paupières. A ma vue, il parut étonné. Manifestement, il s'attendait à une autre compagnie. Il se frotta les yeux et regarda autour de lui pour comprendre où il se trouvait.

— J'espère que je ne vous ai pas effrayé. Bernarda prétend que, quand je dors, je ressemble à un Boris Karloff espagnol.

— Que faites-vous sur mon lit, Fermín ?

Il leva au ciel des yeux nostalgiques.

— Je rêvais à Carole Lombard. Nous étions à Tanger, dans des bains turcs, et je l'enduisais tout entière d'huile, de celle qu'on vend pour le cul des bébés. Avez-vous déjà enduit une femme d'huile, de haut en bas, consciencieusement ?

— Fermín, il est minuit et demi, et je tombe de sommeil.

— Pardonnez-moi, Daniel. Monsieur votre père a

insisté pour que je monte dîner et, ensuite, j'ai eu un coup de barre à cause de la viande de bœuf qui a sur moi un effet narcotique. Votre père m'a proposé de m'étendre ici un moment, en prétendant que vous ne vous en offusqueriez pas…

— Et je ne m'en offusque pas, Fermín. Vous m'avez seulement surpris. Restez sur le lit, retournez auprès de Carole Lombard qui doit s'impatienter. Et couvrez-vous, il fait un froid de loup, vous risquez d'attraper un rhume. Moi j'irai dans la salle à manger.

Fermín obtempéra docilement. Les hématomes de son visage s'étaient enflammés, et sa tête, avec sa barbe de plusieurs jours et ses cheveux clairsemés, ressemblait à un fruit blet tombé de l'arbre. Je pris une couverture dans la commode et en tendis une autre à Fermín. J'éteignis la lampe et allai camper dans la salle à manger où m'attendait le fauteuil de mon père. Je m'enroulai dans la couverture et m'installai comme je pus, persuadé de ne pas fermer l'œil de la nuit. L'image des deux cercueils blancs dans les ténèbres me hantait. Je fermai les yeux et, de toutes mes forces, essayai de la chasser. Je parvins à la remplacer par celle de Bea nue dans la salle de bain, à la lueur des bougies. Bercé par ces heureuses pensées, il me sembla entendre le murmure lointain de la mer et je me demandai si, sans que je m'en aperçoive, le sommeil ne m'avait pas déjà vaincu. Peut-être voguais-je vers Tanger ? Puis je compris qu'il s'agissait des ronflements de Fermín et, un instant après, le monde disparut. De toute ma vie je n'ai mieux dormi que cette nuit-là, ni plus profondément.

Quand le jour se leva, il pleuvait à torrents, les rues n'existaient plus, et la pluie fouettait les volets avec rage. Le téléphone sonna à sept heures et demie. Je bondis hors du fauteuil, le cœur battant la chamade. Fermín, en peignoir et pantoufles, et mon père, cafetière à la main, échangèrent un coup d'œil qui commençait à devenir habituel.

— Bea ? chuchotai-je dans le combiné, en leur tournant le dos.

Je crus entendre un soupir dans l'appareil.

— Bea, c'est toi ?

Je n'obtins pas de réponse et, quelques secondes plus tard, la communication fut coupée. Une minute entière, je contemplai le téléphone dans l'espoir qu'il sonnerait de nouveau.

— Ils rappelleront plus tard, Daniel. Pour le moment, viens prendre ton petit déjeuner, dit mon père.

Elle rappellera plus tard, me répétai-je. Quelqu'un a dû la surprendre. Ça ne doit pas être facile de tromper la vigilance de M. Aguilar. Je n'ai pas de raison de m'inquiéter. Avec cette excuse et d'autres du même acabit, je me traînai jusqu'à la table pour faire semblant d'accompagner mon père et Fermín dans leurs agapes. C'était peut-être la faute à la pluie, mais tout ce que j'avalais était insipide.

Il plut toute la matinée et, peu après l'ouverture de la librairie, une panne d'électricité affecta l'ensemble du quartier et dura jusqu'à midi.

— Il ne manquait plus que ça, soupira mon père.

A trois heures, les premières fuites se manifestèrent. Fermín s'offrit pour monter chez Merceditas et lui demander de nous prêter des cuvettes, des assiettes ou n'importe quel réceptacle concave propre à recueillir les gouttes. Mon père s'y opposa catégoriquement. Pour calmer mon inquiétude, je racontai à Fermín ce qui s'était passé la nuit précédente, sans mentionner cependant ce que j'avais vu dans la crypte. Fermín m'écouta, fasciné, mais malgré son insistance titanesque, je refusai de lui décrire la consistance, la texture et la disposition du buste de Bea. La journée s'écoula sous la pluie.

Après le dîner, sous prétexte de faire quelques pas pour me dégourdir les jambes, je laissai mon père à sa lecture et me dirigeai vers la demeure de Bea. Je m'arrêtai au carrefour pour contempler les fenêtres et me demander ce que je faisais là. Espion, voyeur, ridicule, furent quelques-uns des qualificatifs qui me vinrent à l'esprit. Mais aussi dépourvu de dignité que de manteau pour me protéger de la température glaciale, je m'abritai sous un porche et restai près d'une demi-heure à surveiller les fenêtres derrière lesquelles je voyais passer les silhouettes de M. Aguilar et de sa femme. Pas trace de Bea.

Il était presque minuit quand je rentrai à la maison, grelottant et portant tout le poids du monde sur mes épaules. Elle appellera demain, me répétai-je mille fois, en tentant de trouver le sommeil. Bea n'appela pas le lendemain. Ni le surlendemain. Ni de toute la semaine, la plus longue et la dernière de ma vie.

Sept jours, c'était assez pour mourir.

23

Seul un homme qui n'a plus qu'une semaine à vivre est capable de gaspiller son temps comme je le fis ces jours-là. Je le passai à surveiller le téléphone et me faire un sang d'encre, à ce point prisonnier de mon propre aveuglement que j'étais incapable de deviner ce que le destin me tenait en réserve. Le lundi à midi, je me rendis à la Faculté des Lettres, place de l'Université, dans l'intention de voir Bea. Je savais que cela ne lui ferait sûrement pas plaisir de m'y rencontrer, ni qu'on nous surprenne ensemble en public, mais je préférais encore affronter sa colère plutôt que prolonger cette incertitude.

Je demandai au secrétariat où se trouvait la salle de cours du professeur Velázquez et attendis la sortie des étudiants. Je patientai quelque vingt minutes, puis les portes s'ouvrirent pour laisser passer la figure arrogante et guindée du professeur Velázquez, entouré comme d'habitude de sa petite cour d'admiratrices. Cinq minutes plus tard, Bea était toujours invisible. Je décidai de m'approcher des portes de la salle pour jeter un coup d'œil. Un trio de filles à l'allure de groupe paroissial bavardaient et échangeaient des notes de cours ou des confidences. Celle qui paraissait la cheftaine de la congrégation s'aperçut de ma présence et interrompit son monologue pour me mitrailler d'un œil inquisiteur.

— Excusez-moi, je cherchais Beatriz Aguilar. Savez-vous si elle a assisté à ce cours ?

Les filles échangèrent un regard venimeux et se mirent en devoir de me radiographier.

— Tu es son fiancé ? demanda l'une. L'aspirant ?

Je me bornai à lui offrir un sourire vide qu'elles prirent pour un assentiment. Seule me le rendit la troisième, avec timidité et en détournant les yeux. Les deux autres me toisèrent.

— Je ne t'imaginais pas comme ça, lança celle qui semblait être à la tête du commando.

— Et ton uniforme ? demanda sa lieutenante, en m'observant avec méfiance.

— Je suis en permission. Savez-vous si elle est déjà partie ?

— Beatriz n'est pas venue au cours, m'informa la cheftaine, d'un air de défi.

— Ah, non ?

— Non, confirma la lieutenante, pleine de doutes et de soupçons. Tu devrais le savoir, puisque tu es son fiancé.

— Je suis son fiancé, pas un gendarme.

— Bon, allons-nous-en, c'est un crétin, conclut la cheftaine.

Toutes deux passèrent devant moi en m'adressant un regard sournois et un demi-sourire dégoûté. La troisième resta à la traîne, s'arrêta un instant avant de sortir et, après s'être assurée que les autres ne la voyaient pas, me glissa à l'oreille :

— Beatriz n'est pas venue non plus vendredi.

— Sais-tu pourquoi ?

— Tu n'es pas son fiancé, n'est-ce pas ?

— Non. Seulement un ami.

— Je crois qu'elle est malade.

— Malade ?

— C'est ce qu'a dit une fille qui l'a appelée chez elle. Maintenant, il faut que je file.

Avant que j'aie pu la remercier de son aide, la fille était partie rejoindre ses compagnes, qui l'attendaient à l'autre bout de la cour en la foudroyant du regard.

— Daniel, il a dû se passer quelque chose d'imprévu. Une vieille tante est morte, un perroquet a attrapé les oreillons, ou elle-même s'est enrhumée à force de se promener si souvent les fesses à l'air… Enfin, Dieu seul sait quoi. Contrairement à ce que vous croyez, l'univers ne tourne pas autour des caprices de votre entrejambe. D'autres facteurs influent sur l'avenir de l'humanité.

— Vous imaginez que je ne le sais pas ? On dirait que vous ne me connaissez guère, Fermín.

— Mon cher, si seulement Dieu m'avait donné des hanches plus larges, je pourrais même vous avoir fait : c'est dire si je vous connais. Croyez-moi. Sortez-vous tout ça de la tête, et aérez-vous. L'attente est la rouille de l'âme.

— Alors comme ça, vous me trouvez ridicule.

— Non. Je vous trouve inquiétant. Je sais qu'à votre âge ces choses s'apparentent à la fin du monde, mais tout a une limite. Ce soir, nous irons faire la noce dans une maison de la rue Platería qui, paraît-il, fait fureur. Je me suis laissé dire qu'il y a des filles nordiques récemment arrivées de Ciudad Real qui sont ébouriffantes. Je vous invite.

— Et que dira Bernarda ?

— Les filles, c'est pour vous. Moi, j'ai l'intention de vous attendre dans la petite salle, en lisant une revue et en contemplant le spectacle de loin, car je me suis converti à la monogamie, sinon dans ma tête, du moins dans les faits.

— Je vous remercie, Fermín, mais…

— Un garçon de dix-huit ans qui refuse une proposition comme celle-là n'est pas en possession de toutes ses facultés. Il faut agir sans tarder. Tenez.

Il fouilla dans ses poches et me tendit quelques pièces. Je me demandai si c'était avec ça qu'il pensait financer la visite au somptueux harem regorgeant de nymphes des plaines septentrionales.

— A ce tarif-là, elles ne nous diront même pas bonsoir, Fermín.

— Vous êtes décidément du genre à tomber de l'arbre sans jamais parvenir à toucher terre, Daniel. Vous croyez pour de bon que je vais vous mener chez les putes pour vous restituer avec une blennorragie carabinée à monsieur votre père qui est le plus saint homme que j'aie jamais rencontré ? Si j'ai parlé de ces jeunes personnes, c'était pour voir comment vous réagiriez, en faisant appel à la seule partie de votre individu qui semble encore en état de fonctionner. Cet argent, c'est pour que vous alliez à la cabine du coin téléphoner à votre amoureuse.

— Bea m'a demandé expressément de ne pas l'appeler.

— Elle vous a dit aussi qu'elle vous appellerait vendredi. Nous sommes lundi. Voyez vous-même. Faire confiance aux femmes est une chose, et faire confiance à ce qu'elles disent en est une autre.

Vaincu par ses arguments, je m'éclipsai de la librairie pour me rendre dans une cabine publique où je composai le numéro des Aguilar. A la cinquième sonnerie, quelqu'un décrocha et écouta sans parler. Cinq secondes éternelles passèrent.

— Bea ? murmurai-je. C'est toi ?

La voix qui me répondit m'atteignit comme un coup de masse au creux du ventre.

— Espèce de salaud, je te jure que je vais t'arracher l'âme, et le reste avec !

Le ton était celui de la rage contenue. Froid et calme. C'est ce qui me fit le plus peur. Je pouvais imaginer

M. Aguilar dans l'entrée de son appartement, tenant à la main le téléphone avec lequel il avait si souvent appelé mon père pour lui dire que j'avais passé l'après-midi en compagnie de Tomás et que je rentrerais en retard. Je restai à écouter la respiration du père de Bea, muet, en me demandant s'il avait reconnu ma voix.

— Je vois que tu n'as pas assez de couilles pour parler, canaille. N'importe quelle ordure est capable de faire comme toi, mais si tu étais un homme, tu aurais au moins le courage de dire qui tu es. Moi, je serais mort de honte de savoir qu'une fille de dix-sept ans en a plus que moi dans le pantalon : elle n'a pas voulu donner ton nom, et elle ne le donnera pas. Et puisque tu n'en as pas assez pour le faire à sa place, c'est elle qui va payer pour ce que tu as fait.

Lorsque je raccrochai, mes mains tremblaient. Je ne pris conscience de mon acte qu'après avoir quitté la cabine pour rentrer à la librairie en traînant les pieds. Je n'avais pas pensé un instant que mon appel ne ferait qu'empirer la situation. Mon seul souci avait été de garder l'anonymat et de me protéger. Je reniais ceux que je disais aimer et que je me bornais à utiliser. Tel avait déjà été mon comportement pendant que l'inspecteur Fumero frappait Fermín. Maintenant, j'abandonnais Bea à son sort. Et je me conduirais encore ainsi dès que les circonstances m'en donneraient l'occasion. Je restai dix minutes dans la rue, en essayant de me calmer, avant de regagner la librairie. Peut-être devais-je rappeler et dire à M. Aguilar que c'était moi, que j'aimais sa fille à la folie, point final. Si, après cela, il avait envie de venir dans son uniforme de commandant pour me casser la figure, c'était son droit.

J'étais sur le point d'entrer dans la boutique quand je

remarquai que quelqu'un m'observait depuis le porche d'en face. Je pensai d'abord qu'il s'agissait de M. Federico, l'horloger, mais un coup d'œil me suffit pour constater que l'individu était nettement plus grand et plus costaud. Je m'arrêtai pour lui rendre son regard et, à ma grande surprise, il me fit un signe de la tête, comme s'il voulait me saluer et m'indiquer qu'il se moquait tout à fait d'avoir été repéré. Un réverbère éclairait son profil. Les traits me parurent familiers. Il pressa le pas, boutonna sa gabardine et s'éloigna parmi les passants dans la direction des Ramblas. A ce moment, je le reconnus : c'était le policier qui m'avait immobilisé pendant que l'inspecteur Fumero agressait Fermín. Quand j'entrai dans la librairie, ce dernier leva les yeux et me lança un regard interrogateur.

— Vous en faites une tête !

— Fermín, je crois que nous avons un problème.

Ce soir-là, nous passâmes à l'application du plan aussi sophistiqué que peu consistant conçu quelques jours plus tôt avec M. Gustavo Barceló.

— Nous devons d'abord nous assurer que vous ne vous trompez pas et que nous sommes bien l'objet d'une surveillance policière. Nous allons donc, mine de rien, effectuer une petite promenade en direction d'Els Quatre Gats pour voir si l'individu en question nous surveille toujours. Mais pas un mot de tout ça à votre père, ou vous allez lui faire avoir un calcul aux reins.

— Et que voulez-vous que je lui dise ? Ça fait déjà un bout de temps qu'il se doute de quelque chose.

— Dites-lui ce qui vous passera par la tête.

— Et pourquoi précisément Els Quatre Gats ?

— Parce qu'on y sert les meilleurs sandwiches au

saucisson dans un rayon de cinq kilomètres et qu'il faut bien que nous trouvions un endroit pour causer. N'ergotez pas sur tout, et faites ce que je vous dis, Daniel.

N'importe quelle activité qui me permettrait d'échapper à mes pensées étant bienvenue, j'obéis docilement et, quelques minutes plus tard, je sortais après avoir promis à mon père d'être de retour pour le dîner. Fermín m'attendait au coin de la Puerta del Angel. J'allais le rejoindre quand il me signifia, d'un mouvement des sourcils, de poursuivre mon chemin.

— Ne vous retournez pas. Notre oiseau est à vingt mètres.

— C'est le même ?

— Je ne crois pas, à moins que l'humidité ne l'ait fait rétrécir. Celui-là semble être un novice. Il a un journal sportif qui date de six jours. Fumero doit recruter des apprentis à l'école maternelle.

Arrivés à Els Quatre Gats, notre personnage incognito prit une table à quelques mètres de la nôtre et fit semblant de lire pour la énième fois les détails des matches de la semaine passée. Toutes les vingt secondes, il nous jetait un regard à la dérobée.

— Pauvre petit, regardez comme il transpire, dit Fermín en hochant la tête. Je vous trouve un peu distrait, Daniel. Vous avez pu parler à la demoiselle ?

— C'est son père qui a répondu.

— Et vous avez eu une conversation aimable et cordiale ?

— Plutôt un monologue.

— Je vois. Dois-je en inférer que vous ne l'appelez pas encore papa ?

— Il m'a dit, textuellement, qu'il m'arracherait l'âme et le reste.

— Simple figure de style.

La silhouette du garçon se balança au-dessus de nous. Fermín commanda de quoi nourrir un régiment, en se frottant les mains de satisfaction.

— Et vous, Daniel, vous ne prenez rien ?

Je fis signe que non. Quand le garçon revint, chargé de deux plateaux débordant de tapas, de sandwiches et de bières diverses, Fermín lui donna un gros billet et lui dit qu'il pouvait garder la monnaie.

— Chef, vous voyez cet individu à la table qui est près de la fenêtre, habillé en grillon de Pinocchio, et qui se sert de son journal comme d'une cagoule ?

Le garçon acquiesça d'un air complice.

— Auriez-vous la bonté d'aller lui dire que l'inspecteur Fumero lui a envoyé un message urgent : il doit se rendre sur-le-champ au marché de la Boquería acheter pour cent pesetas de pois chiches bouillis et les livrer sans tarder au commissariat (en taxi si nécessaire), sinon il peut se préparer à porter ses bijoux de famille en bandoulière. Dois-je répéter ?

— Inutile, monsieur. Cent pesetas de pois chiches ou les bijoux de famille.

Fermín lui donna un autre billet.

— Que Dieu vous bénisse.

Le garçon s'inclina avec respect et se dirigea vers la table de notre suiveur pour délivrer le message. En entendant l'ordre, le visage de la sentinelle se décomposa. Il resta immobile quinze secondes, se débattant contre des forces insondables, puis se lança au galop vers la rue. Fermín n'eut pas un battement de cils. En d'autres circonstances je me serais réjoui de l'épisode, mais ce soir-là j'étais incapable de penser à autre chose qu'à Bea.

— Daniel, redescendez sur terre, nous avons des affaires urgentes à discuter. Demain, comme convenu, vous irez rendre visite à Nuria Monfort.

— Et une fois là, qu'est-ce que je lui dirai ?

— La matière ne manque pas. Il s'agit de faire ce que M. Barceló a énoncé avec beaucoup de bon sens. Vous lui expliquerez qu'elle a perfidement menti à propos de Carax, que son supposé mari Miquel Moliner n'est pas en prison comme elle le prétend, que vous avez découvert qu'elle était la main occulte chargée de prendre le courrier de l'ancien appartement de la famille Fortuny-Carax en se servant d'une boîte postale au nom d'un cabinet d'avocats inexistant… Elle devra avoir l'impression que ça sent le roussi pour elle. Tout ça sur le mode mélodramatique, avec des accents de prophète biblique. Ensuite, le coup porté, vous vous en irez en la laissant macérer dans le jus du remords.

— Et pendant ce temps…

— Pendant ce temps, je me tiendrai prêt à la suivre, ce que je me propose de mener à bien en usant des techniques modernes de camouflage.

— Ça ne marchera pas, Fermín.

— Homme de peu de foi. Mais qu'a bien pu vous dire le père de la demoiselle pour vous mettre dans cet état ? Il vous a menacé ? N'en tenez pas compte. Allons, qu'est-ce que cet énergumène vous a dégoisé ?

Je répondis sans réfléchir.

— La vérité.

— La vérité selon saint Daniel martyr ?

— Moquez-vous tant que vous voudrez. Je le mérite.

— Je ne me moque pas, Daniel. Seulement je n'aime

pas vous voir dans ces dispositions d'autoflagellation. On dirait que vous êtes prêt pour le cilice. Vous n'avez rien fait de mal. Il y a assez de bourreaux dans la vie pour qu'on n'en rajoute pas en se faisant son propre Torquemada.

— Vous parlez par expérience ?

Fermín haussa les épaules.

— Vous ne m'avez jamais dit comment vous avez rencontré Fumero, insistai-je.

— Vous voulez que je vous raconte une histoire morale ?

— Seulement si vous voulez bien.

Fermín se servit un verre de vin et le vida d'un trait.

— Ainsi soit-il, soupira-t-il comme pour lui-même. Ce que je peux vous dire de Fumero n'est un mystère pour personne. La première fois que j'ai entendu parler de lui, le futur inspecteur était un pistolero au service des anarchistes de la FAI. Il s'était taillé une grande réputation, parce qu'il était sans peur et sans scrupules. Il lui suffisait d'un nom, et il vous l'expédiait d'une balle dans la tête en pleine rue et en plein jour. Des talents comme celui-là prennent une grande valeur par des temps agités. Il était aussi sans fidélité ni credo. Il ne servait une cause que le temps de gravir un échelon. Le monde regorge d'individus comme lui, mais peu ont le talent de Fumero. Des anarchistes, il est passé chez les communistes ; de là aux fascistes, il n'y avait qu'un pas. Il espionnait et vendait ses informations dans un camp et dans l'autre, et prenait de l'argent à tous. Cela faisait un bout de temps que je l'avais à l'œil. A l'époque, je travaillais pour le gouvernement de la Généralité de Catalogne. On me confondait parfois avec le frère de Companys, et ça me remplissait de fierté.

— Qu'est-ce que vous y faisiez ?

— Un peu de tout. Dans les romans d'aujourd'hui, on appelle ça de l'espionnage, mais en temps de guerre nous sommes tous des espions. Une partie de mon travail consistait à surveiller les individus comme Fumero. Ce sont les plus dangereux. Des vipères, sans couleur et sans conscience. En temps de guerre, ils sortent de partout. En temps de paix, ils mettent le masque. Mais ils sont toujours là. Par milliers. En tout cas, j'ai fini par voir clair dans son jeu. Mais trop tard. Barcelone est tombée en quelques jours, et la situation s'est retournée comme une crêpe. J'ai été poursuivi en vrai criminel, et mes supérieurs se sont vus obligés de se terrer comme des rats. Naturellement, Fumero était à la tête de l'opération de « nettoyage ». La grande purge à coups de pistolet avait lieu dans la rue, ou au fort de Montjuïc. Moi, j'ai été pris sur le port, au moment où j'essayais de trouver des places sur un cargo grec pour expédier quelques-uns de mes chefs en France. J'ai été conduit à Montjuïc où je suis resté deux jours enfermé dans le noir total, sans eau et sans air. Quand j'ai revu la lumière, c'était celle de la flamme d'un chalumeau. Fumero et un individu qui ne parlait qu'allemand m'ont pendu par les pieds. L'Allemand m'a débarrassé de mes vêtements en les brûlant avec le chalumeau. Apparemment, il avait une longue pratique. Quand je me suis retrouvé nu avec tous les poils grillés, Fumero m'a annoncé que si je ne lui disais pas où se cachaient mes supérieurs, la vraie séance commencerait. Je ne suis pas courageux, Daniel. Je ne l'ai jamais été, mais le peu de courage que je possède, je l'ai utilisé pour l'envoyer chier. Sur un signe de Fumero, l'Allemand m'a injecté je ne sais quoi dans la fesse et a attendu quelques minutes. Puis, pendant que Fumero fumait et m'observait en souriant, il a commencé à m'arroser consciencieusement avec le chalumeau. Vous avez vu les marques…

J'acquiesçai. Fermín parlait d'un ton calme, sans émotion.

— Ces marques ne sont pas les pires. Les pires restent à l'intérieur. J'ai tenu bon une heure sous le chalumeau, mais cela n'avait peut-être duré qu'une minute. Je ne sais pas. J'ai fini par donner les noms, prénoms, et jusqu'à la taille des cols de chemise de tous mes supérieurs, et même à en inventer. Ils m'ont laissé dans une ruelle du Pueblo Seco, à poil et la peau brûlée. Une brave femme m'a pris chez elle et m'a soigné pendant deux mois. Les communistes avaient tué son mari et ses deux fils juste devant sa porte. Elle ne savait pas pourquoi. Quand j'ai pu me lever et sortir, j'ai su que tous mes supérieurs avaient été arrêtés et exécutés quelques heures après que je les avais dénoncés.

— Fermín, si vous ne voulez pas me raconter ça…

— Non, non. Je préfère que vous sachiez à qui vous avez affaire. Quand je suis revenu chez moi, on m'a informé que ma maison avait été confisquée par le gouvernement, ainsi que tous mes biens. Sans le savoir, j'étais devenu un clochard. J'ai essayé de trouver du travail. Impossible. La seule chose que je pouvais obtenir, c'était une bouteille de vin à la tireuse pour quelques centimes. C'est un poison lent, qui vous bouffe les tripes comme de l'acide, mais j'étais convaincu que, tôt ou tard, il ferait son effet. Je me disais qu'un jour je retournerais à Cuba rejoindre ma mulâtre. J'ai été arrêté au moment où j'essayais de monter sur un bateau en instance de départ pour La Havane. J'ai oublié combien de temps je suis resté en prison. Passé la première année, on commence à tout perdre, y compris la raison. En sortant, j'ai vécu dans la rue, et c'est là que vous m'avez découvert, une éternité plus tard. Il y en avait beaucoup comme moi, compagnons de galère ou d'amnistie. Ceux qui avaient de la chance pouvaient compter sur quelqu'un ou quelque chose à leur sortie. Les autres, nous allions grossir l'armée des déshérités. Une fois qu'on a reçu la carte de ce club, on est membre à vie. Pour la plupart, nous ne sortions que la nuit, quand personne ne pouvait nous surprendre. Je revoyais rarement ceux qui partageaient mon sort. La vie dans la rue est brève. Les gens vous regardent avec dégoût, même ceux qui vous font l'aumône, mais ce n'est rien comparé à la répugnance qu'on s'inspire soi-même. C'est comme vivre attaché à un cadavre qui marche, qui a faim, qui pue et qui refuse de mourir. De temps à autre, Fumero et ses hommes m'arrêtaient et m'accusaient d'un méfait absurde, comme de guetter les petites filles à la sortie d'un collège de bonnes sœurs. Je n'ai jamais compris le sens de ces comédies. Je crois que la police souhaitait disposer d'un volant de suspects sur lesquels mettre la main en cas de besoin. Lors d'une de mes rencontres avec Fumero, qui a tout aujourd'hui d'un personnage important et respectable, je lui ai demandé pourquoi il ne m'avait pas tué comme les autres. Il a ri et m'a dit qu'il existait des choses pires que la mort. Il m'a expliqué qu'il ne tuait jamais une balance. Il la laissait pourrir sur pied.

— Fermín, vous n'êtes pas une balance. N'importe qui aurait fait pareil à votre place. Vous êtes mon meilleur ami.

— Je ne mérite pas votre amitié, Daniel. Vous et votre père m'avez sauvé la vie, et elle vous appartient. Tout ce que je peux faire pour vous, je le ferai. Le jour où vous l'avez sorti de la rue, Fermín Romero de Torres est né une seconde fois.

— Ce n'est pas votre vrai nom, n'est-ce pas ?

Fermín hocha la tête.

— Ce nom-là, je l'ai lu sur une affiche de corrida. L'autre est enterré. L'homme qui vivait dans sa peau est mort, Daniel. Il revient parfois dans mes cauchemars. Mais vous m'avez appris à être un autre homme, et vous m'avez donné une raison de revivre : Bernarda.

— Fermín…

— Ne dites rien, Daniel. Pardonnez-moi seulement, si vous le pouvez.

Je l'étreignis en silence et le laissai pleurer. Les gens nous jetaient des coups d'œil soupçonneux, et je leur rendais un regard enflammé. Au bout d'un moment, ils décidèrent de nous ignorer. Puis, pendant que je raccompagnais mon ami à sa pension, il retrouva la voix.

— S'il vous plaît, ce que je vous ai raconté aujourd'hui, je ne veux pas que Bernarda…

— Ni Bernarda ni personne. Pas un mot, Fermín.

Nous nous séparâmes en nous serrant la main.

24

Je restai éveillé toute la nuit, étendu sur le lit, la lumière allumée, en contemplant le superbe stylo Montblanc avec lequel je n'avais plus écrit depuis des années et qui était devenu pour moi ce que peut représenter une paire de gants de luxe pour un manchot. A plusieurs reprises, je fus tenté d'aller rôder du côté de la maison des Aguilar et, à défaut d'autre perspective, de me livrer. Mais, après avoir longuement tergiversé, je me dis que débarquer au petit matin au domicile du père de Bea n'améliorerait pas beaucoup la situation dans laquelle elle se trouvait. A l'aube, la fatigue et l'impossibilité de fixer mes pensées m'aidèrent à récupérer mon égoïsme congénital, et je ne tardai pas à me convaincre que la meilleure solution était de laisser couler de l'eau sous les ponts et qu'avec le temps la rivière emporterait tout le mauvais sang.

La matinée passa dans le train-train habituel de la librairie et j'en profitai pour somnoler debout avec (au dire de mon père) la grâce et l'équilibre d'un flamant rose. A midi, comme nous en étions convenus la veille avec Fermín, je feignis de partir faire un tour, et il prétendit que c'était l'heure d'aller au dispensaire se faire retirer des points de suture. Peut-être manquais-je de perspicacité, mais il me sembla que mon père accepta les deux bobards sans sourciller. L'idée de lui mentir systématiquement commençait à m'empoisonner l'esprit, et je l'avais confié à Fermín un peu plus tôt, profitant d'un moment où mon père était sorti faire une course.

— Daniel, la relation père-fils est fondée sur des milliers de petits mensonges affectueux. Les Rois mages qui laissent des cadeaux aux enfants, la petite souris qui vient chercher la dent sous l'oreiller pour mettre une pièce à la place, etc. Ça n'en est qu'un de plus. Ne vous sentez pas coupable.

Le moment venu, j'inventai donc un nouveau prétexte et me dirigeai vers le domicile de Nuria Monfort dont je conservais le contact et le parfum gravés au tréfonds de ma mémoire. La place San Felipe Neri avait été envahie par une bande de pigeons qui paressaient sur les pavés. J'espérais trouver Nuria Monfort en compagnie de son livre, mais le lieu était désert. Je traversai le terre-plein sous la surveillance attentive de douzaines de volatiles et jetai un regard aux alentours, cherchant en vain la présence de Fermín camouflé en Dieu sait quoi, puisqu'il avait refusé de me révéler la ruse qu'il avait imaginée. Je gagnai l'escalier et vérifiai que le nom de Miquel Moliner figurait toujours sur la boîte aux lettres. Je me demandai si ce détail serait celui que j'indiquerais à Nuria Monfort comme le premier accroc à la vérité dans l'histoire qu'elle m'avait racontée. En montant dans la pénombre, j'en vins à souhaiter de ne pas la trouver chez elle. Nul n'a autant de compassion pour un menteur qu'un autre menteur. Parvenu à son étage, je fis une pause pour rassembler mon courage et inventer une excuse quelconque susceptible de justifier ma visite. La radio de la voisine beuglait toujours de l'autre côté du palier, transmettant, cette fois, un concours de connaissances religieuses qui portait pour titre « Les saints vont au paradis » et tenait en suspens les auditoires de toute l'Espagne chaque mardi à midi.

Et maintenant, pour vingt pesetas, dites-nous, Bartolomé, sous quelle forme apparaît le Malin aux sages du tabernacle dans la parabole de l'ange et de la courge du livre de Josué : a) un chevreau, b) un marchand de cruches, c) un saltimbanque avec une guenon ?

Quand éclatèrent les applaudissements dans les studios de Radio Nacional, je me plantai avec résolution devant la porte de Nuria Monfort et appuyai sur la sonnette pendant plusieurs secondes. J'entendis l'écho se perdre dans les profondeurs de l'appartement et poussai un soupir de soulagement. J'allais repartir quand je perçus un bruit de pas qui s'approchaient de la porte et vis l'orifice de l'œilleton s'éclairer d'une larme de lumière. Je souris. J'écoutai la clef tourner dans la serrure et inspirai profondément.

25

— Daniel, murmura le sourire à contre-jour.

La fumée bleue de la cigarette lui masquait le visage. Ses lèvres brillaient de carmin sombre et laissaient des traces sanglantes sur le filtre qu'elle tenait entre l'index et le majeur. Il existe des personnes dont on se souvient et d'autres dont on rêve. Pour moi, Nuria Monfort avait la consistance et la crédibilité d'un mirage : on ne se pose pas de questions sur sa réalité, on le suit, simplement, jusqu'au moment où il s'évanouit ou se défait. Je la suivis donc dans l'étroit salon obscur où se trouvaient sa table de travail, ses livres et la collection de crayons alignés comme un prodige de symétrie.

— Je pensais que je ne te reverrais pas.

— Désolé de vous décevoir.

Elle s'assit sur la chaise de bureau en croisant les jambes et en se penchant en arrière. J'arrachai mon regard de sa gorge et le concentrai sur une tache d'humidité au mur. Je m'approchai de la fenêtre pour jeter un rapide coup d'œil sur la place. Aucune trace de Fermín. Je pouvais entendre derrière moi la respiration de Nuria Monfort, sentir son regard.

— Il y a quelques jours, un de mes amis a découvert que l'administrateur de biens responsable de l'ancien appartement de la famille Fortuny-Carax envoyait du courrier au nom d'un cabinet d'avocats qui, semble-t-il, n'existe pas. Ce même ami a découvert aussi que la personne qui venait chercher le courrier adressé à cette boîte avait utilisé votre nom, madame Monfort…

— Tais-toi.

Je me retournai et la vis reculer dans l'ombre.

— Tu me juges sans me connaître, dit-elle.

— Alors apprenez-moi à vous connaître.

— A qui as-tu répété ça ? Qui d'autre sait ce que tu viens de me dire ?

— Plus de gens qu'il ne faudrait. Depuis quelque temps, la police me suit régulièrement.

— Fumero ?

Je fis signe que oui. Il me sembla que ses mains tremblaient.

— Tu ne sais pas ce que tu as fait, Daniel.

— Alors dites-le-moi, répliquai-je avec une dureté que je ne ressentais pas.

— Tu t'imagines que tu as le droit, parce que tu as trouvé un livre, de t'immiscer dans la vie de personnes que tu ne connais pas, dans des affaires que tu ne peux pas comprendre et qui ne t'appartiennent pas.

— Que vous le vouliez ou non, désormais elles m'appartiennent.

— Tu ne sais pas ce que tu dis.

— Je suis allé dans la villa Aldaya. Je sais que Jorge Aldaya s'y cache. Je sais que c'est lui qui a assassiné Carax.

Elle me dévisagea longuement, en pesant ses mots.

— Fumero est au courant ?

— Je ne sais pas.

— Tu aurais intérêt à savoir. Est-ce que Fumero t'a suivi jusqu'ici ?

La colère qui flambait dans ses yeux me brûlait. J'étais entré avec le rôle de juge et de procureur, mais chaque minute qui s'écoulait me faisait sentir plus coupable.

— Je ne crois pas. Vous le saviez ? Vous saviez que c'est Aldaya qui a tué Julián et qui se cache dans cette maison… Pourquoi ne me l'avez-vous pas dit ?

Elle eut un sourire amer.

— Tu ne comprends donc rien ?

— Je comprends que vous avez menti pour défendre l'homme qui a assassiné celui que vous appelez votre ami et que vous avez couvert ce crime pendant des années, un homme dont l'unique but est d'effacer toute trace de l'existence de Julián Carax, qui brûle ses livres. Je comprends que vous avez menti à propos de votre mari, qu'il n'est pas en prison, et naturellement pas non plus ici. Voilà ce que je comprends.

Nuria hocha la tête.

— Va-t'en, Danicl. Quitte cette maison et ne reviens plus. Tu as déjà fait assez de mal comme ça.

Je gagnai la porte en la laissant dans le salon. Je m'arrêtai à mi-chemin et revins sur mes pas. Nuria Monfort s'était effondrée par terre, contre le mur. Toute la magie de sa présence s'était envolée.

Je traversai la place San Felipe Neri, le regard au sol. Je traînais avec moi toute la douleur que j'avais cueillie sur les lèvres de cette femme, une douleur dont je me sentais maintenant complice et instrument, sans arriver à en comprendre le comment ni le pourquoi. « Tu ne sais pas ce que tu as fait, Daniel. » Je voulais seulement m'éloigner de ce lieu. En passant devant l'église, c'est à peine si je remarquai, devant le porche, le prêtre maigre au nez pointu qui esquissait des gestes de bénédiction en tenant à la main un missel et un chapelet.

26

Je rentrai à la librairie avec trois quarts d'heure de retard. En me voyant, mon père fronça les sourcils d'un air réprobateur et regarda la pendule.

— En voilà une heure ! Vous saviez que je dois aller voir un client à San Cugat, et vous me laissez tout seul.

— Fermín n'est pas encore de retour ?

Mon père fit signe que non avec toute l'énergie qu'il pouvait déployer quand il était de mauvaise humeur.

— En tout cas, tu as reçu une lettre. Je te l'ai mise à côté de la caisse.

— Papa, pardonne-moi, mais…

Il me fit signe de lui épargner mes excuses, prit sa gabardine et son chapeau, et sortit sans dire au revoir. Le connaissant, je me dis que sa colère aurait disparu avant qu'il soit arrivé à la gare. Ce qui me surprenait, c'était l'absence de Fermín. Je l'avais vu déguisé en curé de comédie sur la place San Felipe Neri, attendant la sortie précipitée de Nuria Monfort qui le mènerait jusqu'au grand secret de l'intrigue. Ma confiance en cette stratégie avait été réduite en cendres, et j'imaginais que si Nuria Monfort sortait réellement, elle ne conduirait Fermín qu'à la pharmacie ou à la boulangerie. Un fameux plan. J'allai à la caisse jeter un coup d'œil à la lettre dont mon père m'avait parlé. L'enveloppe était blanche et rectangulaire, comme une pierre tombale, avec, en guise de croix, une mention qui parvint à pulvériser le peu de vaillance que je conservais encore pour affronter la fin de la journée.

GOUVERNEMENT MILITAIRE
DE BARCELONE
BUREAU DU RECRUTEMENT

— Alléluia ! murmurai-je.

Je n'avais pas besoin d'ouvrir l'enveloppe pour savoir ce qu'elle contenait, mais je le fis pourtant, ne serait-ce que pour boire la coupe jusqu'à la lie. La lettre était succincte, deux paragraphes de cette prose, mi-proclamation enflammée mi-air d'opérette, qui caractérise le genre épistolaire militaire. On m'y annonçait que, dans un délai de deux mois, le dénommé Daniel Sempere Martín aurait l'honneur et la fierté d'accomplir le devoir le plus sacré et le plus édifiant que la vie offrait à un Celtibérique de sexe mâle : servir la patrie et revêtir l'uniforme de la croisade nationale pour la défense du bastion spirituel de l'Occident. Du moins étais-je sûr que Fermín serait capable de mettre en avant le côté humoristique de la chose et de nous faire rire un moment en nous régalant de sa version en vers de *La Défaite finale de la collusion judéo-maçonnique.* Deux mois. Huit semaines. Soixante jours. Je pouvais toujours diviser le temps en allant jusqu'aux secondes et obtenir ainsi un chiffre kilométrique. Il me restait cinq millions cent quatre-vingt-quatre mille secondes de liberté. Peut-être que M. Federico, dont mon père disait qu'il était capable de fabriquer une Volkswagen, pourrait me confectionner une horloge munie de freins à disques. Peut-être que quelqu'un m'expliquerait le moyen d'arranger les choses afin que je ne perde pas Bea pour toujours. En entendant le carillon de la porte, je crus que Fermín était revenu, finalement convaincu que nos velléités de détectives ne valaient pas tripette.

— Eh bien ! C'est l'héritier qui garde le château, comme il se doit ? Mais quelle triste figure ! J'aimerais voir un sourire éclairer ce visage de carême, mon garçon, dit M. Gustavo Barceló, affublé d'un manteau en poil de chameau et brandissant comme une crosse de cardinal une canne en ivoire dont il n'avait nul besoin. Ton père n'est pas là, Daniel ?

— Je suis désolé, monsieur Gustavo. Il est allé chez un client, et je pense qu'il ne reviendra pas avant…

— Parfait. Ce n'est pas lui que je venais voir, et mieux vaut qu'il n'entende pas ce que j'ai à te dire.

Il me fit un clin d'œil en retirant ses gants et en promenant un regard distrait sur la boutique.

— Et notre collègue Fermín ? Il est dans les parages ?

— Disparu au champ d'honneur.

— Je suppose qu'il applique ses talents à élucider le mystère Carax ?

— Corps et âme. La dernière fois que je l'ai vu, il portait une soutane et dispensait sa bénédiction *urbi et orbi*.

— Ah… C'est ma faute, je n'aurais pas dû vous asticoter. Je ne sais pas ce qui m'a pris.

— Je vous vois inquiet. Il est arrivé quelque chose ?

— Pas exactement. Ou plutôt si, en quelque sorte.

— Que vouliez-vous me dire, monsieur Gustavo ?

Le libraire m'adressa un sourire bienveillant. Son habituel air de supériorité et son arrogance de salon avaient complètement disparu. A leur place, je crus deviner une certaine gravité, une bonne dose de prudence et beaucoup de préoccupation.

— Ce matin, j'ai fait la connaissance de M. Manuel Gutiérrez Fonseca, âgé de cinquante-neuf ans, célibataire et fonctionnaire à la morgue municipale de Barcelone depuis 1924. Il a blanchi trente ans sous le harnois au seuil des ténèbres. La formule est de lui, pas de moi. M. Manuel est un personnage de la vieille école, courtois, agréable et toujours prêt à rendre service. Il vit dans une chambre qu'il loue rue Ceniza depuis quinze ans et partage avec douze perruches à qui il a appris à chanter la marche funèbre. Il a un abonnement au poulailler du Liceo. Il aime Verdi et Donizetti. Il m'a dit que, dans son travail, l'important est de suivre le règlement. Le règlement a tout prévu, particulièrement dans les cas où l'on ne sait pas ce qu'il faut faire. Il y a quinze ans, M. Manuel a ouvert un sac de toile apporté par la police et s'est trouvé nez à nez avec son meilleur ami d'enfance. Le reste du corps était dans un sac à part. Le cœur déchiré, M. Manuel a appliqué le règlement.

— Voulez-vous un café, monsieur Gustavo ? Vous êtes en train de devenir tout jaune.

— S'il te plaît.

J'allai au thermos et lui en versai une tasse avec huit morceaux de sucre. Il l'avala d'un trait.

— Vous vous sentez mieux ?

— Je me sens renaître. Donc, comme je te disais, M. Manuel était de garde le jour de septembre 1936 où l'on a apporté le corps de Julián Carax au service des autopsies. Naturellement, M. Manuel ne se souvenait pas du nom, mais une consultation des archives et une donation de cent pesetas à son fonds de retraite lui ont remarquablement rafraîchi la mémoire. Tu me suis ?

Je fis signe que oui, suspendu à ses lèvres.

— M. Manuel se rappelle les détails de ce jour-là parce que, selon ce qu'il m'a raconté, c'est l'un des rares cas où il s'est vu contraint d'enfreindre le règlement. La police a prétendu que le cadavre avait été trouvé dans une ruelle du Raval peu avant le lever du soleil. Le corps est arrivé à la morgue dans le courant de la matinée. Il n'y avait sur lui qu'un livre et un passeport l'identifiant comme Julián Fortuny Carax, né à Barcelone en 1900. Le passeport portait un tampon du poste-frontière de La Junquera, indiquant que Carax était entré dans le pays un mois auparavant. La cause de la mort était, apparemment, une blessure par balle. M. Manuel n'est pas médecin mais, avec le temps, il a appris le répertoire. A son jugement, la blessure, située juste au niveau du cœur, avait été produite par un tir à bout portant. Grâce au passeport, on a pu savoir où habitait M. Fortuny, le père de Carax, qui est venu le soir même à la morgue identifier le corps.

— Jusqu'ici, tout coïncide avec ce qu'a raconté Nuria Monfort.

Barceló acquiesça.

— Oui. Mais ce que Nuria Monfort ne t'a pas raconté,

c'est que mon ami Manuel, ayant l'impression que la police ne faisait guère de zèle dans cette affaire et constatant que l'auteur du livre trouvé dans la poche du cadavre portait un nom identique à celui du défunt, prit l'initiative, ce même soir et en attendant l'arrivée de M. Fortuny, d'appeler la maison d'édition pour l'informer du triste événement.

— Nuria Monfort m'a dit que l'employé de la morgue avait appelé la maison d'édition trois jours après, alors que le corps était déjà enterré dans une fosse commune.

— D'après M. Manuel, il a appelé le jour même de l'arrivée du corps au dépôt. Il a parlé à une demoiselle qui l'a remercié de son appel. M. Manuel se souvient d'avoir été un peu choqué par son comportement. Selon ses propres paroles, « c'était comme si elle était déjà au courant ».

— Et Fortuny ? Est-ce vrai qu'il a refusé de reconnaître son fils ?

— C'est là ce qui m'intrigue le plus. M. Manuel explique qu'il a vu arriver à la tombée de la nuit un petit homme tremblant, accompagné d'agents de police. C'était Fortuny. D'après lui, la seule chose à laquelle il ne parvient pas à s'habituer, c'est le moment où la famille vient identifier le corps d'un être cher. M. Manuel dit qu'il ne souhaite à personne pareille épreuve. Le plus terrible, c'est quand le mort est jeune et que ce sont les parents, ou un conjoint, qui doivent le reconnaître. M. Manuel se souvient bien de Fortuny. Il dit qu'en arrivant au dépôt il pouvait à peine tenir debout, qu'il pleurait comme un enfant et que les deux policiers devaient le porter à bout de bras. Il n'arrêtait pas de gémir : « Qu'ont-ils fait de mon fils, qu'ont-ils fait de mon fils ? »

— Il a quand même vu le corps ?

— M. Manuel m'a assuré avoir été sur le point de suggérer aux agents de lui épargner cette formalité. C'est la seule fois où il a été tenté de ne pas respecter le règlement. Le cadavre était dans un état épouvantable. A son arrivée au dépôt, il était probablement mort depuis plus de vingt-quatre heures, et non le matin même comme le prétendait la police. M. Manuel craignait qu'à sa vue le vieil homme ne tienne pas le coup. Fortuny répétait que c'était impossible, que son Julián ne pouvait pas être mort. Alors M. Manuel a retiré le linceul qui couvrait le corps, et les deux agents ont demandé au père s'il reconnaissait son fils Julián.

— Et ?

— Fortuny est resté muet, en contemplant le cadavre pendant presque une minute. Puis il a fait demi-tour et il est parti.

— Il est parti ?

— Il a filé comme un lapin.

— Et les policiers ? Ils ne l'ont pas rattrapé ? N'étaient-ils pas là pour lui faire identifier le corps ?

Barceló eut un sourire malin.

— En théorie. Mais M. Manuel se rappelle qu'une autre personne se trouvait dans la salle, un troisième policier qui était entré sur la pointe des pieds pendant que les agents préparaient Fortuny, et qui assistait à la scène en silence, adossé au mur, la cigarette au bec. M. Manuel s'en souvient, parce que, quand il a dit que le règlement interdisait de fumer, un des agents lui a fait signe de se taire. Selon lui, après le départ de Fortuny, le troisième policier s'est approché, a jeté un coup d'œil sur le corps et lui a craché à la figure. Puis il a pris le passeport et donné l'ordre d'expédier le cadavre à Can

Tunis pour qu'il soit enterré dès l'aube dans une fosse commune.

— Ça n'a pas de sens.

— C'est ce qu'a pensé M. Manuel. Surtout que ça ne collait pas avec le règlement. « Mais puisque nous ne savons toujours pas qui est cet homme », disait-il. Les policiers n'ont rien dit. Fâché, M. Manuel les a interpellés : « Ou alors vous le savez ? Parce que ça saute aux yeux qu'il est mort depuis plus d'une journée au moins. » Naturellement, M. Manuel, qui n'a rien d'un imbécile, s'abritait derrière le règlement. En entendant ses protestations, le troisième policier s'est approché et lui a demandé, les yeux dans les yeux, s'il avait envie d'accompagner le défunt dans son dernier voyage. M. Manuel m'a raconté qu'il avait été terrifié. Que cet homme avait un regard de fou et qu'il n'a pas douté un instant qu'il parlait sérieusement. Il a murmuré qu'il s'agissait seulement de respecter le règlement, que personne ne savait qui était cet homme et que, dans ces conditions, on ne pouvait pas l'enterrer comme ça. « Cet homme est celui que je dis qu'il est », a répliqué le policier. Là-dessus, il a pris le registre et l'a signé en disant que l'affaire était close. M. Manuel affirme qu'il n'est pas près d'oublier cette signature, parce que, pendant toutes les années de guerre, et longtemps après encore, il l'a retrouvée sur des dizaines de pages de registre des décès concernant des corps qui arrivaient d'on ne savait où et que personne n'arrivait à identifier…

— L'inspecteur Francisco Javier Fumero…

— Orgueil et bastion de la Préfecture de Police. Tu sais ce que ça signifie, Daniel ?

— Que nous avons donné des coups à l'aveuglette depuis le début.

Barceló prit son chapeau et sa canne, et se dirigea vers la porte en hochant la tête.

— Non. Que les coups vont commencer maintenant.

27

Je passai l'après-midi à ruminer la lettre funeste qui m'annonçait mon incorporation dans l'armée et à guetter un signe de vie de Fermín. L'heure de la fermeture était déjà passée, et Fermín continua de jouer la fille de l'air. Je pris le téléphone et appelai la pension de la rue Joaquín Costa. Mme Encarna me dit d'une voix fortement anisée qu'elle n'avait pas vu Fermín de la journée.

— S'il n'est pas là dans une demi-heure, il dînera froid, je ne suis pas le Ritz. Il ne lui est rien arrivé, au moins ?

— Ne vous inquiétez pas, madame Encarna. Il avait un rendez-vous, et il a dû s'attarder. En tout cas, si vous le voyez avant d'aller vous coucher, je vous serai très reconnaissant de lui dire d'appeler Daniel Sempere, le voisin de votre amie Merceditas.

— Je le ferai, mais je vous préviens : à huit heures et demie, moi, je suis au lit.

Après quoi j'appelai chez Barceló, dans l'espoir que Fermín était allé là-bas vider le garde-manger de Bernarda ou lui conter fleurette dans la lingerie. Je n'avais pas pensé que ce serait Clara qui me répondrait.

— Daniel, en voilà une surprise.

Pour moi aussi, me dis-je. Avec des circonlocutions dignes de M. Anacleto, je plaçai l'objet de mon appel dans la conversation tout en faisant semblant de ne lui accorder qu'une importance secondaire.

— Non, Fermín n'est pas passé aujourd'hui. Et je crois que Bernarda est restée avec moi toute l'après-midi. Nous avons parlé de toi, tu sais.

— Eh bien, la conversation n'a pas dû être palpitante !

— Bernarda dit qu'elle te trouve très beau, que tu es devenu un homme.

— Je prends beaucoup de vitamines.

Un long silence.

— Daniel, tu crois que nous pourrions redevenir amis un jour ? Combien d'années faudra-t-il pour que tu me pardonnes ?

— Nous sommes amis, Clara, et je n'ai rien à te pardonner. Tu le sais.

— Mon oncle m'a dit que tu continues d'enquêter sur Julián Carax. Si tu passais un jour, à l'heure du thé, tu pourrais me raconter ce que tu as découvert.

— Un de ces jours, je n'y manquerai pas.

— Je vais me marier, Daniel.

Je restai à regarder l'écouteur. J'eus l'impression que mes pieds s'enfonçaient dans le sol ou que mon squelette rétrécissait de plusieurs centimètres.

— Tu es toujours là, Daniel ?

— Oui.

— Ça t'a surpris.

J'avalai ma salive qui avait la consistance du ciment armé.

— Non. Ce qui me surprend, c'est que tu ne sois pas

déjà mariée. Ce ne sont pas les prétendants qui doivent manquer. Qui est l'heureux élu ?

— Tu ne le connais pas. Il s'appelle Jacobo. C'est un ami de mon oncle Gustavo. Il est à la direction de la Banque d'Espagne. Nous nous sommes rencontrés à un récital d'opéra organisé par mon oncle. Il est plus vieux que moi, mais nous nous entendons bien, et c'est le plus important, tu ne trouves pas ?

Je refoulai l'ironie qui me montait aux lèvres en me mordant la langue. Elle avait un goût de poison.

— Naturellement… Eh bien ! toutes mes félicitations.

— Tu ne me pardonneras jamais, n'est-ce pas, Daniel ? Pour toi, je serai toujours Clara Barceló la perfide.

Il y eut un autre silence à couper au couteau.

— Et toi, Daniel ? Fermín m'a dit que tu as une petite amie ravissante.

— Il faut que je te laisse, Clara, un client vient d'entrer. Je te rappellerai dans la semaine, et nous prendrons rendez-vous pour l'après-midi. Encore toutes mes félicitations.

Je raccrochai et soupirai.

Mon père revint de sa visite au client, l'air abattu et peu désireux de faire la conversation. Je mis la table, et il prépara le dîner sans presque me poser de questions sur Fermín ou la journée à la librairie. Nous mangeâmes sans décoller les yeux de notre assiette et retranchés dans le bavardage de la radio. Mon père avait à peine touché à la nourriture. Il se bornait à tourner sa cuiller dans la soupe aqueuse et sans saveur, comme s'il cherchait de l'or au fond.

— Tu n'as rien mangé, dis-je.

Il haussa les épaules. La radio continuait à nous mitrailler de futilités. Mon père se leva et l'éteignit.

— Qu'est-ce qu'il y avait dans la lettre de l'armée ? demanda-t-il enfin.

— Je pars pour le service dans deux mois.

Son regard me sembla vieillir de dix ans.

— Barceló me dit qu'il va trouver un moyen de me faire affecter au Gouvernement Militaire de Barcelone après mes classes. Je pourrai même venir dormir à la maison, risquai-je.

Mon père répondit par un geste d'assentiment anémique. Son regard me fit de la peine, et je me levai pour desservir. Il resta assis, les yeux dans le vide et les mains croisées sous le menton. Je me disposais à faire la vaisselle quand j'entendis des pas dans l'escalier. Des pas fermes et pressés, qui martelaient les marches et rendaient un son funeste. Ils s'arrêtèrent à notre étage. Mon père se leva, inquiet. Une seconde plus tard, plusieurs coups furent frappés à la porte et une voix tonitruante, rageuse et vaguement familière aboya :

— Police ! Ouvrez !

Mille poignards traversèrent mes pensées. Une nouvelle volée de coups ébranla la porte. Mon père se dirigea vers l'entrée et regarda par l'œilleton.

— Qu'est-ce que vous voulez, à cette heure-ci ?

— Ou vous ouvrez cette porte, ou nous la défonçons à coups de pied, monsieur Sempere. Ne me le faites pas répéter.

Je reconnus la voix de Fumero et sentis un souffle glacé s'abattre sur moi. Mon père me lança un regard interrogateur. Je lui fis signe d'obéir. Étouffant un soupir, il ouvrit la porte. Les silhouettes de Fumero et de ses deux acolytes habituels se découpèrent dans la lumière jaune de l'encadrement. Des gabardines grises sur des pantins de cendre.

— Où est-il ? hurla Fumero en écartant mon père d'une poussée de la main et en se précipitant dans la salle à manger.

Mon père fit mine de le retenir, mais un des agents qui suivaient l'inspecteur l'attrapa par le bras et le plaqua contre le mur, en le maintenant avec l'impassibilité et l'efficacité d'une machine habituée à ce travail. C'était l'individu qui nous avait suivis, Fermín et moi, celui qui m'avait tenu pendant que Fumero tabassait mon ami devant l'asile de Santa Lucía, celui qui m'avait surveillé deux soirs plus tôt. Il m'adressa un regard vide, indéchiffrable. J'allai à la rencontre de Fumero, en affichant tout le calme que j'étais capable de simuler. Les yeux de l'inspecteur étaient injectés de sang. Une balafre récente zébrait sa joue gauche, bordée de sang séché.

— Où est-il ?

— Qui ?

Fumero baissa les yeux et hocha la tête en marmonnant quelque chose pour lui-même. Quand il releva la tête, il avait un sourire canin aux lèvres et un pistolet à la main. Sans détourner les yeux des miens, il donna un coup de crosse dans le vase de fleurs fanées sur la table. Le vase éclata en morceaux, l'eau et les fleurs se répandirent sur la nappe. Malgré moi, je sursautai. Mon père vociférait dans l'entrée, entre les deux agents. Je pus à peine saisir ce qu'il disait. Tout ce que j'étais capable de comprendre, c'était la pression glacée du canon du revolver enfoncé dans ma joue, et son odeur de poudre.

— Ne te fous pas de moi, petit merdeux, ou ton père devra ramasser ta cervelle sur le plancher. Tu entends ?

J'acquiesçai en tremblant. Fumero appuyait le canon

de son arme avec force sur ma joue. Je sentis qu'il me déchirait la peau, mais je ne risquai pas le moindre mouvement.

— Je te le demande pour la dernière fois : où est-il ?

Je vis ma propre image reflétée dans les pupilles noires de l'inspecteur qui se contractaient lentement tandis que, du pouce, il armait le percuteur.

— Il n'est pas ici. Je ne l'ai pas vu depuis midi. C'est la vérité.

Fumero resta immobile pendant près d'une demi-minute, en me labourant le visage avec le revolver et en se passant la langue sur les lèvres.

— Lerma ! commanda-t-il. Jette un coup d'œil.

L'un des agents s'empressa de faire le tour de l'appartement. Mon père se débattait en vain entre les mains du troisième policier.

— Si tu m'as menti et si nous le trouvons ici, je te jure que je casse les deux jambes à ton père, murmura Fumero.

— Mon père ne sait rien. Laissez-le tranquille.

— C'est toi qui ne sais pas à quel jeu tu joues. Mais dès que j'aurai chopé ton ami, fini de jouer. Ni juges, ni hôpitaux, ni rien de toutes ces conneries. Cette fois, je me chargerai personnellement de le retirer de la circulation. Et je jouirai en le faisant, crois-moi. Je prendrai mon temps. Tu peux le lui dire si tu le vois. Parce que je le trouverai, même s'il se cache sous les pavés. Et toi, tu portes le numéro suivant.

L'agent Lerma réapparut dans la salle à manger et échangea un regard avec Fumero, un bref signe négatif. Fumero relâcha sa pression sur le percuteur et éloigna le revolver.

— Dommage, dit-il.

— De quoi l'accuse-t-on ? Pourquoi est-il recherché ?

Fumero me tourna le dos et alla vers les deux agents qui, à son signal, lâchèrent mon père.

— Vous vous en souviendrez, cracha ce dernier.

Les yeux de Fumero s'attardèrent sur lui. Instinctivement, mon père recula d'un pas. J'eus peur que la visite de l'inspecteur ne fasse que commencer mais, soudain, Fumero hocha la tête en ricanant tout bas et quitta l'appartement sans plus de cérémonie. Lerma le suivit. Le troisième policier, mon garde du corps perpétuel, s'arrêta un instant sur le seuil. Il me regarda en silence, comme s'il voulait me dire quelque chose.

— Palacios ! aboya Fumero, dont la voix fut répercutée par les échos de l'escalier.

Palacios baissa les yeux et disparut. Je sortis sur le palier. Des bandes de lumière se dessinaient autour des portes des voisins dont on discernait dans la pénombre les têtes terrorisées. Les trois silhouettes noires des policiers se perdirent dans l'escalier, et leur martèlement furieux battit en retraite comme une marée empoisonnée, en laissant un sillage de peur et d'obscurité.

On approchait de minuit quand nous entendîmes de nouveaux coups à la porte, cette fois plus faibles, presque craintifs. Mon père, qui était en train de nettoyer à l'eau oxygénée la plaie que m'avait laissée le revolver de Fumero, s'arrêta net. Nos regards se rencontrèrent. Trois autres coups nous parvinrent.

Un instant, je crus que Fermín avait assisté à la totalité de l'incident, caché dans un recoin obscur de l'escalier.

— Qui est là ? demanda mon père.

— M. Anacleto.

Mon père soupira. Nous ouvrîmes la porte pour nous trouver face au professeur, plus pâle que jamais.

— Que se passe-t-il, monsieur Anacleto ? Vous ne vous sentez pas bien ? demanda mon père, en le faisant entrer.

Le professeur tenait à la main un journal plié. Il se borna à nous le tendre avec un regard horrifié. Le papier était encore tiède et l'encre toute fraîche.

— C'est l'édition d'aujourd'hui, murmura M. Anacleto. Page six.

La première chose que je vis fut les deux photos qui accompagnaient le titre. L'une montrait un Fermín plus fourni en chair et en cheveux, moins vieux, peut-être, de quinze ou vingt ans. La seconde révélait le visage d'une femme aux yeux clos et au teint de marbre. Je mis quelques secondes à la reconnaître, parce que je l'avais toujours vue dans la pénombre.

UN INDIGENT ASSASSINE UNE FEMME
EN PLEIN JOUR

Barcelone (Agences et Rédaction). *La police recherche l'indigent qui a assassiné cette après-midi à coups de couteau Nuria Monfort Masdedeu, âgée de trente-sept ans et habitant Barcelone.*

Le crime a eu lieu vers le milieu de l'après-midi au quartier de San Gervasio, où la victime a été agressée sans raison apparente par l'indigent qui, semble-t-il et selon les informations de la Préfecture de Police, l'avait suivie pour des motifs qui n'ont pas encore été éclaircis.

L'assassin, Antonio José Gutiérrez Alcayete, âgé de cinquante et un ans et originaire de Villa Inmunda, province de Cáceres, serait un pervers notoire, ayant un long passé de troubles mentaux, évadé de la Prison Modèle il y a six ans, et qui aurait réussi à échapper aux autorités en prenant diverses identités. Au moment du crime, il portait une soutane. Il est armé et la police le qualifie d'extrêmement dangereux. On ignore encore si la victime et son assassin se connaissaient, bien que des sources proches de la Préfecture de Police indiquent que tout semble converger vers une telle hypothèse, et le mobile du crime reste inconnu. La victime a reçu six blessures d'arme blanche au ventre, au cou et à la poitrine. L'agression, qui a eu lieu à proximité d'un collège, a eu pour témoins plusieurs élèves qui ont alerté les professeurs de l'institution, lesquels, à leur tour, ont appelé la police et une ambulance. D'après le rapport de la police, les blessures reçues par la victime étaient toutes fatales. A son admission à l'hôpital de Barcelone à 18 h 15, la victime avait cessé de vivre.

28

De toute la journée nous n'eûmes aucune nouvelle de Fermín. Mon père insista pour ouvrir la librairie comme n'importe quel jour et présenter une façade de normalité et d'innocence. La police avait posté un agent devant l'escalier, et un autre surveillait la place Santa Ana, planté sous le porche de l'église, tel l'ange de la dernière heure. Nous le voyions grelotter de froid sous la pluie dense qui était arrivée avec l'aube, la buée de son haleine se faisant de plus en plus diaphane, les mains enfoncées dans les poches de sa gabardine. Plus d'un voisin passait devant notre vitrine en jetant à la dérobée un regard à l'intérieur, mais pas un seul client n'osa entrer.

— La nouvelle a déjà dû se répandre, dis-je.

Mon père se borna à acquiescer. Il ne m'avait pas adressé un mot depuis le matin, ne s'exprimant que par gestes. La page où était annoncé l'assassinat de Nuria Monfort gisait sur le comptoir. Toutes les vingt minutes, il allait la parcourir avec une expression impénétrable. Hermétique, il accumulait sa colère au fil des heures.

— Tu auras beau lire et relire l'article, ce qu'il dit n'en sera pas plus vrai, dis-je.

Mon père leva les yeux et me regarda avec sévérité.

— Tu connaissais cette personne ? Nuria Monfort ?

— Je lui ai parlé deux fois, dis-je.

Le visage de Nuria Monfort envahit mon esprit. Mon absence de sincérité avait un goût de nausée. J'étais encore poursuivi par son odeur et le frôlement de ses lèvres, l'image de ce bureau si soigneusement rangé, et son regard triste et sage. « Deux fois. »

— Et pourquoi lui as-tu parlé ? Qu'est-ce qu'elle avait à voir avec toi ?

— Elle avait été l'amie de Julián Carax. Je suis allé lui rendre visite pour lui demander si elle se souvenait de lui. C'est tout. Elle est la fille d'Isaac, le gardien. C'est lui qui m'a donné son adresse.

— Fermín la connaissait ?

— Non.

— Comment peux-tu en être sûr ?

— Et toi, comment peux-tu en douter et accorder du crédit à ce tissu de mensonges ? Le peu que Fermín connaissait de cette femme, c'est moi qui le lui ai appris.

— Et c'est pour ça qu'il la suivait ?

— Oui.

— Parce que tu le lui avais demandé.

Je gardai le silence. Mon père soupira.

— Tu ne comprends pas, papa.

— Bien sûr que non. Je ne vous comprends pas, ni toi ni Fermín.

— Papa, tout ce que nous connaissons de Fermín rend ce qui est écrit là impossible.

— Et que savons-nous de Fermín, hein ? Nous ne connaissions même pas son vrai nom.

— Tu te trompes sur son compte.

— Non, Daniel. C'est toi qui te trompes, et sur beaucoup de choses. Qui t'a demandé d'aller fouiller dans la vie d'autrui ?

— Je suis libre de parler avec qui je veux.

— Je suppose que tu te juges également libre des conséquences ?

— Tu insinues que je suis responsable de la mort de cette femme ?

— Cette femme, comme tu l'appelles, avait un nom et un prénom, et tu la connaissais.

— Tu n'as pas besoin de me le rappeler, répliquai-je, les larmes aux yeux.

Mon père me contempla avec tristesse en hochant la tête.

— Mon Dieu, je ne veux pas penser à l'état où doit être le pauvre Isaac, murmura-t-il comme pour lui-même.

— Je ne suis pas coupable de sa mort, dis-je dans un filet de voix, en pensant qu'à force de le répéter je finirais peut-être par le croire.

Mon père se retira dans l'arrière-boutique, en hochant tristement la tête.

— C'est toi le seul juge de ta responsabilité, Daniel. Parfois, je ne sais plus qui tu es.

J'attrapai ma gabardine et m'échappai dans la rue et la pluie, là où personne ne me connaissait et ne pouvait lire dans mon âme.

Sans but précis, je me livrai à la pluie glacée. Je marchais yeux baissés, traînant avec moi l'image de Nuria Monfort sans vie, allongée sur une dalle froide de marbre, le corps criblé de coups de couteau. A chaque pas, la ville s'évanouissait autour de moi. Au moment de traverser, dans la rue Fontanella, je ne m'arrêtai pas pour regarder le feu de croisement. Je sentis comme un coup de vent me frôler le visage et me tournai pour voir une muraille de métal et de lumière se jeter sur moi à toute vitesse. Au dernier instant, un passant qui me suivait me tira en arrière et m'écarta de la trajectoire de l'autobus. Je vis la carrosserie étincelante à quelques centimètres de ma figure, une mort certaine à un dixième de seconde près. Le temps de recouvrer mes esprits, l'homme qui m'avait sauvé la vie s'éloignait déjà d'un pas de promeneur, silhouette en gabardine grise. Je restai cloué sur place, le souffle coupé. Dans la pluie qui brouillait tout, je pus voir que mon sauveur s'était arrêté de l'autre côté de la rue et m'observait. C'était le troisième policier, Palacios. Un mur de voitures s'interposa entre nous et, quand je regardai de nouveau, Palacios avait disparu.

Je me dirigeai vers la maison de Bea, incapable d'attendre davantage. J'avais besoin de me rappeler le peu de bon qu'il y avait en moi et que je ne devais qu'à elle. Je grimpai l'escalier quatre à quatre et m'arrêtai, hors d'haleine, devant la porte des Aguilar. Je frappai trois fois avec force. Je rassemblai tout mon courage et pris conscience de mon aspect : trempé jusqu'aux os. Je balayai les cheveux de mon front et me dis que les dés étaient jetés. Si je devais tomber sur M. Aguilar prêt à me casser la figure et me briser les membres, autant que ce soit le plus tôt possible. Je frappai de nouveau, et perçus des pas qui se rapprochaient. Le judas s'entrouvrit. Un œil sombre et méfiant m'observait.

— Qui est-ce ?

Je reconnus la voix de Cecilia, une des domestiques de la famille Aguilar.

— Daniel Sempere, Cecilia.

Le judas se referma et, quelques secondes plus tard, j'entendis le concert des serrures et des verrous qui défendaient l'accès de l'appartement. La porte s'ouvrit lentement, et je vis Cecilia, en coiffe et uniforme, portant un chandelier et une bougie. A son expression alarmée, je devinai que je devais ressembler à un cadavre.

— Bonjour, Cecilia. Bea est là ?

Elle me regarda sans comprendre. Jusqu'à ce jour, dans les us et coutumes de la maison, ma présence, devenue ces derniers temps inhabituelle, était uniquement associée à Tomás, mon vieux camarade de classe.

— Mademoiselle Beatriz n'est pas là…

— Elle est sortie ?

Cecilia, qui n'était que panique cousue à un tablier, fit un signe affirmatif.

— Sais-tu quand elle rentrera ?

La bonne haussa les épaules.

— Elle est partie chez le docteur avec Monsieur et Madame il y a deux heures.

— Chez le docteur ? Elle est malade ?

— Je ne sais pas, monsieur.

— Quel docteur sont-ils allés voir ?

— Je ne sais pas non plus, monsieur.

Je décidai de ne pas martyriser davantage la pauvre femme de chambre. L'absence des parents de Bea m'ouvrait d'autres voies à explorer.

— Et Tomás, il est à la maison ?

— Oui, monsieur. Entrez, je vais le prévenir.

Je pénétrai dans le vestibule et attendis. En d'autres circonstances, je serais allé directement à la chambre de mon ami, mais je ne venais plus dans cette maison depuis si longtemps que je me sentais redevenu un étranger. Cecilia disparut dans le couloir, auréolée de lumière, en m'abandonnant à l'obscurité. Il me sembla entendre au loin la voix de Tomás, puis des pas. J'improvisai une excuse pour justifier ma visite inattendue. Mais ce fut la femme de chambre qui réapparut sur le seuil, regard contraint, et mon sourire se figea aussitôt.

— Monsieur Tomás est très occupé, et il ne peut pas vous recevoir.

— Vous lui avez dit qui je suis ? Daniel Sempere.

— Oui, monsieur. Il vous prie de vous en aller.

Je reçus au creux de l'estomac un coup glacé qui me coupa le souffle.

— Je regrette, monsieur, dit Cecilia.

Je hochai la tête, sans trouver que répondre. La femme de chambre ouvrit la porte de ce que, quelques jours plus tôt, je considérais encore comme ma seconde maison.

— Monsieur veut-il un parapluie ?

— Non, merci, Cecilia.

— Je regrette, monsieur Daniel, répéta-t-elle.

Je me forçai à lui adresser un large sourire.

— Ne t'inquiète pas, Cecilia.

La porte se referma en me laissant dans l'ombre. Je restai un moment sans réaction, puis descendis lentement l'escalier. Arrivé au coin de la rue, je m'arrêtai pour me retourner. Je levai les yeux vers l'étage des Aguilar. Tomás se découpait dans l'encadrement de sa fenêtre. Il me regardait, immobile. Je le saluai de la main. Il ne me renvoya pas le geste et rentra dans sa chambre. J'attendis presque cinq minutes, dans l'espoir de le voir réapparaître, mais en vain. Je m'en fus en compagnie de la pluie qui lava mes larmes.

29

En revenant à la librairie, je passai devant le cinéma Capitol où deux peintres juchés sur un échafaudage contemplaient avec désolation le panneau qui n'avait pas fini de sécher se diluer sous l'averse. La silhouette stoïque du policier de garde devant la librairie était repérable de loin. En approchant du magasin de M. Federico Flaviá, je vis que l'horloger était sorti sur le seuil et regardait la pluie tomber. Les séquelles de son séjour au commissariat étaient encore lisibles sur son visage. Il portait un impeccable complet de laine grise et tenait une cigarette qu'il ne s'était pas donné le mal d'allumer. Je le saluai de la main, et il me sourit.

— Tu as quelque chose contre les parapluies, Daniel ?

— Qu'y a-t-il de plus joli que la pluie, monsieur Federico ?

— La pneumonie. Allons, entre, ce que tu m'as demandé est prêt.

Je le dévisageai sans comprendre. M. Federico m'observait avec insistance, sans cesser de sourire. Je me bornai à faire un geste d'assentiment et le suivis à l'intérieur de son bazar aux merveilles. Dès que nous fûmes entrés, il me tendit un petit sac en papier kraft.

— Et maintenant, file, le fantoche qui surveille la librairie ne nous quitte pas des yeux.

Je glissai un regard à l'intérieur du sac. Il contenait un petit livre relié en cuir. Un missel. Le missel que Fermín avait à la main la dernière fois que je l'avais vu. M. Federico, en me poussant dehors, me fit signe de ne pas dire un mot. Une fois dans la rue, il retrouva sa sérénité et haussa la voix.

— Et rappelle-toi qu'il ne faut pas forcer le remontoir, sinon tu casseras encore le ressort, compris ?

— Soyez sans crainte, monsieur Federico, et merci.

En me rapprochant de l'agent en civil, je sentis que le nœud qui s'était formé dans mon estomac se serrait de plus en plus. Je passai devant l'homme et le saluai de la main qui tenait le sac remis par M. Federico. Il me regardait d'un air vaguement intéressé. Je me glissai dans la librairie. Mon père se tenait derrière le comptoir, comme s'il n'avait pas bougé depuis mon départ. Ses yeux étaient tristes.

— Écoute, Daniel, pour tout à l'heure…

— Ne t'en fais pas. Tu avais raison.

— Tu trembles de froid.

J'acquiesçai, sans plus, et le vis partir chercher le thermos. J'en profitai pour m'éclipser dans l'arrière-boutique et examiner le missel. Le message de Fermín s'en échappa comme un papillon. Je le rattrapai au vol.

La feuille de papier à cigarettes était presque transparente et l'écriture minuscule, si bien que je dus la tenir à contre-jour pour pouvoir la déchiffrer.

Cher Daniel

Ne croyez pas un mot de ce que disent les journaux sur l'assassinat de Nuria Monfort. Comme toujours, c'est pur mensonge. Je suis sain et sauf, et caché en lieu sûr. N'essayez pas de me chercher ou de m'envoyer des messages. Détruisez ce mot dès que vous l'aurez lu. Pas besoin de l'avaler, il suffit de le brûler ou de le déchirer en mille morceaux. Je reprendrai contact avec vous, en faisant appel à mon ingéniosité habituelle et aux bons offices d'amis communs. Je vous prie de transmettre l'essence de ce message, en code et en toute discrétion, à l'élue de mon cœur. Vous, ne faites rien. Votre ami, le troisième homme,

F R d T.

Je relisais le message quand quelqu'un frappa à la porte du réduit.

— On peut ? demanda une voix inconnue.

Mon cœur bondit dans ma poitrine. Ne trouvant rien d'autre, je fis une boulette de la feuille de papier à cigarettes et l'avalai. Je tirai la chaîne et profitai du fracas de la chasse d'eau pour déglutir. Le papier avait le goût de cierge et de Sugus. En ouvrant la porte, je me trouvai face au sourire reptilien du policier qui, quelques secondes plus tôt, était posté devant la librairie.

— Excusez-moi. Je ne sais pas si c'est d'entendre la pluie tomber toute la journée, mais j'étais au bord de pisser dans mon froc, sans parler du reste…

— Je vous en prie, dis-je en lui cédant le passage. Faites comme chez vous.

— Merci beaucoup.

L'agent, qui à la lumière de l'ampoule me parut ressembler à une belette, m'inspecta de haut en bas. Son regard glauque comme un égout se posa sur le missel.

— Si je ne lis pas quelque chose, je n'y arrive pas, argumentai-je.

— Moi, c'est pareil. Et après ça, on dit que les Espagnols ne lisent pas. Vous me le prêtez ?

— Juste au-dessus de la chasse d'eau, il y a le dernier Prix de la Critique, proposai-je. Infaillible.

Je m'éloignai le plus dignement possible et rejoignis mon père qui était en train de me préparer un café au lait.

— Qu'est-ce qu'il fait là ? l'interrogeai-je.

— Il m'a juré qu'il avait la colique. Qu'est-ce que je pouvais faire ?

— Le laisser dans la rue, ça l'aurait réchauffé.

Mon père fronça les sourcils.

— Si tu n'y vois pas d'inconvénient, je monte.

— Bien sûr. Et mets des vêtements secs, sinon tu vas attraper une pneumonie.

L'appartement était froid et silencieux. J'allai dans la chambre et regardai par la fenêtre. Sous le porche de l'église Santa Ana, la seconde sentinelle n'avait pas quitté son poste. J'ôtai les vêtements mouillés et enfilai un pyjama épais et une robe de chambre qui avait appartenu à mon grand-père. Je m'allongeai sur le lit sans prendre la peine d'allumer et m'abandonnai à la pénombre et au tambourinement de la pluie sur les carreaux. Je fermai les yeux et tentai de trouver l'image, le contact de la peau et l'odeur de Bea. Je n'avais pas fermé l'œil la nuit précédente, et la fatigue fit bientôt son effet. Dans mes rêves, la silhouette d'une Parque enveloppée de brume chevauchait au-dessus de Barcelone, lueur spectrale qui tombait sur les tours et les toits, tenant au bout de ses fils de deuil des centaines de petits cercueils blancs qui laissaient sur leur passage une traînée de fleurs sombres dont les pétales portaient, écrit avec du sang, le nom de Nuria Monfort.

Je me réveillai dans une aube grise qui filtrait par les vitres embuées. Je m'habillai chaudement et chaussai de gros souliers. Je sortis en silence dans le couloir pour traverser l'appartement presque à tâtons, me glissai par la porte et gagnai la rue. Au loin, les kiosques des Ramblas étaient déjà éclairés. Je me dirigeai vers celui qui surnageait à l'embouchure de la rue Tallers et achetai la première édition du jour, qui sentait encore l'encre fraîche. J'en parcourus les pages à toute allure jusqu'à ce que je trouve la rubrique nécrologique. Le nom de Nuria Monfort était là, sous une croix d'imprimerie, et je sentis mon regard se brouiller. Je m'éloignai, le journal plié sous le bras, en quête d'obscurité. L'enterrement était prévu pour l'après-midi, à quatre heures, au cimetière de Montjuïc. Je revins à la maison en faisant un détour. Mon père dormait toujours, et je retournai dans ma chambre. Je m'assis à ma table et sortis le stylo Meisterstück de son étui. Je pris une feuille blanche et laissai la plume me guider. Dans ma main, elle n'avait rien à dire. Je cherchai en vain les mots que je voulais offrir à Nuria Monfort, mais je fus incapable d'écrire ou de sentir quoi que ce soit, excepté cette terreur inexplicable que me causait son absence, le sentiment de la savoir disparue, arrachée d'un coup. Je sus qu'un jour elle reviendrait vers moi, des mois ou des années plus tard, que toujours je garderais son souvenir, quand je croiserais un inconnu, des images qui ne m'appartenaient pas, sans savoir si j'en étais digne. Tu n'es plus qu'ombres, pensai-je. Comme tu as vécu.

30

Peu avant trois heures de l'après-midi, sur le Paseo de Colón, je montai dans l'autobus qui devait me mener à Montjuïc. Derrière la vitre se dessinait la forêt de mâts et de pavillons qui flottaient dans la darse du port. L'autobus était presque vide. Quand il prit la route qui montait vers l'entrée est du grand cimetière de la ville, je restai le seul passager.

— A quelle heure passe le dernier bus ? demandai-je au contrôleur avant de descendre.

— A quatre heures et demie.

Il me laissa aux portes de l'enceinte. Une avenue bordée de cyprès s'élevait dans la brume. Même de là, au pied de la montagne, on entrevoyait la ville infinie des morts qui escaladait le versant jusqu'au sommet pour continuer de l'autre côté. Avenues de tombes, allées de dalles, ruelles de mausolées, tours couronnées d'anges flamboyants, forêts de sépulcres se pressaient les unes contre les autres. La ville des morts était une fosse de palais, un ossuaire de mausolées monumentaux, gardés par des armées de statues en décomposition engluées dans la boue. Je respirai profondément avant de pénétrer dans le labyrinthe. Ma mère reposait à une centaine de mètres de ce chemin flanqué d'interminables rangées de mort et de désolation. A chaque pas je pouvais sentir le froid, le vide et le désespoir de ce lieu, l'horreur de son silence et des visages figés dans de vieux portraits abandonnés à la compagnie des cierges et des fleurs fanées. Je finis par distinguer au loin les lampes à gaz allumées autour d'une fosse. Les silhouettes d'une demi-douzaine de personnes s'alignaient en se découpant sur un ciel de cendre. Je pressai le pas et m'arrêtai quand je pus entendre les paroles du prêtre.

Le cercueil, un coffre en pin brut, était posé à même la boue. Deux fossoyeurs le gardaient, appuyés sur leurs pelles. J'examinai l'assistance. Le vieil Isaac, le gardien du Cimetière des Livres Oubliés, n'était pas venu à l'enterrement de sa fille. Je reconnus la voisine de palier, la tête secouée par les sanglots tandis qu'un homme à l'aspect défait la consolait en lui caressant le dos. Son mari, supposai-je. Près d'eux, une femme d'une quarantaine d'années, habillée de gris, tenait un bouquet de fleurs. Elle pleurait en silence, détournant ses yeux de la fosse et serrant les lèvres. Je ne l'avais jamais vue. A l'écart du groupe, engoncé dans une gabardine noire et tenant son chapeau derrière son dos, je vis le policier qui m'avait sauvé la vie la veille, Palacios. Il leva les yeux et m'observa quelques secondes sans qu'un trait de son visage le trahisse. Les paroles aveugles du prêtre, dépourvues de sens, étaient tout ce qui nous séparait du terrible silence. Je contemplai le cercueil, souillé de terre argileuse. J'imaginai Nuria Monfort couchée à l'intérieur, et c'est seulement quand l'inconnue me tendit une fleur de son bouquet que je me rendis compte de mes larmes. Je restai là, immobile, jusqu'à ce que le groupe se disperse et que, sur un signe du prêtre, les croque-morts s'apprêtent à faire leur travail à la lumière des lampes. Je glissai la fleur dans la poche de mon manteau et m'éloignai, incapable de prononcer l'adieu pour lequel j'étais venu.

La nuit commençait à tomber quand je parvins à la porte du cimetière, et je sus que j'avais raté le dernier autobus. Je me disposai à entreprendre une longue marche à l'ombre de la nécropole et m'engageai sur la route qui longeait le port pour rejoindre Barcelone. Une voiture noire stationnait à une vingtaine de mètres devant moi, phares allumés. Le conducteur fumait une cigarette. Quand je fus tout près, Palacios ouvrit la portière et me fit signe de monter.

— Monte, je te rapprocherai de chez toi. A cette heure-ci, tu ne trouveras ni autobus ni taxi.

J'hésitai un instant.

— Je préfère marcher.

— Ne dis pas de bêtises. Monte.

Il parlait d'un ton tranchant, comme quelqu'un qui a l'habitude de commander et de se faire obéir sur-le-champ.

— S'il te plaît, ajouta-t-il.

Je montai, et le policier mit le moteur en marche.

— Enrique Palacios, dit-il en me tendant la main.

Je ne la serrai pas.

— Vous pouvez me déposer sur le Paseo de Colón.

La voiture démarra rapidement. Nous fîmes une bonne partie du trajet sans desserrer les lèvres.

— Je veux que tu saches que je suis sincèrement désolé de ce qui est arrivé à Mme Monfort.

Dans sa bouche, ces mots me parurent une obscénité, une insulte.

— Je vous remercie de m'avoir sauvé la vie l'autre

jour, mais je dois vous dire aussi que je me fous que vous soyez désolé ou pas, monsieur Palacios.

— Je ne suis pas ce que tu penses, Daniel. Je voudrais t'aider.

— Si vous espérez que je vous dise où est Fermín, vous pouvez me laisser ici même…

— Je me fiche complètement de l'endroit où est ton ami. Je ne suis pas en service.

Je ne dis rien.

— Tu ne me fais pas confiance, et je ne t'en veux pas. Mais au moins, écoute-moi. Toute cette affaire est allée trop loin. Cette femme n'aurait pas dû mourir. Je te demande de laisser tomber et d'oublier pour toujours cet homme, ce Carax.

— Vous en parlez comme si ça dépendait de ma volonté. Je ne suis qu'un spectateur. La pièce, c'est vous et vos chefs qui l'avez montée.

— Je suis fatigué des enterrements, Daniel. Je ne veux pas avoir à assister au tien.

— Tant mieux, parce que vous n'êtes pas invité.

— Je parle sérieusement.

— Moi aussi. Faites-moi le plaisir de vous arrêter et de me laisser ici.

— Nous serons au Paseo de Colón dans deux minutes.

— Ça m'est égal. Cette voiture pue la mort, comme vous. Laissez-moi descendre.

Palacios ralentit et s'arrêta sur le bas-côté. Je descendis et refermai violemment la portière, en évitant son regard. J'attendis qu'il s'éloigne, mais le policier ne se décidait pas à redémarrer. Je me retournai et vis qu'il baissait la vitre. Il me sembla lire sur son visage de la sincérité et même de la douleur, mais je refusai de leur accorder du crédit.

— Nuria Monfort est morte dans mes bras, Daniel, dit-il. Je crois que ses dernières paroles ont été un message pour toi.

— Qu'est-ce qu'elle a dit ? questionnai-je, en sentant ma voix se glacer. A-t-elle prononcé mon nom ?

— Elle délirait, mais je crois qu'elle parlait de toi. A un moment, elle a dit qu'il y a des prisons pires que les mots. Ensuite, avant de mourir, elle m'a demandé de te dire de la laisser partir.

Je le regardai sans comprendre.

— Laisser partir qui ?

— Une certaine Penélope. J'ai pensé que ce devait être ta fiancée.

Palacios détourna son regard et démarra dans le crépuscule. Je restai à contempler, déconcerté, les feux de la voiture se perdre dans la pénombre bleu et pourpre. Puis je pris le chemin du Paseo de Colón en me répétant les dernières paroles de Nuria Monfort sans en trouver le sens. Arrivé sur la place du Portal de la Paz, je m'arrêtai pour observer les quais proches de l'embarcadère des vedettes. Je m'assis sur les marches qui disparaissaient dans l'eau trouble, à l'endroit même où, une nuit qui remontait maintenant à des années, j'avais vu pour la première fois Laín Coubert, l'homme sans visage.

— Il y a des prisons pires que les mots, murmurai-je.

Alors seulement je compris : le message de Nuria Monfort ne m'était pas destiné. Ce n'était pas moi qui devais laisser partir Penélope. Ses dernières paroles ne s'adressaient pas à un étranger mais à l'homme qu'elle avait aimé en silence pendant quinze ans : Julián Carax.

31

Quand j'arrivai sur la place San Felipe Neri, il faisait déjà nuit noire. Un réverbère éclairait le banc sur lequel j'avais aperçu Nuria pour la première fois, désert et tatoué au canif de noms d'amoureux, d'insultes et de serments. Je levai les yeux vers les fenêtres de son logement, au troisième étage, et vis une lueur orangée et vacillante. Une bougie.

Je pénétrai dans la grotte obscure de l'entrée et montai l'escalier à tâtons. Un rai de lumière rougeâtre filtrait au bas de la porte entrouverte. Je posai la main sur la poignée et m'immobilisai pour écouter. Je crus entendre un murmure, une respiration entrecoupée qui provenaient de l'intérieur. Un instant, je crus qu'il me suffirait d'ouvrir pour la trouver en train de m'attendre, fumant près du balcon, jambes serrées et adossée au mur, à l'endroit même où je l'avais laissée. Avec précaution, craignant de la déranger, je poussai la porte et entrai. Les rideaux du balcon ondulaient dans la pièce. La silhouette était assise devant la fenêtre, le visage à contre-jour, une bougie allumée à la main. Une tache de clarté, brillante comme de la résine fraîche, glissa sur la peau pour tomber ensuite sur la poitrine. Isaac Monfort se retourna, la face ravagée de larmes.

— Je ne vous ai pas vu cette après-midi à l'enterrement, dis-je.

Il hocha la tête en silence et s'essuya les yeux du revers de son manteau.

— Nuria n'y était pas, murmura-t-il au bout d'un

moment. Les morts ne viennent jamais à leur enterrement.

Il jeta un regard autour de lui, comme s'il voulait me signifier que sa fille était dans la pièce, assise près de nous dans la pénombre, et qu'elle nous écoutait.

— Savez-vous que je n'étais jamais venu ici ? dit-il. C'était toujours Nuria qui me rendait visite. « C'est plus commode pour vous, père, disait-elle. Pourquoi monter les escaliers ? » Moi je lui disais : « Très bien, si tu ne m'invites pas, je ne viendrai pas. » Et elle répondait : « Pas besoin d'invitation, père, c'est bon pour les étrangers. Vous pouvez venir quand vous voulez. » Cela ne m'est pas arrivé une seule fois en plus de quinze ans. Je lui répétais qu'elle avait choisi un mauvais quartier. Pas de lumière. Un vieil immeuble. Elle se bornait à acquiescer. Comme quand je lui disais qu'elle avait choisi une mauvaise vie. Pas d'avenir. Un mari sans métier et sans argent. C'est étrange, cette manière que nous avons de juger les autres : c'est seulement quand ils viennent à nous manquer, quand on nous les prend, que nous découvrons à quel point notre mépris était misérable. On nous les prend parce qu'ils n'ont jamais été à nous…

La voix du vieil homme, dénuée de son ironie habituelle, était désespérée et semblait venir d'aussi loin quc son regard.

— Nuria vous aimait beaucoup, Isaac. N'en doutez pas un instant. Et je suis sûr qu'elle sentait bien que vous l'aimiez autant, improvisai-je.

Le vieil Isaac hocha de nouveau la tête. Il souriait, mais les larmes coulaient sans fin, silencieuses.

— Peut-être m'aimait-elle, à sa façon, comme je l'ai aimée à la mienne. Mais nous ne nous connaissions pas. Probablement parce que je ne l'ai jamais laissée me connaître, ou que je n'ai jamais su faire le premier pas. Nous avons passé notre vie comme deux étrangers qui se sont vus jadis tous les jours et continuent de se saluer poliment. Et je me dis que, peut-être, elle est morte sans me pardonner.

— Isaac, je vous assure…

— Daniel, vous êtes jeune et plein de bonne volonté, mais même si j'ai bu et si je ne sais plus ce que je dis, vous n'avez pas encore appris à mentir assez bien pour tromper un vieil homme au cœur ravagé de malheurs.

Je baissai les yeux.

— La police dit que l'homme qui l'a tuée est un ami à vous, aventura Isaac.

— La police ment.

Isaac acquiesça.

— Je sais.

— Je vous assure…

— Inutile, Daniel. Je suis convaincu que vous dites la vérité, m'interrompit Isaac, en tirant une enveloppe de la poche de son manteau.

— L'après-midi de sa mort, Nuria est venue me voir, comme elle le faisait autrefois. Je me souviens que nous avions l'habitude d'aller manger dans un café de la rue Guardia, où je la menais déjà quand elle était petite. Nous parlions toujours de livres, de livres anciens. Elle me racontait des choses de son travail, des choses insignifiantes, comme on en raconterait à un étranger dans un autobus… Un jour, elle m'a confié qu'elle avait l'impression de m'avoir déçu. Je lui ai demandé où elle avait pêché cette idée absurde. « Dans vos yeux, père, dans vos yeux. » Il ne m'est jamais venu à l'esprit que j'avais peut-être été pour elle une déception encore plus grande.

Nous croyons parfois que les gens sont des billets de loterie : qu'ils sont là pour transformer en réalité nos absurdes illusions.

— Isaac, avec tout le respect que je vous dois, vous avez bu comme un cosaque, et vous racontez n'importe quoi.

— Le vin fait du sage un idiot et de l'idiot un sage. J'en sais assez pour comprendre que ma propre fille n'a jamais eu confiance en moi. Elle avait plus confiance en vous, Daniel, et elle ne vous avait vu que deux fois.

— Je vous assure que vous vous trompez.

— Cette dernière après-midi, elle m'a apporté cette enveloppe. Elle était très inquiète, préoccupée par quelque chose qu'elle n'a pas voulu m'avouer. Elle m'a prié de garder cette enveloppe et de vous la remettre, s'il arrivait quelque chose.

— S'il arrivait quelque chose ?

— Ce sont les mots qu'elle a employés. Je l'ai vue si affolée que je lui ai proposé de nous rendre ensemble à la police : quel que soit le problème, nous trouverions bien une solution. Elle m'a répondu que la police était le dernier endroit où aller. Je l'ai suppliée de me révéler de quoi il s'agissait, mais elle m'a dit qu'elle devait partir et m'a fait promettre de vous donner cette enveloppe si elle ne revenait pas la chercher dans quelques jours. Elle m'a demandé de ne pas l'ouvrir.

Isaac me tendit l'enveloppe. Elle était ouverte.

— Je lui ai menti, comme toujours, dit-il.

J'inspectai l'enveloppe. Elle contenait une liasse de feuilles couvertes d'une écriture manuscrite.

— Vous les avez lues ?

Lentement, le vieil homme acquiesça.

— Que disent-elles ?

Le vieil homme leva son visage vers moi. Ses lèvres tremblaient. Il me parut avoir vieilli de cent ans depuis notre dernière rencontre.

— C'est l'histoire que vous cherchiez, Daniel. Celle d'une femme que je n'ai jamais connue, et pourtant elle portait mon nom et mon sang. Maintenant, l'histoire vous appartient.

Je glissai l'enveloppe dans la poche de mon manteau.

— Si vous le voulez bien, je vais vous prier de me laisser seul avec elle. Tout à l'heure, pendant que je lisais ces pages, j'ai eu l'impression de la retrouver. Malgré tous mes efforts, je n'arrive à me la rappeler que petite fille. Enfant, elle était très secrète, vous savez ? Elle observait tout d'un air pensif et ne riait jamais. Ce qu'elle aimait le plus, c'était qu'on lui raconte des histoires. Elle me demandait de lui en lire, mais je suis sûr qu'aucune petite fille n'a jamais appris à lire aussi tôt. Elle disait qu'elle voulait devenir écrivain et rédiger des encyclopédies et des traités d'histoire et de philosophie. Sa mère prétendait que tout ça était ma faute, que Nuria m'adorait et que, comme elle pensait que son père n'aimait que les livres, elle voulait en écrire pour que son père l'aime aussi.

— Isaac, je ne trouve pas que ce soit une bonne idée de rester seul ce soir. Pourquoi ne venez-vous pas avec moi ? Vous passerez la nuit à la maison, comme ça mon père vous tiendra compagnie.

Isaac refusa de nouveau.

— J'ai à faire, Daniel. Rentrez chez vous, et lisez ces pages. Elles vous appartiennent.

Le vieil homme détourna les yeux, et je me dirigeai vers la porte. J'étais sur le seuil quand j'entendis sa voix, à peine un chuchotement.

— Daniel ?

— Oui.

— Soyez très prudent.

Dans la rue, il me sembla que les ténèbres rampaient sur les pavés et me collaient aux talons. Je pressai l'allure et ne ralentis pas le rythme jusqu'à l'appartement. Je trouvai mon père rencogné dans son fauteuil, un livre ouvert sur les genoux. C'était un album de photos. En me voyant, il se redressa avec une expression de soulagement, comme s'il se sentait libéré de tout le poids du ciel.

— J'étais inquiet. Comment s'est passé l'enterrement ?

Je haussai les épaules, et mon père hocha la tête d'un air grave, sans insister.

— Je t'avais préparé à dîner. Si tu veux, je le réchauffe et…

— Merci, je n'ai pas faim. J'ai déjà mangé.

Il me regarda dans les yeux et hocha derechef la tête. Il se retourna et ramassa les assiettes disposées sur la table. Alors, sans bien savoir pourquoi, je m'approchai de lui et le serrai dans mes bras. Je sentis que mon père, surpris, m'étreignait à son tour.

— Daniel, tu te sens bien ?

Je ne l'en serrai que plus fort.

— Je t'aime, murmurai-je.

Les cloches de la cathédrale sonnaient quand je commençai la lecture du manuscrit de Nuria Monfort. Sa petite écriture, parfaitement formée, me rappela l'ordre qui régnait sur son bureau, comme si elle avait voulu chercher dans les mots la paix et la sécurité que la vie n'avait pas voulu lui accorder.

1933-1955

Nuria Monfort : mémoire de revenants

1

Il n'y a pas de seconde chance, sauf pour le remords. Julián Carax et moi nous sommes rencontrés à l'automne 1933. Je travaillais alors pour l'éditeur Toni Cabestany. M. Cabestany l'avait découvert en 1927, lors d'un de ses voyages de « prospection éditoriale » à Paris. Julián gagnait sa vie en jouant du piano l'après-midi dans une maison close et écrivait la nuit. La tenancière, une certaine Irène Marceau, était en relations avec la plupart des éditeurs parisiens, et grâce à ses interventions, ses faveurs ou ses menaces, Julián avait réussi à publier plusieurs romans dans différentes maisons avec des résultats commerciaux désastreux. Cabestany avait acquis les droits exclusifs pour l'édition de l'œuvre de Carax en Espagne et en Amérique du Sud en échange d'une somme dérisoire qui incluait la traduction en espagnol par l'auteur lui-même des textes originaux rédigés en français. Il espérait vendre trois mille exemplaires par livre, mais les premiers titres qu'il publia en Espagne furent un échec retentissant : il se vendit à peine une centaine d'exemplaires de chacun. Malgré les mauvais résultats, nous recevions tous les ans un nouveau manuscrit de Julián que Cabestany acceptait sans sourciller, expliquant qu'il avait pris un engagement avec l'auteur, que les bénéfices n'étaient pas tout et qu'il fallait encourager la bonne littérature.

Un jour, intriguée, je lui demandai pourquoi il continuait à publier des romans de Julián Carax et à perdre de l'argent. Pour toute réponse, Cabestany alla à sa bibliothèque, prit un livre de Julián et m'invita à le lire. Ce que je fis. Deux semaines plus tard, je les avais tous dévorés. Cette fois ma question fut : comment se pouvait-il que nous en vendions si peu ?

— Je ne sais pas, dit Cabestany. Mais nous continuerons.

Cela me parut un geste noble et admirable qui ne cadrait pas avec l'image d'Harpagon que je m'étais faite de M. Cabestany. Peut-être l'avais-je mal jugé. Le personnage de Julián Carax m'intriguait de plus en plus. Tout ce qui le concernait était nimbé de mystère. Une ou deux fois par mois, voire plus, quelqu'un appelait pour demander son adresse. Je me rendis vite compte qu'il s'agissait de la même personne sous des noms différents. Je me bornais à lui répéter ce qui figurait sur les couvertures des livres, à savoir que Julián Carax vivait à Paris. Avec le temps, l'homme cessa d'appeler. A toutes fins utiles, j'avais fait disparaître l'adresse de Carax des archives de la maison d'édition. Étant la seule à lui écrire, je la connaissais par cœur.

Des mois plus tard, je tombai par hasard sur les relevés comptables que l'imprimerie envoyait à M. Cabestany. En les parcourant, je m'aperçus que la totalité des éditions des livres de Julián Carax était financée par un individu étranger à l'entreprise et dont je n'avais jamais entendu parler : Miquel Moliner. Mieux : les coûts d'impression étaient fortement inférieurs à ceux facturés à M. Moliner. Les chiffres ne mentaient pas : la maison d'édition faisait de l'argent en imprimant des livres qui allaient directement s'entasser dans un entrepôt. Je n'eus pas le courage d'enquêter plus avant sur les indélicatesses financières de M. Cabestany. Je craignais de perdre ma place. Je notai seulement l'adresse à laquelle nous envoyions les factures établies au nom de Miquel Moliner, un hôtel particulier de la rue Puertaferrisa. Je conservai cette adresse pendant des mois avant de me décider à m'y rendre. Finalement, ma conscience n'en pouvant plus, je m'y présentai, dans l'intention de dire à M. Moliner que Cabestany le roulait. Il sourit et me dit qu'il le savait.

— Chacun fait ce pour quoi il est fait.

Je lui demandai si c'était lui qui avait si souvent appelé pour connaître l'adresse de Carax. Il me dit que non et, la mine préoccupée, ajouta que je ne devais donner cette adresse à personne. Jamais.

Miquel Moliner était un homme énigmatique. Il vivait seul dans un hôtel particulier lugubre, presque en ruine, qui faisait partie de l'héritage de son père, un industriel enrichi dans le commerce des armes et, disait-on, la fabrication des guerres. Loin de vivre dans le luxe, Miquel menait une existence monacale, consacrant cet argent qui, pour lui, était taché de sang, à restaurer musées, cathédrales, écoles, bibliothèques, hôpitaux, et à faire en sorte que les œuvres de son ami de jeunesse, Julián Carax, soient publiées dans sa ville natale.

— J'ai trop d'argent, et je n'ai pas d'autre ami que Julián, disait-il pour toute explication.

Il n'entretenait guère de relations avec ses frères ni avec le reste de sa famille, dont il parlait comme s'il s'agissait d'étrangers. Il ne s'était pas marié et sortait rarement de la demeure, dont il n'occupait que le dernier étage. Il avait là son bureau, où il travaillait fiévreusement, écrivant des articles et des chroniques pour divers journaux et revues de Madrid et de Barcelone, traduisant des livres techniques de l'allemand et du français, corrigeant des encyclopédies et des manuels scolaires... Miquel Moliner était dévoré par une culpabilité qu'il soignait par le travail, et même s'il respectait, voire enviait l'oisiveté des autres, il la fuyait comme la peste. Loin de se vanter de son éthique du travail, il plaisantait sur cette frénésie de production et la décrivait comme une forme mineure de la lâcheté.

— Pendant qu'on travaille, on ne regarde pas la vie dans les yeux.

Nous devînmes bons amis presque sans nous en rendre compte. Nous avions beaucoup de choses en commun, peut-être trop. Miquel me parlait de livres, de son cher docteur Freud, de musique, mais surtout de son vieux camarade Julián. Nous nous voyions presque toutes les semaines. Miquel me racontait des histoires du temps de Julián au collège San Gabriel. Il conservait une collection de vieilles photos, de récits écrits par son ami adolescent. Miquel entretenait un culte pour Julián et, à travers ses paroles et ses souvenirs, j'appris à découvrir celui-ci, à en recréer une image dans l'absence. Un an après notre première rencontre, Miquel m'avoua qu'il était amoureux de moi. Je ne voulus pas le blesser, ni non plus lui mentir. Mentir à Miquel était impossible. Je lui répondis que j'avais beaucoup d'estime pour lui, qu'il m'était devenu très proche, mais que je ne l'aimais pas d'amour. Miquel me dit qu'il le savait.

— Tu es amoureuse de Julián, mais tu l'ignores encore.

En août 1933, Julián m'écrivit pour m'annoncer qu'il avait pratiquement terminé le manuscrit d'un nouveau roman, intitulé *Le Voleur de cathédrales.* Cabestany avait plusieurs contrats à renouveler en septembre avec Gallimard. Depuis des semaines, il était paralysé par une attaque de goutte et, pour me récompenser de mon zèle, il décida que j'irais en France à sa place négocier les nouveaux contrats et, en même temps, rencontrer Julián Carax pour prendre le nouveau livre. J'écrivis à Julián en lui annonçant ma venue pour la mi-septembre et en lui demandant s'il pouvait me recommander un hôtel modeste et d'un prix acceptable. Julián répondit que je pouvais m'installer chez lui, un petit logement du quartier Saint-Germain, et économiser l'argent de l'hôtel pour d'autres dépenses. La veille de mon départ, j'allai voir Miquel et lui demandai s'il avait un message pour Julián. Il hésita longtemps, puis me dit que non.

La première fois que je vis Julián en chair et en os, ce fut à la gare d'Austerlitz. L'automne était tombé sur Paris en traître, et la gare était noyée dans le brouillard. J'attendais sur le quai pendant que les autres voyageurs se dirigeaient vers la sortie. Je me retrouvai vite seule, et avisai un homme engoncé dans un imperméable noir, posté au bout du quai, qui me dévisageait derrière la fumée de sa cigarette. Au cours du voyage, je m'étais souvent demandé comment je reconnaîtrais Julián. Les photos que j'avais vues dans la collection de Miquel Moliner dataient d'au moins treize ou quatorze ans. Je regardai partout. Le quai était désert, à l'exception de cette silhouette et de moi. Je remarquai que l'homme m'observait avec une certaine curiosité, attendant peut-être, comme moi, quelqu'un d'autre. Ce ne pouvait être Julián. D'après ce que je savais, il avait alors trente-deux ans, et cet homme semblait plus âgé. Ses cheveux étaient gris, son visage exprimait la tristesse ou la fatigue. Trop pâle et trop maigre. Ou était-ce seulement l'effet du brouillard et du voyage épuisant ? Je m'étais accoutumée à l'image d'un Julián adolescent. Je m'approchai de l'inconnu avec circonspection et le regardai dans les yeux.

— Julián ?

L'étranger sourit et fit signe que oui. Julián avait le plus beau sourire du monde.

Il habitait une mansarde dans le quartier Saint-Germain. Le logement se limitait à deux pièces : la plus grande, avec une cuisine minuscule, donnait sur un petit balcon d'où l'on voyait les tours de Notre-Dame émerger d'une jungle de toits et de brume. La chambre à coucher n'avait pas de fenêtre et ne comportait qu'un lit d'une personne. Les cabinets étaient au fond du couloir et il les partageait avec les autres locataires. L'ensemble n'atteignait pas la surface du bureau de M. Cabestany. Julián avait fait le ménage à fond et tout préparé pour m'accueillir avec simplicité et confort. Je fis semblant d'être ravie de son logement qui sentait encore la cire et le désinfectant, dispensés avec plus d'énergie que de savoir-faire. Les draps étaient neufs. Je vis qu'ils portaient des motifs imprimés, des dragons et des châteaux. Des draps d'enfant. Julián s'excusa en expliquant qu'il les avait achetés à un prix défiant toute concurrence, mais qu'ils étaient de première qualité. Ceux qui n'étaient pas décorés coûtaient le double et, argumenta-t-il, étaient plus ennuyeux.

Dans la pièce principale, une vieille table faisait face

à la vue sur les tours de Notre-Dame. Dessus étaient posées la vieille machine à écrire Underwood acquise avec l'avance consentie par Cabestany et deux piles, l'une de feuillets vierges, l'autre de feuillets écrits au recto et au verso. Julián partageait son logis avec un énorme chat blanc qu'il appelait Kurtz. Le félin m'observait avec méfiance en se léchant les griffes aux pieds de son maître. Je dénombrai deux chaises, un portemanteau et guère plus. Et des livres. Des livres tapissant les murs, du sol au plafond, sur deux rangées. Pendant que j'inspectais les lieux, Julián soupira.

— Il y a un hôtel à deux rues d'ici. Propre, bon marché et respectable. Je me suis permis d'y réserver une chambre…

J'hésitai, mais j'avais peur de le vexer.

— Je serai très bien ici, à condition, bien sûr, que ce ne soit pas trop gênant pour toi et pour Kurtz.

Kurtz et Julián échangèrent un regard. Julián fit signe que non, et le chat imita son geste. Je n'avais pas réalisé à quel point ils se ressemblaient. Julián insista pour me céder la chambre à coucher. Il prétendit qu'il ne dormait presque pas et qu'il s'installerait dans la pièce principale sur un lit de camp prêté par son voisin, M. Darcieu, un vieil illusionniste qui lisait dans la main des demoiselles en se faisant payer d'un baiser. Cette première nuit, je m'endormis comme une masse, épuisée par le voyage. Je me réveillai à l'aube et découvris que Julián était sorti. Kurtz dormait sur la machine à écrire de son maître. Il ronflait comme un gros chien. Je m'approchai de la table et vis le manuscrit du nouveau roman que j'étais venue chercher.

Le Voleur de cathédrales

Sur la première page, comme sur tous les romans de Julián, figurait la dédicace, écrite à la main :

Pour P

Je fus tentée de commencer à le lire. J'étais sur le point de prendre la deuxième page quand je m'aperçus que Kurtz me surveillait du coin de l'œil. Comme je l'avais vu faire à Julián, je fis non de la tête. Le chat fit la même chose, et je remis la feuille à sa place. Au bout d'un moment, Julián apparut avec du pain frais, un thermos de café et du fromage blanc. Nous prîmes le petit déjeuner sur le balcon. Julián parlait tout le temps, mais il fuyait mon regard. A la lumière de l'aube, je lui trouvai l'air d'un vieil enfant. Il s'était rasé et avait revêtu ce que je supposai être son seul costume décent, un complet de coton beige, usé mais élégant. Je l'écoutai me parler des mystères de Notre-Dame, d'une prétendue barque fantôme qui voguait la nuit sur la Seine pour recueillir les âmes des amants désespérés qui s'étaient suicidés en se jetant dans l'eau glacée, de mille et une histoires fantastiques qu'il inventait au fur et à mesure de manière à ne pas me laisser le temps de poser des questions. Je le contemplais en silence, acquiesçant, cherchant en lui l'auteur des livres que je connaissais presque par cœur à force de tant les relire, le garçon que Miquel Moliner m'avait si souvent décrit.

— Combien de temps vas-tu rester à Paris ? demanda-t-il.

J'estimais que mes tractations avec Gallimard me prendraient deux ou trois jours. J'avais mon premier rendez-vous dans l'après-midi. Je lui dis que je pensais consacrer deux jours à visiter la ville, avant de rentrer à Barcelone.

— Paris exige plus de deux jours, dit Julián. Il ne se livre pas comme ça.

— Je ne dispose pas de plus de temps, Julián. M. Cabestany est un patron généreux, mais tout a une limite.

— Cabestany est un pirate, mais même lui sait que Paris ne se visite pas en deux jours, ni en deux mois, ni en deux ans.

— Je ne peux pas rester deux ans à Paris, Julián.

Julián me regarda longuement et me sourit :

— Pourquoi pas ? Quelqu'un t'attend ?

Les discussions avec Gallimard et les visites de politesse à divers éditeurs avec qui Cabestany avait des contrats me prirent trois jours pleins, comme je l'avais prévu. Julián m'avait pourvu d'un guide et garde du corps, un garçon nommé Hervé qui avait tout juste treize ans et connaissait la ville comme sa poche. Hervé m'accompagnait de porte en porte, tenait à m'indiquer dans quels cafés manger un sandwich, quelles rues éviter, quels passages emprunter. Il m'attendait pendant des heures devant les bureaux des éditeurs sans perdre le sourire et sans accepter le moindre pourboire. Hervé baragouinait un espagnol comique, mêlé d'italien et de portugais.

— *Signore Carax ya me a pagato con tuoda generosidade por meus serviçios...*

D'après ce que je pus déduire, Hervé était l'orphelin d'une dame de l'établissement d'Irène Marceau et vivait dans la mansarde de celle-ci. Julián lui avait appris à lire, écrire et jouer du piano. Le dimanche, il l'emmenait au théâtre ou au concert. Hervé idolâtrait Julián et semblait prêt à faire n'importe quoi pour lui, y compris me guider jusqu'au bout du monde si nécessaire. Le troisième jour, il me demanda si j'étais la fiancée du *signore* Carax. Je lui dis que non, juste une amie de passage. Il sembla déçu.

Julián passait presque toutes les nuits éveillé, assis à sa table avec Kurtz sur les genoux, corrigeant des pages ou regardant simplement, au loin, les tours de Notre-Dame. Une nuit que je ne pouvais pas dormir non plus, à cause du bruit de la pluie qui criblait le toit, je le rejoignis dans la pièce principale. Nous nous regardâmes sans rien dire, et Julián m'offrit une cigarette. Puis, quand la pluie eut cessé, je lui demandai qui était P.

— Penélope, répondit-il.

Je le priai de me parler d'elle, de ces quatorze années d'exil à Paris. A mi-voix, dans la pénombre, Julián me raconta que Penélope était la seule femme qu'il ait jamais aimée.

Une nuit de l'hiver 1921, Irène Marceau avait trouvé Julián Carax errant dans les rues, incapable de se rappeler son nom et vomissant du sang. Il n'avait sur lui que quelques pièces de menue monnaie et des pages pliées, écrites à la main. Après les avoir lues, elle avait cru qu'elle était tombée sur un auteur célèbre, ivre mort, et qu'un éditeur généreux la récompenserait peut-être, quand il aurait repris conscience. Telle était du moins sa version, mais Julián savait qu'elle lui avait sauvé la vie par pitié. Il avait passé six mois dans une chambre du dernier étage du bordel d'Irène, en reprenant des forces. Les médecins avaient prévenu la matrone que si cet individu retombait malade, ils ne répondraient plus de lui. Il s'était détruit l'estomac et le foie, et il devrait vivre le reste de ses jours sans pouvoir se nourrir d'autre chose que de lait, de fromage blanc et de pain de mie. Quand Julián avait recouvré la parole, Irène lui avait demandé qui il était.

— Personne, avait répondu Julián.

— Eh bien, personne ne vit à mes crochets. Qu'est-ce que tu sais faire ?

Julián avait dit qu'il savait jouer du piano.

— Montre-moi ça.

Julián s'était mis au piano du salon et, devant une assistance intriguée de quinze très jeunes demoiselles en petite tenue, il avait interprété un nocturne de Chopin. Elles avaient toutes applaudi, sauf Irène qui avait affirmé qu'il s'agissait d'une musique de morts et qu'elles étaient au service des vivants. Julián lui avait joué un *ragtime* et des airs d'Offenbach.

— Voilà qui est mieux.

Son nouveau travail lui assurait un salaire, un toit et deux repas par jour.

Il avait survécu à Paris grâce à la charité d'Irène Marceau, seule personne qui l'encourageât à écrire. Elle aimait les romans sentimentaux et les biographies de saints et martyrs qui l'intriguaient énormément. D'après elle, le problème de Julián était qu'il avait le cœur empoisonné, raison pour laquelle il ne pouvait écrire que ces histoires d'épouvante et de ténèbres. Pourtant, elle lui avait trouvé un éditeur pour ses premiers romans et lui avait procuré cette mansarde où il se cachait du monde. Elle l'habillait et l'emmenait prendre l'air et le soleil, elle lui achetait des livres et lui demandait de l'accompagner à la messe tous les dimanches avant une promenade aux Tuileries. Irène

Marceau le maintenait en vie sans rien exiger d'autre que son amitié et la promesse de continuer à écrire. Avec le temps, elle lui avait permis de faire venir une de ses filles dans la mansarde, même si ce n'était que pour dormir l'un contre l'autre. Irène riait en disant qu'elles se sentaient presque aussi seules que lui et avaient surtout besoin d'un peu de tendresse.

— Mon voisin, M. Darcieu, me tient pour l'homme le plus heureux du monde.

Je lui demandai pourquoi il n'était jamais retourné à Barcelone retrouver Penélope. Il s'enferma dans un long silence et, quand je cherchai son visage dans l'obscurité, je le découvris baigné de larmes. Sans bien savoir ce que je faisais, je m'agenouillai près de lui et le serrai dans mes bras. Nous restâmes ainsi, enlacés sur cette chaise, jusqu'à ce que l'aube nous surprenne. Je ne sais lequel donna le premier baiser, ni si cela a de l'importance. Je sais que nos lèvres se joignirent et que je me laissai caresser sans me rendre compte que je pleurais aussi, ni sans savoir pourquoi. Ce matin-là, et tous ceux qui suivirent pendant les deux semaines que je passai avec Julián, nous nous aimâmes à même le sol, en silence. Puis, assis dans un café ou nous promenant dans les rues, je le regardais dans les yeux sans jamais avoir besoin de lui demander s'il continuait d'aimer Penélope. Je me souviens que, ces jours-là, j'appris à haïr cette fille de dix-sept ans (parce que, pour moi, Penélope a toujours eu dix-sept ans) que je n'avais jamais rencontrée et dont je commençais à rêver. J'inventai mille et une excuses pour télégraphier à Cabestany et prolonger mon séjour. Je ne m'inquiétais plus de perdre mon emploi et l'existence que j'avais laissée à Barcelone. Je me suis souvent demandé si c'était parce que ma vie était tellement vide qu'en arrivant à Paris j'étais tombée dans les bras de Julián, comme les filles d'Irène Marceau qui mendiaient un peu de tendresse faute de mieux. Je sais seulement que ces deux semaines ont été le seul moment de ma vie où je me suis sentie vraiment moi-même, où j'ai compris, avec cette absurde clarté des choses inexplicables, que je ne pourrais jamais aimer un autre homme comme j'aimais Julián, même si je passais le reste de mes jours à essayer.

Un jour, Julián s'endormit dans mes bras, épuisé. L'après-midi précédente, en passant devant la vitrine d'un prêteur sur gages, j'avais vu un stylo qui était exposé là depuis des années et dont le boutiquier assurait qu'il avait appartenu à Victor Hugo. Julián était trop démuni pour l'acheter, mais il le regardait tous les jours. Je m'habillai en silence et descendis à la boutique. Le stylo coûtait une fortune que je n'avais pas sur moi, mais le vendeur me dit qu'il accepterait un chèque en pesetas tiré sur n'importe quelle banque espagnole ayant une agence à Paris. Avant de mourir, ma mère m'avait fait promettre d'économiser au fil des ans pour que je puisse m'acheter une robe de mariée. Le stylo de Victor Hugo me priva de voile et de couronne de fleurs d'oranger, et j'avais beau savoir que c'était une folie, jamais je n'ai dépensé mon argent avec plus de plaisir. En sortant de la boutique avec l'étui contenant l'instrument fabuleux, je m'aperçus qu'une femme me suivait. Une dame très élégante, les cheveux platinés et les yeux les plus bleus que j'aie jamais vus. Elle s'approcha et se présenta. C'était Irène Marceau, la protectrice de Julián. Hervé, mon petit guide, lui avait parlé de moi. Elle voulait juste me connaître : étais-je la femme que Julián avait attendue pendant toutes ces années ? Je n'eus pas besoin de lui expliquer. Irène se borna à hocher la tête et à me donner un baiser sur la joue. Je la vis s'éloigner dans la rue, et je sus alors que Julián ne serait jamais à moi, que je l'avais perdu avant même de commencer. Je revins à la mansarde, l'étui caché dans mon sac. Réveillé, Julián m'attendait. Je me déshabillai sans rien dire et nous fîmes l'amour pour la dernière fois. Quand il me demanda pourquoi je pleurais, je répondis que c'étaient des larmes de bonheur. Plus tard, pendant que Julián descendait chercher quelque chose à manger, je fis mes bagages et laissai l'étui avec le stylo sur la machine à écrire. Je mis le manuscrit du roman dans ma valise et partis avant le retour de Julián. Sur le palier, je rencontrai M. Darcieu, le vieil illusionniste qui lisait dans la main des demoiselles en se faisant payer d'un baiser. Il me prit la main gauche et m'observa avec tristesse.

— *Vous avez du poison dans le cœur, mademoiselle.*

Quand je voulus m'acquitter selon son tarif habituel, il refusa avec douceur, et ce fut lui qui me baisa la main.

J'arrivai à la gare d'Austerlitz à midi, juste à temps pour prendre le train de Barcelone. Le contrôleur qui me vendit mon billet me demanda si je me sentais bien. Je fis signe que oui et m'enfermai dans le compartiment. Le train s'ébranlait déjà quand, regardant par la fenêtre, j'aperçus la silhouette de Julián sur le quai, au même endroit où je l'avais vu pour la première fois. Je fermai les yeux et ne les rouvris que lorsque le train eut laissé derrière lui la gare et cette ville magique où je ne pourrais jamais revenir. Ce jour-là était celui de mes vingt-quatre ans, et je sus que le meilleur de ma vie était resté derrière moi.

2

A mon retour de Paris, je laissai passer un certain temps avant de revoir Miquel Moliner. J'avais besoin de m'ôter Julián de la tête et sentais que je ne saurais que répondre si Miquel me posait des questions sur lui. Quand nous nous retrouvâmes, je n'eus pas besoin de lui dire quoi que ce soit. Miquel me regarda dans les yeux et se borna à esquisser un signe d'acceptation. Il me parut plus maigre qu'avant mon départ, son visage était d'une pâleur presque maladive, et j'attribuai cela à l'excès de travail. Il m'avoua qu'il traversait des difficultés économiques. Il avait dépensé la quasi-totalité de son héritage dans ses donations philanthropiques, et les avocats de ses frères tentaient de le déloger de l'hôtel particulier en arguant d'une clause du testament du vieux Moliner, selon laquelle Miquel ne pourrait jouir de cette demeure qu'à condition de la maintenir en bon état et de justifier de sa solvabilité. Dans le cas contraire, l'hôtel particulier de la rue Puertaferrisa reviendrait à ses frères.

— Même à l'article de la mort, mon père avait compris que je dépenserais son argent jusqu'au dernier centime pour tout ce qu'il avait détesté dans la vie.

Ses revenus de chroniqueur et traducteur étaient loin de lui permettre d'entretenir semblable résidence.

— La difficulté n'est pas de gagner de l'argent, se lamentait-il. La difficulté est de le gagner en faisant quelque chose qui en vaille la peine.

Je le soupçonnais de boire en cachette. Parfois, ses mains tremblaient. J'allais chez lui tous les dimanches et l'obligeais à sortir, à quitter sa table de travail et ses encyclopédies. Je savais que me voir le faisait souffrir. Il se comportait comme s'il ne se souvenait pas de sa proposition de mariage ni de mon refus, mais je surprenais son regard quand il m'observait, et j'y lisais le désir et le regret : un regard de vaincu. L'unique excuse que je trouvais à ma cruauté était purement égoïste : Miquel était le seul à connaître la vérité sur Julián et Penélope Aldaya.

Au cours de ces mois que je passai loin de Julián, Penélope Aldaya était devenue un fantôme qui dévorait mes rêves et mes pensées. Je me souvenais encore de l'expression de déception sur le visage d'Irène Marceau quand elle avait compris que je n'étais pas la femme que Julián attendait. Penélope Aldaya, par son absence déloyale, se révélait une ennemie trop puissante pour moi. Invisible, je l'imaginais parfaite, telle une lumière qui me reléguait dans l'ombre, moi, indigne, vulgaire, trop physiquement présente. Je n'avais jamais pensé que l'on puisse haïr à ce point, et malgré soi, quelqu'un que l'on ne connaissait même pas, quelqu'un que l'on n'avait jamais vu. Je croyais, je suppose, qu'il me suffirait de me trouver face à face avec elle, de constater qu'elle était bien faite de chair et d'os, pour que le maléfice se brise et que Julián soit de nouveau libre. Et moi avec lui. Je voulus croire que c'était une question de temps, de patience. Tôt ou tard, Miquel me dirait la vérité. Et la vérité me délivrerait.

Un jour que nous nous promenions dans le cloître de la cathédrale, Miquel reparla de ses sentiments pour moi. Je le regardai et vis un homme seul et sans espoir. Je n'ignorais pas ce que je faisais quand je l'emmenai chez moi et le laissai me séduire. Je savais que je lui mentais et qu'il le savait aussi, mais je n'avais rien d'autre au monde. C'est ainsi, par désespérance, que nous devînmes amants. Je voyais dans ses yeux ce que j'aurais voulu voir dans ceux de Julián. Je savais qu'en me donnant à lui je me vengeais de Julián, de Penélope et de tout ce qui m'était refusé. Miquel, malade de désir et de solitude, était conscient que notre amour était une comédie, et même ainsi, il ne pouvait me laisser partir. Il buvait de plus en plus et, souvent, ne parvenait à me posséder qu'à grand-peine. Il s'en sortait par des plaisanteries amères : après tout, prétendait-il, nous étions devenus un couple exemplaire dans un temps record. Nous nous faisions mutuellement du mal par dépit et par lâcheté. Une nuit, presque un an après mon retour de Paris, je lui demandai de me dire la vérité sur Penélope. Miquel avait bu, et il devint violent, comme jamais je ne l'avais vu auparavant. Écumant de rage, il m'insulta et m'accusa de ne l'avoir jamais aimé, d'être une vulgaire prostituée. Il m'arracha les vêtements, voulut me forcer, et je m'allongeai en m'offrant sans résistance et en pleurant silencieusement. Miquel se décomposa et me supplia de lui pardonner. Comme j'aurais voulu pouvoir l'aimer, lui et non Julián, et choisir de rester près de lui ! Mais je ne le pouvais pas. Nous nous étreignîmes dans l'obscurité, et je lui demandai pardon pour tout le mal que je lui faisais. Il me dit alors que, si c'était vraiment ce que je voulais, il allait me raconter la vérité sur Penélope Aldaya. Même là-dessus, je m'étais trompée.

Ce dimanche de 1919, quand Miquel Moliner était venu à la gare de France remettre à son ami Julián le billet pour Paris et lui faire ses adieux, il savait déjà que Penélope ne serait pas au rendez-vous. Il savait que l'avant-veille, lorsque M. Ricardo Aldaya était rentré de Madrid, sa femme lui avait avoué qu'elle avait surpris

Julián et leur fille dans la chambre de Jacinta, la gouvernante. Jorge Aldaya révéla à Miquel ce qui s'était passé ensuite, en lui faisant jurer de n'en jamais parler à personne. Apprenant la nouvelle, M. Ricardo avait été pris d'une explosion de colère et s'était précipité avec des hurlements de dément dans la chambre de Penélope, qui s'était enfermée à clef et pleurait de terreur. M. Ricardo avait défoncé la porte à coups de pied et trouvé sa fille à genoux, implorant son pardon. Il lui avait asséné une gifle qui l'avait précipitée à terre. Jorge n'était pas capable de répéter les paroles qu'avait proférées son père dans sa rage. Tous les membres de la famille et les domestiques attendaient en bas, apeurés, ne sachant que faire. Jorge s'était réfugié dans sa chambre, dans le noir, mais, même là, les cris de M. Ricardo le poursuivaient. Jacinta avait été renvoyée sur-le-champ. M. Ricardo n'avait pas seulement daigné la voir. Il avait ordonné aux domestiques de la chasser de la maison, en les menaçant du même sort si l'un d'eux reprenait le moindre contact avec elle.

Lorsque M. Ricardo était descendu dans la bibliothèque, il était déjà minuit. Il avait enfermé Penélope à clef dans ce qui avait été la chambre de Jacinta et interdit formellement de monter la voir. De son refuge, Jorge entendait ses parents discuter à l'étage du dessous. Le docteur était venu au lever du jour. Mme Aldaya l'avait conduit dans la chambre où l'on retenait Penélope prisonnière, et avait attendu derrière la porte pendant que le médecin l'examinait. En sortant, celui-ci s'était borné à hocher la tête affirmativement et à se faire régler sa note. Jorge avait entendu M. Ricardo lui dire que s'il répétait à quiconque ce qu'il avait constaté, il se faisait personnellement fort de ruiner sa réputation et sa carrière. Même Jorge pouvait comprendre ce que tout cela signifiait.

Jorge avoua qu'il était très inquiet pour Penélope et pour Julián. Jamais son père ne s'était mis dans une telle colère. Même en tenant compte de l'offense commise par les deux amants, Jorge ne comprenait pas la violence de cette rage. Il doit y avoir autre chose, disait-il, oui, autre chose. M. Ricardo avait donné des instructions pour que Julián soit expulsé du collège San Gabriel et s'était mis en relation avec le père du garçon, dans le but de l'expédier immédiatement à l'armée. Miquel, en entendant cela, décida qu'il ne pouvait pas dire la vérité à Julián. S'il lui révélait que M. Ricardo Aldaya gardait Penélope enfermée et qu'elle portait en son sein un enfant de lui, Julián ne prendrait jamais le train pour Paris. Miquel savait que rester à Barcelone signifiait la fin de son ami. C'est ainsi qu'il prit sur lui de mentir et de le laisser partir pour Paris sans rien savoir de ce qui s'était passé et convaincu que Penélope le rejoindrait tôt ou tard. En disant adieu à Julián ce jour-là sur le quai de la gare de France, Miquel voulait croire que rien n'était perdu.

Quelques jours plus tard, quand on sut que Julián avait disparu, les portes de l'enfer s'ouvrirent. M. Ricardo Aldaya écumait. Il mit la moitié de la police sur les traces du fugitif, sans succès. Il accusa alors le chapelier d'avoir saboté le plan qu'ils avaient conçu et le menaça de la ruine totale. Le chapelier, qui n'y comprenait rien, accusa à son tour sa femme, Sophie, d'avoir manigancé la fuite de ce fils dénaturé et lui promit de la jeter définitivement à la rue. Il ne vint à l'idée de personne que Miquel Moliner avait tout organisé. Personne, sauf Jorge Aldaya qui, au bout de deux semaines, tint à le revoir. Il ne montrait plus la terreur et l'angoisse qui l'avaient tenaillé auparavant. C'était un autre Jorge Aldaya, adulte et ayant perdu son innocence. Jorge avait fini par découvrir ce que cachait la rage de son père. Le motif de la visite était succinct : il savait qui avait aidé Julián à s'échapper. Il lui déclara qu'ils n'étaient plus amis, qu'il ne voulait plus jamais le voir, et le menaça de mort s'il dévoilait ce que lui, Jorge, lui avait confié deux semaines plus tôt.

Les jours passèrent, et Miquel reçut une lettre expédiée de Paris sous un faux nom : Julián lui donnait son adresse et lui faisait savoir qu'il allait bien, pensait beaucoup à lui et s'inquiétait pour sa mère et pour Penélope. La lettre en contenait une autre pour Penélope, que Miquel devait réexpédier de Barcelone, la première d'une série que Penélope ne lut jamais. Miquel, par prudence, laissa passer quelques mois. Il écrivait à Julián chaque semaine, en ne parlant que de ce qu'il croyait opportun, c'est-à-dire presque rien. Julián, de son côté, parlait de Paris, des difficultés insurmontables qu'il rencontrait, de sa solitude et de son désespoir. Miquel lui envoyait argent, livres et amitié. Dans chaque lettre, Julián en joignait une autre pour Penélope. Miquel les envoyait de différents bureaux de poste, tout en sachant que c'était inutile. Julián ne cessait de demander des nouvelles de la jeune fille. Miquel ne pouvait toujours rien répondre. Il savait par Jacinta que Penélope n'était pas sortie de la maison depuis que son père l'avait enfermée dans la chambre du troisième étage.

Une nuit, Jorge sortit soudain de l'ombre, à deux pas de chez Miquel. « Tu es venu pour me tuer ? » demanda celui-ci. Jorge lui annonça qu'il voulait lui faire une faveur, ainsi qu'à son ami Julián. Il lui remit une lettre en lui suggérant de la faire parvenir à Julián, où qu'il se terre. « Pour le bien de tous », dit-il d'un ton sentencieux. L'enveloppe contenait un billet, rédigé de la main de Penélope Aldaya :

Cher Julián,

Je t'écris pour t'annoncer mon prochain mariage et te prier de ne plus m'écrire, de m'oublier et de refaire ta vie. Je n'ai pas de ressentiment, mais je veux être sincère : je ne t'ai jamais aimé, et je ne pourrai jamais t'aimer. Je te souhaite d'être heureux, où que tu sois.

Penélope

Miquel lut et relut mille fois la lettre. L'écriture en était irréfutable, mais pas un instant il ne crut que Penélope l'avait conçue de sa propre volonté. « Où que tu sois… » Penélope savait parfaitement où était Julián : à Paris, en train de l'attendre. Si elle faisait semblant de ne pas connaître l'endroit où il se trouvait, réfléchit Miquel, c'était pour le protéger. Pour la même raison, Miquel ne parvenait pas à comprendre ce qui l'avait conduite à lui adresser ces lignes. Quelles menaces inconnues M. Ricardo Aldaya, qui la cloîtrait comme une prisonnière depuis des mois, pouvait-il faire peser sur elle ? Mieux que personne, Penélope savait que cette lettre équivalait à enfoncer un poignard empoisonné dans le cœur de Julián : un jeune homme de dix-neuf ans perdu dans une ville lointaine et hostile, abandonné de tous, survivant à grand-peine grâce au secret espoir de la revoir. De quoi voulait-elle le protéger en coupant les ponts de cette manière ? Après avoir longuement pesé le pour et le contre, Miquel décida de ne pas envoyer la lettre. Pas, en tout cas, avant d'en connaître la cause. Sans une bonne raison, elle ne serait entre ses mains que le coup fatal qui transpercerait l'âme de son ami.

Plus tard, il sut que M. Ricardo Aldaya, fatigué de voir Jacinta monter la garde aux portes de chez lui en mendiant des nouvelles de Penélope, avait eu recours à ses nombreuses connaissances haut placées pour faire interner la gouvernante de sa fille à l'asile de Horta. Quand Miquel Moliner voulut lui rendre visite, on lui en refusa l'accès. Jacinta Coronado devait passer ses trois premiers mois à l'isolement. Après cette période de silence et d'obscurité, lui expliqua l'un des docteurs, un individu très jeune et souriant, la docilité de la patiente était garantie. Miquel eut soudain l'inspiration de se renseigner dans la pension où Jacinta avait logé à la suite de son renvoi. Après qu'il se fut présenté, la patronne se souvint que Jacinta avait laissé un message à son intention et trois semaines impayées. Il régla la dette, quoique doutant de sa véracité, et prit le message où la gouvernante écrivait qu'une bonne de la maison, Laura, avait été renvoyée quand on avait su qu'elle avait expédié à Julián une lettre écrite par Penélope. Miquel pensa que la seule adresse à laquelle Penélope, du fond de sa captivité, pouvait envoyer la missive était celle des parents de Julián, boulevard San Antonio, avec l'espoir que ceux-ci la feraient suivre à Paris.

Il décida donc d'aller voir Sophie Carax afin de récupérer la lettre et de l'expédier lui-même à Paris. En arrivant au domicile de la famille Fortuny, Miquel eut une mauvaise surprise : Sophie Carax n'y habitait plus. Elle avait quitté son mari quelques jours plus tôt. Telle était du moins la rumeur circulant dans l'escalier. Il essaya alors de parler au chapelier, qui passait toutes ses journées enfermé dans son magasin, rongé par la rage et l'humiliation. Miquel lui expliqua qu'il était venu chercher une lettre qui avait dû arriver au nom de son fils Julián. La seule réponse de Fortuny fut :

— Je n'ai pas de fils.

Miquel Moliner repartit sans savoir que la lettre avait échoué dans les mains de la concierge de l'immeuble et que, des années plus tard, toi, Daniel, tu la trouverais et lirais les mots que Penélope avait adressés, cette fois du fond du cœur, à Julián et qu'il n'avait jamais reçus.

Au moment où il sortait de la chapellerie, une voisine d'escalier qui dit s'appeler Viçenteta l'aborda en lui demandant s'il cherchait Sophie. Il répondit par l'affirmative.

— Je suis un ami de Julián.

Viçenteta l'informa que Sophie habitait une pension située dans une ruelle derrière l'immeuble de la Poste, en attendant le départ du bateau qui devait la mener en Amérique. Miquel se rendit à cette adresse et gravit un escalier étroit et misérable, privé de la lumière du jour. Au quatrième étage de cette spirale crasseuse aux marches de guingois, il trouva Sophie Carax dans une chambre sombre et humide. La mère de Julián était assise face à la fenêtre sur un sommier où deux valises, qu'elle n'avait même pas défaites, gisaient comme des cercueils scellant ses vingt-deux années barcelonaises.

En lisant la lettre signée par Penélope que Jorge Aldaya avait remise à Julián, Sophie versa des larmes de rage.

— Elle sait, murmura-t-elle. Pauvre petite, elle sait…

— Elle sait quoi ? demanda Miquel.

— Tout est ma faute, dit Sophie. Tout est ma faute.

Miquel lui tenait les mains, sans comprendre. Sophie n'eut pas le courage d'affronter son regard.

— Julián et Penélope sont frère et sœur, murmura-t-elle.

3

Bien des années avant de devenir l'esclave d'Antoni Fortuny, Sophie Carax était une jeune fille qui devait subvenir à ses besoins par elle-même. Elle avait à peine dix-neuf ans quand elle était arrivée à Barcelone où l'attendait un emploi qu'elle ne put garder. Avant de mourir, son père lui avait procuré des références pour qu'elle puisse entrer au service des Benarens, une famille prospère de commerçants alsaciens établis à Barcelone.

— A ma mort, lui avait-il recommandé, va les voir, et ils t'accueilleront comme leur enfant.

L'accueil, en effet, avait été chaleureux. Trop chaleureux, hélas. Car M. Benarens avait décidé de la recevoir à bras et gonades ouverts. Mme Benarens, non sans s'apitoyer sur elle et sur sa mauvaise fortune, lui avait donné cent pesetas avant de la mettre à la rue.

— Tu as la vie devant toi, et moi je n'ai que ce mari misérable et lubrique.

Une école de musique de la rue Diputación s'arrangea pour lui procurer du travail comme professeur particulier de piano et de solfège. Il était alors de bon ton que les filles de bonne famille soient instruites dans les arts de société et possèdent quelques notions de la musique pratiquée dans les salons, où la polonaise était réputée moins dangereuse que les conversations ou les lectures osées. Sophie Carax commença donc à visiter régulièrement des hôtels particuliers où des femmes de chambre amidonnées et muettes la conduisaient aux salles de musique retrouver la progéniture hargneuse de l'aristocratie industrielle, qui se moquait de son accent, de sa timidité ou de sa condition de domestique tout juste bonne à servir de métronome. Avec le temps, elle apprit à se concentrer sur la mince part des élèves, pas plus de dix pour cent, qui s'élevaient au-dessus de leur condition de petits animaux parfumés, et à oublier les autres.

Sur ces entrefaites, elle fit la connaissance d'un jeune chapelier (puisque, tout fier de sa profession, c'est ainsi qu'il se présentait). Antoni Fortuny, pour qui elle ressentait une chaude sympathie et rien de plus, ne tarda pas à lui proposer le mariage, offre que Sophie déclinait une douzaine de fois par mois. Chaque fois qu'ils se quittaient, Sophie décidait de ne plus le revoir, car elle ne souhaitait pas le blesser. Le chapelier, imperméable à ses refus, revenait à l'assaut en l'invitant à un bal, à une promenade ou à un chocolat avec des meringues rue Canuda. Seule à Barcelone, Sophie résistait difficilement à son enthousiasme, à sa compagnie et à son adoration. Il lui suffisait de regarder Antoni Fortuny pour savoir qu'elle ne pourrait jamais l'aimer. En tout cas pas comme elle espérait aimer un jour quelqu'un. Mais elle avait du mal à refuser l'image d'elle-même qu'elle lisait dans ses yeux humides. Il n'y avait que là qu'elle lisait le reflet de la Sophie qu'elle aurait désiré être.

C'est ainsi que, plaisir ou faiblesse, Sophie continuait à jouer avec les sentiments du chapelier en croyant qu'il finirait par rencontrer une jeune fille mieux disposée et qu'il s'en irait vers un destin plus généreux. Entretemps, se sentir ainsi désirée et admirée suffisait à tromper sa solitude et sa nostalgie. Elle voyait Antoni Fortuny le dimanche, après la messe. La semaine était occupée par ses leçons de musique. Son élève préférée était une jeune fille douée d'un vrai talent, nommée Ana Valls, fille d'un riche fabricant de machines textiles qui avait fait fortune en partant de rien, au prix d'efforts et de sacrifices immenses consentis surtout par les autres. Ana proclamait son ambition de devenir une grande compositrice et interprétait pour Sophie de petits morceaux comportant inévitablement des motifs de Grieg et de Schumann, mais non dénués d'une certaine inventivité. M. Valls, convaincu que les femmes étaient incapables de composer autre chose que des chaussettes tricotées et des courtepointes crochetées, voyait néanmoins d'un bon œil que sa fille sache se débrouiller au piano, car, projetant de lui faire épouser un héritier titré, il savait que les gens raffinés aimaient qu'à la docilité et la fertilité de leur jeunesse en fleur, les demoiselles à marier ajoutent un ou deux talents pour les arts d'agrément.

C'est dans cette maison que Sophie rencontra l'un des principaux bienfaiteurs et parrains financiers de M. Valls : M. Ricardo Aldaya, héritier de l'empire Aldaya, déjà le grand espoir de la ploutocratie catalane de cette fin de siècle. Ricardo Aldaya avait épousé quelques mois auparavant une riche héritière à la beauté aveuglante et au nom imprononçable, deux attributs que les mauvaises langues donnaient pour véridiques, car on racontait que son mari ne lui voyait aucune beauté et ne se donnait jamais la peine de prononcer son nom.

Il s'agissait d'un mariage entre familles et banques, et non d'un enfantillage romantique, disait M. Valls qui avait pour maxime que l'on ne doit pas mélanger affaires de cœur et affaires tout court.

Il suffit à Sophie d'échanger un regard avec M. Ricardo pour comprendre qu'elle était perdue à jamais. Aldaya possédait des yeux de loup, affamés et perçants, qui allaient droit au but, et il savait exactement où et quand donner le coup de crocs mortel. Il lui baisa la main lentement, en en caressant les doigts de ses lèvres. Autant le chapelier était courtois et empressé, autant M. Ricardo respirait la cruauté et la force. Son sourire de carnassier signifiait clairement qu'il était capable de lire dans ses pensées et ses désirs, et qu'il se moquait d'eux. Sophie ressentit pour lui ce mépris vacillant qu'éveillent les choses que nous désirons le plus sans oser nous l'avouer. Elle se dit qu'elle ne le reverrait jamais, qu'au besoin elle arrêterait de donner des leçons à son élève préférée, si cela lui permettait de ne pas se retrouver face à face avec Ricardo Aldaya. Rien, depuis qu'elle était au monde, ne lui avait jamais fait aussi peur que de pressentir la bête fauve sous la peau de cet homme et de reconnaître en lui son prédateur vêtu de lin. Toutes ces pensées lui traversèrent l'esprit en quelques secondes, tandis qu'elle inventait une excuse maladroite pour s'éclipser, devant la perplexité de M. Valls, le ricanement d'Aldaya et le regard désolé de la petite Ana, qui comprenait mieux les grandes personnes que la musique et savait qu'elle perdait irrémédiablement son professeur.

Une semaine plus tard, devant la porte de l'école de musique de la rue Diputación, Sophie se heurta à M. Ricardo Aldaya qui l'attendait en fumant et en feuilletant un journal. Ils échangèrent un regard et, sans prononcer un mot, l'homme l'entraîna vers une maison à deux pas de là. C'était un immeuble neuf, encore sans locataires. Au premier étage M. Ricardo ouvrit une porte et fit entrer Sophie. L'appartement était un labyrinthe de couloirs et de galeries, aux murs nus et aux plafonds invisibles. Il ne contenait ni meubles, ni tableaux, ni lampes, ni aucun objet qui puisse laisser penser que cet espace était habité. M. Ricardo ferma la porte et tous deux se dévisagèrent.

— Toute la semaine, je n'ai cessé de penser à toi. Ose m'affirmer que tu n'as pas fait la même chose, je te laisserai partir et tu ne me reverras jamais, dit Ricardo.

Sophie ne répondit rien.

L'histoire de leurs rencontres furtives dura quatre-vingt-seize jours. Ils se voyaient l'après-midi, toujours dans cet appartement vide, au coin de la rue Diputación et de la Rambla de Cataluña. Les mardis et les jeudis, à trois heures. Leurs rendez-vous ne duraient jamais plus d'une heure. Parfois Sophie restait seule après le départ d'Aldaya, tremblante et en larmes, réfugiée dans une chambre quelconque. Puis, quand venait le dimanche, elle cherchait désespérément dans les yeux de Fortuny des vestiges de la femme qu'elle sentait disparaître, pour y lire la dévotion du chapelier et son propre mensonge. Il ne voyait pas les marques sur sa peau, les griffures et les brûlures qui parsemaient son corps. Il ne voyait pas le désespoir dans son sourire, dans sa docilité. Il ne voyait rien. C'est peut-être pour cela qu'elle accepta de l'épouser. Elle pressentait déjà qu'elle portait l'enfant d'Aldaya, mais elle avait peur de le dire au père, presque aussi peur que de le perdre. Une fois de plus, ce fut lui qui lut sur son corps ce que Sophie était incapable de lui avouer. Il lui donna cinq cents pesetas, une adresse rue Platería et l'ordre de se débarrasser de l'enfant. Sophie refusa, et M. Ricardo la gifla jusqu'à faire jaillir le sang de ses oreilles, en la menaçant de la faire tuer si elle osait parler de leurs rencontres ou prétendre que le bébé était de lui. Lorsqu'elle dit au chapelier que des voyous l'avaient agressée sur la Plaza del Pino, il la crut. Lorsqu'elle lui dit qu'elle voulait devenir sa femme, il la crut. Le jour de leurs noces, quelqu'un envoya par erreur à l'église une imposante couronne mortuaire. Tout le monde rit nerveusement de cette confusion du fleuriste. Tout le monde sauf Sophie, qui savait que M. Ricardo Aldaya s'était souvenu d'elle le jour de son mariage.

4

Sophie Carax n'avait jamais pensé que, des années après, elle reverrait M. Ricardo (devenu un homme mûr à la tête de l'empire familial, père de deux enfants), ni qu'il voudrait faire la connaissance du fils qu'il avait voulu effacer pour cinq cents pesetas.

— C'est peut-être parce que je vieillis, dit-il en guise d'explication, mais je veux savoir qui est ce garçon, lui donner dans la vie les chances que mérite un enfant de mon sang. Je n'avais jamais pensé à lui, mais à présent, étrangement, j'y pense tout le temps.

Ricardo Aldaya avait décidé qu'il ne se reconnaissait pas dans son fils Jorge. Le garçon était fragile, réservé, il n'avait ni la prestance ni l'esprit de son père. Il ne tenait rien de lui, hormis le nom. Un jour, M. Ricardo s'était réveillé dans le lit d'une domestique en sentant que son corps vieillissait, que Dieu lui avait retiré sa grâce. Pris de panique, il avait couru se regarder dans un miroir, tout nu, et il avait eu l'impression que celui-ci lui mentait : cet homme ne pouvait être lui.

Il avait voulu alors retrouver l'homme qu'il n'était plus, qui lui avait été volé. Depuis des années, il connaissait l'existence du fils du chapelier. Il n'avait pas non plus oublié Sophie, à sa manière. M. Ricardo Aldaya n'oubliait jamais rien. Le moment venu, il décida de voir le garçon. Pour la première fois depuis quinze ans, il tombait sur quelqu'un qui n'avait pas peur de lui, osait le défier et même se moquer de lui. Il reconnut en lui l'allant, l'ambition silencieuse que le vulgaire ne distingue pas, mais qui vous consume de l'intérieur. Dieu lui avait rendu sa jeunesse. Sophie, pâle reflet de la femme dont il se souvenait, n'avait pas la force de s'interposer. Le chapelier n'était qu'un bouffon, un rustre méchant et rancunier dont il était sûr d'acheter la complicité. Il décida d'arracher Julián à ce monde irrespirable de médiocrité et de pauvreté pour lui ouvrir les portes de son paradis financier. Il ferait ses études au collège San Gabriel, jouirait de tous les privilèges de sa classe et suivrait le chemin que son père lui avait choisi. M. Ricardo voulait un successeur digne de lui. Jorge, élevé dans du coton, vivrait toujours à l'ombre de ses privilèges, allant d'échec en échec. Penélope, l'adorable Penélope, était une femme, donc un trésor, mais un trésor ne fait pas un trésorier. Julián, avec son âme de poète, et donc d'assassin, réunissait les qualités nécessaires. Ce n'était qu'une question de temps. M. Ricardo estimait qu'en dix ans il aurait sculpté ce garçon à son image.

Jamais, durant toute la période où Julián fréquenta les Aldaya comme un membre de la famille (et, mieux, un membre choisi par lui), l'idée ne l'effleura que ce garçon ne voulait rien recevoir de lui, excepté Penélope. Pas un instant il ne soupçonna que Julián le méprisait en secret et qu'il acceptait cette comédie dans le seul but de rester près de Penélope. De la posséder totalement et pleinement. En cela, oui, ils se ressemblaient.

Lorsque sa femme lui annonça qu'elle avait découvert Julián et Penélope nus, dans des circonstances qui ne prêtaient pas à confusion, l'univers entier s'embrasa. L'horreur et la trahison, la colère indicible de se savoir outragé dans ce qu'il avait de plus sacré, roulé à son propre jeu, humilié et frappé par celui qu'il avait appris à adorer comme lui-même, l'envahirent avec une telle fureur que personne ne put comprendre la violence de son emportement. Quand le médecin venu examiner Penélope confirma que la jeune fille avait été déflorée et qu'elle se trouvait probablement enceinte, l'âme de M. Ricardo Aldaya plongea tout entière dans le liquide épais et visqueux de la haine aveugle. Il sentait que la main de Julián, la main qui avait planté le poignard au plus profond de son cœur, était sa propre main. Il ne le savait pas encore, mais le jour où il donna l'ordre d'enfermer Penélope à clef dans la chambre du troisième étage fut aussi celui où il commença de mourir. Tout ce qu'il accomplit dès lors ne fut que les manifestations de son autodestruction.

En collaboration avec le chapelier tant méprisé, il s'arrangea pour que Julián disparaisse de la scène. Une fois celui-ci à l'armée, il donnerait des instructions pour que sa mort soit déguisée en accident. Il interdit à tous, médecins, domestiques ou membres de la famille excepté sa femme, de voir Penélope au cours des mois où la jeune fille demeura emprisonnée dans cette chambre qui sentait la maladie et la mort. Pendant ce temps, ses associés commençaient de le lâcher et manœuvraient dans son dos pour le priver de son pouvoir en y employant la fortune qu'ils ne devaient qu'à lui. Déjà l'empire Aldaya se défaisait en silence, dans des réunions et des conciliabules de couloir, à Madrid et dans les banques de Genève. Julián, comme il s'en était douté, s'était échappé. Au fond de son cœur, sans se l'avouer, il se sentait fier du jeune homme, même s'il le souhaitait mort. Il avait fait ce que lui-même aurait fait à sa place. Quelqu'un paierait pour lui.

Le 26 septembre 1919, Penélope Aldaya mit au monde un enfant mort-né. Si un médecin avait pu l'examiner avant, il aurait immédiatement dit que le bébé était en danger et qu'une césarienne était indispensable. Si un médecin avait été présent lors de l'accouchement, il aurait probablement pu maîtriser l'hémorragie dans laquelle s'enfuyait la vie de Penélope, qui hurlait en griffant la porte fermée tandis que, de l'autre côté, son père pleurait en silence sous le regard de sa mère tremblante. Si un médecin avait assisté à la scène, il aurait accusé M. Ricardo Aldaya d'assassinat, car aucun autre mot ne pouvait décrire la vision de cette cellule ensanglantée et obscure. Mais il n'y avait personne, et quand ils finirent par ouvrir la porte pour découvrir Penélope morte, gisant dans son sang et étreignant un bébé cramoisi et luisant, ils furent incapables de desserrer les lèvres. Les deux corps furent enterrés dans la crypte de la cave, sans cérémonie ni témoins. Draps et vêtements allèrent aux chaudières, et la chambre fut scellée par un mur en pierre.

Lorsque Jorge Aldaya, accablé de culpabilité et de honte, révéla ce qui s'était passé à Miquel Moliner, celui-ci décida d'envoyer à Julián la lettre signée de Penélope où elle déclarait qu'elle ne l'aimait pas, lui demandait de l'oublier et annonçait un mariage imaginaire. Plutôt que de lui livrer la vérité, il préférait que Julián croie à ce mensonge et refasse sa vie à l'ombre d'une trahison. Deux ans plus tard, quand Mme Aldaya mourut, beaucoup accusèrent les maléfices qui hantaient la villa, mais son fils Jorge sut qu'elle avait été tuée par le feu qui la dévorait de l'intérieur, que les cris de Penélope et ses coups désespérés contre la porte n'avaient cessé de résonner en elle. La famille était en plein déclin, et la fortune des Aldaya s'écroulait comme châteaux de sable sous la marée des convoitises effrénées, de la revanche et de la marche inéluctable de l'histoire. Des secrétaires et des comptables mirent au point le départ en Argentine, début d'un nouveau commerce plus modeste. Il importait avant tout de mettre de la distance. De fuir les spectres qui hantaient les couloirs de la villa Aldaya depuis toujours.

Les Aldaya partirent un matin de 1922 dans le plus obscur des anonymats, voyageant sous un faux nom sur le bateau qui devait les mener à travers l'Atlantique au port de La Plata. Jorge et son père partageaient la même cabine. Le vieil Aldaya, portant sur lui l'odeur de la mort et de la maladie, tenait à peine debout. Les médecins à qui il n'avait pas permis de visiter Penélope le craignaient trop pour lui dire la vérité, mais il savait que la mort avait embarqué sur le même bateau, et que ce corps que Dieu avait commencé à lui voler le jour où il avait décidé de connaître son fils Julián se consumait. Au cours de la traversée, installé sur le pont, grelottant sous les couvertures et affrontant le vide infini de l'océan, il sut qu'il ne reverrait pas la terre. Parfois, assis à l'arrière, il observait la bande de requins qui suivait le navire depuis l'escale de Tenerife. Il avait entendu un officier de bord dire que cette escorte sinistre était habituelle dans les navigations transocéaniques. Les squales se nourrissaient des charognes que le bateau laissait dans son sillage. Mais, pour Ricardo Aldaya, c'était lui que ces démons suivaient. « Vous m'attendez », pensait-il, et il voyait en eux le véritable visage de Dieu. C'est alors qu'il fit jurer à son fils Jorge, qu'il avait tant méprisé et auquel il lui fallait maintenant recourir, d'accomplir sa dernière volonté.

— Tu trouveras Julián Carax, et tu le tueras. Jure-le-moi.

En se réveillant un matin, deux jours avant l'arrivée à Buenos Aires, Jorge vit que la couchette de son père était vide. Il sortit pour le chercher sur le pont désert, couvert de brouillard et d'embruns. Il trouva son peignoir abandonné sur la plage arrière, encore tiède. Le sillage du navire se perdait dans une forêt de brumes écarlates, et l'océan saignait, luisant et calme. Il put constater alors que la bande de requins ne les suivait plus, et que, au loin, un cercle de nageoires dorsales semblait danser. Jusqu'à la fin de la traversée, aucun voyageur ne revit les squales, et quand Jorge Aldaya débarqua à Buenos Aires et que l'officiel des douanes lui demanda s'il voyageait seul, il se borna à répondre oui. Il voyageait seul depuis longtemps.

5

Dix ans après son arrivée à Buenos Aires, Jorge Aldaya, ou la loque humaine qu'il était devenu, revint à Barcelone. Les malheurs qui avaient commencé à disloquer la famille Aldaya sur le vieux continent n'avaient fait que se multiplier en Argentine. Là, Jorge avait dû affronter seul le monde et l'héritage moribond de Ricardo Aldaya, un combat pour lequel il n'avait jamais eu les armes ni l'aplomb de son père. Il avait débarqué à Buenos Aires le cœur vide et l'âme déchirée de remords. L'Amérique, devait-il dire plus tard en manière d'excuse ou d'épitaphe, est un mirage, une terre de prédateurs et de charognards, alors qu'il avait été élevé pour les privilèges et les façons absurdes de la vieille Europe, cadavre qui tenait debout par la force d'inertie. En quelques années, il avait tout perdu, en commençant par sa réputation et en finissant par sa montre en or, cadeau de son père pour sa première communion. Grâce à elle, il put acheter le billet de retour. L'homme qui rentra en Espagne était une épave, un sac d'amertume et d'échecs, qui ne possédait rien d'autre désormais que la mémoire de tout ce qu'on lui avait arraché et la haine pour celui qu'il considérait comme le coupable de sa ruine : Julián Carax.

La promesse qu'il avait faite à son père le taraudait toujours. Dès qu'il se retrouva à Barcelone, il chercha les traces de Julián, pour découvrir que, comme lui, celui-ci semblait avoir disparu d'une Barcelone qui n'était plus celle qu'il avait quittée dix ans auparavant. C'est alors que, par un de ces hasards surpre-

nants et calculés du destin, il rencontra un personnage de sa lointaine jeunesse. Après une carrière exemplaire dans les maisons de redressement et les prisons de l'État, Francisco Javier Fumero était entré dans l'armée et avait atteint le grade de lieutenant. Beaucoup lui prédisaient un avenir de général, quand une affaire louche qui ne fut jamais éclaircie avait motivé son expulsion. Mais déjà sa réputation dépassait son rang et ses attributions. On racontait beaucoup de choses sur lui, mais on le craignait plus encore. Francisco Javier Fumero, ce garçon timide et perturbé qui avait l'habitude de ramasser les feuilles mortes dans la cour du collège San Gabriel, était devenu un tueur. On chuchotait qu'il liquidait des notables pour de l'argent, qu'il expédiait ad patres *des figures politiques pour le compte de diverses forces occultes, et qu'il était la mort personnifiée.*

Aldaya et lui se reconnurent tout de suite dans les brumes du café Novedades. Aldaya était malade, miné par une fièvre mystérieuse dont il rendait responsables les insectes des forêts américaines. « Là-bas, même les moustiques sont des fils de pute », se lamentait-il. Fumero l'écoutait avec un mélange de fascination et de répugnance. Il ressentait de la vénération pour les moustiques et les insectes en général. Il admirait leur discipline, leur résistance et leur organisation. Ils ne connaissaient ni la fainéantise, ni l'insolence, ni la sodomie, ni la dégénérescence de la race. Ses spécimens préférés étaient les arachnides qui, grâce à leur science extraordinaire, savaient tisser un piège et attendre avec une patience infinie que leurs proies viennent tôt ou tard y succomber, par stupidité ou nonchalance. A son avis, la société civile avait beaucoup à apprendre des insectes. Aldaya était un cas clair de ruine morale et physique. Il avait énormément vieilli et semblait se laisser aller. Fumero détestait les gens sans tonus musculaire. Ils lui donnaient la nausée.

— Javier, je vais très mal, implora Aldaya. Peux-tu m'aider pendant quelques jours ?

Intrigué, Fumero décida d'emmener Aldaya chez lui. Il vivait dans un appartement sombre du Raval, rue Cadena, en compagnie de nombreux insectes qu'il hébergeait dans des flacons de pharmacie, ainsi que d'une demi-douzaine de livres, mais pas n'importe lesquels : les romans que Carax avait publiés aux éditions Cabestany. Fumero paya les femmes de l'appartement d'en face – un duo, mère et fille, qui le laissaient les pincer et les brûler avec une cigarette quand la clientèle se faisait rare, surtout les fins de mois – pour qu'elles s'occupent d'Aldaya pendant ses heures de travail. Il n'avait aucun intérêt à le voir mourir. Du moins pas encore.

Francisco Javier Fumero était entré dans la Brigade Criminelle, où il y avait toujours un emploi pour un personnel qualifié, capable d'affronter les affaires les plus difficiles et les plus ingrates, où la discrétion était de rigueur pour que les gens respectables puissent continuer de vivre avec leurs illusions. C'est à peu près dans ces termes que s'était exprimé le lieutenant Durán, un homme affectionnant la prosopopée méditative, sous le commandement duquel Fumero avait fait ses débuts.

— Être policier n'est pas un travail, mais un sacerdoce, proclamait Durán. Ce qu'il faut à l'Espagne, c'est plus de couilles et moins de bavardages.

Hélas, le lieutenant Durán ne devait pas tarder à

perdre la vie dans un accident spectaculaire, au cours d'une descente de police à la Barceloneta.

Dans la confusion de la bagarre avec les anarchistes, Durán était tombé du cinquième étage et s'était écrasé en répandant une rosace de viscères. Tout le monde s'accorda pour dire que l'Espagne avait perdu un grand homme, une personnalité exceptionnelle par sa vision de l'avenir, un penseur qui ne craignait pas l'action. Fier de lui succéder à son poste, Fumero savait qu'il avait bien fait de le pousser, car Durán se faisait vieux pour ce travail. Les vieux – comme les infirmes, les gitans et les pédés –, avec ou sans tonus musculaire, donnaient à Fumero des envies de vomir. Dieu, parfois, commettait des bévues. Il était du devoir de tout homme intègre de corriger ces petites erreurs et de garder le monde présentable.

En mars 1932, quelques semaines après leur rencontre au café Novedades, Jorge Aldaya commença de se sentir mieux et ouvrit son cœur à Fumero. Il lui demanda pardon pour tout le mal qu'il lui avait fait dans leur adolescence et, les larmes aux yeux, lui raconta toute son histoire, sans rien omettre. Fumero, très attentif, l'écouta en silence. En fait, il se demandait s'il devait tuer Aldaya sur-le-champ ou attendre. Il jugea qu'Aldaya était si faible que la lame du couteau plantée dans sa chair malodorante et ramollie par l'oisiveté lui procurerait une trop douce agonie. Il décida d'ajourner la vivisection. L'histoire l'intriguait, surtout la partie concernant Julián Carax.

Il savait, par les renseignements qu'il avait pu obtenir aux éditions Cabestany, que Carax vivait à Paris, mais Paris est une grande ville et personne, aux éditions, ne semblait connaître l'adresse exacte. Personne, sauf une femme du nom de Monfort, qui refusait de la divulguer. Discrètement, Fumero l'avait suivie deux ou trois fois à la sortie de son bureau. Il avait réussi à voyager dans le tramway à moins d'un mètre d'elle. Les femmes ne le remarquaient jamais, ou alors elles détournaient aussitôt leur regard en feignant de ne pas l'avoir vu. Un soir, après l'avoir filée jusqu'au porche de sa maison, sur la Plaza del Pino, Fumero était revenu chez lui et s'était masturbé furieusement en imaginant qu'il plongeait la lame de son couteau dans le corps de cette femme, deux ou trois centimètres à chaque coup, avec lenteur et méthode, tout en la regardant dans les yeux. Peut-être alors daignerait-elle donner l'adresse de Carax et le traiter avec le respect dû à un officier de la force publique.

Julián Carax était la seule personne que Fumero s'était proposé de tuer sans pouvoir y parvenir. Peut-être parce qu'elle avait été la première, et que, pour cela comme pour le reste, il faut du temps pour apprendre. En entendant de nouveau ce nom, il esquissa ce sourire qui faisait si peur à ses deux voisines : le regard fixe, en se passant lentement la langue sur la lèvre supérieure. Il se souvenait de Carax embrassant Penélope dans la villa de l'avenue du Tibidabo. Sa Penélope. Son amour à lui avait été pur, vraiment pur, pensait Fumero : pareil à ceux que l'on voit dans les films. Fumero aimait beaucoup le cinéma, il y allait au moins deux fois par semaine. C'est dans une salle de cinéma qu'il avait compris que Penélope avait été l'amour de sa vie. Les autres, en particulier sa mère, n'avaient été que des putains. En écoutant les dernières péripéties du récit d'Aldaya, il décida que, tout compte fait, il ne le tuerait pas. En fait, il se réjouissait que le destin les ait réunis.

Il eut une vision, semblable aux films qu'il goûtait tant : Aldaya allait lui servir les autres sur un plateau. Tôt ou tard, ils finiraient tous attrapés dans sa toile.

6

Au cours de l'hiver 1934, les frères Moliner parvinrent à déshériter Miquel et à l'expulser de l'hôtel de la rue Puertaferrisa, aujourd'hui vide et en ruine. Ils voulaient juste le voir à la rue, dépouillé du peu qui lui restait, de ses livres, de cette liberté et de cet isolement qu'ils considéraient comme une offense et qui leur mettaient la rage au cœur. Il refusa de m'en parler et de faire appel à mon aide. C'est seulement quand je vins le chercher à ce qui avait été son domicile que je sus qu'il était devenu un quasi-clochard. J'y trouvai les hommes de main de ses frères en train de se livrer à l'inventaire des lieux et de faire main basse sur ses quelques biens personnels. Depuis plusieurs nuits, Miquel dormait dans une pension de la rue Canuda, un bouge lugubre et humide qui avait la couleur et l'odeur d'un charnier. En découvrant la chambre dans laquelle il s'était confiné, une sorte de cercueil sans fenêtres avec un châlit de prison, je pris Miquel et l'emmenai chez moi. Il n'arrêtait pas de tousser et semblait à bout. Il me dit souffrir d'un rhume mal soigné, un bobo de vieille fille qui finirait par le quitter à force d'ennui. Quinze jours plus tard, son état avait empiré.

Comme il s'habillait toujours en noir, je mis du temps à comprendre que les taches sur ses manches étaient du sang. J'appelai un médecin qui, dès qu'il l'eut ausculté, me demanda pourquoi je ne l'avais pas fait venir plus tôt. Miquel avait la tuberculose. Ruiné et malade, il ne vivait plus que de souvenirs et de remords. C'était l'homme le plus généreux et le plus fragile que j'aie jamais connu, mon unique ami. Nous nous sommes mariés un matin de février, à la mairie. Notre voyage de noces se limita à prendre le funiculaire du Tibidabo pour contempler Barcelone du haut des terrasses du parc, ville miniature dans le brouillard. Nous ne fîmes part de notre union à personne, ni à Cabestany, ni à mon père, ni à sa famille qui le donnait pour mort. Je finis par écrire une lettre à Julián pour le lui annoncer, mais je ne l'envoyai pas. Notre mariage resta secret. Plusieurs mois après la cérémonie, un individu sonna à la porte. Il dit s'appeler Jorge Aldaya. C'était un homme détruit, le visage ruisselant de sueur – et pourtant il gelait à pierre fendre. En retrouvant Miquel au bout de plus de dix ans, Aldaya eut un sourire amer et dit : « Nous sommes tous maudits. Toi, Julián, Fumero et moi. » Il prétendit être venu se réconcilier avec son vieil ami Miquel, en espérant que celui-ci lui ferait assez confiance pour lui donner le moyen d'entrer en relation avec Julián Carax, car il avait un message très important pour lui de la part de son défunt père, M. Ricardo Aldaya. Miquel déclara ignorer où se trouvait Carax.

— Cela fait des années que nous nous sommes perdus de vue. La dernière fois que j'ai entendu parler de lui, il vivait en Italie.

Aldaya s'attendait à cette réponse.

— Tu me déçois, Miquel. J'espérais que le temps et les malheurs t'avaient rendu plus sage.

— Il est des déceptions qui honorent celui qui les inspire.

Aldaya, minuscule, rachitique et prêt à se liquéfier en fiel, rit.

— Fumero vous envoie ses plus sincères félicitations pour votre mariage, dit-il en regagnant la porte.

Ces mots me glacèrent le cœur. Miquel ne dit rien, mais, cette nuit-là, tandis que nous nous tenions enlacés en faisant semblant de chercher un sommeil impossible, je sus qu'Aldaya avait raison. Nous étions maudits.

Plusieurs mois passèrent sans nouvelles de Julián ou d'Aldaya. Miquel continuait d'assurer quelques collaborations avec des journaux de Barcelone et de Madrid. Il travaillait sans arrêt devant sa machine à écrire, rédigeant des choses qu'il qualifiait de niaiseries tout juste bonnes à être lues dans le tramway. J'avais toujours mon emploi aux éditions Cabestany, peut-être parce que c'était la seule manière de me sentir plus près de Julián. Celui-ci m'avait envoyé une brève missive pour m'annoncer qu'il travaillait à un nouveau roman intitulé *L'Ombre du Vent* et qu'il espérait le terminer dans quelques mois. La lettre ne faisait aucune allusion à ce que nous avions vécu. Le ton était plus froid et plus distant que jamais. Mes tentatives de le détester furent vaines. Je commençais à croire que Julián n'était pas un homme, mais une maladie.

Miquel ne se faisait pas d'illusions sur mes sentiments. Il me donnait son affection et sa ferveur sans rien demander d'autre en échange que ma compagnie et, peut-être, ma discrétion. Jamais je n'entendais de lui un reproche ou un regret. Avec le temps, je finis par éprouver à son égard une infinie tendresse, bien au-delà de l'amitié qui nous avait unis et de la pitié qui nous avait ensuite accablés. Miquel avait ouvert un livret de caisse d'épargne à mon nom, sur lequel il déposait presque tout ce qu'il gagnait. Il ne disait jamais non à une collaboration, une critique ou un écho. Quand je lui demandais pourquoi il travaillait tant, il se bornait à sourire, ou me répondait qu'il s'ennuierait trop à ne rien faire. Il n'y eut jamais de mensonge entre nous, même dans nos silences. Miquel savait qu'il allait bientôt mourir, que la maladie lui comptait les mois avec avarice.

— Tu dois me promettre que s'il m'arrive quelque chose, tu prendras cet argent et te remarieras, que tu auras des enfants et que tu nous oublieras tous, moi le premier.

— Et avec qui veux-tu que je me marie, Miquel ? Ne dis pas de bêtises.

Parfois, il me regardait avec un doux sourire, comme si la simple contemplation de ma présence était son plus grand trésor. Tous les soirs, il venait me chercher à la sortie de la maison d'édition, son unique moment de délassement de la journée. Je le voyais cheminer, courbé, toussant, et feignant une force qui n'était plus qu'une ombre. Il m'emmenait manger ou faire du lèche-vitrines dans la rue Fernando, puis nous rentrions à la maison où il continuait de travailler jusqu'à minuit passé. Je bénissais en silence chaque minute que nous vivions ensemble, chaque nuit qu'il passait contre moi, et je devais cacher mes larmes de colère quand je pensais que j'avais été incapable d'aimer cet homme comme il m'aimait, incapable de lui donner tout ce que j'avais vainement déposé aux pieds de Julián. Bien des nuits je me suis juré d'oublier Julián, de consacrer le reste de ma vie à rendre heureux ce pauvre homme et à lui restituer au moins quelques miettes de ce qu'il m'avait donné. J'avais été l'amante de Julián pendant deux semaines, mais je serais la femme de Miquel toute ma vie. Si, un jour, ces pages parviennent entre tes mains et si tu me juges, comme je l'ai fait en les écrivant et en me regardant dans ce miroir de malédictions et de remords, souviens-toi de moi ainsi, Daniel.

Le manuscrit du dernier roman de Julián arriva à la fin de 1935. Je ne sais si ce fut par dépit ou par peur, je le remis à l'imprimeur sans même le lire. Les derniers fonds de Miquel en avaient financé l'édition d'avance, des mois auparavant. Cabestany, qui se débattait déjà avec ses problèmes de santé, connaissait d'autres préoccupations. Cette même semaine, le docteur qui soignait Miquel vint me voir à la maison d'édition, très inquiet. Il m'expliqua que Miquel devait ralentir son rythme de travail et se reposer, sinon le peu qui pouvait être fait pour lutter contre la phtisie serait réduit à néant.

—Il devrait être à la montagne, pas à Barcelone où il respire un air chargé de charbon et d'eau de Javel. Il n'a pas neuf vies comme un chat, et je ne suis pas une nounou. Persuadez-le d'être raisonnable. Moi, il ne m'écoute pas.

A midi, je décidai de revenir chez nous pour parler à Miquel. J'allais ouvrir la porte de l'appartement quand j'entendis des voix à l'intérieur. Miquel discutait avec quelqu'un. Je crus d'abord qu'il s'agissait d'un envoyé du journal, mais il me sembla percevoir le nom de Julián dans la conversation. J'entendis des pas se rapprocher de la porte et courus me cacher à l'étage supérieur. De là, je pus apercevoir le visiteur.

C'était un homme vêtu de noir, d'allure ordinaire, avec une bouche mince comme une coupure à vif. Il avait des yeux noirs et inexpressifs, des yeux de poisson. Avant de disparaître dans l'escalier, il s'arrêta et leva la tête vers la pénombre. Je me collai contre le mur en retenant ma respiration. Le visiteur resta immobile quelques instants, comme s'il pouvait sentir ma présence, en se passant la langue sur les lèvres avec un sourire de carnassier. J'attendis que le bruit de ses pas s'éteigne complètement avant de quitter ma cachette et d'entrer dans l'appartement. Une odeur de camphre flottait dans l'air. Miquel était assis près de la fenêtre, les bras ballants. Ses lèvres tremblaient. Je lui demandai qui était l'homme et ce qu'il voulait.

— C'était Fumero. Il apportait des nouvelles de Julián.

— Que sait-il de Julián ?

Miquel me regarda, plus abattu que jamais.

— Julián se marie.

Cette annonce me laissa sans voix. Je m'assis sur une chaise, et Miquel me prit les mains. Il parlait avec difficulté et sur un ton fatigué. Avant que j'aie réussi à ouvrir la bouche, Miquel me résuma ce que lui avait raconté le policier et ce qu'on pouvait en déduire. Fumero avait utilisé ses relations dans la police parisienne pour localiser le domicile de Julián Carax et le tenir sous surveillance. Miquel supposait que cela remontait à plusieurs mois, voire plusieurs années. Ce qui l'inquiétait n'était pas que Fumero ait trouvé Carax, c'était inévitable, mais qu'il ait décidé de le révéler maintenant, en même temps que l'étrange nouvelle d'un mariage incompréhensible. Les noces, d'après lui, devaient être célébrées au début de l'été 1936. De la fiancée, on ne connaissait que le nom, ce qui, en l'occurrence, était plus que suffisant : Irène Marceau, la propriétaire de l'établissement où Julián avait travaillé comme pianiste.

— Je ne comprends pas, dis-je tout bas. Julián se marie avec sa mécène ?

— Précisément. Ce n'est pas un mariage, c'est un contrat.

Irène Marceau avait vingt-cinq ou trente ans de plus que Julián. Miquel pensait qu'elle avait décidé de contracter ce lien pour transmettre son patrimoine à Julián et assurer son avenir.

— Mais elle l'aide déjà. Elle l'a toujours aidé.

— Peut-être sait-elle qu'elle ne sera pas toujours là, suggéra Miquel.

Ces mots avaient, pour notre propre situation, un écho trop proche. Je m'agenouillai près de lui et l'enlaçai. Je me mordis les lèvres pour qu'il ne me voie pas pleurer.

— Julián n'aime pas cette femme, Nuria, affirma-t-il, croyant que c'était la cause de mon chagrin.

— Julián n'aime personne excepté lui-même et ses maudits livres, murmurai-je.

Je levai les yeux et rencontrai le sourire de Miquel, un sourire de vieil enfant sage.

— Et dans quelle intention Fumero révèle-t-il tout ça ?

Nous ne tardâmes pas à le savoir. Quelques jours plus tard, un Jorge Aldaya réduit à l'état de spectre famélique se présenta chez nous, ivre de colère et écumant de rage. Fumero lui avait dit que Julián allait épouser une femme riche et que la cérémonie se déroulerait dans des fastes de roman-feuilleton. Depuis des jours, Aldaya était hanté par des visions où l'auteur de ses malheurs, couvert de paillettes, chevauchait une fortune que lui-même avait vue disparaître. Fumero ne lui avait pas précisé qu'Irène Marceau, si elle jouissait d'une certaine aisance économique, était une tenancière de bordel et non une princesse de féerie viennoise. Il n'avait pas expliqué que la fiancée avait trente ans de plus que Carax et qu'il s'agissait moins d'un mariage que d'un geste de charité envers un homme fini et sans moyens de subsistance. Il ne lui avait donné ni la date ni le lieu. Il s'était limité à semer les germes d'une fantasmagorie qui dévorait de l'intérieur le peu que les fièvres avaient laissé dans son corps desséché et putréfié.

— Fumero t'a menti, Jorge, lui dit Miquel.

— Et c'est toi, le roi des menteurs, qui oses accuser les autres ! délirait Aldaya.

Il ne fut pas nécessaire qu'Aldaya révèle ses pensées qui, dans un corps si délabré, se lisaient presque mot à mot, sous la peau translucide de son visage cadavérique. Miquel vit clair dans le jeu de Fumero. Vingt ans plus tôt, au collège San Gabriel, il lui avait appris à jouer aux échecs. Fumero appliquait la stratégie de la mante religieuse et possédait la patience des immortels. Miquel envoya une lettre à Julián pour l'avertir.

Quand Fumero jugea le moment venu, il endoctrina Aldaya, distilla dans son cœur tout le venin qu'il avait à sa disposition et lui annonça que Julián allait se marier dans trois jours. En sa qualité d'officier de police, argumenta-t-il, il ne pouvait pas se compromettre dans une affaire de cet ordre. Mais Aldaya, en sa qualité de civil, pouvait se rendre à Paris et faire en sorte que ce mariage n'ait jamais lieu. Comment ? questionna un Aldaya fiévreux, consumé par la haine. En le provoquant en duel, et cela le jour de la cérémonie. Fumero lui procura même l'arme avec laquelle Jorge fut convaincu qu'il allait trouer le cœur plein de fiel qui avait causé la ruine de la dynastie des Aldaya. Le rapport de la police parisienne devait préciser par la suite que l'arme trouvée à ses pieds était défectueuse et ne pouvait faire que ce qu'elle avait fait : lui exploser au visage. Fumero le savait lorsqu'il la lui avait remise dans une boîte, sur le quai de la gare de France. Il savait que la fièvre, la stupidité et la rage aveugle l'empêcheraient de tuer Julián Carax dans un duel d'honneur démodé, au petit matin dans le cimetière du Père-Lachaise. Et il savait aussi que si, par impossible, il parvenait à livrer ce duel, ce serait lui que l'arme tuerait. Ce n'était pas Carax qui devait mourir dans cette rencontre, mais Aldaya. Son existence absurde, son corps et son âme en sursis auxquels la patience de Fumero avait permis de végéter, auraient ainsi servi à quelque chose.

Fumero savait, enfin, que Julián n'accepterait jamais de tirer sur son ancien camarade, moribond et pitoyable. C'est pourquoi il indiqua clairement à Aldaya la marche à suivre. Il devrait avouer que la lettre écrite jadis par Penélope pour lui annoncer son mariage et lui demander de l'oublier était une imposture. Il devrait lui révéler que c'était lui, Jorge Aldaya, qui avait obligé sa sœur à rédiger ce tissu de mensonges tandis qu'elle pleurait désespérément en clamant son amour éternel pour Julián. Il devrait lui affirmer qu'elle l'avait attendu, l'âme brisée et le cœur saignant, triste à mourir de cet abandon. Cela suffirait. Cela suffirait pour que Carax appuie sur la détente et lui brûle la cervelle. Pour qu'il oublie tout projet de mariage et ne puisse plus avoir d'autre pensée que celle de retourner à Barcelone à la recherche de Penélope et d'une vie détruite. Et à Barcelone, lui, Fumero, l'attendrait dans la grande toile d'araignée qu'il avait tissée.

7

Julián Carax passa la frontière française peu de jours avant qu'éclate la guerre civile. La première et unique édition de *L'Ombre du Vent* venait de sortir des presses pour aller rejoindre l'anonymat et l'invisibilité des livres précédents. A ce moment-là, Miquel ne pouvait pratiquement plus travailler. Il s'asseyait deux ou trois heures par jour devant sa machine à écrire, mais la faiblesse et la fièvre l'empêchaient d'aligner des mots sur le papier. Il avait perdu plusieurs collaborations du fait de ses retards dans la remise des articles. D'autres journaux avaient peur de le publier, après avoir reçu des menaces anonymes. Il ne lui restait qu'une chronique quotidienne dans le *Diario de Barcelona* qu'il signait « Adrián Maltés ». Le spectre de la guerre rôdait déjà. Le pays puait la peur. Sans occupation et trop faible même pour se plaindre, Miquel descendait sur la place ou marchait jusqu'à l'avenue de la Cathédrale, en emportant toujours un livre de Julián comme une amulette. La dernière fois que le médecin l'avait pesé, il n'atteignait pas les soixante kilos. Nous apprîmes la nouvelle du soulèvement au Maroc par la radio et, quelques heures plus tard, un collègue du journal vint nous annoncer que Cansinos, le rédacteur en chef, venait d'être assassiné d'une balle dans la nuque devant le café Canaletas deux heures plus tôt. Personne n'osait enlever le corps, qui restait là, sur le trottoir éclaboussé de sang.

Les brèves mais intenses journées de la terreur initiale ne se firent pas attendre. Les troupes du général Goded enfilèrent la Diagonale et le Paseo de Gracia en direction du centre de la ville, où le feu commença. C'était un dimanche, et beaucoup de Barcelonais étaient sortis prendre l'air en croyant encore qu'ils pourraient aller passer la journée dans une guinguette sur la route de Las Planas. La période la plus noire de la guerre à Barcelone ne devait pourtant venir que deux ans plus tard. Car peu après le début de l'affrontement, les troupes du général Goded – miracle ou mauvaise coordination entre les commandements – se rendirent. Le gouvernement de Lluís Companys semblait avoir repris le contrôle, mais ce qui s'était réellement passé constituait un bouleversement d'une tout autre ampleur : on allait le constater au cours des semaines suivantes.

Barcelone était désormais au pouvoir des syndicats anarchistes. Après des jours de troubles et de combats de rue, le bruit courut enfin qu'après leur reddition les quatre généraux rebelles avaient été exécutés au fort de Montjuïc. Un ami de Miquel, un journaliste britannique témoin de la scène, dit que le peloton d'exécution était composé de sept hommes, mais qu'au dernier moment des douzaines de miliciens s'étaient joints à la fête. Les corps avaient reçu tant de balles qu'ils s'étaient éparpillés en morceaux impossibles à reconnaître, et l'on avait dû les mettre dans les cercueils à l'état presque liquide. Certains voulurent croire que le conflit était terminé, que les troupes fascistes ne reviendraient jamais à Barcelone et que la rébellion avait échoué. Ce n'en étaient que les prémices.

Nous apprîmes que Julián se trouvait à Barcelone le jour de la reddition de Goded par une lettre d'Irène Marceau, dans laquelle elle nous disait qu'il avait tué Jorge Aldaya dans un duel au cimetière du Père-Lachaise.

Avant même qu'Aldaya n'expire, un appel anonyme avait alerté la police. Julián, recherché pour meurtre, avait dû s'enfuir sur-le-champ de Paris. Nous n'eûmes aucun doute quant à l'identité de celui qui avait téléphoné. Nous attendions anxieusement que Julián se manifeste pour l'avertir du danger qui le guettait et le protéger d'un piège pire que celui que lui avait tendu Fumero : la découverte de la vérité. Trois jours plus tard, Julián ne donnait toujours pas signe de vie. Miquel ne voulait pas me faire partager son inquiétude, mais je savais parfaitement ce qu'il pensait. Julián était rentré pour Penélope, pas pour nous.

— Que va-t-il se passer quand il saura la vérité ? demandai-je.

— Nous ferons en sorte que ça n'arrive pas, répondait Miquel.

Il était évident que la première chose qu'il constaterait, c'était que la famille Aldaya avait disparu. Il n'y avait pas beaucoup d'endroits où commencer ses recherches. Nous en fîmes la liste et entreprîmes notre périple. La villa de l'avenue du Tibidabo n'était plus qu'une propriété déserte, retranchée derrière des chaînes et des rideaux de lierre. Un fleuriste ambulant qui vendait des bottes de roses et d'œillets en face nous dit qu'un individu avait bien rôdé récemment près de la maison, mais qu'il s'agissait d'un homme d'âge mûr, presque un vieillard, et légèrement boiteux.

— Drôlement mal luné, je vous assure. J'ai voulu lui vendre un œillet pour sa boutonnière, et il m'a envoyé chier en disant qu'il y avait une guerre et que c'était vraiment pas le moment de penser aux fleurs.

Il n'avait vu personne d'autre. Miquel lui acheta quelques roses fanées et lui donna à tout hasard le numéro de téléphone de la rédaction du *Diario de Barcelona*, pour qu'il lui laisse un message au cas où un homme correspondant au signalement de Carax se manifesterait. Notre étape suivante fut le collège San Gabriel où Miquel retrouva son vieux camarade de classe, Fernando Ramos.

Fernando officiait maintenant comme professeur de latin et de grec, et il portait soutane. En voyant Miquel dans un état de santé aussi désastreux, il fut bouleversé. Il n'avait pas reçu la visite de Julián, mais il nous promit de nous alerter s'il passait et de tenter de le retenir. Fumero était venu avant nous, nous confessa-t-il, apeuré. Il se faisait désormais appeler l'inspecteur Fumero, et il l'avait averti qu'en temps de guerre mieux valait se tenir à carreau.

— Beaucoup de gens allaient bientôt mourir, et l'uniforme, qu'il soit de soldat ou de curé, ne protégeait pas des balles…

Fernando Ramos nous avoua que nul ne savait exactement à quel corps ou groupe appartenait Fumero, et que lui-même ne s'était pas senti la force de lui poser la question. Je suis incapable de te décrire, Daniel, ce que furent ces premiers jours de guerre à Barcelone. L'air semblait saturé de peur et de haine. Les regards étaient méfiants, et l'on respirait dans les rues un silence qui vous prenait aux tripes. Chaque jour, chaque heure, de nouvelles rumeurs, de nouveaux murmures couraient. Je me souviens d'une nuit où, rentrant à la maison, Miquel et moi descendions les Ramblas. Elles étaient désertes, sans âme qui vive. Miquel contemplait les façades, les volets à travers lesquels des visages invisibles épiaient la rue, et il disait percevoir le bruit des couteaux qu'on aiguisait derrière les murs.

Le lendemain, nous allâmes à la chapellerie Fortuny, sans grand espoir d'y rencontrer Julián. Un habitant de l'immeuble nous informa que le chapelier, terrifié par les événements des derniers jours, s'était enfermé dans son magasin. Nous eûmes beau frapper, il refusa d'ouvrir. L'après-midi même, une fusillade avait éclaté à une rue de là, et les flaques de sang étaient encore visibles sur le boulevard San Antonio où un cadavre de cheval gisait sur la chaussée, à la merci des chiens errants qui lui ouvraient le ventre à coups de crocs pendant que, tout près, quelques gamins les regardaient faire en leur lançant des pierres. Tout ce que nous pûmes obtenir fut de voir le visage épouvanté du chapelier à travers la grille de la porte. Nous lui dîmes que nous cherchions son fils Julián. Il nous répondit que son fils était mort et qu'il allait appeler la police si nous ne partions pas. Nous le quittâmes découragés.

Des jours durant, nous parcourûmes cafés et commerces, en demandant si on avait vu Julián. Nous enquêtâmes dans des hôtels et des pensions, des gares, des banques où il aurait pu changer de l'argent… Personne ne se souvenait d'un homme correspondant à notre description. Nous craignîmes qu'il ne soit tombé entre les griffes de Fumero, et Miquel s'arrangea pour qu'un collègue du journal ayant des relations à la préfecture vérifie si Julián n'était pas en prison. Il n'en trouva aucun indice. Deux semaines s'étaient écoulées, et la terre semblait l'avoir englouti.

Miquel ne dormait presque pas, attendant toujours des nouvelles de son ami. Un soir, il revint de sa promenade quotidienne avec une bouteille de porto, ni plus ni moins. Ils lui en avaient fait cadeau au journal, après que le sous-directeur lui eut annoncé qu'ils ne pourraient plus publier sa chronique.

— Ils ne veulent pas avoir d'histoires, et je les comprends.

— Que vas-tu faire ?

— Me soûler, et tout de suite.

Miquel but à peine un demi-verre, mais je vidai la bouteille sans m'en apercevoir, avec l'estomac vide. Il était presque minuit quand je fus prise d'une torpeur irrésistible et m'effondrai sur le canapé. Je rêvai que Miquel m'embrassait sur le front et me recouvrait d'un châle. Quand je me réveillai, j'avais un mal à la tête horrible, signe d'une féroce gueule de bois. Je voulus reprocher à Miquel de m'avoir fait boire, mais j'étais seule dans l'appartement. J'aperçus un mot sur la machine à écrire : il me demandait de ne pas m'alarmer et de l'attendre. Il était parti à la recherche de Julián et allait le ramener à la maison. Il terminait en me disant qu'il m'aimait. Le papier m'échappa des mains. Je me rendis compte alors qu'avant de partir il avait enlevé toutes ses affaires de sa table de travail, comme s'il pensait qu'il n'en aurait plus besoin, et je sus que je ne le reverrais jamais.

8

Cette après-midi-là, le fleuriste ambulant avait téléphoné à la rédaction du *Diario de Barcelona* et laissé un message pour Miquel : il avait vu l'homme que nous lui avions décrit rôder comme un fantôme autour de la villa. Il était plus de minuit quand Miquel arriva au numéro 32 de l'avenue du Tibidabo, une vallée lugubre et déserte striée de rayons de lune qui filtraient entre les arbres. Miquel n'avait pas vu Julián depuis des années, mais il le reconnut tout de suite à la légèreté de son pas, presque félin. Sa silhouette glissait dans l'ombre du jardin, non loin du bassin. Julián, après avoir sauté par-dessus le mur, guettait la maison, tel un animal inquiet. Miquel aurait pu l'appeler de là où il était, mais il préféra ne pas alerter d'éventuels témoins. Il avait l'impression que des regards furtifs espionnaient l'avenue depuis les fenêtres obscures des maisons voisines. Il contourna l'enceinte de la propriété jusqu'à la partie qui donnait sur les anciens courts de tennis et les remises. Il trouva les fissures et les pierres descellées dont Julián s'était servi pour son escalade. Il se hissa à grand-peine. Le souffle lui manquait, des élancements lui lacéraient le cœur, des éclairs aveuglants passaient devant ses yeux comme des coups de fouet. Il s'allongea sur le faîte du mur, les mains tremblantes, et appela Julián tout bas. La silhouette s'immobilisa près de la fontaine, se confondant avec les statues. Miquel put voir des yeux briller, braqués sur lui. Il se demanda si Julián allait le reconnaître, au bout de dix-sept ans et malgré la maladie qui lui avait pris jusqu'à son souffle. La silhouette s'approcha lentement. Elle tenait un objet dans la main droite, luisant et long. Un éclat de verre.

— Julián… chuchota Miquel.

La forme s'arrêta net. Miquel entendit le verre tomber sur le gravier. Le visage de Julián émergea de l'obscurité. Une barbe de quinze jours couvrait ses traits émaciés.

— Miquel ?

Incapable de sauter de l'autre côté, et pas davantage

de rebrousser chemin, Miquel tendit le bras. Julián grimpa sur le mur et, saisissant d'une main le poing de son ami avec force, posa l'autre sur son visage. Un long moment, ils se regardèrent en silence, chacun cherchant sur l'autre les blessures que la vie lui avait infligées.

— Il faut filer d'ici, Julián. Fumero te cherche. L'histoire avec Aldaya était un piège.

— Je sais, murmura Carax d'une voix neutre.

— La villa est fermée. Cela fait des années que personne n'y habite, ajouta Miquel. Vite, aide-moi à descendre et allons-nous-en.

Carax reprit son ascension. Quand il put tenir les deux mains de son ami dans les siennes, il sentit à quel point le corps de celui-ci s'était consumé sous les vêtements trop larges. Il n'avait presque plus de chairs ni de muscles. Une fois de l'autre côté, Carax saisit Miquel sous les aisselles et, chargé ainsi de tout son poids, ils s'éloignèrent dans l'obscurité de la rue Román Macaya.

— Qu'est-ce que tu as ? chuchota Carax.

— Ce n'est rien. Un peu de fièvre. Ça sera bientôt passé.

Tout, en Miquel, sentait la maladie, et Julián ne le questionna pas plus avant. Ils descendirent la rue Léon-XIII jusqu'au cours San Gervasio, où l'on apercevait les lumières d'un café. Ils s'attablèrent au fond, loin de l'entrée et des fenêtres. Deux clients fumaient au comptoir en écoutant la radio. Le garçon, un homme au teint cireux dont les yeux semblaient rivés au sol, prit leur commande. Brandy chaud, café, et, si possible, quelque chose à manger.

Miquel n'avala pas une bouchée. Carax, apparemment affamé, dévora pour deux. Les amis se dévisageaient à la lueur glauque du café, pris dans les sortilèges du passé. Ils s'étaient quittés adolescents et la vie les réunissait de nouveau, l'un fugitif, l'autre moribond. Chacun se demandait si, au jeu de la vie, les cartes les avaient trahis ou s'ils n'avaient pas su s'en servir.

— Je ne t'ai jamais dit merci pour tout ce que tu as fait pour moi, Miquel.

— Ne commence pas maintenant. J'ai fait ce que je devais et ce que je voulais faire. Tu n'as pas à me remercier.

— Comment va Nuria ?

— Comme tu l'as laissée.

Carax baissa les yeux.

— Nous nous sommes mariés il y a quelques mois. Je ne sais si elle t'a écrit pour te l'annoncer.

Les lèvres de Carax se contractèrent, et il fit lentement signe que non.

— Tu n'as pas le droit de lui faire des reproches, Julián.

— Je sais. Je n'ai aucun droit, à rien.

— Pourquoi n'as-tu pas fait appel à nous, Julián ?

— Je ne voulais pas vous compromettre.

— Cela ne dépend plus de toi. Où étais-tu, tout ce temps ? Nous avons cru que la terre t'avait avalé.

— Presque. J'étais à la maison. La maison de mon père.

Miquel le regarda avec étonnement. Julián lui raconta comment, ne sachant où aller en débarquant à Barcelone, il s'était dirigé vers la maison où il avait grandi, en craignant de n'y trouver personne. La chapellerie était toujours là, ouverte, et un vieil homme chauve, le regard éteint, était seul derrière le comptoir. Il n'avait pas voulu entrer ni lui faire savoir qu'il était de retour, mais Antoni Fortuny avait levé les yeux vers l'étranger qui se tenait de l'autre côté de la vitrine. Leurs regards s'étaient rencontrés, et Julián, bien qu'il eût préféré partir en courant, était resté paralysé. Il avait vu des larmes se former sur le visage du chapelier, qui s'était traîné jusqu'à la porte pour sortir dans la rue. Sans prononcer un mot, Fortuny avait fait entrer son fils, baissé les grilles et, le monde extérieur ainsi banni, l'avait serré dans ses bras en pleurant.

Plus tard, le chapelier avait expliqué que, l'avant-veille, la police était venue poser des questions. Un certain Fumero, un homme affligé d'une réputation sinistre, dont on chuchotait qu'il avait été le mois précédent à la solde des tueurs du général Goded et qu'il était maintenant comme cul et chemise avec les anarchistes, lui avait dit que Julián allait revenir à Barcelone, qu'après avoir assassiné Jorge Aldaya de sang-froid à Paris il était recherché pour d'autres délits, dont le chapelier ne s'était pas donné la peine d'écouter l'énumération. Si, par un hasard à vrai dire improbable, l'enfant prodigue venait à se présenter chez le chapelier, Fumero était sûr que celui-ci aurait à cœur de remplir son devoir de citoyen et de l'en avertir. Fortuny avait répondu que, bien sûr, on pouvait compter sur lui. Dès que le sinistre cortège de la police avait quitté le magasin, le chapelier, outré qu'une vipère telle que Fumero puisse donner sa bassesse pour acquise, était parti pour la chapelle de la cathédrale où il avait jadis rencontré Sophie, et avait supplié le saint de diriger les pas de l'enfant prodigue vers sa maison avant qu'il ne soit trop tard. Effectivement, Julián était venu, et son père l'avait averti du danger qui planait sur lui.

— Je ne sais pas ce que tu veux faire à Barcelone, mon enfant, mais laisse-moi le faire à ta place et cache-toi dans la maison. Ta chambre est toujours telle que tu l'as laissée, et elle est à toi pour tout le temps où tu en auras besoin.

Julián lui avait avoué qu'il était rentré pour chercher Penélope. Le chapelier lui avait promis qu'il la trouverait et qu'une fois réunis il les aiderait à fuir ensemble dans un lieu sûr, loin de Fumero et du passé, loin de tout.

Julián était resté cloîtré dans l'appartement du boulevard San Antonio, tandis que le chapelier parcourait la ville. Il passait ses journées dans son ancienne chambre, où, comme le lui avait dit son père, rien n'avait été changé, même si tout lui semblait maintenant plus petit, comme si les maisons, les objets, ou peut-être la vie elle-même, rétrécissaient avec le temps. Beaucoup de ses vieux cahiers étaient encore là, des crayons qu'il se rappelait avoir taillés la semaine précédant son départ pour Paris, des livres qui attendaient d'être lus, des vêtements bien repassés de jeune garçon dans les armoires. Le chapelier lui avait raconté que Sophie l'avait quitté peu de temps après sa fuite, qu'il n'avait pas reçu de nouvelles pendant des années, mais qu'elle lui avait finalement écrit de Bogota où elle vivait avec un autre homme. Ils correspondaient régulièrement, « toujours en parlant de toi », parce que, confessa le chapelier, « tu es le seul lien entre nous ». En l'entendant prononcer ces mots, Julián s'était dit que le chapelier avait attendu d'avoir perdu sa femme pour l'aimer.

— On n'aime véritablement qu'une fois dans sa vie, Julián, même si on ne s'en rend pas compte à temps.

Le chapelier, qui semblait avoir entamé une course contre la montre pour conjurer toute une existence de malchance, ne doutait pas que Penélope était cet amour unique dans la vie de son fils et croyait, sans s'en rendre compte, que s'il l'aidait à la récupérer, lui-même récupérerait quelque chose de ce qu'il avait perdu, dans ce vide qui pesait sur tout son être avec l'acharnement d'une malédiction.

Malgré tous ses efforts et à son grand désespoir, Fortuny dut vite admettre qu'il ne subsistait aucune trace de Penélope ni de sa famille dans tout Barcelone. Cet homme d'humble origine, qui avait dû travailler toute sa vie pour se maintenir la tête hors de l'eau, avait toujours accordé à l'argent et à la caste le privilège de l'immortalité. Mais quinze années de ruine et de misère avaient suffi pour rayer de la face de la terre les palais, les industries et les vestiges d'une dynastie. A la mention du nom d'Aldaya, beaucoup reconnaissaient la musique du mot, mais presque personne ne se rappelait ce qu'il signifiait. Le jour où Miquel Moliner et Nuria Monfort s'étaient présentés au magasin, le chapelier avait été persuadé qu'ils étaient des agents de Fumero. Nul ne lui arracherait à nouveau son fils. Cette fois, Dieu tout-puissant, ce même Dieu qui toute sa vie avait ignoré ses prières, pouvait bien descendre en personne des cieux, il se chargerait lui-même, et avec joie, de lui arracher les yeux s'il osait encore éloigner Julián du naufrage de sa vie.

Le chapelier était l'homme que le marchand de fleurs se rappelait avoir vu rôder quelques jours plus tôt près de la villa de l'avenue du Tibidabo. Ce que le fleuriste avait interprété comme de la mauvaise humeur n'était que la fermeté d'esprit de ceux qui, mieux vaut tard que jamais, ont trouvé un but dans leur vie et le poursuivent avec la férocité que donne le temps gaspillé. Hélas, le

Seigneur n'avait pas voulu écouter l'ultime prière de Fortuny, et celui-ci, désespéré, avait été incapable de trouver ce qu'il cherchait : le salut de son fils, de lui-même, sous les traits d'une jeune fille dont personne ne se souvenait et dont personne ne savait rien. Combien d'âmes perdues Te faut-il, Seigneur, pour satisfaire Ton appétit ? demandait le chapelier. Dieu, dans Son infini silence, le regardait et restait impavide.

— Je ne la trouve pas, Julián… Je te jure que…

— Ne vous désolez pas, père. C'est une chose que je dois accomplir moi-même. Vous m'avez aidé autant que vous le pouviez.

Cette nuit-là, Julián était enfin sorti, à la recherche de Penélope.

Miquel écoutait le récit de son ami, ne sachant s'il s'agissait d'un miracle ou d'une malédiction. Il ne prêta pas attention au serveur qui s'était dirigé vers le téléphone, avait chuchoté en leur tournant le dos et surveillait l'entrée du coin de l'œil en nettoyant les verres, zèle suspect dans un établissement où la saleté s'épanouissait à son aise. Il ne lui vint pas à l'esprit que Fumero était passé, comme dans des dizaines d'autres, dans ce café à un jet de pierre de la villa Aldaya, et qu'il suffisait dès lors que Carax y mette le pied pour que l'appel ne soit qu'une question de secondes. Quand la voiture de police s'arrêta devant la porte et que le garçon disparut dans la cuisine, Miquel ressentit seulement le calme froid et serein de la fatalité. Carax lut dans son regard, et tous deux se retournèrent en même temps. Trois gabardines grises se dessinaient comme des spectres derrière les vitrines. Trois visages crachant de la buée sur les vitres. Aucun des trois hommes n'était Fumero. Les charognards le précédaient.

— Partons d'ici, Julián…

— Nous n'avons nulle part où aller, dit Carax, avec une sérénité qui amena son ami à l'observer avec attention.

Il vit alors le revolver dans la main de Julián, dont les yeux exprimaient une froide résolution. Le carillon de la porte couvrit le murmure de la radio. Miquel arracha le pistolet des mains de Carax et le regarda fixement.

— Donne-moi ton passeport, Julián.

Les trois policiers firent semblant de s'asseoir au bar. L'un d'eux les surveillait à la dérobée. Les deux autres tâtaient l'intérieur de leur gabardine.

— Ton passeport, Julián. Tout de suite.

Carax refusa en silence.

— Je n'ai plus qu'un mois à vivre, deux avec un peu de chance. L'un de nous doit sortir vivant d'ici, Julián. Tu as plus d'atouts que moi. Je ne sais pas si tu trouveras Penélope. Mais Nuria t'attend.

— Nuria est ta femme.

— Souviens-toi de notre pacte : quand je mourrai, tout ce qui est à moi sera à toi…

— … sauf les rêves.

Ils se sourirent pour la dernière fois. Julián lui tendit son passeport. Miquel le mit avec l'exemplaire de *L'Ombre du Vent* qu'il portait dans son manteau depuis le jour où il l'avait reçu.

— A bientôt, murmura Julián.

— Ne te presse pas. J'attendrai.

Juste au moment où les trois policiers se tournaient vers eux, Miquel se leva et avança dans leur direction. Ils ne virent d'abord qu'un moribond pâle et tremblant qui leur souriait tandis que du sang filtrait aux commissures de ses lèvres minces, sans vie. Quand ils aperçurent le revolver, Miquel n'était plus qu'à trois mètres. L'un d'eux voulut crier, mais la première balle lui arracha la mâchoire inférieure. Le corps tomba, inerte, à genoux, aux pieds de Miquel. Les deux autres agents avaient dégainé leurs armes. Le deuxième coup de feu traversa le ventre de celui qui semblait le plus vieux. La balle lui coupa la colonne vertébrale en deux et un paquet de viscères gicla sur le bar. Miquel n'eut pas le temps de tirer une troisième fois. Le dernier policier lui avait déjà enfoncé le canon de son arme dans les côtes, à la hauteur du cœur, et il eut juste le temps de distinguer son regard que la panique rendait dément.

— Ne bouge pas, ordure, ou je te jure que je te réduis en bouillie.

Miquel sourit et leva lentement son revolver vers le visage du policier. L'homme ne devait pas avoir plus de vingt-cinq ans et ses lèvres tremblaient.

— Tu diras à Fumero, de la part de Carax, que je me souviens de son petit costume marin.

Il ne sentit ni le choc, ni la douleur. L'impact, comme un coup de marteau sourd qui lui ôta le son et la couleur des choses, le propulsa contre la vitrine. En la traversant, il sentit qu'un froid intense lui montait dans la gorge et que la lumière s'en allait comme poussière au vent. Le dernier regard de Miquel Moliner fut pour son ami Carax qui se précipitait dans la rue. Il avait trente-six ans, et c'était plus qu'il n'avait espéré vivre. Avant même de s'écrouler sur le trottoir semé d'éclats de verre, il était mort.

9

Cette nuit-là, tandis que Julián disparaissait dans l'obscurité, un fourgon sans plaques d'immatriculation arriva à l'appel de l'homme qui avait tué Miquel. Je n'ai jamais su son nom et je crois qu'il n'a jamais su qui il avait assassiné. Comme toutes les guerres, personnelles ou collectives, celle-ci était un théâtre de marionnettes. Deux hommes chargèrent les corps et suggérèrent au gérant du café de tout oublier sous peine de connaître de graves problèmes. N'oublie jamais la faculté d'oublier qu'éveillent les guerres, Daniel. Le cadavre de Miquel fut abandonné dans une ruelle du Raval douze heures plus tard, pour que sa mort ne puisse pas être mise en relation avec celle des deux agents. Quand le corps arriva à la morgue, il était mort depuis deux jours. Miquel avait laissé tous ses papiers à la maison avant de sortir. Tout ce que les fonctionnaires du dépôt trouvèrent fut un passeport au nom de Julián Carax, difficilement lisible, et un exemplaire de *L'Ombre du Vent*. La police en conclut que le défunt était Carax. Le passeport indiquait encore comme domicile l'appartement des Fortuny, boulevard San Antonio.

La nouvelle était alors parvenue aux oreilles de Fumero, qui se rendit au dépôt pour faire ses adieux à Julián. Il y trouva le chapelier, que la police était allé cueillir afin de procéder à l'identification du corps. M. Fortuny n'avait pas eu de nouvelles de Julián depuis deux jours et s'attendait au pire. En découvrant le corps de celui qui, à peine une semaine plus tôt, avait sonné à sa porte et lui avait dit qu'il cherchait

Julián (et qu'il avait pris pour un agent de Fumero), il poussa des hurlements et s'enfuit. La police considéra que cette réaction valait une reconnaissance en bonne et due forme. Fumero, témoin de la scène, s'approcha du corps et l'examina en silence. Quand il reconnut Miquel Moliner, il se borna à sourire, signa le rapport officiel qui confirmait que le corps était bien celui de Julián Carax et donna l'ordre de le transporter immédiatement dans une fosse commune de Montjuïc.

Longtemps je me suis demandé pourquoi Fumero avait agi ainsi. Mais c'était bien dans sa logique. En mourant sous l'identité de Julián, Miquel lui avait offert involontairement la couverture parfaite. A partir de cet instant, Julián Carax n'existait plus. Aucun document légal ne permettrait désormais de faire le lien entre Fumero et l'homme que, tôt ou tard, il espérait retrouver et tuer. On était en guerre, et peu de gens demanderaient des explications pour la mort d'un anonyme. Julián avait perdu son identité. Il était une ombre. Je passai deux jours chez moi à attendre Miquel ou Julián, me sentant devenir folle. Le troisième jour, un lundi, je retournai travailler à la maison d'édition. A l'hôpital depuis plusieurs semaines, M. Cabestany ne reviendrait plus. Son fils aîné, Álvaro, avait pris la direction de l'affaire. Je ne dis rien à personne. A qui aurais-je pu me confier ?

Ce même matin, je reçus l'appel d'un fonctionnaire de la morgue, M. Manuel Gutiérrez Fonseca. Il m'expliqua que le corps du dénommé Julián Carax était arrivé au dépôt et que, en feuilletant le passeport du défunt et en voyant le nom de l'auteur du livre trouvé dans sa poche lors de son admission, il s'était senti moralement obligé d'appeler notre maison d'édition pour lui faire part du décès. Il soupçonnait, en outre, sinon une claire irrégularité, du moins une certaine désinvolture de la police à l'égard du règlement. En l'entendant, je crus que j'allais mourir. La première chose qui me vint à l'esprit fut qu'il s'agissait d'un piège de Fumero. M. Gutiérrez s'exprimait avec la concision d'un fonctionnaire consciencieux, mais je devinais dans sa voix autre chose, que lui-même, peut-être, n'aurait su expliquer. J'avais pris l'appel dans le bureau de M. Cabestany. Grâce à Dieu, Álvaro était parti déjeuner et j'étais seule, sinon il m'eût été difficile d'expliquer mes larmes et le tremblement de mes mains pendant que je tenais le téléphone. M. Gutiérrez me dit qu'il avait cru de son devoir de m'informer.

Je le remerciai de son appel sur le ton faussement formel des conversations en code. Dès que j'eus raccroché, je fermai la porte du bureau et me mordis les poings pour ne pas crier. Je me passai de l'eau sur le visage et partis immédiatement chez moi, en laissant une note pour expliquer à Álvaro que j'étais malade et que je reviendrais le lendemain avant l'heure d'ouverture afin de mettre le courrier à jour. Je dus prendre sur moi pour ne pas courir dans la rue, pour garder le pas anonyme et gris des gens sans secrets. En introduisant la clef dans la serrure de la porte de l'appartement, je compris qu'elle avait été forcée. Je restai paralysée. La poignée se mit à tourner de l'intérieur. Je me demandai si j'allais mourir ainsi, dans un escalier obscur, sans savoir ce qu'était devenu Miquel. La porte s'ouvrit, et je me trouvai devant le regard sombre de Julián Carax. Que Dieu me pardonne, mais, en cet instant, je me sentis renaître à la vie et remerciai le ciel de m'avoir rendu Julián à la place de mon mari.

Nous nous perdîmes dans une étreinte interminable, mais quand je cherchai ses lèvres, Julián recula et baissa les yeux. Je refermai la porte et, prenant Julián par la main, je le guidai jusqu'à la chambre. Nous nous allongeâmes sur le lit, silencieusement enlacés. Le soir approchait, et les ombres de l'appartement se teintaient de pourpre. On entendit au loin des coups de feu isolés, comme tous les soirs depuis le début de la guerre. Julián pleurait sur ma poitrine, et je me sentis envahie d'une fatigue indicible. Plus tard, quand la nuit fut tombée, nos lèvres se rencontrèrent et, protégés par cette obscurité oppressante, nous nous défîmes de nos vêtements qui sentaient la peur et la mort. Je voulus parler de Miquel, mais le feu des mains de Julián sur mon ventre effaça ma honte et ma douleur. Je voulais me perdre en elles et ne jamais revenir, tout en sachant qu'au matin, épuisés et peut-être malades de mépris pour nous-mêmes, nous ne pourrions nous regarder dans les yeux sans nous demander ce que nous avions fait et ce que nous étions devenus.

10

A l'aube, le crépitement de la pluie me réveilla. Le lit était vide, la chambre baignée de ténèbres grises.

Je trouvai Julián assis devant ce qui avait été la table de travail de Miquel, caressant les touches de la machine à écrire. Il leva les yeux et m'adressa ce sourire doux et lointain qui me disait qu'il ne serait jamais à moi. J'eus envie de lui cracher la vérité, de le blesser. C'eût été si facile. De lui révéler que Penélope était morte. Que j'étais désormais son seul bien sur cette terre.

Je m'agenouillai près de lui.

— Ce que tu cherches n'est pas ici, Julián. Partons. Tous les deux. Loin. Quand il est encore temps.

Julián me regarda longuement, sans qu'un seul de ses traits bouge.

— Tu sais quelque chose que tu ne m'as pas dit, n'est-ce pas ? demanda-t-il.

Je fis signe que non, en ravalant ma salive. Julián hocha la tête.

— Je retournerai là-bas cette nuit.

— Julián, je t'en prie…

— Je veux être sûr.

— Alors j'irai avec toi.

— Non.

— La dernière fois que je suis restée à attendre ici, j'ai perdu Miquel. Si tu y vas, je viens.

— Ce n'est pas ton affaire, Nuria. Cela ne concerne que moi.

Je me demandai s'il se rendait vraiment compte du mal que me faisaient ses paroles, ou si cela lui était égal.

— C'est ce que tu crois.

Il voulut me caresser la joue, mais j'écartai sa main.

— Tu devrais me haïr, Nuria. Ça te porterait chance.

— Je sais.

Nous passâmes la journée dehors, loin des ténèbres oppressantes de l'appartement où régnait encore l'odeur des draps tièdes et de notre peau. Julián voulait voir la mer. Je l'accompagnai à la Barceloneta, et nous nous rendîmes sur la plage presque déserte, mirage couleur de sable qui se fondait dans la brume. Nous nous assîmes près du rivage, comme le font les enfants et les vieux. Julián souriait sans parler, seul avec ses souvenirs.

Le soir, nous prîmes un tramway près de l'Aquarium et nous montâmes par la rue Layetana jusqu'au Paseo de Gracia, puis à la place de Lesseps, l'avenue de la République-Argentine, et enfin le terminus de la ligne. Julián observait les rues en silence, comme s'il craignait de perdre la ville à mesure qu'il la parcourait. A mi-trajet, il me prit la main et la baisa sans rien dire. Il la garda dans la sienne jusqu'au moment de descendre. Un vieil homme qui accompagnait une petite fille vêtue de blanc nous regardait en souriant et nous demanda si nous étions fiancés. Il faisait nuit noire quand nous prîmes la rue Román Macaya en direction de l'avenue du Tibidabo. Une pluie fine teintait d'argent les murs de pierre. Nous escaladâmes le mur de la propriété en passant par-derrière, près des courts de tennis. La villa se dressait dans la pluie. Je la reconnus tout de suite. J'avais lu la physionomie de cette maison sous tous ses angles au fil des pages de Julián. Dans *La Maison rouge*, c'était une demeure sombre, plus grande au-dedans qu'au-dehors, qui changeait lentement de forme, se multipliait en couloirs, galeries et mansardes impossibles, en escaliers sans fin qui ne conduisaient nulle part et donnaient sur des chambres obscures qui apparaissaient et disparaissaient en une nuit, emportant avec elles les sortilèges qui les habitaient sans qu'on les revoie jamais. Nous nous arrêtâmes face à la porte d'entrée, fermée par une chaîne et un cadenas gros comme le poing. Les fenêtres du rez-de-chaussée étaient obturées avec des planches recouvertes de lierre. L'air sentait les feuilles mortes et la terre mouillée. La pierre noire et visqueuse luisait comme le squelette d'un grand reptile.

Je voulus lui demander comment il comptait franchir ce portail de chêne, semblable à celui d'une basilique ou d'une prison. Julián tira un flacon de sa poche et le déboucha. Une vapeur fétide en sortit et forma lentement une spirale bleutée. Il saisit une extrémité du cadenas et versa l'acide dans le trou de la serrure. Le métal chuinta comme du fer porté à incandescence, dans un voile de fumée jaune. Nous attendîmes quelques secondes, puis il saisit un pavé au milieu des mauvaises herbes et fit éclater le cadenas en le frappant à plusieurs reprises. Il poussa alors la porte d'un coup de pied. Elle s'ouvrit lentement, comme un tombeau, crachant une haleine épaisse et humide. Julián alluma un briquet à essence et fit quelques pas dans le vestibule. Je le suivis en refermant la porte derrière nous. Julián avança de plusieurs mètres, en tenant la flamme au-dessus de sa tête. Un tapis de poussière s'étendait sous nos pieds, sans autres traces que celles que nous faisions. Les murs nus s'éclairaient au passage de la lueur orangée. Il n'y avait pas de meubles, pas de miroirs ou de lampes. Les portes étaient restées dans leurs gonds, mais les poignées de bronze avaient été arrachées. La villa ne montrait plus que son ossature décharnée. Nous nous arrêtâmes au pied de l'escalier. Le regard de Julián se perdit vers le haut. Il se retourna un instant pour me regarder et je voulus lui sourire, mais, dans l'ombre, nous devinions à peine nos regards. Je le suivis sur les marches où il avait vu Penélope pour la première fois. Je savais vers quoi nous nous dirigions et me sentis envahie par un froid qui ne devait rien à l'atmosphère humide et pénétrante du lieu.

Nous continuâmes jusqu'au troisième étage, où un couloir étroit menait à l'aile sud de la maison. Là, le plafond était beaucoup plus bas et les portes plus petites.

C'était l'étage des chambres de domestiques. La dernière, je le sus sans que Julián ait besoin de rien dire, avait été celle de Jacinta Coronado. Julián s'approcha lentement, avec crainte. C'était le dernier endroit où il avait vu Penélope, où il avait fait l'amour avec une jeune fille d'à peine dix-sept ans, et c'était ici, dans cette même cellule, qu'elle était morte quelques mois plus tard en se vidant de son sang. Je voulus le retenir, mais il était déjà sur le seuil et contemplait l'intérieur, absent à tout le reste. Je le suivis. La chambre n'était plus qu'un cube nu. L'emplacement du lit était encore visible à travers la couche de poussière, sur les lattes du plancher. Un enchevêtrement de taches noires rampait au milieu de la chambre. Julián observa ce vide pendant presque une minute, déconcerté. Je vis dans son regard qu'il avait du mal à reconnaître cet endroit, que tout lui apparaissait comme un décor macabre et cruel. Je le pris par le bras et le ramenai vers l'escalier.

— Il n'y a rien ici, Julián, murmurai-je. La famille a tout vendu avant son départ en Argentine.

Julián acquiesça faiblement. Nous redescendîmes au rez-de-chaussée. Une fois là, il se dirigea vers la bibliothèque. Les rayons étaient vides, la cheminée envahie de décombres. Les murs, d'une pâleur de mort, ondulaient à la lumière du briquet. Les créanciers et les usuriers avaient réussi à emporter jusqu'à la mémoire de ce lieu, qui devait s'être perdue dans le labyrinthe d'un quelconque bric-à-brac.

— Je suis venu pour rien, murmurait Julián.

C'est mieux ainsi, pensai-je. Je comptais les secondes qui nous séparaient de la porte. Si je pouvais faire en sorte qu'il s'éloigne de là et reste ainsi, à jamais poignardé par le vide, nous avions peut-être encore une chance. Je laissai Julián s'imprégner de la ruine de ce lieu, la graver dans son souvenir.

— Il fallait que tu reviennes et la revoies, dis-je. Maintenant, tu es sûr qu'il n'y a rien. C'est seulement une vieille villa abandonnée, Julián. Rentrons à la maison.

Il me regarda, blême, et acquiesça. Je lui pris la main, et nous parcourûmes le couloir qui menait à la sortie. La brèche de clarté n'était plus qu'à cinq ou six mètres. Je pus sentir dans l'air l'odeur des feuilles mortes et de la pluie. Puis je perdis la main de Julián. Je me retournai pour le trouver immobile, les yeux fixant l'obscurité.

— Qu'y a-t-il, Julián ?

Il ne répondit pas. Il contemplait, fasciné, l'ouverture d'un étroit corridor qui conduisait aux cuisines. J'y allai et scrutai les ténèbres qu'éclairait vaguement la flamme bleue du briquet. La porte au bout du corridor était condamnée : un mur de briques rouges grossièrement assemblées par un mortier, dont les jointures saignaient. Je ne compris pas bien ce que cela signifiait, mais je sentis le froid me couper la respiration. Julián s'en approchait à pas lents. Toutes les autres portes, dans le corridor – dans la maison entière –, étaient ouvertes, sans serrures ni poignées. Toutes, sauf celle-là. Une porte secrète, obstruée avec des briques rouges, cachée au fond d'un couloir lugubre. Julián posa les mains dessus.

— Julián, je t'en supplie, allons-nous-en…

L'impact de son poing sur le mur de briques éveilla un écho caverneux de l'autre côté. Il me sembla que ses mains tremblaient quand il posa le briquet par terre et me fit signe de reculer.

— Julián…

Le premier coup fit tomber une pluie de poussière

rouge. Julián s'élança de nouveau. Je crus entendre ses os craquer. Il ne parut pas s'en soucier. Il frappait le mur à coups redoublés, avec la rage d'un prisonnier qui se fraie un chemin vers la liberté. Ses poings et ses bras étaient tailladés, mais il parvint à desceller une première brique qui tomba de l'autre côté. De ses doigts ensanglantés, Julián s'acharna alors à agrandir le trou noir. Il haletait, à bout de forces et possédé d'une fureur dont je ne l'aurais jamais cru capable. Une à une les briques cédèrent, et le mur s'écroula. Julián s'arrêta, couvert d'une sueur froide, les mains écorchées. Il ramassa le briquet et le posa sur les débris. Une porte en bois sculpté, ornée d'anges, s'élevait de l'autre côté. Julián en caressa les reliefs comme s'il déchiffrait des hiéroglyphes. La porte s'ouvrit sous la pression de ses mains.

Des ténèbres bleues, épaisses et gélatineuses s'étendaient au-delà. Plus loin, on devinait un escalier. Les marches de pierre descendaient pour se perdre dans l'ombre. En silence, je fis non de la tête pour l'implorer de ne pas les suivre. Il m'adressa un regard désespéré et s'enfonça dans le noir. Depuis le mur de briques écroulé, je le vis descendre en trébuchant. La flamme vacillait, mince filet bleuté et transparent.

— Julián ?

Seul me répondit le silence. Je pouvais voir l'ombre de Julián, immobile en bas de l'escalier. Je traversai ce qui restait du mur et descendis à mon tour. Un froid intense me transperçait. Les deux pierres tombales étaient recouvertes d'un voile de toiles d'araignée qui se défit comme de la soie ancienne sous la flamme du briquet. Le marbre blanc était sillonné de larmes d'humidité qui semblaient suinter des entailles qu'avait faites le ciseau du graveur. Elles se serraient l'une contre l'autre, telles des malédictions enchaînées.

PENÉLOPE ALDAYA	DAVID ALDAYA
1902-1919	1919

11

Combien de fois, depuis, ai-je repensé à ce moment de silence, en essayant d'imaginer ce que Julián avait dû ressentir en découvrant que la femme qu'il avait attendue pendant dix-sept ans était morte, que leur enfant était parti aussi, que la vie qu'il avait rêvée, sa seule raison d'être, n'avait jamais existé ? Presque tous, nous avons la chance ou le malheur de voir la vie s'effriter peu à peu, sans presque nous en rendre compte. Pour Julián, cette certitude s'imposa en quelques secondes. Un instant, je pensai qu'il allait se précipiter dans l'escalier, fuir ce lieu maudit et ne plus jamais y revenir. Peut-être cela eût-il mieux valu.

Je me rappelle que la flamme du briquet s'éteignit lentement et que la silhouette de Julián s'évanouit dans l'obscurité. Je le cherchai à tâtons. Je le trouvai tremblant, muet. Il pouvait à peine tenir debout et se traîna dans un coin. Je l'étreignis et l'embrassai sur le front. Il ne bougeait pas. Je passai les doigts sur son visage, mais aucune larme ne coulait. Je crus que peut-être, inconsciemment, il avait su cela pendant toutes ces années, que cette rencontre devait être nécessaire pour qu'il puisse affronter l'évidence et se libérer. Nous étions arrivés au bout du chemin. Julián allait enfin comprendre que rien ne le retenait plus à Barcelone, et nous partirions au loin. Je voulus croire que notre destin allait changer et que Penélope nous avait pardonné.

Je cherchai le briquet par terre et le rallumai. Julián contemplait le néant, indifférent à la flamme. Je l'obligeai à me regarder et rencontrai des yeux vides, consumés par la rage et le désespoir. Je sentis le poison de la haine se répandre lentement dans ses veines, et je pus lire dans ses pensées. Il me haïssait de lui avoir menti. Il haïssait Miquel d'avoir voulu lui faire le cadeau d'une vie qui lui était aussi intolérable qu'une blessure ouverte. Mais surtout il haïssait l'homme qui avait causé cette catastrophe, cette traînée de mort et de malheurs : lui-même. Il haïssait ces cochonneries de livres auxquels il avait consacré sa vie et dont personne n'avait cure. Il haïssait une existence vouée à la tromperie et au mensonge. Il haïssait chaque seconde volée et tout ce qui lui avait permis de vivre.

Il me regardait, figé, comme on regarde un étranger ou un objet inconnu. Je faisais non de la tête, en cherchant ses mains. Soudain, il s'écarta et se redressa. Je tentai de lui saisir le bras, mais il me repoussa contre le mur. Je le vis, muet, monter l'escalier : un homme que je ne connaissais plus. Julián Carax était mort. Quand je sortis dans le jardin, je n'aperçus pas trace de lui. J'escaladai le mur et sautai de l'autre côté. Les rues désolées ruisselaient de pluie. Je criai son nom, en marchant dans l'avenue déserte. Personne ne répondit à mon appel. Lorsque je rentrai à la maison, il était presque quatre heures du matin. L'appartement était noyé dans la fumée et sentait le brûlé. Julián y était passé. Je courus ouvrir les fenêtres. Je trouvai un étui sur ma table : il contenait le stylo que j'avais acheté des années auparavant à Paris, celui que j'avais payé une fortune sous le fallacieux prétexte qu'il avait appartenu à Alexandre Dumas ou à Victor Hugo. La fumée provenait du poêle. J'ouvris le foyer et vis que Julián avait brûlé tous les exemplaires de ses romans qu'il avait trouvés sur les rayonnages. On pouvait encore lire les titres sur les dos de cuir. Le reste n'était que cendres.

Des heures plus tard, quand j'arrivai à la maison d'édition, Álvaro Cabestany me convoqua dans son bureau. Son père ne venait plus, et les médecins avaient dit que ses jours étaient comptés, ce qui était aussi le cas pour mon emploi. Le fils de Cabestany m'apprit que, ce même matin à la première heure, un individu nommé Laín Coubert s'était présenté et avait expliqué qu'il souhaitait acquérir tous les exemplaires des romans de Julián Carax que nous avions en stock. Le fils de l'éditeur avait répondu que nous en avions un entrepôt plein à Pueblo Nuevo, mais que la demande était très forte, et il avait donc demandé un prix supérieur à celui proposé par Coubert. Celui-ci n'avait pas mordu à l'hameçon et s'était éclipsé comme un courant d'air. Maintenant, Cabestany fils voulait que je trouve l'adresse de ce Coubert pour lui dire qu'il acceptait son offre. Je dis à cet imbécile que Laín Coubert n'existait pas, que c'était le personnage d'un roman de Carax. Qu'il n'avait nullement l'intention d'acheter les livres : il voulait seulement savoir où ils étaient. M. Cabestany avait l'habitude de garder un exemplaire de tous les livres publiés dans la bibliothèque de son bureau, et parmi eux les œuvres de Julián Carax. Je m'y glissai et les pris.

L'après-midi, j'allai voir mon père au Cimetière des Livres Oubliés et les cachai là où personne, et particulièrement Julián, ne pourrait les trouver. Quand j'en ressortis, la nuit était déjà tombée. En errant sur les Ramblas, j'arrivai à la Barceloneta et allai sur la plage, à la recherche de l'endroit où j'avais contemplé la mer avec Julián. Les flammes qui s'élevaient de l'entrepôt de Pueblo Nuevo étaient visibles au loin, la traînée orangée se répandait sur la mer, et les spirales de feu montaient dans le ciel comme des serpents de lumière. Lorsque les pompiers eurent réussi à éteindre les flammes, peu avant le lever du jour, il ne restait plus guère que le squelette de briques et de fer qui soutenait le toit. Je trouvai là Lluís Carbó, qui avait été notre gardien de nuit pendant dix ans. Il regardait les décombres fumants, incrédule. Il avait les cils et les poils des bras brûlés et sa peau brillait comme du bronze humide. C'est lui qui me raconta que les flammes étaient apparues peu après minuit et avaient dévoré des dizaines de milliers de livres jusqu'à ce que l'aube se lève comme un fleuve de cendres. Lluís avait encore dans les mains une poignée de livres qu'il avait réussi à sauver, des recueils de vers de Verdaguer et deux tomes de l'*Histoire de la Révolution française.* C'était là tout ce qui avait survécu. Des membres du syndicat étaient accourus aider les pompiers. L'un d'eux me dit que ceux-ci avaient trouvé un corps brûlé dans les décombres. On l'avait cru mort, mais quelqu'un s'était aperçu qu'il respirait encore, et on l'avait transporté à l'hôpital de la Mer.

Je le reconnus à ses yeux. Le feu lui avait dévoré la peau, les mains et les cheveux. Les flammes lui avaient arraché les vêtements à coups de fouet, et son corps n'était qu'une blessure dont la chair à vif suppurait à travers les pansements. On l'avait isolé dans une chambre au fond d'un couloir, avec vue sur la plage, en le bourrant de morphine dans l'attente de sa mort. Je voulus lui prendre la main, mais une infirmière me prévint qu'il n'y avait presque plus de chair sous les bandages. Le feu avait fauché ses paupières, et son regard fixait le vide perpétuel. L'infirmière qui me trouva écroulée sur le carrelage, en larmes, me demanda si je savais qui il était. Je lui dis que oui, que c'était mon mari. Quand un prêtre rapace fit son apparition pour prodiguer ses dernières bénédictions, je le fis détaler par mes hurlements. Trois jours plus tard, Julián était toujours vivant. Les médecins parlèrent d'un miracle : la volonté de vivre le soutenait avec une force que la médecine était incapable d'égaler. Ils se trompaient. Ce n'était pas la volonté de vivre. C'était la haine. Au bout d'une semaine, voyant que ce corps imprégné de mort refusait de se rendre, on l'admit officiellement sous le nom de Miquel Moliner. Il devait rester onze mois à l'hôpital. Toujours silencieux, le regard ardent, sans répit.

J'allais tous les jours à l'hôpital. Très vite, les infirmières me tutoyèrent et m'invitèrent à manger avec elles dans leur salle. C'étaient toutes des femmes seules, fortes, qui attendaient le retour de leurs hommes partis au front. Certains revenaient, en effet. Elles m'apprirent à nettoyer les blessures de Julián, changer les pansements, mettre des draps propres et faire le lit sans maltraiter le corps inerte qui gisait dessus. Elles m'apprirent aussi à perdre tout espoir de revoir l'homme que ce squelette avait jadis porté. Le troisième mois, nous enlevâmes les bandes du visage. La mort s'y était installée. Il ne possédait plus ni lèvres ni joues. Une face sans traits, une momie carbonisée. Les orbites, élargies, dominaient son expression. Les infirmières ne me l'avouaient pas, mais elles éprouvaient de la répugnance, presque de la peur. Les médecins m'avaient prévenue qu'une sorte de peau violacée, reptilienne, se formerait à mesure que les blessures se refermeraient. Personne n'osait commenter son état mental. Tous donnaient pour acquis que Julián – Miquel – avait perdu la raison dans l'incendie, qu'il végétait et survivait grâce aux soins obstinés de cette épouse qui restait ferme là où tant d'autres se seraient enfuies, épouvantées. Je le regardais dans les yeux, et je savais que Julián était toujours présent à l'intérieur, vivant, se consumant lentement. Attendant.

Il avait perdu ses lèvres, mais les médecins croyaient que les cordes vocales n'avaient pas subi de lésions irréparables et que les brûlures à la langue et au larynx guériraient au bout de quelques mois. Pour eux, Julián ne disait rien parce que son esprit s'était éteint. Un soir, six mois après l'incendie, alors que j'étais seule avec lui dans la chambre, je me penchai et l'embrassai sur le front.

— Je t'aime, dis-je.

Un son amer, rauque, émergea de ce rictus cruel à quoi s'était réduite sa bouche. Il avait les yeux rougis de larmes. Je voulus les lui essuyer avec un mouchoir, mais il répéta ce son.

— Laisse-moi, avait-il proféré.

« Laisse-moi. »

Les éditions Cabestany avaient sombré deux mois après l'incendie de l'entrepôt. Le vieux Cabestany, qui mourut dans l'année, avait prédit que son fils réussirait à ruiner la maison en six mois. Optimiste jusque dans la tombe. J'essayai de trouver du travail chez d'autres éditeurs, mais la guerre dévorait tout. Ils me disaient qu'elle finirait bientôt et que la situation s'améliorerait. La guerre devait encore durer deux ans, et la suite a été presque pire. Un an après l'incendie, les médecins me dirent que tout ce qui pouvait être prodigué dans un hôpital l'avait été. Les temps étaient difficiles, ils avaient besoin de la chambre. Ils me conseillèrent de faire admettre Julián dans une institution telle que l'asile de Santa Lucía, mais je refusai. En octobre 1937, je l'installai chez moi. Il n'avait pas prononcé un mot depuis ce « Laisse-moi ».

Chaque jour, je lui répétais que je l'aimais. Il était assis dans un fauteuil face à la fenêtre, sous des épaisseurs de couvertures. Je le nourrissais de jus de fruits, de pain de mie grillé et, quand il y en avait, de lait. Je lui faisais deux heures de lecture par jour. Balzac, Zola, Dickens… Son corps commençait à reprendre du volume. Peu après son retour à la maison, il put bouger les mains et les bras. Son cou redevenait mobile. Parfois, en rentrant, je trouvais les couvertures rejetées, des objets épars sur le sol. Une fois, je le découvris en train de ramper par terre. Un an et demi après l'incendie, par une nuit de tempête, je me réveillai à minuit. Quelqu'un était assis sur mon lit et me caressait les cheveux. Je lui souris, en dissimulant mes larmes. J'avais caché mes miroirs, mais il avait réussi à en trouver un. D'une voix cassée, il me dit qu'il avait été transformé en monstre : celui qui, dans ses romans, s'appelait Laín Coubert. Je voulus l'embrasser, lui montrer que son aspect ne me répugnait pas, mais il m'en empêcha. Bientôt, il ne me permit même plus de le toucher. Il reprenait des forces de jour en jour. Il tournait en rond dans la maison pendant que je faisais les courses. Les économies laissées par Miquel nous permettaient de survivre, mais je dus bientôt vendre mes bijoux et mes meubles anciens. Quand je fus au bout, je pris le stylo de Victor Hugo, décidée à en tirer le meilleur prix possible. Je trouvai derrière le Gouvernement Militaire une boutique qui faisait commerce d'objets de ce genre. Le gérant ne sembla pas impressionné quand je lui jurai que ce stylo avait appartenu au grand poète, mais reconnut qu'il s'agissait d'une pièce exceptionnelle et m'en donna un bon prix, compte tenu des circonstances, en ces temps de pénurie et de misère.

Quand j'annonçai à Julián que je l'avais vendu, j'eus peur qu'il ne se mette en colère. Il se contenta de me répondre que j'avais bien fait, qu'il ne l'avait jamais mérité. Un jour où j'étais partie encore une fois à la recherche d'un travail, je ne le trouvai pas à mon retour. Il ne rentra qu'à l'aube. Quand je lui demandai où il était allé, il se borna à vider les poches de son imperméable (qui avait appartenu à Miquel) et à poser une poignée d'argent sur la table. Dès lors, il se mit à sortir tous les soirs. Dans l'obscurité, masqué par un chapeau et une écharpe, avec ses gants et sa gabardine, il n'était qu'une ombre parmi d'autres. Il ne me disait jamais où il allait. Il rapportait presque toujours de l'argent ou des bijoux. Il dormait le matin, assis dans son fauteuil, le corps droit et les yeux ouverts. Une fois, je trouvai un couteau dans sa poche. Un couteau à ressort avec une lame à double tranchant. La lame était maculée de taches sombres.

C'est alors que je commençai à entendre parler dans la rue d'un individu qui brisait les vitrines des librairies la nuit et brûlait des livres. Parfois, le vandale se glissait dans une bibliothèque ou dans le salon d'un collectionneur. Il emportait toujours deux ou trois volumes, qu'il réduisait en cendres. En février 1938, je demandai dans une librairie d'occasion s'il était possible de se procurer un livre de Julián Carax. Le libraire me dit que non : quelqu'un les avait tous fait disparaître. Lui-même en avait eu deux ou trois et les avait vendus à un personnage très étrange, qui cachait son visage et dont la voix était difficilement audible.

— Jusqu'à ces derniers temps, il en restait encore quelques exemplaires dans des bibliothèques privées, ici ou en France, mais beaucoup de collectionneurs préfèrent s'en défaire. Ils ont peur, disait-il, et je ne leur donne pas tort.

Il arrivait que Julián disparaisse des jours entiers. Bientôt ce furent des semaines. Il partait et revenait de nuit. Il rapportait toujours de l'argent. Il ne donnait jamais d'explications, ou alors se limitait à des détails insignifiants. Il me dit qu'il s'était rendu en France. Paris, Lyon, Nice. Parfois arrivaient au nom de Laín Coubert des lettres de là-bas. Elles étaient adressées par des libraires d'occasion, des collectionneurs. Quelqu'un avait localisé un exemplaire égaré d'une œuvre de Julián Carax. Il disparaissait quelques jours et revenait comme un loup, empestant le brûlé et le dégoût.

Ce fut au cours d'une de ces absences que je rencontrai le chapelier Fortuny, errant comme un halluciné dans le cloître de la cathédrale. Il se souvenait encore de mon passage chez lui deux ans plus tôt, avec Miquel, à la recherche de son fils Julián. Il m'entraîna dans un coin et me confia qu'il savait que Julián était vivant, quelque part, mais il supposait que son fils ne pouvait entrer en contact avec nous pour un motif quelconque qu'il n'arrivait pas à discerner. « Quelque chose en relation avec ce scélérat de Fumero. » Je lui dis que c'était aussi ma conviction. Les années de guerre étaient très fructueuses pour Fumero. Ses alliances changeaient tous les mois, des anarchistes aux communistes, et de ceux-ci à n'importe qui viendrait ensuite. Les uns et les autres le traitaient d'espion, de mercenaire, de héros, d'assassin, de conspirateur, d'intrigant, de sauveur ou de démiurge. Il s'en moquait. Tous le craignaient. Tous le voulaient dans leur camp. Probablement trop occupé par les intrigues de Barcelone en état de guerre, Fumero semblait avoir oublié Julián. Il devait imaginer, comme le chapelier, qu'il avait pris la fuite et se trouvait hors de portée.

M. Fortuny me demanda si j'étais une amie de longue date de son fils et je lui répondis par l'affirmative. Il me pria de lui parler de Julián, de l'homme qu'il était devenu, parce que lui, m'avoua-t-il avec tristesse, ne le connaissait pas. Il me raconta qu'il avait ratissé toutes les librairies de Barcelone à la recherche de romans de Julián, mais qu'il était impossible de les trouver. Quelqu'un lui avait rapporté qu'un fou courait le monde pour les prendre et les brûler. Fortuny était convaincu que le coupable n'était autre que Fumero. Je le laissai à son illusion. Je mentis comme je pus, par pitié ou par dépit, je ne sais. Je lui dis que je croyais que Julián était retourné à Paris, qu'il allait bien, et ajoutai que j'étais sûre qu'il aimait beaucoup le chapelier et reviendrait chez lui dès que les circonstances le permettraient. « C'est cette guerre, gémissait-il, qui pourrit tout. » Avant de nous séparer, il insista pour me donner son adresse et celle de son ex-épouse, Sophie, avec qui il avait repris contact après des années de « malentendus ». Sophie vivait maintenant à Bogota avec un prestigieux docteur, me dit-il. Elle dirigeait sa propre école de musique et écrivait toujours en s'enquérant de Julián.

— C'est le seul lien qui nous reste, vous comprenez. Le souvenir. On commet beaucoup d'erreurs dans sa vie, mademoiselle, et on ne s'en rend compte que devenu vieux. Dites-moi, avez-vous la foi ?

Je lui dis au revoir en lui promettant de le tenir informé, ainsi que Sophie, si je recevais des nouvelles de Julián.

— Rien ne donnerait autant de bonheur à sa mère que de savoir comment il va. Vous, les femmes, vous écoutez plus le cœur et moins la bêtise, conclut tristement le chapelier. C'est pour ça que vous vivez plus longtemps.

J'avais eu beau entendre quantité d'histoires scabreuses sur son compte, je ne pus me retenir d'éprouver de la compassion pour ce pauvre vieux qui n'avait plus rien à faire en ce monde qu'attendre le retour de son fils, et qui semblait vivre de l'espoir de rattraper le temps perdu par la grâce d'un miracle opéré par les saints qu'il allait prier avec une telle dévotion dans les chapelles de la cathédrale. J'avais imaginé un ogre, un être vil dévoré de rancœur, mais il me semblait un homme bon, borné peut-être, perdu comme tant d'autres. Est-ce parce qu'il me rappelait mon propre père, qui se cachait de tous et de lui-même dans son refuge de livres et d'ombres, ou parce que, sans nous le dire, nous étions unis par le même désir de récupérer Julián ? Je le pris en affection et devins son unique amie. A l'insu de Julián, j'allais souvent lui rendre visite dans son appartement du boulevard San Antonio. Le chapelier ne travaillait plus.

— Je n'ai plus la main, je n'ai plus les yeux, je n'ai plus les clients… disait-il.

Il m'attendait presque tous les jeudis et m'offrait du

café, des biscuits et des gâteaux qu'il goûtait à peine. Il passait des heures à me parler de l'enfance de Julián, quand ils travaillaient ensemble à la chapellerie, en me montrant des photos. Il m'emmenait dans la chambre de Julián qu'il maintenait immaculée comme un musée, et y sortait de vieux cahiers, des objets insignifiants qu'il révérait comme des reliques d'une vie qui n'avait jamais existé, sans se rendre compte qu'il me les avait déjà fait admirer les fois précédentes, qu'il m'avait déjà raconté toutes ces histoires. Un jeudi comme les autres, je croisai dans l'escalier un médecin qui sortait de chez M. Fortuny. Je lui demandai comment se portait le chapelier, et il me regarda d'un air soupçonneux.

— Vous êtes de la famille ?

Je lui répondis que j'étais la personne la plus proche du pauvre chapelier. Le médecin me dit alors que Fortuny était très malade, qu'il n'en avait plus que pour quelques mois.

— De quoi souffre-t-il ?

— Je pourrais vous dire que c'est du cœur, mais il meurt de solitude. Les souvenirs sont pires que les balles.

Le chapelier se réjouit de me voir et m'avoua qu'il n'avait pas confiance en ce docteur. Les médecins sont des sorciers de pacotille, disait-il. Il avait été toute sa vie un homme de profondes convictions religieuses, et la vieillesse n'avait fait que les accentuer. Il voyait la main du démon partout. Le démon, soupira-t-il, égare la raison et perd les hommes.

— Voyez la guerre. Voyez moi-même. Aujourd'hui je suis vieux et gentil, mais dans ma jeunesse j'ai été très méchant et très lâche.

Il ajouta que c'était le diable qui lui avait pris Julián.

— Dieu nous donne la vie, mais c'est l'autre qui mène le monde…

Nous passions l'après-midi à mélanger considérations théologiques et lieux communs.

Un jour, je dis à Julián que s'il voulait revoir son père vivant, il fallait qu'il se hâte. J'appris alors qu'il était allé lui aussi voir Fortuny, sans que celui-ci le sache. De loin, au crépuscule, assis à l'autre bout d'une place, en train de vieillir. Julián répliqua qu'il préférait que le vieil homme emporte le souvenir du fils qu'il s'était fabriqué dans son esprit pendant toutes ces années, et non la réalité de ce qu'il était devenu.

— Celle-là, tu la gardes pour moi, lui rétorquai-je, en regrettant aussitôt mes paroles.

Il se tut, mais j'eus un instant l'impression qu'il se rendait compte de l'enfer dans lequel il nous avait enfermés. Les pronostics du médecin ne tardèrent pas à se confirmer. M. Fortuny ne vit pas la fin de la guerre. On le trouva assis dans son fauteuil, devant de vieilles photos de Sophie et de Julián. Mort sous les balles du souvenir.

Les derniers jours de la guerre furent le prélude de l'enfer. La ville avait vécu les combats de loin, comme une blessure endormie. Il y avait eu des mois de tergiversations et d'affrontements, de bombardements et de faim. Toute la gamme des assassinats, des luttes et des conspirations avait corrompu l'âme de la ville, mais, même ainsi, beaucoup voulaient croire que la guerre continuait à se dérouler ailleurs, que la tempête passerait au large. L'attente rendit l'inévitable encore plus atroce, si c'est possible. Quand le mal se réveilla, il fut sans pitié. Rien n'alimente l'oubli comme une guerre, Daniel. Nous nous taisons tous, en essayant de nous convaincre que ce que nous avons vu, ce que nous avons fait, ce que nous avons appris de nous-mêmes et des autres est une illusion, un cauchemar passager. Les guerres sont sans mémoire, et nul n'a le courage de les dénoncer, jusqu'au jour où il ne reste plus de voix pour dire la vérité, jusqu'au moment où l'on s'aperçoit qu'elles sont de retour, avec un autre visage et sous un autre nom, pour dévorer ceux qu'elles avaient laissés derrière elles.

A cette époque, Julián n'avait plus guère de livres à brûler. Ce passe-temps avait été repris par des mains autrement compétentes que les siennes. Après la mort de son père, dont il ne parla jamais, il ne fut plus qu'un invalide. La rage et la haine qui l'avaient dévoré au début s'étaient éteintes. Nous vivions de rumeurs, reclus. Nous sûmes que Fumero, après avoir trahi tous ceux qui l'avaient porté aux nues pendant la guerre, était passé au service des vainqueurs. On disait qu'il exécutait personnellement – en leur faisant sauter la cervelle d'une balle dans la bouche – ses principaux alliés et protecteurs dans les cachots du fort de Montjuïc. La mécanique de l'oubli commença de fonctionner le jour même où les armes se turent. Durant cette période, j'appris que rien ne fait plus peur aux vainqueurs qu'un héros qui est resté vivant pour dire ce qu'aucun de ceux qui sont tombés à ses côtés ne pourra jamais raconter. Les semaines suivant la chute de Barcelone furent indescriptibles. Il coula ces jours-là autant sinon plus de sang qu'au cours des combats, sauf que cela se fit en secret, à l'insu de tous. Quand vint finalement la paix, elle avait l'odeur de celle qui s'abat sur les prisons et les cimetières, linceul de silence et de honte qui pourrit l'âme et ne s'en va jamais. Aucune main n'était innocente, aucun regard n'était pur.

Nous tous, sans exception, qui avons assisté à cela, nous en garderons le secret jusqu'à la mort.

Le calme revenait dans le soupçon et la haine, mais Julián et moi vivions misérablement. Nous avions dépensé toutes les économies de Miquel et le fruit des razzias nocturnes de Laín Coubert, et il ne me restait plus rien à vendre. Je cherchais désespérément du travail comme traductrice, dactylo, ou comme femme de ménage, mais il semblait que mes liens passés avec Cabestany m'avaient marquée : j'étais indésirable et suspecte, sans que l'on me dise de quoi. Un fonctionnaire vêtu avec luxe, cheveux brillantinés et fine moustache, identique à des centaines d'autres qui semblaient sortir de sous les pavés au cours de ces mois-là, me suggéra qu'une femme aussi séduisante que moi avait mieux à faire que de chercher des emplois aussi communs. Les voisins, qui acceptaient de bonne foi la réputation que je m'étais forgée en soignant mon pauvre mari Miquel, invalide de guerre et défiguré, nous faisaient l'aumône de lait, de fromage et de pain, parfois même de poisson salé ou de charcuterie provenant de leurs familles restées au village. Après des mois de pénurie, convaincue que beaucoup de temps passerait encore sans que je retrouve un emploi, je décidai de recourir à un stratagème que j'empruntai à un roman de Julián.

J'écrivis à la mère de Julián à Bogota, au nom d'un prétendu avocat récemment établi que feu M. Fortuny avait consulté dans ses derniers jours pour mettre ses affaires en ordre. Je l'informais que le chapelier étant décédé intestat, son patrimoine, qui comprenait l'appartement du boulevard San Antonio et le magasin sis dans le même immeuble, était maintenant la propriété théorique de son fils Julián, dont on supposait qu'il vivait en exil en France. Les droits de succession n'ayant pas été acquittés et elle-même vivant à l'étranger, l'avocat, que je baptisai José María Requejo en souvenir du premier garçon qui m'avait embrassée sur la bouche, lui demandait l'autorisation d'entreprendre les premières formalités urgentes, d'effectuer le transfert des propriétés au nom de son fils, avec qui il pensait pouvoir entrer en contact par l'intermédiaire de l'ambassade d'Espagne à Paris, et d'en assurer la gérance provisoire et temporaire, moyennant une certaine compensation financière. Il la priait également de se mettre en relation avec l'administrateur de biens pour que ce dernier transmette les titres nécessaires et règle les frais d'entretien du magasin et de l'appartement au cabinet de Me Requejo, au nom de qui je pris une boîte postale en donnant une adresse fictive, un vieux garage inoccupé à deux rues de la villa en ruine des Aldaya. J'espérais que Sophie, aveuglée par la perspective d'aider Julián et de reprendre contact avec lui, ne s'attarderait pas à se poser des questions sur ce galimatias juridique et accepterait de nous aider, vu sa situation prospère dans la lointaine Colombie.

Deux mois plus tard, l'administrateur de biens reçut le premier virement mensuel, qui couvrait les frais de l'appartement du boulevard San Antonio et les honoraires destinés au cabinet d'avocats de Me José María Requejo, qu'il fit suivre sous forme de chèque au porteur à la boîte postale 2321 de Barcelone, suivant les instructions données par Sophie Carax dans sa lettre. Je m'aperçus que l'administrateur prélevait tous les mois un pourcentage illicite, mais préférai ne rien dire. De la sorte il se trouvait satisfait, et la facilité de l'affaire l'incitait à ne pas poser de questions. Ce qui restait nous permettait de survivre, à Julián et moi. Ainsi passèrent des années terribles, sans espérance. Peu à peu, j'avais obtenu quelques travaux de traduction. Personne ne se souvenait plus de Cabestany, et l'on pratiquait désormais une politique de pardon, d'oubli le plus rapide possible des vieilles rivalités et des vieilles rancœurs. Je vivais sous la menace perpétuelle de voir Fumero se remettre à fouiller dans le passé et persécuter Julián. Parfois je me persuadais que c'était impossible, qu'il devait le tenir pour mort ou l'avait chassé de sa mémoire. Fumero n'était plus l'homme de main de jadis. Il était devenu un personnage public, qui faisait carrière dans le régime et ne pouvait se permettre le luxe de poursuivre le fantôme de Julián Carax. D'autres fois je me réveillais au milieu de la nuit, le cœur battant, couverte de sueur, en croyant que la police frappait à la porte. Je redoutais qu'un voisin ne conçoive des soupçons à propos de ce mari infirme qui ne sortait jamais et qui, souvent, pleurait ou cognait aux murs comme un fou, et ne nous dénonce à la police. Je craignais que Julián ne s'échappe à nouveau, décidé à reprendre sa chasse aux livres pour brûler avec eux le peu qui restait de lui-même et effacer définitivement tout indice de sa propre existence. A force d'avoir peur, j'oubliais que je vieillissais, que la vie passait au large, que j'avais sacrifié ma jeunesse à aimer un homme détruit, sans âme, à peine un spectre.

Mais les années passèrent en paix. Plus le temps est vide, plus il défile vite. Les vies privées de sens sont comme des trains qui ne s'arrêtent pas dans votre gare. Entre-temps, les cicatrices de la guerre se refermaient, de gré ou de force. Je trouvai du travail dans quelques maisons d'édition. J'étais absente de chez moi la plus grande partie de la journée. J'eus des amants sans nom, des visages désespérés que je rencontrais dans un cinéma ou dans le métro. Nous échangions nos solitudes. Ensuite, de façon absurde, j'étais dévorée de culpabilité et, en voyant Julián, les larmes me montaient aux yeux : je me jurais de ne plus jamais le trahir, comme si je lui devais quelque chose. Dans l'autobus, dans la rue, je me surprenais à regarder d'autres femmes, plus jeunes que moi, qui tenaient des enfants par la main. Elles semblaient heureuses, ou sereines : on eût dit que, dans leur insuffisance, ces petits êtres remplissaient tous les vides restés sans réponse. Alors je me souvenais des jours où, dans mes rêves, j'avais pu m'imaginer être une de ces femmes, un enfant dans les bras – un enfant de Julián. Puis je me rappelais la guerre : ceux qui la faisaient avaient été aussi des enfants.

Je commençais à croire que le monde nous avait oubliés, quand un individu se présenta à la maison. C'était un jeune homme, presque imberbe, un débutant qui rougissait en affrontant mon regard. Il venait me poser des questions sur M. Miquel Moliner, sous prétexte d'une mise à jour de routine des archives de l'association des journalistes. Il me dit que M. Moliner pouvait peut-être bénéficier d'une pension mensuelle, mais que, pour l'obtenir, il fallait réunir un certain nombre de renseignements. Je lui expliquai que M. Moliner ne vivait plus là depuis le début de la guerre, qu'il était parti à l'étranger. Il se répandit en regrets et repartit avec son sourire huileux et son acné de mouchard novice. Je sus qu'il fallait impérativement faire disparaître Julián de chez moi la nuit même. Julián était alors réduit à presque rien. Il était docile comme un enfant, et toute sa vie semblait dépendre des moments que nous passions ensemble certains soirs à écouter de la musique à la radio, pendant que je lui laissais me prendre la main et me la caresser en silence.

La nuit même, donc, munie des clefs de l'appartement du boulevard San Antonio que l'administrateur de biens avait remises à l'inexistant Me Requejo, j'accompagnai Julián dans la maison où il avait grandi. Je l'installai dans sa chambre et lui promis de revenir le lendemain en disant que nous devions être très vigilants.

— Fumero te cherche de nouveau.

Il acquiesça vaguement, comme s'il ne se souvenait de rien, ou comme si l'existence de Fumero lui était indifférente. Nous passâmes plusieurs semaines ainsi. Je venais le voir après minuit. Je lui demandais ce qu'il avait fait dans la journée, et il me regardait sans comprendre. Nous restions enlacés le reste de la nuit, et je partais au petit matin en lui promettant de revenir le plus vite possible. En m'en allant, je fermais la porte à clef. Julián n'avait pas de double. Je préférais le savoir prisonnier plutôt que mort.

Personne ne revint me poser de questions sur mon mari, mais je m'appliquai à répandre dans le quartier la rumeur qu'il vivait en France. J'écrivis plusieurs lettres au consulat d'Espagne à Paris, en expliquant que, ayant appris que le citoyen espagnol Julián Carax se trouvait dans cette ville, je demandais son aide pour le localiser. Je supposais que, tôt ou tard, ces lettres tomberaient entre les mains qu'il fallait. Je pris toutes les précautions, mais je savais que je jouais contre le temps. Les gens comme Fumero ne cessent jamais de haïr. Leur haine n'a ni sens ni raison. Ils haïssent comme ils respirent.

L'appartement du boulevard San Antonio était situé au dernier étage. Je découvris qu'il existait, sur l'escalier, une porte d'accès au toit. Les toits de tout le pâté de maisons formaient un réseau de terrasses séparées par des murs de moins d'un mètre de haut, entre lesquels les voisins étendaient leur linge. Je ne tardai pas à découvrir, de l'autre côté, un immeuble dont la façade donnait sur la rue Joaquín Costa : je pouvais accéder à sa terrasse et, de là, sauter le muret pour parvenir à celle de l'immeuble du boulevard San Antonio, sans que personne puisse me voir entrer ou sortir de l'appartement. Un jour, je reçus une lettre de l'administrateur de biens m'avertissant que des voisins avaient entendu des bruits chez les Fortuny. Je l'informai, au nom de Me Requejo, qu'un membre du cabinet d'avocats venait parfois y chercher des papiers ou des documents, et qu'il n'y avait aucune raison de s'alarmer, même si les bruits étaient nocturnes. Par quelques tournures appropriées, je laissai entendre qu'entre hommes du même monde, avocats et gérants de société, une garçonnière discrète était plus sacrée que le dimanche des Rameaux. L'administrateur, faisant preuve de solidarité masculine et d'esprit de corps, me répondit de ne pas m'inquiéter : il en faisait son affaire.

Toutes ces années, jouer le rôle de Me Requejo fut ma seule distraction. Une fois par mois, j'allais rendre visite à mon père au Cimetière des Livres Oubliés. Il ne montra jamais aucun intérêt pour ce mari invisible, et je ne proposai jamais de le lui présenter. Dans nos conversations, nous contournions le sujet comme des navigateurs expérimentés esquivent un écueil qui affleure, en évitant de nous regarder. Parfois, il me contemplait sans rien dire, puis me demandait si j'avais besoin d'aide, s'il pouvait quelque chose. Certains samedis, à l'aube, j'emmenais Julián voir la mer. Nous montions sur la terrasse et passions par les toits pour gagner l'immeuble voisin et sortir dans la rue Joaquín Costa. De là, nous descendions vers le port à travers les ruelles du Raval. Nous ne croisions personne. Julián faisait peur aux gens, même de loin. Il nous arrivait d'aller jusqu'au brise-lames. Julián aimait s'asseoir sur les rochers et regarder la ville. Nous passions des heures ainsi, sans échanger un mot. Un soir, nous nous glissâmes dans un cinéma alors que la séance avait déjà commencé. Dans le noir, personne ne remarquait Julián. Nous vivions la nuit et en silence. A mesure que les mois passaient, j'appris à confondre cette routine avec la vie normale et, le temps aidant, j'en vins à croire que mon plan était parfait. Pauvre niaise.

12

1945, année de cendres. Six ans après la fin de la guerre, on en sentait encore les cicatrices à chaque pas, mais presque personne n'en parlait ouvertement. Ce dont on parlait désormais, c'était l'autre : la guerre mondiale qui répandait sur le monde une puanteur de charogne et de lâcheté dont il ne devait jamais se défaire. C'étaient des années de pénurie et de misère, où régnait cette étrange paix qu'inspirent les muets et les infirmes, entre pitié et dégoût. Après avoir longtemps cherché du travail comme traductrice, je trouvai finalement un emploi de correctrice d'épreuves dans une maison d'édition fondée par un patron de la nouvelle génération qui s'appelait Pedro Sanmartí. Ce patron avait édifié son affaire avec la fortune de son beau-père, qu'il avait placé ensuite dans un asile au bord du lac de Bañolas, en attendant de recevoir par la poste son certificat de décès. Sanmartí, qui aimait courtiser des filles deux fois plus jeunes que lui, était l'incarnation, en voie de béatification, du *self-made man* si en vogue à l'époque. Il baragouinait l'anglais avec l'accent de Vilanova i La Geltrú, convaincu que c'était la langue de l'avenir, et ponctuait ses discours d'*Okay*.

La maison (que Sanmartí avait baptisée du nom étrange d'« Endymion » parce qu'il trouvait que ça faisait savant et donc que c'était bon pour le tiroir-caisse) publiait des catéchismes, des manuels de savoir-vivre et une collection de romans édifiants à l'eau de rose dont les personnages étaient des bonnes sœurs caricaturales, des infirmières de la Croix-Rouge pleines d'abnégation et des fonctionnaires heureux d'exercer leur métier comme un apostolat. Nous éditions aussi une série de *comics* de l'armée américaine intitulée *Commando Courage,* qui faisait un tabac parmi la jeunesse avide de héros dont la mine florissante prouvait qu'ils mangeaient de la viande tous les jours. Je m'étais fait une amie dans la maison, la secrétaire de Sanmartí, une veuve de guerre nommée Mercedes Pietro, avec qui je me sentais en parfaite affinité : un regard, un sourire nous suffisaient pour nous comprendre. Nous possédions, Mercedes et moi, bien des points communs : deux femmes à la dérive, vivant dans la seule compagnie d'hommes morts ou qui survivaient en se cachant du monde. Mercedes avait un fils de sept ans, souffrant de dystrophie musculaire, auquel elle consacrait tous ses instants de liberté. A trente et un ans, on pouvait lire sa vie dans ses rides. Au cours de ces années, Mercedes fut la seule personne à qui je me suis sentie tentée d'ouvrir mon cœur et de tout dire.

C'est elle qui me raconta que Sanmartí était l'ami intime de l'inspecteur Francisco Javier Fumero, de plus en plus couvert d'honneurs. Tous deux faisaient partie d'un cercle d'individus, surgi des cendres de la guerre, qui s'élargissait comme une toile d'araignée en s'étendant, inexorable, sur toute la ville. Un beau jour, Fumero se présenta à la maison d'édition. Il venait chercher son cher ami Sanmartí pour aller déjeuner. Invoquant une excuse quelconque, je me dissimulai dans la pièce des archives jusqu'à leur départ. Quand je revins à mon bureau, Mercedes me lança un regard qui disait tout. Dès lors, chaque fois que Fumero apparaissait dans les locaux des éditions, elle me prévenait pour que je disparaisse.

Il ne se passait pas de jour sans que Sanmartí essaie de m'emmener dîner, de m'inviter au théâtre ou au cinéma, sous le premier prétexte venu. Je lui répondais toujours que mon mari m'attendait et que sa femme devait s'inquiéter, qu'il se faisait tard. Mme Sanmartí, qui faisait figure de meuble ou de paquet de linge et que son mari plaçait beaucoup plus bas dans l'échelle de ses affections que l'obligatoire Bugatti, semblait avoir perdu tout rôle dans leur union, une fois la fortune du beau-père passée aux mains du gendre. Mercedes m'avait mise au parfum. Sanmartí, qui jouissait d'une faculté de concentration limitée dans l'espace et dans le temps, aimait la chair fraîche et à portée de main en exerçant ses talents de don Juan sur les nouvelles venues, ce qui était mon cas. Il employait toutes les ficelles pour lier conversation avec moi.

— *On m'a dit que ton mari, ce Moliner, est écrivain... Ça l'intéresserait peut-être de faire un livre sur mon ami Fumero. J'ai déjà le titre :* Fumero, terreur des criminels ou la Loi de la rue. *Qu'est-ce que tu en penses, ma petite Nuria ?*

— *Je vous remercie beaucoup, monsieur Sanmartí, mais Miquel est plongé dans la rédaction d'un roman, et je ne crois pas qu'il puisse en ce moment...*

Sanmartí riait aux éclats.

— *Un roman ? Grand Dieu, ma petite Nuria... Le roman, c'est mort et enterré. Un ami qui revient de New York me le disait justement l'autre jour. Les Américains ont inventé un machin qu'ils appellent télévision et qui sera comme le cinéma, mais chez soi. On n'aura plus besoin de livres, ni de messe, ni de rien... Dis à ton mari de laisser tomber les romans. Si au moins il avait un nom, s'il était footballeur ou torero... Écoute, pourquoi ne pas prendre la Bugatti pour aller manger une paella à Castelldefels et discuter de tout ça ? Tu dois agir en femme de tête... Tu sais que j'aimerais beaucoup t'aider. Et ton petit mari avec toi. Tu sais aussi que dans ce pays, sans protections, on n'arrive à rien.*

Je me mis à m'habiller comme une veuve éternelle ou une de ces femmes qui confondent lumière du soleil et péché mortel. Je venais travailler coiffée d'un chignon et sans maquillage. Malgré mes efforts, Sanmartí ne cessait de m'accabler de ses avances, toujours accompagnées de ce sourire visqueux et gangrené de mépris, caractéristique des eunuques tout-puissants qui pendent comme des saucissons putréfiés de l'échelon le plus élevé de toute entreprise. Je décrochai deux ou trois entretiens d'embauche dans d'autres maisons, mais, chaque fois, je finissais par me trouver devant une nouvelle version de Sanmartí. Ils poussaient comme des champignons dans le fumier sur lequel sont édifiées les sociétés. L'un d'eux prit la peine d'appeler Sanmartí pour le prévenir que Nuria Monfort cherchait un emploi derrière son dos. Sanmartí me convoqua dans son bureau, blessé par mon ingratitude. Il me passa la main sur la joue et esquissa une caresse. Ses doigts puaient le tabac et la sueur. Je devins livide.

— *Écoute, si tu n'es pas contente, il te suffit de me le dire. Que puis-je faire pour améliorer tes conditions de travail ? Tu sais que je t'apprécie, et ça me fait de la peine d'apprendre par d'autres que tu veux me quitter. Si nous allions dîner tous les deux pour faire la paix ?*

J'écartai sa main de mon visage, sans pouvoir cacher davantage mon dégoût.

— *Je dois avouer que tu me déçois, Nuria. Tu n'as pas l'esprit d'équipe, et tu ne crois pas au projet de cette entreprise.*

Mercedes m'avait prévenue que, tôt ou tard, cela devait arriver. Quelques jours après, Sanmartí, aussi compétent en grammaire qu'un orang-outang, se mit à me renvoyer tous les manuscrits que j'avais corrigés en prétendant qu'ils débordaient d'erreurs. Presque chaque soir, je restais au bureau jusqu'à dix ou onze heures, pour remanier des pages et des pages couvertes de ses ratures et de ses commentaires.

— *Trop de verbes au passé. C'est mort, sans nerf... On ne met pas l'infinitif après un point-virgule. Tout le monde sait ça...*

Certains soirs, Sanmartí s'attardait, lui aussi, dans son bureau. Mercedes essayait de rester mais, souvent, il la renvoyait chez elle. Et dès que nous étions seuls, il sortait de sa tanière et venait me voir.

— *Tu travailles trop, ma petite Nuria. Le travail n'est pas tout. Il faut aussi s'amuser. Et puis tu es encore jeune. Seulement la jeunesse passe vite, et nous ne savons pas toujours en tirer parti.*

Il s'asseyait sur le bord de ma table et me fixait du regard. Parfois il se postait derrière moi et restait là quelques minutes. Je sentais son haleine fétide sur mes cheveux. Ou alors il posait ses mains sur mes épaules.

— *Tu es tendue, ma fille. Décontracte-toi.*

Je tremblais, voulais crier, prendre mes jambes à mon cou et ne plus jamais revenir, mais j'avais besoin de cet emploi et du salaire misérable qu'il me procurait. Un soir, après le rite du massage, Sanmartí se mit à me tripoter avec avidité.

— *Un jour, tu me feras perdre la tête*, gémissait-il.

Je m'échappai de ses griffes, attrapai mon manteau et mon sac, et courus vers la sortie. Sanmartí s'esclaffait dans mon dos. Au bas de l'escalier, je me heurtai à une forme obscure qui semblait glisser dans le hall sans toucher le sol.

— *Eh bien, vous en faites une tête, madame Moliner...*

L'inspecteur Fumero m'offrit son sourire de reptile.

— *Ne me dites pas que vous travaillez pour mon ami Sanmartí ! Il est comme moi : le meilleur dans sa partie. Et dites-moi, comment va votre mari ?*

Je sus que mes jours étaient comptés. Le lendemain, la rumeur courut au bureau que Nuria Monfort était une « gouine » : la preuve, elle restait insensible aux charmes et aux émanations alliacées de M. Pedro Sanmartí et faisait la cour à Mercedes Pietro. Plus d'un jeune cadre soucieux de son avenir dans la maison assurait avoir vu à plusieurs reprises « cette paire de salopes » se bécoter dans les archives. Ce soir-là, à la sortie, Mercedes me demanda si nous pouvions discuter un moment. Elle n'osait pas me regarder en face. Nous allâmes au café sans échanger une parole. Là, Mercedes me dit que Sanmartí l'avait prévenue qu'il voyait notre amitié d'un mauvais œil, que la police lui avait donné des renseignements sur moi, sur mon passé supposé de militante communiste.

—*Nuria, je ne peux pas perdre ce poste. J'en ai besoin pour m'occuper de mon fils...*

Elle éclata en sanglots, écrasée par la honte et l'humiliation, vieillissant à chaque seconde.

—*Ne t'inquiète pas, Mercedes. Je comprends,* dis-je.

—*Cet homme, Fumero, te tient à l'œil. J'ignore ce qu'il a contre toi, mais ça se lit sur son visage...*

—*Je sais.*

Le lundi suivant, quand j'arrivai au bureau, je trouvai un individu constipé et gominé installé à ma table. Il se présenta : Salvador Benades, le nouveau correcteur.

—*Et vous ? Qui êtes-vous ?*

Personne, dans toute la maison, n'osa échanger un regard avec moi tandis que je rassemblais mes affaires. Dans l'escalier, Mercedes courut derrière moi et me donna une enveloppe qui contenait une liasse de billets et des pièces.

—*Presque tous ont contribué comme ils ont pu. Prends ça, s'il te plaît. Pas pour toi, mais pour nous.*

Ce soir-là, quand j'entrai dans l'appartement du boulevard San Antonio, Julián m'attendait comme toujours, assis dans le noir. Il avait écrit un poème pour moi, dit-il. C'était le premier depuis neuf ans. Je voulus le lire, mais je m'effondrai dans ses bras. Je lui racontai tout, parce que je n'en pouvais plus. Parce que j'avais peur que, tôt ou tard, Fumero le trouve. Julián m'écouta sans rien dire, en me serrant dans ses bras et en me caressant les cheveux. Pour la première fois depuis tant d'années, je sentis que je pouvais m'appuyer sur lui. Je voulus l'embrasser, malade de solitude, mais il n'avait ni lèvres ni peau à m'offrir. Je m'endormis contre lui, recroquevillée sur le lit de sa chambre, un lit d'enfant. Quand je me réveillai, Julián n'était plus là. A l'aube, j'entendis ses pas sur le toit, mais je fis semblant d'être toujours endormie. Dans la journée, j'appris la nouvelle par la radio, sans comprendre. Un corps avait été trouvé sur un banc du Paseo del Borne, le visage tourné vers la basilique de Santa María del Mar, assis les mains jointes sur le ventre. Une bande de pigeons qui lui picoraient les yeux avait attiré l'attention d'un voisin, et celui-ci avait alerté la police. Le cadavre avait la nuque brisée. Mme Sanmartí l'avait identifié : c'était bien son mari, Pedro Sanmartí Monegal. Lorsque le beau-père du défunt reçut la nouvelle dans son asile de Bañolas, il remercia le ciel et se dit qu'il pouvait enfin mourir en paix.

13

Julián a écrit quelque part que les hasards sont les cicatrices du destin. Le hasard n'existe pas, Daniel. Nous sommes les marionnettes de notre inconscience. Pendant des années, j'avais voulu croire que Julián continuait d'être l'homme dont j'étais amoureuse, ou tout au moins ses cendres. J'avais voulu croire que nous nous en sortirions à force de misère et d'espoir. J'avais voulu croire que Laín Coubert était mort, qu'il était retourné dans les pages d'un livre. Nous sommes prêts à croire n'importe quoi plutôt que d'affronter la vérité.

L'assassinat de Sanmartí m'ouvrit les yeux. Je compris que Laín Coubert était toujours bien vivant. Plus que jamais. Il habitait dans le corps ravagé de cet homme dont ne restait même plus la voix, et se nourrissait de sa mémoire. Je découvris qu'il avait trouvé le moyen de sortir de l'appartement du boulevard San Antonio et d'y rentrer, par une fenêtre qui donnait sur la cour intérieure, sans avoir besoin de forcer la porte que je fermais à clef chaque fois que je partais. Je découvris que Laín Coubert déguisé en Julián avait sillonné la ville et visité la villa Aldaya. Je découvris que, dans sa folie, il était revenu dans la crypte et avait brisé les pierres tombales, qu'il avait exhumé les sarcophages de Penélope et de son enfant. « Qu'as-tu fait, Julián ? »

La police m'attendait chez moi pour m'interroger sur la mort de l'éditeur Sanmartí. Je fus conduite au commissariat où, après avoir attendu cinq heures dans un bureau sans lumière, je vis arriver Fumero, habillé de noir, qui m'offrit une cigarette.

— *Vous et moi pourrions être bons amis, madame Moliner. Mes hommes me disent que votre mari n'est pas chez vous.*

— *Mon mari m'a quittée. Je ne sais pas où il est.*

Une gifle sauvage me fit tomber de ma chaise. Prise de panique, je rampai en tentant de me réfugier dans un coin. Je n'osai pas lever les yeux. Fumero se pencha et m'empoigna par les cheveux.

— *Écoute-moi bien, sale putain : je vais le dénicher, et quand je le tiendrai, je vous tuerai tous les deux. Toi d'abord, pour qu'il te voie les tripes à l'air. Et lui ensuite, quand je lui aurai appris que l'autre salope qu'il a envoyée dans la tombe était sa sœur.*

— *Il te tuera avant, ordure.*

Fumero me cracha à la figure et me lâcha. Je crus qu'il allait me rouer de coups, mais j'entendis ses pas s'éloigner dans le couloir. Tremblante, je me relevai et essuyai le sang de mon visage. Je pouvais sentir l'odeur de cet homme sur ma peau, mais, cette fois, je reconnus la puanteur de la peur.

Ils me laissèrent là, dans le noir et sans boire, pendant six heures. Quand ils me relâchèrent, il faisait nuit. Il pleuvait à verse et les rues étaient brouillées par la buée. En arrivant chez moi, je trouvai un champ de décombres. Les hommes de Fumero étaient passés par là. Parmi les meubles brisés, les tiroirs et les étagères répandus par terre, je trouvai mes vêtements en loques et les livres de Miquel déchiquetés. Sur mon lit trônaient des excréments, et au mur, écrit avec la même matière : « Putain ».

Je courus à l'appartement du boulevard San Antonio

en faisant mille détours pour être sûre qu'aucun sbire de Fumero ne me suivait jusqu'au porche de la rue Joaquín Costa. Je traversai les toits noyés de pluie et vérifiai que la porte de l'appartement était toujours fermée. J'entrai avec précaution, mais l'écho de mes pas dénonçait l'absence. Julián n'y était pas. Je l'attendis jusqu'à l'aube, assise dans la salle de séjour obscure, en écoutant la tempête. Quand la brume du petit jour vint lécher les volets du balcon, je montai sur la terrasse et regardai la ville écrasée sous un ciel de plomb. Je sus que Julián ne reviendrait pas. Je l'avais perdu pour toujours.

Je le revis deux mois plus tard. J'étais entrée, un soir, dans un cinéma, incapable de regagner mon appartement vide et froid. A la moitié du film, un navet qui décrivait les amours d'une princesse roumaine rêvant d'aventures et d'un fringant reporter américain à la raie toujours impeccable, un individu s'assit à côté de moi. Ce n'était pas la première fois. Les cinémas de cette époque étaient hantés par des fantoches qui puaient la solitude, l'urine et l'eau de Cologne, mains moites et tremblantes comme des morceaux de chair morte. Je m'apprêtais à me lever et à prévenir l'ouvreuse, quand je reconnus le profil ravagé de Julián. Il me prit la main avec force, et nous restâmes ainsi, à regarder l'écran.

— Est-ce toi qui as tué Sanmartí ? chuchotai-je.

— Quelqu'un le regrette ?

Nous parlions à voix basse, sous le regard attentif des hommes solitaires dispersés au parterre, rongés par la jalousie devant le succès apparent de ce sombre concurrent. Je lui demandai où il se cachait, mais il ne répondit pas.

— Il existe un autre exemplaire de *L'Ombre du Vent,* murmura-t-il. Ici, à Barcelone.

— Tu te trompes, Julián. Tu les as tous détruits.

— Tous, sauf un. Il semble que quelqu'un de plus malin que moi l'avait caché dans un endroit où je ne pourrais jamais le trouver : toi.

Ce fut alors que je l'entendis me parler de toi pour la première fois. Un libraire à la langue bien pendue nommé Gustavo Barceló s'était targué devant des collectionneurs d'avoir repéré un exemplaire de *L'Ombre du Vent*. Le monde des libraires d'occasion est une chambre d'échos. En quelques mois à peine, Barceló avait reçu des offres de Berlin, de Paris et de Rome pour l'acquisition du livre. La disparition énigmatique de Julián Carax, qui avait fui Paris après un duel sanglant, le bruit de sa mort dans la guerre civile espagnole avaient conféré à son œuvre une valeur marchande que nul n'aurait pu imaginer. La légende noire du personnage sans visage qui parcourait librairies, bibliothèques et collections privées dans le seul but de brûler ses livres contribuait à décupler l'intérêt et les prix. « Nous avons l'arène dans le sang », disait Barceló.

Julián, qui continuait à poursuivre l'ombre de ses propres écrits, n'avait pas tardé à entendre la rumeur. Il sut ainsi que Gustavo Barceló ne possédait pas le livre, mais que, semblait-il, l'exemplaire était la propriété d'un jeune garçon qui l'avait découvert accidentellement et qui, fasciné par le roman et par son mystérieux auteur, refusait de le vendre et le conservait comme un bien précieux. Ce jeune garçon, c'était toi, Daniel.

— Pour l'amour de Dieu, Julián, tu ne vas pas faire de mal à un enfant… murmurai-je, guère rassurée.

Julián me dit alors que tous les livres qu'il avait volés et détruits, il les avait arrachés à des gens qui n'éprouvaient rien pour eux, des gens qui se bornaient à en faire le commerce ou les conservaient comme des objets de curiosité, collectionneurs ou dilettantes mus par le snobisme. Toi, qui refusais de vendre le livre à quelque prix que ce fût et tentais de tirer Carax des tréfonds du passé, tu lui inspirais une étrange sympathie et même du respect. Sans que tu le saches, Julián t'observait et t'étudiait.

— Peut-être, s'il arrivait à découvrir qui je suis et ce que je suis, déciderait-il, lui aussi, de brûler le livre.

Julián parlait avec cette lucidité ferme et définitive des fous libérés de l'hypocrisie consistant à se conformer à une réalité qui ne leur convient pas.

— Qui est ce garçon ?

— Il s'appelle Daniel. C'est le fils d'un libraire de la rue Santa Ana que fréquentait Miquel. Il vit avec son père dans un appartement au-dessus de la boutique. Il a perdu sa mère quand il était tout petit.

— On dirait que tu parles de toi.

— C'est possible. Ce garçon me fait penser à moi.

— Laisse-le tranquille, Julián. Ce n'est qu'un enfant. Son seul crime a été de t'admirer.

— Ce n'est pas un crime, c'est de la naïveté. Mais ça lui passera. Alors il me rendra peut-être le livre. Quand il aura cessé de m'admirer et commencé à me comprendre.

Une minute avant le dénouement du film, Julián se leva et s'en alla à la faveur de l'obscurité. Durant des mois, nous nous sommes rencontrés ainsi, dans l'ombre, dans des cinémas et dans des ruelles à minuit. Julián me trouvait toujours. Je sentais sans la voir sa présence silencieuse, constamment sur ses gardes. Parfois il te mentionnait et, en l'entendant parler de toi, il me semblait détecter dans sa voix une tendresse insolite qui le troublait et qu'il croyait disparue depuis des années. Je sus qu'il était retourné dans la villa Aldaya et qu'il y vivait désormais, mi-fantôme mi-clochard, parcourant les ruines de sa vie et veillant sur les dépouilles de Penélope et de leur enfant. C'était le seul lieu au monde qu'il sentait encore sien. Il est des prisons pires que les mots.

Je m'y rendais chaque mois, pour m'assurer qu'il allait bien, ou simplement qu'il était vivant. J'escaladais le mur de derrière à demi écroulé, invisible de la rue. Parfois il était là, d'autres fois non. Je lui laissais de quoi manger, de l'argent, des livres… Je l'attendais pendant des heures, jusqu'à la nuit. Il m'arrivait d'explorer la villa. C'est ainsi que je me suis aperçue qu'il avait descellé les dalles de la crypte et sorti les sarcophages. Je ne croyais plus que Julián était fou, je ne voyais pas de monstruosité dans cette profanation, mais plutôt une tragique cohérence. Quand je le rencontrais, nous parlions des heures durant, assis devant le feu. Julián me confia qu'il avait tenté d'écrire de nouveau, sans y parvenir. Il se souvenait vaguement de ses livres comme de l'œuvre d'un autre. Les traces de sa tentative étaient visibles. Je découvris que Julián livrait au feu les pages qu'il avait écrites dans la fièvre en mon absence… Un jour que je me trouvais seule, je récupérai dans les cendres une liasse de feuilles. Elles parlaient de toi. Julián m'avait affirmé un jour que l'auteur s'écrit à lui-même pour se dire des choses qu'il ne pourrait comprendre autrement. Depuis longtemps, Julián se demandait s'il avait perdu la raison. Le fou a-t-il conscience d'être fou ? Ou les fous sont-ils les autres, ceux qui s'acharnent à le convaincre de son égarement pour sauvegarder leur propre existence chimérique ? Julián t'observait, te voyait grandir et s'interrogeait sur toi. Il se demandait si ta présence n'était pas, peut-être, un miracle, un pardon qu'il devait gagner en t'enseignant à ne pas commettre les mêmes erreurs que lui. Je me suis souvent demandé si Julián n'avait pas fini par se convaincre, dans la logique tordue de son univers, que tu étais devenu le fils qu'il avait perdu, pour recommencer sur une page blanche cette histoire qu'il ne pouvait inventer mais dont il pouvait se souvenir.

Plus les années passaient, plus Julián vivait en dépendant de toi, de tes progrès. Il me parlait de tes amis, d'une femme nommée Clara dont tu étais tombé amoureux, de ton père, un homme qu'il estimait et admirait, de ton ami Fermín et d'une jeune fille en qui il voulut voir une autre Penélope, ta Bea. Il parlait de toi comme d'un fils. Vous vous cherchiez l'un l'autre, Daniel. Il voulait croire que ton innocence le sauverait de lui-même. Il avait renoncé à chercher ses livres, à vouloir les brûler, à détruire les traces de son passage dans la vie. Il apprenait à retrouver le monde à travers tes yeux, à retrouver en toi le garçon qu'il avait été. Le jour où tu es venu chez moi pour la première fois, j'ai eu l'impression que je te connaissais déjà. J'ai feint la méfiance pour masquer la crainte que tu m'inspirais. J'avais peur de toi, de ce que tu pourrais découvrir. Peur d'écouter Julián et de me mettre, comme lui, à croire que vous étiez réellement liés dans une étrange chaîne de destins et de hasards. Je craignais de retrouver en toi le Julián que j'avais connu. Je savais qu'avec tes amis tu enquêtais sur notre passé. Je savais que, tôt ou tard, tu découvrirais la vérité, mais en temps voulu, quand tu serais capable d'en comprendre le sens. Je savais que, tôt ou tard, vous vous rencontreriez, toi et Julián. Ce fut mon erreur. Parce que quelqu'un d'autre était au courant, quelqu'un qui pressentait que, avec le temps, tu le conduirais à Julián : Fumero.

J'ai compris ce qui se passait au moment où il n'était plus possible de revenir en arrière, mais j'ai toujours espéré que tu perdrais la trace, que tu nous oublierais ou que la vie, la tienne et non la nôtre, t'emmènerait loin, très loin de nous, à l'abri. Le temps m'a appris à garder l'espoir, mais à ne jamais lui accorder une confiance excessive. L'espoir est cruel et vaniteux, sans conscience. Cela fait longtemps que Fumero me suit pas à pas. Il sait qu'un jour ou l'autre je tomberai. Il n'est pas pressé, c'est pour cela qu'il semble incompréhensible. Il vit pour se venger. De tous et de lui-même. Sans la vengeance, sans la colère, il s'évaporerait. Fumero sait que toi et tes amis le mènerez à Julián. Il sait qu'après presque quinze ans je n'ai plus de forces ni d'issues. Toutes ces années il m'a vue agoniser, et il n'attend que le moment de me donner le coup de grâce. J'ai toujours été sûre que je mourrais de sa main. Aujourd'hui, je sais que l'heure est proche. Je remettrai ces pages à mon père en le chargeant de te les faire parvenir s'il m'arrive quelque chose. Je prie ce Dieu que je n'ai jamais réussi à rencontrer pour que tu n'aies pas à les lire, mais je sens que mon destin, malgré ma volonté et mes vaines espérances, est de te confier cette histoire. Le tien, malgré ta jeunesse et ton innocence, est de la libérer.

Quand tu liras ces lignes, cette prison de souvenirs, cela voudra dire que je ne pourrai pas te dire adieu comme je l'aurais voulu, que je ne pourrai pas te demander de nous pardonner, surtout à Julián, et de veiller sur lui quand je ne serai plus là pour le faire. Je sais que je ne peux rien te demander, sauf de te sauver toi-même. Peut-être toutes ces pages m'ont-elles permis de me convaincre que, quoi qu'il arrive, j'aurai toujours en toi un ami, que tu es mon seul et véritable espoir. De toutes les choses que Julián a écrites, celle dont je me suis toujours sentie le plus proche est que nous restons vivants tant que quelqu'un se souvient de nous. Comme cela m'est si souvent arrivé avec Julián avant même de l'avoir rencontré, je sens que je te connais et que, si je peux avoir confiance en quelqu'un, c'est en toi. Garde-moi une petite place, Daniel, dans un coin de ta mémoire. Ne me laisse pas partir.

Nuria Monfort

1955

L'ombre du vent

1

Le jour se levait quand je terminai la lecture du manuscrit de Nuria Monfort. C'était mon histoire. Notre histoire. Dans les pas perdus de Carax, je reconnaissais maintenant les miens, déjà irréversibles. Dévoré d'anxiété, je me levai et me mis à arpenter la chambre comme un animal en cage. Toutes mes réserves, mes méfiances et mes craintes étaient parties en cendres, insignifiantes. J'étais accablé de fatigue, de remords et de peur, mais je me savais incapable de rester là, de me cacher pour ne pas avoir à affronter les conséquences de mes actes. J'enfilai mon manteau, glissai le manuscrit plié dans la poche intérieure et dévalai l'escalier. Quand je franchis le porche, la neige avait commencé à tomber, et le ciel se répandait paresseusement en larmes de lumière qui disparaissaient sous mon haleine. Je courus vers la place de Catalogne déserte. Au milieu se dressait la silhouette solitaire d'un vieillard, ou peut-être d'un ange déserteur, couronné de cheveux blancs et engoncé dans un énorme manteau gris. Roi de l'aube, il levait en riant sa face vers le ciel et tentait en vain d'attraper des flocons dans ses gants. Quand je passai près de lui, il me sourit gravement comme si, d'un coup d'œil, il pouvait lire dans mon âme. Il avait des yeux dorés, comme des pièces de monnaie magiques au fond d'une fontaine. Je crus l'entendre dire :

— Bonne chance.

Je tâchai de prendre ce vœu pour un heureux présage et pressai le pas en priant pour qu'il ne soit pas trop tard et que Bea, la Bea de mon histoire, soit toujours là à m'attendre.

Le froid me brûlait la gorge quand j'arrivai, hors d'haleine, devant l'immeuble des Aguilar. La neige commençait à geler. J'eus la bonne fortune de rencontrer, posté sous le porche, M. Saturno Molleda, concierge et (selon ce que m'avait raconté Bea) poète surréaliste en secret. M. Saturno contemplait le spectacle de la neige, balai à la main, emmitouflé dans au moins trois écharpes et chaussé de bottes militaires.

— Ce sont les pellicules de la chevelure divine, dit-il, émerveillé, en saluant la neige d'une métaphore inédite.

— Je vais chez les Aguilar, annonçai-je.

— On sait bien que Dieu est avec ceux qui se lèvent tôt, mais là, jeune homme, vous y allez un peu fort.

— Il s'agit d'une affaire urgente. Ils m'attendent.

— *Ego te absolvo*, psalmodia-t-il en m'accordant sa bénédiction.

Tout en gravissant l'escalier au pas de course, je pesai mes chances sans trop me faire d'illusions. Dans le meilleur des cas, ce serait une domestique qui m'ouvrirait, et j'étais prêt à franchir ce barrage sans hésitations. Dans le pire, et vu l'heure, ce serait le père de Bea. Je voulus me rassurer en me persuadant qu'il ne devait pas être armé dans l'intimité de son foyer, du moins pas avant le petit déjeuner. Je m'arrêtai quelques instants avant de frapper, pour reprendre mon souffle et tenter de rassembler quelques mots qui ne vinrent pas. Mais peu importait désormais. Avec force, je fis résonner trois fois le heurtoir. Quinze secondes plus tard, je répétai l'opération en ignorant les battements de mon cœur et la sueur froide qui me couvrait le front. Lorsque la porte s'ouvrit, j'avais encore la main sur le heurtoir.

— Qu'est-ce que tu veux ?

Les yeux de mon vieil ami Tomás me transpercèrent. Sans marquer de surprise. Froids et chargés de colère.

— Je viens voir Bea. Tu peux me casser la figure si tu veux, mais je ne m'en irai pas avant de lui avoir parlé.

Tomás m'observait, impassible. Je me demandai s'il allait me mettre en charpie sur l'heure et sans autres considérations. Je déglutis.

— Ma sœur n'est pas là.

— Tomás…

— Bea est partie.

La résignation et la douleur perçaient dans sa voix qui tentait de rester furieuse.

— Elle est partie ? Où ?

— J'espérais que tu le saurais.

— Moi ?

Ignorant les poings fermés et le visage menaçant de Tomás, je me glissai à l'intérieur de l'appartement et criai :

— Bea ! Bea ! C'est moi, Daniel…

Je m'arrêtai au milieu du couloir. Les murs recrachaient l'écho de ma voix avec le mépris des espaces vides. Ni M. Aguilar, ni son épouse, ni un domestique n'apparurent en réponse à mes appels.

— Il n'y a personne. Je te l'ai dit, proféra Tomás dans

mon dos. Maintenant, fous le camp et ne remets plus les pieds ici. Mon père a juré de te tuer, et ce n'est pas moi qui l'en empêcherai.

— Pour l'amour de Dieu, Tomás ! Dis-moi où est ta sœur.

Il me regardait comme quelqu'un qui ne sait s'il doit cracher ou passer son chemin.

— Bea s'est enfuie de la maison, Daniel. Depuis deux jours, mes parents la cherchent partout comme des fous, et la police aussi.

— Mais…

— L'autre nuit, quand elle revenue de son rendez-vous avec toi, mon père l'attendait. Il lui a fendu les lèvres à force de gifles, mais ne t'inquiète pas, elle a refusé de donner ton nom. Tu ne la mérites pas.

— Tomás…

— Tais-toi. Le lendemain, mes parents l'ont emmenée chez le docteur.

— Pourquoi ? Bea est malade ?

— Malade de toi, imbécile. Ma sœur est enceinte. Ne me dis pas que tu l'ignorais.

Je sentis que mes lèvres tremblaient. Un froid intense se répandit dans mon corps, la voix me manqua, mon regard vacilla. Je me traînai jusqu'à la porte d'entrée, mais Tomás m'attrapa et m'envoya valser contre le mur.

— Qu'est-ce que tu lui as fait ?

— Tomás, je…

L'impatience faisait battre ses paupières. Le premier coup me coupa le souffle. Je tombai à terre, genoux ployés. Une prise terrible me serra la gorge et me remit sur pied, cloué au mur.

— Qu'est-ce que tu lui as fait, salaud ?

Je tentai de me dégager, mais Tomás m'assomma

d'un coup de poing dans la figure. Je basculai dans une obscurité interminable, la tête noyée dans des vagues de douleur. Je m'étalai sur les dalles du couloir et tentai de ramper, mais Tomás m'attrapa par le col de mon manteau et me traîna sans ménagements jusque sur le palier. Il me jeta dans l'escalier comme un déchet.

— S'il est arrivé quelque chose à Bea, je te jure que je te tuerai, dit-il, du seuil.

Je me mis à genoux. J'aurais voulu une seconde de répit, juste le temps de récupérer ma voix. La porte se referma en m'abandonnant à l'obscurité. Je fus assailli par un élancement dans l'oreille gauche si violent que j'y portai la main, fou de douleur. Je sentis le sang couler. Je me relevai comme je pus. Les muscles du ventre que le premier coup de Tomás avait défoncés se tordaient dans une agonie qui ne faisait que commencer. Je me laissai glisser dans l'escalier, au bas duquel M. Saturno hocha la tête en me voyant.

— Oh là !... Entrez un moment pour vous remettre...

Je refusai, en me tenant le ventre à deux mains. Le côté gauche de la tête m'élançait, comme si les os cherchaient à se détacher de la chair.

— Vous saignez, dit M. Saturno, inquiet.

— Ce n'est pas la première fois.

— Faites le malin, et vous n'aurez pas le loisir de saigner longtemps. Allons, entrez, et j'appelle un médecin. Je vous en prie !

Je réussis à gagner la rue et à me libérer de la bonne volonté du concierge. Il neigeait très fort, et des voiles de brume blanche tournoyaient sur les trottoirs. Le vent glacé s'insinuait sous mes vêtements et avivait ma plaie au visage. Je ne sais si j'ai pleuré de douleur, de rage ou de peur. La neige, indifférente, emporta mes lâches gémissements et je m'éloignai lentement dans l'aube poudreuse, ombre parmi les ombres se frayant leur chemin à travers les pellicules de Dieu.

2

Au moment où j'arrivais à proximité de la rue Balmes, je m'aperçus qu'une voiture me suivait le long du trottoir. Les douleurs dans la tête avaient laissé place à une sensation de vertige qui me faisait vaciller, et je dus m'appuyer aux murs. La voiture s'arrêta, et deux hommes en descendirent. Un sifflement strident s'était emparé de mes oreilles, si bien que je ne pus entendre le moteur ni les appels de ces deux silhouettes noires qui me soulevaient chacune d'un côté et m'entraînaient en hâte vers la voiture. Rendu impuissant par les nausées, je me laissai choir sur la banquette arrière. La lumière allait et venait en vagues aveuglantes. Je compris que la voiture démarrait. Des mains me palpaient le visage, la tête et les côtes. En rencontrant le manuscrit de Nuria Monfort caché à l'intérieur de mon manteau, une des formes me l'arracha. Je voulus l'en empêcher, mais mes bras étaient transformés en gélatine. L'autre forme se pencha sur moi. Je sus qu'elle me parlait, car elle me soufflait son haleine en pleine face. Je m'attendais à voir le visage triomphant de Fumero et à sentir le fil de son couteau sur ma gorge. Un regard croisa le mien et, juste avant de perdre conscience, je reconnus le sourire édenté et épuisé de Fermín Romero de Torres.

Je me réveillai trempé d'une sueur qui me brûlait la peau. Deux mains me soutenaient fermement par les épaules, en m'installant sur un lit que je crus entouré de cierges comme pour une veillée funèbre. Le visage de Fermín apparut à ma droite. Il souriait toujours mais, même dans mon délire, je pus percevoir son inquiétude. Près de lui, debout, je distinguai M. Federico Flaviá, l'horloger.

— On dirait qu'il revient à lui, Fermín, dit M. Federico. Si je lui préparais un peu de bouillon pour l'aider à reprendre des forces ?

— Ça ne peut pas lui faire de mal. Et pendant que vous y êtes, vous pourriez me faire un petit sandwich avec ce qui vous tombera sous la main, vu que toutes ces émotions m'ont donné une faim de loup.

M. Federico se retira dignement pour nous laisser seuls.

— Où sommes-nous, Fermín ?

— En lieu sûr. Techniquement, nous nous trouvons dans un petit appartement de l'Ensanche, propriété d'une relation de M. Federico à qui nous devons la vie et plus encore. Les mauvaises langues le qualifieraient de garçonnière, mais pour nous c'est un sanctuaire.

Je tentai de me redresser. La douleur à l'oreille était devenue un battement lancinant.

— Est-ce que je vais rester sourd ?

— Sourd, je ne sais pas, mais pour un peu vous restiez à demi mongolien. Cet énergumène de M. Aguilar a bien failli vous réduire les méninges en bouillie.

— Ce n'est pas M. Aguilar qui m'a frappé. C'est Tomás.

— Tomás ? Votre ami l'inventeur ?

Je fis un signe affirmatif.

— Vous avez dû le provoquer.

— Bea s'est enfuie de chez elle… commençai-je.

Fermín fronça les sourcils.

— Continuez.

— Elle est enceinte.

Fermín m'observait, abasourdi. Pour une fois, son expression était sévère et impénétrable.

— Ne me regardez pas ainsi, Fermín, je vous en supplie.

— Que voulez-vous que je fasse ? Que je me mette à chanter ?

J'essayai de nouveau de me lever, mais la douleur et les mains de Fermín m'en empêchèrent.

— Il faut que je la retrouve, Fermín.

— Du calme. Vous n'êtes pas en état d'aller vous promener. Dites-moi où est la jeune personne, et j'irai la chercher.

— Je ne sais pas où elle est.

— Je vous serais reconnaissant d'être un peu plus précis.

M. Federico apparut à la porte avec un bol de bouillon fumant. Il m'adressa un sourire chaleureux.

— Comment te sens-tu, Daniel ?

— Beaucoup mieux, monsieur Federico, merci.

— Prends ces deux cachets.

Il échangea un bref regard avec Fermín qui acquiesça.

— C'est contre la douleur.

J'avalai les cachets avec le bouillon qui sentait le xérès. M. Federico, prodige de discrétion, quitta la chambre et referma la porte. C'est alors que je m'aperçus que Fermín serrait contre lui le manuscrit de Nuria Monfort. La pendule de la table de nuit sonna une heure. De l'après-midi, supposai-je.

— Il neige toujours ?

— Neiger est un euphémisme. C'est un déluge de flocons.

— Vous l'avez lu ? demandai-je.

Fermín se borna à hocher la tête.

— Il faut que je trouve Bea avant qu'il ne soit trop tard. Je crois savoir où elle est.

Je m'assis sur le lit en repoussant les bras de Fermín. Je regardai autour de moi. Les murs ondulaient telles des algues au fond d'un bassin. Le plafond fuyait comme emporté par la bourrasque. J'eus du mal à me tenir debout. Fermín me remit au lit sans effort.

— Vous n'irez nulle part, Daniel.

— C'était quoi, ces cachets ?

— Le philtre de Morphée. Vous allez dormir comme une pierre.

— Non, c'est impossible…

Je continuai de balbutier jusqu'à ce que mes paupières succombent inexorablement, et le monde avec. Mon sommeil fut noir et vide, un tunnel. Le sommeil des coupables.

Le crépuscule tombait quand la dalle de cette léthargie commença de se désintégrer. J'ouvris les yeux sur une chambre obscure, veillé par deux bougies qui agonisaient sur la table de nuit. Fermín, affalé dans le fauteuil du coin, ronflait avec la fureur d'un homme trois fois plus gros que lui. A ses pieds, pages éparpillées, gisait le manuscrit de Nuria Monfort. Dans ma tête, la douleur avait diminué pour devenir une palpitation lente et chaude. Je me glissai silencieusement hors de la pièce et me retrouvai dans un petit salon avec un balcon et une porte qui semblait donner sur l'escalier. Mon manteau et mes chaussures étaient posés sur une chaise. Une lumière pourpre pénétrait par la fenêtre, mouchetée de reflets irisés. J'allai au balcon et constatai qu'il neigeait toujours. On pouvait apercevoir les toits de la moitié de Barcelone comme une mosaïque de blanc et de rouge. On distinguait au loin les tours de l'école industrielle qui perçaient la brume accrochée aux dernières lueurs du soleil. La vitre était couverte de givre. Je posai l'index sur le verre et écrivis :

Je vais chercher Bea. Ne me suivez pas. Je reviendrai bientôt.

La certitude s'était imposée dès le réveil, comme si un inconnu m'avait chuchoté la vérité pendant mon sommeil. Je sortis sur le palier et me précipitai dans l'escalier vers la porte de l'immeuble. La rue Urgel était un fleuve de sable luisant d'où émergeaient réverbères et arbres comme des mâts de neige solide. Le vent crachait les flocons par rafales. J'allai jusqu'à la station de métro Hospital Clínico et plongeai dans des souterrains de buée et de touffeur dégagées par des hordes de Barcelonais. Ils avaient tendance à confondre neige et miracle en commentant l'insolite accident climatique. Les journaux du soir l'annonçaient en première page, avec photo des Ramblas enneigées et de la fontaine de Canaletas couverte de stalactites. « LA NEIGE DU SIÈCLE », clamaient les gros titres. Je me laissai tomber sur un banc du quai et respirai cette odeur de tunnels et de suie qui accompagne le grondement des trains invisibles. De l'autre côté de la voie, sur un panneau publicitaire qui vantait les délices du parc d'attractions du Tibidabo, trônait le tramway bleu ruisselant de lumières comme une kermesse, et, derrière lui, on devinait les contours de la villa Aldaya. Je me demandai si Bea, dans cette Barcelone abandonnée du monde, avait vu la même affiche et compris qu'elle n'avait pas d'autre lieu où aller.

3

La nuit tombait quand j'émergeai des escaliers du métro. Déserte, l'avenue du Tibidabo dessinait une fuite infinie de cyprès et de demeures ensevelis dans une clarté sépulcrale. J'aperçus la silhouette du tramway bleu à l'arrêt, et le vent m'apporta le tintement de la sonnette du contrôleur. Je hâtai le pas et montai dedans juste au moment où il s'ébranlait. Le contrôleur, vieille connaissance, accepta mes pièces en marmonnant quelques mots inaudibles. Je m'assis à l'intérieur, un peu protégé du froid et du vent. Les villas sombres défilaient lentement derrière les vitres voilées de givre. Le contrôleur m'observait avec ce mélange de méfiance et de sans-gêne que le froid semblait avoir figé sur son visage.

— Le numéro 32, jeune homme.

Je me tournai et vis la forme fantomatique de la villa Aldaya s'avancer vers nous comme la proue d'un bateau noir dans la neige. Le tramway s'arrêta d'une secousse. Je descendis, évitant le regard de l'homme.

— Bonne chance, murmura-t-il.

Je regardai le tramway s'éloigner vers le haut de l'avenue et attendis que l'écho de la clochette s'éteigne. Une obscurité solide s'abattit autour de moi. Je me dépêchai de contourner l'enceinte à la recherche de la brèche. En escaladant le mur, il me sembla entendre des pas sur la neige du trottoir d'en face. Je m'immobilisai sur le faîte du mur. La nuit engloutissait tout. Le bruit s'éteignit dans une rafale de vent. Je sautai de l'autre côté et pénétrai dans le jardin. Les arbustes gelés se dressaient comme des statues de cristal. Les anges écroulés gisaient sous des suaires de glace. La surface du bassin était un miroir noir dont émergeait seulement, tel un sabre d'obsidienne, la griffe de pierre de l'ange noyé. Des larmes de glace pendaient de son index. La main accusatrice de l'ange désignait directement la porte principale, entrouverte.

Je gravis les marches du perron en espérant ne pas arriver trop tard. Je ne me souciai pas d'amortir l'écho de mes pas. Je poussai la porte et entrai dans le vestibule. Une file de bougies éclairait l'intérieur. C'étaient les bougies de Bea, presque consumées, au ras du sol. Je les suivis et m'arrêtai au pied du grand escalier. Le chemin de bougies montait jusqu'au premier étage. Je m'aventurai sur les marches en suivant mon ombre déformée sur les murs. Arrivé sur le palier, je vis encore deux bougies, plus loin dans le couloir. La flamme d'une troisième vacillait devant ce qui avait été la chambre de Penélope. Je m'approchai et frappai doucement.

— Julián ? prononça une voix tremblante.

Je posai la main sur la poignée et m'apprêtai à entrer, ne sachant plus qui m'attendait de l'autre côté. J'ouvris lentement. Dans un coin de la chambre, enroulée dans une couverture, Bea me regardait. Je courus vers elle et l'étreignis en silence. Elle éclata en sanglots.

— Je ne savais pas où aller, murmura-t-elle. J'ai appelé plusieurs fois chez toi, mais il n'y avait personne. J'ai pris peur…

Bea sécha ses larmes avec ses poings et planta son regard dans le mien. J'acquiesçai, sans éprouver le besoin d'ajouter quelque chose.

— Pourquoi m'as-tu appelé Julián ?

Bea jeta un coup d'œil vers la porte entrouverte.

— Il est là. Dans la villa. Il va et vient. Il m'a surprise l'autre jour, alors que j'essayais d'entrer. Je ne lui ai rien expliqué, et pourtant il a su qui j'étais. Il a su ce qui se passait. Il m'a installée dans cette chambre et m'a apporté une couverture, à boire et à manger. Il m'a dit d'attendre. Que tout allait s'arranger. Que tu viendrais me chercher. La nuit, nous avons discuté pendant des heures. Il m'a parlé de Penélope, de Nuria… et surtout de toi, de nous deux. Il m'a dit que je devais t'apprendre à l'oublier…

— Où est-il en ce moment ?

— En bas. Dans la bibliothèque. Il m'a confié qu'il attendait un visiteur, en me demandant de ne pas bouger d'ici.

— Qui attend-il ?

— Je ne sais pas. Il a juste dit que ce visiteur viendrait avec toi, que tu l'amènerais…

Quand j'allai inspecter le couloir, on entendait déjà les pas au bas du grand escalier. Je reconnus l'ombre qui se répandait sur les murs comme une toile d'araignée, la gabardine noire, le chapeau enfoncé à la manière d'une cagoule et, dans la main, le revolver luisant telle une faux. Fumero. Il m'avait toujours rappelé quelqu'un, ou quelque chose, mais ce fut seulement à cet instant que je compris quoi.

4

J'éteignis les bougies avec les doigts et fis signe à Bea de garder le silence. Elle me saisit la main et m'adressa un regard interrogateur. On entendait les pas lents de Fumero au-dessous de nous. Je ramenai Bea à l'intérieur de la chambre et lui fis signe de rester là, cachée derrière la porte.

— Ne sors pas d'ici, quoi qu'il arrive, chuchotai-je.

— Ne m'abandonne pas maintenant, Daniel. S'il te plaît.

— Je dois prévenir Carax.

Bea m'implora des yeux, mais je ne cédai pas et retournai dans le couloir. Je me glissai jusqu'au débouché du grand escalier. Plus trace de l'ombre de Fumero, ni de ses pas. Il avait dû s'arrêter quelque part dans l'obscurité, immobile. Patient. Je regagnai le couloir et suivis la galerie qui desservait les chambres, jusqu'à la façade principale de la villa. Une fenêtre obstruée par la glace laissait filtrer quatre rais de lumière bleutée, troubles comme de l'eau stagnante. Je m'en approchai et aperçus une voiture noire stationnée devant la grande grille. Je reconnus la voiture du lieutenant Palacios. La braise d'une cigarette dénonçait sa présence au volant. Je revins lentement jusqu'à l'escalier et le descendis marche après marche avec d'infinies précautions. Je m'arrêtai à mi-chemin et scrutai les ténèbres qui noyaient le rez-de-chaussée.

Fumero avait laissé la porte grande ouverte derrière lui. Le vent avait éteint les bougies et crachait des tourbillons de neige. Les feuilles mortes gelées dansaient sous le porche, flottant dans un tunnel de clarté floconneuse qui s'infiltrait dans les ruines de la villa. Je descendis encore quatre marches, en me collant au mur. Je distinguai une partie de la verrière de la bibliothèque. Je ne détectais toujours pas Fumero. Je me demandais s'il était descendu dans la cave ou dans la crypte. La neige poudreuse qui pénétrait du dehors avait effacé ses traces. Je me glissai jusqu'au bas de l'escalier et jetai un coup d'œil dans le couloir menant à l'entrée. Le vent glacé me cingla la face. La griffe de l'ange immergé dans le bassin se dessinait dans les ténèbres. L'entrée de la bibliothèque était à une dizaine de mètres du pied de l'escalier. L'antichambre qui y menait était plongée dans l'obscurité. Je compris que Fumero pouvait être à quelques mètres à peine, en train de me guetter, sans que je puisse le voir. Je scrutai l'ombre, impénétrable comme l'eau d'un puits. Je respirai profondément et me forçai à traverser à l'aveuglette la distance qui me séparait du seuil de la bibliothèque.

Il régnait dans le grand salon ovale une clarté avare et embrumée, criblée de zones d'ombre projetées par la neige qui se répandait comme de la gélatine derrière les volets. Je parcourus du regard les murs nus, cherchant Fumero, posté peut-être à l'entrée. Un objet saillait du mur à moins de deux mètres de moi, sur ma droite. Un instant, il me sembla qu'il bougeait, mais c'était seulement le reflet de la lune sur la lame. Un couteau, peut-être un poignard à double tranchant, était planté là. Il clouait un rectangle de carton ou de papier. Je m'approchai et reconnus l'image ainsi fixée. Une photo, copie de celle qu'un inconnu avait laissée à demi brûlée sur le comptoir de la librairie. Julián et Penélope, à peine adolescents, y souriaient à une vie dont ils ne savaient pas encore qu'elle les avait abandonnés. La pointe du couteau traversait la poitrine de Julián. Je compris alors que ce n'était pas Laín Coubert, ou Julián Carax, qui avait déposé cette photo comme une invitation. C'était Fumero. Il s'en était servi comme d'un appât empoisonné. Je levai la main pour détacher la lame, mais le contact glacé du revolver de Fumero sur ma nuque m'arrêta.

— Une image vaut mieux que mille paroles, Daniel. Si ton père n'avait pas été un libraire de merde, il te l'aurait appris depuis longtemps.

Je me retournai lentement et me trouvai face au canon de l'arme. Il sentait la poudre. Le visage cadavérique de Fumero souriait dans un rictus crispé et terrifiant.

— Où est Carax ?

— Loin d'ici. Il savait que vous viendriez. Il est parti.

Fumero m'observait, impassible.

— Je vais te faire exploser la tête, morveux.

— Ça ne vous servira pas à grand-chose. Carax n'est pas là.

— Ouvre la bouche, ordonna Fumero.

— Pour quoi faire ?

— Ouvre la bouche ou je tire pour te l'ouvrir.

Je desserrai les lèvres. Fumero m'introduisit le canon du revolver dans la bouche. Je sentis une nausée monter dans ma gorge. Le pouce de Fumero manœuvra le percuteur.

— Et maintenant, minable, c'est le moment de savoir si tu as envie de vivre. Compris ?

Je fis un geste d'acquiescement.

— Alors dis-moi où est Carax.

Je tentai de balbutier. Fumero écarta le revolver de quelques centimètres.

— Où est-il ?

— En bas. Dans la crypte.

— Conduis-moi. Je veux que tu sois présent quand je décrirai à ce salaud les gémissements de Nuria Monfort pendant que je lui enfonçais mon couteau dans…

La forme jaillit du néant. Par-dessus l'épaule de Fumero, je crus voir des rideaux de brume s'écarter dans l'obscurité et une silhouette sans visage, au regard incandescent, glisser vers nous dans le silence total, semblant à peine frôler le sol. Fumero en lut le reflet dans mes yeux brouillés de larmes et ses traits se décomposèrent.

Il eut juste le temps de se retourner et de tirer vers les ténèbres épaisses qui le cernaient, et déjà deux serres parcheminées, sans lignes ni relief, avaient pris sa gorge dans leur étau. C'étaient les mains de Julián Carax, façonnées par les flammes. Carax m'écarta d'une poussée et écrasa Fumero contre le mur. L'inspecteur se cramponna à son revolver et essaya de le pointer sous le menton de Carax. Avant qu'il ait pu appuyer sur la détente, Carax lui attrapa le poignet et le cogna violemment contre le mur, à plusieurs reprises, sans parvenir à lui faire lâcher son arme. Un deuxième coup de feu éclata, et la balle alla s'enfoncer dans la paroi, en faisant un trou dans le panneau de bois. Des étincelles de poudre brûlante et des esquilles embrasées rejaillirent sur le visage de l'inspecteur. Une odeur de chair brûlée envahit la pièce.

D'une secousse, Fumero tenta de se délivrer de ces serres dont l'une lui immobilisait le cou et l'autre plaquait au mur la main tenant le revolver. Carax ne desserrait pas l'étau. Fumero rugit de rage, agita la tête en tous sens et parvint à mordre le poing de Carax. Une fureur animale le possédait. J'entendis le craquement de ses dents déchiquetant la peau morte et vis ses lèvres écumantes de sang. Carax, ignorant la douleur, peut-être incapable de la sentir, saisit alors le couteau. Il le détacha du mur d'un coup sec et, sous les yeux terrifiés de Fumero, il cloua le poignet droit de l'inspecteur sur le panneau de bois en enfonçant la lame presque jusqu'au manche. Fumero laissa échapper un hurlement d'agonie. Sa main s'ouvrit dans un spasme, et le revolver tomba à ses pieds. De la pointe du soulier, Carax l'envoya valser dans les ténèbres.

L'horreur de cette scène avait défilé devant mes yeux en quelques secondes à peine. Je me sentais paralysé, incapable d'agir ou d'articuler la moindre pensée. Carax se retourna vers moi et planta ses yeux dans les miens. En le regardant, je parvins à reconstituer ce visage perdu que j'avais si souvent imaginé en contemplant des photos et en écoutant de vieilles histoires.

— Emmène Beatriz loin d'ici, Daniel. Elle sait ce que vous devez faire. Ne te sépare pas d'elle. Ne te la laisse pas enlever. Par rien ni par personne. Prends soin d'elle. Plus que de ta vie.

Je voulus acquiescer, mais mon regard se porta sur Fumero qui se démenait avec le couteau planté dans son poignet. Il l'arracha d'une secousse et s'écroula à genoux, en tenant son bras blessé qui saignait.

— Va-t'en, murmura Carax.

A terre, Fumero nous regardait, aveuglé par la haine, la lame sanglante dans sa main gauche. Carax se dirigea vers lui. J'entendis des pas pressés et compris que Palacios, alerté par les coups de feu, accourait au secours de son chef. Avant que Carax ait pu arracher le couteau à Fumero, Palacios entra dans la bibliothèque en pointant son arme.

— Arrière ! prévint-il.

Il lança un rapide coup d'œil à Fumero qui se relevait avec effort, puis nous observa, moi d'abord, Carax ensuite. Je perçus de l'horreur et de l'hésitation dans ce regard.

— J'ai dit : arrière !

Carax s'arrêta et recula. Palacios continuait à nous observer froidement, en essayant de trouver une issue à la situation. Ses yeux se posèrent sur moi.

— Toi, va-t'en. Ça ne te concerne pas. File.

J'hésitai un instant. Carax me fit un signe affirmatif.

— Personne ne partira d'ici, aboya Fumero. Palacios, donnez-moi votre revolver.

Palacios resta silencieux.

— Palacios ! répéta Fumero, en tendant sa main ensanglantée pour saisir l'arme.

— Non, murmura Palacios, dents serrées.

Les yeux déments de Fumero se remplirent de mépris et de fureur. Il arracha l'arme et, d'une poussée, écarta Palacios. J'échangeai un regard avec ce dernier et sus ce qui allait se passer. Fumero leva lentement l'arme. Sa main tremblait et le revolver brillait, rouge de sang. Carax recula pas à pas vers l'ombre, mais il n'avait aucune échappatoire. Le canon du revolver le suivait. Les muscles de mon corps se crispèrent de rage. Le rictus de mort de Fumero, transporté par la folie et la haine, me réveilla comme une gifle. Palacios me regardait, en faisant non de la tête. Je l'ignorai. Carax s'était déjà résigné, immobile au milieu de la pièce, attendant la balle.

Fumero ne me vit pas. Il n'en eut pas le temps. Pour lui, seuls existaient Carax et cette main sanglante qui étreignait le revolver. D'un bond, je me jetai sur lui. Je sentis que mes pieds quittaient le sol, mais ils ne reprirent pas contact avec lui. Le monde entier s'était figé dans l'air. Le fracas du coup de feu m'arriva de très loin, comme l'écho d'un orage. Je ne sentis pas de douleur. La balle me traversa les côtes. Aveuglé par le choc, j'eus l'impression qu'une barre de métal me propulsait dans le vide quelques mètres plus loin, puis me précipitait à terre. Je ne sentis pas la chute, mais il me sembla que les murs se rapprochaient et que le toit descendait à toute vitesse comme s'il voulait m'écraser.

Un main me souleva la nuque et j'aperçus le visage de Julián Carax penché sur moi. Dans ma vision, Carax apparaissait exactement tel que je l'avais imaginé, comme si les flammes ne lui avaient jamais dévoré la face. Je lus l'horreur dans son regard, sans comprendre. Je vis qu'il posait la main sur ma poitrine et me demandai ce qu'était le liquide fumant qui sourdait entre ses doigts. Ce fut alors qu'une brûlure terrible, comme un souffle embrasé, me dévora les entrailles. Un cri voulut s'échapper de mes lèvres, mais il s'éteignit, noyé dans le sang chaud. Je reconnus le visage de Palacios près de moi, décomposé par le remords. Je levai les yeux et, soudain, je la vis. En silence, Bea avançait lentement dans la bibliothèque, les traits ravagés par l'épouvante, ses mains tremblantes posées sur ses lèvres. Tout son corps semblait dire non. Je voulus la prévenir, mais un froid mordant me parcourait les bras et les jambes, s'ouvrant un chemin à coups de poignard.

Fumero était tapi derrière la porte. Bea ne s'était pas rendu compte de sa présence. Quand Carax se redressa d'un bond et que Bea se retourna, alertée, le revolver de l'inspecteur frôlait déjà son front. Palacios se précipita pour l'arrêter. Il arriva trop tard. Carax était déjà près de Fumero. J'entendis son cri, très loin, qui répétait le nom de Bea. La pièce fut illuminée par l'éclair du coup de feu. La balle traversa la main droite de Carax. Un instant plus tard, l'homme sans visage fondait sur Fumero. Je me penchai pour voir Bea courir vers moi, saine et sauve. Mon regard qui se voilait chercha Carax sans le trouver. Un autre visage avait pris sa place. C'était Laín Coubert, tel que j'avais appris à le craindre en lisant les pages d'un livre, bien des années auparavant. Cette fois, les griffes de Coubert se plantèrent dans les yeux de Fumero comme des crocs. Je pus encore voir les jambes de l'inspecteur bringuebaler sur le plancher vers la porte de la bibliothèque, son corps se débattre par saccades pendant que Coubert le traînait impitoyablement vers le perron, ses genoux rebondir sur les marches de marbre, sa figure recevoir les crachats de la neige, l'homme sans visage le prendre par le cou pour le soulever comme un pantin et le jeter contre la fontaine gelée, la main de l'ange traverser sa poitrine et l'embrocher, et son âme maudite se répandre en une vapeur noire qui retombait en larmes de glace sur le miroir du bassin, tandis que ses paupières battaient dans les derniers sursauts de la mort et que ses yeux semblaient éclater comme des fleurs de givre.

Je m'effondrai alors, incapable de regarder une seconde de plus. L'obscurité se teinta de lumière blafarde et le visage de Bea s'éloigna dans un tunnel de neige. Je fermai les yeux et sentis les mains de Bea sur ma figure et le souffle de sa voix suppliant Dieu de ne pas m'emporter, murmurant qu'elle m'aimait et qu'elle ne me laisserait pas partir, non, qu'elle ne me laisserait pas. Je me souviens seulement que je quittai ce monde irréel de lumière et de froid, qu'une étrange paix m'envahit et fit disparaître la douleur et le feu qui me dévoraient lentement les entrailles. Je me vis marcher dans les rues de cette Barcelone magique, tenant la main de Bea, tous les deux déjà vieux. Je vis mon père et Nuria Monfort déposer des roses blanches sur ma tombe. Je vis Fermín pleurer dans les bras de Bernarda, et mon vieil ami Tomás, devenu définitivement muet. Je les vis comme on voit des inconnus de la fenêtre d'un train qui passe trop vite. C'est alors que, presque sans m'en rendre compte, je me rappelai le visage de ma mère que j'avais perdu depuis tant d'années, comme une coupure de presse égarée que l'on retrouve glissée entre les pages d'un livre. Sa lumière fut tout ce qui m'accompagna dans ma plongée.

27 novembre 1955

Post mortem

La chambre était blanche, tendue de voiles et de rideaux vaporeux où jouait un soleil éclatant. De ma fenêtre on voyait une mer bleue s'étendre à l'infini. Qu'importe si, plus tard, quelqu'un a essayé de me convaincre que non, que de la clinique Corachán on ne voit pas la mer, que ses chambres ne sont pas blanches ni éthérées, et que la mer de ce mois de novembre-là était une étendue de plomb froid et hostile, qu'il avait continué de neiger toute la semaine sans qu'apparaisse le soleil, que toute Barcelone était sous un mètre de neige et que même mon ami Fermín, l'éternel optimiste, avait cru que je mourrais de nouveau.

J'étais déjà mort une première fois, dans l'ambulance, entre les bras de Bea et du lieutenant Palacios, dont le costume de service fut gâché par mon sang. La balle, disaient les médecins qui parlaient de moi en croyant que je ne les entendais pas, avait ravagé deux côtes, frôlé le cœur, sectionné une artère avant de ressortir gaillardement par le côté en entraînant tout ce qu'elle trouvait sur son chemin. Mon cœur avait cessé de battre pendant soixante-quatre secondes. On m'a dit qu'après mon excursion dans l'infini j'avais ouvert les yeux et souri, puis de nouveau perdu connaissance.

Je ne repris conscience que huit jours plus tard. A ce moment-là, les journaux avaient déjà publié la nouvelle du décès du célèbre inspecteur-chef de la police Francisco Javier Fumero au cours d'une fusillade avec une bande de malfaiteurs, et les autorités s'occupaient surtout de trouver une rue ou un passage à rebaptiser pour honorer sa mémoire. On n'avait pas retrouvé d'autre corps que le sien dans la vieille villa Aldaya. Les corps de Penélope et de son enfant ne furent jamais mentionnés.

Je me réveillai à l'aube. Je me souviens de la lumière, or liquide déferlant sur mes draps. Il ne neigeait plus, et quelqu'un avait remplacé la mer devant ma fenêtre par une esplanade toute blanche d'où émergeaient seulement quelques balançoires. Mon père, affalé sur une chaise près de mon lit, leva les yeux et m'observa en silence. Je lui souris, et il se mit à pleurer. Fermín dormait comme une souche dans le couloir, la tête posée sur les genoux de Bea. Ils entendirent ses pleurs, puis ses cris, et accoururent dans la chambre. Je me souviens que Fermín était pâle et maigre comme une arête de poisson. Ils m'apprirent que le sang qui coulait dans mes veines était le sien, que je m'étais vidé du mien, et que mon ami avait passé son temps à se goinfrer de steaks hachés à la cafétéria de la clinique pour produire des globules rouges au cas où il m'en faudrait encore. C'était peut-être pour cette raison que je me sentais plus sage et moins Daniel. Je me souviens qu'il y avait un bouquet de fleurs et que, l'après-midi qui suivit, ou alors deux minutes plus tard, je ne saurais dire, je vis défiler dans ma chambre Gustavo Barceló et sa nièce Clara, Bernarda et mon ami Tomás qui n'osait pas me regarder dans les yeux et qui, quand je l'embrassai, partit en courant pleurer dans la rue. Je me souviens vaguement de M. Federico, qui était accompagné de Merceditas et de M. Anacleto, le professeur. Et surtout, je me souviens de Bea, qui me contemplait en silence pendant que les autres laissaient éclater leur joie et se répandaient en actions de grâces, et de mon père qui avait dormi sur cette chaise pendant sept nuits, en priant un Dieu auquel il ne croyait pas.

Lorsque les médecins obligèrent tout ce monde à évacuer la chambre pour me ménager un repos dont je ne voulais pas, mon père s'approcha un moment et me dit qu'il m'avait apporté le stylo de Victor Hugo et un cahier, au cas où je voudrais écrire. Fermín, du seuil, annonça qu'il avait consulté tous les docteurs de la clinique et qu'ils lui avaient certifié que je n'aurais pas à faire mon service militaire. Bea posa un baiser sur mon front et emmena mon père prendre l'air, car il n'était pas sorti de la chambre depuis plus d'une semaine. Je restai seul, écrasé de fatigue, et m'endormis en couvant des yeux l'étui de mon stylo sur la table de nuit.

Je fus réveillé par des pas qui franchissaient la porte, et je crus voir la silhouette de mon père s'approcher du lit, ou peut-être était-ce celle du docteur Mendoza qui veillait constamment sur moi, convaincu que j'étais un miraculé. Le visiteur fit le tour du lit et s'assit sur la chaise de mon père. J'avais la bouche sèche et pouvais à peine parler. Julián Carax porta un verre d'eau à mes lèvres et me souleva la tête pour me faire boire. Ses yeux exprimaient un adieu, et il me suffit de les regarder pour comprendre qu'il ne saurait jamais que Penélope était sa sœur. Je ne me rappelle pas bien ses paroles ni le son de sa voix. Je sais seulement qu'il me prit la main : je sentis qu'il me demandait de vivre à sa place et que je ne le reverrais jamais. Ce que je n'ai pas oublié, ce sont mes propres paroles : je le priai de prendre ce stylo, qui avait été à lui depuis toujours, et de se remettre à écrire.

Quand je me réveillai, Bea me rafraîchissait le front avec un mouchoir imbibé d'eau de Cologne. Tout ému, je lui demandai où était Carax. Elle me regarda, interdite, et m'affirma que Carax avait disparu dans la tempête, huit jours auparavant, en laissant des traces de sang dans la neige, et que tout le monde le pensait mort. Je dis que non, qu'à peine quelques secondes plus tôt il se trouvait ici même, avec moi. Bea me sourit, sans répondre. L'infirmière qui me prenait le pouls hocha lentement la tête : j'avais dormi six heures d'affilée, elle était restée assise tout ce temps à son bureau devant la porte de ma chambre, et personne n'était entré.

Cette nuit-là, en tentant de me rendormir, je tournai la tête sur l'oreiller et pus voir que l'étui était ouvert et que le stylo avait disparu.

1956

Les giboulées de mars

Nous nous mariâmes, Bea et moi, deux mois plus tard à l'église de Santa Ana. M. Aguilar, qui ne me parlait encore que par monosyllabes et continuera de le faire jusqu'à la fin des temps, m'avait accordé la main de sa fille devant l'impossibilité d'obtenir ma tête sur un plateau. Sa fureur l'avait quitté avec la disparition de Bea, et il semblait vivre désormais dans un état d'alarme perpétuelle, résigné à avoir un petit-fils qui m'appellerait papa et à perdre, volée par la vie à cause d'un individu sans vergogne réchappé d'une fusillade, la fille que, malgré ses lunettes, il continuait à voir comme au jour de sa première communion et pas un de plus. Une semaine avant la cérémonie, le père de Bea s'était présenté à la librairie pour me donner une épingle de cravate en or qui avait appartenu à son propre père et me serrer la main.

— Bea est la seule chose bien que j'ai faite dans ma vie. Veille sur elle.

Mon père l'avait raccompagné à la porte avant de le regarder s'éloigner dans la rue Santa Ana avec cette mélancolie qui rend les hommes vieillissants indulgents envers leurs semblables.

— Ce n'est pas un mauvais homme, Daniel, dit-il. Chacun aime à sa façon.

Le docteur Mendoza, qui doutait que je sois capable de tenir debout plus d'une demi-heure, m'avait averti que l'agitation d'un mariage et de ses préparatifs n'était pas le meilleur traitement pour guérir un homme qui avait bien failli laisser son cœur dans la salle d'opération. Je l'avais rassuré.

— Ne vous inquiétez pas. On ne me laisse rien faire.

Je ne mentais pas. Fermín Romero de Torres s'était érigé en dictateur absolu et en factotum de la cérémonie, du banquet et de tout le reste. Le curé de l'église, en apprenant que la future mariée se présenterait enceinte à l'autel, avait refusé net de célébrer le mariage et menacé d'en appeler aux mânes de la Sainte Inquisition pour qu'ils empêchent ce sacrilège. Fermín s'était mis en colère et l'avait sorti de l'église en le traînant par la peau du cou, en clamant à tous les vents qu'il était indigne de son habit, de la paroisse, et en jurant que s'il osait bouger le petit doigt, il ferait, lui Fermín, un tel scandale à l'évêché que sa misérable mesquinerie lui vaudrait pour le moins l'exil sur le rocher de Gibraltar où il pourrait évangéliser les singes. Plusieurs passants avaient applaudi, et le fleuriste de la place lui avait fait cadeau d'un œillet blanc qu'il garda à sa boutonnière jusqu'à ce que les pétales prennent la couleur du col de sa chemise. Rasséréné mais toujours sans prêtre, Fermín s'était rendu au collège San Gabriel pour faire appel aux services du père Fernando Ramos, lequel n'avait jamais célébré un mariage de sa vie, ses spécialités étant, dans l'ordre, le latin et le grec, la trigonométrie et la gymnastique suédoise.

— Éminence, le fiancé est très faible et nous ne pouvons pas prendre le risque de lui causer un autre choc. Il voit en vous la réincarnation des pères spirituels de notre Sainte Mère l'Église, saint Thomas, saint Augustin qui sont là-haut avec la Vierge de Fatima. Tel que vous le voyez, ce garçon est comme moi, très pieux. Un mystique. Si je lui annonce que vous refusez, nous aurons à célébrer un enterrement au lieu d'un mariage.

— Eh bien, puisque vous me présentez les choses sous cet angle…

A en croire ce que l'on m'a raconté par la suite – car les autres se souviennent toujours mieux que vous-même de votre mariage –, Bernarda et Barceló (suivant les instructions détaillées de Fermín) abreuvèrent le pauvre prêtre de muscat, pour le mettre dans des dispositions adéquates avant la cérémonie. A l'heure d'officier, le père Fernando, arborant un sourire bénisseur et un teint agréablement fleuri, choisit de faire une audacieuse entorse au rituel en remplaçant la lecture de je ne sais quelle Lettre aux Corinthiens par celle d'un sonnet d'amour, œuvre d'un certain Pablo Neruda, que plusieurs invités dc M. Aguilar identifièrent comme un communiste et un bolchevique enragé, tandis que d'autres cherchaient dans leur missel ces vers d'une étonnante beauté païenne en se demandant s'il s'agissait des premiers signes du concile à venir.

Le soir précédant le mariage, Fermín, architecte de l'événement et maître des cérémonies, m'annonça qu'il avait organisé une soirée pour enterrer ma vie de garçon, soirée dont nous serions, lui et moi, les seuls invités.

— Je ne sais pas, Fermín. Moi, ces choses-là…

— Faites-moi confiance.

La nuit venue, je le suivis docilement dans un bouge infâme de la rue Escudillers où les odeurs corporelles se mêlaient à celles de la plus infecte friture de tout le littoral méditerranéen. Une assemblée choisie de dames alliant une vertu facile à beaucoup de kilomètres au compteur nous reçut avec des sourires qui auraient fait les choux gras d'une faculté d'orthodontie.

— Nous venons voir la Rociíto, annonça Fermín à un maquereau dont les rouflaquettes présentaient une curieuse ressemblance avec le cap Finisterre.

— Fermín, murmurai-je, atterré. Pour l'amour de Dieu…

— Fiez-vous à moi.

La Rociíto accourut aussitôt dans toute sa gloire, dont je calculai qu'elle frisait les quatre-vingt-dix kilos sans compter le col de dentelle et la robe de viscose rouge, et m'inspecta consciencieusement.

— Salut, mon p'tit cœur. Ben tu sais, j'te voyais plus vieux.

— Ce n'est pas lui l'intéressé, rectifia Fermín.

Je compris alors la nature du quiproquo, et mes craintes se dissipèrent. Fermín n'oubliait jamais une promesse, surtout si c'était moi qui l'avais faite. Nous partîmes tous trois à la recherche d'un taxi pour nous faire déposer devant l'asile de Santa Lucía. Pendant le trajet, Fermín qui, par déférence pour mon état de santé et ma condition de futur marié, m'avait cédé la place à côté du chauffeur, partageait la banquette arrière avec la Rociíto en soupesant ses avantages avec une visible délectation.

— Tu es drôlement bien lotie, Rociíto. Ton cul mignon, c'est l'apocalypse selon Botticelli.

— Ah, m'sieur Fermín, depuis qu'vous êtes fiancé, vous m'laissez tomber, fripon.

— C'est que tu as beaucoup de maris, Rociíto, et moi je suis pour la monogamie.

— T'occupe, la Rociíto elle soigne ça avec de bonnes giclées de pépécilline.

Il était minuit passé quand nous arrivâmes rue Moncada, escortant le corps céleste de la Rociíto. Nous l'introduisîmes dans l'asile de Santa Lucía par la porte de derrière, laquelle servait à évacuer les défunts dans une ruelle aux pavés gras qui sentait l'œsophage des enfers. Une fois dans les ténèbres du *Tenebrarium*, Fermín donna ses dernières instructions à la Rociíto, pendant que je localisais le grand-père à qui j'avais promis une dernière danse avec Éros avant que Thanatos ne lui donne quitus.

— Rappelle-toi, Rociíto, que le vieux est un peu dur de la feuille, que tu dois lui parler fort, clair et bien cochon, tu connais les mots qu'il faut, mais sans excès, vu qu'il n'est pas question de lui donner son billet pour le royaume des cieux avant l'heure de l'arrêt cardiaque.

— T'en fais pas mon joli, j'suis une pro.

Je trouvai le bénéficiaire de ces amours vénales dans un recoin du premier étage, tel un sage ermite réfugié derrière des murs de solitude. Il leva les yeux et me contempla, déconcerté.

— Je suis mort ?

— Non. Vous êtes vivant. Vous ne vous souvenez pas de moi ?

— Je me souviens de vous aussi bien que de mes premières chaussures, jeune homme, mais en vous voyant ainsi, cadavérique, j'ai cru à une apparition de l'au-delà. Ici, on perd ce que vous autres, à l'extérieur, appelez le discernement. Donc vous n'êtes pas une apparition ?

— Non, l'apparition, elle vous attend en bas, si vous voulez bien.

Je conduisis le grand-père dans une cellule lugubre que Fermín et la Rociíto avaient égayée avec des bougies et quelques gouttes de parfum. Quand il posa son regard sur les appas débordants de notre Vénus andalouse, le visage du grand-père s'illumina de paradis rêvés.

— Que le ciel vous bénisse !

— En attendant, montez-y ! dit Fermín en désignant la nymphe de la rue Escudillers qui se disposait à déployer ses charmes.

Je la vis s'emparer du grand-père avec une infinie tendresse et baiser les larmes qui coulaient sur ses joues. Fermín et moi nous éclipsâmes pour les laisser à une intimité bien méritée. Dans notre traversée de cette galerie de désespoirs, nous tombâmes nez à nez avec une des sœurs qui administraient l'asile. Elle nous lança un regard chargé d'acide sulfurique.

— Des pensionnaires prétendent que vous avez introduit une prostituée et disent que, puisque c'est comme ça, eux aussi en veulent une.

— Très révérende sœur, pour qui nous prenez-vous ? Notre présence en ces lieux est strictement œcuménique. Vous avez devant vous un jeune garçon qui, pas plus tard que demain matin, va devenir un homme aux yeux de notre Sainte Mère l'Église, et nous venions porter secours à votre pensionnaire Jacinta Coronado.

La sœur Emilia haussa un sourcil.

— Vous êtes de la famille ?

— Spirituellement.

— Jacinta est morte il y a quinze jours. Un monsieur était venu lui rendre visite le soir qui a précédé son décès. C'est un parent à vous ?

— Vous parlez du père Fernando ?

— Ce n'était pas un prêtre. Il m'a dit qu'il s'appelait Julián. Je ne me souviens pas du nom de famille.

Fermín me regarda, muet.

— Julián est un de mes amis, dis-je.

Sœur Emilia hocha la tête.

— Il est resté plusieurs heures avec elle. Cela faisait des années que je ne l'avais pas entendue rire. Après son départ, elle m'a dit qu'ils avaient évoqué le passé, l'époque où ils étaient jeunes. Que ce monsieur lui apportait des nouvelles de sa fille Penélope. Je ne savais pas que Jacinta avait eu une fille. Je m'en souviens parce que, ce matin-là, Jacinta m'a souri, et quand je lui ai demandé pourquoi elle était si contente, elle m'a dit qu'elle rentrait chez elle, rejoindre Penélope. Elle est morte à l'aube, dans son sommeil.

La Rociíto termina son rituel d'amour un moment plus tard, en laissant le grand-père, épuisé, dans les bras de Morphée. Quand nous sortîmes, Fermín la paya le double, mais elle, pleurant de pitié devant le spectacle de tous ces damnés oubliés de Dieu et du diable, eut à cœur de verser ses émoluments à sœur Emilia pour qu'elle leur serve à tous du chocolat chaud avec des beignets, vu que c'était toujours comme ça qu'elle, la reine des putains, se consolait de la dureté de la vie.

— C'est que j'suis une sentimentale. Vous vous rendez compte, m'sieur Fermín, le pauvre p'tit vieux… y voulait juste que je l'embrasse et que je le caresse… Y a de quoi vous fendre le cœur…

Nous embarquâmes la Rociíto dans un taxi avec un

bon pourboire et prîmes la rue Princesa déserte et nimbée de bruine.

— Il faudrait penser à dormir pour être d'attaque demain, dit Fermín.

— Je ne crois pas que je pourrai.

Nous nous dirigeâmes vers la Barceloneta et, presque sans nous en rendre compte, nous marchâmes sur le brise-lames jusqu'à ce que la ville étincelante et silencieuse s'étende tout entière devant nous, émergeant des eaux du port comme le plus grand mirage de l'univers. Nous nous assîmes sur le bord du quai pour contempler cette vision. A une vingtaine de mètres s'alignait une file de voitures immobiles, vitres masquées par la buée et des pages de journaux.

— Cette ville est une sorcière, Daniel. Elle se glisse sous votre peau et vous vole votre âme sans même que vous en preniez conscience.

— Vous parlez comme la Rociíto, Fermín.

— Ne vous moquez pas, ce sont les personnes comme elles qui font de ce monde un lieu fréquentable.

— Les putes ?

— Non. Putes, nous le sommes tous tôt ou tard, dans cette chienne de vie. Je parle des gens qui ont un cœur. Ne me regardez pas comme ça. Moi, les mariages, ça me rend tout chose.

Nous restâmes là, enveloppés de cette étrange quiétude, à compter les reflets sur l'eau. Au bout d'un moment, l'aube répandit son ambre dans le ciel, et Barcelone se nimba de soleil. On entendit les cloches lointaines de la basilique de Santa María del Mar qui se découpait dans la brume, de l'autre côté du port.

— Vous croyez que Carax est toujours là, quelque part dans la ville ?

— Demandez-moi autre chose.
— Vous avez les alliances ?
Fermín sourit.
— Allons-y. On nous attend. La vie nous attend.

Il était vêtu de marbre et portait le monde dans son regard. Je ne me souviens guère des paroles du prêtre ni des visages d'espoir des invités dans l'église par ce matin de mars. Seuls me restent vraiment le goût de ses lèvres et, quand j'entrouvris les yeux, le serment secret que je gardai sur ma peau et dont je me suis souvenu tous les jours de ma vie.

1966

Dramatis personae

Julián Carax clôt *L'Ombre du Vent* par un bref résumé qui décrit le sort ultérieur de ses personnages. J'ai lu beaucoup de livres depuis cette lointaine nuit de 1945, mais le dernier roman de Carax reste toujours mon préféré. Aujourd'hui, à trente ans, je ne compte plus changer d'avis.

Tandis que j'écris ces lignes sur le comptoir de la librairie, mon fils Julián, qui aura dix ans demain, m'observe en souriant, intrigué par cette pile de feuilles qui n'en finit pas de grandir, persuadé, peut-être, que son père a lui aussi contracté cette maladie des livres et des mots. Julián a les yeux et l'intelligence de sa mère, et j'aime croire qu'il possède un peu de mon innocence. Mon père, qui a du mal à lire le dos des livres même s'il ne l'avoue pas, est en haut, dans l'appartement. Je me demande souvent s'il est un homme heureux, s'il connaît la paix, si notre compagnie l'aide, ou s'il vit dans ses souvenirs et dans cette tristesse qui l'a toujours poursuivi. C'est Bea et moi qui tenons maintenant la librairie. Je m'occupe des comptes et des chiffres, Bea des achats et des clients, qui préfèrent avoir affaire à elle plutôt qu'à moi. Je ne leur en veux pas.

Le temps l'a rendue forte et sage. Elle ne parle presque jamais du passé, bien que je la surprenne parfois perdue dans un de ses silences, seule avec elle-même. Julián adore sa mère. Je les observe tous les deux, et je sais qu'ils sont unis par un lien invisible que je commence à peine à comprendre. Il me suffit de sentir que je suis une partie de leur île et d'être conscient de ma chance. La librairie nous procure de quoi vivre sans luxe, mais je suis incapable de m'imaginer faisant autre chose. Les ventes s'affaiblissent d'année en année. Optimiste, je me dis que ce qui monte finit par baisser et que ce qui baisse doit bien, un jour ou l'autre, remonter. Bea prétend que l'art de la lecture meurt de mort lente, que c'est un rituel intime, qu'un livre est un miroir où nous trouvons seulement ce que nous portons déjà en nous, que lire est engager son esprit et son âme, des biens qui se font de plus en plus rares. Tous les mois nous recevons des offres d'achat de la librairie pour la transformer en magasin de téléviseurs, de fringues ou d'espadrilles. Nous ne partirons d'ici que les pieds devant.

Fermín et Bernarda sont passés par la sacristie en 1958, et ils en sont à leur quatrième enfant, tous de sexe masculin et dotés du nez et des oreilles de leur père. Fermín et moi, nous nous voyons moins qu'avant, même s'il nous arrive encore de nous promener à l'aube sur le brise-lames et de régler le sort du monde à grands coups de serpe. Fermín a quitté son emploi à la librairie depuis des années pour prendre, à la mort d'Isaac Monfort, sa relève au Cimetière des Livres Oubliés. Isaac est enterré près de Nuria à Montjuïc. Je vais souvent leur rendre visite. Nous parlons. Il y a toujours des fleurs fraîches sur la tombe de Nuria.

Mon vieil ami Tomás Aguilar est parti en Allemagne, où il est ingénieur dans une société de machines-outils et invente des engins prodigieux auxquels personne ne comprend rien. Il écrit parfois des lettres, toujours adressées à sa sœur Bea. Il s'est marié voici quelques années et a une fille que nous n'avons jamais vue. Il m'envoie toujours ses meilleurs souvenirs, mais je sais que, depuis longtemps, je l'ai irrémédiablement perdu. J'ai conscience que la vie nous sépare de nos amis d'enfance, qu'on n'y peut rien, mais je n'y crois jamais tout à fait.

Le quartier n'a pas changé, mais j'ai l'impression certains jours que la lumière est plus forte, qu'elle revient sur Barcelone comme si elle voulait enfin nous pardonner, nous tous qui l'avions chassée. M. Anacleto a quitté son enseignement au lycée et se consacre désormais à la poésie érotique et à ses gloses pour les quatrièmes de couverture, plus monumentales que jamais. M. Federico Flaviá et Merceditas se sont mis en ménage au décès de la mère de l'horloger. Ils forment un couple radieux, même si les envieux ne manquent pas pour assurer que la caque sent toujours le hareng et que M. Federico fait encore quelques escapades nocturnes pour courir la prétentaine déguisé en pharaone. M. Gustavo Barceló a fermé sa librairie et nous a transmis son fonds. Il a prétendu qu'il avait épuisé les joies du métier et souhaitait affronter d'autres défis. Le premier et le dernier de ceux-ci a été la création d'une maison d'édition destinée à la réédition des œuvres de Julián Carax. Du premier volume, comprenant les trois premiers romans (récupérés sur un jeu d'épreuves égaré dans un garde-meubles de la famille Cabestany), il a vendu trois cent quarante exemplaires (loin derrière les dizaines de milliers du best-seller de l'année, une hagiographie illustrée d'El Cordobés). M. Gustavo s'emploie désormais à visiter l'Europe en compagnie de dames distinguées et à envoyer des cartes postales de cathédrales.

Sa nièce Clara a épousé le banquier millionnaire, mais cette union a duré à peine un an. La liste de ses amants continue d'être prolixe, quoique diminuant d'année en année, comme sa beauté. Il y eut une époque où j'allais la voir, moins de ma propre initiative que parce que Bea me rappelait sa solitude et sa malchance. Il m'arrive de croire qu'elle attend toujours que le Daniel fasciné de mes quinze ans revienne l'adorer dans l'ombre. La présence de Bea, ou de n'importe quelle autre femme, la rend malheureuse. La dernière fois que je l'ai vue, elle passait ses mains sur son visage pour y chercher les rides. On me dit qu'elle voit encore par intermittence son ancien professeur de musique, Adrián Neri, dont la symphonie reste inachevée et qui, paraît-il, a fait une carrière de gigolo auprès des dames du cercle du Liceo, où ses acrobaties d'alcôve lui ont valu le surnom de « La Flûte Enchantée ».

Les années n'ont pas été généreuses envers la mémoire de l'inspecteur Fumero. Même ceux qui le haïssaient et le craignaient ne semblent plus se souvenir de lui. Il y a quelque temps, je me suis trouvé nez à nez sur le Paseo de Gracia avec le lieutenant Palacios, qui a quitté la police et se voue désormais à donner des cours d'éducation physique dans un collège de la

Bonanova. Il m'a dit qu'une plaque commémorative en l'honneur de Fumero se trouvait encore dans les sous-sols du commissariat central de la rue Layetana, mais que le nouveau distributeur de boissons gazeuses la masquait complètement.

Quant à la villa Aldaya, elle est toujours là, contre tout pronostic. La société immobilière de M. Aguilar a finalement réussi à la vendre. Elle a été entièrement restaurée, et les anges de pierre ont été réduits en gravillons pour servir de revêtement au parking aménagé sur l'emplacement de ce qui fut le jardin des Aldaya. C'est aujourd'hui une agence de publicité spécialisée dans la promotion poétique et raffinée des chaussettes décorées, des flans en poudre et des voitures de sport pour cadres supérieurs. Je dois avouer qu'un jour, recourant à des prétextes invraisemblables, je m'y suis présenté et ai demandé à visiter. La vieille bibliothèque où j'ai failli perdre la vie est devenue une salle de réunion décorée d'affiches de déodorants et de détergents aux pouvoirs miraculeux. Le réduit où Bea et moi avons conçu Julián a été affecté aux toilettes privées du directeur général.

Ce jour-là, en rentrant de ma visite, j'ai trouvé dans le courrier un paquet qui portait trois timbres avec le tampon d'une poste parisienne. Il contenait un livre intitulé *L'Ange de brumes*, roman d'un certain Boris Laurent. Je l'ai feuilleté en humant ce parfum magique des livres nouveaux, porteur de toutes les promesses, et mes yeux se sont arrêtés par hasard sur une phrase. J'ai su tout de suite qui l'avait écrite, et je n'ai pas été surpris, revenant à la première page, de trouver, tracée en bleu par la plume de ce stylo que j'avais tant adoré enfant, la dédicace suivante :

Pour mon ami Daniel
qui m'a rendu la voix et la plume.
Et pour Beatriz, qui nous a rendu à tous deux la vie.

Un homme jeune, avec déjà quelques cheveux gris, marche dans les rues d'une Barcelone écrasée sous un ciel de cendre et un soleil voilé qui se répand sur la Rambla de Santa Mónica comme une coulée de cuivre liquide.

Il tient par la main un enfant d'environ dix ans, le regard fasciné par la mystérieuse promesse que son père lui a faite à l'aube, la promesse du Cimetière des Livres Oubliés.

— Julián, ce que tu vas voir, tu ne dois en parler à personne. A personne.

— Pas même à maman ? interroge le garçon à mi-voix.

Son père soupire, avec ce sourire triste qui accompagne toute sa vie.

— Si, bien sûr, répond-il. Pour elle, nous n'avons pas de secrets. Elle, on peut tout lui dire.

Bientôt, formes indistinctes, père et fils se confondent avec la foule des Ramblas, et leurs pas se perdent pour toujours dans l'ombre du vent.

Table

Composition réalisée par IGS-CP

Achevé d'imprimer en septembre 2009 en France par
Maury-Imprimeur - 45330 Malesherbes
N° d'imprimeur : 150023
Dépôt légal 1er publication : janvier 2006
Édition 1 : novembre 2009
Librairie Générale Française - 31, rue de Fleurus -75278 Paris Cedex 06

31/3426/9